Jane Austen

SENTIDO Y SENSIBILIDAD

LA ABADÍA DE NORTHANGER

TRADUCTOR: BENJAMIN BRIGGENT

Diseño de cubierta: Marta Martín Juanes
Maquetación: Saul Rojas Blonval

Edita: Plutón Ediciones X, s. l.,

E-mail: contacto@plutonediciones.com
http://www.plutonediciones.com

I.S.B.N: 978-84-10233-65-2
Depósito Legal: B-16580-2024

Impreso en España / Printed in Spain

Estudio Preliminar

La inglesa Jane Austen vino al mundo en Hampshire en 1775. Su padre era párroco de la Rectoría de Steventon, de la que llegaría a ser deán. Su madre era de origen aristocrático. Jane fue la penúltima de ocho hijos (seis chicos y dos chicas).

Se educó en la Rectoría paterna, en donde transcurrirían veinticinco años de su vida y donde se impregnó de la vida rural que tanto reflejaría en su obra. Es allí donde, en contacto con la quietud del lugar, se acrecentará en Jane el amor por la lectura, por la literatura en general y por la creación literaria.

Salvo una pequeña estancia durante un año en la escuela de Oxford junto con su hermana Casandra, Jane se formó en la biblioteca de su padre, en donde leyó a los principales autores ingleses como Shakespeare, Milton, Pope, Grey, Hume... acompañada de las lecturas de sus contemporáneos Johnson y Goldsmith, así como de los novelistas Fielding, Richardson, Sterne y también novelistas femeninas inglesas.

Durante el período de 1787 a 1795 escribió veintinueve obras breves en forma de cuentos que redactó como entretenimiento para sus hermanos. Hasta 1792 no se encuentran sus primeras descripciones rurales. Antes de los veinticinco años, inició su primera novela, a la que dio varios títulos como *Primeras Impresiones* y que, muchos años más tarde, antes de salir de la imprenta, cambiaría por el de *Orgullo y Prejuicio*.

Un año después escribió en forma epistolar *Elionor y Marianne*, que transformaría en *Sentido y Sensibilidad* y *Susan*, que publicaría como *La Abadía de Northanger*. Todas ellas recreadas durante su vida en Steventon. Sin embargo, ninguna sería publicada hasta mucho más tarde, poco antes de su muerte.

A los veinticinco años se trasladó a Bath en donde captaría para sus descripciones las costumbres de dos de las clases sociales más significativas de Inglaterra: la *gentry* (pequeña nobleza) y la *clergy* (el clero).

Mucho se ha escrito sobre sus fracasadas relaciones sentimentales de las que tuvo varias sin llegar al matrimonio. Jane combatirá estos fracasos con mucha cordura y humor y así pudo soportar la muerte de su padre y el incierto futuro familiar que Jane reflejó en *Sentido y Sensibilidad* y más tarde en *Emma* (escrita entre 1814 y 1815, y publicada en 1816). Fuente importante para reconstruir su vida fueron las cartas escritas por Jane, la mayoría de las cuales se dirigieron a su hermana Casandra.

Tras una estancia en Southampton con la novela *Lady Susan* empezada, la muerte de la mujer de su hermano Edward cambió los planes familiares al tener que cuidar de sus once hijos. Jane y su madre se mudaron para ello a Chawton, en Hampshire. Sería allí donde revisaría para su publicación final *Sentido y Sensibilidad* y *Orgullo y Prejuicio* y finalizó *Mansfield Park*, *Emma* y *Persuasión*, quedando incompleta *Sanditon* (no se editaría hasta 1925).

Tras una nueva estancia en Londres, a partir de 1816 comenzó a aquejarle la enfermedad que iba a llevarla al sepulcro, una especie de tuberculosis ósea que la obligó a una inactividad total, aquejada de agudos dolores. Falleció en Winchester en 1817, en brazos de su hermana Casandra a los cuarenta y un años de edad.

Sentido y Sensibilidad

Se trata de una de las primeras obras largas de Jane Austen después de una serie de relatos cortos. Comenzada a escribir hacia 1797 junto con *Orgullo y Prejuicio* y *la Abadía de Northanger*. Revisada y continuada varias veces y no publicada hasta 1811 bajo el pseudónimo de "A Lady". Jane tenía 19 años cuando la empezó. Recordando la obra epistolar *Elinor and Marianne*. Toma de estas los nombres de las dos heroínas, dos hermanas, Elinor, de 19 años, y Marianne, de 17 años.

Se trata de un ensayo psicológico, como la autora acostumbra, sobre la naturaleza humana, singularmente femenina a través de dos hermanas muy unidas, pero antagónicas en cuanto a caracteres. Elinor representa el sentido (la razón) mientras que Marianne es la sensibilidad (la emoción). Sin embargo, esto es un punto de vista simplista porque cada hermana posee diferentes cualidades a considerar.

Hay que tener en cuenta el inicio de la redacción de la novela, a fines del siglo XVIII, una época que muere, la de la Ilustración, la del realismo que destruye toda estructura de la fe medieval (la culminación del Renacimiento) y una época que nace, la del romanticismo, que representaría Marianne, impulsiva, emocional, quizá la misma autora, mientras que su hermana, Cassandra, sería la reprimida, la juiciosa (Elinor en la novela). A la vez se representa acusadamente la dicotomía campo-ciudad (en este caso Londres) así como las consecuencias de la urbanización, de la mecanización y los efectos de la revolución agrícola.

La obra puede entenderse como una parodia del romanticismo que se ha abierto paso en la época. Sin embargo, la autora a medida que la escribe, se plantea si es mejor ser juiciosa, pues al final la hermana se casa con el hombre que ama, o emotiva como Marianne, con capacidad de amar profundamente, pero a quien las circunstancias la hacen casar con un hombre al que no ama, pero que es una juiciosa elección (aunque él si la ama y gracias a ello, ella termina amándole también).

Al igual que en sus otras novelas, Austen refleja los problemas de las mujeres de su época, cuya ambición es pescar a un marido rico, aunque ellas han de aportar también una dote al matrimonio. Las dos hermanas se saltan las reglas y escogen a los peores partidos, movidas por el sentimiento. El matrimonio aparece como una forma de ascenso y ennoblecimiento de la clase media.

Así, la novela plantea más interrogantes que un argumento de intrigas domésticas o sobre una hermana racional y otra sentimental. ¿Lo que parece útil a corto plazo, a largo plazo valdrá la pena? ¿La ambición puede garantizar una comodidad y una riqueza mayores? ¿Y en cuanto a la felicidad? ¿Los bobos que se dejan guiar por los sentimientos tienen al final mejores resultados?

En la novela, Austen da rienda suelta a una sutil ironía, introduciendo muchos pasajes de cierta comicidad. En Austen, el amor no es anarquía: supone el hechizo de la vida cotidiana, su magia, su realidad, su improbabilidad y lo más importante: que es posible. *Sentido y Sensibilidad* es una de las mejores novelas de amor de la sociedad moderna.

La Abadía de Northanger

Su primera versión fue escrita entre 1798-1799 y llevaba por título *Susan*, cuando ya había compuesto también la primera versión de *Orgullo y Prejuicio* (que tituló *First Impressions* o *False Impressions*) y *Elionor y Marianne* que transformaría en *Sentido y sensibilidad.*

En 1803 revisó el texto, que vendió por 10 libras a un vendedor de libros. Curiosamente, este lo revendió a su vez a un hermano de Jane, desconociendo que aquella ya había sido la autora de cuatro novelas. Jane lo revisaría de nuevo y con el título de *La Abadía de Northanger* salió a la luz en 1818, un año después de la muerte de la autora, junto con *Persuasión.*

En esta obra se pueden destacar varios temas, algunos de ellos tópicos de la escritora en sus otras novelas. Como, por ejemplo:

El tedio de la alta sociedad británica a caballo entre los siglos XVIII y XIX que provoca toda una serie de complicaciones, en particular cuando se trata de escoger pareja.

Los conflictos suscitados por el matrimonio por amor y el matrimonio de conveniencia. La vida vista como una novela gótica, repleta de intrigas y peligros sin cuento. La llegada de una joven a su plena madurez como mujer, con la consiguiente pérdida de la imaginación, la inocencia y la buena fe. Aunque, por su argumento y redacción, así como por su planteamiento, quizá sea la más floja de las novelas de Austen, sí es la más divertida, con buenos e ingeniosos diálogos. Los personajes femeninos vuelven a atraernos por su bien retratada psicología y su aire rebelde en el marco de la sociedad británica de su época.

Austen posee ramalazos del *El Quijote* para satirizar la mala literatura de terror y se ríe del cliché de las heroínas románticas protagonizada por Catherine, a la que aquellas novelas han llenado de fantasía su cerebro, y divierte al lector con una sutil guerra de sexos en el intercambio de impresiones entre Catherine y su oponente masculino.

El ingenio de Austen no decae y, al igual que en sus otras obras, teje una interesante trama de malentendidos y malvadas maquinaciones contra los deseos de la simpática Catherine que acaba triunfando y fortaleciendo su carácter.

SENTIDO Y SENSIBILIDAD

Capítulo I

La familia Dashwood llevaba largo tiempo establecida en Sussex. Su propiedad era de razonable tamaño, y en el centro de ella se encontraba la vivienda, Norland Park, donde la manera tan digna en que habían vivido por muchas generaciones consiguió el respeto de todos los conocidos del lugar. El último dueño de esta propiedad había sido un hombre soltero, que alcanzó una muy avanzada edad, y que durante gran parte de su vida tuvo en su hermana una fiel compañera y ama de llaves. Pero la muerte de ella, ocurrida diez años antes que la suya, produjo grandes alteraciones en su hogar. Para compensar tal pérdida, invitó y recibió en su casa a la familia de su sobrino, el señor Henry Dashwood, el legítimo heredero de la finca Norland y la persona a quien se proponía legarla en su testamento. En compañía de su sobrino y sobrina, y de los hijos de ambos, la vida transcurrió cómodamente para el anciano caballero. Su cariño a todos ellos fue creciendo con el tiempo. La constante atención que el señor Henry Dashwood y su esposa prestaban a sus deseos, nacida no del mero interés sino de la bondad de sus corazones, hizo su vida confortable en todo aquello que, por sus achaques, podía convenirle; y la alegría de los niños añadía nuevos placeres a su existencia.

De un primer matrimonio, el señor Henry Dashwood tenía un hijo; y de su esposa actual, tres hijas. El hijo, un joven sensato y respetable, tenía el futuro asegurado por la fortuna de su madre, que era notable, y de cuya mitad había entrado en posesión al cumplir su mayoría de edad. Además, su propio matrimonio, acontecido poco después, lo hizo más rico aún. Para él, entonces, la herencia de la finca Norland no era ciertamente tan importante como para sus hermanas; pues ellas, independientemente de lo que pudiera dejarles su padre si heredaba esa propiedad, eran de fortuna que no puede considerarse sino pequeña. Su madre no poseía nada, y el padre solo podía disponer de siete mil libras, porque de la otra mitad de la fortuna de su primera esposa también era beneficiario el hijo, y él solo poseía derecho al usufructo de ese patrimonio mientras viviera.

Falleció el anciano caballero, se leyó su testamento y, como casi todos los testamentos, este repartió por igual desengaños y alegrías. En su última voluntad no fue ni tan injusto ni tan desagradecido como para privar a su sobrino de las tierras, pero se las dejó en términos tales que destruían la mitad del valor de la herencia. El señor Dashwood había deseado esas propiedades más por el bienestar de su esposa e hijas que para sí mismo y su hijo; sin embargo, el legado estaba asignado a su hijo, y al hijo de este, un niño de cuatro años, de tal forma que a él le quitaban toda posibilidad de velar por aquellos que más caros le eran y que más necesitaban de apoyo, ya sea a través de un eventual impuesto sobre las propiedades o la venta de sus valiosos bosques. Se habían tomado las provisiones necesarias para asegurar que todo fuera en beneficio de este niño, el cual, en sus ocasionales visitas a Norland con su padre y su madre, había conquistado el cariño de su tío con aquellos rasgos atractivos que no suelen escasear en los niños de dos o tres años: una pronunciación imperfecta, el inquebrantable deseo de hacer siempre su voluntad, innumerables jugarretas y artimañas y ruido por montones, gracias que finalmente terminaron por desplazar el valor de todas las atenciones que, durante años, había recibido el caballero de su sobrina y de las hijas de esta. No era su intención, sin embargo, faltar a la bondad, y como señal de su estima por las tres niñas le dejó mil libras a cada una.

En un comienzo la desilusión del señor Dashwood fue notable; pero era de temperamento alegre y confiado; razonablemente podía esperar vivir muchos años y, haciéndolo de manera sobria, ahorrar una suma considerable de la renta de una propiedad ya de buen tamaño, y capaz de casi inmediato aumento. Pero la fortuna, que había tardado tanto en llegar, fue suya solo durante un año. Únicamente consiguió sobrevivir esto a su tío, y diez mil libras, incluidos los últimos legados, fue todo lo que quedó para su viuda e hijas.

Tan pronto como se conoció que la vida del señor Dashwood estaba en peligro, fueron a buscar a su hijo y a él le encargó el padre, con la intensidad y urgencia que la enfermedad hacía necesarias, el bienestar de su madrastra y hermanas.

El señor John Dashwood no poseía la profundidad de sentimientos del resto de la familia, pero sí le afectó una recomendación de tal naturaleza en un momento como ese, y prometió hacer todo lo que estuviera en sus manos por el bienestar de sus parientes. El padre se sintió aliviado ante tal promesa, y el señor John Dashwood se entregó entonces tranquilamente a considerar cuánto podría juiciosamente hacer por ellas.

No era John Dashwood un joven mal dispuesto, a menos que comportarse como algo frío de corazón y un poco egoísta fuera tener mala disposición; pero en general era respetado, porque se conducía con discreción en el desempeño de sus deberes cotidianos. De haberse casado con una mujer más amable, podría haber llegado a ser más respetable de lo que era —incluso él mismo podría haberse transformado en alguien amable—, porque era muy joven cuando se casó y le tenía mucho afecto a su esposa. Pero la señora de John Dashwood era una grosera caricatura de su esposo, más estrecha de corazón y más egoísta que él.

Al hacer la promesa a su padre, había sopesado en su interior la posibilidad de aumentar la fortuna de sus hermanas dándoles mil libras a cada una. En ese momento realmente se sintió a la altura de tal cometido. La perspectiva de aumentar sus ingresos actuales con cuatro mil libras anuales, que venían a sumarse a la mitad restante de la fortuna de su propia madre, le alegraba el corazón y lo hacía sentirse muy dadivoso. "Sí, les daría tres mil libras: ¡Cuán espléndido y generoso gesto! Bastaría para dejarlas en completa holgura. ¡Tres mil libras! Podía desprenderse de tan considerable suma con casi ninguna rémora". Pensó en ello durante todo el día, y en muchos de los siguientes, y no se volvió atrás.

No bien había terminado el funeral de su padre cuando la esposa de John Dashwood, sin haber hecho ningún comunicado de sus intenciones a su suegra, llegó con su hijo y sus criados. Nadie podía discutirle su derecho a venir: la casa pertenecía a su esposo desde el instante mismo de la muerte de su padre. Pero eso mismo agravaba la falta de delicadeza de su conducta, y no se necesitaba ninguna sensibilidad especial para que cualquier mujer en la situación de la señora Dashwood se sintiera extraordinariamente agraviada por ello; en ella, sin embargo, existía un tan alto sentido del honor, una generosidad tan romántica, que cualquier ofensa de ese tipo, ejercida o recibida por quienquiera que fuese, se transformaba en fuente de imborrable enfado. La señora de John Dashwood nunca había contado con el especial aprecio de nadie en la familia de su esposo; pero, hasta entonces, no había tenido oportunidad de mostrarles con cuán poca consideración por el bienestar de otras personas podía actuar cuando la ocasión lo precisaba.

Sintió la señora Dashwood de manera tan profunda este actuar descortés, y tan intenso desdén hacia su nuera le produjo, que a la llegada de esta última habría abandonado la casa para siempre de no haber sido porque, primero, el ruego de su hija mayor la llevó a reflexionar sobre la conveniencia de hacerlo; y, más tarde, por el tierno amor que sentía por sus tres hijas, decidió quedarse y por ellas evitar una ruptura con el hermano. Elinor, esta hija mayor cuya recomendación había sido tan positiva, poseía una solidez de juicio y serenidad de actuación que la calificaban, aunque con solo diecinueve años, para aconsejar a su madre, y frecuentemente le permitían contrarrestar, para beneficio de toda la familia, esa exageración de espíritu en la señora Dashwood que tantas veces pudo llevarla a la imprudencia. Era de gran corazón, de carácter amable y arraigados sentimientos. Pero sabía cómo gobernarlos: algo que su madre todavía tenía que aprender, y que una de sus hermanas había resuelto que nunca se le enseñara.

Las cualidades de Marianne estaban, en muchos aspectos, a la par de las de Elinor. Tenía inteligencia y buen juicio, pero era exagerada en todo; ni sus penas ni sus alegrías conocían la moderación. Era generosa, amable, atrayente: era todo, menos juiciosa. La semejanza entre ella y su madre era notable.

Preocupaba a Elinor la demasiada sensibilidad de su hermana, la misma que la señora Dashwood valoraba y apreciaba. En las actuales circunstancias, una a otra se incitaban a vivir su pena sin permitir que aflojara su violencia. Voluntariamente renovaban, buscaban, recreaban una y otra vez la agonía de pesadumbre que las había aturdido en un comienzo. Se entregaban por completo a su dolor, buscando acrecentar su desdicha en cada imagen capaz de reflejarla, y decidieron jamás admitir alivio en el futuro. También Elinor estaba hondamente afligida, pero todavía podía luchar, y esforzarse. Podía consultar con su hermano, y recibir a su cuñada a su llegada y proporcionarle la debida atención; y podía luchar por animar a su madre a parecidos esfuerzos e inducirla a alcanzar semejante dominio sobre sí misma.

Margaret, la otra hermana, era una niña alegre y de buen carácter, pero como ya había absorbido una buena dosis de las ideas románticas de Marianne, sin tener demasiado de su cordura, a los trece años no prometía igualar a sus hermanas mayores en posteriores etapas de su vida.

Capítulo II

La señora de John Dashwood se instaló como dueña y señora de Norland, y su suegra y cuñadas descendieron a la categoría de visitantes. Mientras tanto, sin embargo, las trataba con tranquila cortesía, y su marido con tanta bondad como le era posible sentir hacia cualquiera más allá de sí mismo, su esposa e hijo. Realmente les insistió, con alguna obstinación, para que consideraran Norland como su hogar; y dado que ningún proyecto le parecía tan apropiado a la señora Dashwood como permanecer allí hasta acomodarse en una casa de la vecindad, aceptó su invitación.

Quedarse en un lugar donde todo le recordaba antiguas alegrías, era exactamente lo que tranquilizaba a su mente. En los buenos tiempos, nadie tenía un temperamento más alegre que el de ella o poseía en mayor grado esa optimista expectativa de felicidad que es la felicidad misma. Pero también en la pena se dejaba llevar por la fantasía, y se hacía tan inaccesible al alivio como en el placer se encontraba más allá de toda moderación.

La señora de John Dashwood no aprobaba de ningún modo lo que su esposo se proponía realizar por sus hermanas. Disminuir en tres mil libras la fortuna de su querido muchachito significaría empobrecerlo de la manera más horrible. Le rogó pensarlo mejor. ¿Cómo podría justificarse ante sí mismo si privara a su hijo, su único hijo, de tan gran cantidad? ¿Y qué derecho podían esgrimir las señoritas Dashwood, que eran solo sus medias hermanas —lo que para ella significaba que no eran realmente parientes—, a exigir de su generosidad una suma tan grande? Era bien sabido que no se podía aguardar ninguna clase de cariño entre los hijos de distintos matrimonios de un hombre; y, ¿por qué habían de arruinarse, él y su pobrecito Harry, haciendo donación a sus medias hermanas de todo su dinero?

—Fue la última petición de mi padre —contestó su esposo—, que yo ayudara a su viuda y a sus hijas.

—Osaría decir que no sabía de qué estaba hablando; diez a uno a que le estaba fallando la cabeza en ese instante. Si hubiera estado en sus cabales no podría habérsele ocurrido pedirte algo así, que despojaras a tu propio hijo de la mitad de tu fortuna.

—Mi querida Fanny, él no acordó ninguna cantidad en particular; tan solo me rogó, en términos generales, que las apoyara y procurara hacer que su situación fuera algo más desahogada de lo que estaba en sus manos hacer. Quizá habría sido mejor que dejara todo a mi voluntad. Difícilmente habría podido suponer que yo las abandonaría a su suerte. Pero como él deseó que se lo prometiera, no pude menos que hacerlo. Al menos, fue lo que pensé en ese instante. Existió, así, la promesa, y debe ser cumplida. Algo hay que hacer por ellas cuando dejen Norland y se establezcan en un nuevo hogar.

—Está bien, entonces, hay que hacer algo por ellas; pero ese algo no necesita ser tres mil libras. Ten en cuenta —agregó— que cuando uno se desprende del dinero, jamás lo recupera. Tus hermanas se casarán, y se habrá ido para siempre. Si siquiera algún día se lo pudieran devolver a nuestro pobre hijito...

—Pero, ciertamente —dijo su esposo con gran gravedad—, eso

cambiaría todo. Puede llegar un momento en que Harry lamente haberse separado de una suma tan apreciable. Si, por ejemplo, llegara a tener una familia numerosa, sería un muy conveniente complemento a sus rentas.

—De todas maneras lo sería.

—Así, pues, sería mejor para todos si se menguara la cantidad a la mitad. Quinientas libras significarían un buen incremento en sus fortunas.

—¡Ah, más allá de todo lo que pudiera pensarse! ¡Qué persona en el mundo haría siquiera la mitad por sus hermanas, incluso si fuesen verdaderas hermanas! Y en este caso... ¡solo medias hermanas! Pero, ¡posees un espíritu tan desprendido!

—No querría hacer nada rastrero —respondió él—. En estas ocasiones, uno preferiría hacer demasiado antes que muy poco. Al menos, nadie puede pensar que no he hecho bastante por ellas; incluso ellas mismas, difícilmente pueden esperar más.

—Imposible saber qué podrían esperar ellas —dijo la señora—, pero no nos corresponde pensar en sus expectativas. El punto es qué puedes permitirte desprender.

—Ciertamente, creo que puedo permitirme darle quinientas libras a cada una. Tal como están las cosas, sin que yo añada nada, cada una tendrá más de tres mil libras a la muerte de su madre: una fortuna muy considerable para cualquier mujer joven.

—Claro que lo es; y, ciertamente, pienso que a lo mejor no deseen ninguna suma adicional. Tendrán diez mil libras entre las tres. Si se casan, seguramente harán un buen matrimonio; y si no lo hacen, pueden vivir juntas de manera muy tranquila con los intereses de las diez mil libras.

—Sin duda cierto, y, por lo tanto, no sé si, teniéndolo presente todo, no sería más aconsejable hacer algo por su madre mientras viva, antes que por ellas; algo como una pensión anual, quiero decir. Mis hermanas percibirían los beneficios tanto como ella. Cien libras al año las mantendrían en una perfecta tranquilidad. Su esposa dudó un tanto, sin embargo, en conceder su aprobación a este plan.

—De todas formas —dijo—, es mejor que separarse de quinientas libras de una vez. Pero si la señora Dashwood vive quince años más, eso se va a convertir en un abuso.

—¡Quince años! Mi querida Fanny, su vida no puede valer ni la mitad de tal cantidad.

—Ciertamente no; pero, si te das cuenta, la gente siempre vive eternamente cuando hay una pensión de por medio; y ella es muy fuerte y saludable, y apenas ha cumplido los cuarenta. Una pensión anual es negocio muy serio; se repite año tras año y no hay forma de librarse de ella. Uno no se da cuenta de lo que hace. Yo sí he conocido suficientemente los problemas que acarrean las pensiones anuales, porque mi madre se encontraba ligada por la obligación de pagarlas a tres antiguos sirvientes jubilados, según mi padre lo había establecido en su legado. Es increíble cuán desagradable lo encontraba. Dos veces al año había que pagar estas pensiones; y, además, estaba la dificultad de hacérsela llegar a cada uno; luego se dijo que uno de ellos había muerto, y después resultó un bulo. A mi madre le ponía enferma todo el asunto. Sus entradas no eran de ella, decía, con estas perpetuas demandas; y había sido muy poco considerado de parte de mi padre, porque, de otra forma, el dinero habría estado totalmente a disposición de mi madre, sin ningún obstáculo. De allí me ha venido tal rechazo a las pensiones, que estoy segura de que por nada del mundo me ligaré al pago de una.

—En verdad es molesto —replicó el señor Dashwood— que cada año se pierda de esa manera parte del ingreso de uno. Los bienes con que uno cuenta, como tan justamente dice tu madre, no son de uno. Estar obligado a pagar regularmente una suma como esa en fechas fijas, no es para nada apetitoso: le priva a uno de su libertad.

—Sin duda; y, después de todo, nadie te lo agradece. Sienten que están asegurados, no haces más de lo que se espera de ti y ello no despierta ninguna generosidad. Si estuviera en tu lugar, para cualquier cosa que hiciera me guiaría por mi solo criterio. No me comprometería a darles nada todos los años. Algunos años puede ser muy inconveniente desprenderse de cien, o incluso de cincuenta libras, sacándolas de nuestros propios gastos.

—Creo que tienes razón, mi amor; será mejor que no haya ninguna renta anual en este caso; lo que sea que les pueda dar de cuando en cuando será de mucho mayor ayuda que una asignación anual, porque si se sintieran seguras de un ingreso mayor solo elevarían su estilo de vida, y con ello no serían un penique más ricas al final del año. De todas maneras, será lo más acertado. Un regalo de cincuenta libras de vez en cuando impedirá que se aflijan por asuntos de dinero, y pienso que saldará ampliamente la promesa hecha a mi padre.

—Naturalmente que lo hará. A decir verdad, estoy profundamente convencida de que la idea de tu padre no era ni mucho menos que les dieras dinero. Me atrevo a decir que la ayuda en que pensaba era lo que justamente podría esperarse de ti; por ejemplo, cosas como buscar una casa pequeña y cómoda para ellas, ayudarlas a trasladar sus cosas, enviarles algún presente de pesca y caza, o algo semejante, siempre que sea la temporada. Apostaría mi vida a que no estaba pensando en más que eso; en verdad, sería bastante raro e improcedente si hubiera buscado otra cosa. Si no, piensa, mi querido señor Dashwood, cuán descansadas pueden vivir tu madre y sus hijas con los intereses de siete mil libras, además de las mil libras de cada una de las niñas, que les aportan cincuenta libras anuales por persona; y, por supuesto, de allí le pagarán a su madre por su alojamiento. Entre todas juntarán quinientas libras anuales, y ¿piensas para qué van a querer más cuatro mujeres? ¡Les saldrá tan barato vivir! El mantenimiento de la casa ni lo notarán. No tendrán carruajes ni caballos, y casi ningún sirviente; no recibirán visitas, ¡y qué gastos van a tener! ¡Tan solo piensa en lo bien que van a estar! ¡Quinientas anuales! No puedo ni pensar cómo gastarán siquiera la mitad; y en cuanto a que les des más, no tiene razón de ser. Estarán en mejores condiciones de darte a ti algo.

—Ciertamente —dijo el señor Dashwood—, creo que tienes toda la razón. De todas maneras, con su petición mi padre no puede haber querido decir sino lo que tú señalas. Me parece muy claro ahora, y cumpliré estrictamente mi compromiso con algunas ayudas y gentilezas como las que has descrito. Cuando mi madre se traslade a otra casa, me pondré a su servicio en todo lo que me sea posible para acomodarla. Quizás en ese momento también sea adecuado hacerle un pequeño regalo, como algún mueble.

—Desde luego —replicó la señora Dashwood—. Sin embargo, hay una cosa que debe tenerse en cuenta. Cuando tu padre y madre se trasladaron a Norland, aunque vendieron el mobiliario de Stanhill, se reservaron toda la vajilla, cubiertos y mantelería, que ahora han quedado para tu madre. Y así, apenas se cambien tendrán su casa casi completamente surtida.

—Indudablemente, esa es una reflexión de la mayor trascendencia. ¡Un legado valioso, claro que sí! Y parte de la platería habría sido aquí una muy grata suma a la nuestra.

—Sí; y la vajilla para el desayuno es doblemente preciosa que la de esta casa. Demasiado preciosa, a mi juicio, para los lugares en que ellas pueden permitirse vivir. Pero, de cualquier manera, así es la cosa. Tu padre solo pensó en ellas. Y debo decir esto: no le debes a él ninguna gratitud expresa, ni estás obligado con sus propósitos, porque bien sabemos que, si hubiera podido, les habría dejado casi todo lo que poseía en el mundo a ellas.

Este argumento fue incontestable. En él encontró John Dashwood toda la fuerza que antes le había faltado para llevar a cabo sus planes; y, por último, resolvió que sería totalmente innecesario, si no por completo inadecuado, hacer más por la viuda y las hijas de su padre que esos gestos de buena vecindad que su propia esposa le había señalado.

CAPÍTULO III

La señora Dashwood estuvo en Norland durante varios meses, y ello no porque no deseara marcharse de allí una vez que los lugares que tan bien conocía dejaron de despertarle la fortísima emoción que durante un tiempo le habían generado; pues cuando su ánimo comenzó a revivir y su mente pudo dedicarse a algo más que agudizar su sufrimiento mediante recuerdos negativos, se llenó de impaciencia por partir y sin descanso se dedicó a averiguar por alguna residencia adecuada en las vecindades de Norland, ya que le era imposible irse lejos de ese tan querido lugar. Pero no le llegaba noticia alguna de rincones que a la vez satisficieran sus nociones de comodidad y bienestar y se avinieran con la prudencia de su hija mayor, que con más sano juicio rechazó varias casas que su madre habría aprobado, por ser demasiado grandes para sus ganancias.

La señora Dashwood había sido informada por su esposo sobre la solemne promesa hecha por su hijo en favor de ella y sus hijas, la cual había llenado de alivio sus últimos pensamientos en la tierra. Ella no dudaba de la sinceridad de este compromiso más de lo que el difunto lo había hecho, y sentía al respecto gran satisfacción, sobre todo pensando en el bienestar de sus hijas; por su parte, sin embargo, estaba convencida de que mucho menos de siete mil libras como capital le permitirían vivir holgadamente. También se regocijaba por el hermano de sus hijas, por la bondad de ese hermano, y se echaba en cara no haber hecho justicia a sus méritos antes, al creerlo incapaz de generosidad. Su desvelada conducta hacia ella y sus hermanas la convencieron de que su bienestar era querido a sus ojos y, durante largo tiempo, confió sin pestañear en la generosidad de sus propósitos.

El rechazo que, muy al principio de su relación, había sentido por su nuera, aumentó mucho al conocer mejor su carácter tras ese medio año de vivir con ella y su familia; y, quizá, a pesar de todas las muestras de amabilidad y afecto maternal que ella le había demostrado, las dos damas habrían encontrado imposible vivir juntas durante tanto tiempo, de no haber ocurrido una circunstancia especial que hizo más adecuado, en opinión de la señora Dashwood, la permanencia de sus hijas en Norland.

Esta circunstancia fue un creciente aprecio entre su hija mayor y el hermano de la señora de John Dashwood, un joven caballeroso y amable que les fue presentado poco después de la llegada de su hermana a Norland y que desde entonces había pasado gran parte del tiempo allí.

Algunas madres podrían haber animado esa intimidad guiadas por el interés, dado que Edward Ferrars era el hijo mayor de un hombre que había muerto muy rico; y otras la habrían reprimido por motivos de prudencia, ya que, excepto por una suma insignificante, la totalidad de su fortuna dependía de la voluntad de su madre. Pero ninguna de esas consideraciones pesó en la señora Dashwood. Le bastaba que él se mostrara afable, que amara a su hija y que esa simpatía fuera mutua. Era contrario a todas sus creencias el que la diferencia de fortuna debiera mantener separada a una pareja atraída por la semejanza de sus caracteres; y que los méritos de Elinor no fueran reconocidos por quienes la conocían, le parecía impensable.

No fueron dones singulares en su apariencia o trato los que hicieron merecedor a Edward Ferrars de la buena opinión de la señora Dashwood y sus hijas. No era apuesto y solo en la intimidad llegaba a mostrar cuán agradable podía ser su trato. Era demasiado vacilante para hacerse justicia a sí mismo; pero cuando vencía su natural timidez, su comportamiento revelaba un corazón sincero y cariñoso. Era de buen entendimiento y la educación le había dado una mayor solidez en ese talante. Pero ni sus habilidades ni su inclinación lo adornaban para satisfacer los deseos de su madre y hermana, que deseaban verlo distinguido como... apenas sabían como qué. Querían que de una manera u otra ocupara un lugar importante en el mundo. Su madre ambicionaba interesarlo en política, hacerlo llegar al parlamento o verlo conectado con alguno de los grandes hombres del momento. La señora de John Dashwood lo deseaba también; entre tanto, hasta poder alcanzar alguna de esas bendiciones superiores, habría satisfecho la ambición de ambas verlo conducir un birlocho. Pero Edward no tenía inclinación alguna ni hacia los grandes hombres ni hacia los birlochos. Todos sus deseos se centraban en la comodidad hogareña y en la tranquilidad de la vida familiar. Por suerte, tenía un hermano menor que era más prometedor.

Edward llevaba varias semanas en la casa antes de que la señora Dashwood se fijara en él, ya que en esa época el estado de aflicción en que se encontraba la hacía por completo indiferente a todo lo que la rodeaba. Únicamente vio que era callado y prudente, y le agradó por ello. No perturbaba con conversaciones inoportunas la adversidad que llenaba todos sus pensamientos. Lo que primero la llevó a observarlo con mayor minuciosidad y a que le gustara aún más, fue una reflexión que dio un día respecto de cuán diferente era Elinor de su hermana. La alusión a ese contraste lo situó muy señaladamente en el favor de la madre.

—Con eso es suficiente —dijo—, es suficiente con decir que no es como Fanny. Implica que en él se puede encontrar todo lo que hay de agradable. Ya lo amo.

—Creo que llegará a apreciarlo —dijo Elinor— cuando lo conozca más.

—¡Apreciarlo! —replicó la madre, con una pequeña sonrisa—. No puedo abrigar ningún sentimiento de aprecio inferior al amor.

—Podría estimarlo.

—No he llegado a saber todavía lo que es separar la estimación del amor.

La señora Dashwood se dio prisa ahora en conocerlo más. Con sus modales cariñosos, rápidamente venció la reserva del joven. Muy pronto advirtió cuán grandes eran sus méritos; el estar persuadida de su interés por Elinor quizá la hizo más sagaz, pero realmente se sentía segura de su valer. E incluso las tranquilas maneras de Edward, en contra de las más arraigadas ideas de la señora Dashwood respecto de lo que debiera ser el trato de un joven, dejaron de parecerle sosas cuando advirtió que era de corazón cálido y temperamento cariñoso.

Ante el primer signo de amor que percibió en su conducta hacia Elinor, dio por segura la existencia de un vínculo serio entre ellos y se entregó a considerar su matrimonio como algo que pronto se llevaría a cabo.

—En unos pocos meses más, mi querida Marianne —le advirtió—, con toda seguridad Elinor se habrá establecido para siempre. Para nosotros será una pérdida, pero ella será feliz.

—¡Ay, mamá! ¿Qué haremos sin ella?

—Mi amor, casi no será una separación. Viviremos a unas pocas millas de distancia y nos veremos todos los días de la vida. Tú ganarás un hermano, un hermano de verdad, cariñoso. Tengo la mejor opinión del mundo sobre los sentimientos de Edward... Pero te noto seria, Marianne; ¿no te gusta la elección de tu hermana?

—Quizá —dijo Marianne— me sorprenda algo. Edward es muy

agradable y siento gran ternura por él. Pero aun así, no es la clase de joven... Hay algo que no tiene, no sobresale por su prestancia, carece por completo de ese donaire que yo habría esperado en el hombre por cual mi hermana se sintiera realmente atraída. En sus ojos no se advierte todo ese espíritu, ese calor, que anuncian a la vez virtud e inteligencia. Y además de esto, temo, mamá, que carece de verdadero gusto. Aparentemente la música casi no le interesa, y aunque admira mucho los dibujos de Elinor, no es la admiración de alguien que pueda entender su valor. Es evidente, a pesar de su constante atención cuando ella dibuja, que de hecho no sabe nada en esta materia. Le gusta como un enamorado, no como un entendido. Para sentirme satisfecha, esos rasgos deben de complementarse. No podría ser feliz con un hombre cuyo gusto no coincidiera punto por punto con el mío. Él debe penetrar todos mis sentimientos; a ambos nos deben encantar los mismos libros, la misma música. ¡Ay, mamá! ¡Qué falta de calor, que mansa fue la actitud de Edward cuando nos leyó anoche! Lo sentí terriblemente por mi hermana. Y, sin embargo, ella lo sobrellevó con tanta compostura que casi no pareció notarlo. A duras penas pude permanecer sentada. ¡Escuchar esos hermosos versos que frecuentemente me han hecho casi perder el sentido, pronunciados con tan impenetrable calma, tan terrible indiferencia!

—En verdad lo habría hecho mucho mejor con una prosa sencilla y elegante. Lo pensé en ese instante; pero tenías que pasarle los versos de William Cowper.

—No, mamá, ¡si ni Cowper es capaz de hacerlo...! Pero debemos pensar que hay diferencias de gusto. En Elinor no se da mi forma de sentir, así que puede pasar esas cosas por alto y ser feliz con él. Pero si yo lo amara, me habría destrozado el corazón escucharlo leer con tan poca gracia. Mamá, mientras más conozco la vida, más convencida estoy de que nunca encontraré a un hombre al que realmente pueda amar. ¿Es tanto lo que solicito? Debe poseer todas las virtudes de Edward, y su carácter y modales deben adornar su bondad con todas las gracias inimaginables.

—Recuerda, mi amor, que todavía no tienes diecisiete años. Es todavía demasiado temprano en la vida para que desesperes de lograr tal felicidad. ¿Por qué debías ser menos afortunada que tu madre? ¡Que en tan solo una circunstancia, Marianne mía, tu destino sea diferente al de ella!

Capítulo IV

—Qué lástima, Elinor —dijo Marianne—, que Edward no posea el gusto para el dibujo.

—Que no posea el gusto para el dibujo... ¿y qué te hace pensar eso? —replicó Elinor—. Él no dibuja, es cierto, pero disfruta hasta la saciedad viendo dibujar a otras personas y, puedo abogar por él, de ninguna manera está falto de un buen gusto natural, aunque no se le ha ofrecido ocasión de mejorarlo. Si alguna vez hubiera tenido la posibilidad de aprender, creo que habría dibujado muy bien. Desconfía tanto de su propio saber en estas materias que siempre es reacio a dar su opinión sobre cualquier cuadro; pero tiene una innata delicadeza y simplicidad de gusto que, en general, lo guía de manera perfectamente apropiada.

Marianne temía ser dura y no dijo nada más acerca del tema; pero la clase de aprobación que, según Elinor, despertaban en él los dibujos de otras personas estaba muy lejos del extasiado arrobamiento que, en su opinión, era exclusivo merecedor de ser llamado gusto. Sin embargo, y aunque sonriendo para sí misma ante el error, rendía tributo a su hermana por esa ciega predilección por Edward que la llevaba de esta manera equivocada.

—Espero, Marianne —continuó Elinor—, que no lo consideres falto de gusto en general. En verdad, creo poder decir que no piensas eso, porque tu conducta hacia él es perfectamente cordial; y si esa fuera tu opinión, estoy segura de que no serías capaz de ser amable con él.

Marianne casi no supo qué opinar. Por ningún motivo deseaba herir los sentimientos de su hermana, pero le era imposible expresar algo que no creía. Por último, contestó:

—No te ofendas, Elinor, si los elogios que yo pueda hacer de Edward no se equiparan en todo a tu percepción de sus méritos. No he tenido tantas oportunidades como tú de apreciar hasta las más mínimas tendencias de su mente, sus inclinaciones, sus gustos; pero tengo la mejor opinión del mundo respecto de su bondad y sensatez. Lo creo poseedor de todo lo que es valioso y amable.

—No tengo la menor duda —respondió Elinor, con una sonrisa— de que sus amigos más queridos no quedarían disconformes con un elogio como ese. No me imagino cómo podrías expresarte con mayor sinceridad.

Marianne se puso contenta al comprobar cuán fácilmente se contentaba su hermana.

—De su sensatez y bondad —continuó Elinor—, creo que nadie

que lo haya visto lo bastante para haber conversado con él sin trabas, podría dudar. Tan solo ese retraimiento que tantas veces lo lleva a no hablar puede haber ocultado la excelencia de su juicio, y sus principios. Lo conoces lo suficiente para hacer justicia a la solidez de su valer. Pero de sus más mínimas tendencias, como tú las llamas, circunstancias específicas te han mantenido más ignorante que a mí. A veces, él y yo nos hemos quedado mucho rato juntos, mientras tú, llevada por el más afectuoso de los impulsos, has estado totalmente absorbida por mi madre. Lo he visto mucho, he analizado sus sentimientos y escuchado sus opiniones acerca de temas de literatura y gusto; y, en general, me atrevo a decir que posee una mente cultivada, que el placer que encuentra en los libros es extremadamente grande, su imaginación es vivaz, sus observaciones justas y correctas, y su gusto delicado y puro. Cuando se le conoce más, sus dotes mejoran en todos los campos, tal como lo hacen su comportamiento y apariencia. Es cierto que, a primera vista, su trato no produce gran admiración y su apariencia difícilmente lleva a llamarlo gentil, hasta que se advierte la expresión de sus ojos, que son extraordinariamente cariñosos, y la general dulzura de su mirar. En la actualidad lo conozco tan bien, que lo creo ciertamente apuesto; o, al menos, casi. ¿Qué dices tú, Marianne?

—Muy pronto lo consideraré apuesto, Elinor, si es que ya no lo hago. Cuando me digas que lo ame como a un hermano, ya no descubriré imperfecciones en su rostro, como no las encuentro hoy en su corazón.

Elinor se atemorizó ante esta declaración y se arrepintió de haberse dejado traicionar por el calor de sus palabras. Sentía que Edward ocupaba un lugar muy alto en su corazón. Pensaba que el interés era mutuo, pero requería una mayor veracidad al respecto para aceptar con agrado la convicción de Marianne acerca de sus relaciones. Sabía que una conjetura que Marianne y su madre hacían en un momento dado, se transformaba en verdadera al siguiente; que, con ellas, el deseo era esperanza y la esperanza, expectativa. Trató de explicarle a su hermana el auténtico estado de la situación.

—No es mi intención negar —dijo— que tengo una gran opinión de él; que lo estimo profundamente, que me gusta.

Ante esto, Marianne estalló indignada.

—¡Estimarlo! ¡Gustarte! Elinor, qué corazón tan frío. ¡Ah, peor que frío! Sin comprometerte a ser de otra manera. Utiliza esas palabras otra vez, y me saldré de esta habitación enseguida.

Elinor no pudo evitar la carcajada.

—Perdóname —le dijo—, y puedes estar segura de que no fue mi intención ofenderte al referirme con palabras tan ponderadas a mis propios sentimientos. Créelos más fuertes que lo declarado por mí; créelos, en fin, lo que los méritos de Edward y la presunción... la esperanza de su afecto por mí podrían garantizar, sin imprudencia ni locura. Pero más que esto no debes creer. No tengo ninguna seguridad de su cariño por mí. Hay instantes en que parece dudoso hasta qué punto tal cariño existe; y mientras no conozca plenamente sus sentimientos, no puede extrañarte mi deseo de evitar dar alas a mi propia inclinación creyéndola o llamándola más de lo que es. En lo más profundo de mi corazón, tengo pocas, casi ninguna duda de sus preferencias. Pero hay otros puntos que deben ser sopesados, además de su interés. Está muy lejos de ser independiente. No podemos saber cómo es realmente su madre; pero las ocasionales observaciones de Fanny acerca de su proceder y opiniones nunca nos han llevado a considerarla amable; y me equivoco mucho si Edward no está también consciente de las variadas trabas que encontraría en su camino si deseara casarse con una mujer que no fuera o de gran riqueza, o de alta alcurnia.

Marianne quedó sorprendida al descubrir en qué medida la imaginación de su madre y la suya propia habían ido más allá de la certeza.

—¡Y en verdad no estás comprometida con él! —dijo—. Aunque de todas maneras va a ocurrir luego. Pero esta tardanza tiene dos ventajas. Yo no te perderé tan pronto y Edward tendrá más oportunidades de mejorar ese gusto natural por tu ocupación favorita, tan indispensable para tu felicidad futura. ¡Ah! Si tu genio lo llevara a aprender a dibujar también, ¡qué maravilloso sería!

Elinor le había dado su verdadera opinión a su hermana. No podía considerar su inclinación por Edward bajo las favorables perspectivas que Marianne había pensado. Había, en ocasiones, una falta de empuje en él que, si no denotaba indiferencia, hablaba de algo casi igualmente poco esperanzador. Si tenía dudas acerca del afecto que ella le profesaba, suponiendo que las tuviera, ello no debía producirle más que zozobra. No parecía posible que le causaran ese decaimiento de espíritu que a menudo le sobrevenía. Una causa más razonable podía encontrarse en su situación de dependencia, que le impedía la posibilidad de entregarse a sus afectos. Ella sabía que el trato que la madre le daba no le proporcionaba un hogar confortable en la actualidad ni le daba seguridad alguna de que pudiera constituir su propio hogar, si no se atenía estrictamente a las ideas que ella poseía sobre la importancia que él debía alcanzar. Sabiendo esto, a Elinor le resultaba imposible sentirse tranquila. Estaba lejos de confiar en ese resultado de las preferencias de Edward que su madre y hermana daban por seguro. No, mientras más tiempo estaban juntos, más dudosa le parecía la naturaleza de su afecto; y a veces, durante unos pocos y dolorosos minutos, pensaba que no era más que simple amistad.

Pero, cualesquiera fueran realmente sus límites, ese afecto fue suficiente, apenas lo percibió la hermana de Edward, para ponerla nerviosa; —y al mismo tiempo (lo que era más usual todavía), para sacar a la luz sus malas maneras. Aprovechó la primera oportunidad que encontró para ofender a su suegra hablándole tan expresivamente de las grandes expectativas que tenían para su hermano, de la decisión de la señora Ferrars respecto de que sus dos hijos se casaran bien, y del peligro que acechaba a cualquier joven que quisiera ganárselo, que la señora Dashwood no pudo fingir no darse cuenta ni intentar mantenerse sosegada. Le dio una contestación que revelaba su desprecio y enseguida abandonó el cuarto, mientras tomaba la decisión de que cualesquiera fueran los inconvenientes o gastos de una partida tan repentina, su tan querida Elinor no debía estar expuesta ni una semana más a tales sugerencias.

En este estado de ánimo estaba cuando le llegó una carta por correo con una propuesta singularmente adecuada. Un caballero notable y dueño de importantes propiedades en Devonshire, pariente suyo, le brindaba una casa pequeña en términos muy favorables. La carta, firmada por él mismo, estaba escrita en un tono amabilísimo. Entendía que ella necesitaba un alojamiento, y aunque lo que ahora le ofrecía era una simple casita de campo, una cabaña de su propiedad, le prometía que se le haría todo aquello que ella considerara necesario, si el emplazamiento le agradaba. La urgía con gran insistencia, tras describirle en detalle la casa y el jardín, a ir a Barton Park, donde estaba su propia residencia y desde donde ella podría juzgar por sí misma si la casita de Barton, porque ambas casas pertenecían a la misma parroquia, podía ser arreglada a su gusto. Parecía realmente ansioso de hacerlo, y toda su carta estaba redactada en un estilo tan amable que no podía sino agradar a su prima, en especial en un momento en que sufría por el comportamiento frío e insensible de sus parientes más próximos. No necesitó de tiempo alguno para deliberaciones o consultas. Junto con leer la carta tomó su decisión. La ubicación de Barton en un condado tan distante de Sussex como Devonshire, algo que tan solo unas horas antes habría constituido un obstáculo suficiente para contrarrestar todas las posibles bondades del lugar, era ahora su principal ventaja.

Abandonar el vecindario de Norland ya no parecía un mal; era un objeto de deseo, una bendición en comparación con la miseria de seguir siendo huésped de su nuera. Y alejarse para siempre de ese lugar amado iba a ser menos doloroso que habitar en él o visitarlo mientras esa mujer fuera su dueña y señora. Acto seguido le escribió a *sir* John Middleton manifestándole agradecimiento por su bondad y aceptando su proposición; después se apresuró a enseñar ambas cartas a sus hijas, asegurándose de su aprobación antes de remitirlas.

Elinor había pensado siempre que sería más inteligente para ellas establecerse a alguna distancia de Norland antes que entre sus actuales conocidos, por lo que no obstaculizó las intenciones de su madre de irse a Devonshire. La casa, además, tal como la describía *sir* John, era de dimensiones tan sencillas y el alquiler tan notablemente bajo, que no le daba derecho a discutir punto alguno; y así, aunque no era un plan que atrajera su fantasía y aunque significaba un alejamiento de las vecindades de Norland que excedía sus deseos, no hizo intento alguno por quitar de la cabeza a su madre el escribir aceptando el ofrecimiento.

Capítulo V

Poco después de despachada su respuesta, la señora Dashwood se permitió el gusto de comunicar a su hijastro y esposa que contaba con una casa y que ya no los incomodaría sino hasta que todo estuviera listo para habitarla. La escucharon con perplejidad. La señora de John Dashwood no dijo nada, pero su esposo manifestó amablemente que esperaba que no se fueran lejos de Norland. Con gran satisfacción, la señora Dashwood le contestó que se iban a Devonshire. Edward rápidamente elevó los ojos al escuchar esto, y con una voz de asombro y preocupación que no hicieron falta mayor explicación para la señora Dashwood, repitió: "¡Devonshire! ¿En verdad van allá? ¡Tan lejos de aquí! ¿Y a qué parte?". Ella le explicó el emplazamiento. Estaba a cuatro millas al norte de Exeter.

—No es sino una casita de campo —continuó—, pero espero encontrar allí a muchos de mis amigos. Será fácil añadirle una o dos habitaciones; y si mis amigos no encuentran obstáculo en viajar tan lejos para visitarme, con toda seguridad yo no lo encontraré para recibirlos.

Finalizó con una muy generosa invitación al señor John Dashwood y a su esposa para que la visitaran en Barton; y a Edward le extendió otra todavía con mayor afecto. Aunque en su última conversación con su nuera las expresiones de esta la habían decidido a no quedarse en Norland más de lo que era necesario, no produjeron en ella el efecto al que fundamentalmente apuntaban: separar a Edward y Elinor estaba tan lejos de ser su objetivo como lo había estado antes; y con esa invitación a su hermano, deseaba mostrarle a la señora de John Dashwood cuán pequeña importancia daba a su desaprobación de esa unión.

El señor John Dashwood le repitió a su madre una y otra vez cuán profundamente lamentaba que ella hubiera escogido una casa a una distancia tan lejana de Norland que le impediría ofrecerle sus servicios para el traslado de su mobiliario. Se sentía en verdad apenado con la situación, porque hacía impracticable aquel esfuerzo al que había limitado el cumplimiento de la promesa a su padre. Los propios fueron enviados por mar. Consistían principalmente en ropa blanca, cubiertos, vajilla y libros, junto con un hermoso piano de Marianne. La señora de John Dashwood vio partir los bultos con un suspiro; no podía evitar sentir que como la renta de la señora Dashwood iba a ser tan minúscula comparada con la suya, a ella le correspondía tener cualquier artículo de mobiliario que fuera bello.

La señora Dashwood alquiló la casa por un año; ya estaba amueblada, y podía tomar posesión de ella enseguida. Ninguna de las partes interesadas opuso dificultad alguna al acuerdo, y ella esperó tan solo el despacho de sus efectos desde Norland y decidir su futuro servicio doméstico antes de partir hacia el oeste; y esto, dada la gran velocidad con que llevaba a cabo todo lo que le interesaba, muy pronto estuvo hecho. Los caballos que le había legado su esposo habían sido vendidos tras su defunción, y habiéndosele ofrecido ahora una oportunidad de disponer de su carruaje, aceptó venderlo a instancias de su hija mayor. Si hubiera dependido solo de sus deseos, se lo habría quedado, para mayor comodidad de sus hijas; pero prevaleció el buen juicio de Elinor. Fue también su inteligencia la que limitó el número de sirvientes a tres, dos doncellas y un hombre, rápidamente seleccionados entre los que habían constituido su servicio en Norland.

El hombre y una de las doncellas partieron pronto a Devonshire a preparar la casa para la llegada de su ama, pues como la señora Dashwood desconocía por completo a *lady* Middleton, prefería llegar directamente a la cabaña antes que hospedarse en Barton Park; y confió con tal seguridad en la descripción que *sir* John había realizado de la casa, que no sintió curiosidad de examinarla por sí misma hasta que entró en ella como su dueña. La evidente satisfacción de su nuera ante la perspectiva de su marcha, apenas disimulada tras una fría invitación a quedarse por espacio de más tiempo, mantuvo intacto su deseo de alejarse de Norland. Ahora era el momento en que la promesa de John Dashwood a su padre podría haberse cumplido con especial deferencia. Como había descuidado hacerlo al llegar a la casa, el momento en que ellas la abandonaban parecía el más idóneo para ello. Pero muy pronto la señora Dashwood renunció a toda esperanza al respecto y comenzó a convencerse, por el sentido general de su conversación, de que su ayuda no iría más allá de haberlas mantenido durante seis meses en Norland. Con tanta frecuencia se refería él a los crecientes gastos del hogar y a las permanentes e incalculables peticiones monetarias a que estaba expuesto cualquier caballero de alguna prestancia, que más parecía estar necesitado de dinero que dispuesto a concederlo.

Muy pocas semanas después del día que trajo la primera carta de *sir* John Middleton a Norland, todos los arreglos estaban tan adelantados en su futuro alojamiento que la señora Dashwood y sus hijas pudieron ponerse en marcha.

Muchas fueron las lágrimas que derramaron en su última despedida a un lugar que tanto habían amado.

—¡Querido, querido Norland! —repetía Marianne mientras iba arriba y abajo sola ante la casa la última tarde que estuvieron allí—. ¿Cuándo dejaré de recordarte?; ¿cuándo aprenderé a sentir como un hogar cualquier otro sitio? ¡Ah, dichosa casa! ¡Cómo podrías saber lo que sufro al verte ahora desde este lugar, desde donde puede que no vuelva más! ¡Y ustedes, árboles que me son tan familiares! Pero ustedes, ustedes continuarán igual. Ninguna hoja se marchitará porque nosotras nos vayamos, ninguna rama dejará de agitarse aunque ya no podamos contemplarlas. No, seguirán iguales, insensibles del placer o la pena que ocasionan e insensibles a cualquier innovación en aquellos que caminan bajo sus sombras. Y, ¿quién quedará para gozarlos?

Capítulo VI

La primera parte del viaje transcurrió en medio de un ánimo tan deprimente que no pudo resultar sino aburrido y desagradable. Pero a medida que se aproximaban a su destino, el interés en la apariencia de la región donde habrían de vivir se sobrepuso a su depresión, y la vista del Valle Barton a medida que entraban en él las fue llenando de alegría. Era una comarca acogedora, fértil, con grandes bosques y rica en pastizales. Tras un recorrido de más de una milla, llegaron a su propia casa. En el frente, un pequeño jardín verde constituía la totalidad de sus dominios, al que una coqueta portezuela de rejas les permitió la entrada.

Como vivienda, la casita de Barton, si bien pequeña, era acogedora y sólida; pero como casa de campo era defectuosa, porque la construcción era regular, el techo poseía tejas, las celosías de las ventanas no estaban pintadas de verde ni los muros estaban cubiertos de madreselva. Un corredor angosto llevaba directamente a través de la casa al jardín del fondo. A ambos lados de la entrada se abría una salita de estar de cerca de dieciséis pies cuadrados; y después estaban las dependencias de servicio y las escaleras. Cuatro dormitorios y dos buhardillas componían el resto de la casa. No había sido levantada hacía muchos años y estaba en buenas condiciones. En comparación con Norland, ¡ciertamente era pequeña y pobre! Pero las lágrimas que hicieron brotar los recuerdos al entrar a la casa muy pronto desaparecieron. Las alegró el gozo de los sirvientes a su llegada y cada una, pensando en las otras, decidió parecer alegre. Era principios de septiembre, el tiempo estaba hermoso, y desde la primera visión que tuvieron del lugar bajo las ventajas de un buen clima, la impresión favorable que recibieron fue de gran importancia para que se hiciera acreedor de su más firme aprobación.

El emplazamiento de la casa era bueno. Tras ella, y no muy lejos a ambos lados, se levantaban altas colinas, algunas de las cuales eran lomas abiertas, las otras cultivadas y boscosas. La aldea de Barton estaba situada casi en su totalidad en una de estas colinas, y ofrecía una hermosa vista desde las ventanas de la casita. La perspectiva por el frente era más amplia; se dominaba todo el valle, e incluso los campos en que este desembocaba. Las colinas que rodeaban la cabaña cerraban el valle en esa dirección; pero bajo otro nombre, y con otro curso, se abría otra vez entre dos de los montes más en cuesta.

La señora Dashwood se sentía contenta en términos generales con el tamaño y mobiliario de la casa, pues aunque su antiguo estilo de vida hacía necesario mejorarla en muchos aspectos, siempre era un placer para ella ampliar y perfeccionar las cosas; y en ese momento contaba con bastante dinero para infundir a los aposentos todo lo que necesitaban de mayor prestancia.

—En cuanto a la casa misma —dijo—, por cierto es demasiado pequeña para nuestra familia; pero estaremos relativamente cómodas por el momento, ya que se encuentra muy avanzado el año para realizar reformas. Quizás en la primavera, si tengo bastante dinero, como me atrevo a señalar que tendré, podremos pensar en construir. Estos vestíbulos son los dos demasiado pequeños para los grupos de amigos que espero ver frecuentemente reunidos aquí; y tengo la idea de llevar el corredor dentro de uno de ellos, con quizás una parte del otro, y así dejar lo restante de ese otro como vestíbulo; esto, junto con una nueva sala, que puede ser agregada sin problemas, y un dormitorio y una buhardilla arriba, harán de ella una casita muy resguardada. Podría desear que las escaleras fueran más atractivas. Pero no se puede esperar todo, aunque creo que no sería difícil ampliarlas. Ya veré cuánto le deberé al mundo cuando llegue la primavera, y planificaremos nuestras mejoras de acuerdo con ello.

Entre tanto, hasta cuando una mujer que nunca había economizado en su vida pudiera llevar a cabo todos estos cambios con los ahorros de un ingreso de quinientas libras al año, sabiamente se contentaron con la casa tal como estaba; y cada una de ellas se preocupó y empeñó en organizar sus propios asuntos, distribuyendo sus libros y otras posesiones para hacer de la casa un hogar. Instalaron el piano de Marianne y lo emplazaron en el lugar más adecuado, y colgaron los dibujos de Elinor en los muros de la sala.

Al día siguiente, apenas finalizado el desayuno, se vieron interrumpidas en sus ocupaciones por la entrada del propietario de la cabaña, que llegó a darles la bienvenida a Barton y a ofrecerles todo aquello de su propia casa y jardín que les pudiera hacer falta en el momento. *Sir* John Middleton era un hombre bien parecido de unos cuarenta años. Antes había estado de visita en Stanhill, pero hacía de ello demasiado tiempo para que sus jóvenes primas lo recordaran. Su cara revelaba buen humor y sus modales eran tan amables como el estilo de su carta. Parecía que la llegada de sus parientes lo llenaba de auténtica satisfacción y que su comodidad era objeto de preocupación para él. Se explayó en su profundo deseo de que ambas familias vivieran en los términos más amistosos y las exhortó tan cortésmente a que cenaran en Barton Park todos los días hasta que estuvieran mejor instaladas en su hogar, que aunque insistía en sus peticiones hasta un punto que sobrepasaba los buenos modales, era imposible sentirse molesto por ello. Su bondad no se limitaba a las palabras, porque antes de una hora de su partida, un gran cesto de hortalizas y frutas llegó desde la finca, seguido antes de terminar el día por un obsequio de animales de caza. Más aún, insistió en llevar todas sus cartas al correo y traer las que les llegaran, y rehusó lo privaran de la buena voluntad de enviarles a diario su periódico.

Lady Middleton les había mandado con él un mensaje muy cariñoso, en que revelaba su intención de visitar a la señora Dashwood tan pronto como pudiera estar segura de que su llegada no le significaría un trastorno; y como este mensaje recibió una respuesta igualmente favorable, al día siguiente les presentaron a su señoría.

Ciertamente, estaban con ganas de ver a la persona de quien debía depender tanto su comodidad en Barton, y la elegancia de su apariencia las impresionó favorablemente. *Lady* Middleton no tenía más de veintiséis o veintisiete años, era de bello rostro, figura alta y atractiva y trato gracioso. Sus modales tenían todo el refinamiento de que carecía su esposo. Pero le habría venido bien algo de su liberalidad y calor. Y su visita se prolongó lo suficiente para hacer disminuir en algo la admiración inicial que había provocado, al mostrar que, aunque perfectamente educada, era reservada, fría, y no tenía nada que decir por sí misma más allá de las más tópicas preguntas u observaciones.

No faltó, sin embargo, la conversación, porque *sir* John era muy charlatán y *lady* Middleton había tenido la sabia precaución de llevar con ella a su hijo mayor, un gentil muchachito de alrededor de seis años cuya presencia ofreció en todo momento un tema al que recurrir en caso de extrema urgencia. Debieron indagar su nombre y edad, admirar su prestancia y hacerle preguntas, que su madre respondía por él mientras él se mantenía pegado a ella con la cabeza gacha, para gran sorpresa de su señoría, que se extrañaba de que fuera tan apocado ante los extraños cuando en casa podía hacer bastante ruido. En todas las visitas formales debiera haber un niño, a manera de seguro para la conversación. En el caso actual, tardaron diez minutos en decidir si el niño se parecía más al padre o a la madre, y en qué cosa en especial se parecía a cada uno; porque, por supuesto, todos discrepaban y cada uno se manifestaba perplejo ante la opinión de los demás.

Muy pronto las Dashwood tuvieron una nueva ocasión de conversar sobre el resto de los niños, porque *sir* John no dejó la casa sin que antes le prometieran cenar con ellos al día siguiente.

Capítulo VII

Barton Park estaba a una media milla de la cabaña. Las Dashwood habían pasado cerca de allí al cruzar el valle pero desde su hogar no lo divisaban, pues lo tapaba el saliente de una colina. La casa misma era amplia y bella, y los Middleton vivían de manera que conjugaba la hospitalidad y la elegancia. La primera se daba para satisfacción de *sir* John, la última para la de su esposa. Casi nunca faltaba algún amigo alojado con ellos en la casa, y recibían más visitas de todo tipo que ninguna otra familia de las cercanías. Ello era necesario para la felicidad de ambos, dado que a pesar de sus caracteres distintos y conductas, se parecían extremadamente en la total falta de talento y gusto, carencia que limitaba a un rango en verdad corto las ocupaciones no relacionadas con la vida social. *Sir* John estaba entregado a los deportes, *lady* Middleton a la maternidad. Él cazaba y practicaba el tiro, ella consentía a sus hijos; y estos eran sus únicos recursos. *Lady* Middleton tenía la ventaja de poder mimar a sus hijos durante todo el año, en tanto que las ocupaciones independientes de *sir* John podían darle solo la mitad del tiempo. Sin embargo, continuos compromisos en la casa y fuera de ella suplían todas las deficiencias de su naturaleza y educación, alimentaban el buen talante de *sir* John y permitían que su esposa ejercitara sus buenos modales. *Lady* Middleton se gloriaba de la elegancia de su mesa y de todos sus arreglos domésticos, y de esta clase de orgullo extraía las mayores satisfacciones en todas sus reuniones. En cambio, el gusto de *sir* John por la vida social era mucho más auténtico; disfrutaba de reunir en torno a él a más gente joven de la que cabía en su casa, y mientras más ruidosa era, mayor su felicidad. Era una bendición para toda la juventud de la vecindad, ya que en verano sin descanso reunía grupos de personas para comer jamón y pollo frito al aire libre, y en invierno sus bailes privados eran bastante numerosos para cualquier muchacha que ya hubiera dejado atrás el inagotable apetito de los quince años. La llegada de una nueva familia a la región era siempre motivo de satisfacción para él, y desde todo punto de vista estaba encantado con los inquilinos que había conseguido para su cabaña en Barton. Las señoritas Dashwood eran jóvenes, atractivas y sencillas, de modales poco amanerados. Eso bastaba para asegurar su buena opinión, porque la falta de amaneramiento era todo lo que una chica bonita podía necesitar para hacer de su espíritu algo tan atractivo como su apariencia. Complació a *sir* John en su carácter amistoso la posibilidad de hacer un favor a aquellos cuya situación podía considerarse adversa si se la comparaba con la que habían tenido en el pasado. Así, sus muestras de bondad a sus primas llenaban su buen corazón; y al establecer en la casita de Barton a una familia compuesta solamente de mujeres, conseguía todos los placeres de un deportista; porque un deportista, aunque solo aprecia a los representantes de su sexo que también lo son, pocas veces se muestra deseoso de fomentar sus gustos alojándolos en su propio coto.

La señora Dashwood y sus hijas fueron recibidas en la puerta de la casa por *sir* John, quien les dio la bienvenida a Barton Park con espontánea sinceridad; y mientras las guiaba hasta el salón, repetía a las jóvenes la preocupación que el mismo tema le había causado el día anterior, esto es, no poder reclutar ningún joven distinguido y simpático para presentarles. Ahí solo habría otro caballero además de él, les dijo; un amigo muy singular que se estaba quedando en la finca, pero que no era ni muy joven ni muy alegre. Aguardaba que le disculparan lo escaso de la concurrencia y les aseguró que ello no volvería a repetirse. Había estado con varias familias esa mañana, con la esperanza de conseguir a alguien más para engrandecer el grupo, pero había luna y todos estaban llenos de compromisos para esa noche. Por suerte, la madre de *lady* Middleton había llegado a Barton a última hora, y como era una mujer muy alegre y agradable, esperaba que las jóvenes no encontraran la reunión tan aburrida como podrían imaginar. Las jóvenes, al igual que su madre, estaban perfectamente satisfechas con tener a dos personas por completo desconocidas entre la concurrencia, y no deseaban más.

La señora Jennings, la madre de *lady* Middleton, era una mujer ya entrada en años, de excelente humor, gorda y alegre que hablaba por los codos, parecía muy feliz y algo vulgar. Estaba llena de bromas y risas, y antes del final de la cena había dado repetidas muestras de su ingenio en el tema de enamorados y maridos; había manifestado sus deseos de que las muchachas no hubieran dejado sus corazones en Sussex, y cada vez fingía haberlas visto subírseles los colores, ya sea que lo hubieran hecho o no. Marianne se sintió incómoda por ello a causa de su hermana y, para ver cómo sobrellevaba estos ataques, miró a Elinor con una ansiedad que le produjo a esta una incomodidad mucho mayor que la que podían generar las vulgares bromas de la señora Jennings.

El coronel Brandon, el amigo de *sir* John, con sus modales apagados y serios, parecía tan poco idóneo para ser su amigo como *lady* Middleton para ser su esposa, o la señora Jennings para ser la madre de *lady* Middleton. Su apariencia, sin embargo, no era desagradable, a pesar de que a juicio de Marianne y Margaret era un solterón empedernido, porque ya había pasado los treinta y cinco y entrado a la zona deslucida de la vida; pero aunque no era de semblante soberbio, había inteligencia en su rostro y una particular caballerosidad en sus maneras.

Nadie de los presentes tenía nada que lo recomendara como compañía para las Dashwood; pero la fría insipidez de *lady* Middleton era tan especialmente poco grata, que comparadas con ella la gravedad del coronel Brandon, e incluso la bulliciosa alegría de *sir* John y su suegra, eran interesantes. El contento de *lady* Middleton solo pareció brotar después de la cena con la entrada de sus cuatro ruidosos hijos, que la mortificaron a tirones de aquí para allá, desgarraron su ropa y pusieron fin a todo tipo de conversación, excepto la referida a ellos.

Al morir la tarde, como se revelara que Marianne tenía aptitudes musicales, la invitaron a tocar. Abrieron el instrumento, todos se prepararon para sentirse extasiados, y Marianne, que cantaba muy bien, a su pedido interpretó la mayoría de las canciones que *lady* Middleton había aportado a la familia al casarse, y que quizá habían permanecido desde entonces en la misma posición sobre el piano, ya que su señoría había celebrado ese acontecimiento renunciando a la música, aunque según su madre tocaba maravillosamente y, según ella misma, era muy aficionada a ello.

La actuación de Marianne fue muy elogiada. *Sir* John manifestaba estruendosamente su admiración al finalizar cada pieza, e igualmente estruendosa era su conversación con los demás mientras duraba la canción. Frecuentemente *lady* Middleton lo llamaba al orden, se asombraba de que alguien pudiera distraer su atención de la música siquiera por un instante y le pedía a Marianne que cantara una canción en especial que ella acababa de terminar. Solo el coronel Brandon, entre toda la concurrencia, la escuchaba sin aspavimentos. Su único cumplido era escucharla, y en ese momento ella sintió por él un respeto que los otros con toda razón habían perdido por su descarada falta de gusto. El placer que el coronel había mostrado ante la música, aunque no llegaba a ese arrobamiento que, con exclusión de cualquier otro, ella consideraba compatible con su propio éxtasis, era digno de estimación frente a la horrible insensibilidad de los demás; y ella era lo suficientemente sensata como para conceder que un hombre de treinta y cinco años bien podía haber dejado atrás en su vida toda agudeza de sentimientos y cada exquisita facultad de gozo. Estaba perfectamente dispuesta a hacer todas las concesiones posibles a la avanzada edad del coronel que un espíritu humanitario exigiría.

CAPÍTULO VIII

Cuando se quedó viuda, la señora Jennings había quedado en poder de una cuantiosa renta por el usufructo de los bienes legados por su marido. Solo tenía dos hijas, a las que había llegado a ver respetablemente casadas y, por tanto, ahora no tenía nada que hacer sino casar al resto del mundo. Hasta donde era capaz, era extraordinariamente activa en el cumplimiento de este objetivo y no perdía ocasión de planificar matrimonios entre los jóvenes que conocía. Era de notable sagacidad para descubrir quién se sentía atraído por quién, y había gozado del mérito de hacer subir los colores y la vanidad de muchas jóvenes con insinuaciones relativas a su atracción sobre tal o cual joven; y apenas llegada a Barton, este tipo de perspicacia le permitió anunciar que el coronel Brandon estaba muy enamorado de Marianne Dashwood. Más bien, sospechó que así era la primera tarde que estuvieron juntos, por la atención con que la escuchó cantar; y cuando los Middleton devolvieron la visita y cenaron en la cabaña, lo ratificó al comprobar otra vez cómo la escuchaba. Tenía que ser así. Estaba totalmente convencida de ello. Sería una magnífica unión, porque él era rico y ella era muy guapa. Desde el instante mismo en que había conocido al coronel Brandon, debido a sus lazos con *sir* John, la señora Jennings había deseado verlo bien casado; y, además, nunca flaqueaba en el afán de conseguirle un buen marido a cada muchacha atractiva.

La ventaja cercana que consiguió de ello no fue de ninguna forma insignificante, porque la proveyó de interminables bromas a costa de los dos. En Barton Park se reía del coronel, y en la cabaña, de Marianne. Al primero, quizás esas chanzas le eran totalmente inocuas, ya que solo lo afectaban a él; pero para la segunda, al comienzo fueron incomprensibles; y cuando entendió, su finalidad, no sabía si reírse de lo absurdas que eran o censurar su impertinencia, ya que las consideraba un comentario insensible a los muchos años del coronel y a su aburrida condición de solterón.

La señora Dashwood, que no podía considerar a un hombre cinco años menor que ella demasiado anciano como aparecía ante la juvenil imaginación de su hija, intentó lavar a la señora Jennings de la impertinencia de haber querido ridiculizar su edad.

—Pero, mamá, al menos responderá de lo absurdo de la acusación, aunque no la crea intencionalmente pérfida. Desde luego que el coronel Brandon es más joven que la señora Jennings, pero es lo bastante viejo para ser mi padre; y si llegara a tener el ánimo suficiente para enamorarse, ya debe haber olvidado qué se siente en esas circunstancias. ¡Es demasiado ridículo! ¿Cuándo podrá un hombre liberarse de tales artificios, si la edad y su debilidad no lo defienden?

—¡Debilidad! —exclamó Elinor—. ¿Llamas débil al coronel Brandon? Naturalmente puedo pensar que a ti su edad te parezca mucho mayor que a mi madre, pero es difícil que te engañes sobre si está en uso de sus extremidades.

—¿No lo escuchaste quejarse de reumatismo? ¿Y no es esa la primera debilidad de una vida que va al ocaso?

—¡Mi querida niña! —dijo la madre, riendo—, entonces debes estar en constante temor de que yo haya entrado también en el declive; y debe parecerte un milagro que mi vida haya llegado a la avanzada edad de cuarenta años.

—Mamá, no está siendo justa conmigo. Sé en verdad que el coronel Brandon no es tan viejo como para que sus amigos tengan miedo de perderlo por causas naturales. Puede vivir veinte años más. Pero treinta y cinco años no tienen nada que ver con el matrimonio.

—Quizá —dijo Elinor—, sea mejor que una persona de treinta y cinco y otra de diecisiete no tengan nada que ver con un matrimonio entre sí. Pero si por azar llegara a tratarse de una mujer soltera a los veintisiete, no creo que el hecho de que el coronel Brandon tenga treinta y cinco le despertaría ningún pero a que se casara con ella.

—Una mujer de veintisiete —dijo Marianne, tras un breve silencio— jamás podría esperar sentir o inspirar afecto otra vez; y si su hogar no es confortable, o su fortuna no es grande, supongo que podría ensayar conformarse con desempeñar el oficio de institutriz, para así conseguir la seguridad con que cuenta una esposa. Por tanto, si el coronel se casara con una mujer en esa condición, no habría nada disparatado. Sería un pacto de conveniencia y el mundo lo daría por bueno. A mis ojos no sería en absoluto un matrimonio, Pero eso no importa. A mí me parecería solo un intercambio comercial, en que cada uno querría beneficiarse a costa del otro.

—Sé —dijo Elinor— que sería imposible hacerte entrar en razón de que una mujer de veintisiete pueda sentir por un hombre de treinta y cinco algo que ni tan solo se acerque a ese amor que lo transformaría en un compañero deseable para ella. Pero debo objetar que condenes al coronel Brandon y a su esposa a la perpetua enclaustración en una alcoba de enfermo, por la simple razón de que ayer (un día muy frío y húmedo) él llegó a quejarse de una débil sensación reumática en uno de sus hombros.

—Pero él sugirió camisetas de franela —dijo Marianne—; y para mí, una camiseta de franela está invariablemente unida a dolores, calambres, reumatismo, y todos los males que pueden mortificar a los ancianos y débiles.

—Si tan solo hubiera estado aquejado de una fiebre violenta, no lo habrías despreciado tanto. Confiesa, Marianne, ¿no sientes que hay algo atractivo en las mejillas encendidas, ojos hundidos y pulso acelerado de la fiebre?

Poco después, cuando Elinor hubo abandonado la habitación, dijo Marianne:

—Mamá, tengo una preocupación en este tema de las enfermedades que no puedo esconderte. Estoy segura de que Edward Ferrars está enfermo. Ya llevamos acá cerca de quince días y todavía no ha aparecido. Tan solo una verdadera indisposición podría ocasionar este extraordinario retraso. ¿Qué otra cosa puede detenerlo en Norland?

—¿Tú pensabas que él vendría enseguida? —dijo la señora Dashwood—. Yo no. Al contrario, si me he llegado a sentir ansiosa en cuanto a ello, ha sido al recordar que a veces él mostraba una cierta falta de emoción ante mi invitación y poca disposición a aceptar cuando le mencionaba su venida a Barton. ¿Es que Elinor lo espera ya?

—Jamás se lo he sacado a relucir a ella, pero ciertamente tiene que estar aguardándolo.

—Pienso que te equivocas, porque cuando ayer le hablaba de conseguir una nueva rejilla para la chimenea del dormitorio de alojados, señaló que no había ninguna prisa, como si la habitación no fuera a ser ocupada durante mucho tiempo.

—¡Qué extraño es todo esto! ¿Qué puede significar? ¡Pero todo en la manera en que se han tratado entre ellos ha sido inaudito! ¡Cuán frío, cuán formal fue su último adiós! ¡Qué poco animada su conversación la última tarde que estuvieron juntos! Al despedirse, Edward no hizo ninguna distinción entre Elinor y yo: para ambas tuvo los buenos deseos de un hermano afectuoso. Dos veces los dejé solos a propósito la última mañana, y cada vez él, de la forma más incomprensible, me siguió fuera de la habitación. Y Elinor, al dejar Norland y a Edward, no lloró como yo lo hice. Incluso ahora su autocontrol es invariable. ¿Cuándo se siente deprimida o melancólica? ¿Cuándo intenta evitar la compañía de otros, o parece nerviosa e insatisfecha con ella misma?

Capítulo IX

Las Dashwood estaban instaladas ahora en Barton bastante confortables. La casa y el jardín, con todos los objetos que los rodeaban, ya les eran cotidianos; poco a poco retomaban las ocupaciones cotidianas que habían dado la mitad de su encanto a Norland, pero esta vez con mucho mayor placer que el que allí habían logrado desde el fallecimiento de su padre. *Sir* John Middleton, que las visitó diariamente durante los primeros quince días y que no estaba acostumbrado a ver demasiados trabajos en su hogar, no podía ocultar su asombro por encontrarlas siempre ocupadas.

Sus, visitantes, salvo los de Barton Park, no eran muchos. A pesar de los constantes ruegos de *sir* John para que se integraran más al vecindario y de haberles asegurado constantemente que su carruaje estaba siempre a su disposición, la independencia de espíritu de la señora Dashwood venció su deseo de vida social para sus hijas; y con gran empeño declinó visitar a ninguna familia cuya casa quedara a mayor distancia que la que se podía alcanzar caminando. Había pocas que cumplieran tal condición, y no todas ellas eran asequibles. Aproximadamente a milla y media de la cabaña, junto al angosto y sinuoso valle de Allenham, que nacía del de Barton, tal como ya se ha expuesto, en una de sus primeras caminatas las muchachas habían descubierto una mansión de aire respetable que, al recordarles un poco a Norland, despertó interés en sus fantasías y las hizo desear conocerla más. Pero a sus preguntas les contestaron que su propietaria, una dama anciana muy amable, por desgracia estaba demasiado débil para compartir con el resto de los mortales y jamás se alejaba de su mansión.

Por lo general, las cercanías abundaban en hermosas vistas. Los altos cerros, que las invitaban desde casi todas las ventanas de la cabaña a buscar en sus cumbres el sanísimo placer del aire puro, eran una deseada alternativa cuando el polvo de los valles de abajo ocultaba sus más altos encantos; y hacia una de esas colinas dirigieron sus pasos Marianne y Margaret una memorable mañana, atraídas por el poco sol que asomaba en un cielo chubascoso e incapaces de soportar más el encierro al que las había obligado la continua lluvia de los dos días anteriores. El clima no era tan tentador como para arrancar a las otras dos de sus lápices y libros, a pesar de la declaración de Marianne de que el buen tiempo se mantendría y que hasta la última de las nubes amenazadoras se alejaría de los cerros. Y juntas partieron las dos muchachas.

Contentas ascendieron las lomas, alegrándose de su propia clarividencia cada vez que vislumbraban un trozo de cielo azul; y cuando recibieron en sus rostros las vivificantes ráfagas de un penetrante viento del suroeste, lamentaron los miedos que habían impedido a su madre y a Elinor la posibilidad de compartir tan maravillosas sensaciones.

—¿Existe en el mundo —dijo Marianne— una felicidad comparable a esta? Margaret, caminaremos aquí al menos dos horas.

Margaret estuvo de acuerdo, y reanudaron su camino contra el viento, resistiéndolo con alegres carcajadas durante casi veinte minutos más, cuando de pronto las nubes se unieron por sobre sus cabezas y una intensa lluvia les empapó los rostros. Apenadas y perplejas, se vieron obligadas, aunque a desgana, a devolverse, porque ningún refugio había más cercano que su casa. Sin embargo, les quedaba un alivio, al que pudieron recurrir en ese instante puesto que la necesidad les dio más decoro del que habitualmente tendrían: y este fue bajar corriendo tan deprisa como podían por la falda de la colina que conducía directamente al portón de su jardín.

Se pusieron en marcha. Marianne tomó ventaja al comienzo, pero un paso en falso la hizo caer de repente a tierra; y Margaret, no pudiendo detenerse para auxiliarla, involuntariamente siguió de largo a toda prisa y llegó abajo sin problemas.

Un caballero que cargaba una escopeta, con dos perros pointer que jugaban a su alrededor, se encontraba subiendo la colina y a pocas yardas de Marianne cuando sucedió el accidente. Dejó su arma y corrió en su ayuda. Ella se había puesto en pie, pero habiéndose torcido un tobillo al caer, casi no podía sostenerse en pie. El caballero le ofreció sus servicios, y advirtiendo que su modestia la hacía rehusar lo que su situación hacía necesario, la levantó en sus brazos sin más dilación y la llevó cerro abajo. Después, cruzando el jardín cuya puerta Margaret había dejado abierta, la cargó directamente al interior de la casa, adonde Margaret acababa de llegar, y no dejó de sostenerla hasta acomodarla en una silla de la salita.

Elinor y su madre se levantaron perplejas al verlo entrar, y mientras le clavaban la vista con clara extrañeza y a la vez con secreta admiración ante su prestancia, él disculpó su intromisión relatando lo que le había pasado; y lo hizo de manera tan sincera y llena de gracia que su voz y expresión parecieron agrandar sus encantos, aunque ya era extraordinariamente buen mozo. Si hubiera sido viejo, feo y del montón, también habría contado con la gratitud y amabilidad de la señora Dashwood por cualquier acto de atención hacia su hija; pero la influencia de la juventud, la belleza y elegancia prestó un nuevo interés a su acción, que la conmovió todavía más.

Le agradeció una y otra vez, y con la dulzura de trato que le era normal, lo invitó a sentarse. Pero él declinó hacerlo, en consideración a que estaba sucio y mojado. La señora Dashwood le rogó entonces le dijera con quién debía estar agradecida. Su nombre, replicó él, era Willoughby, y su hogar en ese entonces estaba en Allenham, desde donde él esperaba le permitiera el honor de visitarlas al día siguiente para averiguar cómo continuaba la señorita Dashwood. El honor fue rápidamente concedido y él partió, haciéndose todavía más atractivo, en medio de una intensa lluvia.

Su prestancia varonil y más que común gracia se hicieron enseguida tema de común admiración, y las risas a costa de Marianne que despertó su galantería recibieron particular estímulo de sus encantos externos. Marianne misma había visto menos de su apariencia que el resto, porque la confusión que coloreó su rostro cuando él la levantó le había impedido mirarlo después de que entraron en la casa. Pero había visto lo suficiente de él para sumarse a la admiración del resto, y lo hizo con esa energía que siempre adornaba sus elogios. En apariencia y aire era igual que su fantasía había siempre atribuido al héroe de sus relatos favoritos; y el haberla cargado a casa con tal desparpajo previo revelaba una rapidez de pensamiento que en forma muy especial despertaba en ella un ánimo favorable a él. Todas las circunstancias que le eran propias lo hacían atractivo. Tenía un buen nombre, su residencia estaba en el villorrio que preferían por sobre los demás, y mucho después Marianne descubrió que de todas las vestimentas masculinas, la más seductora era una chaqueta de caza. Se encendía su imaginación, sus reflexiones eran agradables, y el dolor de un tobillo torcido perdió toda consideración.

Esa mañana *sir* John acudió a visitarlas tan pronto como la siguiente brevedad de buen tiempo le permitió salir de casa. Tras relatarle el accidente que tuvo Marianne, le preguntaron con interés si conocía en Allenham a un caballero de nombre Willoughby.

—¡Willoughby! —exclamó *sir* John—. ¿Es que él está aquí? Pero qué buenas noticias; cabalgaré hasta su casa mañana para invitarlo a cenar el jueves.

—¿Usted lo conoce, entonces? —preguntó la señora Dashwood.

—¡Conocerlo! Claro que sí. ¡Pero si viene todos los años!

—¿Y qué clase de joven es?

—Le aseguro que una persona tan bondadosa como el que más. Un tirador bastante aceptable, y no hay jinete más valiente en toda Inglaterra.

—¡Y eso es todo lo que puede confesar de él! —exclamó Marianne enfadada—. Pero, ¿cómo son sus modales cuando se lo conoce de forma más íntima? ¿Cuáles son sus ocupaciones, sus talentos, cómo es su espíritu?

Sir John estaba algo embrollado.

—Por mi vida —dijo—, no lo conozco tanto como para saber eso. Pero es una persona agradable, amable, y tiene una perrita pointer de color negro que es lo mejor que he visto. ¿Iba con él hoy?

Pero Marianne era tan incapaz de satisfacer su curiosidad en cuanto al color del perro del señor Willoughby, como lo era él respecto a descubrir las facetas de la mente del joven.

—Pero, ¿quién es él? —preguntó Elinor—. ¿De dónde procede? ¿Posee una casa en Allenham?

—Sobre este punto podía informarlas más *sir* John, y les dijo que el señor Willoughby no poseía propiedades personales en la región; que residía allí solo mientras visitaba a la anciana de Allenham Court, de quien era pariente y cuyos bienes heredaría. Y añadió:

—Sí, sí, vale la pena pescarlo, le aseguro, señorita Dashwood; es dueño, además, de una hermosa propiedad en Somersetshire; y si yo fuera usted, no se lo cedería a mi hermana menor a pesar de todo su dar tumbos cerro abajo. La señorita Marianne no puede pretender quedarse con todos los hombres. Brandon se pondrá celoso si ella no va con más tiento.

—No creo —dijo la señora Dashwood, con una sonrisa alegre—, que ninguna de mis hijas vaya a incomodar al señor Willoughby con conatos de atraparlo. No es una ocupación para la que hayan sido criadas. Los hombres están muy a salvo con nosotras, sin importar cuán ricos sean. Me alegra saber, sin embargo, por lo que usted dice, que es un joven respetable y alguien cuyo trato no será de desdeñar.

—Creo que es una persona tan bondadosa como el que más —repitió *sir* John—. Recuerdo la última Navidad, en una pequeña reunión en Barton Park, en que él bailó desde las ocho hasta la cuatro sin descansar ni una vez.

—¿Es cierto? —exclamó Marianne brillándole los ojos—. ¿Y con prestancia, con espíritu?

—Sí; y estaba otra vez en pie a las ocho, preparado para salir a caballo.

—Eso es lo que me agrada; así es como debiera ser un joven. Sin importar a qué esté dedicado, su entrega a lo que hace no debe saber de moderaciones ni dejarle ninguna sensación de cansancio.

—Ya, ya, estoy viendo cómo va a ser —dijo *sir* John—, ya veo cómo será. Usted se propondrá echarle el lazo ahora, sin pensar en el pobre Brandon.

—Esa es una expresión, *sir* John —dijo Marianne acaloradamente— que me disgusta sobre todo. Detesto todas las frases hechas con las que se intenta demostrar agudeza; y "echarle el lazo a un hombre", o "hacer una conquista", son las más despreciables de todas. Se inclinan a la vulgaridad y mezquindad; y si alguna vez pudieron ser consideradas bien construidas, hace mucho que el tiempo ha destruido toda su agudeza.

Sir John no entendió mucho esta pulla, pero rio con tantas ganas como si lo hubiera hecho, y después replicó:

—Sí, sí, me atrevo a decir que usted, de una forma u otra, va a hacer bastantes conquistas. ¡Pobre Brandon! Ya está suficientemente prendado de usted, y le aseguro que bien vale la pena echarle el lazo, a pesar de todo este andar rodando por el suelo y torciéndose los tobillos.

CAPÍTULO X

El "salvador" de Marianne, según los términos en que con más donaire que precisión ensalzara Margaret a Willoughby, llegó a la casa muy temprano a la mañana siguiente para interesarse personalmente por ella. Fue recibido por la señora Dashwood con algo más que amabilidad: con una deferencia que las palabras de *sir* John y su propia gratitud inspiraban; y todo lo que tuvo lugar durante la visita llevó a darle al joven plena seguridad sobre el buen sentido, elegancia, trato afectuoso y comodidad hogareña de la familia con la cual se había relacionado por un azar. Para convencerse de las prendas personales de que todas hacían gala, no había necesitado una segunda entrevista.

La señorita Dashwood era de tez delicada, rasgos regulares y una figura extraordinariamente bonita. Marianne era más hermosa todavía. Su silueta, aunque no tan correcta como la de su hermana, al tener la ventaja de la altura era más atractiva; y su rostro era tan embelesador, que cuando en los tradicionales panegíricos se la llamaba una niña hermosa, se faltaba menos a la verdad de lo que suele pasar. Su cutis era muy moreno, pero su transparencia le daba un extraordinario brillo; todas sus facciones eran perfectas; su sonrisa, dulce y atractiva; y en sus ojos, que eran muy oscuros, había una vida, un espíritu, un afán que difícilmente podían ser contemplados sin complacencia. Al comienzo contuvo ante Willoughby la expresividad de su mirada, por el aturdimiento que le producía el recuerdo de su ayuda. Pero cuando esto pasó; cuando recuperó el control de su espíritu; cuando vio que a su perfecta educación de caballero él unía la sinceridad y vivacidad; y, sobre todo, cuando le escuchó afirmar que era locamente aficionado a la música y al baile, le dio tal mirada de aprobación que con ella aseguró que gran parte de sus palabras estuvieran dirigidas a ella durante el resto de su estancia.

Lo único que hacía falta para obligarla a hablar era sacar a la luz cualquiera de sus diversiones favoritas. No podía callarse cuando se tocaban esos temas, y no era ni tímida ni reservada para debatirlos. Enseguida descubrieron que compartían el gusto por el baile y la música, y que ello nacía de una general similitud de juicio en todo lo que concernía a ambas actividades. Animada por esto a examinar con mayor profundidad las opiniones del joven, Marianne procedió a interrogarlo alrededor del tema de los libros; trajo a debate sus autores favoritos hablando de ellos con tal dedicación, que cualquier joven de veinticinco años tendría que haber sido en verdad insensible para no transformarse en un inmediato admirador de las excelencias de tales obras, sin importar cuán poco las hubiera tenido en consideración antes. Sus gustos eran extraordinariamente semejantes. Ambos gustaban de los mismos libros, los mismos pasajes; o, si aparecía cualquier diferencia o surgía cualquier objeción de parte de él, no duraba sino hasta el instante en que la fuerza de los argumentos de la joven o el brillo de sus ojos podían desplegarse. Él decía que sí a todas sus decisiones, se contagiaba de su entusiasmo y mucho antes del fin de su visita, conversaban con la familiaridad de conocidos de toda la vida.

—Bien, Marianne —dijo Elinor enseguida de su partida—, creo que para una mañana lo has hecho bastante bien. Ya has averiguado la opinión del señor Willoughby en casi todas las materias de importancia. Estás al tanto de lo que piensa de Cowper y Scott; tienes total certidumbre de que aprecia sus encantos tal como debe hacerse, y has recibido todas las seguridades necesarias respecto de que no admira a Pope más allá de lo permitido. Pero, ¡cómo podrás continuar tu relación con él tras despachar de manera tan extraordinaria todos los posibles temas de conversación! Pronto habrán agotado todos los tópicos preferidos. Otro encuentro bastará para que él explique sus sentimientos sobre la belleza pintoresca y los segundos matrimonios, y entonces ya no tendrás nada más que preguntar...

—¡Elinor! —exclamó Marianne—. ¿Estás siendo justa? ¿Estás siendo equilibrada? ¿Es que mis ideas son tan parcas? Pero entiendo lo que dices. Me he sentido demasiado cómoda, demasiado feliz, he estado demasiado sincera. He faltado a todos los lugares comunes relativos a la modestia. He sido abierta y sincera allí donde debí ser reservada, opaca, desganada y falsa. Si solo hubiera conversado del clima y de los caminos, y si solo hubiera hablado una vez en diez minutos, me habría salvado de esta reprimenda.

—Querida mía —dijo su madre—, no debes sentirte molesta por Elinor; ella solo bromeaba. Yo misma la amonestaría si la creyera capaz de desear poner freno al placer de tu conversación con nuestro nuevo amigo.

Marianne se sosegó en un momento.

Willoughby, por su parte, dio tantas pruebas del gusto que experimentaba la relación con ellas como su clarísimo deseo de profundizarla podía ofrecer. Las visitaba diariamente. En principio su excusa fue preguntar por Marianne; pero la alentadora forma en que era recibido, que día a día crecía en amabilidad, hizo innecesaria tal excusa antes de que la perfecta recuperación de Marianne dejara de hacerla posible. Debió quedarse confinada en casa durante algunos días, pero jamás encierro alguno había sido más agradable. Willoughby era un joven de grandes habilidades, imaginación rápida, espíritu vivaz y modales sinceros y cariñosos. Estaba hecho exactamente para conquistar el corazón de Marianne, porque a todo esto unía no solo una apariencia seductora, sino una mente llena de un natural apasionamiento, que ahora despertaba y crecía con el ejemplo del de ella y que lo encomendaba a su afecto más que ninguna otra cosa.

Poco a poco la compañía de Willoughby se transformó en el más dulce placer de Marianne. Juntos leían, conversaban, cantaban; los talentos musicales que él mostraba eran considerables, y leía con toda la sensibilidad y entusiasmo de que desgraciadamente había carecido Edward.

En la opinión de la señora Dashwood, el joven aparecía tan sin mancha como lo era para Marianne; y Elinor no veía nada en él digno de censura más que una franqueza —que lo hacía extremadamente parecido a su hermana y que a esta muy en especial deleitaba— a decir demasiado lo que pensaba en cada ocasión, sin prestar atención ni a personas ni a circunstancias. Al formar y dar apresuradamente su opinión sobre otra gente, al sacrificar la diplomacia general al placer de entregar por completo su atención a aquello que llenaba su corazón, y al pasar con demasiada facilidad por encima de las convenciones sociales mostraba un descuido que Elinor no podía aprobar, a pesar de todo lo que él y Marianne manifestaron en su favor.

Marianne comenzaba ahora a advertir que la desesperación que se había apoderado de ella a los dieciséis años y medio al creer que nunca iba a conocer a un hombre que satisficiera sus ideas de perfección, había sido apresurada y sin justificación. Willoughby era todo lo que su imaginación había elaborado en esa desdichada hora, y en cada una de sus épocas más felices, como capaz de atraerla; y en su comportamiento, él mostraba que sus deseos en tal aspecto eran tan intensos como numerosas eran sus cualidades.

También la señora Dashwood, en cuya mente la futura riqueza de

Willoughby no había hecho generar especulación alguna alrededor de un posible matrimonio entre los jóvenes, se vio arrastrada antes de terminar la semana a poner en ello sus esperanzas y expectativas, y a felicitarse en secreto por haber ganado dos yernos como Edward y Willoughby.

La preferencia del coronel Brandon por Marianne, tan premonitoriamente descubierta por sus amigos, se hizo por primera vez perceptible a Elinor cuando ellos dejaron de advertirla. Comenzaron a dirigir su atención e ingenio a su más afortunado rival, y las burlas de que el primero había sido objeto antes de que se despertara en él interés particular alguno, dejaron de caer sobre él cuando sus sentimientos en verdad comenzaron a ser merecedores de esa chanza que con tanta justicia se vincula a la sensibilidad. Elinor se vio obligada, aunque en contra de su voluntad, a creer que los sentimientos que para su propia diversión la señora Jennings le había atribuido al coronel, ciertamente los había despertado su hermana; y que si una general afinidad entre ambos podía impulsar el afecto del señor Willoughby por Marianne, una igualmente notable oposición de caracteres no era freno al afecto del coronel Brandon. Veía esto con ansiedad, pues, ¿qué esperanzas podía tener un hombre retraído de treinta y cinco años frente a un joven lleno de vida de veinticinco? Y como ni siquiera podía desearlo vencedor, con todo el corazón lo deseaba indiferente. Le gustaba el coronel; a pesar de su gravedad y reserva, lo consideraba digno de interés. Sus modales, aunque serios, eran delicados, y su reserva parecía más el resultado de una cierta pesadumbre del espíritu que de un temperamento naturalmente taciturno. *Sir* John había dejado caer insinuaciones de pasadas heridas y desilusiones, que dieron pie a Elinor para creerlo un hombre desventurado y mirarlo con respeto y lástima.

Quizá lo compadecía y estimaba más por los desaires que recibía de Willoughby y Marianne, quienes, colocados en su contra por no ser ni vivaz ni joven, parecían decididos a menospreciar sus cualidades.

—Brandon es justamente el tipo de persona —afirmó Willoughby un día en que conversaban sobre él— de quien todos hablan bien y que no le interesa a nadie; a quien todos están contentos de ver, y con quien nadie se acuerda de hablar.

—Es exactamente lo que pienso de él —exclamó Marianne.

—Pero no hagan propaganda de ello —dijo Elinor—, porque en eso los dos son injustos. En Barton Park todos lo quieren sinceramente, y por mi parte jamás lo veo sin hacer todos los esfuerzos posibles para conversar con él.

—Que usted esté de su parte —replicó Willoughby— en verdad habla en favor del coronel; pero en lo que respecta al aprecio de los demás, ello constituye en sí mismo un reproche. ¿Quién querría someterse a la vergüenza de ser aprobado por mujeres como *lady* Middleton y la señora Jennings, algo que a cualquiera dejaría por completo impasible?

—Pero puede que el maltrato de gente como usted y Marianne se compense por el aprecio de *lady* Middleton y su madre. Si el elogio de estas es censura, la censura de ustedes puede ser elogio; porque la falta de juicio de ellas no es mayor que los prejuicios e injusticia de ustedes.

—Cuando sale en defensa de su protegido, puede ser hasta mordaz.

—Mi protegido, como usted lo llama, es un hombre cabal; y la cordura siempre me será atractiva. Sí, Marianne, incluso en un hombre entre los treinta y los cuarenta. Ha visto mucho del mundo, ha estado en el extranjero, ha leído y tiene una cabeza que piensa. He encontrado que puede ofrecerme mucha información sobre diversos temas, y siempre ha contestado a mis preguntas con la presteza que dan los buenos modales y el buen carácter.

—Lo que significa —exclamó Marianne burlándose— que te ha dicho que en las Indias Orientales el clima es cálido y que los mosquitos son un fastidio.

—Me lo habría dicho, no me cabe la menor duda, si yo lo hubiera preguntado; pero ocurre que son cosas de las cuales yo ya sabía.

—Quizá —dijo Willoughby— sus observaciones se hayan ampliado a la existencia de nababs, mohúres[1] de oro y palanquines.

—Me atrevería a decir que sus observaciones han ido mucho más allá de su imparcialidad, señor Willoughby. Pero, ¿por qué le molesta?

—No me molesta. Al contrario, lo considero un hombre muy respetable, de quien todos hablan bien y en el cual nadie se fija; que tiene más dinero del que puede gastar, más tiempo del que sabe cómo utilizar, y dos abrigos nuevos cada año.

—A lo que se puede agregar —exclamó Marianne— que no tiene ni empuje, ni gusto, ni espíritu. Que su mente es opaca, sus sentimientos sin calor, su voz inexpresiva.

—Ustedes predicen cuáles son sus imperfecciones de manera tan general —replicó Elinor—, y en tal medida apoyados en la fuerza de su imaginación, que los elogios que yo puedo hacer de él resultan por comparación fríos e insípidos. Lo único que puedo decir es que es un

1 Nabab: gobernador de una provincia en la India musulmana. Mohúr moneda de oro de la antigua India británica, equivalente a quince rupias de plata.

hombre equilibrado, bien educado, cultivado, de trato agradable y, así lo creo, de corazón tierno.

—Señorita Dashwood —protestó Willoughby—, ahora me está tratando con muy poca deferencia. Intenta desarmarme con razones y convencerme contra mi voluntad. Pero no servirá. Descubrirá que mi empecinamiento es tan grande como su habilidad. Tengo tres motivos irrefutables para que me desagrade el coronel Brandon: me ha amenazado con que llovería cuando yo deseaba que hiciese buen tiempo; le ha encontrado fallos a la suspensión de mi calesa, y no puedo convencerlo de que me compre la yegua castaña. Sin embargo, si en algo la compensa que le diga que, en mi opinión, su carácter es magnífico en otros aspectos, estoy dispuesto a aceptarlo. Y en pago por una confesión que no deja de darme una cierta pesadumbre, usted no puede negarme el privilegio de que él me desagrade igual que antes.

CAPÍTULO XI

Poco habían pensado la señora Dashwood y sus hijas, cuando llegaron a Devonshire, que al poco tiempo de ser presentadas tantos compromisos llenarían su tiempo, o que la frecuencia de las invitaciones y lo continuo de las visitas les dejarían tan pocas horas para dedicarlas a ocupaciones serias. Pero, fue lo que sucedió. Cuando Marianne se recuperó, los planes de diversiones en casa y fuera de ella que *sir* John había estado pensando previamente, comenzaron a materializarse. Empezaron los bailes privados en Barton Park y realizaron tantas excursiones a la costa como lo permitía un lluvioso octubre. En todos esos menesteres estaba incluido Willoughby; y el desparpajo y la familiaridad que tanta naturalidad prestaba a estas reuniones estaban calculados exactamente para dar cada vez mayor intimidad a su relación con las Dashwood; para permitirle ser testigo de las excelencias de Marianne, hacer más visible su viva admiración por ella y recibir, a través de la conducta de ella hacia él, la más plena seguridad de su cariño.

Elinor no podía sentirse sorprendida ante el apego entre los jóvenes. Tan solo deseaba que lo mostraran menos a las claras, y una o dos veces se atrevió a sugerir a Marianne la conveniencia de un cierto control sobre sí misma. Pero Marianne odiaba todo disimulo cuando la sinceridad no iba a conducir a un mal real; y empeñarse en reprimir sentimientos que no eran en sí mismos censurables le parecía no solo un esfuerzo inútil, sino también una lamentable sujeción de la razón a ideas equivocadas y ramplonas. Willoughby pensaba lo mismo; y en todo instante, el comportamiento de ambos era una perfecta ilustración de sus opiniones.

Cuando él estaba presente, ella no poseía ojos para nadie más. Todo lo que él hacía estaba perfecto. Todo lo que decía era sabio. Si sus tardes en la finca concluían con partidas de cartas, él se hacía trampas a sí mismo y al resto de los comensales para darle a ella una buena mano. Si el baile constituía la diversión de la noche, formaban pareja la mitad del tiempo; y cuando se veían obligados a separarse durante un par de piezas, se preocupaban de permanecer de pie uno junto al otro, y apenas hablaban una palabra con nadie más. Por supuesto, tal conducta los exponía a las constantes burlas de los otros, pero el ridículo no los avergonzaba y casi no parecía hacerles mella.

La señora Dashwood celebraba todos sus sentimientos con una dulzura que la privaba de todo deseo de controlar el excesivo despliegue de ellos. Para ella, tal abundancia no era sino la consecuencia natural de un intenso cariño en espíritus jóvenes y apasionados.

Esta fue la época de felicidad para Marianne. Su corazón estaba consagrado a Willoughby, y los atractivos que su compañía le conferían a su hogar actual parecían debilitar más de lo que antes había creído posible el sentimental apego a Norland que había traído consigo desde Sussex.

La felicidad de Elinor no era tan grande. Su corazón no estaba tan tranquilo ni era tan completa su satisfacción por las diversiones en que tomaban parte. No le habían procurado compañía alguna capaz de compensar lo que había dejado atrás, o de llevarla a recordar Norland con menos nostalgia. Ni *lady* Middleton ni la señora Jennings podían ofrecerle el tipo de conversación que le llenara, aunque la última era una conversadora infatigable y la cordialidad con que la había acogido desde un comienzo le aseguraba que gran parte de sus comentarios estuvieran dirigidos a ella. Ya le había repetido su propia historia a Elinor tres o cuatro veces; y si la memoria de Elinor hubiera estado a la altura de los medios que la señora Jennings desplegaba para acrecentarla, podría haber sabido desde los primeros momentos de su relación todos los detalles de la última enfermedad del señor Jennings y lo que le dijo a su esposa minutos antes de morir. *Lady* Middleton era más agradable que su madre únicamente en que no era tan habladora. Elinor necesitó observarla muy poco para darse cuenta de que su reserva era una simple tranquilidad en todos sus actos que nada tenía que ver con el buen juicio. Con su esposo y su madre era igual que con ella y su hermana;

en consecuencia, la intimidad no era algo deseado ni buscado. Nunca tenía algo que decir que no hubiera dicho ya el día antes. Su insulsez era inalterable, porque incluso su ánimo permanecía siempre igual; y aunque no se oponía a las reuniones que organizaba su esposo, con la condición de que todo se desarrollara con finura y sus dos hijos mayores la acompañaran, esas ocasiones no parecían ofrecerle más placer que el que experimentaría quedándose en casa; y era tan poco lo que su presencia agregaba al placer de los demás a través de alguna participación en las conversaciones, que a veces lo único que les recordaba que estaba entre ellos eran los afanes que desplegaba alrededor de sus aburridos hijos.

Tan solo en el coronel Brandon, entre todos sus nuevos conocidos, encontró Elinor una persona merecedora de algún grado de respeto por sus capacidades, cuya amistad interesara cultivar o que pudiera constituir una compañía agradable. Con Willoughby no podía contarse. Tenía él toda su admiración y afecto, incluso como hermana; pero era un enamorado: sus deferencias pertenecían por completo a Marianne, e incluso un hombre mucho menos entusiasta que él podría haber sido en general más placentero. El coronel Brandon, para su desgracia, no había sido alentado de la misma forma a pensar solo en Marianne, y en sus conversaciones con Elinor encontró el mayor alivio a la total indiferencia de su hermana.

La compasión de Elinor por él se hizo cada día más presente, pues tenía fundamentos para sospechar que ya había conocido las miserias de un amor contrariado. Se originó esta sospecha en algunas palabras que sin proponérselo salieron de su boca una tarde en Barton Park, cuando por propia voluntad estaban sentados juntos mientras los otros bailaban. Miraba él fijamente a Marianne y, tras un silencio de algunos minutos, dijo con una casi inapreciable sonrisa:

—Su hermana, creo, no aprueba las segundas uniones.

—No —replicó Elinor—; sus opiniones son totalmente románticas.

—O más bien, según pienso, cree imposible su existencia.

—Así parece. Pero cómo se las ingenia para ello sin recordar en el carácter de su propio padre, que tuvo dos esposas, es algo que no sé. Unos pocos años más, sin embargo, sentará sus opiniones sobre la razonable base del juicio y la observación; y puede que entonces se las pueda definir y defender mejor que hoy, cuando solo ella lo hace.

—Probablemente es lo que sucederá —replicó él—; pero hay algo tan tierno en los prejuicios de una mente joven, que uno llega a sentir lástima de ver cómo ceden y les abren paso a opiniones más comunes.

—No puedo estar de acuerdo con usted en eso —dijo Elinor—.

Sentimientos como los de Marianne presentan inconvenientes que ni todos los encantos del entusiasmo y la ignorancia habidos y por haber pueden redimir. Todas sus normas tienen la desafortunada inclinación a ignorar por completo los cánones sociales; y aguardo que un mejor conocimiento del ser humano sea beneficioso para ella.

Tras una corta pausa, él reanudó la conversación preguntando:

—¿No hace ninguna distinción su hermana en sus objeciones a una segunda unión? ¿Le parece igualmente descalificable en cualquier persona? ¿Por el resto de su vida deberán mantenerse igualmente indiferenciados aquellos que se han visto desilusionados en su primera elección, ya sea por la inconstancia de su objeto o la perfidia de las circunstancias?

—Le aseguro que no conozco sus principios con minuciosidad. Solo sé que jamás la he escuchado admitir ningún caso en que sea justificable una segunda unión.

—Eso —dijo él— no puede durar; pero un cambio, un cambio total en los sentimientos... No, no, no debo desearlo... porque cuando los refinamientos románticos de un espíritu joven se ven obligados a ceder, ¡cuán frecuentemente los suceden opiniones demasiado comunes y demasiado peligrosas! Hablo por experiencia. Conocí una vez a una dama que en temperamento y espíritu se parecía mucho a su hermana, que pensaba y juzgaba como ella, pero que a causa de un cambio impuesto, debido a una serie de desafortunadas circunstancias...

Aquí se interrumpió de súbito; pareció pensar que se había ido demasiado de la lengua, y con la expresión de su rostro generó conjeturas que de otra manera no habrían entrado en la cabeza de Elinor. La dama sacada a relucir habría pasado de largo sin despertar sospecha alguna, si él no hubiera convencido a la señorita Dashwood de que nada concerniente a ella debía salir de sus labios. Tal como sucedió, no se requirió sino el más ligero esfuerzo de la imaginación para conectar su emoción con el tierno recuerdo de un amor pasado. Elinor no fue más allá. Pero Marianne, en su lugar, no se habría contentado con tan poco. Su activa imaginación habría elaborado rápidamente toda la historia, disponiendo todo en el más tristísimo orden, el de un amor desventurado.

Capítulo XII

A la mañana siguiente, mientras Elinor y Marianne paseaban, esta última le contó algo a su hermana que, a pesar de todo lo que sabía acerca de la imprudencia y falta de juicio de Marianne, la dejó perpleja por la excéntrica manera en que testimoniaba ambas características. Marianne le dijo, con la mayor de las alegrías, que Willoughby le había regalado un caballo, uno que él mismo había criado en sus propiedades de Somersetshire, pensado exactamente para ser montado por una mujer. Sin pensar que los planes de su madre no contemplaban mantener un caballo —que, si fuera a cambiarlos, tendría que comprar otra cabalgadura para el sirviente, mantener a un mozo para que lo montara y, además, construir un establo para guardarlos—, no había vacilado en aceptar el presente y se lo había contado a su hermana en medio de un delirio total.

—Piensa enviar a su mozo de inmediato a Somersetshire para que lo traiga —añadió— y cuando llegue, cabalgaremos todos los días. Lo compartirás conmigo. Imagínate, mi querida Elinor, el placer de galopar en alguna de estas colinas.

No se mostró en absoluto deseosa de despertar de un sueño tal de felicidad para admitir todas las tristes verdades de que estaba rodeada, y durante algún tiempo rehusó someterse a ellas. En cuanto a un sirviente adicional, el gasto sería una bagatela; estaba segura de que mamá jamás lo pondría en tela de juicio, y cualquier caballo estaría bien para él; en todo caso, siempre podría conseguir uno en la finca; y en lo referente al establo, bastaría con cualquier cobertizo. Elinor se atrevió entonces a dudar de lo apropiado de recibir tal presente de un hombre al que conocían tan poco, o al menos desde hacía tan poco tiempo. Esto fue demasiado.

—Estás equivocada, Elinor —dijo furiosa— al pensar que sé poco de Willoughby. Es cierto que no lo he conocido durante mucho tiempo, pero me es más cercano que ninguna otra criatura del mundo, excepto tú y mamá. No es el tiempo ni la ocasión los que determinan la intimidad: es solo el modo de ser, la disposición de las personas. Siete años podrían no ser suficientes para que dos seres se conocieran bien, y siete días bastan para otros. Me sentiría culpable de una mayor falta a las convenciones si aceptara un caballo de mi hermano que recibiéndolo de Willoughby. A John lo conozco muy poco, aunque hayamos vivido juntos durante años; pero respecto de Willoughby, hace tiempo que me he formado una opinión.

Elinor pensó que era más inteligente no seguir tocando el punto. Conocía el temperamento de su hermana. Oponérsele en un tema tan delicado solo serviría para que se apegara más a su propia opinión. Pero un llamado al afecto por su madre, hacerle ver los inconvenientes que debería sobrellevar una madre tan comprensiva si (como probablemente ocurriría) aprobaba este aumento de sus gastos, vencieron sin tardar a Marianne. Prometió no tentar a su madre a tan imprudente bondad con la mención de la oferta, y decir a Willoughby la siguiente vez que lo viera, que debía rechazarla.

Fue fiel a su palabra; y cuando Willoughby la visitó ese mismo día, Elinor la escuchó manifestarle en voz baja su desilusión por verse obligada a rechazar su regalo. Al mismo tiempo le explicó los motivos de este cambio, que eran de tal naturaleza como para imposibilitar toda insistencia de parte del joven. Sin embargo, la preocupación de este era muy visible, y tras expresarla con gran intensidad, añadió también en voz baja:

—Pero, Marianne, el caballo todavía es tuyo, aunque no puedas usarlo ahora. Lo tendré bajo mi cuidado solo hasta que tú lo reclames. Cuando dejes Barton para establecerte en un hogar más estable, Reina Mab[2] te estará esperando.

Todo esto llegó a oídos de la señorita Dashwood, y en cada una de las palabras de Willoughby, en su manera de pronunciarlas y en su forma de dirigirse a su hermana solo por su nombre de pila, tuteándola, vio enseguida una intimidad tan definitiva, un sentido tan claro, que no podían sino constituir una evidente señal de un perfecto acuerdo entre ellos. Desde ese instante ya no dudó que estuvieran comprometidos; y tal creencia no le causó otra sorpresa que advertir de qué forma caracteres tan sinceros habían dejado que ella, o cualquiera de sus amigos, descubrieran ese compromiso solo por accidente.

Al día siguiente, Margaret le contó algo que iluminó todavía más este asunto. Willoughby había pasado la tarde anterior con ellas, y Margaret, al haberse quedado un rato en la salita con él y Marianne, había tenido oportunidad de hacer algunas observaciones que, con cara de gran importancia, comunicó a su hermana mayor cuando estuvieron a solas.

—¡Ay, Elinor! —exclamó—. Tengo un enorme secreto que contarte sobre Marianne. Estoy segura de que muy pronto se casará con el señor Willoughby.

—Has repetido lo mismo —replicó Elinor— casi todos los días des-

2 Reina Mab: Nombre de ser fantástico en Romeo y Julieta (Acto I, IV); en traducción de Pablo Neruda, "partera de las hadas ... / pequeñita como piedra de ágata / que brilla en el meñique de un obispo, / tiran su coche atómicos caballos / que la pasean sobre las narices / de los que están durmiendo..." Noche a noche hace soñar a cada persona con lo que es su más profundo deseo.

de la primera vez que se vieron en la colina de la iglesia; y creo que no llevaban una semana de conocerse cuando ya estabas segura de que Marianne llevaba el retrato de él alrededor del cuello; pero resultó que tan solo era la miniatura de nuestro tío abuelo.

—Pero esto es algo de verdad distinto. Estoy segura de que se casarán muy pronto, porque él tiene un rizo de su pelo.

—Ten cuidado, Margaret. Puede que solo sea el pelo de un tío abuelo de él.

—Pero, Elinor, de verdad es de Marianne. Estoy casi segura de que lo es, porque lo vi cuando se lo cortaba. Anoche después del té, cuando tú y mamá marchasteis del salón, estaban cuchicheando y hablando entre ellos muy deprisa, y parecía que él le estaba rogando algo, y ahí él tomó las tijeras de ella y le cortó un mechón de pelo largo, porque tenía todo el cabello suelto a la espalda; y él lo besó, y lo envolvió en un pedazo de papel blanco y lo guardó en su cartera.

Elinor no pudo menos que dar crédito a todos estas minucias, expresadas con tal autoridad; también se sentía inclinada a hacerlo, porque la circunstancia relatada concordaba perfectamente con lo que ella misma había escuchado y visto.

No siempre Margaret mostraba su perspicacia de forma tan contundente para su hermana. Cuando una tarde, en Barton Park, la señora Jennings comenzó a asediarla para que le diera el nombre del joven por quien Elinor tenía especial preferencia, circunstancia que desde hacía tiempo carcomía lentamente su curiosidad, Margaret contestó mirando a su hermana y diciendo:

—No debo decirlo, ¿verdad, Elinor?

Esto, desde luego, hizo reír a todo el mundo, y Elinor intentó reír también. Pero el esfuerzo le fue doloroso. Estaba convencida de que Margaret pensaba en una persona cuyo nombre ella no iba a aguantar con cortesía y que se transformara en broma habitual de la señora Jennings.

Marianne simpatizó muy sinceramente con su hermana, pero hizo más mal que bien a la causa al ponerse muy colorada y decir a Margaret, en tono de enfado:

—Recuerda que no importa cuáles sean tus elucubraciones, no tienes derecho a repetirlas.

—Nunca he supuesto nada sobre ello —respondió Margaret—, fuiste tú misma quien me lo dijo.

Esto aumentó aún más el regocijo de la concurrencia, que comenzó a presionar sin parar a Margaret para que dijera algo más.

—¡Ah! Se lo ruego, señorita Margaret, explíquelo todo —dijo la señora Jennings—. ¿Cómo se llama el caballero?

—No debo confesarlo, señora. Pero lo sé muy bien; y sé dónde se encuentra él también.

—Sí, sí, podemos adivinar dónde está: en su propia casa en Norland, con toda seguridad. Deduzco que es clérigo, allá en la parroquia.

—No, no es eso. No tiene ninguna profesión.

—Margaret —dijo Marianne, enérgicamente—, sabes bien que todo esto es invención tuya, y que no existe tal persona.

—Bien, entonces, ha muerto hace poco, Marianne, porque estoy segura de que este hombre existió, y su nombre comienza con F.

Elinor sintió en ese momento enorme gratitud hacia *lady* Middleton al escucharla comentar que "había llovido mucho", aunque pensaba que la interrupción se debía menos a una atención hacia ella que al profundo desagrado de su señoría frente a la falta de elegancia de las bromas que encantaban a su esposo y a su madre. Sin embargo, la idea iniciada por ella fue enseguida recogida por el coronel Brandon, siempre atento a los sentimientos de los demás; y así, mucho hablaron ambos sobre el asunto de la lluvia. Willoughby abrió el piano y le pidió a Marianne que interpretara; de esta manera, entre las variadas iniciativas de diferentes personas para acabar con el tema, este pasó al olvido. Pero a Elinor no le fue igualmente fácil reponerse del estado de zozobra a que la había llevado.

Esa tarde se organizó una salida para ir al día siguiente a conocer un lugar muy apacible, distante unas doce millas de Barton y propiedad de un cuñado del coronel Brandon, sin cuya presencia no podía ser visitado dado que el dueño, que se encontraba en el extranjero, había dejado estrictas órdenes al respecto. Dijeron que el sitio era de gran hermosura, y *sir* John, cuyos elogios fueron particularmente grandes, podía ser considerado un juez adecuado, porque al menos dos veces cada verano durante los últimos diez años había organizado excursiones para visitarlo. Había allí una abundante cantidad de agua; un paseo en barca iba a constituir gran parte de la diversión en la mañana; se llevarían provisiones frías, solo se emplearían carruajes abiertos, y todo se llevaría a cabo a la manera normal de una clara excursión de esparcimiento.

Para unos pocos entre los excursionistas parecía una empresa algo temeraria, considerando la época del año y que había llovido durante la última quincena. Elinor persuadió a la señora Dashwood, que ya estaba constipada, de que se quedara en casa.

Capítulo XIII

La planeada excursión a Whitwell resultó muy diferente a la que Elinor había pensado. Se había preparado para quedar completamente mojada, cansada y asustada; pero la ocasión resultó incluso más malograda, porque ni tan solo fueron.

Hacia las diez de la mañana todos estaban reunidos en Barton Park, donde iban a desayunar. Aunque había llovido toda la noche el tiempo era bastante bueno, pues las nubes se iban dispersando por todo el cielo y el sol asomaba con alguna frecuencia. Estaban todos de excelente ánimo y buen humor, ansiosos de la oportunidad de sentirse felices, y decididos a someterse a los mayores inconvenientes y fatigas para conseguirlo.

Mientras desayunaban, llegó el correo. Entre las cartas había una para el coronel Brandon. Él la cogió, miró la dirección, su rostro mudó de color y acto seguido abandonó el cuarto.

—¿Qué le sucede a Brandon? —preguntó *sir* John. Nadie supo explicarlo.

—Espero que no se trate de malas noticias —dijo *lady* Middleton—. Tiene que ser algo extraordinario para hacer que el coronel Brandon dejara mi mesa de desayuno de súbito.

A los cinco minutos se encontraba de regreso.

—Deseo que no sean malas noticias, coronel —manifestó la señora Jennings no bien lo vio entrar en la habitación.

—En absoluto, señora, gracias.

—¿Era de Avignon? ¿Espero que no fuera para comunicarle que su hermana ha empeorado?

—No, señora. Venía de la ciudad, y es sencillamente una carta de negocios.

—Pero, ¿cómo pudo descomponerse tanto al ver la letra, si era solo una carta de negocios? Vamos, vamos, coronel; esa explicación no vale; díganos la verdad.

—Mi querida señora —dijo *lady* Middleton—, fíjese bien en lo que dice.

—¿Acaso es para decirle que su prima Fanny se ha casado? —continuó la señora Jennings, sin hacer caso a la recomendación de su hija.

—No, por cierto que no.

—Bien, entonces sé de quién es, coronel. Y espero que ella esté bien.

—¿A quién se refiere, señora? —preguntó él, un tanto enrojecido.

—¡Ah! Usted sabe a quién.

—Siento muy especialmente, señora —manifestó el coronel dirigiéndose a *lady* Middleton— haber recibido esta carta hoy, porque se trata de negocios que requieren mi inmediata presencia en la ciudad.

—¡En la ciudad! —exclamó la señora Jennings—. ¿Qué puede tener que despachar usted en la ciudad en esta época del año?

—Verme obligado a dejar una excursión tan agradable —siguió él— significa una gran pérdida para mí; pero mi mayor preocupación es que temo que mi presencia sea necesaria para que ustedes tengan acceso a Whitwell.

—¡Qué gran golpe fue este para todos!

—¿Pero no sería bastante, señor Brandon —inquirió Marianne con un cierto nerviosismo—, si usted le escribe una nota al cuidador de la casa?

El coronel negó con la cabeza.

—Debemos ir —dijo *sir* John—. No lo vamos a retrasar cuando estamos a punto de marchar. Usted, Brandon, tendrá que ir a la ciudad mañana, y no hay más que hablar.

—Ojalá la solución fuera tan fácil. Pero no está en mis manos retrasar mi viaje ni un solo día.

—Si nos permitiera saber qué negocio es el que lo llama —dijo la señora Jennings—, podríamos ver si se puede retrasar o no.

—No se retrasaría más de seis horas —añadió Willoughby—, si se aviniere en aplazar su viaje hasta que regresemos.

—No puedo permitirme desperdiciar siquiera una sola hora en esto.

Elinor escuchó entonces a Willoughby decirle en voz baja a Marianne:

—Algunas personas no soportan una excursión de esparcimiento. Brandon es uno. Tenía miedo de resfriarse, diría yo, e inventó esta triquiñuela para escaparse. Apostaría cincuenta guineas a que él mismo redactó la carta.

—No me cabe la menor duda —replicó Marianne.

—Cuando usted toma una decisión, Brandon —dijo *sir* John—, no hay forma de persuadirlo a que cambie de opinión, siempre lo he sabido. Sin embargo, espero que lo piense mejor. Recuerde que están las dos señoritas Carey, que han venido des de Newton; las tres señoritas Dashwood vinieron caminando desde su casa, y el señor Willoughby se levantó dos horas antes de lo acostumbrado, todos con el propósito de ir a Whitwell.

El coronel Brandon volvió a repetir cuánto sentía que por su causa se malograra la excursión, pero al mismo tiempo declaró que ello era ineludible.

—Y entonces, ¿cuándo estará de vuelta?

—Espero que lo veamos en Barton —agregó su señoría— tan pronto como pueda dejar la ciudad; y debemos posponer la excursión a Whitwell hasta su regreso.

—Es usted muy atenta. Pero tengo tan poca certeza respecto de cuándo podré hacerlo, que no me atrevo a comprometerme a ello.

—¡Oh! Él tiene que volver, y lo hará —exclamó *sir* John—. Si no está de regreso a fines de semana, iré a buscarlo.

—Sí, hágalo, *sir* John —exclamó la señora Jennings—, y así quizá pueda descubrir de qué se trata su negocio.

—No quiero entrometerme en los asuntos de otro hombre; me imagino que es algo que lo deshonra...

Avisaron en ese momento que estaban listos los caballos del coronel Brandon.

—No pensará ir a la ciudad a caballo, ¿verdad? —añadió *sir* John.

—No, solo hasta Honiton. Allí cogeré la posta.

—Bien, como está decidido a irse, le deseo buen viaje. Pero habría sido mejor que cambiara de opinión.

—Le aseguro que no está en mi poder hacerlo.

Se despidió entonces de todo el grupo.

—¿Hay alguna posibilidad de verla a usted y a sus hermanas en la ciudad este invierno, señorita Dashwood?

—Temo que de ninguna manera.

—Entonces debo decirle adiós por más tiempo del que deseara.

Frente a Marianne solo inclinó la cabeza, sin proferir palabra.

—Vamos, coronel —insistió la señora Jennings—, antes de irse, díganos a qué va.

El coronel le deseó los buenos días y, acompañado de *sir* John, abandonó la habitación.

Las quejas y lamentaciones que hasta entonces la buena educación había reprimido, ahora estallaron de forma generalizada; y todos convivieron una y otra vez en lo enojoso que era sentirse así de desairado.

—Puedo adivinar, sin embargo, qué negocio es ese —dijo la señora Jennings con gran contento.

—¿De verdad, señora? —dijeron casi al unísono.

—Sí, estoy segura de que se trata de la señorita Williams.

—¿Y quién es la señorita Williams? —preguntó Marianne.

—¡Cómo! ¿No sabe usted quién es la señorita Williams? Estoy segura de que tiene que haberla oído nombrar antes. Es pariente del coronel, querida; una pariente muy próxima. No diremos cuán próxima, por temor a escandalizar a las jovencitas. —Después, bajando la voz un tanto, le dijo a Elinor—: Es su hija natural.

—¡No puede ser!

—¡Oh, sí! Y se le parece como una gota de agua a otra. Me atrevería a decir que el coronel habrá testado a su favor.

Al volver, *sir* John se unió con gran entusiasmo al lamento general por tan desafortunado incidente; sin embargo, concluyó observando que como estaban todos juntos, debían hacer algo que los alegrara; y tras algunas consultas acordaron que aunque solo podían encontrar felicidad en Whitwell, podrían procurarse una aceptable tranquilidad de espíritu dando un paseo por el campo. Trajeron entonces los carruajes; el de Willoughby fue el primero, y nunca se vio más contenta Marianne que cuando se acomodó en él. Willoughby condujo muy deprisa a través de la finca, y muy pronto se habían perdido de vista; y nada más se supo de ellos hasta su regreso, lo que no ocurrió sino después de que todos los demás habían llegado. Ambos parecían entusiasmados con su paseo, pero dijeron solo en términos generales que no habían salido de los caminos, en tanto los otros habían ido hacia las colinas.

Se acordó que al atardecer habría un baile y que todos deberían estar muy contentos durante todo el día. Otros miembros de la familia Carey llegaron a cenar, y tuvieron el placer de juntarse casi veinte a la mesa, lo que *sir* John observó muy alegre. Willoughby ocupó su lugar habitual entre las dos señoritas Dashwood mayores. La señora Jennings se sentó a la derecha de Elinor; y no llevaban mucho allí cuando se cruzó por detrás de la joven y de Willoughby y dijo a Marianne, en voz lo bastante alta para que ambos escucharan:

—Los he descubierto, a pesar de todas sus patrañas. Sé dónde pasaron la mañana.

Marianne enrojeció, y replicó con voz nerviosa:

—¿Dónde, si me hace el favor?

—¿Acaso no sabía usted —dijo Willoughby— que habíamos salido en mi calesa?

—Sí, sí, señor "Descaro", eso lo sé bien, y estaba decidida a descubrir dónde habían estado.

—Espero que le guste su casa, señorita Marianne. Es muy grande, ya lo sé, y cuando venga a visitarla, espero que la haya amueblado de nuevo, porque le hacía mucha falta la última vez que estuve ahí hace seis años.

Marianne se dio la vuelta en un estado de gran excitación. La señora Jennings rio de buena gana; y Elinor descubrió que en su insistencia por saber dónde habían estado, llegó a hacer que su propia sirvienta interrogara al mozo del señor Willoughby, y que por esa vía supo que habían ido a Allenham y pasado un buen rato paseando por el jardín y recorriendo la finca.

A Elinor se le hacía difícil creer que ello fuera cierto, ya que parecía tan improbable que Willoughby propusiera, o Marianne aceptara, entrar en la casa mientras la señora Smith, a quien Marianne jamás había sido presentada, se encontrara allí.

Tan pronto salieron del comedor, Elinor le preguntó sobre lo sucedido; y su sorpresa fue grande al descubrir que cada una de las circunstancias que había relatado la señora Jennings era completamente verdadera. Marianne se mostró bastante furiosa con su hermana por haberlo puesto en duda.

—¿Por qué habías de pensar, Elinor, que no fuimos allá o que no vimos la casa? ¿Acaso no es eso lo que frecuentemente has querido hacer tú misma?

—Sí, Marianne, pero yo no iría mientras la señora Smith estuviera allí, y sin otra compañía que el señor Willoughby.

—El señor Willoughby, sin embargo, es la única persona que puede tener derecho a mostrar esa casa; y como fue en un carruaje descubierto, era imposible tener otro acompañante. Nunca he pasado una mañana tan feliz en toda mi vida.

—Temo —respondió Elinor— que lo feliz de una ocupación no es siempre prueba de su corrección.

—Al contrario, nada puede ser una prueba más segura de ello, Elinor; pues si lo que hice hubiera sido de alguna manera incorrecto, lo habría estado sintiendo todo el tiempo, porque siempre sabemos cuando actuamos mal, y con tal convicción no podría haber sido feliz.

—Pero, mi querida Marianne, como esto ya te ha expuesto a algunas observaciones bastante inoportunas, ¿no comienzas a poner en duda ahora la discreción de tu conducta?

—Si las observaciones inoportunas de la señora Jennings van a ser prueba de la incorrección de una conducta, todos nos encontramos en falta en cada uno de los momentos de nuestra vida. No valoro sus censuras más de lo que valoraría sus elogios. No tengo conciencia de haber hecho nada malo al pasear por los jardines de la señora Smith o visitar su casa. Algún día serán del señor Willoughby, y...

—Si un día fueran a ser tuyas, Marianne, eso no justificaría como has obrado.

Marianne mudó de color ante esta insinuación, pero hasta se veía que era gratificante para ella; y tras un lapso de diez minutos de intensa meditación, se acercó nuevamente a su hermana y le dijo con bastante buen humor:

—Probablemente, Elinor, fue imprudente de mi parte ir a Allenham; pero el señor Willoughby quería muy singularmente mostrarme el lugar; y es una casa preciosa, te lo aseguro. Hay una salita extremadamente bella arriba, de un tamaño muy agradable y cómodo, que puede ser usada a lo largo de todo el año, y con muebles modernos resultaría encantadora. Está situada en una esquina, con ventanas a ambos lados. Hacia un lado, a través de un campo plantado de césped donde se juega a los bolos, tras la casa, se abre un precioso bosque en pendiente; hacia el otro, divisas la iglesia y la aldea y, más allá, esas bellas colinas escarpadas que tantas veces hemos admirado. No vi esta salita en la mejor de las condiciones, porque nada podría estar más abandonado que ese mobiliario... pero si se lo arreglara con cosas nuevas... un par de cientos de libras, dice Willoughby, la transformarían en una de las salas de verano más agradables de toda Inglaterra.

Si Elinor la hubiera podido escuchar sin interrupciones de los demás, le habría descrito cada habitación de la casa con el mismo calor.

CAPÍTULO XIV

El rápido término de la visita del coronel Brandon a Barton Park, junto con su firmeza en ocultar las causas de tal determinación, ocuparon todas las tribulaciones de la señora Jennings durante dos o tres días, llevándola a imaginar las más diversas hipótesis. Tenía una extraordinaria capacidad de elaborar conjeturas, como debe tenerla todo aquel que se toma un interés tan vivo en las idas y venidas de cada uno de sus conocidos. Se preguntaba casi sin tregua cuál podría ser la razón de ello; estaba segura de que debían ser malas noticias, y pasó revista a todas las desgracias que podrían haber recaído sobre él, firmemente resuelta a que no se escabullera de ellas.

—Estoy segura de que debe tratarse de algo muy dramático —afirmó—. Pude percibirlo en su cara. ¡Pobre hombre! Creo que se encuentra en una mala situación. Nunca se ha sabido que sus tierras en Delaford produzcan más de dos mil libras al año, y su hermano dejó todo desgraciadamente comprometido. En verdad creo que lo han llamado por asuntos de dinero, porque, ¿qué otra cosa puede ser? Me pregunto si es así. Daría lo que fuera por saber. Quizá se trate de la señorita Williams... y, a propósito, me atrevo a afirmar que sí, porque pareció afectarle mucho cuando se la recordé. Quizás ella se encuentre enferma en la ciudad; es bastante posible, porque tengo la idea de que es de constitución enfermiza. Apostaría lo que fuera a que se trata de la señorita Williams. No es muy probable que él esté en aprietos económicos ahora, porque es un hombre muy sensato y con toda seguridad a estas alturas debe haber saneado la situación de sus propiedades. ¡Me pregunto qué podrá ser! Quizá su hermana se haya agravado en Avignon, y lo ha enviado a buscar. Su apuro en partir parece concordar con ello. Bueno, le deseo sinceramente que salga de todos sus problemas, y con una buena esposa por añadidura.

Así elucubraba la señora Jennings, así hablaba; sus opiniones cambiaban con cada nueva elucubración y todas le parecían igualmente probables en el instante en que nacían. Elinor, aunque sentía verdadero interés por el bienestar del coronel Brandon, no podía dedicar a su repentina partida todas las inquietudes que la señora Jennings exigía que sintiera; porque además de que, en su opinión, las circunstancias no llenaban tan persistentes disquisiciones o variedad de especulaciones, su perplejidad se dirigía a otro asunto. Estaba totalmente ocupada en dilucidar el extraordinario silencio de su hermana y de Willoughby respecto de aquello que debían saber que era de especial interés para todos. Como continuaba este silencio, cada día que pasaba lo hacía parecer más extraño e incompatible con el carácter de las dos. Por qué no reconocían abiertamente ante su madre y ella misma lo que, minuto a minuto, su conducta mutua declaraba haber tenido lugar, era algo que Elinor no podía pensar.

Fácilmente podía entender que el matrimonio no fuera algo que Willoughby pudiera emprender enseguida; pues aunque era independiente, no había razón alguna para creerlo rico. *Sir* John había calculado sus haberes en alrededor de seiscientas o setecientas libras al año, pero estos ingresos difícilmente podían estar a la altura de la posición con que vivía, y él mismo frecuentemente se quejaba de pobreza. Así y todo, Elinor no podía explicarse esta extraña clase de secreto que ellos mantenían en relación con su compromiso, secreto que en la práctica no ocultaba nada; y era tan completamente contradictorio con todas sus opiniones y conductas, que a veces le surgía la duda de si en verdad estaban comprometidos, y esta duda bastaba para impedirle hacer pregunta alguna a Marianne.

A los ojos de toda la familia, no había señal más clara del cariño que se tenían que el comportamiento de Willoughby. Distinguía a Marianne con todas las muestras de ternura que un corazón enamorado puede dar, y con las demás tenía las afectuosas atenciones de un hijo y un hermano. Parecía considerar la casa de ellas como la suya, y por ello amarla; en ella transcurrían muchas más horas de su vida que en Allenham; y si ningún compromiso general los reunía en Barton Park, el ejercicio que ocupaba sus mañanas casi con toda seguridad acababa allí, donde pasaba el resto del día junto a Marianne, y con su perro favorito a los pies de ella.

Una tarde en concreto, más o menos una semana después de que el coronel Brandon había abandonado la región, Willoughby pareció abrir su corazón más de lo corriente a los sentimientos de cariño por todos los objetos que lo rodeaban; y al mencionar la señora Dashwood sus intenciones de mejorar la casita esa primavera, se opuso con fuerza a toda alteración de un lugar que, a través del afecto que le profesaba, había llegado a considerar perfecto.

—¡Cómo! —exclamó—. Mejorar esta querida casita. No... nunca aceptaré eso. No deben agregar ni una sola piedra a sus muros, ni una pulgada a su tamaño, si tienen alguna consideración con mis sentimientos.

—No se alarme —dijo la señorita Dashwood—, no se hará nada de ese estilo, pues mi madre nunca dispondrá del dinero suficiente para intentarlo.

—Me alegro de todo corazón —exclamó el joven—. Ojalá siempre no tenga recursos si no puede utilizar sus riquezas en nada más provechoso.

—Gracias, Willoughby. Pero puede estar seguro de que ni todas las mejoras del mundo me llevarían a sacrificar los sentimientos de cariño hacia la casa que pueda tener usted, o cualquier persona a quien yo quiera. Confíe en que cualquier cantidad de dinero no utilizado que pueda quedar cuando haga mis cuentas en la primavera, preferiré dejarlo sin destino que disponer de él de forma que le cause tanto dolor. Pero, ¿en verdad siente tanto apego a este lugar como para no ver defectos en él?

—Sí —dijo él—. Para mí es limpio. No, más aún lo considero el único tipo de construcción en que puede alcanzarse la felicidad; y si yo fuera lo suficientemente rico, de inmediato derribaría Combe y lo reconstruiría según el plano exacto de esta casita.

—Con escaleras oscuras y angostas y una cocina llena de humo, supongo —comentó Elinor.

—Sí —exclamó él con el mismo tono sublime—, con todas y cada una de las cosas que tiene; en ninguna de sus comodidades o incomodidades debe notarse el más pequeño cambio. Entonces, y solo entonces, bajo tal techo, puede que quizá sea tan feliz en Combe como lo he sido en Barton.

—Creo saber —replicó Elinor— que incluso con la desventaja de mejores habitaciones y una escalera más amplia, en adelante encontrará su propia casa tan impecable como esta.

—Verdaderamente hay circunstancias —dijo Willoughby— que podrían hacérmela mucho más querida; pero este lugar siempre tendrá un sitio en mi corazón que ningún otro podrá compartir.

La señora Dashwood contempló llena de felicidad a Marianne, cuyos preciosos ojos estaban fijos de manera tan expresiva en Willoughby, que denotaban sus paliativos cuán bien lo comprendía.

—¡Cuán a menudo deseé —añadió el joven—, cuando estuve en Allenham hace un año ya, que la casita de Barton estuviese habitada! Nunca pasé por sus alrededores sin admirar su emplazamiento, y lamentando que nadie viviera en ella. ¡Cuán poco me imaginaba en ese entonces que las primeras nuevas que escucharía a la señora Smith, cuando llegara a la región, serían que la casita de Barton estaba ocupada! Y sentí un instantáneo placer e interés por ese hecho, que nada podría explicar sino una especie de premonición de la felicidad que aquí encontraría. ¿No es así como debió ocurrir, Marianne? —le dijo en voz más baja. Y después, volviendo a su tono anterior, siguió—: ¡Y todavía así, señora Dashwood, usted querría arruinar esta casa! ¡La despojaría de su sencillez con mejoras fantásticas! Y esta querida salita, en que comenzó nuestro encuentro y en la cual desde entonces hemos compartido tantas horas felices, se vería degradada a la condición de un vulgar recibidor y todos se apresurarían entonces a simplemente pasar por él, por esta habitación que hasta ese momento habría contenido en su interior más facilidades y comodidades que ningún otro aposento de las más extensas dimensiones que el mundo pudiera permitirse.

La señora Dashwood le aseguró de nuevo que no se llevaría a cabo ninguna transformación como las por él señaladas.

—Es usted una buena mujer —replicó él con expresión de gran cariño—. Su promesa me sosiega. Amplíela un poco más, y me hará feliz. Dígame que no solo su casa se mantendrá igual, sino que siempre la encontraré a usted, y a los suyos, sin cambios como su morada; y que siempre encontraré en usted ese trato afable que ha hecho tan querido para mí todo lo que le pertenece.

La promesa fue formulada pronto, y durante toda la tarde la conducta de Willoughby no dejó de transparentar tanto su afecto como su felicidad.

—¿Lo veremos mañana para cenar? —le preguntó la señora Dashwood cuando se iba—. No le pido que venga en la mañana, porque debemos ir a Barton Park a visitar a *lady* Middleton.

El joven se comprometió a estar allí a las cuatro de la tarde.

CAPÍTULO XV

La visita de la señora Dashwood a *lady* Middleton tuvo lugar al día siguiente, y dos de sus hijas fueron con ella; Marianne, por su parte, se disculpó de hacerlo con la vulgar excusa de tener alguna ocupación pendiente; y su madre, que concluyó que la noche anterior Willoughby le habría hecho alguna promesa en cuanto a visitarla mientras ellas estaban fuera, estuvo totalmente de acuerdo con que se quedara en casa.

Al volver de la finca, encontraron la calesa de Willoughby y a su sirviente aguardando en la puerta, y la señora Dashwood estuvo convencida de que su conjetura había sido acertada. Hasta ese instante era todo tal como ella lo había previsto; pero al ingresar en la casa contempló lo que ninguna previsión le había permitido esperar. No bien habían entrado al corredor cuando Marianne salió a toda prisa de la salita, al parecer violentamente llorosa, cubriéndose los ojos con un pañuelo, y sin advertir su presencia corrió escaleras arriba. Sorprendidas y alarmadas, entraron rápidamente a la habitación que ella acababa de abandonar, donde encontraron a Willoughby apoyado contra la repisa de la chimenea y vuelto de espaldas hacia ellas. Se giró al sentirlas entrar, y su semblante mostró que compartía intensamente la emoción a la cual había sido vencida Marianne.

—¿Pasa algo con respecto a ella? —exclamó la señora Dashwood al entrar—. ¿Está enferma?

—Espero que no —replicó el joven, tratando de aparentar alegría; y con una sonrisa forzada, añadió—: Más bien soy yo el que podría estar enfermo... ¡en este mismo momento estoy sufriendo una terrible desgracia!

—¡Desgracia!

—Sí, porque veo que no voy a poder cumplir mi compromiso con ustedes. Esta mañana la señora Smith ha ejercido el privilegio de los ricos sobre un pobre primo que depende de ella, y me ha enviado por negocios a Londres. Acabo de recibir de ella las cartas credenciales y me he despedido de Allenham; y para colmar estos tan ridículos sucesos, he venido a despedirme de ustedes.

—A Londres... ¿y se va hoy en la mañana?

—Enseguida.

—¡Qué infortunio! Pero hay que plegarse a los deseos de la señora Smith... y sus negocios no lo mantendrán alejado de nosotros por mucho tiempo, supongo.

Se sonrojó el joven al responder:

—Es usted muy amable, pero no tengo planes de volver a Devonshire enseguida. Mis visitas a la señora Smith nunca se repiten dentro del año.

—¿Es que la señora Smith es su única amiga? ¿Y Allenham es la única casa de los alrededores a la que es bienvenido? ¡Qué vergüenza, Willoughby! ¿Acaso no puede esperar una invitación aquí?

Su atolondramiento se hizo más intenso y, con los ojos fijos en el suelo, se limitó a responder:

—Es usted demasiado generosa.

Sorprendida, la señora Dashwood miró a Elinor. Elinor sentía la misma perplejidad. Durante algunos momentos todos se quedaron callados. La señora Dashwood fue la primera en hablar.

—Solo me resta agregar, mi querido Willoughby, que en esta casa siempre será bienvenido; no lo presionaré para que vuelva enseguida, porque usted es el único que puede juzgar hasta qué punto eso complacerá a la señora Smith; y en esto no estaré más dispuesta a discutir su decisión que a dudar de sus intenciones.

—Mis compromisos actuales —replicó Willoughby en estado de gran tribulación— son de tal naturaleza... que... no me atrevo a creerme merecedor...

Se paró. El asombro de la señora Dashwood le impedía hablar, y sobrevino una nueva pausa. Esta fue interrumpida por Willoughby, que dijo con una débil sonrisa:

—Es una irresponsabilidad retrasar mi partida de esta forma. No me atormentaré más quedándome entre amigos de cuya compañía ahora me es imposible gozar.

Se despidió en un abrir y cerrar de ojos de ellas y abandonó la habitación. Lo vieron trepar a su carruaje, y en un minuto ya no se le veía.

La señora Dashwood estaba demasiado confundida para hablar, y en el mismo momento salió de la sala para entregarse a solas a la preocupación y alarma que tan repentina partida había provocado en ella.

La inquietud de Elinor era al menos igual a la de su madre. Meditaba en lo ocurrido con ansiedad y desconfianza. El comportamiento de Willoughby al despedirse de ellas, su aturdimiento y fingida alegría y, sobre todo, su oposición a aceptar la invitación de su madre, una timidez tan ajena a un enamorado, tan ajena a lo que él mismo era, la preocupaban hondamente. Por momentos temía que nunca había habido de parte de Willoughby ninguna decisión seria; a continuación, que había ocurrido alguna lamentable disputa entre él y su hermana; la angustia que embargaba a Marianne en el momento en que salía de la habitación era tan grande, que una disputa seria bien podía explicarla; aunque cuando pensaba en cuánto lo quería ella, una pelea parecía algo casi inimaginable.

Pero, fueran cuales fuesen las causas de su separación, la aflicción de su hermana era cierta, y Elinor pensó con la más tierna de las compasiones en esa desgarradora pena a la cual Marianne no solo estaba dando curso como forma de sosegarla, sino también alimentándola y estimulándola como si ello fuera un deber.

Alrededor de media hora después volvió su madre, y aunque tenía los ojos enrojecidos, su semblante no era desesperado.

—Nuestro querido Willoughby está ya a algunas millas de Barton, Elinor —le dijo, mientras se sentaba a trabajar—, ¡y con cuánto pesar en el corazón debe estar viajando!

—Todo es muy extraño. ¡Irse tan deprisa! Parece una decisión tan súbita. ¡Y anoche estaba tan feliz aquí, tan alegre, tan cariñoso! Y ahora, con solo diez minutos de aviso... ¿se ha ido sin intenciones de regresar? Debe haber ocurrido algo más de lo que era su deber comunicarnos. Ni habló ni se comportó como la persona que conocemos. Usted tiene que haber notado la diferencia tal como lo hice yo. ¿Qué puede ser? ¿Habrán reñido? ¿Qué otra causa puede haber tenido él para responder con tan pocos deseos de aceptar su invitación a esta casa?

—¡No eran deseos lo que le faltaba, Elinor! Lo vi claramente. No estaba en sus manos aceptarlo. Lo he meditado una y otra vez, te lo aseguro, y puedo explicar sin fisuras todo lo que a primera vista me pareció tan fuera de lugar como a ti.

—¿En verdad puede hacerlo?

—Sí. Me lo he explicado a mí misma de la forma más lógica; pero sé que a ti, Elinor, a ti que te gusta dudar siempre que puedes, no te complacerá; sin embargo, a mí no podrás quitarme la idea que me he formado. Estoy convencida de que la señora Smith sospecha que él se interesa por Marianne, lo desaprueba (quizá porque tiene otros planes para él), y por tal motivo está deseosa de enviarlo lejos; y que el negocio que le encomendó es una excusa inventada para sacarlo de aquí. Esto es lo que creo que ha sucedido. Él es consciente, además, de que ella positivamente desaprueba la unión; así pues, por el momento no se atreve a confesarle su compromiso con Marianne, y se siente obligado, dada su situación de dependencia, a ceder a los planes que ella haya realizado para él y ausentarse de Devonshire por un tiempo. Sé que me dirás que esto puede o no puede haber pasado; pero no prestaré oídos a tus cavilaciones a no ser que me muestres otra manera de explicar este asunto tan satisfactoria como la que te he expuesto. Y ahora, Elinor, ¿qué puedes decir?

—Nada, porque usted ha anticipado mi contestación.

—Entonces me habrías dicho que las cosas podrían haber ocurrido así, o no. ¡Ay, Elinor! ¡Qué incomprensibles son tus sentimientos! Prefieres admitir lo malo antes que lo bueno. Prefieres buscar la desventura para Marianne y la culpa para el pobre Willoughby, antes que una disculpa para él. Estás decidida a creerlo culpable, porque se despidió de nosotras con menos cariño del que en general nos ha demostrado. ¿Y no te es posible hacer alguna concesión al aturdimiento, o a un ánimo deprimido por desengaños recientes? ¿Es que no puede aceptarse ninguna probabilidad, simplemente porque no es una certeza? ¿Nada se le debe al hombre al que tenemos tantos motivos para querer, y ninguno en el mundo para desconfiar? ¿No debemos abrirnos a la posibilidad de que haya motivos incuestionables en sí mismos, pero inevitablemente secretos durante un tiempo? Y, después de todo, ¿de qué lo haces sospechoso?

—Tampoco lo tengo claro. Pero no se puede evitar sospechar algo malo después de comprobar un trastorno tan enorme como el que observamos en él. Hay una gran verdad, sin embargo, en su insistencia respecto de las concesiones que debemos hacer en su favor, y es mi deseo ser objetiva en todos mis juicios. Es indudable que Willoughby puede tener bastantes motivos para haberse conducido así, y espero que los tenga. Pero habría sido más propio de su carácter haberlos revelado. La reserva puede ser aconsejable, pero incluso así no puedo evitar asombrarme de encontrarla en él.

—No lo culpes, sin embargo, por apartarse de su carácter, allí donde la desviación es necesaria. En todo caso, ¿realmente sí admites la justicia de lo que he dicho en su defensa? Eso me reconforta... y a él lo redime.

—No del todo. Puede que sea adecuado ocultar su compromiso (si es que están comprometidos) a la señora Smith; y si tal es el caso, debe ser extremadamente conveniente para Willoughby estar lo menos posible en Devonshire por el momento. Pero eso no es excusa para esconderlo a nosotras.

—¡Ocultárnoslo a nosotras! Mi niña querida, ¿acusas a Willoughby y a Marianne de ocultamiento? Esto es en verdad extraño, cuando tus ojos los han acusado a diario por su falta de tacto.

—No me falta prueba alguna de su cariño —dijo Elinor—, pero sí de su compromiso.

—A mí me son suficientes las que tengo de los dos.

—Pero ni una palabra le han dicho, ninguno de los dos, sobre esta cuestión.

—No han sido precisas palabras donde las acciones han hablado por sí mismas con tanta claridad. Su conducta hacia Marianne y todas nosotras, al menos durante la última quincena, ¿acaso no ha demostrado que la amaba y la consideraba su futura esposa, y que sentía por nosotras el aprecio que se tiene por los parientes más cercanos? ¿No nos hemos entendido mutuamente a la perfección? ¿No ha solicitado a diario mi visto bueno a través de sus miradas, sus modales, sus atenciones afectuosas y llenas de afecto? Elinor, hija mía, ¿es posible dudar de su compromiso? ¿Cómo pudiste alimentar tal idea? Es imposible suponer que Willoughby, convencido como debe estar del amor de tu hermana, fuera a abandonarla, y quizá por meses, sin hablarle de su amor; imposible pensar que pudieran separarse sin intercambiar estas mutuas expresiones de confianza.

—Confieso —replicó Elinor— que todas las circunstancias salvo una hablan en favor de su compromiso, pero esa una es el completo silencio de ambos sobre esta cuestión, y para mí casi anula el resto.

—¡Qué extraño! Ciertamente debes pensar monstruosidades de Willoughby si, después de cuanto ha pasado entre ellos a la vista de todos, puedes dudar de la naturaleza de los lazos que los unen. ¿Ha estado representando una comedia frente a tu hermana todo este tiempo? ¿Lo crees de verdad insensible a ella?

—No, no puedo creer tal cosa. Estoy segura de que él debe amarla, y que la ama.

—Pero con una extraña clase de ternura, puede dejarla con tal insensibilidad, con tal despreocupación por el futuro como la que tú le concedes.

—Debe recordar, madre querida, que jamás he dado por ciertos estos problemas. Confieso que he tenido mis dudas; pero son menos fuertes de lo que eran, y puede que muy pronto se hayan esfumado por completo. Si descubrimos que se corresponden en su amor, todos mis temores ya no existirán.

—¡Mira qué gran consuelo! Si los vieras ante el altar, dirías que se iban a casar.

—¡Qué niña desagradable! Pero yo no necesito tales pruebas. Nada, a mi juicio, ha pasado que justifique las dudas; no ha habido intentos de mantener nada a escondidas; en todo ha habido igual claridad. No pueden caberte dudas acerca de los deseos de tu hermana. Entonces debe ser de Willoughby que sospechas. Pero, ¿por qué? ¿No es acaso un hombre honesto de magníficos sentimientos? ¿Ha mostrado alguna negligencia capaz de crear alarma? ¿Es capaz de engaño?

—Espero que no, realmente creo que no —exclamó Elinor—. Quiero a Willoughby, de verdad lo quiero; y las sospechas sobre su integridad no pueden ser más dolorosas para usted que para mí. Lo he hecho sin querer, y no atizaré esa tendencia en mí. Me sobresaltó, es verdad, el cambio en su trato esa mañana; al hablar parecía una persona diferente a la que hemos tratado, y no respondió a la amabilidad que usted tuvo hacia él con ninguna muestra de afecto. Pero todo esto puede explicarse por estar tumbado por alguna situación como la que usted cree. Se acababa de separar de mi hermana, la había visto alejarse en la mayor de las pesadumbres; y si se sentía obligado, por temor a ofender a la señora Smith, a resistir la tentación de volver aquí luego, y aun así se percataba de que al declinar su invitación diciendo que se iba por algún tiempo parecería estar actuando de manera miserable y sospechosa hacia nuestra familia, bien puede haberse sentido avergonzado y perturbado. En tal caso, pienso que un reconocimiento simple y franco de sus dificultades lo habría honrado más y habría sido más coherente con su carácter en general. Pero no criticaré la conducta de nadie sobre bases tan débiles como una diferencia entre sus opiniones y las mías, o una desviación de lo que yo considero correcto y lógico.

—Lo que expresas es perfecto. Es cierto que Willoughby no merece que sospechen de él. Aunque nosotras no lo hemos conocido durante mucho tiempo, no es un desconocido en esta parte del mundo; ¿y quién ha hablado en contra de él? Si hubiese estado en situación de actuar con independencia y casarse de inmediato, habría sido extraño que nos dejara sin decírmelo todo al momento; pero no es el caso. Es un compromiso iniciado, en algunos aspectos, bajo auspicios no favorables, porque la posibilidad de una boda parece estar lejos todavía; e incluso, según lo que se observa, puede que sea aconsejable mantener las cosas en secreto de momento.

Se vieron interrumpidas por la entrada de Margaret, lo que dio libertad a Elinor para meditar sin trabas en los planteamientos de su madre, reconocer que muchos de ellos eran probables, y confiar en que todos fueran ciertos.

No vieron a Marianne hasta la hora de la cena, cuando entró a la habitación y ocupó su lugar en la mesa sin rechistar. Tenía los ojos rojos e hinchados, y parecía que incluso en ese instante reprimía las lágrimas sin poder hacerlo. Evitó las miradas de las demás, no pudo comer ni charlar, y después de un rato, cuando su madre le oprimió silenciosamente la mano en un gesto de tierna compasión, el pequeño ápice de fortaleza que había mantenido hasta entonces se desmoronó, rompió a llorar y abandonó la estancia.

Esta implacable tristeza siguió durante toda la tarde. Marianne era impotente frente a ella, porque carecía de toda voluntad de control sobre sí misma. La más pequeña mención de cualquier cosa relativa a Willoughby sobrepasaba enseguida en ella toda resistencia; y aunque su familia estaba angustiosamente atenta a su felicidad, si llegaban a hablar les era imposible evitar todos los temas que sus sentimientos ligaban al joven.

Capítulo XVI

Marianne no habría sabido cómo perdonarse si hubiera podido dormir aunque fuera un instante esa primera noche tras la partida de Willoughby. Habría sentido vergüenza de mirar a su familia a la cara la mañana siguiente si no se hubiera levantado de la cama más necesitada de tranquilidad que cuando se acostó. Pero los mismos sentimientos que hacían de la precaución algo indeseable, la liberaron de todo peligro de caer en ella. Estuvo despierta durante toda la noche y lloró gran parte de ella. Se levantó con dolor de cabeza, incapaz de articular palabra y sin deseos de tomar ningún alimento, atribulando en todo momento a su madre y hermanas y rechazando todas sus tentativas de alivio. ¡No iba ella a mostrar falta de sensibilidad!

Una vez terminado el desayuno, salió sola y deambuló por la aldea de Allenham, entregándose a los recuerdos de pasada felicidad y llorando por el actual revés de su fortuna durante la mayor parte de la mañana.

La tarde transcurrió en igual abandono a los sentimientos. Volvió a tocar cada una de las canciones que le gustaban y que solía hacer para Willoughby, cada aire en el que con más frecuencia se habían unido sus voces, y permaneció sentada ante el instrumento contemplando cada línea de música que él había copiado para ella, hasta que fue tan grande el pesar de su corazón que ya no podía alcanzarse depresión más grande; y día a día se esforzó en nutrir así su dolor. Pasaba horas completas al piano alternando cantos y llantos, con frecuencia con la voz totalmente ahogada por las lágrimas. También en los libros, al igual que en la música, cortejaba la desdicha que con toda certeza podía obtener de la confrontación entre el pasado y el presente. No leía nada sino lo que acostumbraban a leer juntos.

Tan ardiente congoja de ninguna forma podía sostenerse para siempre; a los pocos días se sumió en una más tranquila tristeza; pero las ocupaciones a que se entregaba diariamente —sus caminatas solitarias y silenciosas meditaciones—, todavía provocaban ocasionales efluvios de dolor tan intensos como antes.

No llegó ninguna carta de Willoughby, y no parecía que Marianne esperara ninguna. Su madre estaba sorprendida y Elinor nuevamente se fue poniendo nerviosa. Pero la señora Dashwood era capaz de encontrar explicaciones siempre que le eran necesarias, lo que sosegaba al menos su preocupación.

—Recuerda, Elinor —le dijo—, cuán frecuentemente *sir* John se encarga de traer nuestro correo. Estuvimos de acuerdo en que el secreto puede ser necesario, y debemos pensar que no podríamos conducirlo si la correspondencia de Willoughby y Marianne pasara por las manos de *sir* John.

Elinor no pudo negar la verdad de esta condición e intentó encontrar allí motivo adecuado para el silencio de los jóvenes. Pero había un método tan directo, tan sencillo y, en su opinión, tan elemental de seguir para conocer el auténtico estado de las cosas y eliminar de una vez todo el misterio, que no pudo evitar sugerírselo a su madre.

—¿Por qué no le pregunta ya a Marianne —le dijo— si está o no está comprometida con Willoughby? Viniendo de usted, su madre, y una madre tan buena e indulgente, la pregunta no puede incomodar. Sería consecuencia natural de su ternura por ella. Ella solía ser toda sinceridad, y con usted de manera muy especial.

—Por nada del mundo le formularía tal pregunta. Suponiendo posible que no estén comprometidos, ¡cuánta aflicción no le infligiría al interrogarla de este modo! En todo caso, mostraría una falta de consideración tan grande a sus sentimientos. Nunca podría merecer su confianza en adelante tras obligarla a confesar algo que por el momento no quiere que esté en conocimiento de nadie. Conozco el corazón de

Marianne: sé que me quiere hasta la saciedad y que no seré la última en quien confíe sus asuntos, cuando las circunstancias así lo demanden. Jamás intentaría forzar las confidencias de nadie, menos todavía de una niña, porque un sentido del deber contrario a sus deseos le impediría negarse a ello.

Elinor pensó que su generosidad era exagerada, considerando la juventud de su hermana, e insistió un poco, pero inútilmente; el sentido común, el recato común y la prudencia común, todos habían sido vencidos por la romántica delicadeza de la señora Dashwood.

Transcurrieron varios días antes de que nadie en la familia mencionara el nombre de Willoughby frente a Marianne; ciertamente, *sir* John y la señora Jennings no fueron tan delicados; sus ingeniosidades sumaron angustia a muchos momentos dolorosos; pero una tarde, la señora Dashwood, tomando al azar un volumen de Shakespeare, exclamó:

—Nunca terminamos Hamlet, Marianne; nuestro querido Willoughby se fue antes de que lo leyéramos completo. Lo reservaremos, de manera que cuando vuelva... Pero pueden pasar meses antes de que eso suceda.

—¡Meses! —exclamó, con enorme asombro—. No, ni tan solo muchas semanas.

La señora Dashwood se apenó de lo que había mencionado; pero alegró a Elinor, ya que había arrancado una respuesta de Marianne que mostraba con tanto empeño su confianza en Willoughby y el conocimiento de sus intenciones.

Una mañana, alrededor de una semana después de la marcha del joven, Marianne se dejó convencer de unirse a sus hermanas en su caminata cotidiana en vez de ponerse a deambular sola. Hasta ese instante había evitado cuidadosamente toda compañía durante sus vagabundeos. Si sus hermanas pensaban pasear en las colinas, ella se iba hacia los senderos; si mencionaban el valle, con igual velocidad ascendía las colinas, y jamás podían encontrarla cuando las demás partían. Pero a la larga la vencieron los esfuerzos de Elinor, que desaprobaba con todas sus fuerzas ese permanente apartamiento. Caminaron a lo largo del camino que cruzaba el valle, casi todo el tiempo sin decir palabra, porque era inútil ejercer control sobre la mente de Marianne; y Elinor, satisfecha con haber ganado un punto, no intentó por el momento obtener ninguna otra ventaja. Más allá de la entrada al valle, allí donde la campiña, aunque todavía fértil, era menos abrupta y más abierta, se extendía ante ellas un largo trecho del camino que habían recorrido al llegar a Barton; y cuando alcanzaron este punto, se detuvieron para mirar a su alrededor y examinar la perspectiva dada por la distancia desde la cual veían su casa, emplazadas como estaban en un sitio al que jamás se les había ocurrido dirigirse en sus anteriores paseos.

Entre todas las cosas que poblaban el paisaje, muy pronto percibieron un objeto animado; era un hombre a caballo, que venía en dirección hacia ellas. En pocos minutos pudieron apreciar que era un caballero; y un instante después, extasiada, Marianne gritó:

—¡Es él! Seguro que es... ¡Sé que es! —y se apresuraba a ir a su encuentro cuando Elinor la llamó:

—No, Marianne, creo que te equivocas. No es Willoughby. Esa persona no es lo bastante alta, y no tiene su aspecto.

—Sí lo tiene, sí lo tiene —exclamó Marianne—. ¡Estoy segura de que lo tiene! Su aspecto, su abrigo, su caballo... Yo sabía que iba a llegar así de deprisa.

Caminaba llena de excitación mientras hablaba; y Elinor, para proteger a Marianne de sus propia emoción, ya que estaba casi segura de que no era Willoughby, apresuró el paso y se mantuvo a la par de ella. Pronto estuvieron a treinta yardas del caballero. Marianne lo miró de nuevo; sintió que el alma le daba un vuelco, se dio media vuelta y comenzaba a regresar por donde había venido cuando en su prisa se vio detenida por las voces de sus hermanas, a la que se unía una tercera casi tan conocida como la de Willoughby, pidiéndole que parara, y se volvió sorprendida para ver y dar la bienvenida a Edward Ferrars.

Era la única persona del mundo a quien en ese momento podía perdonar no ser Willoughby; la única que podía haberla hecho sonreír; pero ella se limpió sus lágrimas para sonreírle a él, y en la felicidad de su hermana olvidó por un momento su propia decepción.

Edward desmontó y, entregándole el caballo a su sirviente, caminó de vuelta con ellas hacia Barton, adonde se dirigía con el propósito de visitarlas.

Todas le dieron la bienvenida con gran amabilidad, pero especialmente Marianne, que fue más calurosa en sus demostraciones de afecto que incluso la propia Elinor. Para Marianne, sin embargo, el encuentro entre Edward y su hermana no fue sino la continuación de esa inexplicable frialdad que tan frecuentemente había observado en el comportamiento de ambos en Norland. En Edward, especialmente, faltaba todo aquello que un enamorado debiera aparentar y decir en ocasiones como esta. Estaba atribulado, apenas mostraba placer alguno en verlas, no se veía ni nervioso ni alegre, habló poco y únicamente cuando se veía obligado a responder preguntas, y no distinguió a Elinor a través de ninguna señal de cariño. Marianne miraba y escuchaba con creciente sorpresa. Casi comenzó a sentir antipatía por Edward; y esta sensación terminó, como terminaban obligatoriamente todos sus sentimientos, llevando sus pensamientos de vuelta a Willoughby, cuyos modales eran tan distintos que los de aquel que había sido elegido como hermano.

Tras un corto silencio que siguió a la sorpresa y preguntas primeros, Marianne preguntó a Edward si había venido directamente desde Londres. No, había estado en Devonshire durante quince días.

—¡Quince días! —repitió Marianne, sorprendida de saber que había estado en el mismo condado que Elinor sin haberla visto antes.

Edward se mostró algo turbado mientras agregaba que se había estado reuniendo con algunos amigos cerca de Plymouth.

—¿Ha estado últimamente en Sussex? —le preguntó Elinor.

—Estuve en Norland hace un mes.

—¿Y cómo está el querido, querido Norland? —exclamó Marianne.

—El querido, querido Norland —dijo Elinor— quizás esté bastante parecido a como siempre está en esta época del año... los bosques y senderos llenos de un grueso manto de hojas secas.

—¡Ah! —exclamó Marianne—. ¡Cuán transportada de alegría me solía sentir entonces al verlas caer! ¡Cómo me he complacido en mis caminatas viéndolas caer en torno a mí como una lluvia impelida por el viento! ¡Qué de emociones me han inspirado, y la estación, el aire, todo! Hoy no hay nadie que las contemple. Ven en ellas tan solo un tedio, rápidamente las barren, y las hacen desaparecer de la vista cuanto más rápido mejor.

—No todos —manifestó Elinor— sienten tu pasión por las hojas secas.

—No, mis sentimientos no suelen ser compartidos, ni tampoco comprendidos. Pero a veces lo son —mientras decía esto, se entregó por un instante a un breve ensueño; pero saliendo de él, continuó—: Ahora, Edward —le dijo llamando su atención al paisaje—, este es el valle de Barton. Contémplalo, Y mantente en calma si es que puedes. ¡Mira esas lomas! ¿Alguna vez viste algo igual? Hacia la izquierda está la finca, Barton Park, entre esos bosques y plantíos. Puedes ver una esquina de la casa. Y allá, bajo esa colina lejana que se eleva con tal grandeza, está nuestra cabaña.

—Es una bella comarca —respondió él—; pero estas hondonadas deben estar llenas de fango en invierno.

—¿Cómo puedes pensar en el lodo, con tales cosas frente a ti?

—Porque —replicó él, sonriendo— entre todas las cosas frente a mí, veo un sendero muy enlodado.

"¡Qué persona curiosa!", se dijo Marianne mientras seguía su camino.

—¿Es agradable el vecindario acá? ¿Son los Middleton gente amable?

—No, en absoluto —respondió Marianne—, no podríamos estar peor emplazadas.

—Marianne —exclamó su hermana—, ¿cómo puedes decir eso? ¿Cómo puedes ser tan injusta? Son una familia muy honorable, señor Ferrars, y con nosotras se han portado de la manera más amistosa posible. ¿Es que has olvidado, Marianne, cuántos días felices les debemos?

—No —dijo Marianne en voz baja—, y tampoco cuántos momentos penosos.

Elinor no escuchó sus palabras y, dirigiendo la atención a su visitante, se esforzó en mantener con él algo que pudiera parecer una charla, para lo que convino en hablar de su residencia actual, sus ventajas, y cosas por el estilo, con lo que logró sacarle a la fuerza alguna ocasional pregunta u observación. Su frialdad y reserva la aburrían gravemente; se sentía molesta y algo furiosa; pero decidida a guiar su conducta más por el pasado que por el presente, evitó toda apariencia de rencor o disgusto y lo trató como pensaba que debía ser tratado, dados los vínculos familiares.

Capítulo XVII

La sorpresa de la señora Dashwood al verlo duró solo un instante; la venida de Edward a Barton era, en su opinión, la cosa más lógica del mundo. Su alegría y manifestaciones de afecto sobrepasaron en mucho la perplejidad que pudo haber sentido. Recibió el joven la más gentil de las bienvenidas de parte de ella; su timidez, frialdad, introversión, no pudieron resistir tal recibimiento. Ya habían comenzado a abandonarlo antes de entrar a la casa, y el encanto del buen hacer de la señora Dashwood terminó por vencerlas. Ciertamente un hombre no podía enamorarse de ninguna de sus hijas sin hacerla a ella también partícipe de su amor; y Elinor tuvo la satisfacción de ver cómo muy pronto volvía a conducirse como en realidad era. Su aprecio hacia ellas y su interés por la felicidad de todas parecieron cobrar nueva vida y hacerse otra vez palpables. No estaba, sin embargo, en el mejor de los ánimos; alabó la casa, admiró el panorama, se mostró correcto y gentil; pero incluso así no estaba animado. Toda la familia se dio cuenta, y la señora Dashwood, atribuyéndolo a alguna falta de generosidad de su madre, se sentó a la mesa enojada contra todos los padres egoístas.

—¿Cuáles son los planes de la señora Ferrars para usted actualmente? —le preguntó tras haber terminado de cenar y una vez que se encontraron reunidos alrededor del fuego—. ¿Todavía se espera que sea un gran orador, a pesar de lo que usted pueda querer?

—No. Espero que mi madre se haya dado cuenta ya de que mis dotes para la vida pública son tan pequeñas como mi afición a ella.

—Pero, entonces, ¿cómo alcanzará la fama? Porque tiene que ser famoso para contentar a toda su familia; y sin ser, inclinado a una vida de grandes dispendios, sin interés por la gente que no conoce, sin profesión y sin tener el futuro asegurado, le puede ser difícil conseguirlo.

—Ni siquiera lo intentaré. No tengo ningún deseo de ser famoso, y tengo todas las razones imaginables para esperar en que nunca lo seré. ¡Gracias a Dios! No se me puede obligar al genio y la elocuencia.

—Carece de ambición, eso lo sé bien. Todos sus deseos son comedidos.

—Creo que tan moderados como los del resto de los mortales. Deseo, al igual que todos los demás, ser totalmente feliz; pero, al igual que todos los demás, tiene que ser a mi manera. La grandeza no me dejará satisfecho.

—¡Sería raro que lo hiciera! —exclamó Marianne—. ¿Qué tienen que ver la riqueza o la grandeza con la felicidad?

—La grandeza, muy poco —dijo Elinor—; pero la riqueza, mucho.

—¡Elinor, qué descaro! —dijo Marianne—. El dinero solo puede dar felicidad allí donde no hay ninguna otra cosa que pueda darla. Más allá de un buen pasar, no puede dar real recompensa, por lo menos en lo que se refiere al ser más reservado.

—Quizá —manifestó Elinor, con una sonrisa—, lleguemos a lo mismo. Tu buen pasar y mi riqueza son muy semejantes, pienso yo; y tal como van las cosas hoy en día, estaremos de acuerdo en que, sin ellos, faltará también todo lo necesario para la felicidad física. Tus ideas solo son más nobles que las mías. Vamos, ¿en cuánto calculas un buen pasar?

—Alrededor de mil ochocientas o dos mil libras al año; solo eso.

Elinor soltó una carcajada.

—¡Dos mil al año! ¡Mil es lo que yo llamo riqueza! Ya sospechaba yo en qué acabaríamos.

—Aún así, dos mil anuales es un ingreso muy moderado —dijo Marianne—. Una familia no puede mantenerse con menos. Y creo que no estoy siendo excéntrica en mis peticiones. Una adecuada dotación de sirvientes, un carruaje, quizá dos, y perros y caballos de caza, no se pueden mantener con menos.

Elinor sonrió otra vez al escuchar a su hermana describiendo con tanta exactitud sus futuros gastos en Combe Magna.

—¡Perros y caballos cazadores! —repitió Edward—. Pero, ¿por qué habrías de tenerlos? No todo el mundo se dedica a cazar.

Marianne se puso colorada mientras le contestaba:

—Pero la mayoría lo hace.

—¡Cómo quisiera —dijo Margaret, poniendo en marcha su fantasía— que alguien nos regalara a cada una una gran fortuna!

—¡Ah! ¡Si eso sucediera! —exclamó Marianne brillándole los ojos animada, y con las mejillas resplandecientes con la dicha de esa felicidad imaginaria.

—Supongo que todas lo anhelamos —dijo Elinor—, pese a que la riqueza no es suficiente.

—¡Ay, cielos! —exclamó Margaret—. ¡Qué feliz sería! ¡No sé qué haría con ese dinero!

Marianne parecía no abrigar ninguna duda al respecto.

—Por mi parte, yo no sabría en qué emplear una gran fortuna —dijo la señora Dashwood— si todas mis hijas fueran ricas sin mi ayuda.

—Debería comenzar con las mejoras a esta casa —observó Elinor—, y todas sus dificultades desaparecerían de golpe.

—¡Qué magníficas órdenes de compra saldrían desde esta familia a Londres —dijo Edward— si ello sucediera! ¡Qué feliz día para los libreros, los vendedores de música y las tiendas de grabados! Usted, señorita Dashwood, haría un encargo masivo para que se le enviara todo nuevo grabado de calidad; y en cuanto a Marianne, conozco su grandeza de espíritu: no habría música bastante en Londres para satisfacerla. ¡Y libros! Thomson, Cowper, Scott... los compraría todos una y otra vez; adquiriría cada copia, creo, para evitar que cayeran en manos vergonzosas de ellos; y tendría todos los libros que le pudieran enseñar a admirar un viejo árbol retorcido. ¿No es cierto, Marianne? Perdóname si he sonado algo ácido. Pero quería mostrarte que no he olvidado nuestras antiguas discusiones.

—Me gusta que me recuerden el pasado, Edward; no importa que sea triste o alegre, me gusta que me lo recuerden; y jamás me herirás hablándome de tiempos pasados. Tienes toda la razón al suponer cómo gastaría mi dinero... parte de él, al menos mi dinero de sobra, de todas maneras lo usaría para enriquecer mi colección de música y libros.

—Y la mayor parte de tu fortuna iría a pensiones anuales para los autores o sus herederos. No, Edward, haría otra cosa.

—Quizá, entonces, la donarías como un premio a la persona que escribiera la mejor defensa de tu frase favorita, esa según la cual nadie puede enamorarse más de una vez en la vida: porque supongo que no has cambiado de opinión en ese punto, ¿no es cierto?

—Ciertamente. A mi edad, las opiniones son tolerablemente sólidas. No parece probable que vaya a ver o escuchar nada que me las haga variar.

—Puede ver que Marianne sigue tan firme como siempre —dijo Elinor—; no ha cambiado en nada.

—Solo está un poco más seria que antes.

—No, Edward —dijo Marianne—, tú no tienes nada que echarme en cara. Tampoco tú estás muy alegre.

—¡Qué te hace pensar eso! —replicó el joven, con un lamento—. Pero la alegría nunca constituyó parte de mi carácter.

—Tampoco la creo parte del de Marianne —dijo Elinor—. Difícilmente negaría que es una muchacha de gran coraje; es muy sincera, muy profunda en todo lo que hace; a veces habla mucho, y siempre con gran vivacidad..., pero no es frecuente verla realmente feliz.

—Creo que tiene usted razón —replicó Edward—; y, sin embargo, siempre la he tenido por una muchacha muy despierta.

—Frecuentemente me he descubierto cometiendo esa clase de errores —dijo Elinor—, con ideas totalmente falsas sobre el carácter de alguien en algún punto u otro; imaginando a la gente mucho más alegre o seria, más ingeniosa o estúpida de lo que realmente es, y me es difícil decir la causa, o en qué se originó el engaño. A veces uno se deja guiar por lo que las personas dicen de sí mismas, y con frecuencia por lo que otros dicen de ellas, sin darse tiempo para deliberar y sacar conclusiones.

—Pero yo creía que estaba bien, Elinor —dijo Marianne— dejarse guiar juiciosamente por la opinión de otras personas. Creía que se nos daba el juicio simplemente para subordinarlo al de nuestro prójimo. Estoy segura de que esta ha sido siempre tu doctrina.

—No, Marianne, jamás. Mi doctrina nunca ha apuntado a la sujeción de la voluntad. La conducta es lo único sobre lo que he querido influir. No debes confundir el sentido de lo que digo. Me confieso culpable de haber deseado con frecuencia que trataras a nuestros conocidos en general con mayor amabilidad; pero, ¿cuándo te he aconsejado adoptar sus sentimientos o conformarte a su manera de juzgar las cosas en asuntos serios?

—Entonces no ha podido incorporar a su hermana a su plan de amabilidad general —dijo Edward a Elinor—. ¿No ha conquistado ningún terreno?

—Muy por el contrario —replicó Elinor, con una expresiva mirada a Marianne.

—Mi pensamiento —respondió él— está en todo de acuerdo con el suyo; pero me temo que mis acciones concuerdan mucho más con las de su hermana. Nunca es mi deseo molestar, pero soy tan tontamente apocado que frecuentemente parezco desatento, cuando solo me retiene mi natural timidez. A menudo he pensado que, por naturaleza, debo haber estado destinado a gustar de la gente de baja condición, ¡pues me siento tan poco cómodo entre personas de buena cuna cuando no las conozco!

—Marianne no puede escudarse en la timidez por la descortesía en que puede incurrir —dijo Elinor.

—Ella sabe demasiado claramente su propio valer para falsas interpretaciones —repuso Edward—. La timidez es solo efecto de una sensación de inferioridad en uno u otro aspecto. Si yo pudiera convencerme de que mi modo de ser es perfectamente natural y elegante, no sería apocado.

—Pero incluso así, sería reservado —dijo Marianne—, y eso es peor.

Edward se la quedó mirando sin pestañear.

—¿Reservado? ¿Soy reservado, Marianne?

—Sí, mucho.

—No te comprendo —replicó él, subiéndosele los colores—. ¡Reservado...! ¿Cómo, en qué sentido? ¿Qué debería haberles mencionado? ¿Qué es lo que crees?

Elinor pareció asombrada ante una respuesta tan cargada de emoción, pero intentando quitarle hierro al asunto, le manifestó:

—¿Es que acaso no conoce bastante a mi hermana para entender lo que dice? ¿No sabe acaso que ella llama reservado a todo aquel que no habla tan rápido como ella ni admira lo que ella admira, y con idéntico arrobamiento?

Edward no contestó. Retornó a él ese aire grave y meditabundo que le era tan propio, y durante un rato se mantuvo allí sentado, silencioso y sombrío.

CAPÍTULO XVIII

Elinor contempló con gran zozobra el ánimo deprimido de su amigo. La satisfacción que le ofrecía su visita era bastante parcial, puesto que la dicha que él mismo ofrecía parecía tan imperfecta. Estaba claro que era desgraciado, y ella habría deseado que fuera igualmente evidente que todavía la distinguía por el mismo afecto que alguna vez estaba segura de haberle inspirado; pero hasta el momento parecía muy dudoso que continuara prefiriéndola, y su actitud reservada hacia ella contradecía en un momento lo que una mirada más fresca había insinuado el minuto anterior.

A la mañana siguiente las acompañó a ella y a Marianne en la mesa del desayuno antes de que las otras hubieran bajado; y Marianne, siempre ansiosa de animar, en lo que le era posible, la felicidad de ambos, pronto los dejó solos. Pero no iba todavía por la mitad de las escaleras cuando escuchó abrirse la puerta de la sala y, volviéndose, quedó perpleja al ver que también Edward salía.

—Voy al pueblo a ver mis caballos —le dijo—, ya que todavía no estás lista para desayunar; volveré muy luego.

Edward volvió con nueva admiración por la región que contemplaba; su paseo a la aldea había sido ocasión favorable para ver gran parte del valle; y la aldea misma, ubicada mucho más alto que la casa, ofrecía una visión general de todo el lugar que le había gustado grandemente. Este era un tema que aseguraba la atención de Marianne, y empezaba a describir su propia admiración por estos escenarios y a interrogarlo más en detalle sobre las cosas que lo habían impresionado de manera especial, cuando Edward la interrumpió diciendo:

—No debes preguntar mucho, Marianne; recuerda, no sé nada de lo pintoresco, y te ofenderé con mi ignorancia y falta de gusto si entramos en detalles. ¡Llamaré empinadas a las colinas que debieran ser escarpadas! Superficies inusuales y groseras, a las que debieran ser caprichosas y ásperas; y de los objetos distantes diré que están fuera de la vista, cuando solo debieran ser difuminados a través del suave cristal de la densa atmósfera. Tienes que contentarte con el tipo de admiración que honradamente puedo ofrecer. La llamo una bellísima región: las colinas son empinadas, los bosques parecen llenos de magnífica madera, y el valle se ve confortable y acogedor, con ricos pastos y varias limpias casas de granjeros desparramados aquí y allá. Corresponde exactamente a mi idea de una agradable región campestre, porque une hermosura y utilidad... y también diría que es pintoresca, porque a ti te gusta; fácilmente puedo creer que está llena de roquerías y promontorios, musgo gris y zarzales, pero todo eso se pierde conmigo. No sé nada de pintoresquismo.

—Me temo que hay demasiada verdad en eso —dijo Marianne—; pero, ¿por qué hacer alarde de ello?

—Sospecho —dijo Elinor— que para evitar caer en un tipo de afectación, Edward cae aquí en otra. Como cree que tantas personas pretenden mucho mayor admiración por las bellezas de la naturaleza de la que de verdad sienten, y le desagradan tales pretensiones, afecta mayor indiferencia ante el paisaje y menos juicio de los que realmente posee. Es exquisito y quiere tener una afectación solo de él.

—Es muy cierto —dijo Marianne— que la admiración por los paisajes naturales se ha convertido en un simple galimatías. Todos pretenden admirarse e intentan hacer descripciones con el gusto y la prestancia del primero que definió lo que era la belleza pintoresca. Detesto las ampulosidades de cualquier tipo, y en ocasiones he guardado para mí misma mis sentimientos porque no podía hallar otro lenguaje para describirlos que no fuera ese que ha sido gastado y manoseado hasta perder todo sentido y significado.

—Estoy convencido —dijo Edward— de que frente a un bellísimo panorama sinceramente sientes todo el placer que dices sentir. Pero, a cambio, tu hermana debe permitirme no sentir más del que declaro. Me gusta una hermosa vista, pero no según los principios de lo pintoresco. No me gustan los árboles contraídos, retorcidos, marchitos. Mi admiración es mucho más grande cuando son altos, rectos y están floridos. No me gustan las cabañas en ruinas, destartaladas. No soy aficionado a las ortigas o a los cardos o a los brezales. Me da mucho más gusto una acogedora casa campesina que una atalaya; y un grupo de aldeanos sanos y felices me agrada mucho más que los mejores bandidos del mundo.

Marianne miró a Edward con ojos llenos de asombro, y a su hermana con pena. Elinor se limitó a reír.

Dejaron el tema, y Marianne se mantuvo en un pensativo silencio hasta que de repente un objeto capturó su atención. Estaba sentada junto a Edward, y cuando él tomó la taza de té que le ofrecía la señora Dashwood, su mano le pasó tan cerca que no pudo dejar de observar, muy visible en uno de sus dedos, un anillo que en el centro llevaba unos cabellos entretejidos.

—Nunca vi que usaras un anillo antes, Edward —le dijo—. ¿Pertenecen a Fanny esos cabellos? Recuerdo que prometió darte algunos. Pero habría pensado que su pelo era más castaño.

Marianne había manifestado sin mayor reflexión lo que sinceramente sentía; pero cuando vio cuánto había turbado a Edward, su propio enojo ante su falta de consideración fue mayor que la molestia que él sentía. Él enrojeció claramente y, lanzando una rápida mirada a Elinor, replicó:

—Sí, es cabello de mi hermana. El engaste siempre le da un color diferente, ya sabes.

La mirada de Elinor se había cruzado con la de él, y también pareció aturdirse. De inmediato ella pensó, al igual que Marianne, que el cabello le pertenecía; la única diferencia entre ambas conclusiones era que lo que Marianne creía era un regalo dado voluntariamente por su hermana, para Elinor había sido obtenido quizá por medio de algún robo o alguna maniobra de la que ella no se había enterado. Sin embargo, no estaba de humor para considerarlo una afrenta, y mientras cambiaba de conversación pretendiendo así no haber notado lo ocurrido, en su fuero interno resolvió aprovechar de ahí en adelante toda oportunidad que se le presentara para mirar ese cabello y convencerse, más allá de toda sospecha, de que era del mismo color que el suyo.

La turbación de Edward se alargó durante algún tiempo, y terminó llevándolo a un estado de abstracción todavía más pronunciado. Estuvo especialmente serio durante toda la mañana. Marianne se reprochaba de la forma más dura por lo que había dicho; pero se habría perdonado con mayor prontitud si hubiera sabido cuán poco había ofendido a su hermana.

Antes de mediodía recibieron la visita de *sir* John y la señora Jennings, que habiendo sabido de la visita de un caballero a la cabaña, vinieron a cotillear de quién se trataba. Con la ayuda de su suegra, *sir* John no tardó en descubrir que el nombre de Ferrars comenzaba con F, y esto dejó abierta para el futuro una veta de chanzas contra la recta Elinor que únicamente porque acababa de conocer a Edward no explotaron enseguida. En el momento, tan solo las expresivas miradas que se cruzaron dieron una señal a Elinor de cuán lejos había llegado su sagacidad, a partir de las indicaciones de Margaret.

Sir John jamás llegaba a casa de las Dashwood sin invitarlas ya fuera a cenar en la finca al día siguiente, o tomar té con ellos esa misma tarde. En la ocasión actual, para distracción de su huésped a cuyo deleite se sentía obligado a contribuir, quiso comprometerlos para ambos.

—Tienen que tomar té con nosotros hoy día —les dijo—, porque estaremos completamente solos; y mañana sea como fuere deben cenar con nosotros, porque seremos un grupo bastante numeroso.

La señora Jennings reforzó lo imperativo de la situación, argumentando:

—¿Y cómo saben si no organizan un baile? Y eso sí la tentará a usted, señorita Marianne.

—¡Un baile! —protestó Marianne—. ¡No puede ser! ¿Quién va a bailar?

—¡Quién! Pues, ustedes, y los Carey y los Whitaker, con toda seguridad. ¡Cómo! ¿Acaso creía que nadie puede bailar porque una cierta persona a quien no nombraremos se ha marchado?

—Con todo el corazón —exclamó *sir* John— desearía que Willoughby estuviera entre nosotros otra vez.

Esto, y el rubor de Marianne, alentaron nuevas sospechas en Edward.

—¿Y quién es Willoughby? —le preguntó en voz baja a la señorita Dashwood, a cuyo lado se encontraba.

Elinor le contestó en pocas palabras. El semblante de Marianne era mucho más expresivo. Edward vio en él lo bastante para comprender no solo el significado de lo que los otros sugerían, sino también las expresiones de Marianne que antes lo habían confundido; y cuando sus visitantes se hubieron ido, enseguida se dirigió a ella y, en un susurro, le dijo:

—He estado haciendo cábalas. ¿Te digo lo que me parece adivinar?

—¿Qué quieres insinuar?

—¿Te lo digo?

—Desde luego.

—Pues bien, adivino que el señor Willoughby practica la caza.

Marianne se sintió sorprendida y turbada, pero no pudo dejar de sonreír ante tan tranquila sutileza y, tras un instante de silencio, le dijo:

—¡Ay, Edward! ¿Cómo puedes...? Pero llegará el día, espero... Estoy segura de que te gustará.

—No lo dudo —replicó él, con una cierta sorpresa ante la intensidad y calor de sus palabras; pues si no hubiera imaginado que se trataba de una broma hecha para diversión de todos sus conocidos, basada nada más que en un algo o una nada entre el señor Willoughby y ella, no se habría atrevido a mencionarlo.

Capítulo XIX

Edward permaneció una semana en la cabaña; la señora Dashwood lo urgió a que se quedara más tiempo, pero como si solo deseara mortificarse a sí mismo, pareció decidido a marchar cuando mejor lo estaba pasando entre sus amigos. Su estado de ánimo en los últimos dos o tres días, aunque todavía bastante inestable, había mejorado mucho; día a día parecía aficionarse más a la casa y a sus alrededores, nunca hablaba de irse sin acompañar de lamentos sus palabras, afirmaba que disponía de su tiempo por completo, incluso dudaba de hacia dónde se dirigiría cuando se marchara..., pero aun así debía irse. Nunca una semana había pasado tan rápido, apenas podía creer que ya se hubiera ido. Lo dijo una y otra vez; dijo también otras cosas, que indicaban el rumbo de sus sentimientos y se contradecían con sus acciones. Nada le complacía en Norland, detestaba la ciudad, pero o a Norland o a Londres debía ir. Valoraba por sobre todas las cosas la gentileza que había recibido de todas ellas y su mayor felicidad era estar en su compañía. Y todavía así debía dejarlas a fines de esa semana, a pesar de los deseos de ambas partes y sin ninguna restricción en su estancia.

Elinor echaba la culpa a la madre de Edward de todo lo que había de extraño en su manera de actuar; y era una suerte para ella que él tuviera una madre cuyo carácter le fuera conocido de forma tan imperfecta como para servirle de excusa general frente a todo lo extravagante que pudiera haber en su hijo. Sin embargo, desilusionada y enojada como estaba, y a veces disgustada con la vacilante conducta del joven hacia ella, incluso así tenía la mejor disposición general para otorgar a sus acciones las mismas sinceras concesiones y generosas calificaciones que le habían sido arrancadas con algo más de dificultad por la señora Dashwood cuando se trataba de Willoughby. Su falta de ánimo, de franqueza y de coraje, era atribuida en general a su falta de libertad y a un mejor conocimiento de las disposiciones y planes de la señora Ferrars. La brevedad de su visita, la firmeza de su propósito de irse, se originaban en el mismo atropello a sus inclinaciones, en la misma inevitable necesidad de obedecer a su madre. La antigua y ya conocida lucha entre el deber y el deseo, los padres contra los hijos, era la causa de todo. A Elinor le habría alegrado saber cuándo iban a terminar estas trabas, cuándo iba a terminar esa oposición..., cuándo iba a cambiar la señora Ferrars, dejando a su hijo en libertad para ser feliz. Pero, de tan inútiles deseos estaba obligada a volver, para encontrar alivio, a la renovación de su confianza en el afecto de Edward; al recuerdo de todas las señales de interés que sus miradas o palabras habían dejado escapar mientras estaban en Barton; y, sobre todo, a esa lisonjeadora prueba de ello que él usaba sin tregua alrededor de su dedo.

—Creo, Edward —manifestó la señora Dashwood mientras desayunaban la última mañana—, que serías más feliz si tuvieras una profesión que ocupara tu tiempo y les diera interés a tus planes y acciones. Ello podría no ser enteramente conveniente para tus amigos: no podrías entregarles tanto de tu tiempo. Pero —agregó con una sonrisa— te verías beneficiado en un aspecto al menos: sabrías adónde dirigirte cuando los dejas.

—De verdad le aseguro —contestó él— que he pensado mucho en esta cuestión en el mismo sentido en que usted lo hace ahora. Ha sido, es y quizá siempre será una gran desgracia para mí no haber tenido ninguna ocupación a la cual obligatoriamente dedicarme, ninguna profesión que me dé empleo o me ofrezca algo en la línea de la libertad. Pero, por desgracia, mi propia capacidad de comportarme de manera gentil, y la gentileza de mis amigos, han hecho de mí lo que soy: un ser vago, incompetente. Nunca pudimos ponernos de acuerdo en la elección de una profesión. Yo siempre preferí la iglesia, como lo sigo prefiriendo. Pero eso no era suficientemente elegante para mi familia. Ellos recomendaban una carrera militar. Eso era demasiado, demasiado elegante para mí. En cuanto al ejercicio de las leyes, le concedieron la gracia de considerarla una profesión bastante honrada; muchos jóvenes con despachos en alguna Asociación de Abogados de Londres han conseguido una muy buena llegada a los círculos más importantes, y se pasean por la ciudad conduciendo calesas muy a la moda. Pero yo no tenía ninguna afición por las leyes, ni siquiera en esta forma harto menos complicada de ellas que mi familia aprobaba. En cuanto a la marina, tenía la ventaja de ser de buen tono, pero yo ya era demasiado mayor para ingresar a ella cuando se empezó a hablar del tema; y, a la larga, como no había auténtica necesidad de que tuviera una profesión, dado que podía ser igual de garboso y dispendioso con una chaqueta roja sobre los hombros o sin ella, se terminó por decidir que el ocio era lo más ventajoso y honrado; y a los dieciocho años los jóvenes por lo general no están tan ansiosos de tener una ocupación como para resistir las invitaciones de sus amigos a no hacer nada. Ingresé, por tanto, en Oxford, y desde entonces he estado de ocioso, tal como hay que estar.

—La consecuencia de todo ello será, supongo —dijo la señora Dashwood—, ya que el no hacer nada no te ha traído ninguna felicidad, que criarás a tus hijos para que tengan tantos intereses, empleos, profesiones y quehaceres como Columella.[3]

—Serán criados —respondió en tono serio— para que sean tan diferentes de mí como sea posible, en sentimientos, acciones, condición, en todo.

—Vamos, vamos, todo eso no es más que producto de tu depresión, Edward. Estás de humor, y te imaginas que cualquiera que no sea como tú debe ser feliz. Pero recuerda que en algún momento todos sentirán la pena de separarse de los amigos, sin importar cuál sea su educación o estado. Toma conciencia de tu propia felicidad. No careces de nada sino de paciencia... o, para darle un nombre más atractivo, llámala esperanza. Con el tiempo tu madre te garantizará esa libertad que tanto ansías; es su deber, y muy pronto su felicidad será, deberá ser, impedir que toda tu juventud se desperdicie en el disgusto. ¡Cuánto no podrán hacer unos pocos meses!

—Creo —replicó Edward— que hará falta muchos meses para que me suceda algo bueno.

Este desánimo, aunque no pudo ser contagiado a la señora Dashwood, aumentó el dolor de todos ellos por la partida de Edward, que muy pronto tuvo lugar, y dejó una incómoda sensación especialmente en Elinor, que necesitó de tiempo y trabajo para sosegarse.

Pero como había decidido sobreponerse a ella y evitar parecer que sufría más que el resto de su familia ante la marcha del joven, no utilizó los medios tan juiciosamente empleados por Marianne en una ocasión parecida, cuando se entregó a la búsqueda del silencio, la soledad y el ocio para aumentar y hacer permanente su sufrimiento. Sus métodos eran tan diferentes como sus particulares objetivos, e igualmente adecuados a la consecución de ellos.

Apenas marchó Edward, Elinor se sentó a su mesa de dibujo, se mantuvo ocupada durante todo el día, no buscó ni evitó mencionar su nombre. Pareció prestar el mismo interés cotidiano a las preocupaciones generales de la familia, y si con esta conducta no hizo disminuir su propia tristeza, al menos evitó que aumentara de manera innecesaria, y su madre y hermanas se vieron libres de muchos esfuerzos por su causa.

3 Columella es la protagonista de una obra de Richard Graves, *Columella, or the Distressed Anchoret* (1779), que tras una vida de ocio destina a sus hijos a diversos oficios. Un personaje histórico muy anterior, del mismo nombre, es Lucio Junio Moderato Columela (siglo I d.C.), uno de los mejores técnicos latinos con dominio sobre diversas materias, y autor de un importante tratado agrícola en verso (*De re rustica*). Los diez libros de este tratado van más allá del temario tradicional agrícola, para tratar asuntos como la avicultura, los estanques para peces y los árboles frutales.

Tal conducta, tan exactamente al revés a la de ella, no le parecía a Marianne más meritoria que criticable le había parecido la propia. Del problema del dominio sobre sí misma, dio cuenta con toda facilidad: si era imposible cuando los sentimientos eran fuertes, con los tranquilos no tenía ningún mérito. Que los sentimientos de su hermana eran apacibles, no osaba negarlo, aunque le avergonzaba reconocerlo; y de la fuerza de los propios tenía una prueba incontrovertible, puesto que seguía amando y respetando a esa hermana a pesar de este humillante convencimiento.

Sin rehuir a su familia o salir de la casa en voluntaria soledad para evitarla o quedarse despierta toda la noche para abandonarse a sus cavilaciones, Elinor descubrió que cada día le ofrecía tiempo suficiente para pensar en Edward, y la conducta de Edward, de todas las facetas imaginables que sus diferentes estados de ánimo en momentos distintos podían producir: con ternura, piedad, aprobación, censura y duda. Abundaban los momentos cuando, si no por la ausencia de su madre y hermanas, al menos por la naturaleza de sus ocupaciones, se imposibilitaba toda conversación entre ellas y sobrevenían todos los efectos de la soledad. Su mente volaba inevitablemente en libertad; sus pensamientos no podían encadenarse a ninguna otra cosa; y el pasado y el futuro relacionados con un tema tan trascendente no podían sino hacérsele presentes, forzar su atención y absorber su memoria, sus reflexiones, su fantasía.

De una ensoñación de esta clase a la que se había entregado mientras se encontraba sentada ante su mesa de dibujo, la despertó una mañana, poco después de la marcha de Edward, la llegada de algunas visitas. Por casualidad se encontraba sola. El ruido que la puertecilla a la entrada del jardín frente a la casa hacía al cerrarse hizo desviar su mirada hacia la ventana, y vio un gran grupo de personas acercándose a la puerta. Entre ellas estaban *sir* John y *lady* Middleton y la señora Jennings; pero había otros dos, un caballero y una dama, que le eran por completo desconocidos. Estaba sentada cerca de la ventana y tan pronto la vio *sir* John, dejó que el resto de la partida cumpliera con la ceremonia de golpear la puerta y, cruzando por el césped, le hizo abrir el ventanal para conversar en privado, aunque el espacio entre la puerta y la ventana era tan pequeño como para hacer casi imposible hablar en una sin ser escuchado en la otra.

—Bien —le dijo—, le hemos traído algunos desconocidos. ¿Le parecen bien?

—¡Shhh! Pueden oírlo.

—Qué importa si lo hacen. Solo son los Palmer. Puedo decirle que Charlotte es muy hermosa. Alcanzará a verla si mira hacia acá.

Como Elinor estaba segura de que la vería en un par de minutos sin tener que tomarse tal libertad, le rogó que la excusara de hacerlo.

—¿Dónde está Marianne? ¿Se ha escondido al vernos venir? Veo que su instrumento está abierto.

—Salió a caminar, pienso.

En ese momento se les unió la señora Jennings, que no tenía paciencia suficiente para esperar que le abrieran la puerta antes de que ella contara su historia. Se acercó a la ventana con grandes saludos:

—¿Cómo se encuentra, querida? ¿Cómo está la señora Dashwood? ¿Y dónde están sus hermanas? ¡Cómo! ¡La han dejado sola! Le agradará tener a alguien que le haga compañía. He traído a mi otro hijo e hija para que se conozcan. ¡Imagínese que llegaron súbitamente! Anoche pensé haber escuchado un carruaje mientras tomábamos el té, pero nunca se me ocurrió que pudieran ser ellos. Lo único que pensé fue que podía ser el coronel Brandon que llegaba de vuelta; así que le dije a *sir* John: "Creo que escucho un carruaje; quizás es el coronel Brandon que llega de vuelta..."

En la mitad de su historia, Elinor se vio obligada a volverse para recibir al resto de los recién llegados; *lady* Middleton le presentó a los dos desconocidos; la señora Dashwood y Margaret bajaban las escaleras en ese mismo momento, y todos se sentaron a contemplarse mutuamente mientras la señora Jennings continuaba con su palabrería a la vez que cruzaba por el corredor hasta la salita, acompañada por *sir* John.

La señora Palmer era varios años más joven que *lady* Middleton, y completamente diferente a ella en diversos aspectos. Era de corta estatura y regordeta, con un rostro muy atractivo y la mayor expresión de buen humor que pueda concebirse. Sus modales no eran en absoluto tan elegantes como los de su hermana, pero sí mucho más atractivos. Entró con una sonrisa, sonrió durante todo el tiempo que duró su visita, excepto cuando reía, y seguía sonriendo al irse. Su esposo era un joven de aire reservado, de veinticinco o veintiséis años, con aire más circunspecto y más juicioso que su esposa, pero menos deseoso de complacer o dejarse complacer. Entró a la habitación con aire de sentirse muy importante, hizo una leve inclinación ante las damas sin pronunciar palabra y, tras una breve inspección a ellas y a sus aposentos, tomó un periódico de la mesa y permaneció leyéndolo durante toda la visita.

La señora Palmer, por el contrario, a quien la naturaleza había dotado con la disposición a ser invariablemente amable y feliz, apenas había tomado asiento cuando prorrumpió en exclamaciones de admiración por la sala y todo lo que había en ella.

—¡Miren! ¡Qué cuarto tan maravilloso es este! ¡Nunca había visto algo tan delicioso! ¡Tan solo piense, mamá, cuánto ha mejorado desde la última vez que estuve aquí! ¡Siempre me pareció un sitio tan agradable, señora —dijo volviéndose a la señora Dashwood—, pero usted le ha dado tanto encanto! ¡Tan solo observa, hermana, que precioso es todo! Cómo me gustaría tener una casa así. ¿Y a usted, señor Palmer?

El señor Palmer no le contestó, y ni siquiera levantó la vista del periódico.

—El señor Palmer no me escucha —dijo ella riendo—. A veces nunca lo hace. ¡Es tan ridículo!

Esta era una idea absolutamente nueva para la señora Dashwood; no estaba acostumbrada a encontrar ingenio en la falta de atención de nadie, y no pudo evitar mirar con asombro a los dos.

La señora Jennings, entre tanto, seguía hablando alzando la voz y continuaba con el relato de la sorpresa que se habían llevado la noche anterior al ver a sus amigos, y no cesó de hacerlo hasta que hubo contado todo. La señora Palmer se reía con gran entusiasmo ante el recuerdo del asombro que les habían producido, y todos estuvieron de acuerdo dos o tres veces en que había sido una agradable sorpresa.

—Puede suponer lo contentos que estábamos todos de verlos —añadió la señora Jennings, inclinándose hacia Elinor y hablándole en voz baja, como si intentara que nadie más la escuchara, aunque estaban sentadas en diferentes rincones de la habitación—, pero, así y todo, no puedo dejar de desear que no hubieran viajado tan rápido ni hecho una travesía tan larga, porque dieron toda la vuelta por Londres como consecuencia de ciertos negocios, porque, usted sabe —indicó a su hija con una expresiva inclinación de la cabeza—, es inconveniente en su condición. Yo quería que se quedara en casa y descansara ahora durante la mañana, pero insistió en acompañarnos; ¡tenía tantos deseos de verlas a todas ustedes!

La señora Palmer se rio y dijo que no le haría ningún trastorno.

—Ella espera ponerse de parto en febrero —continuó la señora Jennings.

La señora Middleton no pudo seguir soportando tal conversación, y se esforzó en preguntarle al señor Palmer si había alguna noticia en el periódico.

—No, ninguna —replicó, y siguió leyendo.

—Aquí viene Marianne —exclamó *sir* John—. Ahora, Palmer, verás a una muchacha extraordinariamente hermosa.

Se dirigió de inmediato al corredor, abrió la puerta del frente y él mismo la acompañó. Apenas apareció, la señora Jennings le preguntó si no había estado en Allenham; y la señora Palmer se rio con tantas ganas por la pregunta como si la hubiese entendido. El señor Palmer la miró cuando entraba en la habitación, le clavó la vista durante algunos momentos, y después volvió a su periódico. En ese momento llamaron la atención de la señora Palmer los dibujos que colgaban en los muros. Se levantó a inspeccionarlos.

—¡Ay, cielos! ¡Qué bellos son estos! ¡Vaya, qué preciosidad! Mírelos, mamá, ¡qué atractivos! Le digo que son una gozada; podría quedarme contemplándolos para siempre y volviendo a sentarse, muy pronto olvidó que hubiera tales cosas en la habitación.

Cuando *lady* Middleton se levantó para irse, el señor Palmer también lo hizo, dejó el periódico, se estiró y los miró a todos a vista de pájaro.

—Amor mío, ¿has estado durmiendo? —preguntó su esposa, riendo.

El no le contestó y se limitó a observar, tras examinar de nuevo la habitación, que era de techo muy bajo y que el cielo raso era curvo. Después de lo cual hizo una inclinación de cabeza, y se marchó con el resto.

Sir John había insistido en que pasaran el día siguiente en Barton Park. La señora Dashwood, que prefería no cenar con ellos más frecuentemente de lo que ellos lo hacían en la casita, por su parte rehusó en redondo; sus hijas podían hacer lo que quisieran. Pero estas no tenían curiosidad alguna en ver cómo cenaban el señor y la señora Palmer, y la perspectiva de estar con ellos tampoco prometía ninguna otra diversión. Intentaron así excusarse también; el clima estaba inestable y no prometía mejorar. Pero *sir* John no se dio por satisfecho: enviaría el carruaje a buscarlas, y debían ir. *Lady* Middleton también, aunque no presionó a la señora Dashwood, lo hizo con las hijas. La señora Jennings y la señora Palmer se unieron a sus peticiones; todos parecían igualmente ansiosos de evitar una reunión familiar, y las jóvenes se vieron obligadas a decir que sí.

—¿Por qué tienen que invitarnos? —dijo Marianne apenas se marcharon—. El alquiler de esta casita es considerado bajo; pero las condiciones son muy duras, si tenemos que ir a cenar a la finca cada vez que alguien se está quedando con ellos o con nosotras.

—No pretenden ser menos amables y gentiles con nosotros ahora, con estas continuas invitaciones —dijo Elinor— que con las que recibimos hace unas pocas semanas. Si sus reuniones se han vuelto aburridas e insulsas, no son ellos los que han cambiado. Debemos buscar ese cambio en otro lugar.

Capítulo XX

Al día siguiente, en el instante en que las señoritas Dashwood entraban en la sala de Barton Park por una puerta, la señora Palmer lo hizo corriendo por la otra, con el mismo aire alegre y festivo que le habían visto antes. Les tomó las manos con grandes muestras de cariño y manifestó gran placer en verlas de nuevo.

—¡Estoy contento de verlas! —dijo, sentándose entre Elinor y Marianne— porque el día está tan feo que temía que no vinieran, lo que habría sido espantoso, ya que mañana marchamos de aquí. Tenemos que irnos, ya saben, porque los Weston llegan a nuestra casa la próxima semana. Nuestra venida aquí fue algo muy súbito y yo no tenía idea de que lo haríamos hasta que el carruaje iba llegando a la puerta, y entonces el señor Palmer me preguntó si iría con él a Barton. ¡Es tan gracioso! ¡Nunca me dice nada! Siento tanto que no podamos permanecer más tiempo; pero espero que muy pronto nos encontremos otra vez en la ciudad.

Elinor y Marianne se vieron precisadas a frenar tales expectativas.

—¡Que no van a ir a la ciudad! —exclamó la señora Palmer con una sonrisa—. Me desilusionará extraordinariamente si no lo hacen. Podría conseguirles la casa más bonita del mundo junto a la nuestra, en Hanover Square. Tienen que ir, de todas maneras. Créanme que me sentiré feliz de acompañarlas en cualquier instante hasta que esté por dar a luz, si a la señora Dashwood no le gusta concurrir lugares públicos.

Le agradecieron, pero se vieron obligadas a resistir sus peticiones.

—¡Ay, mi amor! —exclamó la señora Palmer dirigiéndose a su esposo, que acababa de entrar en la habitación—. Tienes que ayudarme a convencer a las señoritas Dashwood para que vayan a la ciudad este invierno.

Su amor no le contestó; y tras inclinarse suavemente ante las damas, comenzó a lamentarse del clima.

—¡Qué espantoso es todo esto! —dijo—. Un clima así hace despreciable todo y a todo el mundo. Con la lluvia, el tedio invade todo, tanto bajo techo como al aire libre. Hace que uno deteste a todos sus conocidos. ¿Qué diablos pretende *sir* John no teniendo una sala de billar en esta casa? ¡Qué pocos saben lo que son las comodidades! *Sir*

John es tan necio como el clima.

No pasó mucho tiempo antes de que llegara el resto de la concurrencia.

—Temo, señorita Marianne —dijo *sir* John—, que no haya podido realizar su habitual caminata hasta Allenham hoy día.

Marianne puso una cara muy seria, y no respondió.

—Ah, no disimule tanto con nosotros —dijo la señora Palmer—, porque le aseguro que sabemos todo al respecto; y admiro mucho su gusto, pues pienso que él es extremadamente gentil. Sabe usted, no vivimos a mucha distancia de él en el campo; me atrevería a decir que a no más de diez millas.

—Mucho más, cerca de treinta —manifestó su esposo.

—¡Ah, bueno! No hay mucha diferencia. Nunca he estado en la casa de él, pero dicen que es un lugar preciso, muy hermoso.

—Uno de los lugares más horribles que he visto en mi vida —dijo el señor Palmer.

Marianne se mantuvo en perfecto silencio, aunque su cara traicionaba su interés en lo que hablaban.

—¿Es muy feo? —continuó la señora Palmer—. Entonces supongo que debe ser otro lugar el que es tan bonito.

Cuando se sentaron a la mesa, *sir* John observó con tristeza que entre todos llegaban únicamente a ocho.

—Querida —le dijo a su esposa—, es muy penoso que seamos tan pocos. ¿Por qué no invitaste a los Gilbert a cenar con nosotros hoy?

—¿No le dije, *sir* John, cuando me lo recordó antes, que era imposible? La última vez fueron ellos los que vinieron aquí.

—Usted y yo, *sir* John —dijo la señora Jennings— no nos andaríamos con tantas ceremonias.

—Entonces sería muy descortés —exclamó el señor Palmer.

—Mi amor, contradices a todo el mundo —dijo su esposa, con su risa de siempre—. ¿Sabes que eres bastante maleducado?

—No sabía que lo fuera al llamárselo a tu madre.

—Ya, ya, puede tratarme todo lo mal que quiera —exclamó con su tradicional buen humor la señora Jennings—. Me ha sacado a Charlotte de encima, y no puede devolverla. Así es que ahora se desquita conmigo.

Charlotte se rio con gran frenesí al pensar que su esposo no podía librarse de ella, y alegremente dijo que no le importaba cuán irascible fuera él hacia ella, igual debían vivir juntos. Nadie podía tener tan absoluto buen carácter o estar tan decidido a ser feliz como la señora

Palmer. La estudiada indiferencia, insolencia y contrariedad de su esposo no la alteraban; y cuando él se enfadaba con ella o la trataba mal, parecía enormemente divertida.

—¡El señor Palmer es tan chistoso! —le susurró a Elinor—. Siempre está de mal humor.

Tras observarlo durante un breve tiempo, Elinor no estaba tan dispuesta a darle a él crédito por ser tan genuina y naturalmente de mal talante y mal educado como deseaba aparecer. Puede que su carácter se hubiera agriado algo al descubrir, como tantos otros de su sexo, que por un inexplicable prejuicio en favor de la belleza, se encontraba casado con una mujer muy tonta; pero ella sabía que esta clase de desliz era demasiado común para que un hombre sensato se sintiera afectado por mucho tiempo. Más bien era un deseo de distinción, creía, lo que lo inducía a ser tan displicente con todo el mundo y a su generalizado despecho por todo lo que se le ponía por delante. Era el deseo de parecer superior a los demás. El motivo era demasiado corriente para que causara asombro; pero los medios, aunque tuvieran éxito en establecer su superioridad en mala educación, no parecían idóneos para ganarle la estima de nadie que no fuera su mujer.

—¡Ah! Mi querida señorita Dashwood —le dijo la señora Palmer poco después—, tengo un favor tan grande que pedirles, a usted y a su hermana. ¿Irían a Cleveland a pasar un tiempo estas Navidades? Por favor, acepten, y vayan mientras los Weston están con nosotros. ¡No pueden imaginar lo feliz que me harán! Mi amor —dijo, dirigiéndose a su marido—, ¿no te encantaría recibir a las señoritas Dashwood en Cleveland?

—Por supuesto —respondió él con tono de desprecio—, fue mi única intención al venir a Devonshire.

—Ahí tienen —dijo su esposa—, ya ven que el señor Palmer las espera; así que no pueden negarse.

Las dos, Elinor y Marianne, declinaron la invitación de manera clara y contundente.

—Pero no, deben ir y van a ir. Estoy segura de que les gustará por encima de todas las cosas. Los Weston estarán con nosotros, y será sumamente agradable. No pueden imaginarse la delicia de lugar que es Cleveland; y lo pasamos tan bien ahora, porque el señor Palmer está todo el tiempo recorriendo la región en la campaña electoral; y vienen a cenar con nosotros muchas personas a las que nunca he visto antes, lo que es totalmente encantador. Pero, ¡pobre!, es muy pesado para él, porque tiene que hacerse simpático a todo el mundo.

A duras penas pudo Elinor mantenerse seria mientras estaba de acuerdo en la dificultad de tal empeño.

—¡Qué delicia será —dijo Charlotte— cuando él esté en el Parlamento! ¿Verdad? ¡Cómo me voy a reír! Será tan cómico ver que sus cartas le llegan dirigidas con las iniciales M.P.[4] Pero, saben, dice que nunca enviará mis cartas con las franquicias que él tendrá por ser parlamentario. Ha dicho que no lo hará, ¿no es verdad, señor Palmer?

El señor Palmer no hizo ni caso.

—Él no soporta escribir —continuó—, dice que es horrible.

—No —dijo él—, nunca he dicho algo tan fuera de sentido. No me hagas cargar a mí con todos los agravios que le haces tú al lenguaje.

—Mírenlo, vean qué divertido es. ¡Siempre es así! En ocasiones pasa la mitad del día sin hablarme, y después sale con algo tan divertido... y por cualquier cosa que se le ocurra.

Al volver a la sala, la señora Palmer sorprendió a Elinor al preguntarle si su esposo no le agradaba extraordinariamente.

—Desde luego —respondió Elinor—, parece una persona muy divertida.

—Bueno... me alegra tanto que sea así. Me imaginé que le gustaría, pues es tan simpático; puedo asegurarle que al señor Palmer le gustan muchísimo usted y sus hermanas, y no se imaginan qué desilusionado se sentirá si no vienen a Cleveland. No logro pensar por qué rehúsan hacerlo.

Nuevamente Elinor se vio obligada a declinar la invitación; y mediante un cambio de tema, puso fin a sus súplicas. Pensaba en la probabilidad de que, por vivir en la misma región, la señora Palmer pudiera darles noticias sobre Willoughby más detalladas que las que se podían deducir del limitado conocimiento que de él tenían los Middleton, y estaba ansiosa de conseguir de cualquier persona una confirmación de los méritos del joven que permitiera eliminar toda posibilidad de temor por Marianne. Comenzó preguntándole si veía mucho al señor Willoughby en Cleveland y si estaban íntimamente relacionados con él.

—¡Ah! Sí, querida; lo conozco muy bien —contestó la señora Palmer—. No es que alguna vez haya hablado con él, por cierto que no; pero siempre lo veo en la ciudad. Por una u otra causa, nunca me ha ocurrido estar quedándome en Barton al mismo tiempo que él en Allenham. Mamá lo vio aquí una vez antes; pero yo estaba con mi tío en Weymouth. Sin embargo, puedo decir que me habría encontrado innumerables veces con él en Somersetshire, si por desgracia no hubie-

4 Member of Parliament, Miembro del Parlamento.

se ocurrido que nunca hayamos estado allí al mismo tiempo. Él pasa muy poco en Combe, según tengo entendido; pero si alguna vez lo hiciese, no creo que el señor Palmer lo visitara, porque, como usted sabe, el señor Willoughby está en la Oposición, y además está tan lejos. Sé muy bien por qué pregunta: su hermana va a casarse con él. Me alegra muchísimo, porque así, sabe usted, la tendré de vecina.

—Le doy mi palabra —dijo Elinor con firmeza— de que usted sabe mucho más que yo de ese asunto, si alguna razón la asiste para aguardar tal unión.

—No pretenda negarlo, porque usted sabe que todo el mundo habla de ello. Le aseguro que lo escuché cuando pasaba por la ciudad.

—¡Mi querida señora Palmer!

—Por mi honor que es verdad... El lunes por la mañana me encontré con el coronel Brandon en Bond Street, justo antes de que saliéramos de la ciudad, y él me lo hizo saber personalmente.

—Me sorprende usted mucho. ¡Que el coronel Brandon se lo hizo saber! Con toda seguridad se equivoca usted. Dar tal información a una persona a quien no podía interesarle, incluso si fuera cierto, no es lo que yo esperaría del coronel Brandon.

—Pero le aseguro que sucedió así, tal como se lo dije, y le contaré cómo fue. Cuando nos encontramos con él, caminó un trecho con nosotros; y comenzamos a hablar de mi cuñado y de mi hermana, y de una cosa y otra, y yo le dije: "Entonces, coronel, he oído que hay una nueva familia en la casita de Barton, y mamá me ha contado que son muy bonitas y que una de ellas se va a casar con el señor Willoughby, de Combe Magna. Cuénteme, ¿es verdad? Porque por supuesto usted debe saberlo, como ha estado en Devonshire hace tan poco".

—¿Y qué manifestó el coronel?

—Oh, no dijo mucho; pero parecía saber que era verdad, así que a partir de ese momento lo tomé como cosa verdadera. ¡Será maravilloso, le digo! ¿Cuándo tendrá lugar?

—¿El señor Brandon se encontraba bien, supongo?

—Ah, sí, muy bien; y lleno de elogios hacia usted; todo lo que hizo fue decir hermosas cosas sobre usted.

—Me halagan sus alabanzas. Parece un hombre excelente; y lo creo muy agradable.

—Yo también... Es un hombre tan encantador, que es una lástima que sea tan serio y abúlico. Mamá dice que también él estaba enamorado de su hermana. Le aseguro que sería un gran cumplido si fuera verdad, porque casi nunca se enamora de nadie.

—¿Es muy conocido el señor Willoughby en su parte de Somersetshire? —preguntó Elinor.

—¡Oh, sí, mucho! Quiero decir, no creo que mucha gente lo frecuente, porque Combe Magna está tan lejos; pero le aseguro que todos lo creen sumamente agradable. Nadie es más apreciado que el señor Willoughby en cualquier lugar al que vaya. Y puede decírselo así a su hermana. Qué enorme buena suerte la suya al haberlo conquistado, palabra de honor; y no es que la suerte de él no sea mayor, porque su hermana es tan bien parecida y encantadora que nada puede ser lo bastante bueno para ella. Sin embargo, para nada creo que sea más guapa que usted, le aseguro; creo que las dos son extraordinariamente bonitas, y estoy segura de que lo mismo piensa el señor Palmer, aunque anoche no conseguimos que lo admitiera.

Las noticias de la señora Palmer sobre Willoughby no eran demasiado acabadas; pero cualquier testimonio en su favor, por pequeño que fuese, le era agradable a Elinor.

—Estoy tan contenta de que finalmente nos hayamos conocido —continuó Charlotte—. Y ahora espero que siempre seamos buenas amigas. ¡No puede imaginarse cuánto deseaba conocerla! ¡Es tan maravilloso que vivan en la cabaña! ¡Nada puede igualárselo, se lo aseguro! ¡Y me alegra tanto que su hermana vaya a casarse bien! Espero que pase mucho tiempo en Combe Magna. Es un sitio maravilloso, desde todos los puntos de vista.

—Hace mucho tiempo que se conocen con el coronel Brandon, ¿no es así?

—Sí, mucho; desde que mi hermana se casó. Era amigo de *sir* John. Creo —añadió en voz baja— que le habría gustado bastante tenerme como esposa, si hubiera podido. *Sir* John y *lady* Middleton también lo querían. Pero mamá no creyó que esa unión fuera bastante buena para mí; de no haber sido así, *sir* John habría hablado con el coronel y nos habríamos casado enseguida.

—¿El coronel Brandon no sabía de la proposición de *sir* John a su madre antes de que la hiciera? ¿Alguna vez le había manifestado a usted su afecto?

—¡Oh, no! Pero si mamá no se hubiera opuesto a ello, diría que a él nada le habría complacido más.

En ese entonces no me había visto más de dos veces, porque fue antes de que yo dejara el colegio. Pero soy mucho más feliz tal como estoy. El señor Palmer es exactamente la clase de hombre que me gusta.

Capítulo XXI

Los Palmer regresaron a Cleveland al día siguiente, y en Barton solo quedaron las dos familias para invitarse mutuamente. Pero esto no duró mucho; Elinor todavía no se había sacado de la cabeza a sus últimos visitantes —no terminaba de asombrarse de ver a Charlotte tan feliz sin mayor motivo; al señor Palmer actuando de manera tan ingenua, siendo un hombre capaz; y la extraña discordancia que a menudo existía entre marido y mujer—, antes de que el activo celo de *sir* John y de la señora Jennings en pro de la vida social le ofrecieran un nuevo grupo de conocidos de ellos a quienes ver y analizar.

Durante un paseo matutino a Exeter se habían encontrado con dos jovencitas a quienes la señora Jennings tuvo la alegría de reconocer como parientes, y esto fue suficiente para que *sir* John las invitara enseguida a ir a Barton Park tan pronto como hubieran cumplido con sus compromisos del momento en Exeter. Sus compromisos en Exeter fueron cancelados pronto ante tal invitación, y cuando *sir* John volvió a la casa indujo una no despreciable alarma en *lady* Middleton al decirle que pronto iba a recibir la visita de dos muchachas a las que no había visto en su vida, y de cuya elegancia... incluso de que su trato fuera aceptable, no tenía prueba alguna; porque las garantías que su esposo y su madre podían ofrecerle al respecto no eran útiles. Que fueran parientes empeoraba la situación; y los intentos de la señora Jennings de consolar a su hija con el argumento de que no se preocupara de si eran elegantes, porque eran primas y debían tolerarse mutuamente, no fueron entonces muy afortunados.

Como ya era imposible frenar su venida, *lady* Middleton se resignó a la idea de la visita con toda la filosofía de una mujer bien educada, que se contenta simplemente con una amable reconvención al esposo cinco o seis veces al día sobre el mismo tema.

Llegaron las jovencitas, y su apariencia no resultó ser ni mucho menos poco distinguida o sin estilo. Su vestimenta era muy elegante, sus modales eran educados, se mostraron encantadas con la casa y extasiadas ante el mobiliario, y como ocurrió que los niños les gustaban hasta la saciedad, antes de una hora de su llegada a la finca ya contaban con la aprobación de *lady* Middleton. Afirmó que ciertamente eran unas muchachas muy simpáticas, lo que para su señoría implicaba una entusiasta admiración. Ante tan vivos elogios creció la confianza de *sir* John en su propio juicio, y partió enseguida a informar a las señoritas

Dashwood sobre la llegada de las señoritas Steele y asegurarles que eran las muchachas más dulces del mundo. De opiniones de esta clase, sin embargo, no era mucho lo que se podía inferir; Elinor sabía que en todas partes de Inglaterra se podía encontrar a las chicas más dulces del mundo, bajo todos los diferentes aspectos, rostros, temperamentos e inteligencias posibles. *Sir* John quería que toda la familia se dirigiera de inmediato a la finca y echara una mirada a sus invitadas. ¡Qué hombre benévolo y filantrópico! Hasta una prima tercera le costaba guardarla solo para él.

—Vengan ahora —les decía—, se lo suplico; deben venir... no aceptaré una negativa: ustedes sí vendrán. No se imaginan cuánto les gustarán. Lucy es extraordinariamente guapa, ¡y tan alegre y de buen carácter! Los niños ya están apegados a ella como si fuera una antigua conocida. Y las dos se mueren de deseos de verlas a ustedes, porque en Exeter escucharon que eran las criaturas más hermosas del mundo; les he dicho que era totalmente cierto, y mucho más. Estoy seguro de que a ustedes les encantarán ellas. Han traído el coche lleno de juguetes para los niños. ¡Cómo pueden ser tan esquivas y pensar en no venir! Si de alguna manera son primas suyas, ¿verdad? Porque ustedes son primas mías y ellas lo son de mi esposa, así es que tienen que estar emparentadas.

Pero *sir* John no consiguió su objetivo. Tan solo pudo arrancarles la promesa de ir a la finca dentro de uno o dos días, y después marchó asombradísimo ante su indiferencia, para dirigirse a su casa y jactarse nuevamente de las cualidades de las Dashwood ante las señoritas Steele, tal como se había jactado de las señoritas Steele ante las Dashwood.

Cuando cumplieron con la prometida visita a la finca y les fueron presentadas las jovencitas, no encontraron en la apariencia de la mayor, que casi rozaba los treinta y tenía un rostro poco atractivo y para nada despierto, nada que admirar; pero en la otra, que no tenía más de veintidós o veintitrés años, encontraron sobrada belleza; sus facciones eran bonitas, tenía una mirada aguda y despierta y una cierta airosidad en su talante que, aunque no le daba auténtica elegancia, sí la hacía distinguirse. Los modales de ambas eran especialmente amables, y pronto Elinor tuvo que reconocer algo de buen juicio en ellas, al ver las constantes y oportunas atenciones con que se hacían agradables a *lady* Middleton. Con los niños se mostraban en continuo éxtasis, ensalzando su belleza, atrayendo su atención y complaciéndolos en todos sus caprichos; y el poco tiempo que podían quitarle a las inoportunas demandas a que su gentileza las exponía, lo dedicaban a admirar lo que fuera que estuviera haciendo su señoría, en caso de que estuviera haciendo algo, o a copiar el modelo de algún nuevo vestido elegante que, al verle usar el día antes, las había hecho caer en interminable arrobamiento. Por suerte para quienes buscan halagar tocando este tipo de puntos débiles, una madre cariñosa, aunque es el más voraz de los seres humanos cuando se trata de ir a la caza de halagos para sus hijos, también es el más crédulo; sus demandas son exorbitantes, pero se traga cualquier cosa; y así, *lady* Middleton aceptaba sin la menor sorpresa o desconfianza las exageradas muestras de cariño y la paciencia de las señoritas Steele hacia sus hijos. Veía con materna complacencia todas las tropelías e impertinentes travesuras a las que se sometían sus primas. Observaba cómo les desataban sus cintos, les tiraban el cabello que llevaban suelto alrededor de las orejas, les registraban sus costureros y les sacaban sus cortaplumas y tijeras, y no le cabía ninguna duda acerca de que el gusto era mutuo. Parecía indicar que lo único que la sorprendía era que Elinor y Marianne estuvieran allí sentadas, tan compuestas, sin pedir que las dejaran formar parte de lo que sucedía.

—¡John está tan contento hoy! —decía, al ver cómo cogía el pañuelo de la señorita Steele y lo arrojaba por la ventana—. No deja de hacer diabluras.

Y poco después, cuando el segundo de sus hijos pellizcó con fuerza a la misma señorita en un dedo, comentó llena de cariño:

—¡Qué juguetón es William! ¡Y aquí está mi dulce Annamaría —agregó, acariciando tiernamente a una niñita de tres años que se había mantenido sin hacer ni un ruido durante los últimos dos minutos—. Siempre es tan gentil y sosegada; ¡nunca ha existido una chiquita tan sosegada!

Pero por desgracia, al llenarla de abrazos, un alfiler del tocado de su señoría rasguñó levemente a la niña en el cuello, provocando en este modelo de gentileza tan violentos chillidos que a duras penas podrían haber sido superados por ninguna criatura reconocidamente ruidosa. La consternación de su madre fue extraordinaria, pero no pudo superar la alarma de las señoritas Steele, y entre las tres hicieron todo lo que en una emergencia tan crítica el afecto indicaba que debía hacerse para mitigar los sufrimientos de la pequeña doliente. La sentaron en la falda de su madre, la llenaron de besos; una de las señoritas Steele, arrodillada para atenderla, enjugó su herida con agua de lavanda, y la otra le llenó la boca con ciruelas confitadas. Con tales premios a sus lágrimas, la niña tuvo la sabiduría suficiente para no dejar de llorar. Continuó chillando y sollozando fuertemente, dio patadas a sus dos hermanos cuando intentaron tocarla. Y nada de lo que hacían para calmarla tuvo el menor resultado, hasta que felizmente *lady* Middleton recordó que en una escena de similar llanto, la semana anterior, le habían puesto un poco de mermelada de damasco en una sien que se había magullado; se propuso insistentemente el mismo remedio para este desdichado rasguño, y el ligero intermedio en los gritos de la jovencita al escucharlo les dio motivos para esperar que no sería rechazado.

Salió entonces de la sala en brazos de su madre a la búsqueda de esta medicina, y como los dos chicos quisieron seguirlas, aunque su madre les rogó encarecidamente que se quedaran, las cuatro jóvenes se encontraron a solas en una tranquilidad que la habitación no había conocido en muchas horas.

—¡Pobre criaturita! —dijo la señorita Steele apenas marcharon—. Pudo haber sido un accidente de incalculables consecuencias.

—Aunque difícilmente puedo imaginármelo —exclamó Marianne—, a no ser que hubiera ocurrido en circunstancias muy distintas. Pero esta es la manera habitual de incrementar la alarma, cuando en realidad no hay nada de qué alarmarse.

—Qué mujer tan tierna es *lady* Middleton —dijo Lucy Steele.

Marianne se quedó silenciosa. Le era imposible decir algo que no sentía, por trivial que fuera la ocasión; y de esta forma siempre caía sobre Elinor toda la tarea de decir mentiras cuando la cortesía así lo demandaba. Hizo lo mejor posible, cuando el deber la llamó a ello, por hablar de *lady* Middleton con más entusiasmo del que sentía, aunque fue mucho menor que el de la señorita Lucy.

—Y *sir* John también —exclamó la hermana mayor—. ¡Qué hombre tan encantador!

También en este caso, como la buena opinión que de él tenía la señorita Dashwood no era más que sencilla y justa, se hizo presente sin grandes alardes. Tan solo observó que era de muy buen talante y amistoso.

—¡Y qué encantadora familia tienen! En toda mi vida había visto tan excelentes niños. Créanme que ya los adoro, y eso que en verdad me gustan los niños con locura.

—Me lo habría imaginado —dijo Elinor con una sonrisa—, por lo que he visto esta mañana.

—Tengo la idea —dijo Lucy— de que usted cree a los pequeños Middleton demasiado mimados; quizás estén al borde de serlo, pero es tan natural en *lady* Middleton; y por mi parte, me encanta ver niños llenos de vida y energía; no los soporto si son dóciles y tranquilos.

—Confieso —replicó Elinor—, que cuando estoy en Barton Park nunca pienso con temor en niños dóciles y tranquilos.

A estas palabras siguió una pequeña pausa, rota primero por la señorita Steele, que parecía muy inclinada a la conversación y que ahora dijo, de manera algo súbita:

—Y, ¿le gusta Devonshire, señorita Dashwood? Supongo que lamentó mucho dejar Sussex.

Algo sorprendida ante la familiaridad de esta pregunta, o al menos ante la forma en que fue hecha, Elinor respondió que sí le había costado.

—Norland es un sitio increíblemente maravilloso, ¿verdad? —agregó la señorita Steele.

—Hemos sabido que *sir* John tiene una extraordinaria admiración por él —dijo Lucy, que parecía creer que se necesitaba alguna excusa por la libertad con que había hablado su hermana.

—Creo que todos lo que han estado allí tienen que admirarlo —respondió Elinor—, aunque es de suponer que nadie aprecia sus bellezas tanto como nosotras.

—¿Y tenían allá muchos admiradores con porte? Me imagino que en esta parte del mundo no tienen tantos; en cuanto a mí, pienso que siempre son un gran aporte.

—Pero, ¿por qué —dijo Lucy, con aire de sentirse avergonzada de su hermana— piensas que en Devonshire no hay tantos jóvenes guapos como en Sussex?

—No, querida, desde luego no es mi propósito decir que no los hay. Estoy segura de que hay una gran cantidad de galanes muy gentiles en Exeter; pero, ¿cómo crees que podría saber si hay jóvenes agradables en Norland? Y yo solo temía que las señoritas Dashwood encontraran aburrido Barton si no encuentran aquí tantos como los que acostumbraban tener. Pero quizás a ustedes, jovencitas, no les importen los galanes, y estén tan a gusto sin ellos como con ellos. Por mi parte, pienso que son extraordinariamente agradables, siempre que se vistan de manera elegante y se comporten con cortesía. Pero no soporto verlos cuando van sucios o son maleducados. Vean, por ejemplo, al señor Rose, de Exeter, un joven fantásticamente elegante, bastante guapo, que trabaja para el señor Simpson, como ustedes saben; y, sin embargo, si uno lo encuentra en la mañana, no se lo puede ni mirar. Me imagino, señorita Dashwood, que su hermano era un gran galán antes de casarse, considerando que era tan rico, ¿no es cierto?

—Le prometo —replicó Elinor— que no sabría decírselo, porque no entiendo bien el significado de la palabra. Pero esto sí puedo asegurarle: que si alguna vez él fue un galán antes de casarse, lo es todavía, porque no ha experimentado el menor cambio en él.

—¡Ay, querida! Una nunca se figura a los hombres casados como galanes... Tienen otras cosas que hacer.

—¡Por Dios, Anne! —exclamó su hermana—. Solo hablas de galanes. Harás que la señorita Dashwood crea que solo piensas en eso.

Luego, para variar de tema, comenzó a manifestar su admiración por la casa y el mobiliario.

Esta muestra de lo que eran las señoritas Steele fue suficiente. Las vulgares libertades que se tomaba la mayor y sus bobadas la dejaban sin nada a favor, y como a Elinor ni la belleza ni la perspicaz apariencia de la menor le habían hecho perder de vista su falta de real prestancia y naturalidad, se marchó de la casa sin ningún deseo de conocerlas más.

No sucedió lo mismo con las señoritas Steele. Venían de Exeter, bien dotadas de admiración por *sir* John, su familia y todos sus parientes, y ninguna parte de ella le negaron de manera ruin a las hermosas primas del dueño de casa, de quienes afirmaron ser las muchachas más hermosas, elegantes, completas y perfectas que habían tratado, y a las cuales estaban muy especialmente ansiosas de conocer mejor. Y en consecuencia, pronto Elinor descubrió que conocerlas mejor era su inevitable destino; como *sir* John estaba por completo de parte de las señoritas Steele, su lado iba a ser demasiado potente para presentarle alguna oposición e iban a tener que someterse a ese tipo de intimidad que consiste en sentarse todos juntos en la misma habitación durante una o dos horas casi día a día. No era más lo que podía hacer *sir* John, pero no sabía que se necesitara algo más; en su opinión, estar juntos era gozar de intimidad, y mientras sus continuos planes para que todos se reunieran y cumplieran su objetivo, no le cabía duda alguna de que fueran verdaderos amigos.

Para hacerle justicia, hizo todo lo que estaba en su mano para animar una relación sin reservas entre ellas, y con tal fin dio a conocer a las señoritas Steele todo lo que sabía o suponía respecto de la situación de sus primas en los aspectos más íntimos; y así Elinor no las había visto más de un par de veces antes de que la mayor de ellas la felicitara por la suerte de su hermana al haber conquistado a un galán muy distinguido tras su llegada a Barton.

—Seguro será una gran cosa haberla casado tan joven —dijo—, y me han dicho que es un gran galán, y muy gallardo. Y espero que también usted tenga pronto la misma buena suerte... aunque quizá ya tiene a alguien listo por ahí.

Elinor no podía suponer que *sir* John fuera más prudente en proclamar sus sospechas acerca de su afecto por Edward, de lo que había sido respecto de Marianne; de hecho, entre las dos situaciones, la suya era la que prefería para sus burlas, por su mayor novedad y porque se prestaba a mayor pábulo de conjeturas: desde la visita de Edward, jamás habían cenado juntos sin que él brindara a la salud de las personas queridas de ella, con una voz tan cargada de significados, tantas cabezadas y guiños, que no podía menos de alertar a todo el mundo. Invariablemente se sacaba a colación la letra F, y con ella se habían nutrido tan incontables chanzas, que hacía ya tiempo se le había impuesto a Elinor su calidad de ser la letra más ingeniosa del alfabeto.

Las señoritas Steele, tal como había imaginado que ocurriría, eran las destinatarias de todas estas chanzas, y en la mayor despertaron una gran curiosidad por saber el nombre del caballero al que aludían, curiosidad que, aunque con frecuencia expresada con imprudencia, era perfectamente consistente con sus constantes indagaciones en los asuntos de la familia Dashwood. Pero *sir* John no jugó demasiado tiempo con el interés que había gozado en despertar, porque decir el nombre le era tan agradable como escucharlo era para la señorita Steele.

—Su nombre es Ferrars —dijo, en un murmullo casi inteligible—, pero por favor, le ruego no decirlo, porque es un gran secreto.

—¡Ferrars! —repitió la señorita Steele—. El señor Ferrars es el afortunado personaje, ¿verdad? ¡Vaya! ¿El hermano de su cuñada, señorita Dashwood? Un joven muy simpático, con toda seguridad. Lo conozco muy bien.

—¿Cómo puedes decir tal cosa, Anne? —exclamó Lucy, que por lo corriente corregía todas las declaraciones de su hermana—. Aunque lo hemos visto una o dos veces en la casa de mi tío, es excesivo pretender conocerlo bien.

Elinor escuchó con atención y sorpresa todo lo anterior. "¿Y quién era este tío? ¿Dónde vivía? ¿Cómo fue que se conocieron?". Tenía grandes deseos de que continuaran con el tema, aunque prefirió no unirse a la conversación; pero nada más se dijo sobre ello y, por primera vez en su vida, pensó que a la señora Jennings le faltaba o curiosidad tras tan pobre información, o deseo de manifestar su interés. La forma en que la señorita Steele había hablado de Edward aumentó su curiosidad, porque sintió que lo hacía con algo de perfidia y plantaba la sospecha de que ella sabía, o se imaginaba saber, algo en detrimento del joven.

Pero su curiosidad fue inútil, porque la señorita Steele no prestó más atención al nombre del señor Ferrars cuando *sir* John aludía a él o lo mencionaba sin tapujos.

CAPÍTULO XXII

Marianne, que nunca había sido demasiado tolerante de cosas como la impertinencia, la vulgaridad, la inferioridad de índole o incluso las diferencias de gusto respecto de los suyos, en esta ocasión estaba particularmente reacia, dado su estado de ánimo, a encontrar agradables a las señoritas Steele o fomentar sus avances; y a esta invariable frialdad en su conducta, que frustraba todos los intentos que hacían por establecer una relación de intimidad, atribuía Elinor en primer lugar la preferencia por ella que se hizo evidente en el trato de ambas hermanas, especialmente de Lucy, que no perdía ocasión de entablar conversación o de intentar una mayor aproximación mediante una fácil y franca comunicación de sus sentimientos.

Lucy era naturalmente lista; con frecuencia sus observaciones eran justas y amenas, y como compañía durante una media hora, a menudo Elinor la encontraba agradable. Pero sus capacidades innatas en nada habían sido complementadas por la educación; era ignorante e inculta, y la falta de todo refinamiento intelectual en ella, su deficiencia de información en los asuntos más corrientes, no podían pasar inadvertidas a la señorita Dashwood, a pesar de todos los esfuerzos que hacía la joven por parecer superior. Elinor percibía la falta de capacidades que la educación habría hecho tan respetables, y la compadecía por ello; pero veía con sentimientos mucho menos delicados la total falta de finura, de rectitud y de integridad de espíritu que traicionaban sus trabajosas y permanentes atenciones y lisonjas a los Middleton; y no podía encontrar satisfacción duradera en la compañía de una persona que a la ignorancia unía la insinceridad, cuya falta de instrucción impedía una conversación entre ellas en condiciones de igualdad, y cuya conducta hacia el resto quitaba todo valor a cualquier muestra de atención o deferencia hacia ella.

—Temo que mi pregunta le pueda parecer fuera de lugar —le dijo Lucy un día mientras caminaban juntas desde la finca a la cabaña—, pero, si me disculpa, ¿conoce personalmente a la madre de su cuñada, la señora Ferrars?

A Elinor la pregunta sí le pareció bastante fuera de lugar, y así lo reveló su semblante al contestar que nunca había visto a la señora Ferrars.

—¡Vaya! —replicó Lucy—. Qué extraño, pensaba que la debía haber visto alguna vez en Norland. Entonces quizá no pueda informarme sobre qué clase de mujer es.

—No —contestó Elinor, guardándose de dar su verdadera opinión de la madre de Edward, y sin grandes deseos de satisfacer lo que parecía una curiosidad impertinente—, no sé nada de ella.

—Con toda seguridad pensará que soy muy rara, por preguntar así por ella —dijo Lucy, observando atentamente a Elinor mientras hablaba—; pero quizá haya motivos... Ojalá me atreviera; pero, así y todo, confío en que me hará la justicia de creer que no es mi intención ser inoportuna.

Elinor le dio una respuesta amable, y caminaron durante algunos minutos en silencio. Lo rompió Lucy, que retomó el tema diciendo de modo algo vacilante:

—No soporto que me crea empecinadamente curiosa; daría cualquier cosa en el mundo antes que parecerle así a una persona como usted, cuya opinión me es tan valiosa. Y por cierto no tendría el menor temor de confiar en usted; en verdad apreciaría mucho su consejo en una situación tan incómoda como esta en que me encuentro; no se trata, sin embargo, de preocuparla a usted. Lamento que no conozca a la señora Ferrars.

—También yo lo lamentaría —dijo Elinor, perpleja—, si hubiera sido de alguna utilidad para usted conocer mi opinión sobre ella. Pero, en verdad, nunca pensé que tuviera usted relación alguna con esa familia y, por tanto, confieso que me sorprende algo que quiera saber tanto sobre el carácter de la señora Ferrars.

—Supongo que sí le extraña, y debo decir que no me admira que así sea. Pero si osara explicarle, no estaría tan perpleja. La señora Ferrars no es en realidad nada para mí en la actualidad..., pero puede que llegue el momento..., cuán pronto llegue, por fuerza depende de ella..., en que nuestra relación sea muy estrecha.

Bajó los ojos al decir esto, tiernamente miedosa, con solo una mirada de reojo a su compañera para observar el efecto que tenía sobre ella.

—¡Dios mío! —exclamó Elinor—, ¿qué es lo que insinúa? ¿Conoce usted al señor Robert Ferrars? ¿Lo conoce? —y no se sintió demasiado complacida con la idea de tal cuñada.

—No —replicó Lucy—, no al señor Robert Ferrars..., no lo he visto en mi vida; pero sí agregó fijando su mirada en Elinor— a su hermano mayor.

¿Qué sintió Elinor en ese momento? Asombro, que habría sido tan doloroso como agudo era, si no hubiese estado acompañado de una inmediata duda respecto de la declaración que lo originaba. Se volvió hacia Lucy en un silencioso estupor, incapaz de adivinar el motivo o finalidad de tal afirmación; y aunque cambió el color de su rostro, se mantuvo firme en la incredulidad, fuera de todo peligro de un ataque histérico o un desmayo.

—Es natural que se sienta perpleja —continuó Lucy—, pues con toda seguridad no podría haberlo sabido antes; apostaría a que él nunca les dio la menor prueba de ello, ni a usted ni a su familia, ya que se suponía era un gran secreto, y puedo asegurar que de mí no ha salido ni una sola palabra hasta este instante. Ni una sola persona de mi familia lo sabe, salvo Anne, y jamás se lo habría mencionado a usted si no tuviera la mayor confianza del mundo en su reserva; pensaba que mi conducta al hacer tantas preguntas sobre la señora Ferrars debe haber parecido tan extraña que necesitaba una explicación. Y no creo que el señor Ferrars se sienta tan molesto cuando sepa que he confiado en usted, porque me consta que tiene la mejor opinión del mundo respecto de toda su familia, y las considera a usted y a la otra señorita Dashwood como si fueran auténticas hermanas —hizo un descanso.

Elinor estuvo en silencio durante algunos instantes. Su perplejidad ante lo que oía fue en principio demasiado extraordinaria para ser puesto en palabras; pero después de un rato, obligándose a hablar, y a hablar con cautela, dijo con un modo sosegado que ocultaba de manera casi normal su sorpresa y ansiedad:

—¿Puedo preguntarle si hace mucho de su compromiso?

—Hemos estado comprometidos desde hace cuatro años.

—¡Cuatro años!

—Sí.

Aunque tales palabras la golpearon fortísimamente, Elinor seguía sin poder creerlas.

—Hasta el otro día —dijo— ni siquiera tenía idea de que se conocieran.

—Sin embargo, nos conocemos desde antiguo. Él estuvo bajo la tutela de mi tío, sabe usted, bastante tiempo.

—¡Su tío!

—Sí, el señor Pratt. ¿Nunca le habló del señor Pratt?

—Creo que sí —respondió Elinor, haciendo un esfuerzo cuya intensidad aumentaba a la par de la intensidad de su agitación.

—Estuvo cuatro años con mi tío, que vive en Longstaple, cerca de

Plymouth. Fue allí donde nos conocimos, porque mi hermana y yo frecuentemente nos quedábamos con mi tío, y fue allí que nos comprometimos, aunque no hasta un año después de que él había dejado de ser pupilo; pero después estaba casi siempre con nosotros. Como podrá imaginar, yo era bastante renuente a iniciar tal relación sin que lo supiera y aprobara su madre; pero también era demasiado joven y lo amaba demasiado para haber actuado con la prudencia que debí hacerlo... Aunque usted no lo conoce tan bien como yo, señorita Dashwood, debe haberlo visto bastante para darse cuenta de que es muy capaz de despertar en una mujer un muy firme cariño.

—Por cierto —respondió Elinor, sin saber lo que decía; pero tras un instante de reflexión, agregó con una renovada seguridad en el honor y amor de Edward, y en la falsedad de su compañera—: ¡Comprometida con el señor Ferrars! Me confieso tan totalmente pasmada frente a lo que dice, que en verdad... le ruego me disculpe; pero con toda seguridad debe haber algún equívoco en cuanto a la persona o el nombre. No podemos referirnos al mismo señor Ferrars.

—No podemos referirnos a ningún otro —exclamó Lucy sonriendo—. El señor Edward Ferrars, el hijo mayor de la señora Ferrars de Park Street, y hermano de su cuñada, la señora de John Dashwood, es la persona de la cual hablo; debe concederme que es bastante poco probable que yo me equivoque respecto del nombre del hombre de quien depende toda mi felicidad.

—Es extraño —replicó Elinor, sumida en un terrible asombro— que nunca le haya escuchado ni siquiera mencionar su nombre.

—No; teniendo en cuenta nuestra situación, no es extraño. Nuestro principal cuidado ha sido mantener este sentimiento en secreto... Usted no sabía nada de mí o de mi familia, y por ello en ningún instante podía darse la ocasión de mencionarle mi nombre; y como siempre él estaba tan temeroso de que su hermana sospechara algo, tenía bastantes motivos para no hacerlo.

Guardó silencio. Zozobró el espíritu de Elinor, pero el dominio sobre sí misma no se fue a pique con ella.

—Cuatro años han estado comprometidos —dijo con voz serena.

—Sí; y sabe Dios cuánto tiempo más deberemos esperar. ¡Pobre Edward! Se siente bastante apesadumbrado —y sacando una pequeña miniatura de su bolsillo, agrega—: Para evitar la posibilidad de error, tenga la bondad de mirar este retrato. Por cierto no es buena pintura, pero aun así pienso que no puede equivocarse respecto de la persona allí representada. Estos tres años lo he llevado conmigo.

Mientras decía lo anterior, puso la miniatura en manos de Elinor; y cuando esta vio la pintura, si había podido seguir aferrándose a cualesquiera otras dudas por temor a una decisión demasiado rápida o su deseo de detectar una falsedad, ahora no podía tener ninguna respecto de que era el rostro de Edward. Devolvió la miniatura casi enseguida, reconociendo el parecido.

—Nunca he podido —continuó Lucy— darle a cambio mi retrato, lo que me apena extraordinariamente; ¡él siempre ha querido tanto tenerlo! Pero estoy decidida a que me lo hagan en la primera ocasión que pueda.

—Tiene usted toda la razón —respondió Elinor con sosiego. Avanzaron algunos pasos en silencio. Lucy habló primero.

—Estoy segura —dijo—, no me cabe ninguna duda en absoluto, de que guardará fielmente ese secreto, porque se imaginará cuán fundamental es para nosotros que no llegue a oídos de su madre, pues, debo decirlo, ella jamás lo aprobaría. Yo no recibiré fortuna alguna, y creo saber que es una mujer notablemente orgullosa.

—En ningún instante he buscado ser su confidente —dijo Elinor—, pero usted no me hace sino justicia al imaginar que soy de confiar. Su secreto está a salvo conmigo; pero excúseme si manifiesto alguna perplejidad ante tan innecesaria revelación. Al menos debe haber sentido que el enterarme a mí de ese secreto no lo hacía estar más protegido.

Mientras decía esto, miraba a Lucy con gran intensidad, con la esperanza de descubrir algo en su semblante... quizá la falsedad de la mayor parte de lo que venía diciendo; pero el rostro de Lucy se mantuvo sin pestañear.

—Sentía temor de haberla hecho pensar que me estaba tomando grandes libertades con usted —le dijo— al confesarle todo esto. Es cierto que la conozco desde hace poco, personalmente al menos, pero durante bastante tiempo he sabido de usted y de toda su familia por lo que me han contado; y tan pronto como la conocí, sentí casi como si fuera una antigua amiga. Además, en el caso presente, en verdad pensé que le debía alguna explicación tras haberla interrogado de forma tan pormenorizada sobre la madre de Edward; y por desgracia no tengo a nadie a quien pedir consejo. Anne es la única persona que está enterada de ello, y no posee ningún criterio; en verdad, me hace mucho más mal que bien, porque vivo en la constante zozobra de que traicione mi secreto. No sabe mantener la boca cerrada, como se habrá dado cuenta; y no creo haber sentido jamás tanto miedo como el otro día, cuando *sir* John mencionó el nombre de Edward, de que fuera a contarlo todo.

No puede imaginar cómo sufro con todo esto. Ya me sorprende seguir viva después de lo que he pasado a causa de Edward estos cuatro años. Tanto misterio e incertidumbre, y viéndolo tan poco... a duras penas nos podemos encontrar más de dos veces al año. No sé cómo no tengo totalmente roto el corazón.

En ese instante sacó su pañuelo; pero Elinor no se sentía demasiado misericorde.

—A veces —continuó Lucy tras enjugarse los ojos—, pienso si no sería mejor para nosotros dos terminar con todo el idilio por completo —al decir esto, miraba directamente a su compañera.

—Pero, otras veces, no tengo bastante fuerza de voluntad para ello. No puedo soportar la idea de hacerlo tan desdichado, como sé que lo haría la única mención de algo así. Y también por mi parte..., con el amor que le tengo... no me creo capaz de ello.

—¿Qué me aconsejaría hacer en un caso así, señorita Dashwood? ¿Qué haría usted?

—Perdóneme —replicó Elinor, asustada ante la pregunta—, pero no puedo darle consejo alguno en tales circunstancias. Es su propio juicio el que debe de conducirla.

—Con toda seguridad —continuó Lucy tras unos minutos de pausa por ambas partes—, tarde o temprano su madre tendrá que proporcionarle medios de vida; ¡pero el pobre Edward se siente tan deprimido con todo eso! ¿No le pareció terriblemente desanimado cuando estaba en Barton? Se sentía tan desafortunado cuando se marchó de Longstaple para ir donde ustedes, que temí que lo creyeran muy enfermo.

—¿Venía de donde su tío cuando nos visitó?

—¡Oh, sí! Había estado quince días con nosotros. ¿Creyeron que venía directamente de la ciudad?

—No —respondió Elinor, sufriendo lo indecible a cada nueva circunstancia que respaldaba la veracidad de Lucy—. Recuerdo que nos dijo haber estado quince días con unos amigos cerca de Plymouth.

Recordaba también su propia sorpresa en ese entonces, cuando él no dijo nada más sobre esos amigos y guardó silencio total incluso respecto de sus nombres.

—¿No pensaron que estaba terriblemente deprimido? —repitió Lucy.

—En realidad sí, en especial a la llegada.

—Le rogué que hiciera un esfuerzo, temiendo que ustedes sospecharan lo que pasaba; pero le entristeció tanto no poder estar más de quince días con nosotros, y viéndome tan afectada... ¡Pobre hombre! Temo le ocurra lo mismo ahora, pues sus cartas revelan un estado de ánimo tan desventurado. Supe de él justo antes de salir de Exeter —dijo, sacando de su bolsillo una carta y mostrándole la dirección a Elinor sin mayores cumplidos—. Usted conoce su letra, me imagino; una letra preciosa; pero no está tan bien hecha como acostumbra. Estaba agotado, supongo, porque había llenado la hoja al máximo escribiéndome.

Elinor vio que sí era su letra, y no pudo seguir dudando. El retrato, se había permitido creer, podía haber sido conseguido de manera fortuita; podía no haber sido regalo de Edward; pero una correspondencia epistolar entre ellos solo podía existir dado un compromiso real; nada sino eso podía autorizarla. Durante algunos instantes se vio casi vencida... el alma se le fue a los pies y apenas podía mantenerse en pie; pero era totalmente necesario sobreponerse, y luchó con tanta decisión contra la pena de su espíritu que el éxito fue rápido y, por el momento, total.

—Escribirnos —dijo Lucy, devolviendo la carta a su bolsillo— es nuestro único alivio durante estas prolongadas separaciones. Sí, yo tengo otro en su retrato; pero el pobre Edward ni siquiera tiene eso. Si al menos tuviera mi retrato, dice que le sería más fácil. La última vez que estuvo en Longstaple le di un mechón de mis cabellos engarzado en un anillo, y eso le ha servido de algún alivio, dice, pero no es lo mismo que un retrato. ¿Quizá le notó ese anillo cuando lo vio?

—Sí lo noté —dijo Elinor, con una voz serena tras la cual se escondía una agitación y una pena mayores de cuanto hubiera sentido antes. Se sentía mortificada, turbada, confundida.

Por fortuna para ella habían llegado ya a su tea, y la conversación no pudo seguir. Tras permanecer con ellas unos minutos, las señoritas Steele volvieron a la finca y Elinor quedó en libertad para pensar y sentirse desgraciada.

CAPÍTULO XXIII

Por pequeña que fuese la confianza de Elinor en la veracidad de Lucy, le era imposible, pensándolo con seriedad, sospechar de ella en aquellas circunstancias, donde difícilmente algo podía inducir a inventar mentiras como las expuestas. Frente a lo que Lucy afirmaba ser verdad, por tanto, Elinor no podría, no se atrevía a seguir dudando, respaldado como estaba de manera tan absoluta por tantas probabilidades y pruebas, e impugnado tan solo por sus propios anhelos. El haber tenido la oportunidad de conocerse en casa del señor Pratt era la base para el resto, una base a la vez indiscutible y alarmante; y la visita de Edward a algún lugar cercano a Plymouth, su tristeza, su insatisfacción con las perspectivas que se le presentaban, el conocimiento íntimo que mostraban las señoritas Steele respecto de Norland y de sus relaciones familiares, que con frecuencia la habían sorprendido; el retrato, la carta, el anillo, sumados constituían un conjunto de pruebas tan sólido que anulaba todo temor a condenar a Edward injustamente y ratificaba como un hecho que ninguna parcialidad por él podía pasar por alto, su falta de ética hacia ella. Su resentimiento ante tal conducta, su indignación por haber sido víctima de él, durante un breve lapso la hicieron centrarse solo en sus propios sentimientos; pero pronto se abrieron paso otros pensamientos, otras consideraciones. ¿La había estado engañando Edward a propósito? ¿Había fingido un afecto por ella que no sentía? ¿Era su compromiso con Lucy un compromiso de corazón? No; sin importar lo que alguna vez pudo haber sido, no podía creer tal cosa entonces. El afecto de Edward le pertenecía a ella. No podía engañarse en eso. Su madre, sus hermanas, Fanny, todos se habían dado cuenta del interés que él había mostrado por ella en Norland; no era una ilusión de su propia fantasía. Con certeza, él la amaba. ¡Cómo sosegó su corazón este convencimiento! ¡Cuántas cosas más la tentaba a perdonar! Él había sido culpable, grandemente culpable de permanecer en Norland tras haber sentido por primera vez que la influencia que ella tenía sobre él era mayor que la debida. En eso, no se lo podía defender; pero si él la había herido, ¡cuánto más se había herido a sí mismo! Si el caso de ella era digno de lástima, el de él era sin esperanza. Si durante un tiempo la imprudencia de él la había hecho desgraciada, a él parecía haberlo privado de toda posibilidad de ser de otra forma. A la larga, ella podría reconquistar el sosiego; pero él, ¿en qué podía colocar sus esperanzas? ¿Podría alguna vez conseguir una pasable felicidad con Lucy Steele? Si el afecto por ella fuera imposible, ¿podría él, con su integridad, su delicadeza e inteligencia cultivada, sentirse colmado con una esposa como esa: inculta, zafia y egoísta?

El encandilamiento propio de un joven de diecinueve años bien pudo cegarlo a todo lo que no fuera el atractivo y buen carácter de Lucy; pero los cuatro años siguientes —años que, si se los vive juiciosamente, enriquecen tanto el entendimiento, debían haberle abierto los ojos a las carencias de su educación; y el mismo período de tiempo, que ella vivió en compañía de personas de inferior condición y entregada a intereses más banales, quizá la había despojado de esa sencillez que alguna vez pudo haberle dado un cariz interesante a su atractivo.

Si cuando se suponía que era con Elinor que él quería casarse las trabas levantadas por su madre habían parecido grandes, ¡cuánto mayores no debían ser ahora, cuando la persona con quien estaba comprometido era sin duda inferior a ella en conexiones y, con toda probabilidad, inferior en fortuna! En verdad, estando el corazón de Edward tan desapegado de Lucy, quizá las exigencias sobre su paciencia no fueran demasiado grandes; ¡pero la tristeza no puede ser sino el estado natural de una persona que se siente consolada ante las expectativas de oposición y la dureza de parte de la familia!

A medida que se agolpaban hirientes en ella estos pensamientos, se deshacía en llanto más por él que por sí misma. Apoyada en la convicción de no haber hecho nada que la hiciera merecedora de su actual desgracia, y consolada por la creencia de que Edward no había hecho nada que le enajenara su cariño, Elinor pensó que incluso ahora, en medio del punzante dolor tras el tremendo golpe recibido, podía dominarse bastante para ocultar de su madre y hermanas toda sospecha de la verdad. Y tan bien cumplió sus propias expectativas, que cuando se les unió en el momento de la cena tan solo dos horas después de haber asistido a la muerte de sus más queridas esperanzas, nadie podría haber sospechado, por la apariencia de las hermanas, que Elinor vivía un secreto desafío frente a los obstáculos que para siempre la separarían del objeto de su amor, y que Marianne se complacía en su interior en las perfecciones de un hombre de cuyo corazón se sentía enteramente prisionera, y a quien esperaba ver en cada carruaje que se aproximaba a su casa.

La necesidad de ocultar de su madre y de Marianne lo que le había sido confiado como un secreto, aunque la obligaba a un continuo esfuerzo, no agravaba el dolor de Elinor. Al contrario, era un consuelo para ella ahorrarse el tener que comunicar algo que las habría hecho sufrir tanto, y liberarse al mismo tiempo de escuchar cómo su excesiva y afectuosa parcialidad por ella seguramente se habría desatado en condenas a Edward, algo que era más de lo que se sentía capaz de sobrellevar.

Elinor sabía que no podría obtener ayuda alguna de los consejos o de la conversación de su familia; la ternura y pena que manifestarían solo iban a acrecentar el dolor que sentía, en tanto que el dominio sobre sí misma no recibiría estímulo ni de su ejemplo ni de sus elogios. La soledad la fortalecía más y su propio buen discernimiento le ofreció un tan buen apoyo, que su firmeza se mantuvo sin debilitarse y su apariencia de alegría todo lo invariable que podía estar en medio de sufrimientos tan dolorosos y recientes.

A pesar de lo mucho que había sufrido en su primera charla con Lucy sobre el tema, pronto sintió un vivo deseo de reanudarla, y esto por más de una razón. Deseaba escuchar otra vez muchos detalles de su promesa; deseaba entender con mayor claridad lo que Lucy realmente sentía por Edward, si era en verdad sincera en sus declaraciones de apasionado cariño por él; y muy en especial quería convencer a Lucy, por su celeridad en volver al asunto de nuevo y su tranquilidad al conversar sobre él, que no le interesaba más que como amiga, algo que temía haber dejado al menos en duda con su involuntario nerviosismo durante su conversación matinal. Que Lucy se decantara a sentirse celosa de ella parecía bastante obvio; era evidente que Edward siempre la había ponderado mucho, y evidente no solo por lo que Lucy decía, sino por su atreverse a confiarle, tras tan poco tiempo de conocerse en persona, un secreto tan valioso y obviamente importante. E incluso los comentarios jocosos de *sir* John podían haber pesado en ello. Pero, en verdad, mientras Elinor siguiera sintiéndose tan segura en su interior de que Edward realmente la amaba, no se requería de más cálculos de probabilidades para considerar natural que Lucy se sintiera celosa; y de sus celos, su misma confidencia era prueba suficiente. ¿Qué otra razón podía haber para revelar su historia, sino que Elinor supiera de los mayores derechos que Lucy tenía sobre Edward y aprendiera a evitarlo en el futuro? No le costaba mucho comprender hasta este punto las intenciones de su rival, y en tanto estaba firmemente decidida a actuar según lo exigían todos los cánones de honor y honradez para luchar contra su propio afecto por Edward y verlo lo menos posible, no podía negarse el consuelo de intentar convencer a Lucy de que su corazón estaba a salvo. Y como nada podían añadir sobre el tema más doloroso que lo ya escuchado, no dudó de su propia serenidad para soportar tranquilamente una repetición minuciosa.

Pero la ocasión de hacer lo planeado tardó en llegar, aunque Lucy estaba tan bien dispuesta como ella a aprovechar cualquier oportunidad que se presentase, pues un clima bastante cambiante les impidió salir a caminar, actividad que con facilidad les habría permitido separarse de los demás; y aunque se encontraban al menos día por medio en la finca o en la cabaña, y en especial en la primera, no se suponía que el objetivo de reunirse fuera conversar. Tal idea jamás se les pasaría por la cabeza ni a *sir* John ni a *lady* Middleton, y así dejaban muy poco tiempo para una charla en la que participaran todos, y ninguno en absoluto para diálogos personales. Se reunían para comer, beber y reírse juntos, jugar a las cartas o a las adivinanzas o a cualquier otro entretenimiento que produjera el suficiente ruido.

Una o dos de esta clase de reuniones habían transcurrido ya sin darle a Elinor ocasión alguna de encontrarse con Lucy en privado, cuando una mañana apareció *sir* John en la casa para pedirles insistentemente que fueran a cenar con *lady* Middleton ese día, ya que él debía asistir al club en Exeter y ella podría quedar muy sola, a excepción de su madre y las dos señoritas Steele. Elinor, que pensó se le ofrecía una buena oportunidad para el problema que tenía en la cabeza en una reunión como esta, donde estarían más a sus anchas bajo la tranquila y bien educada dirección de *lady* Middleton que en las ocasiones en que su esposo las juntaba para sus ruidosas tertulias, aceptó enseguida la invitación.

Margaret, con el permiso de su madre, también aceptó, y a Marianne, aunque siempre reacia a asistir a estas reuniones, la convenció su madre de hacer lo mismo, pues no soportaba verla aislarse de toda oportunidad de pasárselo bien.

Fueron las jóvenes, y *lady* Middleton se vio felizmente a salvo de la terrible soledad que la había amenazado. La reunión transcurrió tan sosa como había previsto Elinor; no produjo ni una sola idea o expresión novedosa, y nada pudo ser menos interesante que la totalidad de la conversación tanto en el comedor como en la sala; los niños las acompañaron a esta última, y mientras ellos permanecían allí, era demasiado clara la imposibilidad de atraer la atención de Lucy como para intentarlo. Solo se marcharon cuando retiraron las cosas del té. Se colocó entonces la mesa para jugar a los naipes, y Elinor comenzó a preguntarse cómo había podido tener la esperanza de que fuera a encontrar el momento para conversar en la finca. Todas se levantaron, preparándose para una partida de cartas.

—Creo —le dijo *lady* Middleton a Lucy— que no va a terminar la canastilla de mi pobrecita Annamaría esta noche, porque estoy segura de que le dañaría los ojos hacer trabajos de filigrana a la luz de las velas. Y ya encontraremos mañana cómo compensar la desilusión de mi preciosa chiquita y, así, espero que no le va a importar mucho.

Fue suficiente con esta insinuación; Lucy volvió a sus cabales de súbita forma y replicó:

—Pero, se equivoca totalmente, *lady* Middleton; tan solo estaba aguardando saber si pueden realizar su partida sin mí, o ya me habría puesto a trabajar en la filigrana. Por nada del mundo desilusionaría al angelito; y si usted me quiere en la mesa de naipes ahora, estoy decidida a terminar la canastilla después de cenar.

—Es usted muy buena; espero que no le perjudique a los ojos... ¿podría tocar la campanilla para que traigan velas para trabajar? Sé que mi pobre niñita se sentiría muy desilusionada si la cesta no estuviera terminada mañana, pues aunque le dije que de ninguna manera iba a estar lista, estoy segura de que confía en que lo estará.

Lucy acercó su mesa de trabajo y se sentó a ella con una dedicación y buen ánimo que parecían insinuar que su mayor placer era hacer una cesta de filigrana para una niña mimada.

Lady Middleton les propuso a las demás una partida de "casino". Nadie puso ningún pero, excepto Marianne, que con su habitual incumplimiento de las normas de cortesía generales, exclamó:

—Su señoría tendrá la bondad de excusarme... usted sabe que no me gustan los naipes. Iré al piano; no lo he tocado desde que lo afinaron.

Y sin más ceremonia, se alejó hacia el instrumento.

Lady Middleton pareció estar agradeciendo al cielo por no haber hecho jamás ella una observación tan poco amable.

—Usted sabe, señora, que Marianne nunca se puede mantener demasiado tiempo alejada de ese instrumento —dijo Elinor, esforzándose en moderar la ofensa—; y no me extraña, porque es el piano mejor templado que me haya tocado escuchar.

Las cinco restantes se disponían ahora a repartir las cartas.

—Quizá —continuó Elinor—, si yo no participara en el juego, podría ser de alguna utilidad a la señorita Lucy, enrollando los papeles para ella; y queda todavía tanto por hacer con la canastilla que, estoy viendo, va a ser imposible que con su solo trabajo pueda finalizarla esta noche. Me encantará ese trabajo, si ella me permite tomar parte en él.

—Desde luego que estaré muy agradecida de su ayuda —exclamó Lucy—, pues me he dado cuenta de que todavía falta por hacer más de lo que pensé. Y sería algo terrible desilusionar a la querida Annamaría después de todo.

—¡Oh! Eso sería horroroso, ciertamente —dijo la señorita Steele—. Pobre corazoncito, ¡cómo la adoro!

—Es usted muy amable —le dijo *lady* Middleton a Elinor—; y como de verdad le gusta el trabajo, quizás igual prefiera no incorporarse al juego sino hasta otra partida, ¿o quiere hacerlo ahora?

Elinor aprovechó gustosamente el primer ofrecimiento, y así, con un poco de ese buen trato al que Marianne nunca podía transigir, al mismo tiempo logró su propio objetivo y complació a *lady* Middleton. Lucy le hizo lugar con celeridad, y las dos buenas rivales se sentaron así lado a lado en la misma mesa, y con la máxima armonía se empeñaron en llevar adelante la misma tarea. El piano, frente al cual Marianne, absorta en su música y en sus pensamientos, había olvidado la presencia de otras personas en el cuarto, por suerte estaba tan cerca de ellas que la señorita Dashwood juzgó que, protegida por su sonido, podía plantear el tema que le interesaba sin peligro de ser escuchada en la mesa de juego.

Capítulo XXIV

En un tono firme, aunque precavido, Elinor comenzó así:

—No sería merecedora de la confidencia de que me ha hecho depositaria si no deseara prolongarla, o no sintiera mayor curiosidad sobre ese tema. No me disculparé, entonces, por traerlo nuevamente a conversación.

—Gracias —exclamó Lucy calurosamente— por romper el hielo; con ello me ha tranquilizado el corazón, pues temía haberla molestado de alguna manera con lo que le dije el lunes.

—¡Molestarme! ¿Cómo pudo pensar tal cosa? Créame —y Elinor habló con total franqueza—, nada podría estar más ajeno a mi voluntad que producirle tal idea. ¿Acaso pudo haber una causa tras su confianza que no fuera honrada y halagadora para mí?

—Y, sin embargo, le aseguro —replicó Lucy, sus ojillos agudos cargados de picardía—, me pareció percibir una frialdad y disgusto en su trato que me hizo sentir muy incómoda. Estaba segura de que se habría disgustado conmigo; y desde entonces me he reprochado por haberme tomado la libertad de preocuparla con mis problemas. Pero me alegra enormemente descubrir que era solo mi imaginación, y que, usted no me culpa por ello. Si supiera qué gran bálsamo, qué consuelo para mi corazón fue hablarle de aquello en que siempre, cada instante de mi vida, estoy pensando, estoy segura de que su lástima le haría pasar por alto el resto.

—Desde luego me es fácil pensar que fue un gran consuelo para usted contarme lo que le ocurre, y puede estar segura de que jamás tendrá motivos para arrepentirse de ello. Su caso es muy desafortunado; la veo rodeada de obstáculos, y tendrán necesidad de todo el afecto que mutuamente se profesen para poder resistirlas. El señor Ferrars, según creo, depende totalmente de su madre.

—Solo posee dos mil libras de su propiedad; sería un disparate casarse sobre esa base, aunque por mi parte podría renunciar a toda otra perspectiva sin un lamento. He estado siempre acostumbrada a un ingreso muy pequeño, y por él podría luchar contra cualquier miseria; pero lo amo demasiado para ser el instrumento egoísta a través del cual, quizá, se le robe todo lo que su madre le podría dar si se casara a gusto de ella. Debemos aguardar, puede ser por muchos años. Con casi cualquier otro hombre en el mundo sería una temible perspectiva; pero sé que nada puede despojarme del cariño y fidelidad de Edward.

—Tal convicción debe ser todo para usted; y sin duda él se sostiene apoyado en idéntica confianza en los sentimientos que usted le muestra. Si hubiera flaqueado la fuerza de su mutuo afecto, como tantas veces ocurriría con tanta gente en tantas circunstancias a lo largo de un compromiso de cuatro años, su situación sería sin duda espantosa.

Lucy levantó la vista; pero Elinor tuvo cuidado de que su cara no revelara ninguna expresión que pudiera dar un cariz sospechoso a sus palabras.

—El amor de Edward —dijo Lucy— ya ha sido puesto a prueba por nuestra larga, larga separación desde nuestro compromiso, y él ha resistido tan bien sus avatares que sería imperdonable de mi parte si ahora lo pusiera en duda. Puedo decir sin riesgo de equivocarme que nunca, desde el primer día, me ha dado un momento de alarma en este sentido.

A duras penas Elinor no sabía si sonreír o lamentarse ante tal afirmación.

Lucy continuó:

—Por naturaleza, también soy de temperamento algo celoso, y debido a la diferencia de nuestras situaciones, considerando que él conoce tanto más el mundo que yo, y por nuestra constante separación, tenía bastante inclinación a la sospecha, lo que me habría permitido descubrir rápidamente la verdad si hubiera habido el menor cambio en su conducta hacia mí cuando nos encontrábamos, o cualquier decaimiento de ánimo para el cual no tuviese explicación, o si hubiera hablado más de una dama que de otra, o pareciera en cualquier aspecto menos feliz en Longstaple de lo que acostumbraba estar. No es mi propósito decir que soy muy observadora o perspicaz en general, pero en un caso así estoy segura de que no podrían engañarme.

"Todo esto", pensó Elinor, "suena muy bonito, pero no nos puede embaucar a ninguna de las dos".

—Pero —dijo después de una breve pausa—, ¿qué planes tiene? ¿O no tiene ninguno, sino aguardar que la señora Ferrars se muera, lo que es una medida tan drástica, terrible y triste? ¿Es que su hijo está decidido a someterse a esto, y a todo el aburrimiento de los muchos años de espera en que puede involucrarla a usted, antes que correr el riesgo de disgustar a su madre durante algún tiempo admitiendo la verdad?

—¡Si pudiéramos estar seguros de que sería solo durante un tiempo! Pero la señora Ferrars es una mujer muy terca y orgullosa, y sería muy probable que, en su primer ataque de ira al escucharlo, legara todo a Robert; y esa posibilidad, pensando en el bien de Edward, ahuyenta en mí toda tentación de incurrir en medidas precipitadas.

—Y también por su propio bien, o está llevando su desinterés más allá de todo lo juicioso.

Lucy miró nuevamente a Elinor, y calló.

—¿Conoce al señor Robert Ferrars? —le preguntó Elinor.

—En absoluto... jamás lo he visto; pero me lo imagino muy distinto a su hermano: tonto y un gran farsante.

—¡Un gran fanfarrón! —repitió la señorita Steele, que había alcanzado a escuchar estas palabras durante una repentina pausa en la música de Marianne—. ¡Ah! Me parece que están hablando de sus galanes favoritos.

—No, hermana —exclamó Lucy—, te equivocas totalmente, nuestros galanes favoritos no son grandes fanfarrones.

—Doy fe de que el de la señorita Dashwood no lo es —dijo la señora Jennings riendo con ganas—; es uno de los jóvenes más sencillos, de más lindos modales que yo haya visto. Pero en cuanto a Lucy, esta criatura sabe disimular tan bien que no hay manera de descubrir quién le gusta.

—¡Ah! —exclamó la señorita Steele enseñándoles una mirada llena de picardía—, puedo decir que el pretendiente de Lucy es tan sencillo y de hermosos modales como el de la señorita Dashwood.

Elinor se sonrojó sin pretenderlo. Lucy se mordió los labios y miró muy enfadada a su hermana. Un silencio total se posó en la habitación durante un rato. Lucy fue la primera en romperlo al decir en un tono más suave, aunque en ese momento Marianne les concedía la poderosa protección de un maravilloso concierto:

—Le expondré sin tapujos un plan que se me ha ocurrido ahora mismo para manejar este asunto; en verdad, estoy obligada a hacerla participar del secreto, porque es una de las partes interesadas. Me atrevería a decir que ha visto a Edward lo suficiente para saber que él preferiría la iglesia antes que cualquier otra profesión. Ahora, mi plan es que se ordene tan pronto como pueda y entonces que usted interceda ante su hermano, lo que estoy segura tendrá la generosidad de hacer por amistad a él y, aguardo, algún aprecio por mí, para convencerlo de que le dé el beneficio[5] de Norland; según entiendo, es muy lucrativo y no es probable que el titular actual viva mucho tiempo. Eso sería suficiente para casarnos, y dejaríamos al tiempo y las ocasiones para que proveyeran el resto.

—Siempre será un placer para mí —contestó Elinor— entregar cualquier señal de afecto y amistad por el señor Ferrars; pero, ¿no advierte que mi intervención en esta oportunidad sería completamente innecesaria? Él es hermano de la señora de John Dashwood... eso debería ser suficiente como aval para su esposo.

—Pero la señora de John Dashwood no aprueba de verdad que Edward tome las órdenes.

—Entonces presumo que mi intervención tendría escasa fortuna.

De nuevo guardaron silencio durante varios minutos. Por fin Lucy exclamó, con un gran lamento:

—Creo que lo más sabio sería poner fin a todo esto de una vez, deshaciendo el compromiso. Parece que son tantas las dificultades que nos asfixian por todos lados, que aunque nos haga desventurados por algún tiempo, a la larga quizás estemos mejor. Pero, ¿no me aconsejaría usted, señorita Dashwood?

—No —respondió Elinor, con una sonrisa que ocultaba una gran turbación—, sobre tal tema por supuesto que no lo haré. Sabe perfectamente que mi opinión no tendría peso alguno en usted, a no ser que respaldara sus deseos.

—En verdad es injusta conmigo —respondió Lucy con gran ampulosidad—; no sé de nadie cuyo juicio pese tanto como el suyo; y realmente creo que si usted fuera a decirme "Le aconsejo que, cueste lo que cueste, ponga fin a su compromiso con Edward Ferrars, será lo mejor para la felicidad de ambos", no vacilaría en hacerlo enseguida.

A Elinor se le subieron los colores ante la falta de sinceridad de "la futura esposa de Edward", y replicó:

—Tal cumplido sería totalmente eficaz para aventar en mí toda posibilidad de ofrecer mi opinión en esta materia, si es que tuviera alguna. Da demasiado valor a mi influencia; el poder de separar a dos personas unidas tan afectuosamente es demasiado para alguien que no es parte interesada.

—Es por esto, porque no es parte interesada —dijo Lucy, con una cierta testarudez y acentuando de manera especial esas palabras— que

5 Beneficio: Conjunto de derechos y emolumentos que obtiene un eclesiástico, inherentes o no a un oficio. (Diccionario de la Lengua Española, R.A.E.)

su parecer podría tener, con toda justicia, tal influencia en mí. Si pudiera suponerse que su opinión fuera parcial en cualquier sentido por sus propios sentimientos, no valdría la pena pedirla.

Elinor creyó más inteligente no contestar a esto, no fuera a ocurrir que se empujaran mutuamente a hablar con una libertad y franqueza que no podía ser prudente, e incluso estaba en parte decidida a no hablar nunca más del tema. Así, a esta conversación siguió una pausa de varios minutos, y de nuevo fue Lucy quien le puso fin.

—¿Estará en la ciudad este invierno, señorita Dashwood? —le preguntó, con su habitual cortesía.

—Espero que no.

—Cuánto lo siento —respondió la otra, brillándole los ojos ante la información—. ¡Me habría gustado tanto verla allí! Pero creería que va a ir sea como fuere. Con toda seguridad, su hermano y su hermana la invitarán a su casa.

—No podré aceptar su invitación, si es que la hacen.

—¡Qué lástima! Estaba tan confiada en que nos encontraríamos allá. Anne y yo iremos a fines de enero a casa de unos parientes que hace años nos están rogando que los visitemos. Pero voy únicamente por ver a Edward. Él estará allá en febrero; si no fuera así, Londres no tendría ningún acicate para mí; no tengo ánimo para eso.

No transcurrió mucho tiempo antes de que terminara la primera ronda de naipes y llamaran a Elinor a la mesa, lo que puso fin a la conversación íntima de las dos damas, algo a que ni una ni otra opuso gran resistencia, porque nada se había dicho en esa ocasión que les hiciera sentir una repulsión por la otra menor al que habían sentido antes. Elinor se sentó a la mesa con el triste convencimiento de que Edward no solo no quería a la persona que iba a ser su esposa, sino que no tenía la menor posibilidad de alcanzar ni tan solo una aceptable felicidad en el matrimonio, algo que podría haber tenido si ella, su prometida, lo hubiera amado con sinceridad, pues tan solo el propio interés podía impulsar a que una mujer atara a un hombre a un compromiso que claramente lo asfixiaba.

Desde ese instante Elinor nunca volvió a tocar el tema; y cuando lo mencionaba Lucy, que no dejaba pasar la oportunidad de introducirlo en la conversación y se preocupaba especialmente de hacer saber a su confidente su felicidad cada vez que recibía una carta de Edward, la primera lo trataba con sosiego y cautela y lo despachaba en cuanto lo permitían las buenas maneras, pues sentía que tales conversaciones eran una concesión que Lucy no se merecía, y que para ella era peligrosa.

La visita de las señoritas Steele a Barton Park se alargó mucho más allá de lo que había supuesto la primera invitación. Aumentó el aprecio que les tenían, no podían prescindir de ellas; *sir* John no deseaba escuchar que se iban; a pesar de los numerosos compromisos que tenían en Exeter y de que hubieran sido contraídos hacía tiempo, a pesar de su absoluta obligación de volver a cumplirlos enseguida, que se hacía sentir imperativamente cada fin de semana, se las persuadió a quedarse casi dos meses en la finca, y ayudar en la adecuada celebración de esas festividades que requieren de una cantidad más que usual de bailes privados y grandes cenas para proclamar su relieve.

Capítulo XXV

Si bien la señora Jennings tenía por costumbre pasar gran parte del año en las casas de sus hijos y amigos, no carecía de una vivienda permanente de su propiedad. Desde la muerte de su esposo, que había comerciado con éxito en una parte menos elegante de la ciudad, pasaba todos los inviernos en una casa emplazada en una de las calles próximas a Portman Square. Hacia ella comenzó a dirigir sus pensamientos al aproximarse enero, y a ella un día, sin más y sin que se lo hubieran esperado, invitó a las dos señoritas Dashwood mayores para que la acompañaran. Elinor, sin observar los cambios de matiz en el rostro de su hermana y la animada expresión de sus ojos, que revelaban que el plan le gustaba, excusó de inmediato, agradecida pero rehusando, a nombre de las dos, pensando estar haciéndose cargo de un deseo compartido. La causa a la que recurrió fue su firme decisión de no dejar a su madre en esa época del año. La señora Jennings recibió el rechazo de su invitación con algo de asombro, y la repitió de nuevo.

—¡Ay, Dios! Estoy segura de que su madre puede pasarse muy bien sin ustedes, y les ruego me concedan el favor de su compañía, porque he puesto todas mis esperanzas en ello. No se imaginen que van a ser ningún engorro para mí, porque no haré nada fuera de lo que acostumbro para atenderlas. Solo significará enviar a Betty en el coche de posta, y confío en que eso sí puedo permitírmelo. Nosotras tres iremos muy cómodas en mi calesín; y cuando estemos en la ciudad, si no desean ir a donde yo voy, aquí paz y luego gloria, siempre pueden salir con alguna de mis hijas. Estoy segura de que su madre no se opondrá a ello, pues he tenido tanta suerte en sacarme a mis hijos de las manos, que me considerará una persona muy adecuada para estar a cargo de ustedes;

y si no consigo casar bien al menos a una de ustedes antes de dar por terminado el asunto, no será por causa mía. Les hablaré bien de ustedes a todos los caballeritos, pueden estar seguras.

—Creo —opinó *sir* John— que la señorita Marianne no se opondría a tal plan, si su hermana mayor accediera a él. Es muy duro, en verdad, que no pueda distraerse un poco, solo porque la señorita Dashwood no lo quiere. Así que les aconsejaría a ustedes dos que partan a la ciudad cuando se cansen de Barton, sin decirle una palabra sobre ello a la señorita Dashwood.

—No —exclamó la señora Jennings—, estoy segura de que estaré más contenta de la compañía de la señorita Marianne, vaya o no vaya la señorita Dashwood, solo que mientras más, mayor es la alegría, creo yo, y pensé que sería más cómodo para ellas estar juntas; porque si se cansan de mí, pueden hablar entre ellas, y reírse de mis extravagancias a mis espaldas. Pero una u otra, si no ambas, debo tener. ¡Que Dios me ampare! Cómo pueden imaginarse que puedo vivir andando por ahí sola, yo que hasta este invierno siempre he estado acostumbrada a tener a Charlotte junto a mí. Vamos, señorita Marianne, démonos las manos para sellar este trato, y si la señorita Dashwood cambia de opinión después, tanto mejor.

—Le estoy muy agradecida, señora, de todo corazón —dijo Marianne con vehemencia—; su invitación ha comprometido mi gratitud para siempre, y poder aceptarla me haría tan dichosa... sí, sería casi la máxima dicha que puedo imaginar. Pero mi madre, mi queridísima, bondadosa madre... creo que es muy justo lo que Elinor ha expuesto, y si nuestra ausencia la fuera a hacer menos feliz, le fuera a restar comodidad... ¡Oh, no! Nada podría obligarme a dejarla. Esto no puede significar, no debe significar un enfado.

La señora Jennings volvió a repetir cuán segura estaba de que la señora Dashwood podría pasarse muy bien sin ellas; y Elinor, que ahora comprendía a su hermana y veía cuán indiferente a casi todo lo demás la hacía su ansiedad por volver a ver a Willoughby, no planteó ninguna otra objeción directa al plan; se limitó a dirigirlo a la consideración de su madre, de quien, sin embargo, no esperaba recibir gran apoyo en su esfuerzo por impedir una visita que tan inconveniente le parecía para Marianne, y que también por su propio bien tenía especial interés en escaparse. En todo lo que Mariana deseaba, su madre estaba ansiosa por complacerla; no podía esperar inducir a esta última a comportarse con tacto en un asunto respecto del cual nunca había podido inspirarle desconfianza, y no se atrevía a explicar la causa de su propia oposición a ir a Londres. Que Marianne, puntillosa como era, perfectamente al tanto de la forma de conducirse de la señora Jennings que tanto la disgustaba, en sus esfuerzos por lograr su objetivo estuviera dispuesta a pasar por alto todas las trabas de ese tipo y a ignorar lo que más la irritaba en su sensibilidad, era una prueba tal, tan fuerte, tan plena, de la importancia que daba a ese objetivo, que a pesar de todo lo sucedido sorprendió a Elinor, como si nada la hubiera preparado para presenciarlo.

Cuando le explicaron lo de la invitación, la señora Dashwood, convencida de que tal salida podría significar muchas diversiones para sus dos hijas y percibiendo a través de todas las cariñosas atenciones de Marianne cuán ilusionada estaba con el viaje, no quiso ni oír que se opusieran al ofrecimiento por causa de ella; insistió en que aceptaran enseguida y comenzó a imaginar, con su habitual alegría, las diversas ventajas que para todas ellas resultarían de esta separación.

—Me ilusiona este plan —exclamó—, es exactamente lo que yo habría deseado. A Margaret y a mí nos beneficiará tanto como a ustedes. Cuando ustedes y los Middleton se hayan ido, ¡qué tranquilas y felices lo pasaremos juntas, con nuestros libros y nuestra música! ¡Encontrarán tan crecida a Margaret cuando regresen! Y también tengo un pequeño plan de arreglo de los dormitorios de ustedes, que ahora podré llevar a cabo sin molestarlas. Creo que tienen que ir a la ciudad; a mi juicio, todas las jóvenes en las condiciones de vida que ustedes tienen deben conocer las costumbres y diversiones de Londres. Estarán al cuidado de una buena mujer, muy maternal, de cuya bondad no tengo la menor duda. Y lo más probable es que vean a su hermano, y cualesquiera que sean sus defectos, o los de su esposa, cuando pienso de quién es hijo, no quisiera verlos tan alejados unos de otros.

—Aunque con su cotidiana preocupación por nuestra felicidad —dijo Elinor— ha estado salvando todos los obstáculos a este plan que ha podido imaginar, persiste una objeción que, en mi opinión, no puede ser despachada tan alegremente.

Un extraordinario desaliento apareció en el rostro de Marianne.

—¿Y qué es —dijo la señora Dashwood— lo que mi querida y prudente Elinor va a objetar?

—¿Qué dique gigantesco es el que nos va a poner por delante? No quiero escuchar ni una palabra sobre el costo que tendrá.

—Mi objeción es esta: aunque tengo muy buena opinión de la bondad de la señora Jennings, no es el tipo de mujer cuya compañía vaya a sernos agradable, o cuya protección eleve nuestra alcurnia.

—Eso es muy cierto —contestó su madre—, pero en su sola compañía, sin otras personas, casi no estarán, y casi siempre se verán en público con *lady* Middleton.

—Si Elinor desiste de ir por el desagrado que le produce la señora Jennings —dijo Marianne—, al menos que eso no impida que yo acepte su invitación. No tengo tales escrúpulos y estoy segura de que puedo tolerar sin mayor problema todos los inconvenientes de ese tipo.

Elinor no pudo evitar sonreír ante este despliegue de indiferencia respecto de la conducta social de una persona hacia la cual tantas veces le había costado conseguir de Marianne al menos una aceptable amabilidad, y en su interior decidió que si su hermana se empeñaba en ir, también ella iría, pues no creía correcto dejar a Marianne en situación de guiarse únicamente por su propio juicio, o dejar a la señora Jennings a merced de Marianne como todo esparcimiento en sus horas hogareñas. Tal decisión le fue más fácil de aceptar al recordar que Edward Ferrars, según lo informado por Lucy, no iba a estar en la ciudad antes de febrero, y que para ese entonces la permanencia de ella y de su hermana, sin tener que acortarla de ninguna manera absurda, ya habría terminado.

—Quiero que las dos vayan —dijo la señora Dashwood—; estas objeciones son sandeces. Se entretendrán mucho en Londres, y más todavía si están juntas; y si Elinor alguna vez condescendiera a aceptar de antemano la posibilidad de disfrutar, vería que en la ciudad podría hacerlo de innumerables maneras; incluso hasta podría agradarle la oportunidad de mejorar sus relaciones con la familia de su cuñada.

Frecuentemente Elinor había deseado que se le presentase la oportunidad de ir debilitando la confianza que tenía su madre en las relaciones entre ella y Edward, de manera que el golpe fuera menor cuando toda la verdad se supiera; y ahora, frente a esta acometida, aunque casi sin ninguna esperanza de conseguirlo, se obligó a dar inicio a sus planes diciendo con toda la tranquilidad que le fue posible:

—Me gusta mucho Edward Ferrars y siempre me alegrará verlo; pero en cuanto al resto de la familia, me importa muy poco si alguna vez llegan a conocerme o no.

La señora Dashwood sonrió y no dijo nada. Marianne levantó la mirada llena de perplejidad, y Elinor pensó que habría sido mejor no decir nada.

Tras dar vueltas al asunto muy poco más, se decidió por último que aceptarían plenamente la invitación. Al enterarse, la señora Jennings dio grandes pruebas de alegría y les ofreció todo tipo de seguridades sobre su afecto y el cuidado que tendría de las jóvenes. Y no solo ella estaba satisfecha; *sir* John se mostró encantado, porque para un hombre cuya mayor ansiedad era el temor a estar solo, agregar dos más a los habitantes de Londres no era algo de despreciar. Incluso *lady* Middleton se dio el trabajo de estar contenta, lo que para ella era salirse un poco de su camino normal; en cuanto a las señoritas Steele, en especial Lucy, nunca habían estado más felices en toda su vida que al conocer esta noticia.

Elinor se sometió a los preparativos en contra de sus deseos con mucho menos disgusto del que había pensando sentir. En lo que a ella concernía, ir o no a la ciudad ya no era asunto que le preocupase; y cuando vio a su madre tan completamente contenta con el plan, y la dicha en el rostro, en la voz y el comportamiento de su hermana; cuando la vio recuperar su animación habitual e ir incluso más allá de lo que había sido su alegría acostumbrada, no pudo sentirse frustrada de la causa de todo ello y no quiso permitirse desconfiar de las consecuencias.

La alegría de Marianne ya casi iba más allá de la felicidad, tan grande era la emoción de su ánimo y su impaciencia por partir. Lo único que la hacía recuperar la calma era sus pocos deseos de dejar a su madre; y al instante de la marcha su aflicción por ello fue extraordinaria. La tristeza de su madre fue apenas menor, y Elinor fue la única de las tres que parecía considerar la separación como algo menos que eterna.

Se pusieron de viaje la primera semana de enero. Los Middleton las seguirían alrededor de una semana después. Las señoritas Steele seguían en la finca, que abandonarían solo con el resto de la familia.

CAPÍTULO XXVI

Al verse en el carruaje con la señora Jennings, y comenzando un viaje a Londres bajo su protección y como su huésped, Elinor no pudo dejar de pensar sobre su propia situación: ¡tan breve era el tiempo que la conocían, tan poco compatibles en edad y temperamento, y tantas objeciones había levantado ella contra este viaje tan solo unos días antes! Pero todas estas objeciones habían sido derrotadas, avasalladas ante ese feliz fervor juvenil que tanto Marianne como su madre compartían; y Elinor, a pesar de sus ocasionales dudas sobre la constancia de Willoughby, no podía contemplar el éxtasis de la maravillosa espera a que estaba entregada Marianne, desbordándole en el alma e iluminándole los ojos, sin sentir cuán vacías eran sus propias perspectivas, cuán falto de alegría su propio estado de ánimo comparado con el de ella, y cuán gustosamente viviría igual ansiedad que Marianne si con ello pudiese tener igual vivificante premio, igual posibilidad de esperanza. Pero ahora faltaba poco, muy poco tiempo, para saber cuáles eran las intenciones de Willoughby: con toda seguridad ya se encontraba en la ciudad. La ansiedad por partir que mostraba Marianne era clara muestra de su confianza en encontrarlo allí; y Elinor estaba decidida no solo a averiguar todo lo que pudiera sobre el carácter del joven, ya fuera a través de sus propias observaciones o de lo que otros pudieran decirle, sino también a vigilar su conducta hacia su hermana con atención tan celosa que le permitiera estar segura de lo que él era y de sus propósitos antes de que se hubieran reunido muchas veces. Si el resultado de sus observaciones fuera negativo, estaba decidida a abrirle los ojos a su hermana del modo que fuese; si no era así, la tarea que tendría por delante sería distinta: debería aprender a evitar las comparaciones egoístas y desterrar de ella todo pesar que pudiera disminuir su satisfacción por la felicidad de Marianne.

El viaje duró tres días, y la conducta de Marianne durante todo el recorrido constituyó una buena muestra de lo que podría esperarse en el futuro de su deferencia y amabilidad hacia la señora Jennings. Guardó silencio durante casi todo el camino, envuelta en sus propios pensamientos y no hablando casi nunca por propia voluntad, excepto cuando algún objeto de belleza singular aparecía ante su vista arrancándole alguna expresión de alegría, que dirigía solo a su hermana. Para compensar esta conducta, sin embargo, Elinor asumió de inmediato el deber de cortesía que se había impuesto como obligación, fue extraordinariamente atenta con la señora Jennings, conversó con ella, se rio con ella y la escuchó siempre que le fue posible; y la señora Jennings, por su parte, las trató a ambas con toda la bondad imaginable, se preocupó en todo momento de que estuvieran cómodas y entretenidas, y solo la disgustó no conseguir que eligieran su propia cena en la posada ni poder obligarlas a confesar si preferían el salmón o el bacalao, el pollo cocido o las chuletas de ternera. Llegaron a la ciudad alrededor de las tres de la tarde del tercer día, felices de liberarse, tras un viaje tan largo, del encierro del carruaje, y preparadas para disfrutar del lujo de una buena lumbre.

La casa era hermosa y estaba magníficamente equipada, y de inmediato pusieron a disposición de las jóvenes una habitación muy cómoda.

Había pertenecido a Charlotte, y sobre la repisa de la chimenea aún colgaba un paisaje hecho por ella en sedas de colores, prueba de haber pasado siete años en un gran colegio de la ciudad, con algunos resultados.

Como la cena no iba a estar lista antes de dos horas después de su llegada, Elinor quiso ocupar ese espacio en escribirle a su madre, y se sentó dispuesta a ello. Poco minutos después Marianne hizo lo propio.

—Yo estoy escribiendo a casa, Marianne —le dijo Elinor—; ¿no sería mejor que dejaras tu carta para uno o dos días más?

—No le voy a escribir a mi madre —replicó Marianne con pesar, y como queriendo evitar más preguntas.

Elinor no le dijo nada más; enseguida se le ocurrió que debía estarle escribiendo a Willoughby y de inmediato concluyó que, sin importar el misterio en que pudieran querer envolver sus relaciones, debían estar comprometidos. Esta convicción, aunque no por completo satisfactoria, la complació, y continuó su carta con la mayor celeridad. Marianne terminó la suya en unos pocos minutos; en extensión, no podía ser más de una nota; la dobló, la selló y escribió las señas con ansiosa presteza. Elinor pensó que podía distinguir una gran W en la dirección, y acababa de terminar cuando Marianne, tocando la campanilla, pidió al criado que la atendió que hiciera llegar esa carta al correo de dos peniques. Con esto se dio por terminado el asunto.

Marianne seguía de muy buen talante, pero aleteaba en ella una zozobra que impedía que su hermana se sintiera totalmente satisfecha, y esta inquietud creció con el correr de la tarde.

Casi no pudo probar bocado durante la cena, y cuando después volvieron a la sala parecía escuchar con extraordinaria angustia el ruido de cada carruaje que pasaba.

Fue una gran tranquilidad para Elinor que la señora Jennings, por estar ocupada en sus habitaciones, no pudiera enterarse de lo que sucedía. Trajeron las cosas para el té, y ya Marianne había tenido más de una decepción ante los golpes en alguna puerta vecina, cuando de súbito se escuchó uno mucho más fuerte que no podía confundirse con alguno en otra casa. Elinor se sintió segura de que anunciaba la llegada de Willoughby, y Marianne, levantándose de un salto, se dirigió hacia la puerta. Todo estaba en calma; no duró más de algunos segundos, ella abrió la puerta, avanzó unos pocos pasos hacia la escalera, y tras escuchar durante medio minuto volvió a la habitación en ese estado de angustia que la certeza de haberlo oído lógicamente produciría. En medio del éxtasis alcanzado por sus emociones en ese momento, no pudo evitar exclamar:

—¡Oh, Elinor, es Willoughby, estoy segura de que es él!

Parecía casi a punto de arrojarse en los brazos de él, cuando apareció el coronel Brandon.

Fue un golpe demasiado tremendo para soportarlo con tranquilidad, y pronto Marianne abandonó la habitación. Elinor también estaba desilusionada; pero, al mismo tiempo, su aprecio por el coronel Brandon le permitió darle la bienvenida, y le entristeció de manera muy especial que un hombre que mostraba un interés tan grande en su hermana advirtiera que todo lo que ella sentía al verlo era pesar y decepción. En seguida observó que para él no había pasado inadvertido, que incluso había mirado a Marianne cuando abandonaba la habitación con tal perplejidad y preocupación, que casi le habían hecho olvidar lo que la amabilidad exigía hacia ella.

—¿Está enferma su hermana? —le interrogó.

Elinor respondió con algo de aturdimiento que sí lo estaba, y después se refirió a dolores de cabeza, depresión y excesos de cansancio, y a todo lo que decentemente pudiera explicar la conducta de su hermana.

La escuchó él con el más intenso interés, pero, aparentando sosegarse, no habló más del asunto y comenzó a explayarse en torno a su placer de verlas en Londres, con las tópicas preguntas sobre el viaje y los amigos que habían dejado atrás.

Así, de manera tranquila, sin gran interés por ninguna de las partes, siguieron hablando, ambos desanimados y con la cabeza puesta en otras cosas. Elinor tenía grandes deseos de preguntar si Willoughby se encontraba en la ciudad, pero temía apenarlo con preguntas sobre su rival; hasta que finalmente, por decir algo, le preguntó si había estado en Londres desde la última vez que se habían visto.

—Sí —replicó él, ligeramente confundido—, casi todo el tiempo desde entonces; he estado una o dos veces en Delaford por unos pocos días, pero nunca he podido regresar a Barton. Esto, y el modo en que fue dicho, de inmediato le recordó a Elinor todas las circunstancias de su partida de ese sitio, con la inquietud y sospechas que habían despertado en la señora Jennings, y temió que su pregunta hubiera dado a entender una curiosidad por ese tema mucho mayor de la que alguna vez hubiera sentido.

La señora Jennings no tardó en aparecer en la sala.

—¡Ay, coronel! —le dijo, con su encantadora alegría de siempre—, estoy contentísima de verlo... discúlpeme si no vine antes... le ruego me excuse, pero he tenido que revisar un poco por aquí y arreglar mis asuntos, porque hace mucho que no estaba en casa, y usted sabe que siempre hay un mundo de pequeños detalles que atender cuando uno ha estado alejada por un tiempo; y luego he tenido que ver las cosas de Cartwright. ¡Cielos, he estado trabajando como una hormiga desde la hora de la cena! Pero, cuénteme, coronel, ¿cómo fue a adivinar que estaría en la ciudad hoy día?

—Tuve el gusto de escucharlo en la casa del señor Palmer, donde he estado cenando.

—¡Ah, así fue! Y, ¿cómo están todos ahí? ¿Cómo está Charlotte? Podría asegurarle que ya debe estar de un buen tamaño a estas alturas.

—La señora Palmer se veía muy bien, y me encargó decirle que sea como fuere la verá mañana.

—Claro, seguro, así lo pensé. Bien, coronel, he traído a dos jóvenes conmigo, como puede ver... quiero decir, puede ver solo a una de ellas, pero hay otra en alguna parte. Su amiga, la señorita Marianne, también... como me imagino que no lamentará saber. No sé cómo se las arreglarán entre usted y el señor Willoughby respecto de ella. Sí, es una gran cosa ser joven y guapa. Bueno, alguna vez fui joven, pero nunca fui muy guapa... mala suerte para mí. Sin embargo, logré un muy buen esposo, y vaya a saber usted si la mayor de las bellezas puede hacer más que eso. ¡Ah, pobre hombre! Ya lleva muerto ocho años, y está mejor así. Pero, coronel, ¿dónde ha estado desde que dejamos de vernos? ¿Y cómo van sus cosas? Vamos, vamos, que no haya secretos entre amigos.

El coronel respondió con su acostumbrada tranquilidad a todas sus preguntas, pero sin satisfacer su curiosidad en ninguna de ellas. Elinor había comenzado a preparar el té, y Marianne se vio obligada a volver a la habitación.

Tras su entrada el coronel Brandon se puso más taciturno y silencioso que antes, y la señora Jennings no pudo convencerlo de que se quedara más rato. Esa tarde no llegó ningún otro visitante, y las damas convinieron en irse a la cama temprano.

Marianne se levantó al día siguiente con renovados bríos y aire contento. Parecía haber olvidado la decepción de la tarde anterior ante las expectativas de lo que podía ocurrir ese día. No hacía mucho que habían terminado su desayuno cuando el birlocho de la señora Palmer se detuvo ante la puerta, y pocos minutos después entró riendo a la habitación, tan encantada de verlos a todos, que le era difícil decir si su placer era mayor por ver a su madre o de nuevo a las señoritas Dashwood. ¡Tan sorprendida de su llegada a la ciudad, aunque más bien era lo que había estado esperando todo ese tiempo! ¡Tan enfadada porque habían aceptado la invitación de su madre tras rehusar la de ella, aunque al mismo tiempo jamás las habría perdonado si no hubieran venido!

—El señor Palmer estará tan contento de verlas —dijo—; ¿qué creen que dijo cuando supo que venían con mamá? En este momento no recuerdo qué fue, ¡pero fue algo tan divertido!

Tras una o dos horas pasadas en lo que su madre denominaba una tranquila charla o, de otra manera, incontables preguntas de la señora Jennings sobre todos sus conocidos, y risas sin ton ni son de la señora Palmer, la última propuso que todas la acompañaran a algunas tiendas esa mañana, a lo cual la señora Jennings y Elinor accedieron rápido, ya que también tenían algunas compras que hacer; y Marianne, aunque declinó la invitación en un primer momento, se dejó convencer de ir también.

Era notorio que, dondequiera que fuesen, ella estaba siempre alerta. En Bond Street, sobre todo, donde se encontraba la mayor parte de los lugares que debían visitar, sus ojos se mantenían en constante búsqueda; y en cualquier tienda a la que entrara el grupo, ella, absorta en sus pensamientos, no lograba interesarse en nada de lo que tenía enfrente y que ocupaba a las demás. Inquieta e insatisfecha en todas partes, su hermana no logró que le diera su opinión sobre ningún artículo que quisiera comprar, aunque les atañera a ambas; no disfrutaba de nada; tan solo estaba impaciente por volver a casa de nuevo, y a duras penas logró controlar su aburrimiento ante el tedio que le producía la señora Palmer, cuyos ojos quedaban atrapados por cualquier cosa hermosa, cara o de última moda; que se enloquecía por comprar todo, no podía decidirse por nada, y perdía el tiempo entre el arrobamiento y la indecisión.

Ya estaba avanzada la mañana cuando regresaron a casa; y no bien entraron, Marianne corrió como loca escaleras arriba, y cuando Elinor la siguió, la encontró alejándose de la mesa con desencajado semblante, que muy a las claras decía que Willoughby no había estado allí.

—¿No han dejado ninguna carta para mí desde que nos hemos ido? —le preguntó al criado que en ese momento entraba con los paquetes. La contestación fue negativa—. ¿Está seguro? —le dijo. ¿Está seguro de que ningún criado, ningún conserje ha traído ninguna carta, ninguna nota?

El hombre le contestó que no había venido nadie.

—¡Qué extraño! —dijo Marianne en un tono bajo y lleno de desmoralización, al tiempo que se alejaba hacia la ventana.

"¡En verdad, qué extraño!", dijo Elinor para sí, mirando a su hermana con gran zozobra. "Si ella no supiera que él está en la ciudad, no le habría escrito como lo hizo; le habría escrito a Combe Magna; y si él está en la ciudad, ¡qué extraño que no haya venido ni escrito! ¡Ah, madre querida, debes estar equivocada al permitir un compromiso tan extraño y oscuro entre una hija tan joven y un hombre tan poco conocido! ¡Me muero por preguntar, pero cómo tomarán que yo meta las narices!".

Decidió, tras alguna reflexión, que si las apariencias se mantenían durante muchos días tan nefastas como lo eran en ese instante, le haría ver a su madre con el mayor énfasis posible la necesidad de investigar a fondo el asunto.

La señora Palmer y dos damas mayores, conocidas íntimas de la señora Jennings, a quienes había encontrado e invitado en la mañana, cenaron con ellas. La primera las abandonó poco después del té para cumplir sus compromisos de la noche; y Elinor se vio obligada a completar una mesa de whist para las demás. Marianne no aportaba nada en estos casos, pues nunca había aprendido ese juego, pero aunque así quedaron las horas de la tarde a su entera libertad, no le fueron de mayor provecho en cuanto a distracción de lo que fueron para Elinor, porque transcurrieron para ella cargadas de toda la angustia de la espera y el dolor de la decepción. A ratos intentaba leer durante algunos minutos; pero pronto arrojaba a un lado el libro y se entregaba otra vez a la más interesante ocupación de recorrer la habitación de un lado a otro, una y otra vez, deteniéndose un momento cada vez que llegaba a la ventana, con la esperanza de escuchar el tan ansiado toque en la puerta.

Capítulo XXVII

—Si continúa este buen tiempo —dijo la señora Jennings cuando se encontraron en el desayuno a la mañana siguiente—, *sir* John no querrá abandonar Barton la próxima semana; es triste cosa para un deportista perderse un día de placer. ¡Pobrecitos! Los compadezco cuando eso les sucede... parecen tomárselo tan en serio.

—Es verdad —exclamó Marianne contenta, y se encaminó hacia la ventana mientras hablaba, para ver cómo estaba el día—. No había pensado en eso. Este clima hará que muchos deportistas se queden en el campo.

Fue un recuerdo con suerte, que le devolvió todo su buen ánimo.

—En verdad es un tiempo extraordinario para ellos —continuó, mientras se sentaba a la mesa con aire optimista—. ¡Cómo estarán disfrutándolo! Pero —otra vez con algo de ansiedad—, no puede esperarse que dure demasiado. En esta época del año, y tras tantas lluvias, seguramente no seguirá así de bueno. Pronto llegarán las heladas, y lo más probable es que sean duras. Quizás en uno o dos días; este clima tan benigno no puede seguir mucho más... no, ¡quizá hiele esta noche!

—En todo caso —dijo Elinor, con la intención de impedir que la señora Jennings pudiera adivinar los pensamientos de su hermana tan claramente como ella—, pienso que tendremos a *sir* John y a *lady* Middleton en la ciudad a fines de la próxima semana.

—Claro, querida, te aseguro que sucederá como dices. Mary siempre se sale con la suya. "Y ahora", elucubró en silencio Elinor, "Marianne escribirá a Combe en el correo de hoy".

Pero lo hizo tan reservado que la carta fue escrita y enviada logrando eludir la vigilancia de Elinor, que no pudo controlar el hecho. Cualquiera que fuese la verdad, y lejos como estaba Elinor de sentirse completamente satisfecha en cuanto a ello, mientras viera a Marianne de buen ánimo, ella tampoco podía sentirse muy a disgusto. Y Marianne estaba en forma, feliz por la suavidad del clima y más contenta con sus expectativas de una helada.

Pasaron la mañana principalmente repartiendo tarjetas de visita en las casas de los conocidos de la señora Jennings para darles cuenta de su vuelta a la ciudad; y todo el tiempo Marianne se mantenía ocupada observando la dirección del viento, vigilando los cambios del cielo e imaginando que mudaba la temperatura del aire.

—¿No encuentras que está más frío que en la mañana, Elinor? A mí me parece que hay una marcada diferencia. Casi no puedo mantener las manos calientes ni siquiera en el manguito. Creo que ayer no estuvo así. Parece que está aclarando también, después saldrá el sol y tendremos una tarde despejada.

Elinor se sentía a ratos divertida, a ratos triste; pero Marianne no se daba por vencida y cada noche en el resplandor del fuego, y cada mañana en el aspecto de la atmósfera, compraba los indudables signos de una cada vez más próxima helada.

Las señoritas Dashwood no tenían más motivos para estar descontentas con la forma de vida y el grupo de relaciones de la señora Jennings que con su conducta hacia ellas, que siempre era cariñoso. Todos sus arreglos domésticos se hacían según las más generosas disposiciones, y a excepción de unos pocos amigos antiguos de la ciudad, a los cuales, para disgusto de *lady* Middleton, nunca había dejado de tratar, no se visitaba con nadie cuyo conocimiento pudiera en absoluto turbar a sus jóvenes acompañantes. Contenta de encontrarse en ese aspecto en mejores condiciones que las que había previsto, Elinor se mostraba muy dispuesta a transigir con lo poco divertidas que resultaban sus reuniones nocturnas, las cuales tanto en casa como fuera de ella se organizaban solo para jugar a los naipes, algo que le ofrecía escaso entretenimiento.

El coronel Brandon, invitado permanente a la casa, las acompañaba casi a diario; venía a contemplar a Marianne y a hablar con Elinor, que con frecuencia disfrutaba más de la conversación con él que con ningún otro suceso cotidiano, pero al mismo tiempo veía con gran preocupación cómo persistía el interés que mostraba por su hermana. Temía incluso que fuera cada vez más fuerte. Le apenaba ver la ansiedad con que solía observar a Marianne y cómo parecía ciertamente más desanimado que en Barton.

Alrededor de una semana después de su llegada, estaba claro que también Willoughby se encontraba en la ciudad. Cuando llegaron de la salida matinal, su tarjeta se encontraba sobre la mesa.

—¡Ay, Dios! —exclamó Marianne—. Estuvo aquí mientras habíamos salido.

Elinor, alegrándose al saber que Willoughby estaba en Londres, se animó a decir:

—Puedes confiar en que mañana vendrá otra vez.

Marianne casi no pareció escucharla, y al entrar la señora Jennings, marchó con su preciosa tarjeta.

Este acontecimiento, junto con levantarle el ánimo a Elinor, le devolvió al de su hermana toda, y más que toda su anterior agitación. A partir de ese instante su mente no conoció un momento de sosiego; sus expectativas de verlo en cualquier momento del día la inhabilitaron para cualquier otra cosa. A la mañana siguiente insistió en quedarse en casa cuando las otras salieron.

Elinor no pudo dejar de pensar en lo que estaría pasando en Berkeley Street durante su ausencia; pero una rápida mirada a su hermana cuando volvieron fue bastante para informarle que Willoughby no había aparecido por segunda vez. En ese preciso instante trajeron una nota, que dejaron en la mesa.

—¡Para mí! —exclamó Marianne, yendo rápidamente hacia ella.

—No, señorita; para mi señora.

Pero Marianne, no convencida, la tomó enseguida.

—En verdad es para la señora Jennings. ¡Qué aburrimiento!

—Entonces, ¿esperas una carta? —dijo Elinor, incapaz de seguir guardando silencio.

—¡Sí! Un poco... no mucho.

—No confías en mí —dijo Elinor, después de un corto silencio.

—¡Vamos, Elinor! ¡Tú haciendo tal reproche... tú, que no confías en nadie!

—¡Yo! —replicó Elinor, algo aturdida—. Es que, Marianne, no tengo nada que decir.

—Tampoco yo —respondió con fuerza Marianne—; estamos entonces en idénticas condiciones. Ninguna de las dos tiene nada que contar; tú porque no comunicas nada, y yo porque nada escondo.

Elinor, dolida por esta acusación de exagerada reserva que no se sentía capaz de pasar por alto, no supo, en tales circunstancias, cómo hacer que Marianne se confiara.

No tardó en aparecer la señora Jennings, y al entregarle la nota, la leyó en voz alta. Era de *lady* Middleton, y en ella anunciaba su llegada a Conduit Street la noche anterior y solicitaba el gusto de la compañía de su madre y sus primas esa tarde. Ciertos negocios en el caso de *sir* John, y un fuerte resfriado de su lado, les impedían ir a Berkeley Street. Fue aceptada la invitación, pero cuando se acercaba la hora de la cita, aunque la cortesía más básica hacia la señora Jennings exigía que ambas la acompañaran en esa visita, a Elinor se le hizo difícil convencer a su hermana de ir, porque todavía no sabía nada de Willoughby y, por lo tanto, estaba tan poco dispuesta a salir a distraerse como incapaz de correr el riesgo de que él viniera en su ausencia.

Al caer la tarde, Elinor había descubierto que la naturaleza de una persona no se modifica materialmente con un cambio de residencia; pues aunque hacía poco que se habían instalado en la ciudad, *sir* John había conseguido reunir a su alrededor a unas veinte jóvenes y entretenerlos con un baile. *Lady* Middleton, sin embargo, no aprobaba esto. En el campo, un baile improvisado era muy aceptable; pero en Londres, donde la reputación de elegancia era fundamental y más difícil de ganar, era arriesgar mucho, para complacer a unas pocas muchachas, que se pregonara que *lady* Middleton había organizado un pequeño baile para ocho o nueve parejas, con dos violines y un simple refrigerio en el aparador.

El señor y la señora Palmer formaban parte de la concurrencia; el primero, al que no habían visto antes desde su llegada a la ciudad dado que él evitaba minuciosamente cualquier apariencia de atención hacia su suegra y así jamás se le acercaba, no dio ninguna señal de haberlas reconocido al entrar. Las miró apenas, sin parecer saber quiénes eran, y a la señora Jennings le dirigió una somera inclinación de cabeza desde el otro lado de la habitación. Marianne echó una mirada a su alrededor no bien entró; fue suficiente: él no estaba ahí... y después se sentó, tan poco dispuesta a dejarse entretener como a entretener a los demás. Tras haber estado reunidos cerca de una hora, el señor Palmer se acercó distraídamente hacia las señoritas Dashwood para comunicarles su sorpresa de verlas en la ciudad, aunque era en su casa que el coronel Brandon había tenido la primera noticia de su llegada, y él mismo había dicho algo muy chocante al saber que iban a venir.

—Creía que las dos estaban en Devonshire —les comunicó.

—¿Sí? —contestó Elinor.

—¿Cuándo van a volver?

—No tenemos ni idea.

Y así acabó la conversación.

Jamás en toda su vida había estado Marianne tan poco deseosa de bailar como esa noche, y jamás el ejercicio la había fatigado tanto. Se quejó de ello cuando volvían a Berkeley Street.

—Ya, ya —dijo la señora Jennings—, sabemos muy bien cuál es la causa; si una cierta persona a quien no nombraremos hubiera estado allí, no habría estado ni pizca de cansada; y para decir verdad, no fue muy cortés de su parte no haber venido a verla, después de haber sido invitado.

—¡Invitado! —exclamó Marianne.

—Así me lo ha dicho mi hija, *lady* Middleton, porque al parecer *sir* John se encontró con él en alguna parte esta mañana.

Marianne no dijo nada más, pero pareció estar muy ofendida. Viéndola así y deseosa de hacer algo que pudiera contribuir a aliviar a su hermana, Elinor decidió escribirle a su madre al día siguiente, con la esperanza de despertar en ella alguna preocupación por la salud de Marianne y, de esta forma, conseguir que hiciera las averiguaciones tan largamente pospuestas; y su determinación se hizo más fuerte cuando en la mañana, después del desayuno, advirtió que Marianne le estaba escribiendo otra vez a Willoughby, pues no podía pensar que fuera a ninguna otra persona.

Alrededor del mediodía, la señora Jennings salió sola por algunos encargos y Elinor comenzó de inmediato la carta, mientras Marianne, demasiado inquieta para concentrarse en ninguna ocupación, demasiado ansiosa para cualquier conversación, paseaba de una a otra ventana o se sentaba junto al fuego entregada a tristes pensamientos. Elinor puso gran esmero en su llamada a su madre, contándole todo lo que había pasado, sus sospechas sobre la inconstancia de Willoughby, y llamando a su deber y a su afecto la urgió a que exigiera de Marianne una explicación de su auténtica situación con respecto al joven.

Casi no había terminado su carta cuando una llamada a la puerta anunció la llegada de un visitante, y al momento les dijeron que era el coronel Brandon. Marianne, que lo había visto desde la ventana y que en ese instante odiaba cualquier compañía, abandonó la habitación antes de que él entrara. Se veía el coronel más serio que de costumbre, y aunque manifestó satisfacción por encontrar a la señorita Dashwood sola, como si tuviera algo especial que decirle, se sentó durante un rato sin articular palabra. Elinor, convencida de que tenía algo que comunicarle que le concernía a su hermana, aguardó con impaciencia que él se sincerara. No era la primera vez que sentía el mismo tipo de certeza, pues más de una vez antes, iniciando su comentario con la observación "Su hermana no tiene buen aspecto hoy", o "Su hermana tiene aspecto deprimido", había parecido estar a punto de revelar, o de indagar, algo en particular acerca de ella. Tras un lapso de varios minutos, el coronel rompió el hielo preguntándole, en un tono que revelaba una cierta turbación, cuándo tendría que felicitarla por la adquisición de un hermano. Elinor no estaba preparada para tal pregunta, y al no tener una rápida respuesta, se vio obligada a recurrir al simple pero vulgar expediente de preguntarle a qué se refería. Él intentó sonreír al contestarle: "El compromiso de su hermana con el señor Willoughby es algo sabido por todos".

—No pueden saberlo todos —contestó Elinor—, porque su propia familia lo desconoce.

Él pareció asombrarse, y le dijo:

—Le ruego me disculpe, temo que mi pregunta haya estado fuera de lugar; pero no pensé que se quisiera mantener nada en secreto, puesto que se corresponden sin trabas y todos hablan de su boda.

—¿Cómo es posible? ¿A quién se lo ha oído contar?

—A muchos... a algunos a quienes usted no conoce, a otros que le son muy próximos: la señora Jennings, la señora Palmer y los Middleton. Pero incluso así no lo habría creído (porque cuando la mente no quiere admitirlo, siempre hallará algo en qué fundamentar sus dudas), si hoy no hubiera visto accidentalmente en manos del criado que me abrió, una carta dirigida al señor Willoughby, con letra de su hermana. Yo venía a preguntar, pero me convencí antes de poder plantear la pregunta. ¿Está todo ya resuelto por completo? ¿Es posible que...? Pero no tengo ningún derecho, y ninguna posibilidad de éxito. Perdóneme, señorita Dashwood. Creo que no ha sido correcto de mi parte decir tanto, pero no sé qué hacer y confío totalmente en su prudencia. Dígame que está todo, que cualquier intento... que, en suma, disimular, si es que el disimulo puede darse a estas alturas, es todo lo que queda.

Estas palabras, que fueron para Elinor una tan directa confesión del amor del coronel por su hermana, la afectaron hondamente. En aquel instante no fue capaz de decir nada, y aun cuando recobró el ánimo, se debatió durante un breve tiempo intentando descubrir cuál sería la respuesta más idónea. El auténtico estado de las cosas entre Willoughby y su hermana le era tan desconocido, que al intentar explicarlo bien podía decir demasiado, o demasiado poco. Sin embargo, como estaba convencida de que el afecto de Marianne por Willoughby, sin importar cuál fuese el resultado de ese afecto, no dejaba al coronel Brandon esperanza alguna de triunfo, y al mismo tiempo deseaba protegerla de toda censura, después de pensarlo un rato decidió que sería más prudente y considerado decir más de lo que realmente creía o sabía. Admitió, entonces, que aunque ellos nunca le habían informado sobre qué tipo de relaciones tenían, a ella no le cabía duda alguna sobre su mutuo cariño y no le extrañaba saber que se escribían.

El coronel la escuchó en religioso silencio, y al terminar ella de hablar, de inmediato se levantó de su asiento y tras decir con voz emocionada, "Le deseo a su hermana toda la felicidad del mundo; y a Willoughby, que luche por merecerla...", se despidió y se fue.

Esta conversación no logró dar sosiego a Elinor ni menguar la inquietud de su mente en relación con otros aspectos; al contrario, quedó con una triste impresión de la desdicha del coronel y ni siquiera pudo desear que esa infelicidad desapareciera, dada su angustia por que se diera el acontecimiento mismo que iba a ratificarlo.

Capítulo XXVIII

Nada ocurrió en los tres o cuatro días siguientes que hiciera a Elinor lamentar haber recurrido a su madre, pues Willoughby no se presentó ni escribió. Hacia el final de ese período, ella y su hermana debieron acompañar a *lady* Middleton a una fiesta, a la cual la señora Jennings no podía asistir por la indisposición de su hija menor; y para esta fiesta, Marianne, totalmente deprimida, sin preocuparse por su aspecto y como si le fuera indiferente ir o quedarse, se preparó sin una mirada de esperanza, sin una manifestación de alegría. Después del té se sentó junto a la chimenea de la sala hasta la llegada de *lady* Middleton, sin moverse ni una sola vez de su asiento o cambiar de postura, perdida en sus pensamientos y sin prestar atención a la presencia de su hermana; y cuando finalmente les avisaron que *lady* Middleton las esperaba en la puerta, se sobresaltó como si no recordara que aguardaban a alguien.

Llegaron a tiempo a su destino, y apenas la fila de carruajes frente a ellos lo permitió, se apearon, subieron las escalinatas, escucharon sus nombres anunciados a viva voz desde un rellano a otro, e ingresaron en una habitación de magnífica iluminación, llena de invitados y espantosamente calurosa. Cuando hubieron cumplido con el deber de cortesía y saludaron con amabilidad a la señora de la casa, pudieron mezclarse con la multitud y sufrir su contribución de calor e incomodidad, lógicamente aumentados con su llegada. Tras pasar algunos momentos hablando muy poco y haciendo menos aún, *lady* Middleton se integró a una partida de casino, y como Marianne no estaba de buen talante para dar vueltas por ahí, ella y Elinor, tras haber logrado con gran suerte un par de sillas, se sentaron cerca de la mesa.

No habían permanecido allí durante mucho rato cuando Elinor descubrió de la presencia de Willoughby, que se encontraba a unas pocas yardas de distancia en entusiasta charla con una joven de aspecto muy distinguido. Muy pronto se cruzaron sus miradas y él se inclinó de inmediato, pero sin mostrar intenciones de hablarle o de acercarse a Marianne, aunque no habría podido dejar de verla; y después siguió su conversación con la misma joven. Elinor giró hacia Marianne casi involuntariamente para ver si podía habérsele pasado por alto. En ese preciso momento ella lo vio, y con el rostro iluminado por una súbita felicidad se habría acercado a él de inmediato si su hermana no lo hubiera impedido.

—¡Dios mío! —exclamó—. Está aquí, está aquí. ¡Oh! ¿Por qué no me mira? ¿Por qué no puedo ir a hablar con él?

—Por favor, por favor sosiégate —exclamó Elinor—, y no traiciones tus sentimientos ante todos los presentes. A lo mejor aún no te ha visto.

Esto, sin embargo, era más de lo que ella misma podía pensar, y controlarse en un momento como ese no solo estaba fuera del alcance de Marianne, iba más allá de sus deseos. Se quedó sentada en una agonía de angustia, visible en cada uno de los rasgos de su rostro.

Por último él giró de nuevo y las miró a las dos; Marianne se levantó y, pronunciando su nombre con voz llena de cariño, le extendió la mano. Él se aproximó, y dirigiéndose más a Elinor que a Marianne, como si quisiera evitar su mirada y hubiera decidido ignorar su gesto, preguntó de manera apresurada por la señora Dashwood y se interesó por cuánto tiempo llevaban en la ciudad. Elinor perdió toda presencia de ánimo ante tal actitud y no pudo articular palabra. Pero los sentimientos de su hermana salieron a relucir enseguida. Se le subieron los colores hasta lo indecible y exclamó con gran emoción en la voz:

—¡Santo Dios! Willoughby, ¿qué significa esto? ¿Acaso no has recibido mis cartas? ¿No me darás la mano?

No pudo él seguir evitándola, pero el contacto de Marianne pareció serle doloroso y retuvo su mano durante solo un momento. Estaba claro que durante todo este tiempo luchaba por controlarse. Elinor le observó el rostro y vio que su expresión se hacía más sosegada. Tras una breve pausa, Willoughby habló con tranquilidad.

—Tuve el honor de ir a Berkeley Street el martes pasado, y sentí mucho no haber tenido la suerte de encontrarlas a ustedes y a la señora Jennings en casa. Espero que no se haya extraviado mi tarjeta.

—Pero, ¿no has recibido mis notas? —exclamó Marianne con la más furiosa angustia—. Estoy segura que se trata de una confusión... una terrible confusión. ¿Qué puede significar? Dime, Willoughby, por amor de Dios, dime, ¿qué sucede?

Él no respondió; se puso blanco como la cera y volvió a parecer turbado; pero como si al cruzarse su mirada con la de la joven con quien antes había estado hablando sintiera la necesidad de hacer un nuevo esfuerzo, volvió a recobrar el dominio sobre sí mismo, y tras decir, "Sí, tuve el placer de recibir la noticia de su llegada a la ciudad, que tuvo la bondad de hacerme llegar", se alejó a toda prisa con una leve inclinación, y se reunió con su amiga.

Marianne, con el rostro terriblemente desencajado e incapaz de mantenerse en pie, se hundió en su silla. Elinor, temiendo verla desmayarse en cualquier instante, intentó protegerla de las miradas de los demás mientras la reanimaba con agua de lavanda.

—Ve a buscarlo, Elinor —dijo Marianne en cuanto pudo hablar—, y oblígalo a venir acá. Dile que tengo que verlo de nuevo... que tengo que hablar con él ya. No puedo descansar... no tendré un momento de sosiego hasta que todo esto esté aclarado... algún terrible malentendido. ¡Por Dios, ve a buscarlo ya!

—¿Cómo hacer tal cosa? No, mi queridísima Marianne, tienes que esperar. Este no es lugar para explicaciones. Aguarda solo hasta mañana.

A duras penas, sin embargo, pudo evitar que Marianne fuera tras él; y convencerla de que dominara su nerviosismo, que esperara con al menos la apariencia de compostura, hasta que pudiera hablar con él más en privado y con mayores probabilidades de conseguir resultados, le fue imposible.

En voz baja y mediante exclamaciones de dolor, Marianne siguió dando curso sin freno a la desgracia que inundaba sus sentimientos. Tras breves instantes Elinor vio que Willoughby abandonaba la habitación por la puerta que conducía hacia la escalinata, y diciéndole a Marianne que ya se había ido, le hizo ver la imposibilidad de hablar con él esa misma noche como un nuevo argumento para que se sosegara. Marianne le rogó de inmediato a su hermana que urgiera a *lady* Middleton para que las llevara a casa, pues se sentía demasiado desafortunada para quedarse un minuto más.

Lady Middleton, aunque en la mitad de una vuelta de su juego de casino, al saber que Marianne no se encontraba bien fue demasiado amable para negarse ni por un momento a su deseo de irse, y tras pasar sus cartas a una amiga, se marcharon enseguida y les trajeron su carruaje. Apenas cruzaron palabra durante su vuelta a Berkeley Street. Marianne estaba presa de una silenciosa agonía, demasiado deprimida hasta para deshacerse en llanto; pero como afortunadamente la señora Jennings todavía no había vuelto a casa, pudieron dirigirse sin descansar a sus habitaciones, donde con sales de amoníaco volvió algo en sí. No tardó en desvestirse y acostarse, y como parecía deseosa de estar a solas, Elinor la dejó; y mientras esta esperaba la vuelta de la señora Jennings, tuvo bastante tiempo para reflexionar sobre todo lo que había acontecido.

Que algún tipo de compromiso había existido entre Willoughby y Marianne, le parecía sin paliativos; y que Willoughby estaba cansado de él, era igualmente evidente; pues aunque Marianne todavía pudiera aferrarse a sus propios sentimientos, ella no podía atribuir tal conducta a confusiones o malentendidos de ninguna clase. Nada sino un completo cambio en los sentimientos del joven podía explicarlo. Su indignación habría sido incluso más grande de la que sentía, de no haber sido testigo del aturdimiento que lo había invadido, la cual parecía revelar que estaba consciente de su propio mal proceder e impidió que ella lo creyera tan sin principios como para haber estado jugando desde un comienzo con el cariño de su hermana, con propósitos que no resistían el menor examen. La ausencia podía haber debilitado su interés y por necesidad podría haberse decidido a ponerle fin, pero que tal interés había existido, de eso no podía caber la menor duda aunque lo intentara.

En cuanto a Marianne, Elinor no podía reflexionar sin una extraordinaria preocupación sobre el doloroso golpe que tan infausto encuentro ya le había propinado y sobre aquellos todavía más duros que recibiría de sus probables secuelas. Su propia situación mejoraba cuando la comparaba con la de su hermana; pues en tanto ella pudiera estimar a Edward igual que antes, por más que en el futuro estuvieran separados, su espíritu podría tener siempre un puntal. Pero todas las circunstancias que hacían todavía más amargo el dolor recibido, parecían conspirar para aumentar el infortunio de Marianne hasta empujarla a una decisiva separación de Willoughby, a una ruptura inmediata e irrevocable con él.

Capítulo XXIX

Al día siguiente, antes de que la doncella hubiera encendido la chimenea o que el sol lograra algún predominio sobre una gris y fría mañana de enero, Marianne, a medio vestir, se encontraba hincada frente al banquillo junto a una de las ventanas, intentando aprovechar la poca luz que podía robarle y escribiendo tan rápido como podía permitírselo un continuo flujo de lágrimas. Fue en esa posición que Elinor la vio al despertar, arrancada de su sueño por la agitación y sollozos de su hermana; y tras contemplarla durante algunos instantes con silenciosa angustia, le dijo con un tono de la mayor consideración y ternura:

—Marianne, ¿puedo preguntarte...?

—No, Elinor —le contestó—, no preguntes nada; pronto sabrás todo.

La especie de desesperada calma con que dijo esto no duró más que sus palabras, y enseguida fue reemplazada por una vuelta a la misma extraordinaria aflicción. Transcurrieron algunos minutos antes de que pudiera volver a su carta, y los frecuentes arrebatos de dolor que, a intervalos, todavía la obligaban a dejar su pluma, eran prueba inequívoca de su sensación de que, casi con toda certeza, esa era la última vez que escribía a Willoughby.

Elinor le prestó todas las atenciones que pudo, sin decir palabra y sin estorbarla; y habría intentado consolarla y tranquilizarla más aún si Marianne no le hubiera implorado, con la vehemencia de la más nerviosa irritabilidad, que por nada del mundo le hablara. En tales condiciones, era mejor para ambas no permanecer mucho juntas; y la inquietud que embargaba el ánimo de Marianne no solo le impidió quedarse en la habitación ni un instante tras haberse vestido, sino que, requiriendo al mismo tiempo de soledad y de un continuo cambio de lugar, la hizo deambular por la casa hasta la hora del desayuno, evitando encontrarse con nadie.

En el desayuno, no comió nada ni intentó hacerlo; y Elinor dirigió entonces toda su atención no a atosigarla, no a compadecerla ni a parecer observarla con preocupación, sino a esforzarse en atraer todo el interés de la señora Jennings hacia ella.

Esta era la comida favorita de la señora Jennings, por lo que duraba un tiempo considerable; y tras haberla finalizado, apenas comenzaban a instalarse en torno a la mesa de costura donde todas trabajaban, cuando un criado trajo una carta para Marianne, que ella le arrebató con furia para salir corriendo de la habitación, el rostro con una palidez de muerte. Viendo esto, Elinor, que supo con la misma claridad que si hubiera visto las señas que debían provenir de Willoughby, sintió de inmediato tal lástima que a duras penas pudo mantener en alto la cabeza, y se quedó sentada temblando de tal manera que la hizo temer que la señora Jennings necesariamente tuvo que advertirlo, pero no fue así. La buena señora, lo único que entendió fue que Marianne había recibido una carta de Willoughby, lo que le pareció muy chocante y, reaccionando en consecuencia, rio y manifestó su esperanza de que la encontrara a su entero gusto. En cuanto a la congoja de Elinor, la señora Jennings estaba demasiado absorta midiendo estambre para su tapiz y no se dio cuenta de nada; y continuando con toda tranquilidad lo que estaba diciendo, no bien Marianne había desaparecido, agregó:

—A fe mía, ¡nunca había visto a una joven tan locamente enamorada! Mis niñas no se le comparan, y eso que solían ser bastante bobas; pero la señorita Marianne parece una criatura totalmente enajenada. Espero, con todo el corazón, que él no la haga esperar mucho, porque es penoso verla tan enferma y desconsolada. Dígame, ¿cuándo se casan?

Elinor, aunque nunca se había sentido menos dispuesta a hablar que en ese instante, se obligó a responder a una ofensiva como esta, y así, intentando sonreír, replicó:

—¿Cree usted, señora, que mi hermana está comprometida con el señor Willoughby? Pensaba que había sido solo una broma, pero una cosa tan seria parece implicar algo más: por tanto, le suplico que no siga engañándose. Le puedo asegurar que nada me sorprendería más que escuchar que se iban a casar.

—¡Qué vergüenza, señorita Dashwood, qué vergüenza! ¡Cómo puede decir eso! ¿Es que no sabemos que su unión es irrevocable... que estaban locamente enamorados desde la primera vez que se vieron? ¿Acaso no los vi juntos en Devonshire todos los días, y a todo lo largo de la jornada? ¿Y piensa que no sabía que su hermana vino a la ciudad conmigo con el propósito de comprar su ajuar de boda? Venga, venga; así no va a conseguir nada. Cree que porque usted disimula tan bien, nadie más se da cuenta de nada; pero no hay tal, créame, porque desde hace tiempo lo sabe todo el mundo en la ciudad. Yo se lo digo a todo el mundo, y lo mismo hace Charlotte.

—De verdad, señora —le dijo Elinor con gran seriedad—, está equivocada. Realmente está haciendo algo muy poco caritativo al esparcir esa noticia, y llegará a darse cuenta de ello, aunque ahora no me crea.

La señora Jennings volvió a reírse y Elinor no tuvo ánimo de continuar, pero ansiosa de todos modos por saber lo que había escrito Willoughby, voló a su habitación donde, al abrir la puerta, encontró a Marianne tirada en la cama, casi ahogada en llanto, con una carta en la mano y dos o tres más esparcidas a su alrededor. Elinor se acercó, pero sin decir palabra; y sentándose en la cama, le tomó una mano, la besó cariñosamente varias veces y luego estalló en sollozos en un comienzo casi tan violentos como los de Marianne. Esta última, aunque incapaz de hablar, pareció sentir toda la ternura de estos gestos, y tras algunos momentos de estar así unidas en la aflicción, puso todas las cartas en las manos de Elinor; y después, escondiéndose el rostro con un pañuelo, casi llegó a gritar de agonía. Elinor, aunque sabía que tal aflicción, por terrible que fuera de contemplar, debía seguir su curso, se mantuvo vigilante a su lado hasta que estos excesos de dolor de alguna manera habían tocado fondo; y luego, tomando ansiosamente la carta de Willoughby, leyó lo siguiente:

«Bond Street, enero

»Mi querida señora,

»Acabo de tener el honor de recibir su carta, por la cual le ruego aceptar mis más sinceros agradecimientos. Me preocupa extraordinariamente saber que algo en mi comportamiento de anoche no contara con su aprobación; y aunque me siento incapaz de descubrir en qué pude ser tan desgraciado como para ofenderla, le ruego me perdone lo que puedo asegurarle fue enteramente involuntario. Jamás recordaré mi relación con su familia en Devonshire sin el gusto y

reconocimiento más profundos, y quisiera pensar que no la romperá ningún error o mala interpretación de mis acciones. Estimo muy sinceramente a toda su familia; pero si he sido tan desventurado como para dar pie a que mis sentimientos se creyeran mayores de lo que son o de lo que quise demostrar, mucho me recriminaré por no haber sido más comedido en las manifestaciones de ese aprecio. Que alguna vez haya querido decir más, aceptará que es imposible cuando sepa que mis afectos han estado comprometidos desde hace mucho en otra parte, y no transcurrirán muchas semanas, creo, antes de que se cumpla este compromiso. Es con gran abatimiento que obedezco su orden de devolverle las cartas con que me ha honrado, y el mechón de sus cabellos que tan graciosamente me concedió.

»Quedo, querida señora, como su más obediente y humilde servidor,

JOHN WILLOUGHBY»

Puede imaginarse con qué rabia leyó la señorita Dashwood una carta como esta. Aunque desde antes de leerla sabía que debía contener una confesión de su infidelidad y confirmar su separación definitiva, ¡no imaginaba que se pudiera utilizar tal lenguaje para anunciarlo! Tampoco habría supuesto a Willoughby capaz de apartarse tanto de las cortesías propias de un sentir honorable y delicado... tan lejos estaba de la corrección propia de un caballero como para mandar una carta tan villanamente cruel: una carta que, en vez de acompañar sus deseos de quedar libre con alguna manifestación de contrición, no reconocía ninguna violación de la confianza, negaba que hubiera existido ningún afecto especial..., una carta en la cual cada línea era un agravio y que proclamaba que su autor estaba enfangado profundamente en la más encallecida vileza.

Se detuvo en ella durante algún tiempo con indignado asombro; luego la volvió a leer una y otra vez; pero cada relectura sirvió tan solo para aumentar su desprecio por ese hombre, y tan amargos eran sus sentimientos hacia él que no se atrevía a darse permiso para hablar, a riesgo de profundizar en las heridas de Marianne al presentar el fin de su compromiso no como una pérdida para ella de algún bien posible, sino como el haber escapado del peor y más irremediable de los males, la unión de por vida con un hombre sin moral; como una muy verdadera liberación, una muy gran bendición.

En su intensa meditación sobre el contenido de la carta, sobre la depravación de la mente que pudo dictarla y, probablemente, sobre la muy diferente naturaleza de una persona muy distinta, que no tenía otra relación con el asunto que la que su corazón le asignaba con cada cosa que ocurría, Elinor olvidó la pena de su hermana allí frente a ella, olvidó las tres cartas en su regazo que todavía no había leído, y de manera tan completa olvidó el tiempo que había estado en la habitación, que cuando al escuchar un coche llegando a la puerta se acercó a la ventana para ver quién venía a horas tan sorpresivamente tempranas, fue todo asombro al reparar en que era el carruaje de la señora Jennings, que sabía no había sido ordenado sino hasta la una. Decidida a no dejar a Marianne, aunque sin ninguna esperanza de poder contribuir en ese instante a su sosiego, se apresuró a salir para disculparse de acompañar a la señora Jennings, dado que su hermana se sentía indispuesta. La señora Jennings, con una alegre preocupación por el motivo de la excusa, la aceptó con toda facilidad, y Elinor, tras despedirse de ella y ver que partía sin problemas, volvió donde Marianne; la encontró intentando levantarse de la cama y alcanzó a llegar a su lado justo a tiempo para impedir que cayera al suelo, débil y aturdida por una prolongada falta de adecuado descanso y alimento, pues eran muchos los días que había pasado sin probar bocado, y muchas las noches desde la última vez que había dormido de verdad; y ahora, cuando su mente ya no se sostenía llena de fiebre, se vieron las consecuencias de todo ello en una cabeza adolorida, un estómago debilitado y una fragilidad nerviosa general. Un vaso de vino, que Elinor de inmediato le trajo, la restauró algo, y por fin fue capaz de expresar parte de su cariño al decir:

—¡Pobre Elinor! ¡Cuántas penas te doy!

—Solo desearía —manifestó su hermana— que hubiera algo que pudiera hacer para consolarte.

Esto, al igual que habría ocurrido con cualquier otra cosa, fue demasiado para Marianne, que solo pudo exclamar con toda la angustia de su corazón, "¡Ay, Elinor, que miserable me siento", antes de que el llanto ahogaran totalmente su voz.

Elinor no pudo seguir contemplando en silencio este torrente de dolor que fluía sin encontrar obstáculo.

—Haz un esfuerzo, Marianne —la conminó—, o te matarás y, junto contigo, a todos los que te aman. Piensa en tu madre; piensa en su pena al saber que tú sufres; por ella, tienes que dominarte.

—No puedo, no puedo —exclamó Marianne—; déjame, déjame si te hago sufrir; déjame, ódiame, olvídame; pero no me tortures de esta manera. ¡Ay! ¡Qué fácil es para quienes no tienen penas propias hablar de esfuerzo! Feliz, feliz Elinor, tú no puedes tener idea de lo que sufro.

—¡A mí me llamas feliz, Marianne! ¡Ah! ¡Si supieras! ¡Y cómo crees que pueda serlo viéndote tan desgraciada!

—Perdóname, perdóname —repitió abrazándola—; sé que me compadeces; sé cuán buen corazón tienes; pero incluso así eres... debes ser feliz; Edward te ama... ¡Qué, dime qué podría matar una felicidad como esa!

—Muchas, muchas circunstancias —dijo Elinor muy seriamente.

—No, no, no —exclamó Marianne con voz enardecida—; él te ama, a ti y a nadie más que a ti. No puedes tener aflicción alguna.

—No puedo ser feliz mientras te vea en tal estado.

—Y nunca más me verás en otra forma. La mía es una desgracia a la que nada puede terminarla.

—No debes hablar así, Marianne. ¿Acaso no tienes descanso alguno? ¿No tienes amigos? ¿Es tan grande tu pérdida que no deja lugar al consuelo? Por mucho que sufras ahora, piensa en lo que habrías sufrido si el descubrimiento de su carácter se hubiera postergado para más adelante... si tu compromiso se hubiera alargado por meses y meses, como podría haber acontecido, antes de que él hubiera decidido acabarlo. Con cada nuevo día de desventurada confianza de tu parte se habría hecho más terrible el golpe.

—¡Compromiso! —exclamó Marianne—. No ha existido ningún compromiso.

—¡Ningún compromiso!

—No, no es tan villano como piensas. No me ha engañado.

—Pero te dijo que te amaba, ¿no?

—Sí... no... nunca... en absoluto. Estaba siempre en nuestras mentes, pero nunca declarado abiertamente. A veces creía que lo había hecho... pero jamás tuvo lugar.

—¿Y todavía así le escribiste?

—Sí... ¿podía estar mal después de todo lo que había sucedido? Pero no puedo explicar más.

Elinor calló, y volviendo su atención a las tres cartas que ahora le despertaban mucho mayor curiosidad que antes, se dedicó enseguida a examinar el contenido de todas ellas. La primera, que era la enviada por su hermana cuando llegaron a la ciudad, era como sigue:

«Berkeley Street, enero.

»¡Qué gran sorpresa te llevarás, Willoughby, al recibir esta! Y pienso que sentirás algo más que sorpresa cuando sepas que estoy en la

ciudad. La oportunidad de venir acá, aunque con la señora Jennings, fue una tentación a la que no pude resistir. Ojalá recibas esta a tiempo para venir a verme esta noche, pero no voy a contar con ello. Si acaso, te aguardaré mañana.

»Por ahora, adieu.

M.D.»

La segunda nota, escrita la mañana después del baile donde los Middleton, decía estas palabras:

«No puedo expresar mi desengaño al no haber estado aquí cuando viniste ayer, ni mi estupefacción al no haber recibido ninguna respuesta a la nota que te envié hace alrededor de una semana. He estado aguardando noticias tuyas y, más todavía, verte, cada momento del día. Te suplico vengas de nuevo tan pronto como puedas y me expliques el motivo de haberme tenido aguardando. Sería mejor que vinieras más pronto la próxima vez, porque en general salimos alrededor de la una. Anoche estuvimos donde lady Middleton, que ofreció un baile. Me dijeron que te habían invitado. Pero, ¿es posible que esto sea cierto? Debes haber cambiado mucho desde que nos separamos si así ocurrió y tú no fuiste. Pero no estoy dispuesta a creer que haya sido así, y espero que muy pronto me asegures personalmente que no fue verdad.

M.D.»

El contenido de la última nota era este:

«¿Qué debo imaginar, Willoughby, de tu conducta de anoche? Otra vez te exijo una explicación. Me había preparado para encontrarte con la natural alegría que habría seguido a nuestra separación, con la familiaridad que nuestra intimidad en Barton me parecía justificar. ¡Y cómo fui despechada! He pasado una noche miserable intentando excusar una conducta que a duras penas puede ser considerada menos que insultante; pero aunque todavía no he podido encontrar ninguna explicación razonable para tu conducta, estoy perfectamente dispuesta a escucharla de ti. Quizá te han informado mal, o engañado a propósito en algo relativo a mí que me pueda haber humillado en tu opinión. Dime de qué se trata, explícame sobre qué bases obraste y me daré por satisfecha si soy culpable. Ciertamente me apenaría tener que pensar mal de ti; pero si me veo obligada a hacerlo, si voy a encontrarme con que no eres como hasta

ahora te hemos creído, con que tu consideración por todas nosotras no era sincera y el único propósito de tu conducta hacia mí era el engaño, mejor saberlo lo antes posible. En este momento me siento llena de la más atroz incertidumbre; deseo perdonarte, pero tener una certeza, en cualquier sentido que sea, aliviará mi sufrimiento actual. Si tus sentimientos ya no son los de antes, me devolverás mis cartas y el mechón de mis cabellos que tienes en tu poder.

M.D.»

En consideración a Willoughby, Elinor no habría estado dispuesta a creer que tales cartas, tan llenas de cariño y confianza, pudieran haber merecido la contestación que tuvieron. Pero su condena de la actuación de él no le impedía ver lo inapropiado, en último término, de que hubieran sido escritas; y lamentaba en su interior la imprudencia que había arriesgado pruebas de cariño tan poco solicitadas, que ningún precedente justificaba y que los hechos tan duramente condenaban, cuando Marianne, advirtiendo que ya había terminado con las cartas, le observó que ellas no contenían nada sino lo que cualquiera en su mismo caso habría escrito.

—Yo me sentía —añadió— tan solemnemente comprometida con él como si estuviéramos unidos por el más estricto pacto legal.

—Puedo creerlo —dijo Elinor—; pero, desventuradamente, él no sentía lo mismo.

—Él sí sentía lo mismo, Elinor... semana tras semana lo sintió. Sé que fue así. No importa lo que lo haya hecho cambiar ahora (y nada sino las artes más maléficas usadas contra mí pueden haberlo conseguido), alguna vez le fui tan amada como mis deseos más profundos pudieron desearlo. Este mechón de pelo, del cual ahora se deshace con tanta facilidad, lo consiguió tras suplicármelo de la forma más cálida. ¡Si hubieras visto su aspecto, sus maneras, si hubieras escuchado su voz en ese instante! ¿Has olvidado acaso la última tarde que pasamos juntos en Barton? ¡También la mañana en que nos separamos! Cuando me dijo que podrían pasar muchas semanas antes de que nos volviéramos a encontrar... su tristeza, ¡cómo voy a olvidar su tristeza!

Durante uno o dos instantes no pudo decir nada más; pero cuando su emoción se había aplacado, agregó con voz más firme:

—Elinor, me han utilizado de la manera más pérfida, pero no ha sido Willoughby quien lo ha hecho.

—Mi querida Marianne, ¿quién, sino él? ¿Quién lo puede haber conducido a ello?

—Todo el mundo, más que su propio corazón. Antes creería que todos los seres que conozco se concertarían para envilecerme ante sus ojos que creerlo a él por naturaleza capaz de tal crueldad. Esta mujer sobre la que escribe, quienquiera que sea; o cualquiera, en suma, a excepción de ti, mi querida hermana, y mamá y Edward, puede haber sido tan desalmado como para degradarme. Fuera de ustedes tres, ¿hay alguna criatura en el mundo de quien sospecharía menos que de Willoughby, cuyo corazón conozco tan bien?

Elinor no quiso discutir, y se limitó a contestar:

—Cualquiera pueda haber sido ese enemigo tuyo tan pérfido, arrebatémosle su despreciable triunfo, mi querida hermana, haciéndole ver con cuánta nobleza la conciencia de tu propia inocencia y buenas intenciones fortalece tu espíritu. Es razonable y digno de encomio un orgullo que se levanta contra tal perfidia.

—No, no —exclamó Marianne—, una desgracia como la mía no conoce el orgullo. No me importa que conozcan cuán miserable me siento. Todos pueden saborear el triunfo de verme así. Elinor, Elinor, los que poco sufren pueden ser tan orgullosos e independientes como deseen; pueden resistir los insultos o humillar a su vez... Pero yo no puedo. Tengo que sentirme, tengo que ser despreciada... y bienvenidos sean a disfrutar de revelarme así.

—Pero por mi madre, y por mí...

—Haría más que por mí misma. Pero mostrarme alegre cuando me siento tan miserable... ¡Ah! ¿Quién podría solicitarme tanto?

De nuevo callaron las dos. Elinor estaba entregada a caminar meditando de la chimenea a la ventana, de la ventana a la chimenea, sin advertir el calor que le llegaba de una o distinguir los objetos a través de la otra; y Marianne, sentada a los pies de la cama, con la cabeza apoyada contra uno de sus pilares, tomó de nuevo la carta de Willoughby, y tras una sacudida ante cada una de sus frases, exclamó:

—¡Es demasiado! ¡Oh, Willoughby, Willoughby, cómo puede venir esto de ti! Cruel, cruel, nada puede perdonarte. Nada, Elinor. Sea lo que fuere que pueda haber escuchado contra mí... ¿no debiera haber suspendido el juicio? ¿No debió habérmelo dicho, darme la oportunidad de defenderme? "El mechón de sus cabellos —repitiendo lo que la carta decía— que tan graciosamente me concedió"... eso es imperdonable. Willoughby, ¿dónde tenías el corazón cuando escribiste esas palabras? ¡Oh, qué desalmada villanía! Elinor, ¿es que acaso se la puede justificar?

—No, Marianne, de ninguna forma.

—Y, sin embargo, esta mujer... ¡quién sabe cuáles puedan haber sido sus malas artes, cuán largamente lo habrá premeditado, cómo se las habrá compuesto! ¿Quién es ella? ¿Quién puede ser? ¿A quién de sus conocidas mencionó alguna vez Willoughby como joven y atractiva? ¡Oh! A nadie, a nadie... solo se refería a mí.

Siguió otra pausa; Marianne, presa de gran nerviosismo, terminó así:

—Elinor, debo volver a casa. Debo volver y consolar a mamá. ¿Podemos irnos mañana?

—¡Mañana, Marianne!

—Sí; ¿por qué había de permanecer aquí? Vine solo por Willoughby... y ahora, ¿a quién le importo? ¿Quién se interesa por mí?

—Sería imposible partir mañana. Le debemos a la señora Jennings mucho más que amabilidad; y la amabilidad más básica no permitiría una partida tan súbita como esa.

—Está bien, entonces, en uno o dos días más quizá; pero no puedo permanecer mucho aquí, no puedo permanecer y aguantar las preguntas y observaciones de toda esa gente. Los Middleton, los Palmer... ¿cómo voy a soportar su compasión? ¡La compasión de una mujer como la señora Jennings! ¡Ah, qué diría él de eso!

Elinor le aconsejó que se echara de nuevo, y durante unos momentos así lo hizo; pero ninguna posición la podía calmar, y en un doloroso desasosiego de alma y cuerpo, cambiaba de una a otra postura, enervándose cada vez más; a duras penas pudo su hermana mantenerla en la cama y durante algunos instantes temió verse obligada a pedir ayuda. Unas pocas gotas de lavanda, sin embargo, que pudo convencerla de tomar, le sirvieron de ayuda; y desde ese momento hasta la vuelta de la señora Jennings permaneció en la cama, callada y quieta como sumergida en un profundo sueño.

CAPÍTULO XXX

A su vuelta, la señora Jennings se dirigió directamente a la habitación de Elinor y Marianne y, sin esperar que respondieran a su llamada, abrió la puerta y entró con aire de auténtica preocupación.

—¿Cómo está, querida? —le preguntó en tono compasivo a Marianne, que desvió el rostro sin hacer ningún intento por contestar.

—¿Cómo está, señorita Dashwood? ¡Pobrecita! Tiene muy mal cariz. No es de extrañar. Sí, desgraciadamente es verdad. Se va a casar pronto... ¡es un villano! No lo soporto. La señora Taylor me lo contó hace media hora, y a ella se lo contó una amiga íntima de la señorita Grey, de otra forma no lo habría podido creer; quedé anonadada al saberlo. Bien, dije, todo lo que puedo decir es que, si es verdad, se ha portado de manera indigna con una joven a quien conozco, y deseo con todo el corazón que su esposa le mortifique la vida. Y seguiré diciéndolo para siempre, querida, puede estar segura. No se me ocurre adónde irán a parar los hombres por este camino; y si alguna vez me lo vuelvo a encontrar, le daré tal admonición como no habrá tenido muchas en su vida.

Pero queda un alivio, mi querida señorita Marianne: no es el único joven del mundo que valga la pena; y con su hermosa cara a usted nunca le faltarán pretendientes. ¡Ya, pobrecita! Ya no la molestaré más, porque lo mejor sería que llorara sus penas de una vez por todas y acabara así. Por suerte, sabe usted, esta noche van a venir los Parry y los Sanderson, y eso la distraerá.

Salió entonces de la habitación caminando de puntillas, como si creyera que la aflicción de su joven amiga pudiera aumentar con el ruido.

Para sorpresa de su hermana, Marianne decidió cenar con ellas. Elinor incluso no se lo aconsejó. Pero, "no, iba a bajar; lo soportaría perfectamente, y el barullo en torno a ella sería menor". Elinor, contenta de que por el momento fuera ese el motivo que la guiaba y aunque no la creía capaz de sentarse a cenar, no dijo nada más; así, arreglándole el vestido lo mejor que pudo mientras Marianne seguía echada sobre la cama, estuvo lista para acompañarla al comedor apenas las llamaron.

Una vez allí, aunque con aire muy triste, comió más y con mayor sosiego del que su hermana había esperado. Si hubiera intentado hablar o se hubiera dado cuenta de la mitad de las bien intencionadas pero desatinadas atenciones que le dirigía la señora Jennings, no habría podido mantener esa tranquilidad; pero sus labios no dejaron escapar ni una sílaba y su abstracción la mantuvo en la mayor ignorancia de cuanto sucedía entorno a ella.

Elinor, que valoraba la bondad de la señora Jennings aunque la efusión con que la expresaba frecuentemente era cargante y en ocasiones casi histriónica, le manifestó la gratitud y le correspondió las muestras de amabilidad que su hermana era incapaz de expresar o realizar por sí misma. Su buena amiga veía que Marianne era desgraciada, y sentía que se le debía todo aquello que pudiera disminuir su pena. La trató, entonces, con toda la cariñosa deferencia de una madre hacia su hijo favorito en su último día de vacaciones. A Marianne debía darse el mejor lugar junto a la chimenea, había que tentarla con todos los mejores manjares de la casa y distraerla con el relato de todas las noticias del día. Si Elinor no hubiera visto en el triste semblante de su hermana un freno a todo contento, habría disfrutado de los esfuerzos de la señora Jennings por curar un desengaño de amor mediante toda una variedad de confituras y aceitunas y un buen fuego de chimenea. Sin embargo, apenas la conciencia de todo esto se abrió paso en Marianne por repetirse una y otra vez, no pudo continuar ahí. Con una viva exclamación de dolor y una señal a su hermana para que no la siguiera, se levantó y salió a toda prisa de la estancia.

—¡Pobre criatura! —exclamó la señora Jennings tan pronto hubo salido—. ¡Cómo me duele verla! ¡Y miren ustedes, si no se ha ido sin terminar su vino! ¡Y también ha dejado las cerezas confitadas! ¡Dios mío! Nada parece consolarla. Créanme que si supiera de algo que le apeteciera, mandaría recorrer toda la ciudad hasta encontrarlo. ¡Vaya, es la cosa más indigna que un hombre haya tratado tan mal a una chica tan preciosa! Pero cuando la plata abunda por un lado y escasea totalmente por el otro, ¡que Dios me ampare!, ya tanto les da tales cosas.

—Entonces, la dama en cuestión, la señorita Grey creo que la llamó usted, ¿es muy rica?

—Cincuenta mil libras, querida mía. ¿La ha visto alguna vez? Una chica elegante, muy a la moda, según dicen, pero nada atractiva. Recuerdo muy bien a su tía, Biddy Henshawe; se casó con un hombre muy rico. Pero todos en la familia son ricos. ¡Cincuenta mil libras! Y desde todo punto de vista van a llegar muy a tiempo, porque dicen que él está en la ruina. ¡Era natural, siempre luciéndose por ahí con su calesín y sus caballos y perros de caza! Vaya, sin ánimo de enjuiciar, pero cuando un joven, sea quien sea, viene y enamora a una linda chica y le promete matrimonio, no tiene derecho a romper su palabra solo por haberse ido a la miseria y que una muchacha rica esté dispuesta a aceptarlo. ¿Por qué, en ese caso, no vende sus caballos, alquila su casa, despide a sus criados, y no da un real vuelco a su vida? Les aseguro que la señorita Marianne habría estado dispuesta a esperar hasta que las cosas se hubieran solucionado. Pero no es así como se hacen las cosas hoy en día; los jóvenes de hoy nunca van a renunciar a ninguna comodidad.

—¿Sabe usted qué clase de muchacha es la señorita Grey? ¿Tiene fama de ser amable?

—Nunca he escuchado nada malo de ella; de hecho, casi nunca he oído hablar de ella; salvo que la señora Taylor sí dijo esta mañana que un día la señorita Walker le insinuó que creía que el señor y la señora

Ellison no lamentarían ver casada a la señorita Grey, porque ella y la señora Ellison jamás se habían avenido.

—¿Y quiénes son los Ellison?

—Sus tutores, querida. Pero ya es mayor de edad y puede escoger por sí misma; ¡y una hermosa elección ha hecho! Y ahora —tras un breve inciso—, su pobre hermana se ha ido a su habitación, supongo, a lamentarse a solas. ¿No hay nada que se pueda hacer para consolarla? Pobrecita, parece tan cruel dejarla sola. Pero bueno, poco a poco traeremos nuevos amigos, y eso la divertirá algo. ¿A qué podemos jugar? Sé que ella no le gusta el whist; pero, ¿no hay ningún juego que se haga en ronda que sea de su preferencia?

—Mi querida señora, tanta gentileza es totalmente innecesaria. Estoy segura de que Marianne no saldrá de su habitación esta noche. Intentaré convencerla, si es que puedo, de que se vaya a la cama temprano, porque estoy segura de que necesita descansar.

—Claro, eso será lo mejor para ella. Que diga lo que desea comer, y se acueste. ¡Dios!

No es de extrañar que haya tenido tan mala cara y tan deprimida la semana pasada y la anterior, porque imagino que esta cosa ha estado encima de ella todo ese tiempo. ¡Y la carta que le llegó hoy fue la última gota! ¡Pobre criatura! Si lo hubiera sabido, por supuesto que no le habría hecho bromas sobre ello ni por todo el oro del mundo. Pero entonces, usted sabe, ¿cómo podría haberlo adivinado? Estaba segura de que no era sino una carta de amor común y corriente, y usted sabe que a los jóvenes les gusta que uno se ría un poco de ellos con esas cosas. ¡Dios! ¡Cómo estarán de preocupados *sir* John y mis hijas cuando lo sepan! Si hubiera estado en mis cabales, podría haber pasado por Conduit Street en mi camino a casa y lo hubiera contado. Pero los veré mañana.

—Estoy segura de que no será necesario advertir a la señora Palmer y a *sir* John para que no nombren al señor Willoughby ni hagan la menor referencia a lo que ha acontecido frente a mi hermana. Su propia bondad natural les indicará cuán cruel es mostrar en su presencia que se sabe algo de ello; y mientras menos se me hable a mí sobre el tema, más padecimientos me ahorrarán, como bien podrá saberlo usted, mi querida señora.

—¡Ay, Dios! Sí, desde luego. Debe ser terrible para usted escuchar los dimes y diretes; y respecto de su hermana, le aseguro que por nada del mundo le mencionaré ni una palabra sobre el asunto. Ya vio usted que no lo hice durante la cena. Y tampoco lo harán ni *sir* John ni mis hijas, porque son muy conscientes y considerados, en especial si se lo advierto, como por cierto lo haré. Por mi parte, pienso que mientras menos se diga acerca de estas cosas mejor es y más rápido desaparecen y se olvidan. Y cuándo se ha sacado algo de bueno con hablar, ¿no?

—En el caso actual, solo puede producir daño... más quizá que en muchos otros similares, porque este ha ido acompañado de algunas circunstancias que, por el bien de todos los interesados, tienen el inconveniente que se transforme en materia de comentario público. Tengo que reconocerle esto al señor Willoughby: no ha roto ningún compromiso efectivo con mi hermana.

—¡Por Dios, querida! No intente justificarlo. ¡Qué me habla de ningún compromiso efectivo después de hacerla recorrer toda la casa de Allenham y mostrarle las habitaciones mismas en que iban a vivir de ahí en adelante!

Pensando en su hermana, Elinor no deseó continuar con el tema, y también por Willoughby esperaba que no le pidieran hacerlo, pues aunque Marianne podía perder mucho, era poco lo que él podía ganar si se hacía valer la verdad. Tras un corto silencio por ambas partes, la señora Jennings, con todo su engorroso buen humor, se embarcó de nuevo en el tema.

—Bueno, querida, como dicen, nadie sabe para quién trabaja, porque el que saldrá ganando con todo esto es el coronel Brandon. Al final la tendrá; sí, claro, la tendrá. Escuche lo que le digo, si no van a estar casados ya para el verano. ¡Dios! ¡Cómo no va a estar contento el coronel con estas noticias! Espero que venga esta noche. Apostaría todo a uno a que será una unión mucho más ventajosa para su hermana. Dos mil al año sin deudas ni cargas... excepto, claro está, la jovencita, su hija natural; claro, se me olvidaba ella, pero sin mayores gastos la pueden poner de aprendiza en alguna parte, y entonces ya no tendrá ningún problema. Delaford es un sitio muy agradable, se lo garantizo; exactamente lo que llamo un agradable sitio tradicional, lleno de comodidades y conveniencias; rodeado de un enorme huerto con los mejores frutales de toda la región, ¡y qué morera en una esquina! ¡Dios! ¡Cómo nos hartamos con Charlotte la única vez que estuvimos! Además hay un palomar, unos excelentes estanques con peces para la mesa y una preciosa canaleta; en resumen, todo lo que uno podría desear; y, más todavía, está próximo a la iglesia y a solo un cuarto de milla de un camino de portazgo, así que nunca es aburrido, pues basta ir a sentarse en una vieja glorieta bajo un tejo detrás de la casa y se puede ver pasar los carruajes. ¡Ah, es un hermoso lugar! Un carnicero cerca en el pueblo y la casa del párroco a tiro de honda. Para mi gusto, mil veces más hermoso que Barton Park, donde tienen que recorrer tres millas para ir por la carne y no hay ningún vecino más cerca que la madre de ustedes. Bueno, le daré ánimos al coronel apenas pueda. Ya sabe usted, un clavo saca otro clavo. ¡Si pudiéramos desterrarle a Willoughby de su corazón!

—Ay, si pudiéramos hacer al menos eso, señora —dijo Elinor—, nos arreglaríamos de lo más bien con o sin el coronel Brandon.

Levantándose, entonces, fue a reunirse con Marianne, a quien encontró, tal como se lo había esperado, en su habitación, inclinada en silenciosa depresión sobre los restos de lumbre en la chimenea, que hasta la entrada de Elinor habían sido su única luz.

—Mejor me dejas sola —fue toda la señal de vida que dio a su hermana.

—Lo haré —dijo Elinor—, si te acuestas.

A esto, sin embargo, con la momentánea porfía de un ardoroso sufrimiento, se negó en un principio. Pero los insistentes, aunque gentiles, argumentos de su hermana pronto la condujeron dulcemente a la docilidad; y antes de dejarla, Elinor la vio recostar su adolorida cabeza sobre la almohada y, tal como esperaba, en camino a una cierta tranquilidad.

En la sala, adonde entonces se encaminó, pronto se le reunió la señora Jennings con un vaso de vino, lleno de algo, en la mano.

—Querida —le dijo al entrar—, acabo de recordar que aquí en la casa tengo un poco del mejor vino añejo de Constantia que haya probado, así que le traje un vaso para su hermana. ¡Mi pobre esposo! ¡Cómo le gustaba! Cada vez que le daba uno de sus ataques de gota hepática, decía que no habrá en el mundo remedio mejor. Por favor, lléveselo a su hermana.

—Mi querida señora —replicó Elinor, sonriendo ante la diferencia de los males para los que lo recomendaba—, ¡qué buena es usted! Pero acabo de dejar a Marianne acostada y, espero, casi dormida; y como creo que nada le servirá más que el descanso, si me lo permite, yo me beberé el vino.

La señora Jennings, aunque lamentando no haber llegado cinco minutos antes, quedó satisfecha con el apaño; y Elinor, mientras se lo bebía, pensaba que aunque su efecto en la gota hepática no tenía ninguna importancia entonces, sus poderes curativos sobre un corazón roto bien podían ensayarse en ella tanto como en su hermana.

El coronel Brandon llegó cuando se encontraban tomando el té, y por su forma de inspeccionar su entorno para ver si estaba Marianne, Elinor pensó enseguida que ni esperaba ni deseaba verla ahí y, en definitiva, que ya sabía la causa de su ausencia. A la señora Jennings no se le ocurrió lo mismo, pues poco después de la llegada del coronel cruzó la habitación hasta la mesa de té que presidía Elinor y le dijo muy bajo:

—Mire usted, el coronel está tan serio como siempre. No sabe nada de lo ocurrido; vamos, explíqueselo, querida.

Al poco él acercó una silla a la mesa de Elinor, y con un aire que la hizo sentirse segura de que estaba totalmente al tanto, la interrogó sobre su hermana.

—Marianne no se encuentra bien —dijo ella—. Ha estado indispuesta durante todo el día y la hemos convencido de que se vaya a la cama.

—Entonces, quizá —respondió vacilante—, lo que escuché esta mañana puede ser verdad... puede ser más cierto de lo que creí posible en un principio.

—¿Qué fue lo que escuchó?

—Que un caballero, respecto del cual tenía motivos para dudar... en suma, que un hombre a quien se sabía comprometido... pero, ¿cómo se lo puedo decir? Si ya lo sabe, como es lo más seguro, puede ahorrarme el tener que repetirlo.

—Usted se refiere —respondió Elinor con forzada calma— al matrimonio del señor Willoughby con la señorita Grey. Sí, sí sabemos todo sobre ello. Este parece haber sido un día de generales revelaciones, porque hoy mismo en la mañana recién lo descubrimos. ¡El señor Willoughby es inimaginable! ¿Dónde lo escuchó usted?

—En una tienda de artículos de escritorio en Pall Mall, adonde tuve que ir por la mañana. Dos señoras estaban aguardando su coche y una le estaba refiriendo a la otra esta futura boda, en una voz tan poco reservada que me fue imposible no escuchar todo. El nombre de Willoughby, John Willoughby, repetido una y otra vez, atrajo primero mi atención, y a ello siguió la inequívoca declaración de que todo estaba ya acordado en relación con su matrimonio con la señorita Grey; ya no era materia reservada, la boda tendría efecto dentro de pocas semanas, y muchos otros detalles sobre los preparativos y otros asuntos. Sobre todo, recuerdo una cosa, porque me permitió identificar al hombre con mayor exactitud: tan pronto finalizara la ceremonia partirían a Combe Magna, su propiedad en Somersetshire. ¡No se imagina mi sorpresa! Pero me sería imposible describir lo que sentí. La tan comunicativa dama, se me informó al preguntarlo, porque permanecí en la tienda hasta que se hubieron ido, era una tal señora Ellison; y ese, según me han dicho, es el nombre del tutor de la señorita Grey.

—Sí lo es. Pero, ¿escuchó también que la señorita Grey tiene cincuenta mil libras? Eso puede explicarlo, si es que algo puede hacerlo.

—Podría ser así; pero Willoughby es capaz... al menos eso creo —se interrumpió durante un momento, y después agregó en una voz que parecía desconfiar de sí misma—; y su hermana, ¿cómo lo ha...?

—Su sufrimiento ha sido extraordinario. Tan solo me queda esperar que sea proporcionalmente corto. Ha sido, es la más cruel aflicción. Hasta ayer, creo, ella nunca dudó del afecto de Willoughby; e incluso ahora, quizá... pero, por mi parte, tengo casi la certeza de que él nunca estuvo realmente interesado en ella. ¡Ha sido tan villano! Y, en algunas cosas, parece haber una cierta perfidia en él.

—¡Ah! —dijo el coronel Brandon—, por cierto que la hay. Pero su hermana no... me parece habérselo oído comentar a usted... no piensa lo mismo, ¿no?

—Usted sabe cómo es ella, y se imaginará de qué manera lo justificaría si estuviera en su mano.

Él no contestó; y poco después, como se retirara el servicio de té y se formaran los grupos para jugar a las cartas, debieron dejar de lado el tema. La señora Jennings, que los había observado conversar con gran complacencia y que esperaba ver cómo las palabras de la señorita Dashwood producían en el coronel Brandon un instantánea alegría, semejante a la que correspondería a un hombre en la flor de la juventud, de la esperanza y de la felicidad, llena de sorpresa lo vio permanecer toda la tarde más pensativo y más serio que nunca.

Capítulo XXXI

Tras una noche en que había dormido más de lo esperado, Marianne despertó a la mañana siguiente para encontrarse sabiéndose tan desgraciada como cuando había cerrado los ojos.

Elinor la animó cuanto pudo a hablar de lo que sentía; y antes de que estuviera listo el desayuno, habían repasado la situación una y otra vez, Elinor sin alterar su tranquila certeza y afectuosos consejos, y Marianne manteniendo el apasionamiento de sus emociones y cambiando una y otra vez sus opiniones. A ratos creía a Willoughby tan desgraciado e inocente como ella; y en otros, se desconsolaba ante la imposibilidad de perdonarlo. En un momento le eran totalmente indiferentes los comentarios del mundo, al siguiente se retiraría de él para siempre, y luego iba a resistirlo con toda su fuerza. En una cosa, sin embargo, permanecía constante al tratarse ese punto: en evitar, siempre que fuera posible, la presencia de la señora Jennings, y en su decisión de continuar en absoluto silencio cuando se viera obligada a soportarla. Su corazón se rehusaba a creer que la señora Jennings pudiera participar en su dolor con alguna conmiseración.

—No, no, no, no puede ser —exclamó—, ella es incapaz de sentir. Su afabilidad no es compasión; su buen carácter no es cariño. Todo lo que le interesa es cotillear, y solo le gusto porque le doy material para hacerlo.

Elinor no necesitaba escuchar esto para darse cuenta de cuántas injusticias podía cometer su hermana, arrastrada por el irritable refinamiento de su retorcida mente cuando se trataba de opinar sobre los demás, y la excesiva importancia que atribuía a las amabilidades propias de una gran sensibilidad y a la cortesía de los modales refinados. Al igual que medio mundo, si más de medio mundo fuera inteligente y bueno, Marianne, con sus excelentes cualidades y excelente formación, no era ni razonable ni justa. Aguardaba que los demás tuvieran sus mismas opiniones y sentimientos, y calificaba sus motivos por el efecto inmediato que tenían sus acciones en ella. Fue en esta situación que, mientras las hermanas estaban en su habitación después del desayuno, sucedió algo que rebajó aún más su opinión sobre la calidad de los sentimientos de la señora Jennings; pues, por su propia debilidad, permitió que le ocasionara un nuevo sufrimiento, aunque la buena señora había estado guiada por la mejor intención.

Con una carta en su mano extendida y una alegre sonrisa nacida de la convicción de ser portadora de alivio, entró en la habitación diciendo:

—Mire, querida, le traigo algo que estoy segura le reconfortará.

Marianne no necesitaba escuchar más. En un instante su imaginación le puso por delante una carta de Willoughby, llena de ternura y arrepentimiento, que explicaba lo ocurrido a toda satisfacción y de manera convincente, seguida de inmediato por Willoughby en persona, abalanzándose a la habitación para reforzar, a sus pies y con la elocuencia de su mirada, las declaraciones de su carta. La obra de un momento fue destruida por la realidad. Frente a ella estaba la escritura de su madre, que hasta entonces nunca había sido mal recibida; y en la agudeza de su desilusión tras un éxtasis que había sido de algo más que esperanza, sintió como si, hasta ese instante, jamás hubiera sufrido.

No tenía adjetivo para la crueldad de la señora Jennings, aunque ciertamente hubiera sabido cómo llamarla en sus momentos de más feliz elocuencia; ahora solo podía reprochársela mediante las lágrimas que le arrasaron los ojos con apasionada violencia; un reproche, sin embargo, tan por completo desperdiciado en aquella a quien estaba dirigido, que esta, tras muchas expresiones de compasión, se retiró sin dejar de encomendarle la carta como gran consuelo. Pero cuando tuvo la tranquilidad suficiente para leerla, fue poco el alivio que encontró en ella. Cada línea estaba llena de Willoughby. La señora Dashwood, todavía confiada en su compromiso y creyendo con la calidez de siempre en la lealtad del joven, solo por la insistencia de Elinor se había decidido a exigir de Marianne una mayor sinceridad hacia ambas, y esto con tal cariño hacia ella, tal afecto por Willoughby y tal certeza sobre la felicidad que cada uno encontraría en el otro, que no pudo dejar de llorar sin parar hasta terminar de leer.

De nuevo se despertó en Marianne toda su impaciencia por volver a casa; nunca su madre le había sido más querida, incluso por el mismo exceso de su equivocada confianza en Willoughby, y anhelaba desesperadamente haber partido ya. Elinor, incapaz de decidir por sí misma qué sería mejor para Marianne, si estar en Londres o en Barton, no le ofreció otro consuelo que la recomendación de paciencia hasta que conocieran los deseos de su madre; y finalmente logró que su hermana consintiera aguardar hasta saberlo.

La señora Jennings salió más temprano que de costumbre, pues no podía quedarse tranquila hasta que los Middleton y los Palmer pudieran lamentarse tanto como ella; y rehusando terminantemente el ofrecimiento de Elinor de acompañarla, salió sola durante el resto de la mañana. Elinor, con el corazón deprimido, consciente del dolor que iba a causar y dándose cuenta por la carta a Marianne del escaso éxito que había tenido en preparar a su madre, se sentó a escribirle relatándole lo ocurrido y a pedirle que las guiara en cómo debían obrar en adelante. Marianne, entretanto, que había acudido a la sala al salir la señora Jennings, se mantuvo inmóvil junto a la mesa donde Elinor escribía, observando cómo avanzaba su pluma, lamentando la dureza de su tarea, y lamentando con más aprecio aún el efecto que tendría en su madre.

Llevaban en esto alrededor de un cuarto de hora cuando Marianne, cuyos nervios no soportaban en ese instante ningún ruido súbito, se sobresaltó al escuchar un golpe en la puerta.

—¿Quién puede ser? —exclamó Elinor—. ¡Y tan temprano! Creía que estábamos a cubierto.

Marianne se aproximó a la ventana.

—Es el coronel Brandon —dijo, molesta—. Nunca estamos protegidos de él.

—Como la señora Jennings está fuera, no entrará.

—Yo no confiaría en eso —retirándose a su habitación—. Un hombre que no sabe qué hacer con su tiempo no tiene conciencia alguna de su indiscreción en el de los demás.

Los hechos ratificaron su suposición, aunque estuviera basada en la injusticia y el error, porque el coronel Brandon sí entró; y Elinor, que estaba convencida de que su preocupación por Marianne lo había llevado hasta allí, y que veía esa preocupación en su aire melancólico y aturdido y en su ansioso, aunque breve, preguntar por ella, no pudo perdonarle a su hermana por juzgarlo con tanta frivolidad.

—Me encontré con la señora Jennings en Bond Street —le confesó, tras el primer saludo—, y ella me animó a venir; y no le fue difícil hacerlo, porque pensé que sería probable encontrarla a usted sola, que era lo que deseaba. Mi propósito... mi deseo, mi único deseo al querer eso... espero, creo que así es... es poder dar alivio... no, no debo decir alivio, no alivio momentáneo, sino una certeza, una perdurable certeza para su hermana. Mi consideración por ella, por usted, por su madre, espero me permita probársela mediante el relato de ciertas circunstancias, que nada sino una muy sincera consideración, nada sino el deseo de serles útil... creo que lo merecen. Aunque, si he debido pasar tantas horas intentando convencerme de que tengo la razón, ¿no habrá motivos para temer estar equivocado? —interrogó.

—Lo comprendo —dijo Elinor—. Tiene algo que decirme del señor Willoughby que pondrá aún más a la vista su villanía. Decirlo será el mayor signo de amistad que puede mostrar por Marianne. Cualquier información dirigida a ese fin merecerá mi inmediata gratitud, y la de ella vendrá con el tiempo. Por favor, se lo suplico, cuéntemelo.

—Lo haré; y, para ser breve, cuando dejé Barton el pasado octubre... pero así no lo entenderá. Debo retroceder más todavía. Se dará cuenta de que soy un narrador muy torpe, señorita Dashwood; ni siquiera sé dónde empezar. Creo que será necesario contarle muy brevemente sobre mí, y seré muy breve. En un tema como este —suspiró profundamente— estaré poco tentado a extenderme.

Se interrumpió un momento para ordenar sus recuerdos y después, con otro lamento, continuó:

—Probablemente habrá olvidado por completo una conversación (no se supone que haya hecho ninguna impresión en usted), una conversación que tuvimos una noche en Barton Park, una noche en que había un baile, en la cual yo mencioné una dama que había conocido hace tiempo y que se parecía, en cierto modo, a su hermana Marianne.

—En verdad —contestó Elinor—, lo recuerdo.

El coronel pareció complacido por este rememorar del pasado, y añadió:

—Si no me engaña la incertidumbre, la arbitrariedad de un dulce recuerdo, hay un gran parecido entre ellas, en mentalidad y en aspecto: la misma intensidad en sus sentimientos, la misma fuerza de imaginación y vehemencia de espíritu. Esta dama era una de mis parientes más cercanas, huérfana desde la infancia y bajo la tutela de mi padre. Teníamos casi la misma edad, y desde nuestros más tempranos años fuimos compañeros de juegos y amigos. No puedo recordar algún momento en que no haya querido a Eliza; y mi afecto por ella, a medida que crecíamos, fue tal que quizá, juzgando por mi actual carácter retraído y mi tan poco alegre seriedad, usted me crea incapaz de haberlo sentido. El de ella hacia mí fue, así lo creo, tan apasionado como el de su hermana al señor Willoughby y, aunque por motivos diferentes, no menos desafortunado. A los diecisiete años la perdí para siempre. Se casó, en contra de su voluntad, con mi hermano. Era dueña de una gran fortuna, y las propiedades de mi familia bastante importantes. Y esto, me temo, es todo lo que se puede decir respecto a la conducta de quien era al mismo tiempo su tío y tutor. Mi hermano no se la merecía; ni siquiera la estimaba. Yo había tenido la esperanza de que su afecto por mí la sostendría ante todas las dificultades, y por un tiempo así fue; pero finalmente la desgraciada situación en que vivía, porque debía soportar las mayores inclemencias, fue más fuerte que ella, y aunque me había prometido que nada... ¡pero cuán a ciegas avanzo en mi relato! No le he dicho cómo fue que ocurrió esto. Estábamos a pocas horas de huir juntos a Escocia. La falsedad, o la necedad de la doncella de mi prima nos traicionó. Fui expulsado a la casa de un pariente muy lejano, y a ella no se le permitió ninguna libertad, ninguna compañía ni diversión, hasta que convencieron a mi padre de que cediera. Yo había confiado demasiado en la fortaleza de Eliza, y el golpe fue muy duro. Pero si su matrimonio hubiese sido feliz, joven como era yo en ese entonces, en unos pocos meses habría terminado aceptándolo, o al menos no tendría que lamentarlo ahora. Pero no fue ese el caso. Mi hermano no tenía consideración alguna por ella; sus diversiones no eran las correctas, y desde un comienzo la trató de manera deshonrosa. La consecuencia de esto sobre una mente tan joven, tan vivaz, tan falta de experiencia como la de la señora Brandon, no fue sino la normal. Al comienzo se resignó a la desdicha de su situación; y esta hubiera sido feliz si ella no hubiera dedicado su vida a vencer el pesar que le ocasionaba mi recuerdo. Pero, ¿puede extrañarnos que con tal marido, que empujaba a la infidelidad, y sin un amigo que la aconsejara o la frenara (porque mi padre solo vivió algunos meses más después de que se casaron, y yo estaba con mi regimiento en las Indias Orientales), ella haya caído? Si yo me hubiera quedado en Inglaterra, quizá... pero mi intención era procurar la felicidad de ambos poniendo tierra de por medio durante algunos años, y con tal propósito había obtenido mi traslado. El golpe que su matrimonio significó para mí —continuó con voz nerviosa— no fue nada, fue algo trivial, si se lo compara con lo que sentí cuando, alrededor de dos años después, supe de su divorcio. Fue esa la causa de esta tristeza... incluso ahora, el recuerdo de lo que sufrí...

Sin poder seguir hablando, se levantó de súbito y se dedicó a dar vueltas durante algunos minutos por la habitación. Elinor, afectada por su relato, y todavía más por su congoja, tampoco pudo decir palabra. Él vio su aflicción y, acercándosele, tomó una de sus manos entre las suyas, la oprimió y besó con agradecido respeto. Unos pocos minutos más de silencioso esfuerzo le permitieron continuar con una cierta compostura.

—Pasaron unos tres años después de este desventurado período, antes de que yo regresara a Inglaterra. Mi primera preocupación, cuando llegué, naturalmente fue buscarla. Pero la búsqueda fue tan infructuosa como desgraciada. No pude rastrear sus pasos más allá del primero que la sedujo, y todo hacía temer que se había alejado de él solo para hundirse más profundamente en una vida de pecado. Su asignación legal no se correspondía con su fortuna ni era suficiente para subsistir con alguna holgura, y supe por mi hermano que algunos meses atrás le había dado poder a otra persona para recibirla. Él se imaginaba, y tranquilamente podía imaginárselo, que la malversación, y la consecuente angustia, la habían obligado a disponer de su dinero para solucionar algún problema perentorio. Por fin, sin embargo, y cuando habían transcurrido seis meses desde mi llegada a Inglaterra, pude encontrarla. El interés por un antiguo criado que, después de haber dejado mi servicio, había caído en desgracia, me llevó a visitarlo en un lugar de detención donde lo habían recluido por deudas; y allí, en el mismo lugar, en igual reclusión, se encontraba mi desgraciada hermana. ¡Tan cambiada, tan deslucida, desgastada por todo tipo de sufrimientos! A duras penas podía creer que la triste y enferma figura que tenía frente a mí fuera lo que quedaba de la adorable, floreciente, saludable muchacha de quien alguna vez había estado enamorado. Cuánto dolor hube de soportar al verla así... pero no tengo derecho a herir sus sentimientos al intentar describirlo. Ya la he hecho sufrir bastante. Que, según todas las apariencias, estaba en las últimas etapas de la tuberculosis, fue... sí, en tal situación fue mi mayor alivio. Nada podía hacer ya la vida por ella, más allá de darle tiempo para mejor prepararse a morir; y eso se le concedió. Hice que tuviera un alojamiento confortable y con la atención necesaria; la visité a diario durante el resto de su corta vida: estuve a su lado en sus últimos instantes.

Nuevamente se detuvo, intentando recobrarse; y Elinor dio salida a sus sentimientos a través de una cariñosa exclamación de desconsuelo por el destino de su desafortunado amigo.

—Espero que su hermana no se ofenderá —dijo— por la semejanza que he imaginado entre ella y mi pobre infortunada pariente. El destino, y la fortuna que les tocó en suerte, no pueden ser iguales; y si la dulce disposición natural de una hubiera sido vigilada por alguien más firme, o hubiera tenido un matrimonio más feliz, habría llegado a ser todo lo que usted alcanzará a ver que la otra será. Pero, ¿a qué nos lleva todo esto? Creo haberla angustiado por nada. ¡Ah, señorita Dashwood! Un tema como este, silenciado durante catorce años... ¡es peligroso incluso tocarlo! Tengo que concentrarme... ser más breve. Ella dejó a mi cuidado a su única hija, una niñita por ese entonces de tres años de edad, fruto de su primera relación pecaminosa. Ella amaba a esa niña, y siempre la había mantenido a su lado. Fue su tesoro más valioso y preciado el que me encomendó, y gustoso me habría hecho cargo de ella en el más estricto sentido, cuidando yo mismo de su educación, si nuestras situaciones lo hubieran permitido; pero yo no poseía familia ni hogar; y así mi pequeña Eliza fue enviada a un colegio. La iba a ver allí cada vez que podía, y tras la muerte de mi hermano (que ocurrió alrededor de hace cinco años, dejándome en posesión de los bienes de la familia), ella me visitaba con bastante asiduidad en Delaford. Yo la llamaba una pariente lejana, pero soy muy consciente de que en general se ha supuesto que la relación es mucho más cercana. Hace ya tres años (acababa de cumplir los catorce) que la saqué del colegio y la puse al cuidado de una mujer muy respetable, residente en Dorsetshire, que tenía a su cargo otras cuatro o cinco niñas de alrededor la misma edad; y durante dos años, todo me hacía sentirme muy satisfecho con su situación. Pero en febrero pasado, hace casi un año, de repente desapareció. Yo la había autorizado (imprudentemente, como después se ha visto), obedeciendo a sus ardientes deseos, para que fuera a Bath con una de sus amiguitas, cuyo padre se encontraba allí por motivos de salud. Yo conocía su reputación como un muy buen hombre, y tenía buena opinión de su hija... mejor de la que se merecía, pues ella, empecinándose en el más desatinado sigilo, se negó a decir nada, a dar ninguna pista, aunque naturalmente estaba al tanto de todo. Creo que él, su padre, un hombre bien intencionado pero no muy listo, era realmente incapaz de dar información alguna, pues había estado casi siempre recluido en la casa, mientras las niñas callejeaban por la ciudad estableciendo relaciones con quienes se les antojaba; y él intentó convencerme, tanto como lo estaba él, de que su hija nada tenía que ver en el hecho. En pocas palabras, no pude averiguar nada sino que se había ido; durante ocho largos meses, todo lo demás quedó sujeto a hipotéticas conjeturas. Es de imaginar lo que pensé, lo que temía, y también lo que sufrí.

—¡Santo Cielo! —exclamó Elinor—. ¡Será posible! ¡Sería capaz Willoughby...!

—Las primeras noticias que tuve de ella —continuó el coronel— me llegaron en una carta que ella misma me envió en octubre pasado. Me la remitieron desde Delaford y la recibí esa misma mañana en que pensábamos ir de excursión a Whitwell; y esa fue la causa de mi tan repentina partida de Barton, que con toda seguridad en ese momento debe haber extrañado a todos y que, según creo, molestó a algunos. Poco podía imaginar el señor Willoughby, me parece, cuando con su mirada me reprochó la falta de amabilidad en que yo habría incurrido al arruinar el paseo, que me solicitaban para prestar ayuda a alguien a quien él había llevado miseria y sufrimiento; pero si lo hubiera sabido, ¿de qué habría servido? ¿Habría estado menos alegre o sido menos feliz con las sonrisas de su hermana? No, ya había hecho aquello que ningún hombre capaz de alguna compasión haría. ¡Había abandonado a la niña cuya juventud e inocencia había arruinado, dejándola en una situación de máximo desespero, sin un hogar respetable, sin ayuda, sin amigos, sin saber dónde encontrarlo! La había abandonado, con la promesa del regreso; ni escribió, ni volvió, ni la auxilió.

—¡Qué horror! —exclamó Elinor.

—Ahora puede ver cómo es su carácter: manirroto, licencioso, y peor aún que eso. Sabiéndolo, como yo lo he sabido desde hace ya muchas semanas, imagínese lo que debo haber sentido al ver a su hermana tan enamorada de él como siempre, y cuando se me aseguró que iba a casarse con él; imagínese lo que habré sufrido pensando en todas ustedes. Cuando vine a verla la semana pasada y la encontré sola, estaba decidido a saber la verdad, aunque todavía indeciso en cuanto a qué hacer cuando la supiera. Mi conducta debe haberle extrañado, pero ahora lo entenderá. Tener que verlas a todas ustedes engañadas en esa forma; ver a su hermana... pero, ¿cómo me tenía que conducir? No tenía esperanza alguna de intervenir con éxito; y en ocasiones pensaba que su hermana todavía podía mantener suficiente influencia sobre él para recuperarlo. Pero tras un trato tan vergonzoso, ¿quién sabe cuáles serían sus intenciones hacia ella? Cualesquiera que hayan sido, sin embargo, puede que ahora ella se sienta liberada de su situación, y sin duda más adelante lo estará, cuando la compare con la de mi pobre Eliza, cuando piense en la situación miserable y desesperada de esta pobre niña y se la imagine con un afecto tan fuerte por él, tan fuerte como el que ella misma le tiene, y con un espíritu atormentado por los remordimientos, que la acompañarán durante toda su vida. Con toda seguridad esta comparación le servirá de algo. Se dará cuenta de que sus propios sufrimientos no son nada. No provienen de una mala conducta y no pueden traerle desgracia. Al contrario, deberán hacer que en cada uno de sus amigos aumente la amistad hacia ella. La preocupación por su desventura y el respeto por la entereza que subyace a ella deberán reforzar todos los afectos. Utilice, sin embargo, su propia discreción para comunicarle lo que le he revelado. Usted debe saber mejor qué efecto tendrá; y si no hubiera creído muy seriamente y desde el fondo de mi corazón que pudiera serle de alguna utilidad, que pudiera aliviar sus sufrimientos, no me habría permitido perturbarla con este relato de las aflicciones que ha debido sufrir mi familia, una narración con la cual podría sospecharse que intento elevarme a costa de los demás.

Elinor acogió estas palabras con hondísimo agradecimiento, asistida también por la certeza de que el conocimiento de lo ocurrido sería importante medicina para Marianne.

—Para mí han sido más dolorosos —dijo— los esfuerzos de Marianne por liberarlo de toda culpa que ninguna otra cosa, porque eso la altera más de lo que puede hacer una cabal convicción de su indignidad. Aunque al principio sufra mucho, estoy segura de que muy pronto encontrará consuelo. Usted —continuó—, ¿ha visto al señor Willoughby desde que lo dejó en Barton?

—Sí —replicó él muy serio—, una vez. Era inevitable encontrarme con él una vez.

Elinor, sobresaltada por su tono, lo miró nerviosa, diciendo suavemente:

—¡Cómo! ¿Se encontró con él para...?

—No podía ser de otra forma. Eliza me había confesado, aunque muy a pesar suyo, el nombre de su amante; y cuando él volvió a la ciudad, quince días después de mí, nos citamos para encontrarnos, él para defender su conducta, yo para castigarla. Retornamos indemnes, y así el encuentro jamás se hizo público.

Elinor suspiró ante lo fantasioso e innecesario de todo ello, pero tratándose de un hombre y un soldado, intentó no desautorizarlo.

—Esa es —dijo el coronel Brandon tras una pausa— la desdichada semejanza entre el destino de la madre y el de la hija, ¡y de qué manera no he estado a la altura de las circunstancias en aquello que se me había encomendado!

—¿Todavía está ella en la ciudad?

—No; tan pronto se recuperó del parto, puesto que la encontré próxima a dar a luz, la llevé a ella y a su hijo al campo, y allí siguen hasta hoy.

Al poco rato, pensando que estaba impidiendo a Elinor acompañar a su hermana, el coronel dio por finalizada a su visita, tras volver a recibir de ella el más sentido agradecimiento y dejarla llena de conmiseración y afecto por él.

CAPÍTULO XXXII

Cuando la señorita Dashwood transmitió en detalle esta conversación a su hermana, como lo hizo sin perder tiempo, el efecto que tuvo en esta no fue por completo el que la primera había deseado. No fue que Marianne pareciera desconfiar de la autenticidad de lo relatado, pues a todo prestó la más sosegada y dócil atención, no objetó ni comentó nada, en ningún momento intentó justificar a Willoughby, y con sus lágrimas pareció mostrar que sentía imposible cualquier justificación. Pero aunque después su comportamiento le dio a Elinor la certeza de que sí había logrado convencerla de la culpabilidad del joven; aunque complacida pudo ver que, como resultado, Marianne ya no evitaba al coronel Brandon cuando las visitaba, conversaba con él, e incluso hasta por iniciativa propia, con una especie de compasivo respeto, y aunque la veía de un ánimo menos exasperadamente irritable que antes, no la veía menos desventurada. Su mente estaba estable, pero se había establecido en una sombría expresión. Le dolía más la pérdida de la imagen que tenía de Willoughby que el haber perdido su amor; el que hubiera seducido y abandonado a la señorita Williams, la miseria de esa pobre niña y la duda en torno a lo que alguna vez pudieron haber sido los propósitos del joven hacia ella misma, todo ello la deprimía de tal manera que no podía allanarse a hablar de lo que sentía ni siquiera con Elinor; y con su callado ensimismamiento en sus penas, hacía sufrir a su hermana más que si le hubiera abierto su corazón hablándole una y otra vez de ellas.

Relatar lo que sintió y dijo la señora Dashwood al recibir y responder la carta de Elinor sería tan solo repetir lo que sus hijas ya habían sentido y dicho; una desilusión apenas menos traumática que la de Marianne, y una indignación mayor todavía que la de Elinor. Una tras otra les hizo llegar largas cartas, en las que les hablaba de su dolor y de lo que pensaba; expresaba su ansiedad y preocupación por Marianne y la llamaba a soportar con entereza su desgracia. ¡Terrible debía ser en verdad la aflicción de Marianne, cuando su madre podía hablar de entereza! ¡Qué vejatorio y humillante debía ser el origen de sus lamentos, para que la señora Dashwood no quisiera verla abandonándose a ellos!

En contra de sus propios intereses y conveniencia, la señora Dashwood había decidido que, entonces, convendría más a Marianne estar en cualquier lugar menos en Barton, donde todo lo que su vista alcanzaba le recordaría intensa y dolorosamente el pasado, al hacerle presente en todo instante a Willoughby tal como allí lo había conocido. Así, les recomendó a sus hijas que por ningún motivo acortaran su visita a la señora Jennings, pues aunque nunca habían fijado con exactitud su duración, todos esperaban que abarcaría al menos cinco o seis semanas. Allí no podrían evitar las distintas ocupaciones, los proyectos y la compañía que Barton no les podía ofrecer y que, según esperaba, podrían de vez en cuando lograr que Marianne, sin estar en el caso, se interesara por algo más allá de ella misma e incluso se divirtiera un poco, por mucho que ahora rechazara menospreciando ambas posibilidades.

En cuanto al peligro de encontrarse de nuevo con Willoughby, su madre opinaba que Marianne estaba tan a salvo en la ciudad como en el campo, dado que nadie entre quienes se consideraban sus amigos lo admitiría ahora en su compañía. Nadie, expresamente, haría que se cruzaran sus caminos; por descuido, nunca estarían expuestos a una sorpresa; y el azar tenía menos probabilidades de suceder entre la muchedumbre de Londres que en el aislamiento de Barton, donde podría imponerle a ella la presencia del joven durante la visita de este a Allenham con ocasión de su enlace, un hecho que la señora Dashwood había considerado en un principio como probable, y que ahora había llegado a esperar como cierto.

Tenía todavía otro motivo para desear que sus hijas permanecieran donde estaban: una carta de su hijastro le había comunicado que él y su esposa estarían en Londres antes de mediados de febrero, y ella consideraba correcto que vieran de vez en cuando a su hermano.

Marianne había prometido dejarse guiar por los consejos de su madre y se sometió entonces a ellos sin peros, a pesar de ser por completo diferente a lo que ella deseaba o esperaba y aunque la creía un perfecto error basado en razones equivocadas; un error que, además, al recomendarle la permanencia en Londres, la privaba del único consuelo posible a su miseria —la íntima compasión de su madre— y la condenaba a una compañía y a situaciones que le impedirían conocer ni un solo instante de tranquilidad.

Sin embargo, constituyó un gran consuelo para Marianne el hecho de que aquello que le hacía daño significara un bien para su hermana; y Elinor, por su parte, sospechando que no dependería de ella evitar completamente a Edward, se tranquilizó pensando que aunque la prolongación de su permanencia en Londres atentaría contra su propia felicidad, sería mejor para Marianne que una precipitada vuelta a Devonshire.

Su cuidado en proteger a su hermana de escuchar el nombre de Willoughby no fue inútil. Marianne, aunque sin saberlo, cosechó todos sus frutos; pues ni la señora Jennings, ni *sir* John, ni siquiera la misma señora Palmer, lo sacaron a relucir jamás frente a ella. Elinor deseaba que igualmente se hubieran abstenido de hacerlo en su presencia, pero tal cosa era inevitable, y así se veía obligada a escuchar día tras día las manifestaciones de indignación de todos ellos.

Sir John no lo habría creído posible. "¡Un hombre de quien siempre había tenido tantos motivos para confiar en él! ¡Un muchacho de tan buenas maneras! ¡No creía que hubiera un jinete mejor en toda Inglaterra! Era algo inexplicable. Deseaba de todo corazón verlo en el infierno. ¡Jamás le dirigiría ya la palabra, en ningún lugar donde lo encontrara, por nada del mundo! No, ni siquiera si se lo encontrara en el albergue de Barton y tuvieran que quedarse esperando dos horas juntos. ¡Ese malvado! ¡Ese perro malnacido! ¡Tan solo la última vez que se habían encontrado, había ofrecido darle uno de los cachorros de Folly! ¡Pues no! ¡Con esto se acababa todo!".

A su manera, la señora Palmer estaba también furiosa. "Estaba decidida a romper de inmediato toda relación con él, y agradecía al cielo no haberlo conocido nunca. Deseaba con todo el ánimo que Combe Magna no estuviera tan cerca de Cleveland; pero no tenía importancia, porque estaba demasiado lejos para visitas; lo odiaba tanto que estaba decidida a no pronunciar jamás su nombre, y le diría a todos los que viera que era un sinvergüenza".

El resto de la adhesión de la señora Palmer a la causa de Marianne se traslucía en procurarse todos los pormenores posibles sobre la próxima boda, y transmitirlas a Elinor. Pronto pudo saber qué carrocero estaba construyéndoles su nuevo coche, quién estaba pintando el retrato del señor Willoughby y en qué tienda podía admirarse las ropas de la señorita Grey.

La tranquila y cortés despreocupación de *lady* Middleton constituía en estas circunstancias un grato bálsamo para el espíritu de Elinor, abrumado como frecuentemente estaba por la bullanguera compasión de los demás. Era un lenitivo para ella la seguridad de no despertar ningún interés en al menos una persona de su círculo de amistades; un descanso saber que había alguien que estaría con ella sin sentir curiosidad alguna sobre las minucias, ni ansiedad por la salud de su hermana.

Suele ocurrir que las circunstancias del momento lleven a otorgar a cualquier atributo más valor que el que realmente tiene; y así sucedía que a veces tanta afanosa conmiseración fastidiaba a Elinor hasta llevarla a calificar la buena educación como más importante para la tranquilidad que el buen corazón.

Lady Middleton manifestaba su parecer sobre el asunto entre una y dos veces al día, si el tema salía a relucir con alguna reiteración, diciendo: "¡Qué cosa tan terrible, en verdad!", y mediante este continuo aunque suave desahogo, no solo fue capaz de ir a ver a las señoritas Dashwood desde un comienzo sin la menor emoción, sino que muy pronto sin recordar siquiera una palabra de todo el asunto; y habiendo defendido así la honradez de su propio sexo y censurado decididamente lo que estaba mal en el otro, se sintió en libertad de proteger los intereses de su grupo, por lo que decidió (aunque algo en contra de la opinión de *sir* John) que, como la señora Willoughby sería una mujer elegante y rica a la vez, le dejaría su tarjeta tan pronto como se hubiera casado.

Las delicadas y siempre prudentes pesquisas del coronel Brandon nunca eran mal recibidas por la señorita Dashwood. Con el amistoso celo con que se había esforzado en sosegarlo, se había ganado profusamente el privilegio de discutir de manera íntima el desengaño de su hermana, y siempre conversaban con total confianza. La principal recompensa del coronel por el penoso esfuerzo de revelar sufrimientos pasados y humillaciones actuales, era la compasiva mirada con que Marianne solía observarlo y la dulzura de su voz siempre que se veía obligada (aunque ello no ocurría con frecuencia) o se obligaba a hablarle. Eran estas cosas las que le aseguraban que con su esfuerzo había logrado aumentar la buena disposición hacia él, y las que permitían a Elinor esperar que dicha buena disposición se incrementara todavía más; pero la señora Jennings, ignorando todo esto, y sabiendo únicamente que el coronel continuaba tan serio como siempre y que no podía persuadirlo de hacer él mismo su proposición de matrimonio ni de encargársela a ella, al cabo de dos días comenzó a pensar que, en vez de para mediados del verano, no habría boda entre ellos sino hasta la fiesta de san Miguel, y al final de la semana ya pensaba que no habría boda de ningún modo. El buen entendimiento entre el coronel y la mayor de las señoritas Dashwood más bien llevaba a concluir que los honores de la morera, de la canaleta y de la glorieta bajo el tejo, todos le corresponderían a esta; y, por un tiempo, la señora Jennings dejó de pensar en el señor Ferrars.

A primeros de febrero, antes de transcurridas dos semanas desde la llegada de la carta de Willoughby, Elinor debió hacerse cargo de la ardua tarea de informar a su hermana de que él se había casado. Se había preocupado de que le transmitieran a ella la noticia apenas se supiera que la ceremonia había tenido efecto, pues deseaba evitar que su hermana se enterara de ello por los periódicos, que la veía examinar con detalle cada mañana.

Marianne recibió la noticia con absoluta tranquilidad; no hizo ninguna observación sobre ello y primero no derramó ninguna lágrima; pero tras un corto espacio estalló en llanto, y por el resto del día permaneció en un estado apenas menos penoso que cuando se enteró de que debía esperar ese matrimonio.

Los Willoughby marcharon de la ciudad tan pronto como estuvieron casados; y Elinor comenzó a confiar en que, ahora que no había peligro de encontrarse con ninguno de los dos, pudiera persuadir a su hermana, que no se había alejado de la casa desde el momento en que recibió el primer golpe, para que poco a poco volviera a salir como antes.

Alrededor de esas fechas, las dos señoritas Steele, recién llegadas al hogar de su prima en Bartlett's Building, Holbom, aparecieron de nuevo en la casa de sus más importantes parientes en Conduit y Berkeley Street, lugares ambos en que fueron recibidas con la mayor deferencia.

Elinor solo pudo lamentar verlas. Su presencia siempre se le hacía inoportuna, y le costaba mucho responder con alguna gentileza al abrumador placer mostrado por Lucy al descubrir que todavía se encontraban en la ciudad.

—Me habría sentido muy decepcionada si ya no la hubiera visto aquí —repetía una y otra vez, con una fuerte entonación en la palabra—. Pero siempre pensé que sí iba a estar. Estaba casi segura de que no se iba a ir de Londres por un buen tiempo todavía; aunque usted en Barton me dijo, ¿recuerda?, que no iba a permanecer más de un mes. Pero en ese instante pensé que lo más probable era que cambiara de opinión cuando llegara el momento. Habría sido una lástima tan grande haberse ido antes de la llegada de su hermano y su cuñada. Y ahora, con toda seguridad, no tendrá ningún apuro en irse. Estoy muy contenta de que no haya mantenido su palabra.

Elinor la comprendió totalmente, y se vio obligada a recurrir a todo su dominio sobre sí misma para aparentar que no era así.

—Bien, querida —dijo la señora Jennings—, ¿y en qué se vinieron?

—No en la diligencia, se lo aseguro —respondió la señorita Steele con instantáneo contento—; vinimos en coche de posta todo el camino, en la compañía de un joven muy elegante. El reverendo Davies venía a la ciudad, así que pensamos alquilar juntos un coche; se comportó de la manera más amable, y pagó diez o doce chelines más que nosotras.

—¡Vaya, vaya! —exclamó la señora Jennings—. ¡Muy bonito! Y el reverendo está soltero, supongo.

—Ahí tiene —dijo la señorita Steele, con una sonrisita preparada—; todo el mundo me hace burla con el reverendo, y no me imagino por qué. Mis primas dicen estar seguras de que hice una conquista; pero, por mi parte, les aseguro que nunca he pensado ni un minuto en él. "¡Cielo santo, aquí viene tu galán, Nancy!", me dijo mi prima el otro día, cuando lo vio cruzando la calle hacia la casa. "¡Mi galán, qué va!", le dije yo, "No puedo imaginar a quién te refieres. El reverendo no es de ningún modo pretendiente mío".

—Claro, claro, todo eso suena muy bien... pero no servirá de nada: el reverendo es el hombre, ya lo creo.

—¡No, de ningún modo! —respondió su prima con afectada ansiedad—, y le pido que lo desmienta si alguna vez lo oye mencionar.

La señora Jennings le dio de inmediato todas las seguridades del caso de que por cierto no lo haría, haciendo completamente feliz a la señorita Steele.

—Supongo que irá a quedarse con su hermano y su hermana, señorita Dashwood, cuando ellos vengan a la ciudad —dijo Lucy, volviendo a la cuestión tras un cese en las insinuaciones picarescas.

—No, no creo que lo hagamos.

—Oh, sí, yo diría que sí.

Elinor no quiso darle el gusto y seguir con sus negativas.

—¡Qué agradable que la señora Dashwood pueda prescindir de ustedes dos durante tanto tiempo seguido!

—¡Tanto tiempo, qué va! —interpuso la señora Jennings—. ¡Pero si la visita recién comienza!

Tal respuesta hizo enmudecer a Lucy.

—Lamento que no podamos ver a su hermana, señorita Dashwood —dijo la señorita Steele—. Siento mucho que no esté bien —pues Marianne había abandonado la habitación a su llegada.

—Es usted muy amable. También a mi hermana le sabrá mal haberse perdido el placer de verlas; pero últimamente ha estado muy afectada con dolores de cabeza nerviosos, que la inhabilitan para las visitas o la conversación.

—¡Ay, querida, qué lástima! Pero tratándose de viejas amigas como Lucy y yo... quizá querría vernos a nosotras; y le aseguro que no hablaríamos.

Elinor, con la mayor amabilidad, declinó la proposición. "Quizá su hermana estaba en la cama, o en bata, y, por tanto, no podía venir a verlas".

—Ah, pero si eso es todo —exclamó la señorita Steele— igual podemos ir nosotras a verla a ella.

Elinor comenzó a encontrarse inerme de soportar tanta impertinencia; pero se salvó de tener que controlarse por la enérgica actitud de Lucy a Anne, que aunque quitaba bastante dulzura a sus modales, ahora, como en tantas otras ocasiones, sirvió para dominar los de su hermana.

CAPÍTULO XXXIII

Tras una cierta resistencia, Marianne cedió a los ruegos de su hermana y una mañana aceptó salir con ella y la señora Jennings durante media hora. Sin embargo, lo hizo con la expresa condición de que no efectuarían visitas y que se limitaría a acompañarlas a la joyería Gray en Sackville Street, donde Elinor estaba tratando el cambio de unas pocas alhajas de su madre que se veían anticuadas.

Cuando se detuvieron en la puerta, la señora Jennings recordó que en el otro extremo de la calle vivía una señora a quien debía hacer una visita; y como nada tenía que hacer en la joyería de Gray, decidió que mientras sus jóvenes amigas cumplían su cometido, ella haría el suyo y después regresaría.

Al subir las escalinatas, las señoritas Dashwood encontraron tal cantidad de personas delante de ellas que nadie parecía estar disponible para atender su solicitud, y se vieron obligadas a esperar. No les quedó más que sentarse cerca del extremo del mostrador que prometía un movimiento más rápido; solo un caballero se encontraba allí, y es probable que Elinor no dejara de tener la esperanza de despertar su amabilidad para que despacharan pronto su pedido. Pero la exactitud de su vista y la delicadeza de su gusto resultaron ser mayores que su amabilidad. Estaba encargando un estuche de mondadientes para sí mismo, y hasta que no decidió su tamaño, forma y adornos —que combinó a su gusto según su propia inventiva tras examinar y analizar durante un cuarto de hora todos los estuches de la tienda—, no se dio tiempo para prestar atención a las dos damas, salvo dos o tres miradas bastante osadas; un tipo de interés que sirvió para grabar en Elinor el recuerdo de una figura y rostro de acusada, natural y vulgar insignificancia, aunque acicalado a la última moda.

Marianne se ahorró los molestos sentimientos de desagrado y resentimiento ante la impertinencia con que las había examinado y los petulantes modales con que el sujeto elegía los diferentes horrores de los distintos estuches que se le presentaban, permaneciendo ajena a todo ello; era capaz de abstraerse en sus pensamientos e ignorar todo lo que ocurría a su alrededor en la tienda del señor Gray con la misma facilidad que en su propia alcoba.

Por fin el asunto fue solucionado. El marfil, el oro y las perlas, todos recibieron su emplazamiento, y tras fijar el último día en que su existencia podía sostenerse sin la posesión del estuche, el caballero se calzó los guantes con estudiada parsimonia y, arrojando otra mirada a las señoritas Dashwood, pero una mirada que más parecía pedir admiración que manifestarla, se retiró con un aire satisfecho en que se mezclaban una auténtica pavonería y una afectada indiferencia.

Sin pérdida de tiempo, Elinor expuso su encargo y estaba a punto de concluirlo cuando otro caballero se colocó a su lado. Se volvió a mirarlo, y con algo de sorpresa se encontró con que era su hermano.

El afecto y alegría que mostraron al encontrarse fue bastante para hacerlos creíbles en la tienda del señor Gray. En verdad, John Dashwood estaba lejos de lamentar volver a ver a sus hermanas; más bien, los tres se pusieron contentos y él indagó acerca de la madre de ellas de forma cortés y atenta.

Elinor se enteró de que él y Fanny llevaban dos días en la ciudad.

—Tenía grandes deseos de haberlas visitado ayer —manifestó John—, pero fue imposible, porque tuvimos que llevar a Harry a ver a los animales salvajes en Exeter Exchange y pasamos el resto del día con la señora Ferrars. Harry estaba totalmente feliz. Tenía todas las intenciones de ir a visitarlas hoy en la mañana, si es que podía encontrar una media hora libre, ¡pero siempre hay tanto que hacer en cuanto se llega a la ciudad! He venido aquí a encargar un sello para Fanny. Pero espero que con toda seguridad mañana pueda acudir a Berkeley Street y conocer a la señora Jennings. Tengo entendido que es dueña de una gran fortuna. Y a los Middleton también tienen que presentármelos. Como son parientes de mi suegra, me complacerá presentarles mis respetos. Han resultado excelentes vecinos para ustedes, según tengo entendido.

—Excelentes, sin ninguna duda. Su preocupación por nuestra comodidad, la amistad que en todo nos han demostrado, van más allá de sus deseos.

—Créanme que me alegra grandemente escucharlo; en verdad, estoy muy contento. Pero era de esperar: son gente de gran fortuna, están emparentados con ustedes, y era natural que les ofrecieran todas las muestras de amabilidad y las comodidades necesarias para hacerles agradable la estancia. Entonces, están confortablemente instaladas en su casita de campo y no les falta nada. Edward nos describió el lugar como algo precioso; lo más completo en su tipo que podía existir, dijo, y que todas ustedes parecían disfrutarlo mucho. Para nosotros fue una gran alegría saberlo, les aseguro.

Elinor se sintió un poco aturdida por su hermano, y no lamentó que la llegada del criado de la señora Jennings, que venía a decirle que su señora las estaba esperando en la puerta, la liberara de la necesidad de contestarle.

El señor Dashwood las acompañó hasta las escalinatas, fue presentado a la señora Jennings en la puerta de su carruaje, y tras manifestar una vez más su esperanza de poder visitarlas al día siguiente, se marchó.

La visita se cumplió como mandaban los cánones. Llegó con la falsa excusa de que su esposa no había podido venir pues "estaba tan ocupada con su madre, que en verdad no tenía tiempo de ir a ninguna otra parte". La señora Jennings, por su parte, le aseguró de inmediato que ella no se andaba con protocolos, porque todos eran primos, o algo así, y que de todas maneras iría muy pronto a visitar a la señora de John Dashwood, y que llevaría con ella a sus cuñadas. El trato de él hacia ellas, aunque reservado, fue muy cordial; hacia la señora Jennings, de solícita cortesía; y al llegar el coronel Brandon poco después, lo observó con una curiosidad que parecía decir que solo esperaba saber que era rico para extender a él idéntica amabilidad.

Tras permanecer media hora, le pidió a Elinor ir con él a Conduit Street para que lo presentara a *Sir* John y *lady* Middleton. Como hacía un hermoso día, ella accedió enseguida. Y no bien se habían alejado de la casa, él comenzó a hacerle preguntas.

—¿Quién es el coronel Brandon? ¿Es un hombre rico?

—Sí, tiene una muy buena propiedad en Dorsetshire.

—Me alegro. Parece un hombre muy caballeroso, y creo, Elinor, que puedo felicitarte por la perspectiva de una situación muy respetable en la vida.

—¿A mí, hermano... qué quieres insinuar?

—Le gustas. Lo observé muy de cerca, y estoy convencido de ello. ¿A cuánto asciende su fortuna?

—Creo que sobre dos mil al año.

—Dos mil al año. —Y luego, esforzándose por alcanzar un tono de entusiasta generosidad, agregó—: Elinor, por ti, desearía con todo el corazón que fuera el doble.

—Sí, te creo —respondió Elinor—, pero estoy segura de que el coronel Brandon no tiene la menor intención de casarse conmigo.

—Estás equivocada, Elinor; muy equivocada. Con un pequeño empuje de tu parte lo conseguirías. Quizá por el momento esté indeciso, lo escaso de tu fortuna pueda frenarlo o sus amigos se lo desaconsejen. Pero esas pequeñas atenciones y estímulos que las damas tan fácilmente pueden brindar, lo estimularán a pesar de sí mismo. Y no hay razón alguna para que no intentes hacértelo tuyo. No debe suponerse que algún otro afecto que hayas tenido antes... en pocas palabras, tú sabes que un afecto como ese es totalmente imposible, las objeciones son insuperables... eres demasiado juiciosa para no percatarte. El coronel Brandon es el hombre; y por mi parte, no me ahorraré ninguna cortesía con él, de manera que tú y tu familia le agraden. Es una unión que debe complacer a todos. En fin, es algo que —bajando la voz hasta un fatuo susurro— será extremadamente conveniente para todas las partes. —Reconsiderando las cosas, sin embargo, agregó—: Esto es, quiero decir... todos tus amigos anhelan verte bien establecida, Fanny en especial, porque tu bienestar le es muy querido, te lo aseguro. Y a su madre también, la señora Ferrars, una mujer muy bondadosa, estoy seguro de que le daría un gran placer; ella misma lo dijo el otro día. Elinor no se dignó a contestar.

—Ahora, sería extraordinario —continuó—, algo muy gracioso, si Fanny pudiera ver a un hermano y yo a una hermana llegando a una situación estable en sus vidas al mismo tiempo. Y no es muy descabellado.

—¿Es que se casa el señor Edward Ferrars? —dijo Elinor con tono decidido.

—Todavía no hay nada en firme, pero hay algo de eso en el aire. Tiene una estupenda madre. La señora Ferrars, con la mayor generosidad, se hará presente y le asignará mil libras anuales si la unión se consuma. La dama en cuestión es la honorable señorita Morton, hija única del fallecido lord Morton, con treinta mil libras: una unión muy deseable por ambas partes, y no me cabe duda de que a la larga se hará realidad. Mil libras anuales es una importante cantidad para que una madre entregue a su hija, la ceda para siempre; pero la señora Ferrars tiene un espíritu muy dadivoso. Para darte otro ejemplo de su generosidad: el otro día, apenas llegamos a la ciudad, consciente de que en este momento no abundábamos en dinero, puso en las manos de Fanny doscientas libras en billetes. Algo muy bien acogido, porque nuestros gastos son muy grandes aquí. Hizo una pausa esperando su aprobación y simpatía, y ella se obligó a decir:

—Sin duda los gastos de ustedes, en la ciudad y en el campo, deben ser enormes, pero también cuentan con una buena renta.

—No tan buena, me atrevería a decir, como supone mucha gente. No me quejo, sin embargo; sin duda es desahogada y, así lo espero, mejorará con el tiempo. Actualmente estamos cercando el ejido de Norland, lo que es un gasto muy serio. Y también hice una pequeña compra este medio año, la granja de East Kingham, debes recordarla, allí donde solía vivir el viejo Gibson. Esas tierras me eran tan necesarias en todo sentido, tan directamente vecinas con mi propiedad, que pensé que era mi deber comprarlas. No me habría perdonado dejarlas caer en otras manos. Hay que pagar por lo que a uno le es necesario, y ello sí me ha costado una gran cantidad de dinero.

—¿Más de lo que crees que valen real e intrínsecamente?

—Vamos, supongo que no. Podría haberlas vendido al día siguiente por más de lo que pagué; pero en cuanto al precio, en verdad habría sido muy desafortunado, porque en ese momento estaban tan bajos los valores, que si no hubiera tenido la cantidad necesaria en el banco tendría que haberlas cerrado con una gran pérdida.

Elinor solo se le escapó una sonrisa.

—Cuando llegamos a Norland tuvimos también otro gasto importante inevitable. Nuestro respetado padre, como bien sabes, legó todos los efectos de Stanhill que quedaban en Norland (y bien valiosos que eran) a tu madre. Lejos estoy de quejarme por ello; el derecho que le asistía a disponer de sus bienes a su antojo es innegable. Pero, por ello, hemos tenido que hacer importantes compras de ropa blanca, vajilla, etc., para reemplazar lo que se entregó. Podrás imaginar, tras todos estos gastos, cuán lejos de ser ricos estamos y cuán bien acogida es la bondad de la señora Ferrars.

—Por supuesto —dijo Elinor—; y con el apoyo de su generosidad, espero que puedan llegar a vivir en condiciones más saneadas.

—Uno o dos años más pueden contribuir mucho a ello —contestó él con seriedad—; sin embargo, todavía queda mucho por obrar. Aún no se ha colocado ni una piedra del invernadero de Fanny, y del jardín de flores lo único que hay es el proyecto.

—¿Dónde estará emplazado el invernadero?

—En la pequeña loma tras la casa. Hemos echado abajo todos los viejos nogales para hacerle espacio. Será una estupenda vista desde varias partes del parque, y justo en la pendiente frente a él irá el jardín de flores, así que se verá muy bello. Ya hemos eliminado los viejos espinos que crecían a manchones en la cúspide.

Elinor se guardó para sí los comentarios y reparos que tenía al respecto, y agradeció que Marianne no hubiera estado presente para compartir su cólera.

Habiendo dicho ya bastante para dejar en claro su pobreza y evitar la necesidad de comprar un par de aretes para cada una de sus hermanas en su siguiente visita a la joyería de Gray, sus pensamientos tomaron un derrotero más alegre y comenzó a felicitar a Elinor por tener una amiga como la señora Jennings.

—En verdad parece una mujer muy competente. Su casa, su forma de vida, todo habla de una renta muy buena, y es una relación que no solo les ha sido de gran utilidad hasta ahora, sino que a la larga puede resultar materialmente provechosa. La invitación que les ha hecho a la ciudad ciertamente las favorece; y, de todas maneras, es una tan buena señal del aprecio en que las tiene, que con toda seguridad no las olvidará a la hora de su muerte. Debe tener bastante que legar.

—Nada en absoluto, diría yo más bien; lo único que tiene es el usufructo de los bienes de su marido, que legará a sus hijos.

—Pero es impensable que viva de acuerdo con su renta. Poca gente medianamente juiciosa lo hace; y todo lo que ahorre, podrá repartirlo.

—¿Y no crees más normal que se lo deje a sus hijas antes que a nosotras?

—Sus hijas están muy bien casadas, y entonces no veo la necesidad de que las recuerde más. Por el contrario, a mi juicio, al tomarlas tan en consideración y tratarlas en la forma en que lo hace, les ha dado a ustedes una especie de derecho en sus planes futuros que una mujer sagaz no debiera despreciar. Nada hay más bondadoso que su trato hacia ustedes, y difícilmente puede hacerlo sin estar consciente de las expectativas que despierta con ello.

—Pero no despierta ninguna en quienes tienen más parte en esto. Ciertamente, hermano, tu preocupación por nuestro bienestar y prosperidad está llegando demasiado lejos.

—Vaya, por supuesto —dijo él, aparentando un aire reflexivo—, es muy poco, muy poco lo que la gente puede controlar. Pero, mi querida Elinor, ¿qué le ocurre a Marianne? Tiene muy mal aspecto, tiene mal color y ha adelgazado mucho. ¿Acaso está enferma?

—No está bien, durante las últimas semanas ha estado sufriendo de los nervios.

—Me sabe mal. A su edad, ¡cualquier enfermedad destruye la lozanía para siempre! ¡Y la suya ha sido tan corta! En septiembre era una muchacha tan hermosa como la mejor que yo haya visto, muy seductora para los hombres. Su tipo de belleza tenía algo especialmente atractivo. Recuerdo que Fanny solía decir que se iba a casar antes y mejor que tú; no es que ella no te tenga a ti un enorme cariño, pero eso es lo que le parecía. Sin embargo, no acertaba. Dudo que Marianne vaya a casarse ahora con un hombre que valga a lo más quinientas o seiscientas libras al año, y me engañaría mucho si tú no lo haces mejor. ¡Dorsetshire! Conozco muy poco Dorsetshire, pero, mi querida Elinor, me encantará saber más; y pienso que puedo prometerte que Fanny y yo estaremos entre tus primeros y más complacidos huéspedes.

Elinor puso gran empeño en intentar convencer a su hermano de que no había ninguna posibilidad de un matrimonio entre ella y el coronel Brandon; pero la expectativa lo alegraba demasiado como para renunciar a ella, y estaba decidido a conseguir una relación más próxima con ese caballero y alentar el matrimonio a través de todas las atenciones imaginables. Su remordimiento por no haber hecho nada personalmente por sus hermanas creaba en él un enorme empeño porque todos los demás hicieran mucho por ellas; y una proposición del coronel Brandon o un legado de la señora Jennings eran los caminos más fáciles para compensar su propio olvido.

Tuvieron la suerte de encontrar a *lady* Middleton en casa, y *sir* John llegó antes de que pusieran término a su visita. Las deferencias abundaron de lado y lado. *Sir* John siempre estaba a punto de que le agradara todo el mundo, y aunque el señor Dashwood no parecía saber mucho de caballos, pronto lo tuvo por un buen hombre; *lady* Middleton, en tanto, viendo en su aspecto suficientes elementos a la moda, consideró que valía la pena relacionarse con él; y el señor Dashwood se marchó complacido con los dos.

—Tendré cosas muy agradables que contarle a Fanny —le dijo a su hermana mientras iban de regreso—. ¡*Lady* Middleton es de verdad una mujer muy elegante! Es el tipo de mujer que a Fanny le encantará trabar amistad. Y la señora Jennings también, una mujer de maravilloso trato, aunque no tan elegante como su hija. Tu hermana, mi esposa, no tiene por qué tener reparos en visitarla, lo que, a decir verdad, ha sido un poco el caso, y muy entendiblemente, pues todo lo que sabíamos era que la señora Jennings era la viuda de un hombre que había obtenido todo su dinero por medios no muy honorables; y Fanny y la señora Ferrars habían decidido en principio que ni la señora Jennings ni sus hijas eran el tipo de mujeres con las que Fanny querría relacionarse. Pero ahora puedo transmitirles las más satisfactorias referencias sobre ambas.

Capítulo XXXIV

La señora de John Dashwood confiaba tanto en el criterio de su esposo, que al día siguiente acudió a visitar a la señora Jennings y a su hija; y la recompensa de tal confianza fue encontrar que incluso la primera, incluso la mujer con quienes se estaban quedando sus cuñadas, no era en absoluto indigna de su atención; y en cuanto a *lady* Middleton, ¡la encontró una de las mujeres más maravillosas del mundo!

También a *lady* Middleton le agradó muchísimo la señora Dashwood. Había en ambas una especie de frío egoísmo que las hizo sentirse mutuamente atraídas; y simpatizaron entre sí en un sosísimo trato cauteloso y una total falta de compenetración.

Los mismos modales, sin embargo, que hicieron a la señora de John Dashwood merecedora de la buena opinión de *lady* Middleton no satisficieron a la señora Jennings, a quien no le pareció más que una mujercita de aire orgulloso y trato poco cordial, que no mostró ningún cariño por las hermanas de su esposo y parecía no tener casi nada que decirles; durante el cuarto de hora que concedió a Berkeley Street, pasó por lo menos siete minutos y medio sin decir palabra.

A Elinor le habría gustado saber, aunque se calló la pregunta, si Edward estaba en la ciudad; pero por nada del mundo Fanny habría mencionado expresamente su nombre delante de ella hasta no poder decirle que el matrimonio con la señorita Morton estaba acordado, o hasta que las expectativas de su esposo respecto del coronel Brandon se hubieran confirmado; y ello porque creía que todavía estaban tan apegados el uno al otro, que nunca era demasiado el cuidado que se debía poner en mantenerlos separados de palabra y obra. Sin embargo, el informe que ella se negaba a dar, muy pronto llegó desde otra fuente. No transcurrió mucho tiempo antes de que Lucy reclamara de Elinor su compasión por no haber podido ver todavía a Edward, aunque él había llegado a la ciudad con el señor y la señora Dashwood. No se atrevía a ir a Bartlett's Buildings por miedo a ser descubierto, y aunque era grande la impaciencia de ambos por verse, por el momento lo único que podían hacer era cartearse.

Edward no tardó en ratificar por sí mismo que estaba en Londres, al acudir dos veces a Berkeley Street. Dos veces encontraron su tarjeta de visita en la mesa al volver de sus ocupaciones matinales. Elinor estaba contenta de que hubiera ido, pero más contenta todavía de no haberse encontrado con él.

Los Dashwood estaban tan maravillosamente encantados con los Middleton que, aunque no era su costumbre dar nada, decidieron ofrecer una cena en su honor, y al poco de conocerlos los invitaron a Harley Street, donde habían alquilado una excelente casa por tres meses. Invitaron también a sus hermanas y a la señora Jennings, y John Dashwood se preocupó de asegurar la presencia del coronel Brandon, el cual, siempre feliz de estar allí donde estaban las señoritas Dashwood, recibió sus porfiadas amabilidades con algo de sorpresa, pero mucho gusto. Iban a conocer a la señora Ferrars, pero Elinor no pudo saber si sus hijos formarían parte de la concurrencia. Sin embargo, la expectación por verla a ella fue bastante para despertar su interés en acudir a esa invitación; pues aunque ahora iba a poder conocer a la madre de Edward sin esa enorme angustia que en el pasado le habría sido inevitable, aunque ahora podía verla con total indiferencia respecto de la opinión que pudiera despertar en ella, su deseo de estar en la compañía de la señora Ferrars, su curiosidad por saber cómo era, eran tan fuertes como antes.

Muy poco después, todo el interés con que aguardaba la invitación a cenar se acrecentó, con más intensidad que placer, al saber que también irían las señoritas Steele.

Tan buena impresión habían conseguido crear de sí mismas ante *lady* Middleton, tan agradables se le habían hecho por sus infatigables atenciones, que aunque Lucy de ninguna manera era elegante, y su hermana ni tan solo bien educada, estaba tan dispuesta como *sir* John a invitarlas a pasar una o dos semanas en Conduit Street; y apenas supieron de la invitación de los Dashwood, las señoritas Steele encontraron que les era muy necesario llegar unos pocos días antes del señalado para la fiesta.

Sus intentos de atraer la atención de la señora de John Dashwood presentándose como las sobrinas del caballero que durante muchos años había estado al cuidado de su hermano no habrían sido muy positivos, sin embargo, para procurarles un asiento a su mesa; pero como huéspedes de *lady* Middleton debían ser bien acogidas; y Lucy, que por tanto tiempo había deseado conocer de cerca a la familia para tener una visión más próxima de sus caracteres y de los obstáculos que a ella se le presentarían, y a la vez la ocasión de esforzarse por agradarles, pocas veces había estado tan contenta en su vida como cuando recibió la tarjeta de la señora de John Dashwood.

El efecto en Elinor fue todo lo contrario. Pronto comenzó a pensar que Edward, que vivía con su madre, debía estar invitado, al igual que su madre, a una cena organizada por su hermana; ¡y verlo por primera vez, después de todo lo ocurrido, en la compañía de Lucy! ¡No sabía si podría aguantarlo!

Las percepciones de Elinor quizá no se basaban del todo en la razón, y por cierto no en la realidad. Hallaron lenitivo, sin embargo, no en sus propias reflexiones, sino en la buena voluntad de Lucy, que creyó infligirle una terrible desilusión al decirle que Edward de ninguna manera estaría en Harley Street el martes, e incluso tenía la esperanza de herirla todavía más convenciéndola de que tal inasistencia se debía al enorme afecto que sentía por ella, el cual era incapaz de ocultar cuando estaban juntos.

Y llegó la importante fecha, ese día martes en que las dos jóvenes serían presentadas a su impresionante suegra.

—¡Apiádese de mí, querida señorita Dashwood! —dijo Lucy, mientras subían juntas las escalinatas, pues los Middleton habían llegado tan poco después de la señora Jennings, que el criado los guio a todos a la vez—. Nadie más aquí sabe lo que siento. Apenas puedo aguantarme, se lo aseguro. ¡Válgame Dios! ¡En unos momentos veré a la persona de quien depende toda mi felicidad, la que va a ser mi madre!

Elinor podría haber aliviado de inmediato su inquietud sugiriéndole la posibilidad de que fuera la madre de la señorita Morton, y no la de ella, la que estaban por conocer; pero en vez de hacer eso, le aseguró, y con gran sinceridad, que sí se apiadaba, y ello para gran sorpresa de Lucy, que aunque en verdad se sentía incómoda, esperaba al menos ser objeto de irrefrenable envidia por parte de Elinor.

La señora Ferrars era una mujer pequeña y delgaducha, erguida hasta aparentar enfática en su aspecto, y seria hasta la acritud en su expresión. De cutis cetrino, sus facciones eran pequeñas, sin belleza ni expresividad natural; pero por azar una contracción del ceño la había salvado de la desgracia de un semblante soso, al dotarla de los recios rasgos del orgullo y el más agrio carácter. No era mujer de muchas palabras, puesto que, a diferencia del común de la gente, las adecuaba a la cantidad de sus ideas; y de las pocas sílabas que dejó caer, ni una sola estuvo dirigida a la señorita Dashwood, a quien miraba con la enérgica determinación de no encontrarle nada agradable por ningún motivo.

A Elinor este comportamiento no podía herirla ahora. Unos pocos meses antes la habría afectado muchísimo, pero ya no estaba en manos de la señora Ferrars hacerla desgraciada; y la diferencia con que trataba a las señoritas Steele —una diferencia que parecía a propósito para hundirla todavía más— solo la divertía. No podía dejar de sonreír al ver la afabilidad de madre e hija dirigida precisamente hacia la persona —porque con ella distinguían en especial a Lucy— que, de haber sabido lo que ella sabía; habrían estado más deseosas de mortificar; en tanto que ella, que en comparación no tenía ningún poder para hacerlo, se veía lógicamente menospreciada por ambas. Pero mientras sonreía ante una afabilidad tan ficticia, no podía pensar en la repugnante necedad que la originaba, ni contemplar las estudiadas atenciones con que las señoritas Steele buscaban su prolongación sin el más absoluto desprecio por las cuatro.

Lucy era toda alegría al sentirse tan honorablemente distinguida; y lo único que faltaba a la señorita Steele para alcanzar una perfecta felicidad era que le hicieran alguna insinuación sobre el reverendo Davies.

La cena fue aparatosa, los criados eran incontables y todo hablaba de la inclinación de la dueña de casa al lujo y de la capacidad de respaldarla por parte del anfitrión. A pesar de las mejoras y agregados que le estaban haciendo a su propiedad en Norland, y a pesar de que su dueño había estado a unas pocas miles de libras de tener que venderla con pérdidas, nada parecía dar señales de esa indigencia que él había intentado aparentar de todo ello; no parecía haber pobreza de ninguna clase, excepto en la conversación... pero allí la deficiencia era considerable.

John Dashwood no tenía mucho que decir que mereciera ser atendido, y su esposa aún menos. Pero esto no era ninguna desgracia en especial porque igual sucedía con la mayor parte de sus invitados, casi todos víctimas de una u otra de las siguientes impericias para ser considerado agradable: falta de juicio, ya sea natural o cultivado; falta de saber estar, falta de espíritu, falta de carácter, falta de todo.

Cuando las señoras se retiraron al salón tras la cena esa falta de recursos se hizo particularmente visible, ya que los caballeros habían enriquecido la conversación con una cierta variedad —la variedad de la política, del cerco de las tierras y de la doma de caballos—, pero todo eso finalizó y un solo tema ocupó a las señoras hasta la llegada del café, y este fue comparar las respectivas estaturas de Harry Dashwood y el segundo hijo de *lady* Middleton, William, que tenían aproximadamente la misma edad.

Si los dos niños hubieran estado allí, se podría haber dado por concluido el asunto midiéndolos de una vez; pero como solo estaba presente Harry, todo fue conjeturas por ambos lados, y cada cual tenía derecho a ser igualmente terminante en su opinión y a repetirla una y otra vez todas las veces que le viniera en gana.

Se tomaron los siguientes partidos:

Las dos madres, aunque cada una convencida de que su hijo era el más alto, cortésmente votaron a favor del otro.

Las dos abuelas, con no menos parcialidad pero con mayor sinceridad, apoyaban con igual empeño a sus propios vástagos.

Lucy, que por ningún motivo quería complacer a una madre menos que a la otra, pensaba que los dos muchachitos eran muy altos para su edad, y no podía concebir que hubiera ni siquiera la menor diferencia entre ellos; y la señorita Steele, con mayor afán todavía, se manifestó tan deprisa como pudo a favor de cada uno de ellos.

Elinor, tras haberse decidido una vez por William, con lo que ofendió a la señora Ferrars, y a Fanny más todavía, no vio la necesidad de seguir diciendo tonterías; y Marianne, cuando se le pidió su parecer, ofendió a todo el mundo al declarar que no tenía ninguna opinión que dar, ya que nunca había pensado en ello.

Antes de abandonar Norland, Elinor había pintado un par de pantallas muy bonitas para su cuñada, las cuales, recién montadas y traídas a la casa, decoraban su actual salón; y como estas pantallas atrajeran la mirada de John Dashwood al seguir a los otros caballeros a dicho aposento, las tomó y se las alargó solícitamente al coronel Brandon para que las ponderara.

—Las hizo la mayor de mis hermanas —le dijo—, y a usted, como hombre de gusto, con toda seguridad le gustarán. No sé si ya ha visto alguna de sus obras antes, pero en general tiene fama de dibujar muy bien.

El coronel, aunque confesando toda pretensión de ser un experto, admiró con gran emoción las pantallas, como lo habría hecho con cualquier cosa pintada por la señorita Dashwood; y como ello naturalmente despertó la curiosidad de los demás, las pinturas pasaron de mano en mano para ser examinadas por todos. La señora Ferrars, sin saber que eran obra de Elinor, pidió contemplarlas muy detenidamente; y tras haber sido agraciadas con la aprobación de *lady* Middleton, Fanny se las presentó a su madre, dejándole saber al mismo tiempo, de manera muy ponderada, que las había hecho la señorita Dashwood.

—Mmm —dijo la señora Ferrars—, muy bonitas —y sin prestarles la menor atención, se las devolvió a su hija.

Quizá Fanny pensó por un momento que su madre había sido muy grosera, pues, enrojeciendo un tanto, dijo enseguida:

—Son muy bonitas, señora, ¿no es verdad —pero entonces probablemente la invadió el temor de haber sido demasiado amable, demasiado entusiasta en su alabanza, porque de inmediato agregó— ¿No le parece, señora, que tienen algo del estilo de pintar de la señorita Morton? Su pintura es realmente preciosa. ¡Qué bien realizado estaba su último paisaje!

—Muy bien. Pero ella hace todo muy bien.

Marianne no pudo soportar esto. Ya estaba extraordinariamente disgustada con la señora Ferrars; y tan inoportuna alabanza de otra a expensas de Elinor, aunque no tenía la menor idea de lo que ello significaba, la impulsó a decir con gran énfasis:

—¡Qué manera más extraña de elogiar algo! ¿Y qué es la señorita Morton para nosotras? ¿Quién la conoce o a quién le importa? Es en Elinor que estamos pensando y a quien nos referimos.

Y así diciendo, tomó las pinturas de manos de su cuñada para admirarlas como se merecía.

La señora Ferrars pareció extremadamente furiosa, y poniéndose más tiesa que nunca, devolvió la ofensa con esta acre filípica:

—La señorita Morton es la hija de lord Morton.

Fanny también parecía muy enfadada, y su esposo se veía aterrado ante la osadía de su hermana. Elinor se sentía mucho más mortificada por el ímpetu de Marianne que por lo que lo había originado; pero la mirada del coronel Brandon, fija en Marianne, mostraba claramente que él solo había visto cuanto había de amable en su reacción: el afectuoso corazón incapaz de soportar ni la más mínima desatención dirigida a su hermana.

Los sentimientos de Marianne no se pararon allí. Le parecía que la fría insolencia del comportamiento general de la señora Ferrars hacia su hermana preconizaba para Elinor esa clase de obstáculos y aflicciones que su propio corazón herido le había enseñado a temer; y apremiada por el fuerte impulso de su propia sensibilidad y afecto, después de algunos instantes se acercó a la silla de su hermana y, echándole un brazo al cuello y acercando su mejilla a la de ella, le dijo en voz baja pero urgente:

—Querida, querida Elinor, no les prestes atención. No dejes que a ti te roben la felicidad.

No pudo decir más; cansada, ocultó el rostro en un hombro de Elinor y estalló en llanto. Todos se dieron cuenta, y casi todos se preocuparon. El coronel Brandon se puso en pie y se dirigió hacia ellas sin saber lo que hacía. La señora Jennings, con un muy juicioso "¡Ah, pobrecita!", rápidamente le alargó sus sales; y *sir* John se sintió tan desesperadamente furioso contra el autor de esta aflicción nerviosa, que de inmediato se cambió de lugar a uno cerca de Lucy Steele y, en susurros, le pormenorizó todo el desagradable problema.

En pocos minutos, sin embargo, Marianne se recuperó bastante para poner fin a todo el tumulto y volver a sentarse con los demás, aunque en su ánimo quedó grabada durante toda la tarde la impresión de lo acontecido.

—¡Pobre Marianne! —le dijo su hermano al coronel Brandon en un susurro apenas pudo contar con su atención—. No tiene tan buena salud como su hermana; es muy nerviosa... no tiene la fortaleza de Elinor; y hay que admitir que para una joven que ha sido una belleza, debe ser muy lamentable perder su encanto personal. Quizás usted no lo sepa, pero Marianne era terriblemente hermosa hasta unos pocos meses atrás... tan hermosa como Elinor. Y ahora, puede usted ver que de eso ya no le queda ni rastro.

Capítulo XXXV

La curiosidad de Elinor por ver a la señora Ferrars estaba cumplida. Había encontrado en ella todo lo que hacía indeseable una mayor unión entre ambas familias. Había visto bastante su arrogancia, su miseria y su decidido prejuicio en contra de ella para comprender todos los obstáculos que habrían dificultado su compromiso con Edward y pospuesto el matrimonio, si él hubiera estado libre; y casi había visto bastante para agradecer, por su propio bien, que el enorme impedimento de su falta de libertad la salvara de sufrir bajo aquellos que podría haber creado la señora Ferrars; la salvara de tener que depender de su albedrío o de tener que conquistar su buena opinión. O al menos, si no era capaz de alegrarse por ver a Edward encadenado a Lucy, decidió que, si Lucy hubiera sido más agradable, tendría que haberse alegrado.

Elinor pensaba con sorpresa cómo Lucy podía sentirse tan halagada por las muestras de cortesía de la señora Ferrars; cómo podían cegarla tanto sus intereses y vanidad como para hacerla creer que la atención que se le prestaba únicamente porque no era Elinor, era un cumplido dirigido a ella... o para permitirle sentirse animada por una preferencia que solo se le concedía por desconocimiento de su auténtica condición. Pero que así era no solo lo habían manifestado en ese instante los ojos de Lucy, sino que al día siguiente se hizo más claro todavía: obedeciendo a sus deseos, *lady* Middleton la dejó en Berkeley Street con la esperanza de ver a Elinor a solas, para confesarle lo feliz que era.

La ocasión resultó ser favorable, porque después de su llegada un mensaje de la señora Palmer hizo salir a la señora Jennings.

—Mi querida amiga —exclamó Lucy en cuanto estuvieron solas—, vengo a hablarle de cuán feliz soy. ¿Hay acaso algo más halagador que la forma en que ayer me trató la señora Ferrars? ¡Qué extremadamente cortés fue! Usted sabe cuánto temía yo la sola idea de verla; pero apenas le fui presentada, su trato fue tan agradable que casi parecía haberse prendado de mí. ¿Verdad que así fue? Usted lo vio todo; ¿y no la dejó totalmente sorprendida?

—En verdad fue muy amable con usted.

—¡Amable! ¡Cómo puede haber visto solo amabilidad a secas! Yo vi mucho más... ¡una amabilidad dirigida a nadie más que a mí! Ningún orgullo, ninguna altanería, y lo mismo su cuñada: ¡toda dulzura y afabilidad!

Elinor habría querido hablar de otra cosa, pero Lucy la seguía presionando para que reconociera que tenía motivos para sentirse tan feliz, y Elinor se vio obligada a seguir.

—Sin duda, si hubieran sabido de su compromiso —le dijo—, nada podría ser más halagador que la forma en que la trataron; pero no siendo ese el caso...

—Me imaginé que diría eso —replicó Lucy con rapidez—; pero

por qué razón la señora Ferrars iba a aparentar que yo le gustaba, si no era así... y agradarle es todo para mí. No podrá privarme de mi satisfacción. Estoy segura de que todo finalizará bien y que desaparecerán todas las trabas que yo preveía. La señora Ferrars es una mujer cautivadora, al igual que su cuñada. ¡Las dos son adorables! ¡Me sorprende no haberle escuchado nunca decir cuán adorable es la señora Dashwood!

Para esto Elinor no tenía alguna contestación que ofrecer, y no buscó ninguna.

—¿Está enferma, señorita Dashwood? Parece deprimida, no habla... con toda seguridad no se siente, bien.

—Nunca mi salud fue mejor.

—Me alegra con sinceridad, pero ciertamente no lo parecía. Lamentaría mucho que usted se enfermara... ¡usted que ha sido el mayor lenitivo del mundo para mí! Solo Dios sabe qué habría sido de mí sin su apoyo.

Elinor intentó una respuesta amable, aunque dudando mucho de su capacidad de conseguirlo. Pero pareció satisfacer a Lucy, quien respondió rápido:

—Ciertamente estoy plenamente convencida de su afecto por mí, y junto al amor de Edward, es mi mayor consuelo. ¡Pobre Edward! Pero ahora hay algo bueno: podremos vernos, y con frecuencia, porque como *lady* Middleton quedó encantada con la señora Dashwood, me parece que iremos a menudo a Harley Street, y Edward pasa la mitad del tiempo con su hermana. Además, *lady* Middleton y la señora Ferrars se van a visitar ahora; y la señora Ferrars y su cuñada fueron tan agradables en decir más de una vez que siempre estarían complacidas de verme. ¡Son tan encantadoras! Estoy segura de que si alguna vez le cuenta a su cuñada lo que pienso de ella, no podrá alabarla lo suficiente.

Pero Elinor no quiso darle ninguna esperanza en cuanto a que le diría algo a su cuñada. Lucy continuó:

—Estoy segura de que me habría dado cuenta enseguida si no le hubiera gustado a la señora Ferrars. Si solo me hubiera hecho una inclinación de cabeza muy formal, sin decir una palabra, y después hubiera actuado como si yo no existiera, sin siquiera mirarme con alguna deferencia... usted sabe a qué me refiero..., si me hubiera dado ese trato intimidante, habría renunciado a todo llena de desesperación. No lo habría soportado. Porque cuando a ella le disgusta algo, sé que lo demuestra con la mayor displicencia.

Elinor no pudo ofrecer ninguna contestación a este educado triunfo; se lo impidieron la puerta que se abría de par en par, el criado que anunciaba al señor Ferrars, y la inmediata entrada de Edward.

Fue un momento muy desagradable, y así lo demostró a las claras el semblante de cada uno de ellos. Todos adquirieron un aire extremadamente torpe, y Edward pareció no saber si abandonar de nuevo la habitación o seguir avanzando. La mismísima circunstancia, en su peor forma, que cada uno había deseado de manera tan ferviente evitar, se les había venido encima: no solo se encontraban los tres juntos, sino que además estaban juntos sin el paliativo que habría significado la presencia de cualquier otra persona. Las damas fueron las primeras en recuperar el dominio sobre sí mismas. No le correspondía a Lucy adelantarse con ninguna manifestación, y era necesario seguir manteniendo las apariencias de un secreto. Debió limitarse así a comunicar su aprecio a través de la mirada, y tras un ligero saludo, no dijo más.

Pero Elinor sí tenía algo más que hacer; y estaba tan ansiosa, por él y por ella, de hacerlo bien, que tras un instante de reflexión se obligó a darle la bienvenida con un aire y modales casi sin tapujos y casi francos; y esforzándose y luchando consigo misma un poco más, incluso consiguió mejorarlos. No iba a permitir que la presencia de Lucy o la conciencia de alguna injusticia hacia ella le impidieran decir que estaba contenta de verlo y que había lamentado mucho no estar en casa cuando él había ido a Berkeley Street. Tampoco iba a dejarse atemorizar por la observadora mirada de Lucy, que no tardó en sentir clavada en ella, privándolo de las atenciones que, en tanto amigo y casi pariente, se merecía.

La actitud de Elinor sosegó a Edward, que encontró ánimo sobrado para sentarse; pero su turbación todavía era mayor que la de las jóvenes en un grado explicable por las circunstancias, aunque no fuera normal tratándose de su sexo, pues carecía de la frialdad de corazón de Lucy y de la tranquilidad de espíritu de Elinor.

Lucy, aparentando un aire recatado y plácido, parecía dispuesta a no contribuir en nada a la comodidad de los otros y se mantuvo sin articular palabra; y casi todo lo que se dijo nació de Elinor, que debió ofrecer voluntariamente todas las informaciones sobre la salud de su madre, su venida a la ciudad, etc., que Edward debió haber solicitado, y descortésmente no solicitó.

Su porfía no finalizó ahí, pues poco después se sintió heroicamente dispuesta a tomar la decisión de dejar a Lucy y Edward solos, con la excusa de ir a buscar a Marianne; y ciertamente lo hizo, y con la mayor galanura, pues se detuvo varios minutos en el descansillo de la escalinata, con la más altiva mirada, antes de ir en busca de su hermana. Cuando lo hizo, sin embargo, debieron cesar los arrebatos de Edward, pues la alegría de Marianne la arrastró enseguida al salón. Su placer al verlo fue como todas sus otras emociones, intensas en sí mismas e intensamente demostradas. Fue a su encuentro extendiéndole una mano, que él tomó, y saludándolo con voz donde era manifiesto un cariño de hermana.

—¡Querido Edward! —exclamó—. ¡Este sí es un momento feliz! ¡Casi podría compensar todo lo demás!

Edward intentó responder a su amabilidad tal como se lo merecía, pero ante tal testigo no se atrevía a decir ni la mitad de lo que ciertamente sentía. Volvieron a sentarse, y durante algunos momentos nadie dijo nada; Marianne, entre tanto, observaba con la más expresiva ternura unas veces a Edward, otras a Elinor, lamentando únicamente que el placer de ambos se viera obstaculizado por la inoportuna presencia de Lucy. Edward fue el primero en hablar, y lo hizo para referirse al aspecto cambiado de Marianne y manifestar su temor de que Londres no le sentara bien.

—¡Oh, no pienses en mí! —replicó ella con animosa fuerza de voluntad, aunque se le llenaron los ojos de lágrimas al hablar—, no pienses en mi salud. Elinor está bien, como puedes ver. Eso debiera bastarnos a ti y a mí.

Esta observación no iba a hacerles más fácil la situación a Edward y a Elinor, ni tampoco conquistaría los buenos sentimientos de Lucy, quien miró a Mariana con expresión nada amable.

—¿Te gusta Londres? —le dijo Edward, deseoso de preguntar cualquier cosa que permitiera cambiar de tema.

—En absoluto. Aguardaba encontrar grandes diversiones aquí, pero no he encontrado ninguna. Verte, Edward, ha sido el único consuelo que me ha ofrecido; y ¡gracias a Dios!, tú sigues igual.

Hizo una pausa; silencio...

—Creo, Elinor —agregó Marianne después de un rato—, que debemos pedir a Edward que nos acompañe en nuestra vuelta a Barton. Lo haremos en una o dos semanas, me imagino; y confío en que él no se negará a aceptar esta solicitud.

El pobre Edward masculló algo, pero qué fue, nadie pudo entenderlo, ni siquiera él. Pero Marianne, que se dio cuenta de su agitación y que sin mayor esfuerzo era capaz de atribuirla a cualquier causa que le pareciera conveniente, se sintió completamente colmada y enseguida comenzó a hablar de otra cosa.

—¡Qué día pasamos ayer en Harley Street, Edward! ¡Tan tedioso, tan espantosamente tedioso! Pero tengo mucho que explicarte sobre ello, que no puedo decir ahora.

Y con tal admirable discreción, pospuso para el instante en que pudieran hablar más en privado su declaración respecto a haber encontrado a sus mutuos parientes más insoportables que nunca, y el especial desagrado que le había producido la madre de él.

—Pero, ¿por qué no estabas tú ahí, Edward? ¿Por qué no fuiste?

—Tenía otro compromiso.

—¡Otro compromiso! ¿Y cómo, si te esperaban tus amigas?

—Quizá, señorita Marianne —exclamó Lucy, deseosa de vengarse de alguna manera de ella—, usted crea que los jóvenes nunca cumplen sus compromisos, grandes o pequeños, cuando no les interesa cumplirlos.

Elinor se sintió muy furiosa, pero Marianne pareció por completo insensible al sarcasmo de Lucy, pues le respondió con gran sosiego:

—En realidad, no es así; porque, hablando en serio, estoy segura de que solo su conciencia mantuvo a Edward alejado de Harley Street. Y en verdad creo que su conciencia es escrupulosísima, la más recta en el cumplimiento de todos sus compromisos, por banales que sean y aunque vayan en contra de su interés o de su placer. Nadie teme más que él causar dolor o destrozar una expectativa, y es la persona más incapaz de egoísmo que yo conozca. Sí, Edward, es así y así lo diré. ¡Cómo! ¿Es que nunca vas a permitir que te ensalcen? Entonces no puedes ser mi amigo, pues quienes acepten mi amor y mi estima deben someterse a mis más cálidas alabanzas.

El contenido de sus alabanzas en el caso actual, sin embargo, resultaba particularmente inadecuado a los sentimientos de dos tercios de su auditorio, y para Edward fue tan poco alentador que pronto se levantó para marcharse.

—¡Tan rápido te vas! —dijo Marianne—. Mi querido Edward, no puedes hacerlo.

Y llevándolo ligeramente a un lado, le susurró su convencimiento de que Lucy no se quedaría mucho rato más. Pero incluso este incentivo falló, porque persistió en marcharse; y Lucy, que se habría quedado más tiempo que él aunque su visita hubiera durado dos horas, lo hizo poco después.

—¡Qué la traerá hasta aquí con tanta frecuencia! —dijo Marianne en cuanto salió—. ¡Cómo no se daba cuenta de que queríamos que se fuera! ¡Qué fastidio para Edward!

—¿Y por qué? Todas somos amigas de él, y es a Lucy a quien ha conocido por más tiempo. Es natural que desee verla tanto como a nosotras.

Marianne la miró fijamente, y dijo:

—Sabes, Elinor, este es el tipo de cosas que no me gusta escuchar. Si lo dices nada más que para que alguien te lleve la contraria como imagino debe ser el caso, debieras recordar que yo sería la última persona del mundo en hacerlo. No puedo rebajarme a que me hagan confesar con engaños declaraciones que ciertamente nadie desea.

Con esto abandonó la habitación, y Elinor no se atrevió a acompañarla para decir algo más, pues atada como estaba por la promesa hecha a Lucy de guardar su secreto, no podía dar a Marianne ninguna información que pudiera convencerla; y por dolorosas que fueran las consecuencias de permitirle seguir en el error, estaba obligada a aceptarlas. Todo lo que podía esperar era que Edward no la expusiera frecuentemente, y tampoco se expusiera él, al sinsabor de tener que escuchar las muestras de afecto fuera de lugar de Marianne, y tampoco a la reiteración de ningún otro aspecto de las penalidades que habían acompañado su último encuentro... y este último deseo, podía confiar totalmente en que se cumpliría.

Capítulo XXXVI

Pocos días después de esta reunión, los periódicos anunciaron al mundo que la esposa de Thomas Palmer, había dado a luz sin contratiempos a un hijo y heredero; un párrafo muy interesante y satisfactorio, al menos para todos los conocidos cercanos que ya estaban enterados del evento.

Este suceso, de gran trascendencia para la felicidad de la señora Jennings, produjo una alteración pasajera en la distribución de su tiempo y afectó en forma parecida los compromisos de sus jóvenes amigas; pues, como deseaba estar lo más posible con Charlotte, iba a verla todas las mañanas apenas se vestía, y no volvía hasta el atardecer; y las señoritas Dashwood, por pedido especial de los Middleton, pasaban todo el día en Conduit Street. Si hubiera sido por su propia comodidad, habrían preferido permanecer, al menos durante las mañanas, en la casa de la señora Jennings; pero no era esto algo que se pudiera imponer en contra de los deseos de todo el mundo. Sus horas fueron traspasadas entonces a *lady* Middleton y a las dos señoritas Steele, para quienes el valor de su compañía era tan menguado como grande era la porfía con que aparentaban buscarla.

Las Dashwood eran demasiado lúcidas para ser buena compañía para la primera; y para las últimas eran motivo de envidia, pues las consideraban intrusas en sus territorios, partícipes de la amabilidad que ellas deseaban monopolizar. Aunque nada había más amable que el trato de *lady* Middleton hacia Elinor y Marianne, en realidad no le gustaban ni pizca. Como no la adulaban ni a ella ni a sus niños, no podía creer que fueran de buen natural; y como eran aficionadas a la lectura, las imaginaba satíricas: quizá no sabía exactamente qué era ser satírico, pero eso tanto le daba. En el lenguaje común traía consigo una censura, y la aplicaba sin mayor cuidado.

Su presencia coartaba tanto a *lady* Middleton como a Lucy. Restringían el ocio de una y la ocupación de la otra. *Lady* Middleton se sentía cohibida frente a ellas por no hacer nada; y Lucy temía que la despreciaran por ofrecer las lisonjas que en otros momentos se enorgullecía de idear y administrar. La señorita Steele era la menos afectada de las tres por la presencia de Elinor y Marianne, y solo dependía de estas que la aceptara por completo. Habría bastado con que una de las dos le hiciera un relato completo y detallado de todo lo acontecido entre Marianne y el señor Willoughby, para que se hubiera sentido totalmente recompensada por el sacrificio de cederles el mejor lugar junto a la chimenea después de la cena, gesto que la llegada de las jóvenes demandaba. Pero esta oferta conciliatoria no le era concedida, pues aunque con frecuencia lanzaba ante Elinor expresiones de piedad por su hermana, y más de una vez dejó caer frente a Marianne una reflexión sobre la inconstancia de los galanes, no producía ningún efecto más allá de una mirada de indiferencia de la primera o de disgusto en la segunda. Con un esfuerzo menor todavía, se habrían ganado su amistad. ¡Si tan solo le hubieran hecho burlas a causa del reverendo Davies! Pero estaban tan poco dispuestas, igual que las demás, a complacerla, que si *sir* John cenaba fuera de casa podía pasar el día completo sin escuchar ninguna otra burla al respecto sino las que ella misma tenía la gentileza de administrarse.

Todos estos celos y pesares, sin embargo, pasaban tan totalmente inadvertidos para la señora Jennings, que pensaba que estar juntas era algo que encantaba a las muchachas; y así, cada noche felicitaba a sus jóvenes amigas por haberse librado de la compañía de una anciana estúpida durante tanto rato. Algunas veces se les unía en casa de *sir* John y otras en su propia casa; pero dondequiera que fuese, siempre llegaba de excelente humor, llena de júbilo e importancia, atribuyendo el bienestar de Charlotte a los cuidados que ella le había prodigado y lista para darles un informe tan exacto y detallado de la situación de su hija, que solo la curiosidad de la señorita Steele podía desear. Había una cosa que la desazonaba, y sobre ella se quejaba a diario. El señor Palmer persistía en la opinión tan extendida entre su sexo, pero tan poco paternal, de que todos los recién nacidos eran iguales; y aunque ella percibía con toda claridad en distintos momentos la más asombrosa semejanza entre este niño y cada uno de sus parientes por ambos lados, no había forma de convencer de ello a su padre, ni de hacerlo reconocer que no era exactamente como cualquier otra criatura de la misma edad; ni siquiera se lo podía llevar a admitir la simple afirmación de que era el niño más guapo del mundo.

Llego entonces al relato de una mala pasada que por esta época sobrevino a la señora de John Dashwood. Aconteció que durante la primera visita que le hicieron sus dos cuñadas junto a la señora Jennings en Harley Street, otra de sus conocidas llegó de súbito, circunstancia que, en sí misma, aparentemente no podía causarle ningún mal. Pero mientras la gente se deje llevar por su imaginación para formarse juicios equivocados sobre nuestra conducta y la califique basándose en meras apariencias, nuestra felicidad estará siempre, en una cierta medida, a merced de la suerte. En esta ocasión, la dama que había llegado últimamente dejó que su fantasía excediera de tal manera la verdad y la probabilidad, que el solo escuchar el nombre de las señoritas Dashwood y entender que eran hermanas del señor Dashwood, la llevó a concluir de inmediato que se estaban alojando en Harley Street; Y esta errónea interpretación produjo como resultado, uno o dos días después, tarjetas de invitación para ellas, al igual que para su hermano y cuñada, a una pequeña velada musical en su casa. La consecuencia de esto fue que la señora de John Dashwood debió someterse no solo a la enorme incomodidad de enviar su carruaje a buscar a las señoritas Dashwood, sino que, peor aún, debió soportar todo el desagrado de parecer hacerles alguna atención: ¿quién podría asegurarle que no iban a esperar salir con ella una segunda vez? Es verdad que siempre tendría en sus manos el poder para frustrar sus expectativas. Pero ello no era suficiente, porque cuando las personas se empeñan en una forma de conducta que saben errada, se sienten agraviadas cuando se espera algo mejor de ellas.

Marianne, entretanto, se vio llevada de manera tan paulatina a aceptar salir todos los días, que había llegado a serle lo mismo ir a algún lugar o no hacerlo; se preparaba callada y maquinalmente para cada uno de los compromisos vespertinos, aunque sin aguardar de ellos diversión alguna, y con frecuencia sin saber hasta el último momento adónde la llevarían.

Se había vuelto tan indiferente a su vestimenta y apariencia, que en todo el tiempo que dedicaba a su arreglo no les prestaba ni la mitad de la atención que recibían de la señorita Steele en los primeros cinco minutos que estaban juntas, después de estar lista. Nada escapaba a su minuciosa impertinencia y amplia curiosidad; veía todo y preguntaba todo; no quedaba satisfecha hasta saber el precio de cada parte del vestido de Marianne; podría haber calculado cuántos trajes tenía mejor que la misma Marianne; y no perdía las esperanzas de descubrir antes de que se dejaran de ver, cuánto gastaba semanalmente en lavado y de cuánto disponía al año para sus gastos propios. Más aún, la insistencia de este tipo de escrutinios se veía coronada por lo general con un cumplido que, aunque pretendía ir de añadidura al resto de los halagos, era recibido por Marianne como la mayor indelicadeza de todas; pues, tras ser sometida a un examen que cubría el valor y hechura de su vestido, el color de sus zapatos y su peinado, estaba casi segura de escuchar que "según su opinión se veía de lo más elegante, y apostaría que iba a hacer muchísimas conquistas".

Con estas enardecidas palabras fue despedida Marianne en la actual ocasión mientras se dirigía al carruaje de su hermano, el cual estaba preparado para abordar cinco minutos después de tenerlo ante su puerta, puntualidad no muy grata a su cuñada, que las había precedido a la casa de su amiga y esperaba allí alguna demora de parte de las jóvenes que pudiera incomodarla a ella o a su cochero.

Los acontecimientos de esa noche no tuvieron nada de extraordinario. La reunión, como todas las veladas musicales, incluía a una buena cantidad de personas que encontraba inmenso placer en el espectáculo, y muchas más que no conseguían ninguno; y, como siempre, los ejecutantes eran, en su propia opinión y en la de sus amigos íntimos, los mejores concertistas privados de Inglaterra.

Como Elinor no tenía talentos musicales, ni deseaba tenerlos, sin grandes escrúpulos desviaba la mirada del gran piano cada vez que deseaba hacerlo, y sin que ni la presencia de un arpa y un violoncelo se le impidieran, contemplaba con placer cualquier otro objeto de la estancia. En una de estas miradas errabundas, vio en el grupo de jóvenes al mismísimo de quien habían escuchado toda una conferencia sobre estuches de mondadientes en la joyería del señor Gray. Poco después lo vio mirándola a ella, y hablándole a su hermano con toda familiaridad; y acababa de decidir que averiguaría su nombre con este último, cuando ambos se le acercaron y el señor Dashwood se lo presentó como el señor Robert Ferrars.

Se dirigió a ella con desenvuelta cortesía y torció su cabeza en una inclinación que le hizo ver tan claramente como lo habrían hecho las palabras, que era exactamente el fanfarrón que le había descrito Lucy. Habría sido una suerte para ella si su afecto por Edward dependiera menos de sus propios méritos que del mérito de sus parientes más cercanos. Pues en tales circunstancias la inclinación de cabeza de su hermano le habría dado la puntilla final a lo que el mal humor de su madre y hermana habrían iniciado. Pero mientras reflexionaba con extrañeza sobre la diferencia entre los dos jóvenes, no le ocurrió que el vacío y orgullo de uno le quitara toda benevolencia de juicio hacia la modestia y valía del otro. Por supuesto que eran diferentes, le explicó Robert al describirse a sí mismo en el transcurso del cuarto de hora de conversación que mantuvieron; refiriéndose a su hermano, lamentó la extremada radicalización que, según él, le impedía alternar en la buena sociedad, atribuyéndola imparcial y generosamente mucho menos a una forma de ser innata que a la desgracia de haber sido educado por un preceptor particular; mientras que en su caso, aunque probablemente sin ninguna superioridad natural o material en especial, por la sencilla razón de haber gozado de las ventajas de la educación privada, estaba tan bien equipado como el que más para conquistar en el mundo.

—A fe mía —añadió—, creo que de eso se trata todo, y así se lo digo con frecuencia a mi madre cuando se lamenta por ello. “Mi querida señora”, le digo siempre, “no debe seguir preocupándose. El daño ya es irreparable, y ha sido por completo obra suya. ¿Por qué se dejó persuadir por mi tío, *sir* Robert, en contra de su propio juicio, de colocar a Edward en manos de un preceptor particular en el momento más crítico de su vida? Si tan solo lo hubiera enviado a Westminster como lo hizo conmigo, en vez de enviarlo al establecimiento del señor Pratt, todo esto se habría evitado”. Así es como siempre considero todo este asunto, y mi madre está completamente convencida de su equivocación.

Elinor no contradijo su opinión, puesto que, más allá de lo que creyera sobre las ventajas de la educación privada, no podía mirar con ningún tipo de satisfacción la estada de Edward en la familia del señor Pratt.

—Creo que ustedes viven en Devonshire —fue su siguiente observación—, en una casita de campo cerca de Dawlish.

Elinor lo corrigió en cuanto al emplazamiento, y a él pareció sorprenderle que alguien pudiera vivir en Devonshire sin vivir cerca de Dawlish. Le otorgó, sin embargo, su más cálida aprobación al tipo de casa de que se trataba.

—Por mi parte —dijo—, me apasionan las casas de campo; tienen siempre tanto confort, tanta elegancia. Y, lo prometo, si tuviera algún dinero de sobra, compraría un pequeño terreno y me construiría una próxima a Londres, adonde pudiera ir en cualquier instante, reunir a unos pocos amigos en torno mío y pasármelo bien. A todo el que piensa edificar algo, le aconsejo que construya una pequeña casa de campo. Un amigo, lord Courtland, se me acercó hace algunos días con el deseo de solicitar mi consejo, y me presentó tres proyectos de Bonomi[6]. Yo debía elegir el mejor de ellos. "Mi querido Courtland", le dije enseguida, arrojando los tres al fuego, "no aceptes ninguno de ellos, pero sea como fuere constrúyete una casita de campo". Y creo que con eso se lo dije todo. Algunos piensan que allí no habría comodidades, no habría espacio, pero están totalmente equivocados. El mes pasado estuve en casa de mi amigo Elliott, cerca de Dartford. *Lady* Elliott deseaba ofrecer un baile. "Pero, ¿cómo hacerlo?", me dijo. "Mi querido Ferrars, por favor dígame cómo organizarlo. No hay ni una sola pieza en esta casita donde quepan diez parejas, ¿y dónde puede servirse la cena?". Yo advertí pronto que no habría ninguna dificultad para ello, así que le dije: "Mi querida *lady* Elliott, no pase cuidado. En el comedor caben dieciocho parejas con holgura; se pueden colocar mesas para naipes en la salita; puede abrirse la biblioteca para servir té y otros refrescos; y haga servir la cena en el salón". A *lady* Elliott le gustó la idea. Medimos el comedor y vimos que daba cabida justo a dieciocho parejas, y todo se dispuso precisamente según mi proyecto. De hecho, entonces, puede ver que basta saber arreglárselas para disfrutar de las mismas comodidades en una casita de campo o en la mansión más amplia.

Elinor estuvo de acuerdo con todo ello, porque no creía que él mereciera el cumplido de una oposición racional.

Como John Dashwood disfrutaba tan poco con la música como la mayor de sus hermanas, también había dejado a su mente en libertad de pensar; y fue así que esa noche se le ocurrió una idea que, al volver a casa, sometió a la aprobación de su esposa. La reflexión sobre el error de la señora Dennison al suponer que sus hermanas estaban hospedadas con ellos le había sugerido lo apropiado que sería tenerlas realmente como huéspedes mientras los compromisos de la señora Jennings la

6 Joseph Bonomi (1739—1808), arquitecto, miembro de la Royal Academy.

mantenían alejada del hogar. El gasto sería mínimo, y no mucho más los inconvenientes; y era, en definitiva, una atención que la delicadeza de su conciencia le señalaba como requisito para liberarse por completo de la promesa hecha a su padre. Fanny se asustó ante esta propuesta.

—No veo cómo podría llevarse a cabo —dijo—, sin ofender a *lady* Middleton, puesto que pasan todos los días con ella; de no ser así, me complacería mucho hacerlo. Sabes bien que siempre estoy dispuesta a brindarles todas las atenciones que me son posibles, y así lo demuestra el hecho de haberlas llevado conmigo esta noche. Pero son invitadas de *lady* Middleton. ¿Cómo puedo pedirles que la dejen?

Su esposo, aunque con gran humildad, no veía que sus peros fueran apabullantes.

—Ya ha pasado una semana de esta forma en Conduit Street, y a *lady* Middleton no le disgustaría que ellas les dieran la misma cantidad de días a parientes tan próximos.

Fanny hizo una breve pausa y luego, con renovado ímpetu, dijo:

—Amor mío, se lo pediría de todo corazón, si estuviera en mi poder hacerlo. Pero acababa de decidir para mí misma pedir a las señoritas Steele que pasaran unos pocos días conmigo. Son unas jovencitas muy educadas y buenas; y pienso que les debemos esta deferencia, considerando lo bien que se portó su tío con Edward. Verás que podemos invitar a tus hermanas algún otro año; pero puede que las señoritas Steele ya no vuelvan a venir a la ciudad. Estoy segura de que te gustarán; de hecho, ya sabes que sí te gustan, y mucho, y lo mismo a mi madre; ¡y a Harry le gustan tanto!

El señor Dashwood se dio por vencido. Entendió la necesidad de invitar a las señoritas Steele de inmediato, mientras la decisión de invitar a sus hermanas algún otro año tranquilizaba su conciencia; al mismo tiempo, sin embargo, tenía la perspicaz sospecha de que otro año haría innecesaria la invitación, ya que traería a Elinor a la ciudad como esposa del coronel Brandon, y a Marianne como huésped de ellos.

Fanny, regocijándose por su forma de escurrir el bulto y orgullosa del rápido ingenio que se le había facilitado, le escribió a Lucy la mañana siguiente, rogándole su compañía y la de su hermana durante algunos días en Harley Street apenas *lady* Middleton pudiera prescindir de ellas. Ello fue suficiente para hacer a Lucy verdadera y razonablemente feliz. ¡La señora Dashwood parecía estar personalmente disponiendo las cosas en su favor, alimentando sus esperanzas, favoreciendo sus intenciones! Una ocasión tal de estar con Edward y su familia era, por sobre todas las cosas, de importancia decisiva para sus intereses; y la invitación, lo más grato que podía haber para sus sentimientos. Era una ocasión frente a la cual todo agradecimiento parecía mísero, e insuficiente la velocidad con que se la aprovechara; y respecto de la visita a *lady* Middleton, que hasta ese momento había tenido límites difusos, de súbito se descubrió que siempre había estado pensada para terminar en dos días más.

Cuando a los diez minutos de haberla recibido le mostraron a Elinor la nota, debió compartir por primera vez parte de las expectativas de Lucy; tal muestra de desacostumbrada cortesía, dispensada a tan poco tiempo de conocerse, parecía anunciar que la buena voluntad hacia Lucy se originaba en algo más que una mera rabia hacia ella, y que el tiempo y la cercanía podrían llegar a favorecer a Lucy en todos sus deseos. Sus adulaciones ya habían subyugado el orgullo de *lady* Middleton y encontrado el camino hacia el frío corazón de la señora de John Dashwood; y tales resultados ampliaban las probabilidades de otros mayores aún.

Las señoritas Steele se mudaron a Harley Street, y todo cuanto llegaba a Elinor sobre su influencia allí la hacía estar más en guardia del evento. *Sir* John, que las visitó más de una vez, trajo noticias asombrosas para todos sobre el favor en que se las tenía. La señora Dashwood nunca en toda su vida había encontrado a ninguna joven tan simpática como a ellas; le había regalado a cada una un acerico, hecho por algún emigrado; llamaba a Lucy por su nombre de pila, y no sabía si alguna vez iba a poder separarse de ellas.

Capítulo XXXVII

La señora Palmer se encontraba tan bien al término de dos semanas, que su madre sintió que ya no era necesario ocuparse de ella todo el día; y contentándose con visitarla una o dos veces durante la jornada, así dio fin a esta etapa para volver a su propio hogar y a sus propios hábitos, encontrando a las señoritas Dashwood muy dispuestas a retomar la parte que habían desempeñado en ellos.

Al tercer o cuarto día tras haberse reinstalado en Berkeley Street, la señora Jennings, que acababa de regresar de su visita cotidiana a la señora Palmer, entró con un aire de tan urgente importancia en la sala donde Elinor se encontraba a solas, que esta se preparó para escuchar algo prodigioso; y tras haberle dado solo el tiempo necesario para formarse tal idea, comenzó de inmediato a fundamentarla diciendo:

—¡Cielos! ¡Mi querida señorita Dashwood! ¿Supo la noticia?

—No, señora. ¿De qué se trata?

—¡Algo tan extraño! Pero ya le contaré todo. Cuando llegué a casa del el señor Palmer, encontré a Charlotte armando todo un alboroto en torno al niño. Estaba segura de que estaba muy enfermo: lloraba y estaba incómodo, y estaba todo cubierto de granitos. Lo examiné entonces de cerca, y "¡Cielos, querida!", le dije. "No es nada, solo un sarpullido", y la niñera opinó lo mismo. Pero Charlotte no, ella no estaba satisfecha, así que enviaron por el señor Donovan; y por suerte acababa de llegar de Harley Street, así que fue enseguida, y apenas vio al niño dijo lo mismo que nosotras, que no era nada sino un sarpullido, y así Charlotte se tranquilizó. Y entonces, justo cuando se iba, me vino a la cabeza, y no sé cómo se me fue a ocurrir pensar en eso, pero se me vino a la cabeza preguntarle si había alguna noticia. Y entonces él puso esa sonrisita afectada y tonta, y fingió todo un aire de gravedad, como si supiera esto y lo otro, hasta que al fin susurró: "Por temor a que algún informe desagradable llegara a las jóvenes bajo su cuidado sobre la indisposición de su cuñada, creo aconsejable decir que, en mi opinión, no hay motivo de alarma; espero que la señora Dashwood se recupere totalmente".

—¡Cómo! ¿Está enferma Fanny?

—Es lo mismo que yo le dije, querida. "¡Cielos!", le dije. "¿Está enferma la señora Dashwood?". Y allí salió todo a la luz; y en pocas palabras, según lo que me pude enterar, parece ser esto: el señor Edward Ferrars, el mismísimo joven con quien yo solía hacerle a usted bromas (aunque, como han resultado las cosas, ahora estoy contentísima de que ciertamente no hubiera nada de eso), el señor Edward Ferrars, al parecer, ¡ha estado comprometido desde hace más de un año con mi prima Lucy! ¡Ahí tiene, querida! ¡Y sin que nadie supiera ni una palabra del asunto, salvo Nancy! ¿Lo habría creído posible? No es en absoluto extraño que se gusten, ¡pero que las cosas avanzaran tanto entre ellos, y sin que nadie lo sospechara! ¡Eso sí que es extraño! Jamás llegué a verlos juntos, o con toda seguridad lo habría descubierto enseguida. Bueno, y entonces mantuvieron todo esto muy en secreto por temor a la señora Ferrars, y ni ella ni el hermano de usted ni su cuñada sospecharon nada de todo el asunto... hasta que esta misma mañana, la pobre Nancy, que, como usted sabe, es una criatura muy bien intencionada, pero nada en el terreno de las conspiraciones, lo soltó todo. "¡Cielos!", pensó para sí, "le tienen tanto cariño a Lucy, que seguro no se opondrán a ello"; y así, vino y se fue a casa de su cuñada, señorita Dashwood, que estaba sola bordando su tapiz, sin imaginar lo que se le venía encima... porque acababa de decirle a su hermano, apenas hacía cinco minutos, que pensaba armarle a Edward un casamiento con la hija de algún lord, no me acuerdo cuál. Así que ya puede imaginar el golpe que fue para su vanidad y orgullo. En seguida le dio un ataque de histeria, con tales gritos que hasta llegaron a oídos de su hermano, que se encontraba en su propio gabinete abajo, pensando en escribir una carta a su mayordomo en el campo. Entonces corrió escaleras arriba y allí ocurrió una escena terrible, porque para entonces se les había unido Lucy, sin soñar siquiera lo que ocurría. ¡Pobre criatura! Lo siento por ella. Y créame, pienso que se comportaron muy duros; su cuñada la reprendió hecha un basilisco, hasta hacerla desmayar. Nancy, por su parte, cayó de rodillas y lloró amargamente; y su hermano se paseaba por la habitación diciendo que no sabía cómo obrar. La señora Dashwood dijo que las jóvenes no podrían quedarse ni un minuto más en la casa, y su hermano también tuvo que arrodillarse para convencerla de que las dejara al menos hasta que hubiesen hecho el equipaje. Y entonces ella tuvo otro ataque de histeria, y él estaba tan asustado que mandó a buscar al señor Donovan, y el señor Donovan encontró la casa toda hecha un manicomio.

El carruaje estaba listo en la puerta para llevarse a mis pobres primas, y justo estaban subiendo cuando él salió; la pobre Lucy, me contó, se encontraba en tan malas condiciones que apenas podía caminar; y Nancy estaba casi igual de mal. Déjeme decirle que no tengo paciencia con su cuñada; y espero con todo el corazón que se casen, a pesar de su oposición. ¡Dios! ¡Cómo se va a poner el pobre señor Edward cuando lo sepa! ¡Que hayan maltratado así a su amada! Porque dicen que la quiere muchísimo, con todas sus fuerzas. ¡No me extrañaría que sintiera la mayor de las pasiones! Y el señor Donovan opina lo mismo. Conversamos mucho con él sobre esto; y lo mejor de todo es que él volvió a Harley Street, para estar presente cuando se lo dijeran a la señora Ferrars, porque enviaron por ella apenas mis primas dejaron la casa y su cuñada estaba segura de que también ella se iba a poner histérica; y bien puede ponerse, por lo que a mí me importa. No le tengo compasión a ninguno de ellos. Nunca he conocido a gente que haga tanto jaleo por asuntos de dinero y de grandeza. No hay ningún motivo en el mundo por el que el señor Edward y Lucy no puedan casarse; estoy segura de que la señora Ferrars puede permitirse velar muy bien por su hijo; y aunque Lucy personalmente casi no tiene nada, sabe mejor que nadie cómo sacar el mayor provecho de cualquier cosa; y yo diría que si la señora Ferrars le asignara aunque fueran quinientas libras anuales, podría hacerlas lucir lo mismo que otra persona haría con ochocientas. ¡Cielos! ¡Qué cómodos podrían vivir en una casita como la de ustedes, o un poco más grande, con dos doncellas y dos criados; y creo que yo podría ayudarlos en lo de las doncellas, porque la mía, Betty, tiene una hermana sin trabajo que les vendría de perlas!

La señora Jennings acabó su discurso, y como Elinor tuvo el tiempo necesario para ordenar sus pensamientos, pudo responder y hacer los comentarios que se suponía debía despertar en ella el asunto en cuestión. Contenta de saber que no era sospechosa de tener ningún interés particular en él y que la señora Jennings (como últimamente varias veces le había parecido ser el caso) ya no se la imaginaba encariñada con Edward; y feliz sobre todo porque no estuviera ahí Marianne, se sintió muy capaz de hablar del asunto sin amilanarse y dar una opinión imparcial, según creía, sobre la conducta de cada uno de los interesados.

No sabía Elinor muy bien cuáles eran en verdad sus propias expectativas al respecto, aunque se esforzó empecinadamente en alejar de ella la idea de que pudiera terminar de otra forma que con el matrimonio de Edward y Lucy. Sí estaba ansiosa de saber lo que diría y como obraría la señora Ferrars, aunque no cabían muchas dudas en cuanto a su naturaleza, y más ansiosa todavía de saber cómo se comportaría Edward. Sentía bastante compasión por él; por Lucy, muy poca... e incluso le costó algo de trabajo mantener ese poco; por el resto, ninguna.

Como la señora Jennings continuaba con el tema, muy pronto Elinor se dio cuenta que sería necesario preparar a Marianne para discutirlo. Sin pérdida de tiempo había que desengañarla, ponerla al tanto de la verdad y conseguir que escuchara los comentarios de los demás sin revelar ninguna zozobra por su hermana, y tampoco ningún resentimiento hacia Edward.

Ardua era la tarea que debía cumplir Elinor. Iba a tener que destruir lo que en verdad creía ser el principal alivio de su hermana: dar detalles sobre Edward que temía lo harían desmerecer para siempre a los ojos de Marianne; y hacer que por el parecido entre sus situaciones, que ante la viva imaginación de ella parecería extraordinario, debiera revivir una vez más su propia desilusión. Pero ingrata como debía ser tal tarea, había que cumplirla y, en consecuencia, Elinor no la demoró.

Lejos estaba de desear detenerse demasiado en sus propios sentimientos o de mostrar que sufría mucho, a no ser que el dominio sobre sí misma que había practicado desde el momento en que supo del compromiso de Edward le indicara que sería útil frente a Marianne. Su relato fue claro y sencillo; y aunque no pudo estar desprovisto de emoción, no fue acompañado ni de agitación violenta ni de arrebatos de dolor. Eso correspondía más a la oyente, porque Marianne escuchó todo horrorizada y lloró sin parar. Por lo general, Elinor tenía que consolar a los demás cuando ella estaba afligida tanto como cuando ellos lo estaban; y así, confortó a Marianne al ofrecerle la certidumbre de su propia tranquilidad y una vigorosa defensa de Edward frente a todos los cargos, salvo el de imprudencia.

Pero Marianne no dio crédito durante un buen rato a ninguno de los argumentos de Elinor. Edward parecía un segundo Willoughby; y si Elinor admitía, como lo había hecho, que sí lo había amado de corazón, ¡cómo podía sentir menos que ella! En cuanto a Lucy Steele, la consideraba tan del todo despreciable, tan totalmente incapaz de atraer a ningún hombre con sentimientos, que no la iban a poder convencer primero de creer, y después de perdonar, que Edward hubiera sentido antes ningún afecto por ella. Ni siquiera admitía que hubiese sido algo normal; y Elinor abandonó sus esfuerzos, dejando que algún día la convenciera de que si así eran las cosas lo único que podía llegar a convencerla era un conocimiento más profundo del ser humano.

En su primer intento de comunicación, no había podido ir más allá de establecer el hecho del compromiso y el tiempo que tenía de existencia. Irrumpieron entonces las emociones de Marianne, poniendo fin a todo orden en la descripción de los pormenores; y durante algunos momentos, todo lo que pudo hacerse fue calmar su aflicción, tranquilizar sus temores y combatir su resentimiento. La primera pregunta que hizo, y que abrió el camino a nuevos detalles, fue:

—¿Y cuánto tiempo hace que lo sabes, Elinor? ¿Te ha escrito él?

—Lo he sabido desde hace cuatro meses. Cuando Lucy fue por primera vez a Barton Park el pasado noviembre, me habló en privado de su compromiso. Ante estas palabras, Marianne expresó con sus ojos lo que sus labios no podían formular. Tras un momento de asombrado silencio, exclamó:

—¡Cuatro meses! ¿Lo has sabido durante cuatro meses?

Elinor lo afirmó con la cabeza.

—¡Cómo! ¿Mientras cuidabas de mí cuando yo estaba sumida en el dolor, tu corazón cargaba con todo esto? ¡Y yo que te he echado en cara ser feliz!

—No era bueno que en esos momentos tú supieras cuán opuesto a eso era mi sentir.

—¡Cuatro meses! —volvió a exclamar Marianne—. ¡Y tú tan tranquila, tan alegre! ¿En qué te has sostenido?

—En sentir que estaba cumpliendo mi obligación. Mi promesa a Lucy me imponía el secreto. Le debía a ella, entonces, evitar cualquier indicio de la verdad; y le debía a mi familia y a mis amigos evitarles una preocupación por causa mía que no estaría en mis manos solucionar.

Lo anterior pareció sacudir fuertemente a Marianne.

—Con frecuencia he querido sacarte a ti y a mamá del engaño —añadió Elinor—, y una o dos veces he intentado hacerlo; pero sin traicionar la confianza que habían depositado en mí, jamás las habría convencido.

—¡Cuatro meses! ¡Y todavía lo amabas!

—Sí, pero no lo amaba solo a él; y mientras me importara tanto el bienestar de otras personas, me alegraba ahorrarles el conocimiento de lo mucho que sufría. Ahora puedo pensar y hablar de todo ello sin afectarme demasiado. No querría que sufrieras por mi causa; porque te aseguro que yo ya no sufro mucho. Tengo muchas cosas en qué sustentarme. No creo haber causado esta desilusión con ninguna imprudencia mía y la he sobrellevado, en lo que me ha sido posible, sin pregonarla a los cuatro vientos. Absuelvo a Edward de toda conducta en esencia impropia. Le deseo mucha felicidad; y estoy tan segura de que siempre cumplirá con su deber que, aunque ahora pueda abrigar algún arrepentimiento, a la larga será feliz. Lucy no carece de juicio, y ese es el pilar sobre el que se puede construir todo lo que es bueno. Y después de todo, Marianne, después de lo fascinante que puede ser la idea de un amor único y permanente y de todo cuanto pueda ponderarse una felicidad que depende por completo de una persona en especial, las cosas no son así... no es adecuado... no es posible que lo sean. Edward se casará con Lucy; se casará con una mujer superior en aspecto e inteligencia a la mitad de las personas de su sexo; y el tiempo y la costumbre le enseñarán a olvidar que alguna vez creyó a alguna otra superior a ella.

—Si es así como piensas —dijo Marianne—, si puede compensarse tan fácilmente la pérdida de lo que es más valioso, tu aplomo y tu dominio sobre ti misma son quizás un poco menos asombrosos. Se acercan más a lo que yo puedo comprender.

—Te entiendo. Crees que mis sentimientos jamás han sido muy poderosos. Durante cuatro meses, Marianne, todo esto me ha pesado en la mente sin haber podido hablar de ello a nadie en el mundo; sabiendo que, cuando lo supieran, tú y mi madre serían enormemente desgraciadas, e incluso así impedida de prepararlas para ello ni en lo más mínimo. Me lo contó... de alguna manera me fue impuesto por la misma persona cuyo más antiguo compromiso destrozó todas mis expectativas; y me lo contó, así lo pensé, con aire de triunfo. Tuve, por tanto, que vencer las sospechas de esta persona intentando parecer indiferente allí donde mi interés era más hondo. Y no ha sido solo una vez; una y otra vez he tenido que escuchar sus esperanzas y alegrías. Me he sabido separada de Edward para siempre, sin saber ni siquiera una circunstancia que me hiciera desear menos la unión. Nada hay que lo haya hecho menos digno de estima, ni nada que asegure que le soy indiferente. He tenido que luchar contra la mala voluntad de su hermana y la insolencia de su madre, y he sufrido los castigos de querer a alguien sin lucrarme de sus ventajas. Y todo esto ha estado ocurriendo en momentos en que, como tan bien lo sabes, no era el único dolor que me afligía.

Si puedes creerme capaz de sentir alguna vez... con toda seguridad podrías suponer que he sufrido ahora. La tranquila mesura con que actualmente he llegado a tomar lo ocurrido, el consuelo que he estado dispuesta a aceptar, han sido producto de un titánico esfuerzo; no llegaron por sí mismos; en un comienzo no contaba con ellos para aliviar mi espíritu... no, Marianne. Entonces, si no hubiera estado ligada al silencio, quizá nada... ni siquiera lo que le debía a mis amigos más queridos... me habría impedido mostrar abiertamente que era muy desgraciada.

Marianne estaba completamente consternada.

—¡Ay, Elinor! —exclamó—. Me has hecho odiarme para siempre. ¡Qué desalmada he sido contigo! Contigo, que has sido mi único alivio, que me has acompañado en toda mi miseria, ¡que parecías sufrir únicamente por mí! ¿Así es como te lo agradezco? ¿Es esta la única recompensa que puedo ofrecerte? Porque tu valía me aplastaba, he estado intentando desconocerla.

A esta confesión siguieron las más tiernas caricias. Dado el estado de ánimo en que se encontraba ahora, Elinor no tuvo dificultad alguna para obtener de ella todas las promesas que requería; y a pedido suyo, Marianne se comprometió a no tocar nunca el tema con la más mínima apariencia de amargura; a estar con Lucy sin dejar traslucir el menor incremento en el desagrado que sentía por ella; e incluso a ver al mismo Edward, si el azar los juntaba, sin disminuir en nada su habitual cordialidad. Todas eran grandes concesiones, pero cuando Marianne sentía que había hecho algún daño, nada que pudiera hacer para repararlo le parecía mucho.

Cumplió con creces su promesa de ser discreta. Prestó atención a todo lo que la señora Jennings tenía que decir sobre el tema sin mudar de color, no discrepó con ella en nada, y tres veces se la escuchó decir "Sí, señora". Su única reacción al escucharla alabar a Lucy fue cambiar de asiento, y cuando la señora Jennings mencionó el cariño de Edward, tan solo se le hizo un nudo en la garganta. Tantos avances en el heroísmo de su hermana hicieron que Elinor se sintiera capaz de afrontar todo.

La mañana siguiente las puso otra vez a prueba con la visita de su hermano, que llegó con un aspecto muy serio a discutir el nefasto asunto y traerles noticias de su esposa.

—Habrán sabido, supongo —les dijo con gran solemnidad, no bien se hubo sentado—, del excepcional descubrimiento que ayer tuvo lugar bajo nuestro techo.

Todos hicieron gestos de asentimiento; parecía un momento demasiado sublime para las palabras.

—Mi esposa —continuó— ha sufrido lo indecible. También la señora Ferrars... en suma, ha sido una escena muy difícil y dolorosa; pero confío en que capearemos la tormenta sin que ninguno de nosotros resulte demasiado deprimido. ¡Pobre Fanny! Estuvo con ataques histéricos todo el día de ayer. Pero no desearía alarmarlas demasiado. Donovan dice que no hay nada demasiado importante que temer; es de buena naturaleza y capaz de enfrentarse a cualquier cosa. ¡Lo ha sobrellevado con la entereza de un ángel! Dice que no volverá a pensar bien de nadie; ¡y no es de extrañar, tras haber sido engañada en esa forma! Recibir tanta ingratitud tras mostrar tanta bondad y entregar tanta confianza. Fue obedeciendo a la generosidad de su corazón que invitó a estas jóvenes a su casa; simplemente porque pensó que se merecían algunas atenciones, que eran unas muchachas inofensivas y bien educadas y que serían una compañía agradable; porque por otra parte ambos deseábamos enormemente haberte invitado a ti y a Marianne a quedarse con nosotros, mientras la gentil amiga donde se están quedando ahora atendía a su hija. ¡Y ahora verse así recompensados! "Con todo el corazón", dice la pobre Fanny con su modo cariñoso, "deseaba que hubiéramos invitado a tus hermanas en vez de a ellas".

Hizo en este momento una pausa, aguardando los agradecimientos del caso; y habiéndolos conseguido, continuó.

—Lo que sufrió la pobre señora Ferrars cuando Fanny se lo contó, es indescriptible. Mientras ella, con el más sincero afecto, había estado planificando la unión más conveniente para él, ¡cómo pensar que todo el tiempo él había estado comprometido con otra persona! ¡No se le habría pasado por la mente sospechar algo así! Y si hubiera sospechado la existencia de cualquier predisposición de parte de él, no la hubiera buscado por ese lado. "Ahí, se los aseguro", dijo, "me habría sentido a salvo". Ha sido un verdadero calvario para ella. Conversamos entre nosotros, entonces, sobre cómo debía obrarse, y finalmente ella decidió enviar a buscar a Edward. Él acudió. Pero me es muy triste contarles lo que sucedió. Todo lo que la señora Ferrars pudo decir para inducirlo a poner fin al compromiso, reforzado, como pueden suponer, por mis argumentos y las súplicas de Fanny, resultó inútil. El deber, el cariño, todo lo despreció. Jamás había pensado que Edward fuese tan empecinado, tan insensible. Su madre le explicó los generosos proyectos que tenía para él, en caso de que se casase con la señorita Morton; le dijo que le traspasaría las propiedades de Norfolk, las cuales, descontando las contribuciones, producen sus buenas mil libras al año; incluso le ofreció, cuando las cosas se pusieron mal, subirlo a mil doscientas; y por el contrario, si persistía en esta unión tan desventajosa, le describió las inevitables penurias que acompañarían su matrimonio. Le insistió en que las dos mil libras de que personalmente dispone serían todo su haber; no lo volvería a ver nunca más; y estaría tan lejos de prestarle la menor ayuda, que si él fuera a asumir cualquier profesión con miras a obtener un mejor ingreso, haría todo lo que estuviera en su mano para impedirle progresar en ella.

Ante esto, Marianne, en un arrebato de indignación, golpeó sus manos exclamando:

—¡Dios santo! ¡Cómo es posible!

—Bien puede sorprenderte, Marianne —replicó su hermano—, la obstinación capaz de resistir argumentos como esos. Tu exclamación es absolutamente lógica.

Marianne iba a protestar, pero recordó sus promesas, y se frenó.

—Todos estos esfuerzos, sin embargo —continuó él—, fueron inútiles. Edward dijo muy poco; pero cuando habló, lo hizo de la manera más decidida. Nada podría convencerlo de renunciar a su compromiso. Cumpliría con él, costase lo que costase.

—Entonces —exclamó la señora Jennings con súbita sinceridad, incapaz de seguir guardando silencio—, ha actuado como un hombre honrado. Le ruego me perdone, señor Dashwood, pero si él hubiera hecho otra cosa, habría pensado que era un villano. En algo me incumbe este asunto, al igual que a usted, porque Lucy Steele es prima mía, y creo que no hay mejor muchacha en el mundo, ni otra más merecedora de un buen marido.

John Dashwood no cabía en sí de asombro; pero era tranquilo por naturaleza, poco dado a irritarse, y nunca tenía intenciones de ofender a nadie, en especial a nadie con dinero. Fue así que replicó, sin ningún rencor:

—Por nada del mundo hablaría yo sin respeto de algún familiar suyo, señora. La señorita Lucy Steele es, me atrevería a decir, una joven muy digna, pero en el caso actual, debe saber usted que la unión no puede llevarse a cabo. Y haberse comprometido en secreto con un joven entregado al cuidado de su tío, especialmente el hijo de una mujer de tan gran fortuna como la señora Ferrars, quizás es, considerado en conjunto, un poquito fuera de lugar. En pocas palabras, no es mi intención desacreditar la conducta de nadie a quien usted estime, señora Jennings. Todos le deseamos la mayor felicidad a su prima, y la conducta de la señora Ferrars ha sido en todo momento la que adoptaría cualquier madre buena y consciente en semejantes circunstancias. Se ha comportado con dignidad y generosidad. Edward ha echado su propia suerte, y temo que le va a salir mal.

Marianne expresó con un lamento un temor parecido; y a Elinor se le encogió el corazón al pensar en los sentimientos de Edward mientras desafiaba las amenazas de su madre por una mujer que no podía recompensarlo.

—Bien, señor —dijo la señora Jennings—, ¿y cómo acabó todo?

—Me apena decir, señora, que con la más desgraciada ruptura: Edward ha perdido para siempre la consideración de su madre. Ayer abandonó su casa, pero ignoro a dónde se ha ido o si está todavía en la ciudad; porque, ciertamente, nosotros no podemos preguntar nada.

—¡Pobre joven! ¿Y qué va a ser de él?

—Sí, por cierto, señora. Qué pena da pensarlo. ¡Nacido con la expectativa de tanta riqueza! No puedo imaginar una situación más desventurada. Los intereses de dos mil libras, ¡cómo va a vivir una persona con eso! Y cuando, además, se piensa que, de no haber sido por su propia locura en tres meses más habría recibido dos mil quinientas libras anuales (puesto que la señorita Morton posee treinta mil libras), no puedo imaginar situación más nefasta. Todos debemos lamentarlo; y más aún considerando que ayudarlo está totalmente fuera de nuestras manos.

—¡Pobre joven! —exclamó la señora Jennings—. Les aseguro que de muy buen grado le daría alojamiento y comida en mi casa; y así se lo diría, si pudiera verlo. No está bien que tenga que costearse todo solo ahora, viviendo en posadas y tabernas.

Elinor le agradeció íntimamente por su deferencia hacia Edward, aunque no podía evitar reírse ante la forma en que era expresada.

—Si tan solo hubiese hecho por sí mismo —dijo John Dashwood— lo que sus amigos estaban dispuestos a hacer por él, estaría ahora en la situación que le corresponde y nada le habría faltado. Pero tal como son las cosas, ayudarlo está fuera del alcance de nadie. Y hay algo más que se está preparando en su contra, peor que todo lo anterior: su madre ha decidido, empujada por un estado de ánimo muy comprensible, asignar de inmediato a Robert las mismas propiedades que, en las condiciones adecuadas, habrían sido de Edward. La dejé esta mañana con su abogado, hablando de la herencia.

—¡Bien! —dijo la señora Jennings—, esa es su venganza. Cada uno lo hace a su manera. Pero no creo que yo me vengaría dando independencia económica a un hijo porque el otro se me había portado mal.

Marianne se levantó y marchó de la habitación.

—¿Puede haber algo más mortificante para el espíritu de un hombre —continuó John— que ver a su hermano menor dueño de una propiedad que podría haber sido suya? ¡Pobre Edward! Lo compadezco de corazón.

Tras algunos minutos más entregado al mismo tipo de expansiones, terminó su visita; y asegurándoles repetidas veces a sus hermanas que no había ningún peligro grave en la indisposición de Fanny y que, por lo tanto no debían preocuparse por ella, se fue, dejando a las tres damas con unánimes sentimientos sobre los sucesos del momento, al menos en lo que tocaba a la conducta de la señora Ferrars, la de los Dashwood y la de Edward.

La indignación de Marianne estalló no bien su hermano dejó la habitación; y como su explosión hacía imposible la reserva de Elinor e innecesaria la de la señora Jennings, las tres se unieron en una muy animada crítica de lo acontecido.

Capítulo XXXVIII

La señora Jennings elogió cálidamente la conducta de Edward, pero solo Elinor y Marianne comprendían el auténtico mérito de ella. Únicamente ellas sabían qué escasos eran los incentivos que podían haberlo tentado a la desobediencia, y cuán poco alivio, más allá de la conciencia de hacer lo correcto, le quedaría tras la pérdida de sus amigos y su fortuna. Elinor se enorgullecía de su integridad; y Marianne le perdonaba todas sus ofensas por generosidad ante su castigo. Pero aunque el haber salido todo a la luz les devolvió la confianza que siempre había existido entre ellas, no era un tema en el que ninguna de las dos quisiera detenerse demasiado cuando se encontraban a solas. Elinor lo evitaba por principio, pues advertía lo mucho que tendía a transformársele en una idea fija con las demasiado entusiastas y positivas certezas de Marianne, esto es, su creencia en que Edward la seguía queriendo, un pensamiento del cual ella más bien deseaba sacarse de encima; y el valor de Marianne pronto la abandonó al intentar conversar sobre un tema que cada vez le producía una mayor desazón consigo misma, puesto que necesariamente la llevaba a comparar la conducta de Elinor con la suya propia.

Sentía todo el peso de la comparación, pero no como su hermana había esperado, incitándola ahora a hacer un esfuerzo; lo sentía con el dolor de un continuo reprocharse a sí misma, lamentaba con enorme amargura no haberse esforzado nunca antes, pero ello solo le traía la tortura de la penitencia sin la esperanza de la reparación. Su espíritu se había debilitado a tal grado que todavía se sentía incapaz de ningún esfuerzo, y así lo único que lograba era desanimarse más.

Durante uno o dos días no tuvieron ninguna otra noticia de los problemas de Harley Street o de Bartlett's Buildings. Pero aunque ya sabían tanto del tema que la señora Jennings podría haber estado bastante ocupada en difundirlo sin tener que averiguar más, desde un comienzo esta había decidido hacer una visita de consuelo e inspección a sus primas tan pronto como pudiera; y nada sino el verse estorbada por más visitas que lo habitual le había impedido cumplirlo en el plazo fijado. Al tercer día tras haberse enterado de los pormenores del tema, el clima fue tan agradable, un domingo tan hermoso, que muchos se dirigieron a los jardines de Kensington, aunque solo corría la segunda semana de marzo. La señora Jennings y Elinor estaban entre ellos; pero Marianne, que sabía que los Willoughby estaban de nuevo en la ciudad y vivía en constante temor de encontrarlos, prefirió quedarse en casa antes que aventurarse a ir a un lugar tan público.

Poco después de haber llegado al parque, se les unió y siguió con ellas una íntima amiga de la señora Jennings, a la cual esta dirigió toda su conversación; Elinor no lamentó esto en absoluto, porque le permitió dedicarse a pensar tranquilamente.

No vio ni trazas de los Willoughby o de Edward, y durante algún rato de nadie que de una u otra forma, grata o ingrata, le fuera interesante. Pero al final, y con una cierta sorpresa de su parte, se vio abordada por la señorita Steele, quien, aunque con algo de timidez, se manifestó encantada de haberse encontrado con ellas, y a instancias de la muy gentil invitación de la señora Jennings, dejó por un instante a su propio grupo para unírseles. De inmediato, la señora Jennings se dirigió a Elinor en un hilo de voz:

—Sáquele todo, querida. A usted la señorita Steele le contará cualquier cosa con solo preguntárselo. Ya ve usted que yo no puedo dejar a la señora Clarke.

Por suerte para la curiosidad de la señora Jennings, sin embargo, y también la de Elinor, la señorita Steele contaba cualquier cosa sin necesidad de que le hicieran preguntas, porque de otra manera no se habrían enterado de nada.

—Me alegra tanto haberla encontrado —le dijo a Elinor, tomándola familiarmente del brazo—, porque más que nada en el mundo quería verla. —Y luego, bajando la voz—: Supongo que la señora Jennings ya sabrá todo. ¿Está enojada?

—En absoluto, según creo, ni mucho menos.

—Qué bien. Y *lady* Middleton, ¿está ella enojada?

—No veo por qué habría de estarlo.

—Me alegra muchísimo escucharlo. ¡Dios santo! ¡Lo he pasado tan mal con esto! En toda mi vida había visto a Lucy tan furiosa. Primero juró que jamás volvería a arreglarme ninguna toca nueva ni haría ninguna otra cosa por mí; pero ahora ya se ha aplacado y somos tan amigas como siempre. Mire, anoche le hizo este lazo a mi sombrero y le colocó la pluma. Ya, ahora también usted se va a reír de mí. Pero, ¿por qué no había yo de usar cintas rosadas? A mí no me importa si es el color favorito del reverendo. Por mi parte, estoy segura de que nunca habría sabido que sí lo prefería por sobre todos los demás, de no ser porque a él se le ocurrió decirlo. ¡Mis primas me han estado dando tanto la lata! Créame, a veces no sé qué hacer cuando estoy con ellas.

Se había desviado a un tema en el cual Elinor no tenía nada que objetar, y así pronto juzgó conveniente ver cómo volver al primero.

—Y bueno, señorita Dashwood —su tono era victorioso—, la gente puede pensar lo que quiera respecto de que el señor Ferrars haya decidido terminar con Lucy, porque no hay tal, puede creerme; y es una vergüenza que se hagan correr tan odiosos rumores. Sea lo que fuere que Lucy piense al respecto, usted sabe que nadie tenía por qué afirmarlo como algo cierto.

—Le aseguro que no he escuchado a nadie comentar tal cosa —dijo Elinor.

—¿Ah no? Pero sé muy bien que sí lo han dicho, y más de una persona; porque la señorita Godby le dijo a la señorita Sparks que nadie en su sano juicio podría esperar que el señor Ferrars renunciara a una mujer como la señorita Morton, dueña de una fortuna de treinta mil libras, por Lucy Steele, que no tiene donde caerse muerta; y lo escuché de la misma señorita Sparks. Y además, también mi primo Richard dijo que temía que cuando hubiera que poner las cartas sobre la mesa, el señor Ferrars desaparecería; y cuando Edward no se nos acercó en tres días, yo misma no sabía qué creer; pensaba para mí que Lucy lo daba por perdido, pues nos fuimos de la casa de su hermano el miércoles y no lo vimos en todo el jueves, viernes y sábado, y no sabíamos qué había sido de él. En un momento Lucy pensó escribirle, pero luego su espíritu se rebeló ante la idea. Sin embargo, él apareció hoy por la mañana, justo cuando volvíamos de la iglesia; y allí supimos todo: cómo el miércoles le habían pedido ir a Harley Street y su madre y todos los demás le habían hablado, y cómo él había declarado ante todos que solo amaba a Lucy y que no, se casaría con nadie sino con Lucy. Y cómo había estado tan preocupado por lo ocurrido, que justo al salir de la casa de su madre había montado en su caballo y se había dirigido a no sé qué lugar en el campo; y cómo se había quedado en una posada todo el jueves y el viernes, para pensar qué hacer. Y tras pensar una y otra vez todo el asunto, dijo que le parecía que ahora que no tenía fortuna, que no tenía nada en absoluto, sería una maldad pedirle a Lucy que mantuviera el compromiso, porque con ello saldría perdiendo, dado que él solo tenía dos mil libras y ninguna esperanza de nada más; y si él iba a tomar las órdenes religiosas, como en ocasiones había planeado hacer, no obtendría nada sino una parroquia, y, ¿cómo iban a vivir con eso?

No soportaba pensar que a ella no le fuera mejor en la vida, así que le imploró, si ello le importaba aunque fuera un poco, poner término de inmediato a todo el asunto y dejar que él se las ingeniara por sí mismo. Todo esto se lo escuché decir con entera claridad. Y fue completamente por el bien de ella, y pensando en ella, no en él, que habló de terminar el compromiso. Puedo jurar que nunca dijo una sílaba respecto de haberse cansado de ella o desear casarse con la señorita Morton o nada que se le parezca. Pero, en todo caso, Lucy no quiso prestar oído a palabras tan acertadas, y así le dijo de inmediato (con mucha dulzura y amor, ya sabe, todo eso... ¡Uy!, una no puede repetir esas cosas, ya sabe)... le dijo enseguida que no tenía ninguna intención de romper el compromiso, porque podía vivir con él y sin nada, y por poco que fuera lo que él tenía, ella se contentaría con eso, o algo así. Entonces él se alegró muchísimo, y hablaron durante un rato acerca de la conducta a seguir, y estuvieron de acuerdo en que él tomara las órdenes lo más pronto posible y en que debían postergar su boda hasta que él pudiera obtener un beneficio. Y justo en ese momento no pude seguir escuchando, porque mi prima me llamó desde abajo para decirme que la señora Richardson había llegado en su coche y llevaría a una de nosotras a los jardines de Kensington; así que me vi obligada a entrar en la habitación e interrumpirlos para preguntarle a Lucy si deseaba ir, pero no quería dejar a Edward; así que corrí arriba y me puse un par de medias de seda, y me vine con los Richardson.

—No entiendo bien qué quiere decir con eso de interrumpirlos —dijo Elinor—; ustedes estaban en la misma habitación, ¿o no?

—¡Por supuesto que no! ¡Vaya, señorita Dashwood! ¿Acaso piensa que la gente se dice palabras de amor cuando hay alguien más presente? ¡Pero, cómo se le ocurre! Estoy segura de que usted sabe de eso mucho más que yo —dijo riendo de manera afectada—. No, no; estaban encerrados en la sala, y todo lo que oí fue solo escuchando a través de la puerta.

—¡Cómo! —exclamó Elinor—. ¿Me ha estado repitiendo cosas de las que se enteró únicamente escuchando a través de la puerta? Lamento no haberlo sabido antes, pues de ninguna manera habría aceptado que me comunicara pormenores de una conversación que usted misma no debía conocer. ¿Cómo pudo actuar tan mal con su hermana?

—¡Pero no! Qué problema va a haber con eso. Me limité a detenerme junto a la puerta y a escuchar todo lo que podía. Y estoy segura de que Lucy habría hecho lo mismo conmigo, porque hace uno o dos años, cuando Martha Sharpe y yo compartíamos tantos secretos, ella no tenía empacho en esconderse en un armario, o tras la pantalla de la chimenea, para escuchar de lo que hablábamos.

Elinor intentó cambiar de tema, pero era imposible alejar a la señorita Steele por más de un par de minutos de lo que ocupaba el primer lugar en su cabeza.

—Edward habla de irse pronto a Oxford —manifestó—, pero por el momento está alojado en el N° ... de Pall Mall. Qué mala persona es su madre, ¿no? ¡Y su hermano y su cuñada tampoco fueron muy correctos! Pero no le voy a hablar a usted en contra de ellos; y con todo, nos enviaron a casa en su propio carruaje, lo que fue más de lo que yo esperaba. Y por mi parte, yo estaba horrorizada de que su cuñada fuera a pedir que le devolviéramos los acericos que nos había dado uno o dos días atrás; pero nada se dijo sobre ellos, y me cuidé de mantener el mío fuera de la vista de los demás. Edward dice que tiene que arreglar algunos asuntos en Oxford, así que debe ir allá por un tiempo; y después, apenas consiga a un obispo, se ordenará. ¡Qué curiosidad me da saber qué parroquia le darán! ¡Dios bendito! —continuó con una risita boba—, apostaría mi vida a que sé lo que dirán mis primas cuando se enteren. Me dirán que le escriba al reverendo, para que le dé a Edward la parroquia de su nuevo beneficio. Sé que lo harán; pero le digo que por nada del mundo haría tal cosa. "¡Ay!", les diré directamente, "como pueden pensar tal cosa. Yo escribirle al reverendo... ¡por favor!".

—Bueno —dijo Elinor—, es un consuelo estar preparada para lo peor. Ya tiene lista su respuesta.

La señorita Steele iba a seguir con el mismo tema, pero la proximidad del grupo con el que había venido la obligó a cambiarlo.

—¡Ay! Ahí vienen los Richardson. Tenía mucho más que contarle, pero tengo que ir a reunirme con ellos ya. Le aseguro que son personas muy respetables. Él hace montones de dinero, y tienen su propio carruaje. No tengo tiempo de hablar personalmente a la señora Jennings, pero por favor dígale que estoy muy contenta de saber que no está enfadada con nosotras, y lo mismo respecto de *lady* Middleton; y si ocurriese cualquier cosa que las obligara a usted y a su hermana a alejarse, y la señora Jennings quisiese compañía, tenga plena seguridad de que estaríamos felices de quedarnos con ella durante todo el tiempo que deseara. Supongo que *lady* Middleton no nos volverá a invitar esta temporada. Adiós; lamento que no estuviera aquí la señorita Marianne. Dele mis más afectuosos recuerdos. ¡Vaya, si está usted usando su vestido de muselina a lunares! ¿Acaso no temía estropearlo?

Tal fue su preocupación al separarse, pues tras haberlo dicho, solo tuvo tiempo de presentar sus respetos y despedirse de la señora Jennings antes de que la señora Richardson reclamara su compañía; y así, Elinor quedó en posesión de información que serviría de alimento a sus reflexiones durante algún tiempo, aunque no se había enterado de casi nada que ya no hubiera previsto y supuesto por sí misma. El matrimonio de Edward y Lucy estaba tan firmemente decidido y la fecha en que tendría lugar tan vagamente imprecisa como ella creía que estarían; según lo había esperado, todo dependía de ese cargo que, hasta el momento, parecía no tener posibilidad alguna de conseguir.

Tan pronto estuvieron de regreso en el carruaje, la señora Jennings se manifestó con ganas de información; pero como Elinor deseaba difundir lo menos posible aquella que, en primer lugar, había sido conseguida de forma tan poco noble, se limitó a una mera repetición de esos simples pormenores que estaba segura que Lucy, por su propio interés, desearía se extendieran. La continuidad de su compromiso y los medios que utilizarían para llevarlo a buen puerto fue todo lo que contó; y esto llevó a la señora Jennings a la siguiente y muy natural observación:

—¡Esperar hasta que consiga un beneficio! Claro, todos sabemos cómo va a terminar eso: esperarán un año, y viendo que así no consiguen nada, se acomodarán en una parroquia de cincuenta libras anuales, más los intereses de las dos mil libras de él y lo poco que el señor Steele y el señor Pratt puedan darle a ella. ¡Y después tendrán un hijo cada año! ¡Y Dios los libre, qué pobres serán! Tengo que ver qué puedo darles para ayudarlos a instalar su casa. Dos doncellas y dos criados decía yo el otro día... ¡qué va! No, no, deben conseguirse una chica fuerte para todo servicio. La hermana de Betty de ninguna manera les serviría ahora.

A la mañana siguiente le llegó a Elinor una carta por correo, de la misma Lucy en estos términos:

«Bartlett's Building, marzo

»Espero que mi querida señorita Dashwood me dispense la libertad que me he tomado al escribirle; pero sé que sus sentimientos de amistad hacia mí harán que le complazca conocer tan buenas noticias de mí y mi querido Edward, después de todos los problemas que debimos enfrentar el último tiempo; por tanto, no me excusaré más y procederé a decirle que, ¡gracias a Dios!, aunque hemos sufrido horriblemente, ahora estamos muy bien y tan felices como siempre deberemos estar, gracias a nuestro mutuo amor. Hemos enfrentado grandes pruebas y grandes persecuciones, pero, al mismo tiempo, debemos agradecer a muchos amigos, entre los cuales usted ocupa uno de los lugares más importantes, cuya gran bondad recordaré siempre con toda mi gratitud, al igual que Edward, a quien le he hablado de ella.

»Estoy segura de que tanto usted como la querida señora Jennings estarán contentas de saber que ayer por la tarde pasé dos felices horas junto a él, que él no quería oír hablar de separarnos, aunque yo, pensando que era mi deber hacerlo, insistí en ello en beneficio de la prudencia, y me habría separado de él en ese mismo instante, de haberlo él aceptado; pero me dijo que ello no ocurriría jamás, no le importaba el enfado de su madre mientras contara con mi amor; nuestras perspectivas no son muy brillantes, a decir verdad,

pero debemos esperar y confiar en que ocurra lo mejor; muy pronto se ordenará, y si estuviera en su poder recomendarlo a quienquiera que tenga un beneficio que otorgar, estoy segura de que no nos olvidará, y la querida señora Jennings también, confiamos en que intercederá por nosotros ante sir John o el señor Palmer, o cualquier amigo que pueda ayudarnos. La pobre Anne ha tenido mucha culpa en todo esto por lo que hizo, pero lo hizo con las mejores intenciones, así que no comento más; espero que no sea un gran problema para la señora Jennings pasar a visitarnos, si alguna mañana viene por aquí, sería muy amable si lo hiciera, y mis primas estarían orgullosas de conocerla. El papel en que escribo me recuerda que ya debo finalizar, rogándole que le presente mis más agradecidos y respetuosos recuerdos, lo mismo que a sir John y lady Middleton, y a los queridos niños, cuando tenga oportunidad de verlos, y mi amor para la señorita Marianne, quedo, etc., etc.»

Tan pronto Elinor terminó de leer la carta, llevó a cabo lo que, según sus conclusiones, era el verdadero objetivo de quien la había escrito, y la colocó en manos de la señora Jennings, que la leyó en voz alta con profusos comentarios de satisfacción y elogios.

—¡Pero qué bien! ¡Y qué preciso escribe! Sí, pues, eso fue muy correcto, liberarlo del compromiso si él así lo quería. Eso fue muy propio de Lucy. ¡Pobre criatura! Con todo el corazón querría poder conseguirle un beneficio... Mire, me llama querida señora Jennings. Es una de las mejores muchachas que existe... Muy bien, le digo. Esa frase está muy bien armada. Sí, sí, por supuesto que iré a verla. ¡Qué atenta, piensa en todo el mundo! Gracias, querida, por mostrármela. Es una de las cartas más bonitas que yo haya leído, y habla muy bien de la inteligencia y los sentimientos de Lucy.

CAPÍTULO XXXIX

Las señoritas Dashwood llevaban ya algo más de dos meses en la ciudad, y la impaciencia de Marianne por irse crecía de día en día. Añoraba el aire, la libertad, la tranquilidad del campo; y se imaginaba que si algún lugar podía traerle paz, ese lugar era Barton. No era más pequeña la ansiedad de Elinor, cuyo deseo de partir enseguida era menor al de Marianne únicamente en la medida en que era consciente de las dificultades de un viaje tan largo, algo que la última se negaba a admitir. Sin embargo, comenzó a pensar seriamente en llevarlo a cabo, y ya había mencionado sus deseos a su gentil anfitriona, que se resistió a ellos con toda la elocuencia de su buena voluntad, cuando surgió una posibilidad que, aunque aún las mantenía lejos del hogar durante algunas semanas más, en conjunto le pareció a Elinor mucho más adecuada que ningún otro plan. Los Palmer se irían a Cleveland alrededor de fines de marzo, por Pascua de Resurrección; y la señora Jennings, junto a sus dos amigas, recibieron una muy calurosa invitación de Charlotte para acompañarlos. En sí mismo, este ofrecimiento no habría sido bastante para la delicadeza de la señorita Dashwood; pero como fue respaldado por una muy afectuosa amabilidad de parte del señor Palmer, y a ello se sumó la enorme mejoría que había experimentado su trato hacia ellas desde que se supo que su hermana pasaba por momentos muy desventurados, pudo aceptarlo con gran satisfacción.

Cuando le dijo a Marianne lo que había hecho, sin embargo, la primera reacción que tuvo no fue muy auspiciosa.

—¡Cleveland! —exclamó muy nerviosa—. No, no puedo ir a Cleveland.

—Te olvidas —le respondió Elinor gentilmente que la casa de Cleveland no está... que no está en las vecindades de...

—Pero es en Somersetshire... Yo no puedo ir a Somersetshire... Ahí, adonde tanto deseé ir... No, Elinor, no puedes obligarme a que vaya allá.

Elinor no quiso discutir sobre la conveniencia de superar tales sentimientos; se limitó a esforzarse en contrarrestarlos recurriendo a otros; y, así, le pintó ese viaje como una forma de fijar el plazo en que podrían volver donde su querida madre, a quien tanto deseaba ver, de la manera más conveniente y cómoda, y quizá sin gran dilación. Desde Cleveland, que estaba a unas pocas millas de Bristol, la distancia a Barton no era más de un día de viaje, aunque fuera un largo día; y el criado de su madre podía fácilmente ir ahí para acompañarlas; y como no tendrían que quedarse en Cleveland más de una semana, podrían estar de vuelta en casa en poco más de tres semanas a contar desde entonces.

Como el amor de Marianne por su madre era sincero, debía vencer, con muy pocas objeciones, los males imaginarios que ella había puesto en marcha.

La señora Jennings estaba tan lejos de sentirse hastiada de sus huéspedes, que las instó con gran vehemencia a que volvieran con ella a su casa desde Cleveland. Elinor le agradeció la atención, pero esta no consiguió cambiar sus planes; y con el inmediato acuerdo de su madre, tomaron todas las providencias necesarias para volver al hogar en las mejores condiciones posibles; y Marianne encontró un cierto consuelo en poner por escrito las horas que aún la separaban de Barton.

—¡Ah, coronel! No sé qué haremos, usted y yo, sin las señoritas Dashwood —fueron las palabras que le dirigió la señora Jennings la primera vez que él la visitó tras haberse fijado el regreso de Elinor y Marianne—, porque están decididas a volver a su casa desde donde los Palmer; ¡y qué solitarios estaremos cuando yo vuelva aquí! ¡Dios! Nos sentaremos a mirarnos con la boca abierta, más aburridos que un par de gatos.

Quizá la señora Jennings tenía la esperanza de que este expresivo anuncio de su futuro tedio lo incitara a hacer esa proposición que le permitiría liberarse de tal destino; y si así era, poco después tuvo motivos para creer que había conseguido su objetivo; pues al acercarse Elinor a la ventana para tomar de forma más fácil las medidas de un grabado que iba a copiar para su amiga, él la siguió con una mirada extrañamente significativa y conversó con ella durante varios minutos. Tampoco el efecto que tuvo esta conversación en la joven escapó a la observación de la señora Jennings, pues aunque era demasiado digna para estar escuchando, e incluso para no escuchar se había cambiado de lugar a uno cercano al piano donde Marianne estaba tocando, no pudo evitar ver que a Elinor se le habían subido los colores, escuchaba con gran agitación y estaba demasiado concentrada en lo que él decía para seguir con su tarea. Confirmando aún más sus esperanzas, en el intervalo en que Marianne cambiaba de una lección a otra no pudo evitar que llegaran a sus oídos algunas de las palabras del coronel, con las cuales parecía estar excusándose por el mal estado de su casa. Esto eliminó toda duda en ella. Le extrañó, es cierto, que él pensara que ello era necesario, pero supuso que sería el camino correcto. No pudo distinguir la respuesta de Elinor, pero a juzgar por el movimiento de sus labios, parecía pensar que esa no era una objeción de peso; y la señora Jennings la alabó en su espíritu por su honradez. Siguieron hablando después sin que pudiera captar ni una palabra más, cuando otra afortunada pausa en la ejecución de Marianne le hizo llegar estas palabras en la tranquila voz del coronel:

—Temo que no pueda realizarse muy pronto.

Atónita y espantada ante palabras tan poco propias de un enamorado, estuvo casi a punto de exclamar a viva voz, "¡Dios! ¡Y qué trabas podría haber!"; pero frenando su impulso, se limitó a exclamar para sí: "¡Qué extraño! Seguro que no necesita esperar a ser más viejo".

Esta tardanza de parte del coronel, sin embargo, no pareció ofender ni mortificar en lo más mínimo a su hermosa compañera, pues cuando poco después terminaban de hablar y se separaban en direcciones opuestas, la señora Jennings escuchó claramente a Elinor diciendo, con voz que mostraba que sentía lo que decía:

—Para siempre me sentiré en deuda con usted.

La señora Jennings se sintió encantada ante esta muestra de gratitud, y tan solo se extrañó de que el coronel, tras escuchar tales palabras, pudiera despedirse, según lo hizo de inmediato, con la mayor sangre fría, ¡y marcharse sin responderle nada! Jamás habría pensado que su viejo amigo sería un pretendiente con tan poco calor.

Lo que realmente hablaron entre ellos, fue como sigue:

—He sabido —dijo él, con enorme piedad de la injusticia cometida con su amigo, el señor Ferrars, por su familia—; si estoy en lo cierto, lo han proscrito completamente por persistir en su compromiso con una joven muy agradable. ¿Se me ha informado bien? ¿Es así?

Elinor le respondió afirmativamente.

—La crueldad, la malvada crueldad —replicó él, con gran énfasis— de dividir, o intentar dividir a dos jóvenes que se quieren, es terrible. La señora Ferrars no sabe lo que puede estar haciendo, a lo que puede conducir a su hijo. Dos o tres veces he visto al señor Ferrars en Harley Street, y me agrada mucho. No es un joven al que se pueda llegar a conocer íntimamente en poco tiempo, pero lo he visto lo suficiente para desearle el bien por sus propios méritos, y en cuanto amigo suyo, se lo deseo todavía más. Entiendo que desea ordenarse. ¿Tendría la bondad de decirle que el beneficio de Delaford, que acaba de quedar vacante, según me han informado en el correo de hoy, es suyo si cree que vale la pena aceptarlo? Aunque, quizá, en las desventuradas circunstancias en que ahora se encuentra parecería insensato dudarlo. Solo desearía que el beneficio fuera de mayor valor. Es una rectoría, pero pequeña; creo que el último titular no hacía más de doscientas libras al año, y aunque por supuesto puede mejorar, temo que no en la cantidad que le permitiría al señor Ferrars un ingreso más holgado. Sin embargo, en las actuales circunstancias tendré mucho gusto en presentarlo. Por favor, dígaselo.

El asombro de Elinor ante este encargo difícilmente habría sido mayor si el coronel en verdad le hubiera estado ofreciendo matrimonio. Tan solo dos días atrás había pensado que Edward no tenía esperanza alguna de conseguir el cargo que le permitiría casarse, y ahora era suyo; ¡y ella, nada menos que ella, era la encargada de hacérselo saber! Su emoción fue grande, aunque la señora Jennings la hubiera atribuido a otra causa; y aun si en ella se mezclaban pequeños sentimientos menos puros, menos agradables, también sentía una enorme gratitud y aprecio, que expresó en cálidas palabras, por la general benevolencia y los especiales sentimientos de amistad que habían llevado al coronel a realizar ese gesto. Se lo agradeció de todo corazón, elogió ante él los principios y disposición de Edward de la manera en que creía se lo merecían, y prometió llevar a cabo el encargo con gran placer, si en verdad era su deseo dar a otra persona una tarea tan agradable.

Pero, al mismo tiempo, no pudo evitar pensar que nadie la cumpliría mejor que él. Era, en pocas palabras, una misión de la cual le habría gustado verse libre, por no infligir a Edward el dolor de recibir un favor de ella; pero el coronel Brandon, a quien guiaba idéntica delicadeza para preferir no hacerlo él mismo, parecía tan empeñado en que ella se hiciera cargo, que de ninguna manera pudo Elinor negarse. Pensaba que Edward aún se encontraba en la ciudad, y por fortuna le había escuchado su dirección a la señorita Steele. Podía, entonces, cumplir con dárselo a conocer ese mismo día. Tras haberse acordado esto, el coronel Brandon comenzó a hablar de las ventajas que para él representaba haber conseguido un vecino tan respetable y agradable; y fue entonces que lamentó que la casa fuera pequeña y de regular calidad, un problema al cual Elinor, tal como la señora Jennings supuso que había hecho, no dio mayor importancia, al menos en lo concerniente al tamaño de la vivienda.

—A mi ver —le dijo—, no significará ninguna traba para ellos el que la casa sea pequeña, porque será proporcional a su familia y a sus ingresos.

El coronel se sorprendió al descubrir que ella pensaba en el matrimonio de Edward como la consecuencia directa de la propuesta, pues no imaginaba posible que el beneficio de Delaford pudiera aportar el tipo de ingreso con el que alguien acostumbrado al estilo de vida del joven se atrevería a establecerse, y así lo manifestó.

—Esta pequeña rectoría no da más que para mantener al señor Ferrars como soltero; no le permite casarse. Lamento decir que mi ayuda termina aquí, y tampoco mi participación va más lejos. Sin embargo, si por alguna imprevista casualidad estuviera en mi poder prestarle una nueva ayuda, tendría que haber cambiado mucho mi opinión sobre él si en ese instante no estuviera tan dispuesto a serle útil como sinceramente quisiera poder serlo ahora. Lo que hoy hago parece poco, dado que le permite avanzar tan escasamente hacia el que debe ser su principal, su único motivo de felicidad. Su matrimonio todavía debe seguir siendo un bien lejano; al menos, creo que no pueda realizarse muy pronto.

Tal fue la frase que, al equivocar su sentido, ofendió de manera tan justa los delicados sentimientos de la señora Jennings; pero tras este relato de lo que en verdad ocurrió entre el coronel Brandon y Elinor mientras estaban junto a la ventana, la gratitud expresada por esta al separarse quizás aparezca, en general, no menos razonablemente encendida ni menos adecuadamente enunciada que si su causa hubiera sido una oferta de matrimonio.

CAPÍTULO XL

—Bien, señorita Dashwood —dijo la señora Jennings con una sonrisa perspicaz apenas se hubo ido el caballero—, no le preguntaré lo que le ha estado diciendo el coronel, pues aunque, por mi honor, intenté no escuchar, no pude evitar oír bastante para entender lo que él pretendía. Le aseguro que nunca en mi vida he estado más feliz, y le deseo de todo corazón que ello la llene de júbilo.

—Gracias, señora —dijo Elinor—. Es motivo de gran alegría para mí, y siento que hay una gran sensibilidad en la generosidad del coronel Brandon. No muchos hombres actuarían como él lo ha hecho. ¡Pocos tienen un corazón tan dadivoso! En toda mi vida había estado tan asombrada.

—¡Buen Dios, querida, qué modesta es usted! A mí no me extraña nada, porque en los últimos días he pensado muchas veces que era muy probable que ocurriera.

—Usted juzgaba a partir de la benevolencia general del coronel; pero al menos no podía prever que la oportunidad se presentaría tan pronto.

—¡La oportunidad! —repitió la señora Jennings—. ¡Ah! En cuanto a eso, una vez que un hombre se ha decidido en estas cosas, se las arreglará de una u otra forma para encontrar una oportunidad. Bien, querida, la felicito de nuevo; y si alguna vez ha habido una pareja feliz en el mundo, creo que pronto sabré dónde buscarla.

—Piensa ir a Delaford tras ellos, supongo —dijo Elinor con una débil sonrisa.

—Claro, querida, por supuesto que lo haré. Y en cuanto a que la casa no sea buena, no sé a qué se referiría el coronel, porque es de las mejores que he visto.

—Decía que necesitaba algunos arreglos.

—Bien, ¿y de quién es la culpa? ¿Por qué no la arregla? ¿Quién sino él tendría que hacerlo?

Las interrumpió la entrada del criado, con el anuncio de que el carruaje ya estaba en la puerta; y la señora Jennings, preparándose de inmediato para salir, manifestó:

—Bien, querida, tengo que irme antes de haber dicho ni la mitad de lo que quería. Pero podremos conversarlo minuciosamente a la noche, porque estaremos solas. No le pido que venga conmigo, porque me imagino que tiene la mente demasiado llena para querer compañía; y, además, debe estar ansiosa de ir a contarle todo a su hermana.

Marianne había abandonado la habitación antes de que empezaran a conversar.

—Desde luego, señora, se lo contaré a Marianne; pero por el momento no se lo mencionaré a nadie más.

—¡Ah, está bien! —dijo la señora Jennings algo desencantada—. Entonces no querrá que se lo cuente a Lucy, porque pienso llegar hasta Holborn hoy.

—No, señora, ni siquiera a Lucy, si me hace el favor. Una tardanza de un día no significará mucho; y hasta que no le escriba al señor Ferrars, pienso que no hay que contarlo a nadie más. Lo haré pronto. Es importante no perder tiempo en lo que a él concierne, porque, por supuesto, tendrá mucho que hacer con su ordenación.

Este discurso al comienzo dejó totalmente perpleja a la señora Jennings. Al principio no entendió por qué había que escribirle a Edward sobre el asunto con tanto apuro. Unos momentos de reflexión, sin embargo, tuvieron como resultado una muy feliz idea, que le hizo exclamar:

—¡Ahá! Ya la entiendo. El señor Ferrars va a ser el hombre. Bien, mejor para él. Claro, por supuesto que tiene que darse prisa en tomar las órdenes; y me alegra mucho que las cosas estén tan adelantadas entre ustedes. Pero, querida, ¿no es algo inusitado? ¿No debiera ser el coronel quien le escriba? Seguro que él es la persona adecuada.

Elinor no entendió el significado de las primeras palabras de la señora Jennings, y tampoco le pareció que valía la pena aclararlo; y así, contestó solo a la parte final.

—El coronel Brandon es un hombre tan cortés, que preferiría que fuera cualquier otra persona la que le comunique sus intenciones al señor Ferrars.

—Y entonces usted tiene que hacerlo. Bueno, ¡esa sí que es una curiosa amabilidad! Pero —añadió al ver que se preparaba a escribir— no la molestaré más. Usted conoce mejor sus propios asuntos. Así que adiós, querida. Es la mejor noticia que he tenido desde que Charlotte dio a luz.

Y marchó, solo para volver de nuevo rápidamente.

—Acabo de acordarme de la hermana de Betty, querida. Estaría feliz de conseguirle un ama tan buena. Pero en verdad no sé si servirá para doncella de una dama. Es una excelente sirvienta, y maneja muy bien la aguja. Pero usted decidirá todo eso cuando lo necesite.

—Por supuesto, señora —replicó Elinor, sin escuchar mucho lo que le decían, y más deseosa de estar sola que de su cháchara.

Cómo comenzar, cómo explicarse en su nota a Edward, era todo lo que le preocupaba ahora. Las singulares circunstancias existentes entre ellos hacían difícil eso que a cualquier otra persona le habría resultado lo más fácil del mundo; pero ella temía por igual decir demasiado o demasiado poco, y se quedó pensando frente al papel, con la pluma en la mano, hasta que la interrumpió la entrada del propio Edward.

Había ido a dejar su tarjeta de despedida y se había encontrado en la puerta con la señora Jennings, cuando esta se dirigía al carruaje; y ella, tras excusarse por no regresar con él, lo había obligado a entrar diciéndole que la señorita Dashwood estaba arriba y quería hablar con él sobre un asunto muy especial.

Hacía poco Elinor había estado felicitándose en medio de sus vacilaciones, pensando que por difícil que pudiera ser expresarse adecuadamente por escrito, al menos era preferible dar información de palabra, cuando la repentina entrada de su visitante la sorprendió y turbó extraordinariamente, obligándola a un nuevo esfuerzo, quizás el mayor de todos. No lo había visto desde que se había hecho público su compromiso y, por tanto, desde que él se había enterado de que ella ya lo sabía; y esto, sumado a su conciencia de lo que había estado pensando, y a lo que tenía que decirle, la hizo sentirse especialmente incómoda durante algunos minutos. También Edward estaba confuso, y se sentaron uno frente al otro en una situación que prometía ser incómoda. Él no podía recordar si se había excusado por su entrada sin avisar en la habitación; pero, para mayor seguridad, lo hizo formalmente tan pronto pudo decir palabra, tras tomar asiento.

—La señora Jennings me informó —dijo— que usted deseaba hablarme; al menos, eso fue lo que entendí... o de ninguna manera le habría impuesto mi presencia en esta forma; aunque, al mismo tiempo, habría lamentado mucho abandonar Londres sin haberla visto a usted y a su hermana; en especial considerando que con toda seguridad transcurrirá un buen tiempo... no es probable que tenga luego el placer de verlas otra vez. Marcho a Oxford mañana.

—No se habría ido, sin embargo —dijo Elinor, recuperándose y decidida a terminar lo antes posible con aquello que tanto temía—, sin haber recibido nuestras mejores felicitaciones, aunque no hubiéramos podido ofrecérselas personalmente. La señora Jennings estaba muy en lo cierto en lo que dijo. Tengo algo importante que decirle, que estaba a punto de informarle por escrito. Me han encomendado la más grata tarea —se ahoga en la respiración—. El coronel Brandon, que estuvo aquí hace tan solo diez minutos, me ha encargado decirle que, sabiendo que usted piensa ordenarse, tiene el enorme placer de ofrecerle el beneficio de Delaford, que acaba de quedar vacante, y que tan solo desearía que fuera de mayor valor. Permítame mis parabienes por tener un amigo tan honorable y prudente, y unirme a su deseo de que el beneficio, que alcanza alrededor de doscientas libras al año, representara una suma más sustanciosa, una que le permitiera... dado que puede ser algo más que una plaza temporal para usted... en pocas palabras, una que le permitiera cumplir todos sus deseos de felicidad.

Como Edward no fue capaz de decir por sí mismo lo que sintió, difícilmente puede esperarse que otro lo diga por él. En apariencia, mostraba todo el asombro que una información tan inesperada, tan insospechada no podía dejar de producir; pero tan solo dijo estas tres palabras:

—¡El coronel Brandon!

—Sí —continuó Elinor, sintiéndose más decidida ahora que, al menos en parte, ya había pasado lo peor—; el coronel Brandon desea testimoniarle así su preocupación por los últimos sucesos, por la cruel situación en que lo ha puesto la injustificable conducta de su familia... una preocupación que le aseguro compartimos Marianne, yo y todos sus amigos; y también lo ofrece como prueba de la alta estima en que lo tiene a usted, y en especial como signo de su aprobación por la conducta que usted ha tenido en esta ocasión.

—¡El coronel Brandon me ofrece a mí un beneficio! ¿Puede ser verdad?

—La falta de generosidad de sus parientes lo lleva a pasmarse de encontrar amistad en otras partes.

—No —replicó él, formándose una repentina idea sobre lo que debía haber sucedido—, no de encontrarla en usted, porque no puedo ignorar que a usted, a su bondad, debo todo esto. Lo que siento... si pudiera, lo expresaría; pero, como usted bien sabe, no soy orador.

—Está muy equivocado. Le aseguro que lo debe por completo, o casi por completo, a su propio mérito, y a la percepción que de él tiene el coronel Brandon. No he tenido participación alguna en esto. Ni siquiera sabía, hasta que me comunicó sus planes, que el beneficio estaba vacante; y tampoco se me había ocurrido que él pudiera otorgar tal beneficio. En tanto amigo mío y de mi familia, puede que quizá... de hecho estoy segura de que su placer en otorgarlo es más grande; pero, le doy mi palabra, usted no debe nada a ninguna intervención mía.

En honor a la verdad, debía reconocer una participación, aunque fuera pequeña, en la acción; pero al mismo tiempo era tan poco lo que deseaba aparecer como la benefactora de Edward, que lo admitió con reservas, lo que probablemente contribuyó a que en la mente de él se fijara esa idea que hacía poco le había aparecido como sospecha. Durante algunos momentos después de que Elinor terminó de hablar, se mantuvo sumido en sus pensamientos; finalmente, como haciendo un esfuerzo, dijo:

—El coronel Brandon parece un hombre de gran valer y respetabilidad. Siempre he escuchado hablar de él en esos términos, y sé que el señor Dashwood, su hermano, lo estima mucho. Sin duda es un hombre de gran sensatez y un perfecto caballero en sus modales.

—Es cierto —replicó Elinor—, y estoy segura de que, al conocerlo mejor, descubrirá que es todo eso que usted ha escuchado sobre él; y como serán vecinos tan cercanos (porque entiendo que la rectoría es casi colindante con la casa principal), es especialmente importante que sí lo sea.

Edward no contestó; pero cuando ella volvió la cabeza hacia otro lado, la miró de manera tan seria, tan intensa, tan poco alegre, que con sus ojos parecía decir que, a partir de ese instante, él habría deseado que la distancia entre la rectoría y la mansión fuera mucho mayor.

—¿El coronel Brandon, según pienso, se aloja en St. James Street? —le dijo a continuación, levantándose de su asiento.

Elinor le dio el número de la casa.

—Debo darme prisa, entonces, para manifestarle la gratitud que a usted no he podido ofrecer; para asegurarle que me ha hecho muy... muy feliz.

Elinor no procuró retenerlo; y se separaron después de que ella le hubo asegurado muy formalmente sus más firmes deseos de felicidad en todos los cambios de circunstancias que debiera vivir; y que él hizo algunos esfuerzos por corresponder los mismos buenos deseos, aunque sin saber bien cómo expresarlos.

"Cuando lo vuelva a ver", se dijo Elinor mientras la puerta se cerraba tras él, "lo que veré será el marido de Lucy".

Y con esta agradable premonición se sentó a meditar sobre el pasado, recordar las palabras e intentar comprender los sentimientos de Edward; y, por supuesto, a reflexionar sobre su propio disgusto.

Cuando la señora Jennings volvió a casa, aunque venía de ver a gente que nunca había visto antes y sobre la que, por tanto, debía tener mucho que decir, tenía la mente tanto más llena del importante secreto en su poder que de cualquier otra cosa, que retomó el tema apenas apareció Elinor.

—Bien, querida —exclamó—, le envié al joven. Estuvo bien, ¿verdad? Y supongo que no se topó con mayores obstáculos. ¿No lo encontró demasiado reacio a aceptar su propuesta?

—No, señora; no era de esperar tal cosa.

—Bien, ¿y cuándo estará preparado? Pues parece que todo depende de eso.

—En realidad —dijo Elinor—, sé tan poco de esta clase de formalidades, que difícilmente puedo hacer conjeturas sobre el tiempo o la preparación que se requiera; pero supongo que en dos o tres meses podrá completar su ordenación.

—¿Dos o tres meses? —exclamó la señora Jennings—. ¡Dios mío, querida! ¡Y lo dice con tanto sosiego! ¡Y el coronel debiendo esperar dos o tres meses! ¡Que Dios me libre! Creo que yo no tendría aguante. Y aunque cualquiera estaría muy contento de hacerle un servicio al pobre señor Ferrars, ciertamente pienso que no vale la pena esperarlo dos o tres meses. Seguro que se podrá encontrar a alguien más que sirva igual... alguien que ya haya recibido las órdenes.

—Mi querida señora —dijo Elinor—, ¿de qué está hablando? Pero, si el único objetivo del coronel Brandon es prestarle un servicio al señor Ferrars.

—¡Que Dios la bendiga, querida mía! ¡No creo que esté intentando convencerme de que el coronel se casa con usted para darle diez guineas al señor Ferrars!

Tras esto el engaño no pudo continuar, y de inmediato dio paso a una explicación que en el momento divirtió enormemente a ambas, sin pérdida importante de felicidad para ninguna de las dos, porque la señora Jennings se limitó a cambiar una alegría por otra, y todavía sin abandonar sus expectativas respecto de la primera.

—Sí, sí, la rectoría no deja de ser pequeña —dijo, tras la primera fiebre de su sorpresa y satisfacción—, y probablemente necesite arreglos;

¡pero escuchar a un hombre disculpándose, tal como lo pensé, por una casa que, por lo que sé, tiene cinco salas de estar en el primer piso y, según creo haberle escuchado al ama de llaves, tiene cabida para quince camas...! ¡Y para usted también, acostumbrada a vivir en la casita de Barton! Parecía tan ridículo. Pero, querida, debemos sugerirle al coronel que modernice algo la rectoría, que la acomode para ellos antes de que llegue Lucy.

—Pero el coronel Brandon no parece creer que el beneficio sea bastante para permitirles casarse.

—El coronel es un papanatas, querida; como él tiene dos mil libras al año para vivir, cree que nadie puede casarse con menos. Le doy mi palabra de que, si estoy viva, haré una visita a la rectoría de Delaford antes de la fiesta de san Miguel; y créame que no pienso ir si Lucy no está allí.

Elinor era de la misma opinión en cuanto a que probablemente no iban a aguardar más.

CAPÍTULO XLI

Tras haber ido a agradecer al coronel Brandon, Edward se dirigió a casa de Lucy con su felicidad a cuestas; y esta era tan grande cuando llegó a Bartlett's Buildings, que al día siguiente la joven pudo asegurarle a la señora Jennings, que la había ido a visitar para felicitarla, que nunca antes en toda su vida lo había visto tan alegre.

Por lo menos la felicidad de Lucy y su estado de ánimo no dejaban lugar a dudas, y con gran entusiasmo se unió a la señora Jennings en sus expectativas de un grato encuentro en la rectoría de Delaford antes del día de san Miguel. Al mismo tiempo, estaba tan lejos de negar a Elinor el crédito que Edward le daría, que se refirió a su amistad por ambos con la más entusiasta gratitud, estaba pronta a reconocer cuánto le debían, y declaró abiertamente que ningún esfuerzo, presente o futuro, que realizara la señorita Dashwood en bien de ellos la sorprendería, puesto que la creía capaz de cualquier cosa por aquellos a quienes realmente apreciaba. En cuanto al coronel Brandon, no solo estaba dispuesta a adorarlo como a un santo, sino que, más aún, verdaderamente deseaba que en todas las cosas terrenales se lo tratara como tal; deseaba que las contribuciones que recibía aumentaran al máximo; y secretamente decidió que, una vez en Delaford, se valdría lo más posible de sus criados, su carruaje, sus vacas y sus gallinas.

Había pasado ya una semana desde la visita de John Dashwood a Berkeley Street, y como desde entonces no habían tenido ninguna noticia sobre la indisposición de su esposa más allá de una averiguación verbal, Elinor comenzó a pensar que era necesario hacerle una visita. Sin embargo, tal obligación no solo iba en contra de sus propios principios, sino que, además, no encontraba ningún ánimo en sus compañeras. Marianne, no satisfecha con negarse absolutamente a ir, intentó con todas sus fuerzas impedir que fuera su hermana; y en cuanto a la señora Jennings, aunque su carruaje estaba siempre al servicio de Elinor, era tanto lo que le disgustaba la señora de John Dashwood, que ni el cotilleo de averiguar cómo estaba tras el tardío descubrimiento, ni su intenso deseo de agraviarla tomando partido por Edward, pudieron vencer su inclinación a estar de nuevo en su compañía. Como resultado, Elinor partió sola a una visita que nadie podía tener menos deseos de hacer, y a correr el riesgo de un *tête-à-tête* con una mujer que a nadie podía repugnarle con más motivos que a ella.

Le dijeron que la señora Dashwood no estaba; pero antes de que el carruaje pudiera regresar, por casualidad salió su esposo. Manifestó gran placer en encontrarse con Elinor, le dijo que en ese momento iba a visitarlas a Berkeley Street, y asegurándole que Fanny estaría feliz de verla, la invitó a entrar.

Subieron hasta la sala. Estaba vacía.

—Supongo que Fanny está en su habitación —le dijo—; iré a buscarla de inmediato, porque estoy seguro de que no tendrá ningún inconveniente en verte a ti... lejos de ello, en realidad. Especialmente ahora... pero, de todos modos, tú y Marianne siempre fueron sus favoritas. ¿Por qué no vino Marianne?

Elinor la disculpó lo mejor que supo.

—No lamento verte a ti sola —replicó él—, porque tengo mucho que hablar contigo. Este beneficio del coronel Brandon, ¿es verdad? ¿Realmente se lo ha ofrecido a Edward? Lo escuché ayer por casualidad, e iba a verte con el propósito de averiguar más sobre ello.

—Es completamente cierto. El coronel Brandon le ha conferido el beneficio de Delaford a Edward.

—¿Es posible? ¡Qué inaudito! ¡No hay ninguna relación, ningún parentesco entre ellos! ¡Y ahora que los beneficios se negocian a un precio tan alto! ¿Cuánto da este?

—Cerca de doscientas libras al año.

—Muy bien, y para la siguiente postulación a un beneficio de ese valor, suponiendo que el último titular haya sido viejo y de mala salud, y lo fuera a dejar vacante luego, podría haber conseguido, digamos, mil cuatrocientas libras. ¿Y cómo es posible que no dejara listo ese asunto antes de que muriera esta persona? Por supuesto, ahora es muy tarde para venderlo, ¡pero alguien con la sensatez del coronel Brandon! ¡Me extraña que haya sido tan poco previsor en algo por lo que es tan usual, tan natural preocuparse! Bien, estoy convencido de que casi todos los seres humanos tienen enormes fallos.

Pensando en ello, sin embargo, creo que esto puede ser lo que ha ocurrido: Edward mantendrá el beneficio hasta que la persona a quien el coronel realmente ha vendido la postulación tenga la edad suficiente para hacerse cargo de él. Sí, sí, es lo que ha sucedido, puedes estar segura.

Elinor lo contradijo, sin embargo, por completo; y lo obligó a aceptar su autoridad en la materia contándole que el coronel Brandon le había encomendado a ella transmitir su ofrecimiento a Edward y, por tanto, tenía que entender bien los términos en que había sido realizado.

—¡Es en verdad impensable! —exclamó él, después de escuchar sus palabras—. ¿Y qué motivo habrá tenido el coronel para hacerlo?

—Uno muy sencillo: ayudar al señor Ferrars.

—Bien, bien; sea lo que fuere el coronel Brandon, ¡Edward Ferrars es un hombre con suerte! Sin embargo, no le menciones a Fanny este asunto; porque aunque lo ha sabido por mí y lo ha tomado bastante bien, no querrá oír referirse mucho a ello.

En este punto le costó algo a Elinor refrenarse de observar que, a su parecer, Fanny bien podría haber sobrellevado con sano equilibrio la adquisición de un capital por parte de su hermano a través de medios que no significaban un empobrecimiento ni para ella ni para su hijo.

—La señora Ferrars —añadió él, bajando la voz a un tono acorde con la importancia del tema— hasta ahora no sabe nada de esto, y creo que será mejor ocultárselo mientras podamos. Cuando se realice la boda, temo que deberá enterarse de todo.

—Pero, ¿por qué habría de tomarse tales precauciones? Aunque no se debiera suponer que la señora Ferrars pueda tener la menor satisfacción al saber que su hijo tiene el dinero suficiente para vivir... tal cosa sería impensable; pero, ¿por qué, después de lo que hizo, debe suponerse que a ella le importe algo? Ha terminado con su hijo, lo ha expulsado de su lado para siempre y ha hecho que todos aquellos sobre quienes tiene influencia se comporten igual. Con toda seguridad, después de haber hecho esto no es posible imaginarla capaz de sentir alguna pena o alegría relacionada con él..., no puede interesarle nada que le suceda. ¡No será tan inconsistente como para despreocuparse del bienestar de un hijo, y luego seguir preocupándose por él como lo haría una madre!

—¡Ay, Elinor! —dijo John—. Tu razonamiento es consistente, pero en su base hay ignorancia de lo que es la naturaleza humana. Cuando se lleve a cabo la infortunada unión de Edward, no te quepa duda de que su madre sufrirá tanto como si jamás lo hubiera arrojado de su lado; por ello, mientras sea posible, es necesario ocultarle todas las circunstancias que puedan adelantar ese espantoso momento. La señora Ferrars jamás podrá olvidar que Edward es su hijo.

—Me sorprendes; habría creído que a estas alturas ya casi se le había borrado de la memoria.

—Estás completamente equivocada. La señora Ferrars es una de las madres más afectuosas que existen.

Elinor guardó silencio.

—Ahora —dijo el señor Dashwood tras una breve pausa—, estamos pensando que Robert contraiga matrimonio con la señorita Morton.

Elinor, sonriendo ante el tono grave e importantísimo de la voz de su hermano, le contestó muy tranquila:

—La dama, me imagino, no tiene libertad en esto.

—¡Libertad! ¿Qué quieres decir?

—Todo lo que quiero decir es que supongo, por tu forma de hablar, que a la señorita Morton le debe dar lo mismo casarse con Edward o con Robert.

—Por supuesto que no hay diferencia alguna; porque ahora Robert, para todos los efectos y propósitos, será considerado el hijo mayor; y en lo demás, ambos son jóvenes muy agradables... no he sabido que uno sea superior al otro.

Elinor volvió a callar, y John también guardó silencio durante algunos instantes. Puso fin a sus reflexiones de la siguiente manera:

—De una cosa, mi querida hermana —le dijo cogiéndole una mano tiernamente y hablándole en un impresionante susurro—, puedes estar segura: y te la haré saber, porque sé que te gustará. Tengo buenas razones para creer... en verdad, lo sé de la mejor fuente o no lo repetiría, porque en caso contrario sería muy incorrecto contarlo... pero lo sé de la mejor fuente... no que se lo haya escuchado decir exactamente a la misma señora Ferrars, pero su hija sí lo hizo, y ella me lo mencionó a mí... que, en resumen, más allá de las objeciones que pudo haber contra cierta... cierta unión... ya me comprendes... la señora Ferrars la habría preferido mil veces, no la habría molestado ni la mitad que esta.

Me sentí muy contento de saber que lo veía desde ese punto de vista... una circunstancia muy gratificante, te imaginarás, para todos nosotros. "No habría tenido punto de comparación", dijo, "de dos males, el menor; y ahora estaría dispuesta a transigir para que no ocurriese nada peor". Pero todo eso está fuera de debate: no hay que pensar en ello, ni mencionarlo; en lo referente a cualquier unión, ya lo sabes... no hay posibilidad alguna... todo eso ha concluido. Pero pensé contarte esto, porque sabía cuánto te complacería. No que tengas nada que lamentar, mi querida Elinor. No cabe duda de que lo estás haciendo muy bien... igual de bien o, si se toma en cuenta todo, quizá mejor... ¿Has estado con el coronel Brandon hace poco?

Elinor había escuchado bastante si no para gratificar su vanidad y elevar su autoestima, para agitar sus nervios y hacerla pensar; y le alegró, por tanto, que la entrada del señor Ferrars la salvara de tener que responder a tanta cosa y del peligro de escuchar más a su hermano. Tras charlar durante algunos momentos, John Dashwood, recordando que aún no había informado a Fanny sobre la presencia de su hermana, abandonó la habitación en su búsqueda. Y Elinor quedó allí con la tarea de mejorar su relación con Robert, el cual, con su alegre despreocupación, con la satisfecha autocomplacencia que le permitía disfrutar de un tan injusto reparto del amor y de la generosidad de su madre en perjuicio de su hermano excluido... amor y generosidad de los que se había hecho merecedor tan solo por su propia vida disipada y la integridad de ese hermano, confirmaba a Elinor en su más negativa opinión sobre su inteligencia y sentimientos.

Casi no habían estado dos minutos a solas cuando él empezó a hablar de Edward, pues también había sabido del beneficio e hizo muchas preguntas sobre ello. Elinor repitió los detalles que ya le había comunicado a John, y el efecto que tuvieron en Robert, aunque muy diferente, no fue menos fuerte. Se rio sin ninguna medida. La idea de Edward transformado en clérigo y viviendo en una pequeña casa parroquial lo divertía extraordinariamente; y cuando a ello agregó la fantástica visión de Edward leyendo plegarias vestido con una sobrepelliz blanca y haciendo las amonestaciones públicas del matrimonio de John Smith y Mary Brown, no pudo imaginarse nada más cómico.

Elinor, en tanto, aguardaba en silencio y con imperturbable gravedad, el fin de tales necedades, sin poder evitar que sus ojos se clavaran en él con una mirada que mostraba todo el desprecio que le infundía. Era una mirada, sin embargo, muy bien dirigida, porque alivió sus sentimientos sin darle a entender nada a él. Cuando él dejó de lado sus comentarios ingeniosos, no lo hizo llevado por ningún reproche de ella, sino por su propia sensibilidad.

—Podemos bromear al respecto —dijo por último, recuperándose de las risas afectadas que habían alargado demasiado la genuina alegría del instante—, pero, a fe mía, es algo muy serio. ¡Pobre Edward! Está arruinado para siempre. Lo lamento enormemente, porque sé que es una criatura de muy buen corazón, tan bien intencionado como el que más. No debe juzgarlo, señorita Dashwood, basándose en lo poco que lo conoce. ¡Pobre Edward! Es cierto que su conducta no es la más adecuada. Pero ya se sabe que no todos nacemos con las mismas capacidades, con el mismo empaque. ¡Pobre muchacho! ¡Imaginarlo entre extraños! ¡Qué cosa tan penosa! Pero a fe mía que es de tan gran corazón como el mejor del reino; y le digo y le aseguro que nada me ha sacudido nunca tanto como esto que ha ocurrido. No podía imaginarlo. Mi madre fue la primera en decírmelo, y yo, sintiendo que debía actuar con firmeza, de inmediato le dije: "Mi querida señora, no sé qué se propone hacer en estas circunstancias, pero en cuanto a mí, debo decirle que si Edward se casa con esta joven, yo no lo volveré a mirar nunca más". Eso fue lo que le dije de inmediato... ¡me sentía escandalizado más allá de todo lo imaginable! ¡Pobre Edward! ¡Se ha hundido por completo! ¡Se ha marginado para siempre de toda sociedad decente! Pero mientras se lo decía directamente a mi madre, no me extrañaba en absoluto; es lo que se podía esperar de la educación que recibió. Mi pobre madre casi se volvió loca.

—¿Ha visto alguna vez a la joven?

—Sí, una vez, cuando estaba alojada en esta casa. Me había dejado caer por unos diez minutos, y me bastó con lo que vi de ella. Una simple muchacha pueblerina, zafia, sin estilo ni elegancia, y casi sin ningún atractivo. La recuerdo a la perfección. Justo el tipo de muchacha que habría creído capaz de cautivar al pobre Edward. Apenas mi madre me contó todo el asunto, enseguida me ofrecí a hablarle, a disuadirlo del enlace; pero, según pude constatar, ya era demasiado tarde para hacer algo, pues por desgracia no estuve ahí en los primeros instantes y no supe nada de lo sucedido hasta después de la ruptura, cuando, ya sabe usted, no me correspondía interferir. Pero si se me hubiera informado unas pocas horas antes, quizás habría podido hacer algo. De todas maneras le habría hecho ver las cosas a Edward con toda claridad. "Mi querido amigo", le habría dicho, "piensa en lo que haces. Estás comprometiéndote en la más desafortunada unión, que toda tu familia desaprueba de forma unánime". En fin, no puedo evitar pensar que habría encontrado alguna manera de conseguirlo. Pero ahora es demasiado tarde. Debe estar muerto de hambre, sabe usted; con toda seguridad, totalmente muerto de hambre.

Acababa de plantear este punto con gran seriedad cuando la llegada de la señora de John Dashwood puso fin al tema. Pero aunque esta nunca lo mencionaba fuera de su propia familia, Elinor pudo ver cómo influía en su mente, visible en ese algo como expresión confundida que tenía al entrar y en un intento de cordialidad en su trato hacia ella. Incluso llegó tan lejos como mostrarse afectada por el hecho de que Elinor y su hermana dejarían tan pronto la ciudad, y había confiado en verlas más; un esfuerzo en el cual su marido, que la había acompañado a la habitación y seguía cada una de sus palabras con aire enamorado, parecía encontrar todo lo que hay de más tierno y agraciado.

CAPÍTULO XLII

Otra breve visita a Harley Street, en la cual Elinor recibió las felicitaciones de su hermano por viajar hasta Barton sin incurrir en ningún gasto y por el hecho de que el coronel Brandon podría seguirlas a Cleveland en uno o dos días, completó el contacto de hermano y hermanas en la ciudad; y una débil invitación de Fanny a que fueran a Norland siempre que llegaran a pasar por ahí, que de todas las cosas posibles era la menos estimable, junto a una promesa más cálida, aunque menos pública, de John a Elinor respecto de una pronta visita a Delaford, fue todo lo que se dijo respecto de un futuro encuentro en el campo.

Divertía a Elinor darse cuenta que todos sus amigos parecían decididos a enviarla a Delaford, de todos los lugares, precisamente el que ahora menos querría visitar o el último en que desearía vivir; pues no solo su hermano y la señora Jennings lo consideraban su futuro hogar, sino que incluso Lucy, al despedirse, la invitó una y otra vez a que la visitara allí.

En los primeros días de abril, y en las primeras horas de la mañana, aunque relativamente temprano, los dos grupos, provenientes de Hanover Square y de Berkeley Street, salieron desde sus respectivos hogares para encontrarse en el camino, según lo habían acordado. Para comodidad de Charlotte y de su hijo gastarían más de dos días en el viaje, y el señor Palmer, moviéndose de manera más libre con el coronel Brandon, se les uniría en Cleveland más tarde.

Marianne, aunque pocas habían sido las horas gratas pasadas en

Londres y ansiosa como estaba desde hacía tanto por alejarse de allí, llegado el momento no pudo evitar una gran pena al decir adiós a la casa donde por última vez había disfrutado de aquellas esperanzas y aquella confianza en Willoughby que ahora se habían apagado para siempre. Tampoco pudo abandonar el lugar en que Willoughby se entregaba a nuevos compromisos y a nuevos planes en los que ella no tendría parte alguna, sin derramar lágrimas amargas.

La satisfacción de Elinor en el momento de la partida fue más positiva. Nada había en Londres que entretuviera sus pensamientos y permaneciera en sus recuerdos; a nadie dejaba atrás de quien separarse para siempre le significara ni un instante de pena; le alegraba liberarse de la persecución de la amistad de Lucy; estaba agradecida por alejar de allí a su hermana sin que se hubiese encontrado con Willoughby desde su matrimonio, y tenía puestas sus esperanzas en lo que unos pocos meses de sosiego en Barton podrían hacer para devolver la paz de espíritu a Marianne, y fortalecer la suya propia.

El viaje transcurrió sin novedad. El segundo día los llevó al querido, o repudiado, condado de Somerset, que así aparecía por turnos en la imaginación de Marianne; y en la mañana del tercer día llegaron a Cleveland.

Cleveland era una casa amplia, de moderna construcción, ubicada en la pendiente de una loma cubierta de pastizales. No tenía parque, pero los jardines eran de buen tamaño; y como cualquier otro lugar de la misma importancia, tenía su monte bajo y su alameda; por un camino de grava lisa que circundaba una plantación se llegaba a la fachada principal de la casa; el césped estaba salpicado de árboles; la casa misma se erguía al resguardo de abetos, serbales y acacias, y todos juntos, mezclados con altos chopos lombardos, constituían una espesa barrera que ocultaba la vista de las habitaciones.

Marianne entró en la casa con el corazón lleno de emoción por saberse a solo ochenta millas de Barton y a no más de treinta de Combe Magna; y antes de haber estado quince minutos entre sus muros, mientras los demás ayudaban a Charlotte, que deseaba mostrarle el niño al ama de llaves, salió de nuevo, escabulléndose por los sinuosos senderos entre los arbustos que acababan de empezar a reverdecer, para alcanzar un montículo distante; y allí, desde un templete griego, su mirada, recorriendo una amplia zona de campiñas hacia el sudeste, pudo posarse tiernamente en las lejanas colinas recortadas contra el horizonte e imaginar que desde sus cumbres se llegaría a divisar Combe Magna.

En tales instantes de preciosa, incomparable angustia, se embriagó en lágrimas de agonía por estar en Cleveland; y al volver por caminos diferentes a la casa, sintiendo el feliz privilegio de gozar de la libertad del campo, de vagar de un lugar a otro en una soberana y lujosa soledad, resolvió entregarse la mayor parte de las horas de todos los días que permanecería con los Palmer al placer de estos vagabundeos solitarios.

Volvió justo a tiempo para unirse a los demás en el instante en que salían de la casa en una excursión por las inmediaciones; y el resto de la mañana pasó rápidamente mientras paseaban con toda calma por el huerto, examinando las enredaderas en flor sobre los muros y escuchando al jardinero lamentarse por las plagas; recorrieron sin apuro el invernadero, donde la pérdida de sus plantas favoritas, incautamente expuestas y quemadas por las heladas, hicieron reír a Charlotte; y visitaron el corral de aves, donde encontró nuevos motivos de regocijo en las rotas esperanzas de la moza: gallinas que abandonaban sus nidos, o se las robaba un zorro, o nidadas de prometedores polluelos que morían antes de su desarrollo.

Como la mañana había estado radiante y sin humedad en el aire, Marianne, con sus proyectos de pasar la mayor parte del tiempo afuera, no pensó que el clima podría cambiar durante su permanencia en Cleveland. Fue una gran decepción, entonces, encontrar que una tenaz lluvia le impedía salir después de la cena. Había confiado en un paseo vespertino al templete griego, y quizá deambular por todo el lugar, y un anochecer nada más que frío o húmedo no la habría acobardado; pero una lluvia densa y persistente ni siquiera a ella podía parecerle un clima seco y agradable para una caminata.

Los de la casa constituían un grupo pequeño, y las horas fueron pasando tranquilamente. La señora Palmer tenía a su hijo y la señora Jennings sus bordados; hablaron de los amigos que habían dejado atrás, organizaron los compromisos de *lady* Middleton y varias veces se preguntaron si el señor Palmer y el coronel Brandon llegarían más allá de Reading esa noche. Elinor, aunque con escaso interés en la conversación, participaba en ella; y Marianne, que tenía el don de arreglárselas en cualquier casa para llegar a la biblioteca, sin importar cuánto la evitara la familia en general, muy pronto se hizo con un libro.

La señora Palmer no escatimaba nada que su constante buen humor y espíritu amistoso pudieran ofrecer para que sus invitadas se sintieran bien confortablemente. La franqueza y cordialidad de su trato compensaba la falta de compostura y elegancia que con frecuencia la hacía fallar en las formalidades de la cortesía; conquistaba con su afabilidad, acreditada por su rostro tan atractivo; sus necedades, aunque evidentes, no desagradaban porque no era orgullosa; y Elinor le habría podido perdonar cualquier cosa, excepto su risa.

La llegada de los dos caballeros al día siguiente, a una cena muy tardía, aportó un grato aumento de la concurrencia y una muy bienvenida variación en las conversaciones, que una larga mañana bajo la misma lluvia sostenida había reducido a niveles muy ínfimos.

Elinor había visto tan poco al señor Palmer, y en ese poco había visto tanta diversidad en su trato a su hermana y a ella misma, que no sabía qué esperar de él al encontrarlo en su propia familia. Lo que encontró, sin embargo, fue un comportamiento totalmente caballeroso hacia todos sus invitados, y solo en ocasiones áspero con su esposa y la madre de ella; lo encontró muy capaz de ser una agradable compañía, y lo único que le impedía serlo siempre era una excesiva capacidad de sentirse tan superior a la gente en general como debía creerse con respecto de la señora Jennings y de Charlotte. En cuanto a los restantes aspectos de su carácter y hábitos, no mostraban, hasta donde Elinor alcanzaba a percibir, ningún rasgo extraño en personas de su sexo y edad. Le gustaba una buena mesa, pero no era puntual; quería a su hijo, pero fingía desdén; y haraganeaba en la mesa de billar durante las mañanas en vez de dedicarlas a los negocios. En conjunto, sin embargo, a Elinor le complacía mucho más de lo que había esperado, y en su corazón no lamentaba que no le pudiera gustar más: no lamentaba que la observación de su epicureísmo, su egoísmo y su presunción la llevaran a descansar con gusto en el recuerdo del generoso temple de Edward, sus gustos sencillos y tímidos sentimientos.

En esos días Elinor recibió noticias de Edward, o al menos de algunos sucesos relacionados con sus intereses, a través del coronel Brandon, que hacía poco había estado en Dorsetshire y que, dirigiéndose a ella al mismo tiempo como amiga desinteresada del señor Ferrars y gentil confidente suya, le conversaba largamente sobre la rectoría de Delaford, describía sus fallos y le contaba qué pensaba hacer para afrontarlos. Su conducta hacia ella en esto, al igual que en todo lo demás; su sincero placer en verla tras una ausencia de tan solo diez días; su disposición a conversar con ella y su respeto por sus opiniones, bien podían justificar que la señora Jennings estuviera convencida de que la quería, y quizá hasta habría bastado para que Elinor también lo sospechara si no creyera, como desde el comienzo, que Marianne seguía siendo su auténtica predilecta. Pero tal como eran las cosas, esa idea no se le habría pasado por la mente de no ser por las insinuaciones de la señora Jennings; y entre las dos, Elinor no podía evitar creerse mejor observadora: ella observaba los ojos del coronel, en tanto la señora Jennings solo pensaba en su conducta; y mientras sus miradas de ansiosa inquietud cuando Marianne comenzó a sentir los primeros síntomas de un fuerte resfriado manifestados en dolores de cabeza y de garganta, al no estar expresadas en palabras escapaban totalmente a la observación de la señora Jennings, ella podía descubrir en sus ojos los vivos sentimientos y la innecesaria ansia de un enamorado.

Dos encantadoras caminatas vespertinas al tercer y cuarto día de su estancia allí, no solo por la grava seca entre los arbustos sino por todo el ámbito, y sobre todo por los rincones más alejados, donde había algo más de vida silvestre que en el resto, donde los árboles eran más viejos y la hierba más larga y húmeda, habían producido en Marianne con la ayuda de la grandísima imprudencia de quedarse con las medias y los zapatos mojados puestos un resfriado tan violento que, aunque durante un día o dos ella intentó restarle importancia o negarlo, terminó por imponerse a través de malestares cada vez mayores, hasta no poder seguir siendo ignorado ni por ella misma ni por el interés de los demás. Por todas partes le llovieron recetas que, como siempre, fueron rechazadas. Aunque se sentía débil y afiebrada, con los miembros adoloridos, tos y la garganta áspera, un buen sueño durante la noche la sanaría por completo; y fue con muchas dificultades que Elinor pudo persuadirla, cuando se fue a la cama, de probar uno o dos de los remedios menos complicados.

CAPÍTULO XLIII

Al día siguiente, Marianne se levantó a la hora de siempre; a todas las preguntas respondió que se encontraba mejor, e intentó convencerse a sí misma de ello dedicándose a sus ocupaciones cotidianas. Pero haber pasado un día completo sentada junto a la chimenea temblando de escalofríos, con un libro en la mano que era incapaz de leer, o echada en un sofá, decaída y sin fuerzas, no demostraba a las claras su mejoría; y cuando por fin se fue temprano a la cama sintiéndose cada vez peor, el coronel Brandon quedó simplemente pasmado ante la tranquilidad de Elinor, que aunque la atendió y cuidó durante todo el día, en contra de los deseos de Marianne y obligándola a tomar las medicinas necesarias en la noche, tenía la misma confianza de ella en la seguridad y eficacia del sueño, y no estaba constantemente asustada.

Una noche muy agitada y febril, sin embargo, frustró las esperanzas de ambas; y cuando Marianne, tras insistir en levantarse se confesó incapaz de sentarse y se devolvió voluntariamente a la cama, Elinor se mostró receptiva a aceptar el consejo de la señora Jennings y enviar a buscar el boticario de los Palmer.

El boticario visitó y examinó a la paciente, y aunque animó a la señorita Dashwood a confiar en que unos pocos días le devolverían la salud a su hermana, al declarar que su dolencia tenía un origen pútrido y permitir que sus labios pronunciaran la palabra "infección", enseguida alarmó a la señora Palmer, por su hijo. La señora Jennings, que desde un comienzo había creído la enfermedad más seria de lo que pensaba Elinor, escuchó con ceño muy serio el informe del señor Harris, y confirmando los temores y preocupación de Charlotte, le recomendó alejarse de allí con su criatura; y el señor Palmer, aunque trató de ligeras sus aprensiones, se vio incapaz de resistir la enorme ansiedad y porfía de su esposa. Se decidió, entonces, su partida; y antes de una hora después de la llegada del señor Harris, marchó con su hijito y la niñera a la casa de una pariente cercana del señor Palmer, que vivía a unas pocas millas de Bath; allí, ante sus insistentes súplicas, su esposo prometió unírsele en uno o dos días, y a ese lugar su madre decidió acompañarla, también obedeciendo a sus ruegos. La señora Jennings, sin embargo, con una bondad que hizo a Elinor realmente quererla, se manifestó decidida a no moverse de Cleveland mientras Marianne siguiera enferma, y a esforzarse mediante sus más atentos cuidados en reemplazar a la madre de quien la había alejado; y en todo momento Elinor encontró en ella una activa y bien dispuesta colaboradora, deseosa de compartir todas sus fatigas y, muy frecuentemente, de gran utilidad por su mayor experiencia en el cuidado de enfermos.

La pobre Marianne, exánime y abatida por el carácter de su enfermedad y sintiéndose totalmente indispuesta, ya no podía confiar en que al día siguiente se restablecería; y pensar en lo que al día siguiente habría ocurrido de no mediar su desafortunada enfermedad, agravó su malestar; porque ese día iban a iniciar su viaje a casa y, acompañadas todo el camino por un criado de la señora Jennings, sorprenderían a su madre a la mañana siguiente. Lo poco que habló fue para lamentar ese inevitable retraso; y ello aunque Elinor intentó levantarle el ánimo y hacerla creer, como en ese momento ella misma lo creía, que esa demora sería muy corta.

El día siguiente trajo poca o ninguna variación en el estado de la paciente; se veía claro que no estaba mejor, y salvo el hecho de que no había ninguna mejoría, no parecía haber empeorado. El grupo se había reducido ahora todavía más, pues el señor Palmer, aunque sin muchos deseos de irse, tanto por espíritu humanitario y bondad natural como por no querer parecer atemorizado por su esposa, terminó dejando que el coronel Brandon lo convenciera de seguirla, según le había prometido; y mientras preparaba su marcha, el coronel Brandon mismo, haciendo un esfuerzo mucho mayor, también comenzó a hablar de irse. En este punto, sin embargo, la bondad de la señora Jennings se interpuso de muy buena forma, pues que el coronel se alejara mientras su amada sufría tal zozobra por causa de su hermana significaría privarlas a ambas de todo alivio; y así, diciéndole sin tardanza que para ella misma era necesaria su presencia en Cleveland, que lo necesitaba para jugar al piquet con ella por las tardes mientras la señorita Dashwood estaba arriba con su hermana, etc., le insistió tanto que se quedara, que él, que al acceder cumplía con lo que su corazón deseaba en primer lugar, no pudo ni siquiera fingir por mucho rato alguna vacilación al respecto, en especial cuando los ruegos de la señora Jennings fueron fervorosamente secundados por el señor Palmer, que parecía sentirse aliviado al dejar allí a una persona tan capaz de apoyar o aconsejar a la señorita Dashwood en cualquier urgencia.

A Marianne, por supuesto, la mantuvieron ajena a todas estas disposiciones. No sabía que había sido la causa de que los dueños de Cleveland tuvieran que dejar su casa antes de la semana de haber llegado. No la sorprendió no ver a la señora Palmer, y como por ello mismo no le preocupaba, nunca mencionaba su nombre.

Dos días habían transcurrido desde la marcha del señor Palmer, y las condiciones de la paciente se mantenían estacionarias, con muy pocos cambios. El señor Harris, que la visitaba todos los días, de forma bastante osada continuaba refiriéndose a una rápida mejoría, y la señorita Dashwood se mostraba igualmente optimista; pero los demás no tenían expectativas tan optimistas. Muy al comienzo del ataque, la señora Jennings había decidido que Marianne nunca se recuperaría; y el coronel Brandon, cuyo principal servicio era escuchar los presagios de la señora Jennings, no estaba en un estado de ánimo capaz de resistir su influencia. Intentó recurrir a la razón para superar temores que la opinión diferente del boticario hacía parecer absurdos; pero la gran cantidad de horas que cada día pasaba a solas eran demasiado propicias para alimentar pensamientos adversos, y no podía borrar de su mente la convicción de que no iba a ver más a Marianne con vida.

En la mañana del tercer día, sin embargo, las sombrías predicciones de ambos resultaron casi fallidas, pues cuando llegó el señor Harris declaró a su paciente mucho mejor. Tenía el pulso más fuerte y mostraba síntomas mucho más favorables que en su visita anterior. Elinor, confirmadas sus más gratas esperanzas, era toda alegría. Estaba feliz porque, en las cartas a su madre, se había atenido a su propio juicio y no al de sus amigos, y por haberle restado importancia a la indisposición que había retrasado su partida de Cleveland, y casi se atrevió a fijar la fecha en que Marianne podría viajar.

Pero el día no terminó de manera tan prometedora como había comenzado. Hacia el anochecer Marianne empeoró, con más pesadez, agitación y malestar que antes. Su hermana, sin embargo, todavía optimista, prefería atribuir el cambio solo a la falta de haber estado sentada mientras le hacían la cama; y tras hacerle tomar con todo cuidado los cordiales recetados, con alegría la vio sumirse en un sopor que esperaba fuese muy favorable. Su sueño, aunque no tan sosegado como habría esperado Elinor, duró un tiempo considerable; y esta, ansiosa de observar por sí misma los resultados, decidió quedarse a su lado hasta que despertara. La señora Jennings, que no estaba enterada del cambio operado en la paciente, se fue a la cama más temprano que de costumbre; su doncella, una de las principales encargadas del cuidado de la enferma, estaba buscando algo de distracción en la habitación del ama de llaves, y Elinor permanecía sola con Marianne.

El sueño de Marianne empezó a hacerse cada vez más agitado; y Elinor, que en ningún momento dejaba de observar atentamente sus continuos cambios de posición y escuchar los reiterados, aunque inarticulados quejidos que salían de sus labios, casi deseaba sacarla de un sopor tan penoso cuando Marianne, repentinamente despierta ante un ruido imprevisto en la casa, se irguió sobresaltada, exclamando en un desvarío febril:

—¿Ha venido mamá?

—Todavía no —replicó su hermana, ocultando su miedo y ayudando a Marianne a tenderse nuevamente—; aunque espero que después estará aquí. Hay un largo trecho, lo sabes, desde aquí a Barton.

—Pero no debe dar la vuelta por Londres —exclamó Marianne, con el mismo tono agitado—. Jamás la volveré a ver, si va a Londres.

Alarmada, Elinor se dio cuenta de que Marianne estaba delirando, y mientras intentaba sosegarla, ansiosamente le tomó el pulso. Era más débil y rápido que nunca; y al ver que Marianne seguía desvariando acerca de mamá, su temor aumentó hasta el punto de decidirla a enviar de urgencia por el señor Harris y despachar un mensajero a Barton para hacer venir a su madre. Junto con esta resolución, pensó en consultar de inmediato con el coronel Barton la mejor forma de llevarla a cabo; y así, tan pronto hubo llamado a la doncella para que la reemplazara junto a su hermana, se apresuró a bajar a la sala donde sabía que por lo general él siempre se encontraba, aunque mucho más tarde que en el momento actual.

No era momento para titubeos. Enseguida le hizo presente sus temores y sus dificultades. Sus temores, el coronel no tenía ni el valor ni la confianza necesarios para intentar aplacarlos: los escuchó con silencioso desánimo; pero de sus dificultades se hizo cargo de inmediato, pues con una rapidez que parecía evidenciar que mentalmente ya había previsto la ocasión y el servicio requerido, se ofreció a ser el mensajero que traería a la señora Dashwood. Elinor no presentó ninguna objeción que no fuera fácilmente rebatida. Le agradeció con palabras breves pero fervorosas, y mientras él se apresuraba a enviar a su criado con un mensaje para el señor Harris y una orden para conseguir caballos de posta rápidamente, ella le escribió unas pocas líneas a su madre.

El consuelo de un amigo como el coronel Brandon en esos instantes, de un compañero de esa clase para su madre... ¡qué enorme gratitud despertaba en ella! ¡Un amigo cuyo juicio la iba a guiar, cuya compañía aliviaría su dolor y cuyo afecto quizá la calmaría...! En la medida en que la perturbación que debía producir en ella una llamada como esa pudiera serle suavizada, su presencia, su trato y su ayuda con toda seguridad iban a conseguirlo.

Él, mientras, sintiera lo que sintiese, actuaba con toda la firmeza de una mente equilibrada; hizo todos los arreglos necesarios con la mayor presteza, y calculó con exactitud el momento en que ella podría aguardar su vuelta. No perdió ni un segundo en demoras de ningún tipo. Llegaron los caballos incluso antes de que se los esperara, y el coronel Brandon, limitándose a estrechar la mano de Elinor con una mirada solemne y unas pocas palabras dichas en una voz demasiado baja para que llegaran a sus oídos, se apresuró a montar en el carruaje. Eran entonces aproximadamente las doce, y Elinor volvió a la alcoba de su hermana para esperar la llegada del boticario y velar junto a ella por el resto de la noche. Fue una noche de padecimientos casi iguales para ambas hermanas. Hora tras hora fueron pasando en insomne dolor y delirio por parte de Marianne, y la más cruel ansiedad en Elinor, antes de que apareciera el señor Harris. Se habían despertado los temores de Elinor, que la hacían pagar con creces toda su anterior seguridad, y la sirviente sentada junto a ella —porque no había permitido que llamaran a la señora Jennings, la hacía sufrir aún más al insinuar las cosas que su ama había pensado desde al principio.

A intervalos, las ideas de Marianne seguían fijas sin coherencia en su madre, y cada vez que mencionaba su nombre, el corazón de la pobre Elinor sufría una punzada de dolor; se reprochaba haber tomado a la ligera tantos días de enfermedad, y deseando un socorro inmediato, pensaba que pronto todo socorro sería inútil, que todo se había retrasado demasiado, y se imaginaba a su afligida madre llegando demasiado tarde a ver a su preciosa hija con vida o en uso de su razón.

Se encontraba a punto de enviar a buscar de nuevo al señor Harris o, si él no podía acudir, solicitar nuevos consejos, cuando el boticario —pero no antes de las cinco— hizo su aparición. Su opinión, sin embargo, compensó en algo su retraso, pues aunque reconoció un cambio inesperado y desfavorable en su paciente, insistió en que no había un peligro grave y se refirió al alivio que un nuevo tratamiento debía procurar con una confianza que, en menor grado, se comunicó a Elinor. Prometió venir de nuevo dentro de las tres o cuatro horas siguientes, y dejó tanto a su paciente como a la preocupada acompañante más tranquilas de lo que las había hallado.

La señora Jennings se enteró de lo sucedido por la mañana, dando muestras de gran preocupación y con muchos reproches por no haber sido llamada a ayudar. Sus antiguos temores, que ahora revivían con mucha mejor base, no le dejaron duda alguna sobre lo ocurrido; y aunque se esforzaba en consolar a Elinor, su certeza sobre el peligro que corría su hermana no le permitía ofrecerle el consuelo de la esperanza. Su corazón estaba realmente apesadumbrado. El rápido decaer, la temprana muerte de una muchacha tan joven, tan adorable como Marianne, habría podido afectar incluso a una persona menos cercana. Pero Marianne podía esperar más de la compasión de la señora Jennings. Durante tres meses le había servido de compañía, todavía estaba a su cuidado, y se sabía que la habían herido profundamente y que había sufrido durante largo tiempo. También veía la angustia de la hermana, que era muy en especial su favorita; y en cuanto su madre, cuando la señora Jennings pensaba que quizá Marianne sería para ella lo que Charlotte era para sí misma, sentía una especial compasión por sus padecimientos.

El señor Harris fue puntual en su segunda visita, pero las esperanzas que había colocado en los efectos de la anterior se vieron fracasados. Sus medicamentos no habían surtido efecto; la fiebre no había remitido; y Marianne, solo más tranquila —no más dueña de sí— permanecía en un extraño sopor. Elinor, captando todos, y más que todos sus temores en un solo instante, propuso solicitar más consejos. Pero él lo juzgó innecesario; todavía tenía algo más que intentar, una nueva prescripción en cuyo éxito confiaba tanto como en el de la última, y su visita concluyó con cálidas palabras de seguridad que llegaron a los oídos de la señorita Dashwood, pero no lograron alcanzar su ánimo. Aunque se mantenía tranquila, excepto cuando pensaba en su madre, casi había perdido las esperanzas; y en este estado siguió hasta mediodía, casi siempre moviéndose del lado de su hermana, su mente saltando de una imagen de dolor a otra, de un amigo acongojado a otro, con su espíritu deprimido al máximo por la conversación de la señora Jennings, que no tenía reparos en atribuir la gravedad y peligro de este trastorno a las muchas semanas en que Marianne ya antes había estado indispuesta a causa de su desengaño. Elinor sentía cuán razonable era esa idea, y ello le asignaba un nuevo dolor añadido a sus pensamientos.

Cerca del mediodía, sin embargo, comenzó —pero con una cautela, un temor a ilusionarse falsamente que durante algún rato la hicieron callar, incluso frente a su amiga— a imaginar, a tener la esperanza de estar percibiendo una ligera mejoría en el pulso de su hermana; esperó, vigiló, lo examinó una y otra vez; y finalmente, con una agitación más difícil de ocultar bajo un exterior calmado que toda su angustia precedente, se atrevió a comunicar sus esperanzas. La señora Jennings, aunque obligada tras un examen a reconocer una recuperación temporal, intentó que su joven amiga evitara entregarse a la idea de que continuaría así; y Elinor, recorriendo mentalmente todos los argumentos que le recomendaban desconfiar, también se dijo que no debía fraguar esperanzas. Pero era demasiado tarde. La esperanza ya había hecho su entrada; y ella, sintiendo su ansioso aletear, se inclinó sobre su hermana para aguardar... ya ni sabía qué. Pasó media hora, y los síntomas favorables continuaban bendiciéndola. Incluso aparecieron otros, confirmándolos. Su respiración, su piel, sus labios, todos apelaban a Elinor con señales de mejoría, y Marianne fijó sus ojos en ella con una mirada racional, aunque lánguida. La ansiedad y la esperanza la acosaban en igual medida, impidiéndole un momento de tranquilidad hasta la llegada del señor Harris a las cuatro, cuando las seguridades que le dio, sus felicitaciones por una recuperación de su hermana que incluso sobrepasaba sus expectativas, le entregaron confianza y consuelo, y pudo dejar correr lágrimas de alegría.

Marianne estaba notablemente recuperada en todo sentido, y el señor Harris la declaró totalmente fuera de peligro. La señora Jennings, quizá satisfecha porque sus presagios solo habían recibido justificación parcial en la última alarma que habían vivido, se permitió confiar en el juicio del boticario y admitió con gran alegría, y pronto con indudable gozo, la probabilidad de una total recuperación.

Elinor no podía estar alegre. Su gozo era de una clase diferente, y llevaba a algo muy distinto a la alegría. Marianne devuelta a la vida, a la salud, a los amigos y a su amorosa madre, era una idea que le llenaba el corazón de dulce consuelo y se lo expandía en fervorosa gratitud; pero no se manifestaba ni en demostraciones externas de alegría, ni en palabras o sonrisas. Todo lo que abrigaba el pecho de Elinor era satisfacción, silenciosa y fuerte.

Continuó junto a su hermana con escasos lapsos toda la tarde, sosegando cada uno de sus temores, satisfaciendo cada una de las interrogantes de su fatigado espíritu, prestando todos los auxilios necesarios y vigilando casi cada mirada y cada aliento. Ciertamente, en algunos instantes se le hizo presente la posibilidad de una recaída, recordándole lo que era la ansiedad; pero cuando sus frecuentes y minuciosos exámenes le mostraron que continuaban todos y cada uno de los síntomas de recuperación, y a las seis vio a Marianne sumirse en un sueño tranquilo, ininterrumpido y, según todas las apariencias, confortable, disipó todas sus dudas.

Se acercaba ya el momento en que podía esperarse el regreso del coronel Brandon. A las diez, creía Elinor, o no mucho más tarde, su madre se vería libre del terrible suspense con que ahora debía ir viajando hacia ellas. ¡Quizá también el coronel era apenas un poco menos merecedor de piedad! ¡Ah, cuán lento transcurría el tiempo que aún los mantenía en la incertidumbre!

A las siete, dejando a Marianne todavía entregada a un reparador sueño, se unió a la señora Jennings en la sala para tomar té. Sus temores la habían mantenido incapaz de desayunar, y en la cena el giro repentino de los acontecimientos le había impedido comer mucho; el actual refrigerio, entonces, con los sentimientos de gozo con que Elinor llegaba a él, fue favorablemente bien recibido. Al terminar, la señora Jennings quiso convencerla de que descansara algo antes de la llegada de su madre, y le permitiera a ella tomar su lugar junto a Marianne; pero Elinor no se sentía ni cansada ni capaz de dormir, y no iba a consentir que la mantuvieran lejos de su hermana ni por un minuto. La señora Jennings subió con ella entonces hasta la pieza de la enferma para constatar que todo seguía bien, la dejó allí entregada a su tarea y a sus pensamientos, y se retiró a sus habitaciones a escribir algunas cartas y después a dormir.

La noche era fría y tempestuosa. Si hubieran sido las diez, Elinor habría estado segura de que en ese momento escuchaba un carruaje acercándose a la casa; y fue tan grande su seguridad de haberlo escuchado, a pesar de que era casi imposible que ya hubieran llegado, que se dirigió al saloncito junto a la pieza y abrió una celosía para constatar la verdad. En seguida vio que sus oídos no la habían engañado. De inmediato tuvo a la vista el brillo de los faroles de un carruaje. A su vacilante luz le pareció distinguir que era tirado por cuatro caballos; y esto, aunque era señal del extraordinario temor de su madre, explicó en parte tan inesperada rapidez.

Jamás, en toda su vida, había encontrado Elinor más difícil mantenerse calmada. Saber lo que su madre debía estar sintiendo en el momento en que el carruaje se paró ante la puerta... sus dudas, su miedo, ¡quizá su desesperación!, ¡y lo que ella debía decir!... sabiendo eso era imposible mantener la tranquilidad. Todo lo que quedaba por hacer era aguardar; y así, quedándose solo hasta que pudo dejar a la doncella de la señora Jennings con su hermana, voló escaleras abajo.

El trajín que escuchó en el vestíbulo mientras pasaba por un recibidor interior, le confirmó que ya estaban en la casa. Avanzó a toda prisa hacia la sala, entró... y allí vio tan solo a Willoughby.

CAPÍTULO XLIV

Elinor, retrocediendo con una mirada de espanto al descubrirlo, obedeció al primer impulso de su corazón y se volvió a toda prisa para abandonar la habitación; su mano ya se encontraba en el tirador de la puerta cuando Willoughby la detuvo al avanzar rápidamente hacia ella y decirle, en un tono más imperativo que suplicante:

—Señorita Dashwood, media hora... diez minutos... le ruego que no se vaya.

—No, señor —replicó ella con firmeza—, no me quedaré. Nada tengo que ver yo en sus problemas. Supongo que los criados olvidaron decirle que el señor Palmer no se encontraba en casa.

—Aunque me hubieran dicho —exclamó él con gran vehemencia— que el señor Palmer y toda su parentela estaban en el infierno, no me habrían movido de la puerta. Es con usted que quiero hablar, solo con usted.

—¡Conmigo! —había enorme asombro en su voz—. Bien, señor... sea rápido, y si le es posible, menos exaltado.

—Siéntese, y me plegaré a ambas órdenes.

Elinor vaciló; no sabía qué hacer. La posibilidad de que llegara el coronel Brandon y lo encontrara ahí se le cruzó por la mente. Pero le había prometido escucharlo, y en ello estaba comprometida su curiosidad no menos que su honor. Tras un momento de reflexión, entonces, que la llevó a concluir que la prudencia exigía darse prisa y que su consentimiento era lo que mejor podía lograrlo, caminó en silencio hacia la mesa y se sentó. Él ocupó una silla frente a ella, y durante medio minuto callaron.

—Le ruego sea rápido, señor —le dijo Elinor en tono nervioso—, no tengo tiempo que malgastar.

Sentado con aire de profundo ensimismamiento, él pareció no haberla oído.

—Su hermana —manifestó ásperamente un momento después— está fuera de peligro. El criado me lo dijo. ¡Gracias a Dios! Pero, ¿es verdad? ¿Realmente es verdad?

Elinor no le contestó. Repitió él entonces la pregunta, con mayor urgencia todavía.

—Por el amor de Dios, dígamelo: ¿está o no está fuera de peligro?

—Esperamos que lo esté.

Willoughby se puso en pie y cruzó la habitación.

—Si lo hubiera sabido tan solo media hora antes... Pero ya que estoy aquí —habló con forzada vivacidad mientras volvía a la mesa—, ¿qué importa? Por esta vez, señorita Dashwood... quizá sea la última vez... alegrémonos juntos. Estoy de humor para la alegría. Dígame sinceramente —sus mejillas se iluminaron de un rubor más profundo— ¿cree que soy más un canalla o un imbécil?

Elinor lo contempló más perpleja que nunca. Comenzó a pensar que debía estar ebrio: era lo único que podía explicar tan extraña visita, tan extraños modales; y con esta impresión, se puso enseguida de pie, manifestando:

—Señor Willoughby, le aconsejaría en este momento que volviera a Combe. No puedo seguir perdiendo el tiempo con usted. Sea lo que fuere que desea tratar conmigo, será mejor que reflexione y me lo explique mañana.

—La comprendo —replicó él con una sonrisa visible y voz perfectamente sosegada—. Sí, estoy muy ebrio. Una pinta de cerveza con que acompañé las carnes frías que comí en Marlborough bastó para revolverme.

—¡En Marlborough! —exclamó Elinor, entendiendo cada vez menos lo que pasaba.

—Sí; salí de Londres hoy a las ocho de la mañana y los únicos diez minutos que pasé fuera de mi calesín desde esa hora, fueron los que dediqué a una ligera merienda en Marlborough.

La firmeza de sus modales y la inteligencia de su mirada mientras hablaba convencieron a Elinor de que, cualquiera que fuese la imperdonable insensatez que lo traía a Cleveland, no se trataba de ebriedad; y tras pensar durante unos momentos, dijo:

—Señor Willoughby, usted tiene que darse cuenta, y yo ciertamente así lo creo, que después de todo lo que ha pasado, su venida aquí y la forma en que lo ha hecho, ordenándome su presencia, exigen una excusa muy singular. ¿Qué pretende con esto?

—Lo que pretendo —dijo el joven con tono seriamente seguro—, si es que puedo, es hacer que usted me odie un poco menos que ahora. Pretendo ofrecer alguna explicación, alguna disculpa por lo acontecido en el pasado; abrirle mi corazón y convencerla de que aunque nunca he sido bueno para nada, no siempre he sido un sinvergüenza; y, de esta forma, conseguir algo semejante al perdón de Ma... de su hermana.

—¿Es ese el auténtico motivo que lo trajo aquí?

—En verdad que sí lo es —fue su contestación, dicha con un entusiasmo que trajo a la memoria de Elinor todo lo que había sido el antiguo Willoughby, y que a su pesar la hizo creerlo sincero.

—Si eso es todo, puede estar tranquilo, pues Marianne sí... hace mucho que lo ha perdonado.

—¡Lo ha hecho! —exclamó el joven, con el mismo tono cálido—. Entonces me ha perdonado antes de que hubiera debido hacerlo. Pero me perdonará otra vez, y esta vez por motivos mucho más valederos. Ahora, ¿querrá escucharme?

Elinor asintió con un gesto afirmativo de la cabeza.

—No sé —dijo, después de una pausa cargada de expectación por parte de Elinor, de cavilaciones en él—, cómo se habrá explicado usted mi conducta con su hermana, o qué motivos diabólicos me habrá atribuido. Tal vez le sea difícil pensar mejor de mí; sin embargo, vale la pena intentarlo, y le confesaré todo. Al comienzo de mi intimidad con su familia, no tenía yo ninguna otra intención, ningún otro interés en la relación que pasar momentos placenteros mientras duraba mi forzada permanencia en Devonshire, más agradables de los que había tenido hasta entonces. Su hermana, con su aspecto adorable y atractivas maneras, no podía dejar de atraerme; y su trato hacia mí, casi desde el principio fue... ¡Es increíble, cuando pienso en cómo fue su trato, y en cómo era ella, que mi corazón haya sido tan duro! Pero al comienzo, debo confesarlo, solo halagó mi orgullo. Sin preocuparme por su felicidad, pensando únicamente en mi propia diversión, permitiéndome sentimientos que toda mi vida había estado acostumbrado a consentir, me esforcé con todos los medios a mi alcance por hacerme agradable a ella, sin ninguna intención de corresponder a su cariño.

En este punto, la señorita Dashwood, lanzándole una mirada del más airado desprecio, lo detuvo diciéndole:

—No vale la pena, señor Willoughby, que siga hablando, o que yo siga escuchándolo. A un comienzo como este nada puede seguirle. No me angustie haciéndome oír más sobre este asunto.

—Insisto en que lo escuche todo —replicó él—. Jamás fui dueño de una gran fortuna y siempre he sido de gustos caros, siempre me he relacionado con gente de ingresos mayores que los míos. Desde mi mayoría de edad, o incluso antes, creo, año tras año han aumentado mis deudas; y aunque la muerte de mi anciana prima, la señora Smith, me liberaría de ellas, dado que se trata de un hecho incierto y posiblemente muy lejano, durante algún tiempo había tenido la intención de reconstruir mi situación a través del matrimonio con una mujer rica. Una relación con su hermana no era, por tanto, pensable; y así me encontraba actuando con una mezquindad, egoísmo y crueldad que ninguna mirada de indignación o desprecio, ni siquiera la suya, señorita Dashwood, podría censurar suficientemente, y siempre con el propósito de conquistar su afecto, sin intenciones de corresponderlo. Pero hay una cosa que puede decirse a mi favor, incluso en ese espantoso estado de egoísta vanidad, y es que no sabía la profundidad del daño que hacía, porque en ese entonces no sabía lo que era amar. Pero, ¿alguna vez lo he sabido? Bien puede dudarse de ello, pues si realmente hubiera amado, ¿podría acaso haber sacrificado mis sentimientos a la vanidad, a la avaricia? O, lo que es peor, ¿podría haber sacrificado los suyos? Pero lo he hecho. Para evitar una pobreza relativa, que su afecto y compañía habrían despojado de todos sus horrores, he perdido, elevándome a una situación de fortuna, todo lo que hubiese hecho de ella mi felicidad.

—Entonces —dijo Elinor, algo sosegada—, sí se sintió durante un tiempo encariñado con ella.

—¡Haber resistido tantos atractivos, haber rechazado tal ternura! ¡Qué hombre en el mundo lo habría hecho! Sí, poco a poco, sin darme cuenta, me encontré sinceramente enamorado de ella; y las horas más felices de mi vida fueron las que pasé con ella, cuando sentía que mis intenciones eran estrictamente honorables y mis sentimientos intachables. Incluso entonces, sin embargo, cuando estaba completamente decidido a plantearle mi amor, me permití contra todo decoro postergar día a día el momento de hacerlo, llevado por mi renuencia a establecer un compromiso mientras siguiera en tan grandes apuros económicos. No voy a justificar esto... ni la detendré si usted quiere explayarse sobre lo absurdo, y peor que absurdo, de dudar en comprometer mi palabra allí donde mi honor ya estaba comprometido. Los hechos han demostrado cuán neciamente astuto fui, trabajando tanto para regalarme la posibilidad de hacerme despreciable y desgraciado para siempre. Por último, sin embargo, me resolví y decidí que en la primera oportunidad en que pudiera hablarle a solas, justificaría las atenciones que sin cesar le había prodigado y le declararía abiertamente un afecto que ya había hecho tanto por mostrarle. Pero entre tanto, en el intervalo de las pocas horas que transcurrirían antes de que se me presentara la oportunidad de hablar con ella en privado, algo ocurrió, una desafortunada circunstancia que destruyó toda mi resolución y, con ella, todo mi bienestar. Algo se descubrió —aquí vaciló y bajó los ojos—. La señora Smith había sabido, de una u otra forma, me imagino que a través de algún pariente lejano que quería privarme de su favor, sobre un asunto, una relación... pero no es necesario que me extienda sobre eso —añadió, mirándola ruborizado y con aire interrogativo—, a través de su amistad tan íntima... probablemente sabe toda la historia desde hace mucho.

—Lo sé —respondió Elinor, también subiéndosele los colores, y volviendo a endurecer su corazón contra cualquier sentimiento de compasión hacia él—, estoy enterada de todo. Y de qué forma podrá disculpar con sus explicaciones ni la más pequeña parte de su culpa en ese horrible asunto, es más de lo que puedo imaginar.

—Recuerde —exclamó Willoughby—, por boca de quién le contó esa historia. ¿Podía acaso ser imparcial? De acuerdo que debí respetar la condición y la persona misma de esa joven. No es mi intención justificarme, pero tampoco puedo permitirle a usted suponer que no tengo nada que argumentar; que porque sufrió, era irreprochable; y que porque yo era un malvado, ella debía ser una santa. Si el ardor de sus pasiones, la debilidad de su entendimiento... pero no quiero defenderme. Su afecto por mí mereció un mejor trato, y frecuentemente recuerdo con enormes sentimientos de culpa esa ternura que durante un muy breve lapso tuvo el poder de crear en mí una réplica. Cómo quisiera, de todo corazón, que ello nunca hubiera sucedido. Pero el daño que me hice a mí es mayor que el suyo; y he dañado a alguien cuyo afecto por mí (¿puedo decirlo?) era apenas menos ardiente que el de ella, y cuya inteligencia... ¡Ah! ¡Cuán infinitamente superior!

—Pero su indiferencia hacia esa desdichada niña..., debo decirlo, por desagradable que me sea discutir un asunto como este..., su indiferencia no es excusa para la cruel manera en que la abandonó. No imagine que ninguna debilidad, ninguna carencia natural de entendimiento en ella, disculpa la insensible crueldad que usted mostró. Usted tiene que haber sabido que mientras se divertía en Devonshire con nuevos planes, siempre alegre, siempre feliz, ella se veía reducida a la más total indigencia.

—Pero, le doy mi palabra, yo lo desconocía —replicó Willoughby con extraordinarias fuerzas—; no recordaba no haberle dado mi dirección, y el simple sentido común le debería haber indicado cómo encontrarla.

—Bien, señor, ¿y qué dijo la señora Smith?

—De inmediato me censuró la ofensa que había inferido, y puede deducirse cuán grande fue mi aturdimiento. La pureza de su vida, sus ideas convencionales, su ignorancia del mundo... todo estaba en contra mía. No podía yo negar el hecho, y vanos fueron todos mis esfuerzos por suavizarlo. Estaba predispuesta de antemano, según creo, a dudar de la moralidad de mi conducta en general, y además estaba disgustada con la muy escasa atención, el brevísimo tiempo que le había dedicado en esa visita mía. En pocas palabras, terminó en una ruptura total. Una sola cosa me habría salvado. En lo más extremado de su moralidad, ¡pobre mujer!, ofreció olvidar el pasado si me casaba con Eliza. Eso era impensable... y así fui formalmente despechado de su favor y de su casa. Debía salir de allí a la mañana siguiente, y la noche anterior la pasé meditando en cuál debía ser mi conducta futura. La lucha fue grande..., pero terminó demasiado pronto. Mi afecto por Marianne, mi total seguridad sobre el cariño de ella, todo no fue bastante para contrarrestar el miedo a la pobreza, o hacer mella en esas falsas ideas sobre la necesidad de riqueza que tan innatas me eran, y que una sociedad malgastadora me había enseñado a cultivar. Tenía motivos para creerme seguro de la aceptación de mi actual esposa, si optaba por ella, y conseguí convencerme de que esa era la única salida que la prudencia común aconsejaba. Todavía, sin embargo, me aguardaba una dura situación antes de poder partir de Devonshire; estaba comprometido a cenar con ustedes ese mismo día y, por tanto, necesitaba una excusa para faltar a ese compromiso. Me debatí durante mucho tiempo entre escribir esa excusa o presentarla en persona. Sentía que sería espantoso ver a Marianne, e incluso dudaba si podría verla otra vez y seguir siendo capaz de persistir en mi plan. En ese punto, sin embargo, subestimé mi propia capacidad, según ha sido demostrado por los hechos; porque fui, la vi, vi que no era feliz, y la dejé desdichada... y la dejé, esperando no verla nunca más.

—Pero, ¿por qué fue, señor Willoughby? —dijo Elinor, con tono de recriminación—. Una nota habría sido suficiente. ¿Por qué fue necesario presentarse en persona?

—Fue necesario a mi orgullo. No soportaba irme de allí en una forma que permitiera que ustedes, o el resto de los vecinos, sospechara nada de lo que realmente había ocurrido entre la señora Smith y yo, y decidí entonces detenerme en su casa de camino a Honiton. Ver a su querida hermana, sin embargo, fue terrible; y para empeorar las cosas, la encontré sola. Ustedes habían salido, no sé a dónde. ¡Tan solo la tarde anterior había dejado completa y firmemente decidido en mi interior hacer lo correcto! En unas pocas horas nos habríamos comprometido para siempre; ¡y recuerdo qué feliz, qué alegre me sentía mientras iba de la casa a Allenham, satisfecho conmigo mismo, encantado con todo el mundo! Pero en ese encuentro, el último de nuestra amistad, llegué a ella con un sentimiento de culpa que casi me quitó toda capacidad de fingir. Su dolor, su desilusión, su profunda pena cuando le dije que debía dejar Devonshire tan de repente... jamás los olvidaré. ¡Y ello unido a tanta fe, tanta confianza en mí! ¡Oh, Dios! ¡Qué canalla sin sentimientos fui!

Callaron ambos por algunos momentos. Elinor fue la primera en hablar.

—¿Le dijo que regresaría pronto?

—No sé lo que le dije —replicó él, angustiado—; menos de lo que me obligaba el pasado, sin ninguna duda, y con toda probabilidad mucho más de lo que justificaba el futuro. No puedo pensar en eso... no servirá de nada. Y después llegó su querida madre, a torturarme más todavía con toda su bondad y confianza. ¡Gracias a Dios que sí me torturó! ¡Qué infeliz me sentí! Señorita Dashwood, no puede imaginarse qué consuelo es mirar hacia atrás y recordar cuán infeliz me sentí. Es tan extraordinario el rencor que me guardo por la estúpida, villana locura de mi propio corazón, que todos los sufrimientos que en el pasado tuve por su causa, hoy no son sino sentimientos de triunfo y gozo. En fin, fui, abandoné todo lo que amaba, y me dirigí hacia quienes, en el mejor de los casos, solo sentía indiferencia. Mi viaje a la ciudad, en mi propio carruaje, tan aburrido, sin nadie con quien hablar... ¡qué pensamientos alegres, qué gratas perspectivas por delante! Y cuando recordaba Barton, ¡qué imagen consoladora! ¡Ah, sí fue un viaje magnífico!

Se detuvo.

—En fin, señor —dijo Elinor, que aunque compadeciéndolo, se impacientaba por verlo partir—, ¿y es eso todo?

—¡Todo! No. ¿Ha olvidado quizá lo que ocurrió en la ciudad? ¡Esa carta infame! ¿Se la mostró?

—Sí, vi todas las notas que se intercambiaron.

—Cuando recibí la primera (que me llegó de inmediato, pues todo el tiempo estuve en la ciudad), lo que sentí fue, como se dice comúnmente, imposible de expresar. En palabras más sencillas, quizá demasiado sencillas para despertar ninguna emoción, mis sentimientos fueron muy, muy angustiosos. Cada línea, cada palabra fue, en la trillada frase que prohibiría su querida autora, si estuviera aquí, una puñalada en mi corazón. Saber que Marianne estaba en la ciudad fue, en el mismo lenguaje, un rayo. ¡Rayos y puñaladas! ¡Cómo me habría reprendido! Su gusto, sus opiniones... creo que las conozco mejor que las mías, y con toda seguridad las amo más.

El corazón de Elinor, que había recorrido toda una gama de emociones en el curso de esta insólita conversación, volvió a ablandarse una vez más; aun así, sintió que era su deber refrenar en su compañero ideas como la última que había expresado.

—Eso no está bien, señor Willoughby. Recuerde que está casado. Hábleme solo de aquello que su conciencia estima necesario que yo sepa.

—La nota de Marianne, en que me decía que yo todavía le era tan querido como antes; que pese a las muchas, muchas semanas en que habíamos estado separados, ella seguía tan fiel en sus sentimientos y tan llena de confianza en la fidelidad de los míos como siempre, desencadenó todos mis remordimientos. Digo que los desencadenó, porque el tiempo y Londres, las ocupaciones y la disipación, de alguna manera los habían adormecido y me había estado transformando en un malvado completamente envilecido, creyéndome insensible a ella y escogiendo creer que también yo debía haberle llegado a ser indiferente; diciéndome que nuestra relación en el pasado no había sido más que un pasatiempo, un asunto banal; encogiéndome de hombros como prueba de ello, y acallando toda reconvención, venciendo todo escrúpulo con el recurso de decirme en silencio de vez en cuando, "Estaré feliz de todo corazón cuando la sepa bien casada". Pero su nota me hizo conocerme mejor. Sentí que me era infinitamente más querida que ninguna otra mujer en el mundo, y que me estaba comportando con ella de la manera más villana. Pero en ese momento ya todo estaba definido entre la señorita Grey y yo. Volver atrás era imposible. Todo lo que tenía que hacer era evitarlas a ustedes dos. No le respondí a Marianne, intentando con este proceder impedir que volviera a reparar en mí; y durante algún tiempo incluso estuve decidido a no acudir a Berkeley Street; pero, por último, juzgando más prudente fingir que solo se trataba de una relación fría y ordinaria, aguardé una mañana a que hubieran salido de la casa y dejé mi tarjeta.

—¡Esperó a que saliéramos de la casa!

—Sí, incluso eso. Le sorprendería saber con cuánta frecuencia las vi, cuántas veces estuve a punto de encontrarme con ustedes. Entré en innumerables tiendas para evitar que me vieran desde el carruaje en que iban. Viviendo en Bond Street como yo lo hacía, casi no había día en que no descubriera a una de ustedes; y lo único que pudo mantenernos apartados durante tanto tiempo fue mi permanente guardia, un constante e imperativo deseo de ocultarme fuera de la vista de ustedes. Evitaba a los Middleton tanto como me era posible, al igual que a todos los que podían resultar conocidos comunes. Pero sin saber que se encontraban en la ciudad, me tropecé con *sir* John, creo, el día en que llegó, al día siguiente de mi visita a casa de la señora Jennings. Me invitó a una fiesta, a un baile en su casa esa noche. Aunque no me hubiera dicho para convencerme que usted y su hermana estarían allí, habría sentido que era algo demasiado probable como para atreverme a ir. La mañana siguiente trajo otra breve nota de Marianne, todavía cariñosa, franca, ingenua, confiada... todo lo que podía hacer más odiosa mi conducta. No pude contestarle. Lo intenté, y no pude redactar ni una sola frase. Pero creo que no había momento del día en que no pensara en ella. Si puede compadecerme, señorita Dashwood, compadézcase de mi situación como era en ese entonces. Con la mente y el corazón llenos de su hermana, ¡tenía que representar el papel de feliz enamorado frente a otra mujer! Esas tres o cuatro semanas fueron las más horribles de todas. Y así, finalmente, como no es necesario que le explique, inevitablemente nos encontramos. ¡Y a qué dulce imagen rechacé! ¡Qué noche de agonía fue esa! ¡De un lado, Marianne, hermosa como un ángel, diciendo mi nombre con tan dulces acentos! ¡Oh, Dios! ¡Alargándome la mano, pidiéndome una explicación con esos embrujadores ojos fijos en mi rostro con tan expresiva solicitud! Y Sophia, celosa como el demonio, por el otro lado, mirando todo lo que... En fin, qué importa ahora; ya todo ha terminado. ¡Qué noche aquella! Hui de ustedes apenas pude, pero no antes de haber visto el dulce rostro de Marianne blanco como un espectro. Esa fue la última vez que la vi, la última imagen que tengo de ella. ¡Fue una visión terrible! Pero cuando hoy la imaginé muriendo de verdad, fue una especie de alivio pensar que sabía exactamente cómo aparecería ante los últimos que la verían en este mundo. La tuve frente a mí, siempre frente a mí durante todo el camino, con el mismo rostro y el mismo color.

A esto siguió una breve pausa en que ambos callaron, pensativos. Willoughby, levantándose primero, la rompió con estas palabras:

—Bien, debo ir deprisa e irme. ¿Seguro que su hermana está mejor, fuera de peligro? Sí, estamos seguros.

—También su pobre madre, ¡con lo que adora a Marianne!

—Pero la carta, señor Willoughby, su propia carta; ¿no tiene nada que decir sobre ella?

—Sí, sí, esa en particular. Su hermana me escribió a la mañana siguiente, como sabe. Ya conoce usted lo que allí decía. Yo estaba desayunando en casa de los Ellison; y desde el lugar donde me alojaba me llevaron su carta, junto con otras. Y ocurrió que Sophia la vio antes que yo; y su porte, la elegancia del papel, la letra, todo le infundió inmediatas sospechas. Ya antes le habían llegado vagos informes sobre una relación mía con una joven en Devonshire, y lo ocurrido la noche anterior ante su vista le había indicado quién era la joven, poniéndola más celosa que nunca. Fingiendo entonces ese aire juguetón que es seductor en la mujer que uno ama, abrió ella misma la carta y leyó su contenido. Fue un buen pago a su mala educación. Leyó las palabras que la hicieron infeliz. Yo podría haber soportado su infelicidad, pero su cólera, su inquina, de cualquier forma había que calmarlas. Y así, ¿qué piensa del estilo epistolar de mi esposa? Delicado, tierno, muy femenino, ¿verdad?

—¡Su esposa! Pero si la carta venía de su puño y letra.

—Sí, pero mi único crédito es haber copiado servilmente frases que me avergonzaba firmar. El original fue totalmente de ella, sus propias felices ideas y gentil redacción. Pero, ¿qué podía hacer yo? Estábamos comprometidos, estaban preparando todo, casi habían fijado la fecha... pero hablo como un necio. ¡Preparaciones! ¡Fecha! Hablando sinceramente, necesitaba su dinero, y en una situación como la mía tenía que hacer cualquier cosa para evitar un rompimiento. Y después de todo, ¿qué importancia podía tener para la opinión de Marianne y sus amigos sobre mi carácter, el lenguaje en que estuviera formulada mi respuesta? Debía servir a un solo propósito. Tenía que mostrarme como un villano, y poco importaba que lo hiciera con una venia o una bravuconada. "Mi reputación ante ellas está arruinada para siempre", me dije; "estoy para siempre proscrito de su lado; ya me creen un individuo sin principios, esta carta se limitará a hacerlas creerme un sinvergüenza". Tales eran mis razonamientos mientras, en una especie de desesperada indiferencia, copiaba las palabras de mi esposa y me separaba de las últimas reliquias de Marianne. Sus tres cartas, desgraciadamente las guardaba en mi cartera, o habría podido negar su existencia y conservarlas como una reliquia para siempre. Debí incluirlas, y ni siquiera pude besarlas. Y el mechón de su cabello, también lo había llevado siempre conmigo en mi cartera, que ahora la señora registraba con la más cautivante inquina... Ese querido mechón... todo, fui despojado de cada recuerdo.

—Está muy equivocado, señor Willoughby, son muy censurables sus palabras —dijo Elinor, mientras su voz, a su pesar, traicionaba la compasión que sentía—; no debía hablar de esta forma, ni de la señora Willoughby ni de mi hermana. Usted hizo su propia elección. Nadie se la impuso. Su esposa tiene, derecho a su cortesía, a su respeto al menos. Debe quererlo, o no se habría casado con usted. Tratarla en forma desconsiderada, hablar de ella despreciativamente, no repara lo hecho a Marianne, ni creo que alivie su propia conciencia.

—No me hable de mi esposa —dijo él, con un profundo lamento—. Ella no merece su deferencia. Sabía que no la quería cuando nos casamos. Bien, nos casamos, vinimos a Combe Magna buscando ser felices, y después volvimos a la ciudad buscando estar alegres. Y ahora, ¿me compadece, señorita Dashwood? ¿O he dicho todo esto inútilmente? En su opinión, ¿soy, aunque sea tan solo un poco, soy menos culpable que antes? No siempre fueron incorrectas mis intenciones. ¿He justificado algo de mi culpa?

—Sí, ciertamente ha eliminado algo de ella, una pequeña parte. Ha probado ser, en general, menos culpable de lo que lo había creído. Ha demostrado que su corazón es menos malvado, mucho menos malvado. Pero me es difícil saber, en cuanto a la infelicidad que ha causado, me es difícil pensar cómo podría haber sido peor.

—¿Le contará a su hermana, cuando se haya recuperado, lo que le he dicho? Permítame aligerar un poco mi culpa también en su opinión. Me dice que ya me ha perdonado. Permítame creer que un mejor conocimiento de mi corazón, de mis actuales sentimientos, arrancará de ella un perdón más espontáneo, más natural, más dulce, menos señorial. Háblele de mi desgracia y mi arrepentimiento, dígale que mi corazón nunca le fue infiel, y si lo desea, que en la actualidad me es más querida que nunca.

—Le diré todo cuanto sea necesario para lo que, relativamente, pueda llamarse su justificación. Pero no me ha explicado el motivo especial de su actual visita, ni cómo se enteró de su enfermedad.

—Anoche, en la residencia del Drury Lane, me encontré con *sir* John Middleton, y cuando vio quién era (nuestro primer encuentro en estos dos meses), me dirigió la palabra. Que hubiera cortado conmigo desde mi matrimonio, no me causaba sorpresa ni rencor. En ese instante, sin embargo, con su alma buena, honrada y tonta, llena de indignación contra mí y preocupación por su hermana, no pudo resistir la tentación de contarme lo que él creyó que debía, aunque no pensó que el hacerlo, me podría afectar de manera tan espantosa.

Tan bruscamente como pudo, entonces, me contó que Marianne Dashwood se estaba muriendo de una fiebre pútrida en Cleveland; una carta de la señora Jennings recibida esa mañana anunciaba que el peligro era inminente, el temor había alejado a los Palmer, etc.

El golpe fue demasiado grande para permitirme aparentar insensibilidad, incluso ante el poco sagaz *sir* John. Su corazón se ablandó al ver cómo sufría el mío; y una parte tan grande de su rencor se había esfumado cuando nos despedimos, que casi llegó a estrecharme la mano, mientras me recordaba una vieja promesa sobre un cachorro pointer. Lo que sentí al escuchar que su hermana estaba muriendo, y muriendo creyéndome el mayor villano del mundo, despreciándome, odiándome en sus últimos momentos... porque, ¿cómo saber qué pérfidos planes no me habrían imputado? Estaba seguro de que al menos una persona podía hacerme aparecer capaz de todo. ¡Lo que sentí fue terrible! Pronto tomé una decisión, y hoy a las ocho de la mañana ya me encontraba en mi carruaje. Ahora ya lo sabe todo.

Elinor no contestó. Sus pensamientos estaban silenciosamente fijos en el daño irreparable que una independencia demasiado temprana, y los consiguientes hábitos de ocio, disipación y lujos, habían causado en la mente, el carácter, la felicidad de un hombre que, a todas las ventajas de una buena apariencia y talentos, unía una disposición naturalmente sincera y honesta, y temperamento sensible y cariñoso. El mundo lo había hecho excéntrico y vanidoso; la excentricidad y la vanidad lo habían hecho insensible y egoísta. La vanidad, mientras Willoughby sacrificaba a otro en aras de su propio triunfo culpable, lo había involucrado en un verdadero afecto al que la extravagancia —o al menos su hija, la necesidad— había exigido renunciar. Cada uno de estos defectos, al conducirlo al mal, también lo había conducido al castigo. El cariño que contra todo honor, contra sus sentimientos, contra sus mejores intereses había aparentemente querido arrancar de sí, ahora, cuando ya no le era permitido, dominaba todos sus pensamientos; y la unión por cuya causa, sin ningún miramiento, había hecho desgraciada a su hermana, parecía haberse transformado en una fuente de infelicidad para él mismo de naturaleza mucho más incurable. De este arrobamiento la sacó después de algunos minutos Willoughby, quien, saliendo de uno al menos igual de doloroso, se levantó preparándose para partir y dijo:

—No sirve de nada que permanezca aquí; debo irme.

—¿Vuelve a la ciudad?

—No, a Combe Magna. Tengo algo que resolver allí; en uno o dos días más lo haré dirigiéndome a la ciudad. Adiós.

Le alargó la mano. Ella no pudo rehusar darle la suya; él se la estrechó con afecto.

—Pero, ¿usted sí piensa más positivamente ahora de mí? —dijo, soltándola y apoyándose en la repisa de la chimenea, como si hubiera olvidado que tenía que irse.

Elinor le aseguró que así era; que lo perdonaba, lo compadecía, que le deseaba lo mejor, incluso que fuera feliz, a lo que añadió un consejo de galanura sobre el comportamiento más adecuado para conseguirlo. Su respuesta no fue muy positiva.

—En cuanto a eso —dijo—, tendré que arreglármelas lo mejor que pueda. En la felicidad hogareña no puedo ni pensar. Sin embargo, si usted y su familia tienen algún interés en mi suerte y en mis actos, puede ser la forma... puede ponerme en guardia... al menos, puede ser algo por lo que vivir. A Marianne, de todas maneras, la he perdido para siempre. Incluso si, por algún bendito azar, me encontrara libre de nuevo...

Elinor lo detuvo con una recriminación.

—Bien —dijo él—, de nuevo, adiós. Me iré ahora y viviré temiendo que ocurra una sola cosa.

—¿Qué quiere decir?

—Temeré el matrimonio de su hermana.

—Va muy equivocado. Jamás podrá estar más fuera de su alcance de lo que está ahora.

—Pero será de otro. Y si ese otro fuera el mismo que, entre todos los hombres, menos soporto... Pero no me quedaré a privarme de toda su compasiva buena voluntad al mostrarle que allí donde he hecho más daño, menos puedo perdonar. Adiós, ¡que Dios la bendiga!

Y con estas palabras, se fue casi corriendo de la habitación.

Capítulo XLV

Durante un buen espacio de tiempo tras la marcha de Willoughby, incluso después de haberse perdido en la distancia el traqueteo de su carruaje, Elinor permaneció demasiado abatida por un conjunto de ideas muy diferentes entre sí, pero cuyo resultado general era la melancolía, para ni siquiera pensar en su hermana.

Willoughby, el mismo a quien solo hacía media hora había detestado como el más despreciable de los hombres; Willoughby, a pesar de todos sus defectos, despertaba en ella una conmiseración tal por los sufrimientos que esos mismos defectos habían producido, que ahora la hacían pensar en él, apartado para siempre de su familia, con una ternura, con una pena más proporcionadas, como pronto reconoció para sí misma, a sus deseos que a sus méritos. Sintió que su influencia sobre ella se veía incrementada por circunstancias que razonablemente no habrían debido pesar: por el poco común atractivo de su apariencia; por sus modales francos, afectuosos y vivaces, que no hay mérito en poseer; y por ese todavía fervoroso amor por Marianne, en el que ni siquiera era inocente complacerse. Pero sintió todo esto mucho, mucho antes de ir debilitándose su influjo.

Cuando finalmente volvió junto a la inconsciente Marianne, la encontró que acababa de despertarse, renovada por tan largo y dulce sueño, tal como lo había aguardado. El corazón de Elinor estaba colmado de felicidad. El pasado, el presente, el futuro; la visita de Willoughby, ver a Marianne a salvo y la anhelada llegada de su madre, la llenaron de una vivacidad que impidió toda señal de cansancio y la hizo temer tan solo que pudiera traicionarse frente a su hermana. Poco fue el tiempo, sin embargo, en que la afectó ese temor, pues antes de media hora de la partida de Willoughby, el ruido de otro carruaje la hizo bajar nuevamente. Ansiosa de evitar a su madre innecesarios momentos de terrible suspense, corrió de inmediato al vestíbulo y llegó a la puerta principal justo a tiempo de recibirla y abrazarla mientras entraba.

La señora Dashwood, cuyo terror a medida que se aproximaban a la casa le había producido casi la convicción de que Marianne ya había dejado de existir, no pudo sacar la voz para preguntar por ella, ni siquiera para dirigirse a Elinor; pero esta, sin aguardar saludos ni preguntas, enseguida le dio las buenas noticias; y su madre, tomándolas con su usual ímpetu, en un instante estuvo tan abrumada por la felicidad como antes lo había estado por sus temores. Entre su hija y el amigo de esta la sostuvieron hasta llevarla a la sala; y allí, derramando lágrimas de alegría, aunque todavía incapaz de hablar, abrazó una y otra vez a Elinor, separándose de ella a intervalos para estrechar la mano del coronel Brandon con una mirada que expresaba al propio tiempo su gratitud y su certeza de que él compartía con ella la dicha del instante. Él, sin embargo, la compartía en un silencio incluso mayor que el de ella.

Apenas se recuperó la señora Dashwood, su primer deseo fue ver a Marianne; y en dos minutos estuvo junto a su niña amada, a quien la ausencia, la infelicidad y el peligro habían hecho más querida todavía. El placer de Elinor al ver lo que cada una de ellas sentía al encontrarse solo se vio refrenado por el temor de estarle robando a Marianne horas de sueño; pero la señora Dashwood podía ser tranquila, podía hasta ser prudente cuando se trataba de la vida de una hija; y Marianne, contenta de saber que su madre estaba a su lado y consciente de estar demasiado débil todavía para conversar, se sometió rápidamente al silencio y sosiego ordenados por todos quienes la cuidaban. La señora Dashwood insistió en velar su sueño durante toda la noche, y Elinor, obedeciendo a los ruegos de su madre, se fue a la cama. Pero el descanso, que una noche completa sin dormir y tantas horas de la más agobiadora ansiedad parecían hacer tan necesario, se vio obstaculizado por la excitación de su espíritu. Willoughby, "el pobre Willoughby", como ahora se permitía llamarlo, estaba continuamente en su mente; no podía sino haber escuchado su justificación ante el mundo, y ora se culpaba, ora se absolvía por haberlo juzgado tan duramente antes. Pero su promesa de contárselo a su hermana le era terriblemente traumática. Temía hacerlo, temía los efectos que pudiera tener en Marianne; dudaba si, tras tal explicación, ella podría alguna vez ser feliz con otra persona; y durante algunos instantes deseó que Willoughby enviudara; después, recordando al coronel Brandon, se lo reprochó, sintiendo que sus sufrimientos y su constancia, mucho más que los de su rival, merecían tener como recompensa a Marianne, y deseó que ocurriera cualquier cosa menos el fallecimiento de la señora Willoughby.

La comisión del coronel Brandon en Barton no había tenido un impacto demasiado fuerte sobre la señora Dashwood, porque esta ya abrigaba fuertes temores en relación con Marianne; estaba tan desazonada por ella que ya había decidido ir a Cleveland ese mismo día, sin aguardar mayores noticias, y los preparativos de su viaje estaban tan adelantados antes de la llegada del coronel, que esperaban de un instante a otro la llegada de los Carey a buscar a Margaret, a quien su madre no deseaba llevar donde hubiera peligro de una infección.

Marianne seguía recuperándose día a día, y la radiante alegría en el semblante y en el ánimo de la señora Dashwood daban fe de que era, como repetidamente se confesaba, una de las mujeres más felices del mundo. Elinor no podía escuchar sus palabras, ni contemplar sus manifestaciones, sin preguntarse a veces si su madre alguna vez recordaba a Edward. Pero la señora Dashwood, confiada en el moderado relato de sus penas que le había hecho llegar Elinor, permitió que la exuberancia de su alegría la llevara a pensar solo en lo que podía aumentarla. Marianne le había sido devuelta tras un peligro en el cual —así había comenzado a sentir— ella misma, con su propio equivocado juicio, había contribuido a ponerla, pues había estimulado su desventurado afecto por Willoughby; y en su recuperación tenía todavía otro motivo de alegría, en el cual Elinor no había atinado. Así se lo hizo saber tan pronto como se presentó la oportunidad de una conversación privada entre ellas.

—Por fin estamos solas. Mi querida Elinor, todavía no conoces toda mi felicidad. El coronel Brandon ama a Marianne; él mismo me lo ha confesado.

Elinor, sintiéndose alternativamente contenta y apenada, sorprendida y no sorprendida, era toda silenciosa atención.

—Nunca reaccionas como yo, querida Elinor, o me extrañaría ahora tu compostura. Si alguna vez me hubiera puesto a pensar en qué sería lo mejor para mi familia, habría concluido que el matrimonio del coronel Brandon con una de ustedes era lo más deseable. Y pienso que, de las dos, Marianne puede ser la más feliz con él.

Elinor estuvo medio tentada de preguntarle por qué pensaba eso, sabiendo que no podría contestarle de ninguna manera que se sustentara en consideraciones imparciales sobre edad, caracteres o sentimientos; pero su madre siempre se dejaba llevar por su imaginación en todos los temas que le interesaban y, así, en vez de preguntar, lo dejó pasar con una sonrisa.

—Me abrió de par en par el corazón ayer mientras veníamos hacia aquí. Fue muy de súbito, muy de golpe. Yo, como puedes imaginártelo, no podía hablar de nada sino de mi niña; él no podía ocultar su angustia; vi que era tan grande como la mía, y él, quizá pensando que la simple amistad, tal como son hoy las cosas, no podría justificar una simpatía tan ardiente (o tal vez no pensando en nada, supongo), dejándose invadir por sentimientos irrefrenables, me dio a conocer su profundo, tierno y firme afecto por Marianne. La ha amado, querida Elinor, desde la primera vez que la vio.

En esto, sin embargo, Elinor percibió no el lenguaje, no las declaraciones del coronel Brandon, sino los adornos con que su madre solía acrecentar todo aquello que la hacía feliz, amoldándolo a su propia incansable fantasía.

—Su afecto por ella, que sobrepasa con creces todo lo que Willoughby sintió o fingió, mucho más cálido, más sincero, más constante, como sea que lo llamemos, ¡ha subsistido incluso al conocimiento de la desdichada predilección de Marianne por aquel joven despreciable! ¡Y sin egoísmos, sin alimentar esperanzas! ¿Cómo pudo verla feliz con otro? ¡Qué nobleza de corazón! ¡Qué franqueza, qué sinceridad! Con él nadie puede engañarse.

—Nadie duda —dijo Elinor— sobre la reputación del coronel Brandon como hombre extraordinario.

—Sé que es así —replicó su madre con gran aplomo—, o después de la advertencia que hemos tenido, sería la última en estimular este afecto, o ni siquiera de complacerme en él. Pero el que haya ido a buscarme como lo hizo, con una amistad tan diligente, tan pronta, basta como prueba de que es uno de los hombres más apreciables del mundo.

—Su reputación, sin embargo —respondió Elinor— no descansa en un gesto de generosidad, al cual su afecto por Marianne, si dejamos fuera el simple espíritu humanitario, lo habría impulsado. La señora Jennings, los Middleton, hace tiempo que lo conocen bien, y lo respetan y aman por igual; e incluso yo, aunque desde hace poco, lo conozco suficientemente, y lo valoro y estimo tanto que, si Marianne puede ser feliz con él, estaré tan dispuesta como usted a pensar que nuestra relación con él es para nosotros la mayor de las bendiciones. ¿Qué le contestó usted? ¿Le dio alguna esperanza?

—¡Ah, mi amor! No podía ahí hablar de esperanzas ni para él ni para mí. Marianne podía estar muriendo en aquel instante. Pero él no solicitaba que le dieran esperanzas ni que lo animaran. Lo que hacía era una confidencia involuntaria, un desahogo que no podía guardar más en su interior frente a una amiga capaz de consolarlo, no una petición a una madre. Aunque después de algunos momentos, porque en un comienzo me sentía bastante abrumada, sí dije que si ella vivía, como confiaba en que ocurriría, sería mi mayor alegría promover el matrimonio entre ambos; y desde que llegamos, con la maravillosa seguridad que desde ese momento tenemos, se lo he repetido en diversas ocasiones, lo he animado con todas mis fuerzas. El tiempo, le digo, un poco de tiempo, se encargará de todo; el corazón de Marianne no se va a desperdiciar para siempre en un hombre como Willoughby. Sus propios méritos pronto deberán ganárselo.

—A juzgar por el ánimo del coronel, sin embargo, no ha logrado contagiarle su alegría.

—No. Él cree que el amor de Marianne es demasiado profundo para que cambie antes de mucho tiempo; e incluso suponiendo que su corazón vuelva a estar libre, no confía bastante en él para pensar que, con tanta diferencia de edad y manera de ser, él pueda atraerla. En eso, sin embargo, se equivoca mucho. La supera en años únicamente hasta el punto en que ello constituye una ventaja, al darle firmeza de carácter y de principios; y su manera de ser, estoy convencida de ello, es exactamente la que puede hacer feliz a tu hermana. Y su aspecto, también sus modales, todos juegan a su favor. Mi simpatía por él no me ciega; por supuesto que no es tan apuesto como Willoughby; pero, al mismo tiempo, hay algo mucho más agradable en su rostro. Siempre hubo una cierta cosa, recuerda, en los ojos de Willoughby, había algo a ratos, que no me gustaba.

Elinor no lo recordaba; pero su madre, sin esperar su conformidad, continuó:

—Y sus modales, los modales del coronel, no solo me gustan más de lo que nunca hicieron los de Willoughby, sino que son de un estilo que estoy segura cautiva mucho más a Marianne. La amabilidad, la sincera preocupación por los demás que muestra, su varonil y no afectada sencillez, son mucho más acordes con la auténtica manera de ser de tu hermana, que la vivacidad, a menudo artificial e hipócrita, del otro. Tengo plena seguridad de que si Willoughby hubiera resultado en verdad tan amable como ha demostrado ser lo contrario, incluso así Marianne no habría sido tan feliz con él como lo será con el coronel Brandon.

Hizo una pausa. Su hija no podía estar de acuerdo con ella, pero no se escuchó su réplica y, por tanto, no significó ningún agravio.

—En Delaford no estará lejos de mí —añadió la señora Dashwood—, incluso si permanezco en Barton; y con toda probabilidad, pues he sabido que es una aldea grande, debe haber alguna casa pequeña o cabaña cerca que nos acomode tanto como la actual.

—¡Pobre Elinor! ¡He aquí un nuevo plan para llevarla a Delaford! Pero era fuerte de espíritu.

—¡Su fortuna, también! Porque a mi edad, tú sabes que todos se preocupan de eso; y aunque ni sé ni deseo saber a cuánto asciende, estoy segura de que debe ser respetable.

En ese momento los interrumpió la entrada de un tercero, y Elinor se retiró a meditar sobre todas estas cosas a solas, a desearle felicidad a su amigo y, aún así, a sentir un hondo pesar por Willoughby.

Capítulo XLVI

La enfermedad de Marianne, aunque muy debilitante por naturaleza, no había sido tan larga como para retardar su recuperación; y su juventud, su natural energía y la presencia de su madre la facilitaron de tal manera, que ya a los cuatro días de haber llegado la señora Dashwood pudo trasladarse al saloncito de la señora Palmer. Una vez allí, ella misma solicitó que enviaran por el coronel Brandon, pues estaba impaciente por darle las gracias por haber traído a su madre.

La reacción del coronel al entrar a la habitación, al comprobar cuánto había cambiado el aspecto de Marianne y al recibir la pálida mano que de inmediato le extendió, hizo pensar a Elinor que la enorme emoción que mostraba debía nacer de algo más que su afecto por ella o de saber que los demás estaban al tanto de sus sentimientos; y pronto descubrió en su tristeza y en la forma en que había cambiado de color al mirar a su hermana, la probable reproducción en su memoria de incontables escenas de angustia vividas en el pasado, vueltas a vivir por esa semejanza entre Marianne y Eliza de que ya había hablado, y ahora reforzada por los ojos hundidos, la piel sin vida, su aspecto de postrada debilidad y el caluroso reconocimiento de una deuda especial con él.

Para la señora Dashwood, no menos atenta que su hija a lo que ocurría pero con ideas que iban por muy diferentes derroteros y, por tanto, a la espera de muy distintos efectos, la conducta del coronel se originaba en las más simples y naturales sensaciones, mientras en las palabras y gestos de Marianne quería ver el nacimiento de algo más que simple gratitud.

Después de uno o dos días, con Marianne recuperando visiblemente las fuerzas de doce en doce horas, la señora Dashwood, animada tanto por sus propios deseos como por los de su hija, comenzó a hablar de regresar a Barton. De las providencias que ella tomara dependían las de sus dos amigos: la señora Jennings no podía dejar Cleveland mientras estuvieran allí las Dashwood, y el coronel Brandon, obedeciendo al pedido unánime de todas ellas, debió considerar su permanencia como sujeta a los mismos términos, si no igualmente indispensable. A su vez, en contestación al pedido conjunto de la señora Jennings y del coronel, la señora Dashwood debió aceptar el carruaje de este en su viaje de vuelta, por la comodidad de su hija enferma; y el coronel, frente a la invitación de la señora Dashwood y la señora Jennings, cuyo diligente buen carácter la hacía ser amistosa y hospitalaria en nombre de otras personas tanto como en el propio, se comprometió con placer a recuperarlo haciendo una visita a la casita de Barton en el curso de algunas semanas.

Llegó el día de la separación y la marcha; y Marianne, después de una larga y muy especial despedida de la señora Jennings, tan llena de gratitud, tan llena de respeto y buenos deseos como en lo más íntimo y secreto de su corazón reconocía deberle por sus antiguos desaires, y diciendo adiós al coronel Brandon con la amabilidad de una amiga, subió al carruaje ayudada por él, que parecía empeñado en que ocupara al menos la mitad del espacio. Siguieron a continuación la señora Dashwood y Elinor, dejando a los que allí quedaban entregados a conversar sobre las viajeras y sentir la pena que los invadía, hasta que la señora Jennings fue llamada a su propio coche, donde encontró consuelo en los comentarios de su doncella sobre la pérdida de sus dos jóvenes acompañantes; y poco después, el coronel Brandon emprendió su solitario viaje a Delaford.

Dos días estuvieron las Dashwood en el camino, y Marianne soportó el viaje en ambos sin gran fatiga. Todo cuanto el más diligente afecto y los cuidados más solícitos podían hacer por su comodidad, lo hizo incansablemente cada una de sus dos acompañantes; y ambas se vieron recompensadas por el reposo físico que logró y la tranquilidad de su espíritu. Esta última era para Elinor especialmente gratificante. Después de contemplar a Marianne semana tras semana en continuo padecer, de verla con el corazón oprimido por una angustia que no tenía el valor necesario para expresar ni la fortaleza necesaria para esconder, constataba ahora en ella, con una alegría que nadie podía sentir de la misma forma, una aparente serenidad que si era —como esperaba que fuese— resultado de la reflexión, con el tiempo podía traerle contentamiento y felicidad.

A medida que se acercaban a Barton, en verdad, e iban pasando por los lugares donde cada sembrado y cada árbol traía algún recuerdo penoso en particular, Marianne se fue quedando callada y pensativa; y volviendo el rostro para que no se percataran, no dejó de mirar fijamente por la ventanilla. Pero Elinor no pudo ni admirarse ni culparla por ello; y cuando al ayudarla a bajar del carruaje vio que había estado llorando, lo consideró una emoción demasiado normal en sí misma para despertar una respuesta menos tierna que la piedad y, dada la discreción con que se había manifestado, merecedora de todo encomio.

En toda su conducta posterior fue viendo las huellas de una mente decidida a realizar un esfuerzo razonable, pues apenas entraron a su salita de estar, Marianne la recorrió con una mirada decidida y firme, como resuelta a acostumbrarse enseguida a la vista de cada objeto al que podía estar asociado el recuerdo de Willoughby. Habló poco, pero cada una de sus frases apuntaba a la alegría; y aunque de cuando en cuando se le escapaba un lamento, nunca lo dejaba pasar sin compensarlo con una sonrisa. Después de cenar intentó tocar el piano. Se acercó a él, pero la pieza que primero saltó a su vista fue una ópera, regalo de Willoughby a ella, que contenía algunos de sus duetos favoritos y en cuya primera página él había escrito su nombre, con su propia letra. Eso no iba a ir bien. Movió la cabeza, puso la partitura a un lado y tras dejar correr los dedos sobre las teclas durante un minuto, se quejó de que los tenía débiles y volvió a cerrar el instrumento; junto con eso, sin embargo, declaró firmemente que en el futuro debía practicar mucho.

La mañana siguiente no produjo ningún retroceso en estos felices síntomas. Al contrario, fortalecida en mente y cuerpo por el descanso, sus gestos y sus palabras parecían genuinamente animados mientras anticipaba el placer del retorno de Margaret y comentaba cómo se restituiría con ello el querido grupo familiar, y cómo sus actividades compartidas y alegre compañía eran la única felicidad que cabía esperar.

—Cuando el tiempo se estabilice y haya recuperado las fuerzas —decía—, haremos largos paseos juntas todos los días. Iremos hasta la granja junto a la colina y veremos cómo siguen los niños; caminaremos hasta las nuevas plantaciones de *sir* John en Barton Cross y cerca de la abadía; iremos muy seguido a las viejas ruinas del convento e intentaremos explorar sus cimientos hasta donde nos dijeron que alguna vez llegaron. Sé que seremos felices. Sé que el verano transcurrirá alegremente. Pretendo no levantarme nunca después de las seis y desde esa hora hasta la cena repartiré cada instante entre la música y la lectura. Me he formado un plan y estoy decidida a continuar mis estudios seriamente. Ya conozco demasiado bien nuestra biblioteca para recurrir a ella por algo más que simple entretenimiento. Pero hay muchas obras que vale la pena leer en Barton Park, y otras más modernas que sé que puedo pedir prestadas al coronel Brandon. Con solo leer seis horas diarias, en un año habré logrado un grado de instrucción que ahora sé que me falta.

Elinor la alabó por un plan nacido de un propósito tan honorable como ese, aunque sonrió al ver la misma ansiosa fantasía que la había llevado a los mayores extremos de melancólica negligencia y egoístas quejumbres, ahora ocupada en introducir excesos en un plan de tan racionales actividades y virtuoso autocontrol. Su sonrisa, sin embargo, se transformó en un lamento cuando recordó que todavía no cumplía la promesa hecha a Willoughby, y temió tener que comunicar algo que otra vez podría desbaratar la mente de Marianne y destruir, al menos por un tiempo, esta grata perspectiva de hacendosa tranquilidad. Deseosa, entonces, de postergar esa hora nefasta, resolvió esperar hasta que la salud de su hermana estuviera más fortalecida para contárselo. Pero el único destino de tal decisión era no ser cumplida.

Marianne llevaba dos o tres días en casa antes de que el tiempo se compusiera lo suficiente para que una convaleciente como ella se aventurara a salir. Pero por fin amaneció una mañana suave y templada, capaz de dar ánimos a los deseos de la hija y a la confianza de la madre; y Marianne, apoyada en el brazo de Elinor, fue autorizada a pasear en el prado frente a la casa todo lo que quisiera, mientras no se cansara.

Las hermanas partieron con el paso cansino que exigía la debilidad de Marianne en un ejercicio no intentado hasta entonces; y se habían alejado de la casa apenas lo suficiente para tener una visión completa de la colina, la gran colina detrás de la casa, cuando deteniéndose con la vista vuelta hacia ella, Marianne dijo con toda tranquilidad:

—Ahí, exactamente ahí —señalando con una mano—, en ese montículo, ahí me caí; y ahí vi por primera vez a Willoughby.

La voz se le apagó al pronunciar esa palabra, pero recuperándose pronto, añadió:

—¡Cómo estoy contenta de descubrir que puedo contemplar ese lugar con tan poco sufrimiento! ¿Alguna vez hablaremos sobre ese tema, Elinor? —lo dijo con voz vacilante—. ¿O no será bueno? Yo sí puedo hablar de ello ahora, espero, y en la forma en que debo hacerlo.

Elinor la invitó con gran cariño a que se desahogara.

—En cuanto a lamentarse —dijo Marianne—, ya he dejado atrás eso, en lo que a él concierne. No pretendo hablarte de lo que han sido mis sentimientos hacia él, sino de lo que son ahora. Actualmente, si pudiera tener certeza sobre una cosa, si pudiera pensar que no siempre estuvo representando un papel, no siempre engañándome...; pero, sobre todo, si alguien pudiera darme la seguridad de que nunca fue tan malvado como en ocasiones me lo han representado mis temores, desde que supe la historia de esa desgraciada niña...

Se detuvo. Elinor recibió con alegría sus palabras, guardándolas, mientras contestaba:

—Si se te pudiera dar seguridad sobre eso, ¿crees que conseguirías la tranquilidad?

—Sí. Mi paz mental depende doblemente de ello; pues no solo es espantoso sospechar tales propósitos de alguien que ha sido lo que él fue para mí, sino además, ¿cómo me hace aparecer a mí? En una situación como la mía, ¿qué cosa sino el más deshonroso indiscreto afecto pudo exponerme a...?

—Entonces, ¿cómo explicas su conducta?

—Querría pensar... ¡ah, cómo me gustaría poder pensar que solo era voluble... muy, muy voluble!

Elinor no dijo más. Deliberaba internamente sobre la conveniencia de comenzar su historia enseguida o posponerla hasta que Marianne estuviera más fuerte, y siguieron caminando paso a paso durante unos minutos, calladas.

—No le estoy deseando un gran bien —dijo finalmente Marianne con un hondo suspiro— cuando le deseo que sus pensamientos íntimos no sean más ingratos que los míos. Ya con eso sufrirá suficientemente.

—¿Estás comparando tu conducta con la suya?

—No. Lo comparo con la que debió ser; la comparo con la tuya.

—Tu situación y la mía no se han parecido mucho.

—Se han parecido más de lo que se parecieron nuestros comportamientos. No dejes, queridísima Elinor, que tu bondad defienda lo que ha de censurar tu criterio. Mi enfermedad me ha hecho pensar, me ha dado tiempo tranquilo y calma para meditar con seriedad las cosas. Mucho antes de haberme recuperado lo suficiente para hablar, perfectamente podía reflexionar. Sopesé el pasado: todo lo que vi en mi propio comportamiento, desde el comienzo de nuestra relación con él el otoño pasado, fue una serie de imprudencias contra mí misma y de falta de amabilidad hacia los demás. Vi que mis propios sentimientos habían preparado el camino para mis sufrimientos y que mi falta de fortaleza en el dolor casi me había llevado a la tumba.

Era consciente de que yo misma había sido la causa de mi enfermedad al descuidar mi propia salud de una forma tal que incluso en ese tiempo sentía incorrecta. Si hubiera muerto, habría sido aniquilación. No supe el peligro en que me había puesto hasta que desapareció ese peligro; pero con sentimientos como aquellos a los que estas reflexiones dieron origen, me extraña haberme recuperado; me asombra que la misma intensidad de mi deseo de vivir, de tener tiempo para la expiación ante mi Dios y ante todos ustedes, no me haya matado de repente. Si hubiera muerto, ¡en qué singular angustia te habría dejado, a ti, mi cuidadora, mi amiga, mi hermana! ¡Tú, que habías visto todo el irritable egoísmo de mis últimos días; que habías conocido todos los secretos de mi corazón! ¡Cómo habría perdurado en tus recuerdos! ¡Y mi madre, también! ¡Cómo podrías haberla consolado! No puedo poner en palabras cuánto me desprecié. Cada vez que dirigía la mirada hacia el pasado, veía un deber que había descuidado o alguna falta que había dejado pasar. A todos parecía haber causado algún perjuicio. A la amabilidad de la señora Jennings, a su ininterrumpida amabilidad, había respondido con desagradecido menosprecio. Con los Middleton, con los Palmer, con los Steele, hasta con los conocidos más corrientes, había sido insolente e injusta; mi corazón había permanecido insensible a sus méritos y mi temperamento irritado ante sus mismas atenciones. A John, a Fanny (sí, incluso a ellos, aunque sea poco lo que se merecen), les había dado menos de lo que les es debido.

Sin embargo a ti, a ti por encima de todo, por encima de nuestra madre, te había ofendido. Yo, solo yo, conocía tu corazón y sus penas; e incluso así, ¿en qué me influyó? No en hacerme más compasiva, beneficiándome a mí o a ti. Tenía tu ejemplo ante mí; pero, ¿de qué me sirvió? ¿Fui más considerada contigo y tu felicidad? ¿Imité la forma en que te contenías o suavicé tus ataduras haciéndome cargo de algunas de las muestras de deferencia general o gratitud personal que hasta ese momento habían recaído enteramente en ti? No; cuando te sabía desventurada no menos que cuando te creía en paz, dejé sin cumplir todo lo que el deber o la amistad me exigían; apenas admitía que el dolor existiera sino en mí, y solo lloraba por ese corazón que me había abandonado y agraviado, dejando que tú, a quien profesaba un cariño sin límites, sufrieras por mi causa.

En este punto se paró el rápido fluir de las recriminaciones que a sí misma se dirigía; y Elinor, impaciente por dar consuelo, aunque demasiado honesta para halagar, de inmediato le ofreció los elogios y el apoyo que su sinceridad y arrepentimiento tan bien merecían.

Marianne le oprimió la mano y replicó:

—Eres muy buena. El futuro debe ser mi prueba. Me he hecho un proyecto, y si soy capaz de cumplirlo, lograré el dominio de mis sentimientos y mejoraré mi carácter. Ya no significarán preocupaciones para los demás ni tormentos para mí misma. Viviré ahora solo para mi familia. Tú, mi madre, Margaret, de ahora en adelante serán todo mi mundo; entre ustedes se repartirá todo mi cariño. Nunca más habrá nada que me anime a alejarme de ustedes o del hogar; y si me junto con otras personas, será solo para mostrar un espíritu más humilde, un corazón contrito, y hacer ver que puedo llevar a cabo las cortesías, las más pequeñas obligaciones de la vida, con amabilidad y paciencia. En cuanto a Willoughby, sería ocioso decir que pronto o alguna vez lo olvidaré. Ningún cambio de circunstancias u opiniones podrá vencer su recuerdo. Pero estará sujeto a las normas y frenos de la religión, la razón y la continua ocupación.

Hizo una pausa, y añadió en voz más queda:

—Si tan solo pudiera conocer su corazón, todo sería más fácil.

Elinor, que desde hacía algún rato deliberaba sobre la conveniencia o inconveniencia de aventurarse a hacer su relato de inmediato, escuchó esto sin sentirse en absoluto más decidida que al comienzo; y advirtiendo que, como la deliberación no conducía a nada, la determinación debía hacerse cargo de todo, pronto se encontró enfrentándose a ello.

Condujo el relato, así lo esperaba, con habilidad; preparó con cuidado a su ansiosa oyente; relató con sencillez y honestidad los principales puntos en que Willoughby basaba su defensa; apreció debidamente su contrición y solo moderó sus declaraciones relativas a su amor actual por Marianne. Ella no pronunció palabra; temblaba, tenía los ojos clavados en el suelo y los labios más blancos de lo que la enfermedad los había dejado. De su corazón brotaban mil cuestiones, pero no osaba plantear ninguna. Escuchó cada palabra con anhelante ansiedad; su mano, sin que ella se diera cuenta, estrechaba fuertemente la de su hermana y las lágrimas rodaban por sus mejillas.

Elinor, temiendo que se hubiera cansado, la condujo a casa; y hasta que llegaron a la puerta, adivinando fácilmente a qué estaría dirigida su curiosidad aunque en ningún momento pudo manifestarla en preguntas, no le habló de otra cosa que de Willoughby y de la charla que tuvieron; y fue cuidadosamente minuciosa en todos los pormenores de lo que había dicho y de su aspecto, allí donde sin peligro podía permitirse una descripción detallada. No bien entraron en la casa, Marianne la besó con gratitud y apenas articulando en medio de su llanto tres palabras, "Cuéntaselo a mamá", se separó de su hermana y subió despacio las escaleras. Elinor por ningún motivo iba a perturbar una tan comprensible búsqueda de soledad como esa; y pensando con gran ansiedad en sus posibles resultados, al mismo tiempo que tomaba la decisión de no volver a poner el tema si Marianne no lo hacía, se dirigió a la salita a cumplir su último ruego.

Capítulo XLVII

La señora Dashwood no dejó de conmoverse al escuchar la reivindicación de su antiguo favorito. Se alegró al verlo absuelto de parte de las culpas que se le imputaban; le daba pena; deseaba que fuera feliz. Pero no se podía hacer revivir los sentimientos del pasado. Nada podía restituirlo con su palabra intacta y un carácter sin mancha ante Marianne. Nada podía hacer desaparecer el conocimiento de lo que ella había sufrido por su culpa, ni eliminar el daño de su comportamiento con Eliza. Nada podía devolverle, entonces, el lugar que había ocupado en el afecto de la señora Dashwood, ni perjudicar los intereses del coronel Brandon.

Si, como su hija, la señora Dashwood hubiera escuchado la historia de Willoughby de sus propios labios; si hubiera sido testigo de su angustia y experimentado el influjo de su semblante y actitud, es probable que su compasión hubiera sido mayor. Pero no estaba en manos de Elinor ni tampoco deseaba despertar tales sentimientos en otras personas con una explicación pormenorizada, como había ocurrido en un comienzo con ella. La reflexión había aportado tranquilidad a sus juicios y moderado su opinión sobre lo que Willoughby se merecía; deseaba, por tanto, decir solo la más simple verdad y exponer aquellos hechos que realmente se podían atribuir a su carácter sin embellecerlos con ninguna pincelada de aprecio que pudiera despertar la fantasía y conducirla por caminos equivocados.

Al anochecer, cuando estaban todas juntas, Marianne comenzó a hablar voluntariamente de él otra vez, pero no sin un esfuerzo que se hizo patente en el agitado, intranquilo arrobamiento en que antes había estado sumida durante algún tiempo, en el color que subió a su rostro al hablar, en su voz trémula.

—Deseo asegurarles a ambas —dijo—, que veo todo... como ustedes pueden desear que lo haga.

La señora Dashwood la habría interrumpido de inmediato con consolador amor, si Elinor, que realmente deseaba escuchar la opinión imparcial de su hermana, no le hubiera demandado silencio con un gesto impaciente. Marianne continuó paso a paso:

—Es un gran alivio para mí lo que Elinor me dijo por la mañana: he escuchado exactamente lo que deseaba escuchar —durante algunos momentos se le apagó la voz; pero, recuperándose, siguió hablando, y más tranquila que antes—: Con ello me doy por completo satisfecha. No deseo que nada cambie. Nunca habría podido ser feliz con él después de saber todo esto, como tarde o temprano lo habría sabido. Le habría perdido toda confianza, todo aprecio. Nada habría podido evitar que sintiera eso.

—¡Lo sé, lo sé! —exclamó su madre—. ¡Feliz con un hombre de conducta libertina! ¿Con uno que así había roto la paz del más querido de nuestros amigos y el mejor de los hombres? ¡No, un hombre como ese jamás habría podido hacer feliz el corazón de mi Marianne! En su conciencia, en su sensible conciencia habría pesado todo lo que debiera haber pesado en la de su marido.

Marianne suspiró, repitiendo:

—No deseo que nada cambie.

—Juzgas todo esto —dijo Elinor— exactamente como debe juzgarlo una persona de mente capaz y recto juicio; y me atrevo a decir que encuentras (al igual que yo, y no solo en esta sino en muchas otras circunstancias), bastante motivos para convencerte de que el matrimonio con Willoughby te habría traído muchas zozobras y desilusiones en las que te habrías visto con escaso apoyo de un afecto que, de su parte, habría sido muy poco firme. Si se hubieran casado, habrían sido siempre pobres. Incluso él mismo se reconoce inmoderado en sus gastos, y toda su conducta indica que privarse de algo es una frase que no existe en su vocabulario. Sus demandas y tu inexperiencia juntas, con un ingreso muy, muy pequeño, los habrían puesto en apuros que no por haberte sido completamente desconocidos antes, o no haber pensado nunca en ellos, te serían menos penosos. Sé que tu sentido del honor y de la honestidad te habría llevado, al darte cuenta de la situación, a intentar todos los ahorros que te parecieran posibles; y quizá, mientras tu frugalidad disminuyera solo tu bienestar, podrías haberla resistido, pero más allá de eso (y, ¿qué podría haber hecho hasta el mayor de tus esfuerzos aislados para detener una ruina que había comenzado antes de tu enlace?), más allá de eso, si hubieras intentado, incluso de la forma más lógica, limitar sus diversiones, ¿no habría sido de temer que en vez de inducir a alguien de sentimientos tan egoístas para que consintiera en ello, habrías terminado por debilitar tu influencia en su corazón y hacerlo arrepentirse de la unión que le había significado tales trabas?

A Marianne le temblaron los labios y repitió "¿egoísta?" con un tono que significaba "¿de verdad lo crees egoísta?".

—Toda su conducta —replicó Elinor—, desde el comienzo al final de esta historia, ha estado basada en el egoísmo. Fue el egoísmo lo primero que lo hizo jugar con tus sentimientos y lo que después, cuando los suyos se vieron comprometidos, lo llevó a retardar su confesión y lo que finalmente lo alejó de Barton. Su propio placer o su propia tranquilidad fueron siempre los principios que guiaron su proceder.

—Es muy cierto. Mi felicidad nunca fue su meta.

—En la actualidad —continuó Elinor—, lamenta lo que hizo. Y, ¿por qué lo lamenta? Porque se ha dado cuenta que no le sirvió. No lo ha hecho feliz. Ya no tiene problemas económicos, no sufre en ese aspecto, y solo piensa en que se casó con una mujer de temperamento menos agradable que el tuyo. Pero, ¿se sigue de eso que si se hubiera casado contigo sería feliz? Las dificultades habrían sido diferentes. Habría sufrido por las penurias económicas que, ahora que no las tiene, han perdido importancia para él. Habría tenido una esposa de cuyo carácter no se habría podido quejar, pero habría vivido siempre necesitado, siempre pobre; y probablemente después habría aprendido a valorizar mucho más las innumerables comodidades que da un patrimonio libre de deudas y una buena renta, incluso para la felicidad hogareña, que el simple carácter de una esposa.

—No me cabe la menor duda de ello —dijo Marianne—; y no me arrepiento de nada... de nada salvo de mi propia locura.

—Di más bien la imprudencia de tu madre, hijita —dijo la señora Dashwood—; es ella la responsable.

Marianne no la dejó continuar; y Elinor, satisfecha al ver que cada una reconocía su propio error, deseó evitar todo examen del pasado que pudiera hacer flaquear el espíritu de su hermana; así, retomando el primer tema, continuó pronto:

—De toda esta historia, creo que hay una conclusión que se puede extraer con toda justicia: que todos los problemas de Willoughby surgieron de la primera ofensa contra la moral, su comportamiento con Eliza Williams. Ese crimen fue el origen de todos los males menores que le siguieron y de todo su actual descontento.

Marianne asintió de todo corazón a esa observación; y su madre reaccionó a ella con una enumeración de los perjuicios infligidos al coronel Brandon y de sus méritos, en la cual había todo el entusiasmo capaz de originarse en la fusión de la amistad y el interés. Su hija, sin embargo, no pareció haberle prestado demasiada atención.

Tal como lo había esperado, Elinor vio que en los dos o tres días siguientes Marianne no continuó recuperando sus fuerzas como lo había estado haciendo; pero mientras su determinación se mantuviera sin claudicar y siguiera esforzándose por parecer alegre y tranquila, su hermana podía confiar sin vacilaciones en que el tiempo terminaría por sanarla.

Volvió Margaret y nuevamente se reunió toda la familia, otra vez se establecieron apaciblemente en la casita de campo, y si no continuaron sus habituales estudios con la misma energía que habían puesto en ello cuando llegaron a Barton, al menos proyectaban retomarlos vigorosamente en el futuro.

Elinor comenzó a impacientarse por tener algunas noticias de Edward. No había sabido nada de él desde su partida de Londres, nada nuevo sobre sus planes, incluso nada seguro sobre su actual lugar de residencia. Se habían escrito algunas cartas con su hermano a causa de la enfermedad de Marianne, y en la primera de John venía esta frase: "No sabemos nada de nuestro infortunado Edward y nada podemos averiguar sobre un tema tan vedado, pero lo creemos todavía en Oxford". Esa fue toda la información sobre Edward que le proporcionó la correspondencia, porque en ninguna de las cartas siguientes se mencionaba su nombre. No estaba condenada, sin embargo, a permanecer demasiado tiempo en la ignorancia de sus planes.

Una mañana habían enviado a su criado a Exeter con un encargo; y a su vuelta, mientras servía a la mesa, respondía a las preguntas de su ama sobre los resultados de su cometido. Entre sus informes ofreció voluntariamente el siguiente:

—Supongo que sabe, señora, que el señor Ferrars se ha casado.

Marianne tuvo un violento sobresalto, clavó su mirada en Elinor, la vio ponerse blanca y se dejó caer en la silla presa del histerismo. La señora Dashwood, cuyos ojos habían seguido intuitivamente la misma dirección mientras respondía a la pregunta del criado, sintió un fuerte impacto al advertir por el semblante de Elinor la magnitud de su sufrimiento; y un momento después, igualmente angustiada por la situación de Marianne, no supo a cuál de sus hijas prestar atención primero.

Advirtiendo tan solo que la señorita Marianne parecía enferma, el criado fue lo bastante prudente para llamar a una de las doncellas, la cual la condujo a otra habitación ayudada por la señora Dashwood. Para ese entonces Marianne ya estaba repuesta, y su madre, dejándola al cuidado de Margaret y de la doncella, volvió a casa de Elinor, que aunque todavía se encontraba muy afectada, había recuperado el uso de la razón y de la voz lo suficiente para haber comenzado a interrogar a Thomas sobre la fuente de su información. La señora Dashwood se hizo de inmediato cargo de esa tarea y Elinor pudo beneficiarse de la información sin el esfuerzo de tener que ir tras ella.

—¿Quién le dijo que el señor Ferrars se había casado, Thomas?

—Con mis propios ojos vi al señor Ferrars, señora, esta mañana en

Exeter, y también a su señora, la que fue señorita Steele. Estaban ahí parados frente a la puerta de la posada New London en su coche, cuando yo llegué con un mensaje de Sally, la de la finca, a su hermano, que es uno de los postillones. Justo miré hacia arriba cuando pasaba al lado del coche, y así vi de frente que era la más joven de las señoritas Steele; así que me saqué el sombrero y ella me reconoció y me llamó, y preguntó por usted, señora, y por las señoritas, especialmente la señorita Marianne, y me encargó que le enviara sus respetos y los del señor Ferrars, sus mayores respetos y atenciones, y les dijera que sentían no tener tiempo para venir a visitarlas, pero tenían prisa en seguir porque todavía les faltaba un buen trecho por recorrer, pero sin duda a la vuelta se asegurarían de pasar a verlas.

—Pero, ¿ella le dijo que se había casado, Thomas?

—Sí, señora. Se sonrió y dijo que había cambiado de nombre desde la última vez que había estado por estos lados. Siempre fue una joven muy amistosa y de trato fácil, y muy amable. Así que me tomé la libertad de desearle felicidades.

—¿Y el señor Ferrars estaba con ella en el carruaje?

—Sí, señora, justo lo vi sentado ahí, echado para atrás, pero no levantó los ojos. El caballero nunca fue muy dado a la charla. El corazón de Elinor podía explicar fácilmente por qué el caballero no se había identificado; y la señora Dashwood quizás imaginó idéntica razón.

—¿No había nadie más en el carruaje?

—No, señora, solo ellos dos.

—¿Sabe de dónde venían?

—Venían directamente de Londres, según me dijo la señorita Lucy... la señora Ferrars.

—¿Pero se dirigían más hacia el oeste?

—Sí, señora, pero no para quedarse mucho. Al regreso, entonces seguro que pasan por aquí.

La señora Dashwood miró ahora a su hija, pero Elinor sabía bien que no debía esperarlos. Reconoció a Lucy entera en el mensaje, y tuvo la seguridad de que Edward jamás vendría por su casa. En voz baja le observó a su madre que probablemente iban a casa del señor Pratt, cerca de Plymouth.

Thomas parecía haber terminado sus informes. Elinor deseaba querer saber más.

—¿Los vio partir antes de irse?

—No, señora; ya estaban sacando los caballos, pero no pude quedarme más; temía retrasarme.

—¿Parecía estar bien la señora Ferrars?

—Sí, señora, dijo que estaba muy bien; a mi ver siempre fue una joven muy guapa y parecía extraordinariamente contenta.

A la señora Dashwood no se le ocurrió nada más que preguntar, y Thomas y el mantel, ahora igualmente innecesarios, poco después fueron sacados de allí. Marianne ya había mandado decir que no iba a comer nada más; también la señora Dashwood y Elinor habían perdido el apetito, y Margaret podía sentirse muy bien con esto de que, a pesar de las innumerables inquietudes que ambas hermanas habían experimentado en el último tiempo, a pesar de los muchos motivos que habían tenido para descuidar las comidas, nunca antes habían tenido que quedarse sin cenar.

Cuando les sirvieron el postre y el vino y la señora Dashwood y Elinor quedaron a solas, permanecieron mucho rato juntas en parecidas meditaciones e idéntico silencio. La señora Dashwood no se aventuró a hacer ninguna observación y no se atrevió a ofrecer alivio. Se daba cuenta ahora de que se había equivocado al confiar en la imagen que Elinor había estado dando de sí misma; y concluyó correctamente que en su momento le había quitado importancia a todo lo que le ocurría solo para evitarle a ella mayores penalidades, considerando cuánto estaba sufriendo ya por Marianne. Se dio cuenta de que la cuidadosa, considerada solicitud de su hija la había conducido a la equivocación de pensar que el afecto que un día había comprendido tan bien, era en realidad mucho menos serio de lo que solía creer o de lo que ahora se veía que era. Temía que, al dejarse convencer de esa forma, había sido injusta, desconsiderada... no, casi cruel con Elinor; que la aflicción de Marianne, por ser más aparatosa, más patente a sus ojos, había absorbido demasiado de su ternura, llevándola a casi olvidar que en Elinor podía tener a otra hija sufriendo tanto como ella, con un dolor que ciertamente había sido menos buscado y que había soportado con mucho mayor entereza.

CAPÍTULO XLVIII

Elinor había descubierto la diferencia entre esperar que ocurriera un hecho desagradable, por muy seguro que se lo pudiera considerar, y la certeza misma. Había descubierto que, mientras Edward continuaba soltero, a pesar de sí misma siempre le había dado cabida a la esperanza de que algo iba a ocurrir que impediría su matrimonio con Lucy; que algo, una decisión que él tomara, alguna intervención de amigos o una mejor oportunidad de establecerse para la dama— surgiría para permitir la felicidad de todos ellos. Pero ahora se había casado, y ella culpó a su propio corazón por esa recóndita tendencia a formarse ilusiones que hacía tanto más penosa la noticia.

Al comienzo se sorprendió de que se hubiera casado, antes (según se lo imaginaba) de su ordenación y, por consiguiente, antes de haber entrado en posesión del beneficio. Pero no tardó en ver cuán probable era que Lucy, vigilando sus propios intereses y deseosa de tenerlo seguro lo antes posible, pasara por alto cualquier cosa menos el peligro de la demora. Se habían casado, lo habían hecho en la ciudad, y ahora se dirigían a toda prisa a casa de su tío. ¡Qué habría sentido Edward al estar a cuatro millas de Barton, al ver al criado de su madre, al escuchar el mensaje de Lucy!

Supuso que pronto se habrían instalado en Delaford... Delaford, allí donde tantas cosas se juntaban para interesarla, el lugar que quería conocer y también evitar. Tuvo la rápida imagen de ellos en la casa parroquial; vio en Lucy la administradora activa, ingeniándoselas para equilibrar sus aspiraciones de elegancia con la máxima frugalidad, y avergonzada de que se fuera a sospechar ni la mitad de sus manejos económicos; en todo instante con su propio interés en mente, procurándose la buena voluntad del coronel Brandon, de la señora Jennings y de cada uno de sus amigos pudientes. No sabía bien cómo veía a Edward ni cómo deseaba verlo: feliz o desgraciado... ninguna de las dos posibilidades la ponía contenta; alejó entonces de su mente toda imagen de él.

Elinor se hacía ilusiones con que alguno de sus conocidos de Londres les escribiría anunciándoles el suceso y ofreciéndole más detalles; pero pasaban los días sin traer cartas ni noticias. Aunque no estaba segura de que alguien pudiera ser culpado por ello, criticaba de alguna manera a cada uno de los amigos ausentes. Todos eran desconsiderados o perezosos.

—¿Cuándo le escribirá al coronel Brandon, madre? —fue la pregunta que generó su impaciencia porque algo se hiciera al respecto.

—Le escribí la semana pasada, mi amor, y creo verlo llegar a él en vez de recibir noticias suyas. Le insistí que viniera a visitarnos, y no me sorprendería que estuviera aquí hoy o mañana, o cualquier día.

Esto ya era algo, algo en qué poner las esperanzas. El coronel Brandon debía poseer alguna información que darles.

No acababa de concluir tal cosa, cuando la figura de un hombre a caballo atrajo su vista hacia la ventana. Se detuvo ante su reja. Era un caballero, era el coronel Brandon en persona. Ahora sabría más; y tembló al pensarlo. Pero no era el coronel Brandon... no tenía ni su porte, ni su altura. Si fuera posible, diría que debía ser Edward. Volvió a mirar. Acababa de desmontar... no podía equivocarse... era Edward. Se alejó y se sentó. "Viene desde casa del señor Pratt a propósito para vernos. Tengo que estar tranquila; tengo que comportarme dueña de mí misma".

En un momento se dio cuenta de que también los otros habían advertido el error. Vio que su madre y Marianne mudaban de color; las vio mirarla y susurrarse algo entre ellas. Habría dado lo que fuera por ser capaz de hablar y por hacerles comprender que esperaba no hubiera la menor frialdad o despecho hacia él en el trato. Pero no pudo sacar la voz y se vio obligada a dejarlo todo a la discreción de su madre y hermana.

No cruzaron ni una sílaba entre ellas. Esperaron en silencio que apareciera su visitante. Escucharon sus pisadas a lo largo del camino de grava; en un momento estuvo en el corredor, y pronto frente a ellas.

Al entrar en la habitación su semblante no mostraba gran alegría, ni siquiera desde la perspectiva de Elinor. Tenía el rostro pálido de nerviosismo, y parecía temeroso de la forma en que lo recibirían y consciente de no merecer una acogida cortés. La señora Dashwood, sin embargo, confiando cumplir así los deseos de aquella hija por quien se proponía en lo más profundo de su corazón dejarse guiar en todo, lo recibió con una mirada de fingida alegría, le estrechó la mano y le deseó felicidades.

Edward se sonrojó y balbuceó una respuesta incomprensible. Los labios de Elinor se habían movido a la par de los de su madre, y cuando la actividad hubo terminado, deseó haberle dado la mano también. Pero ya era demasiado tarde y, con una expresión en el rostro que pretendía ser sincera, se volvió a sentar y habló del tiempo.

Marianne, intentando ocultar su tristeza, se había retirado fuera de la vista de los demás tanto como le era posible; y Margaret, entendiendo en parte lo que ocurría pero no por completo, pensó que le correspondía comportarse dignamente, tomó asiento lo más lejos de Edward que pudo y mantuvo un riguroso silencio.

Cuando Elinor terminó de alegrarse por el clima seco de la estación, se sucedió una espantosa pausa. La rompió la señora Dashwood, que se sintió obligada a desear que hubiera dejado a la señora Ferrars en muy buena salud. Sin descanso él respondió que sí.

Otra pausa.

Elinor, decidiéndose a hacer un esfuerzo, aunque con miedo al sonido de su propia voz, dijo:

—¿Está en Longstaple la señora Ferrars?

—¡En Longstaple! —replicó él, con aire sorprendido—. No, mi madre está en Londres.

—Me refería —dijo Elinor, tomando una de las labores de encima de la mesa— a la señora de Edward Ferrars.

No se atrevió a levantar la vista; pero su madre y Marianne dirigieron sus ojos a él. Edward enrojeció, pareció sentirse pasmado, la miró con aire de sorpresa y, tras algunas vacilaciones, dijo:

—Quizá se refiera a... mi hermano... se refiera a la señora de Robert Ferrars.

—¡La señora de Robert Ferrars! —repitieron Marianne y su madre con un tono de enorme perplejidad; y aunque Elinor no fue capaz de hablar, también le clavó los ojos con el mismo nervioso desconcierto. Él se levantó de su asiento y se dirigió a la ventana, aparentemente sin saber qué hacer; tomó unas tijeras que se encontraban por allí, y mientras cortaba en pedacitos la funda en que se guardaban, arruinando así ambas cosas, dijo con tono apurado:

—Quizá no lo sepan, no hayan sabido que mi hermano se ha casado recientemente con... con la menor... con la señorita Lucy Steele.

Sus palabras fueron repetidas con impresionante asombro por todas, salvo Elinor, que siguió sentada con la cabeza inclinada sobre su labor, en un estado de turbación tan grande que casi no sabía dónde se encontraba.

—Sí —dijo él—, se casaron la semana pasada y ahora están en Dawlish.

Elinor no pudo seguir sentada. Salió de la alcoba casi corriendo, y tan pronto cerró la puerta, estalló en lágrimas de alegría que al comienzo pensó no iban a terminar nunca. Edward, que hasta ese momento había mirado a cualquier parte menos a ella, la vio salir a la carrera y quizá vio —o incluso escuchó— su emoción, pues inmediatamente después se sumió en un estado de ensueño que ninguna observación ni pregunta afectuosa de la señora Dashwood pudo penetrar; finalmente, sin decir palabra, abandonó la habitación y salió hacia la aldea, dejándolas perplejas y pasmadas ante un cambio en las circunstancias tan maravilloso y súbito, entregadas a un desconcierto que solo podían paliar a través de elucubraciones.

CAPÍTULO XLIX

Por inexplicables que le parecieran a toda la familia las circunstancias de su liberación, lo cierto era que Edward era libre; y a todas les fue fácil predecir en qué ocuparía esa libertad: tras experimentar los beneficios de un compromiso imprudente, contraído sin el consentimiento de su madre, como lo había hecho ya por más de cuatro años, al fracasar ese no podía esperarse de él nada menos que verlo contrayendo otro.

La diligencia que debía cumplir en Barton era, de hecho, bastante sencilla. Solo se trataba de solicitar a Elinor que se casara con él; y considerando que no era totalmente inexperto en tales lides, podría extrañar que se sintiera tan incómodo en esta ocasión como en verdad se sentía, tan necesitado de ánimo y fresca brisa.

No es necesario, sin embargo, extenderse en detalle lo que tardó su caminata en llevarlo a tomar la decisión adecuada, cuánto demoró en presentarse la oportunidad de ponerla en práctica, de qué manera se expresó y cómo fue recibido. Lo único de positivo es esto: que cuando todos se sentaron a la mesa a las cuatro, alrededor de tres horas después de su llegada, había conseguido a su dama, había logrado el consentimiento de la madre, y era el más feliz de los hombres. Y ello no solo en el embelesado discurso del enamorado, sino en la realidad de la razón y la verdad. Ciertamente su felicidad era más que la común. Un triunfo mayor que el corriente en los amores correspondidos le hinchaba el corazón y le elevaba el espíritu. Se había liberado, sin culpa alguna de su parte, de ataduras que por largo tiempo lo habían hecho desgraciado y lo habían mantenido unido a una mujer a quien hacía mucho había dejado de amar; y, de inmediato, había alcanzado en otra mujer esa seguridad por la que debió desesperar desde el mismo momento en que la había empezado a desear. Había transitado no desde la duda o el suspense, sino desde la desdicha a la felicidad; y habló del cambio abiertamente con una alegría tan sincera, fácil y reconfortante como nunca le habían conocido antes sus amigas.

Le había abierto el corazón a Elinor, le confesó todas sus miserias y trató su primer e infantil enamoramiento de Lucy con toda la dignidad filosófica de los veinticuatro años.

—Fue un apego tonto y ocioso de mi parte —dijo—, consecuencia del desconocimiento del mundo... y de la falta de ocupación. Si mi madre me hubiera dado alguna profesión activa cuando a los dieciocho años me sacaron de la tutela del señor Pratt, creo... no, estoy seguro de que nada habría ocurrido jamás, pues aunque salí de Longstaple con lo que en ese tiempo creía la más invencible devoción por su sobrina, aun así, si hubiera tenido cualquier actividad, cualquier cosa en qué ocupar mi tiempo y que me hubiera mantenido alejado de ella por unos pocos meses, pronto habría superado esos amores de fantasía, especialmente si hubiera compartido más con otras personas, como en ese caso habría debido hacerlo. Pero en vez de emplearme en algo, en vez de contar con una profesión elegida por mí, o que se me permitiera elegir una, volví a casa a dedicarme al más completo ocio; y durante el año que siguió, carecí hasta de la ocupación nominal que me habría dado la pertenencia a la universidad, puesto que no ingresé a Oxford sino hasta los diecinueve años. No tenía, por tanto, nada en absoluto que hacer, salvo creerme enamorado; y como mi madre no hacía del hogar algo en verdad agradable, como en mi hermano no encontraba ni un amigo ni un compañero y me disgustaba conocer gente nueva, no es raro que haya ido con frecuencia a Longstaple, que siempre sentí mi hogar y donde tenía plena seguridad de ser bienvenido; así, pasé allí la mayor parte del tiempo entre mis dieciocho y diecinueve años. Veía en Lucy todo lo que hay de amable y complaciente. Era bonita también... al menos eso pensaba yo en ese tiempo; y conocía a tan pocas mujeres que no podía hacer comparaciones ni detectar defectos. Tomando todo en cuenta, por tanto, creo que por insensato que fuera nuestro compromiso, por insensato que haya resultado ser después en todo sentido, en ese tiempo fue una muestra de insensatez comprensible por las circunstancias.

Era tan grande el cambio que unas pocas horas habían producido en el estado de ánimo y la felicidad de las Dashwood, tan grande, que no pudieron menos que esperar todas las satisfacciones de una noche en vela. La señora Dashwood, demasiado feliz para lograr alguna tranquilidad, no sabía cómo demostrar su amor a Edward o ensalzar a Elinor suficientemente, cómo agradecer bastante su liberación sin vulnerar su cortesía, ni cómo ofrecerles oportunidad para conversar libremente entre ellos y al mismo tiempo disfrutar, como era su deseo, de la presencia y compañía de ambos.

Marianne podía manifestar su felicidad únicamente a través de las lágrimas. Podía caer en comparaciones, en lamentos; y su alegría, aunque tan sincera como el amor por su hermana, ni le levantaba el ánimo ni podía contarse con palabras.

Pero Elinor, ¿cómo describir sus sentimientos? Desde el momento en que supo que Lucy se había casado con otro, que Edward estaba libre, hasta el instante en que él justificó las esperanzas que tan de inmediato habían seguido, tuvo alternativamente todas las emociones, menos la tranquilidad. Pero cuando hubo pasado el segundo momento —cuando desaparecieron todas sus zozobras, todas sus desventuras; cuando pudo comparar su situación con la del último tiempo; cuando lo vio honrosamente libre de su anterior compromiso; cuando vio que aprovechaba su libertad para dirigirse a ella y declararle un amor tan tierno, tan fiel como ella siempre lo había supuesto—, se sintió abrumada, dominada por su propia felicidad; y a pesar de la afortunada tendencia de la mente humana a aceptar rápidamente cualquier cambio para mejor, se necesitaron varias horas para devolverle la tranquilidad a su ánimo o algún grado de sosiego a su corazón.

Edward permaneció al menos una semana en la cabaña, pues más allá de cualquier otra obligación que debiera cumplir, le era imposible dedicar menos tiempo a disfrutar de la compañía de Elinor, o que alcanzaran a decir en menos espacio la mitad de lo que debían decirse sobre el pasado, el presente y el futuro; pues aunque unas pocas horas pasadas en la difícil tarea de hablar incesantemente bastan para despachar más temas de los que pueden realmente tener en común dos criaturas racionales, con los enamorados no pasa lo mismo. Entre ellos nunca se da por terminada ninguna materia ni se da por comunicado algo a no ser que se lo haya repetido veinte veces.

El matrimonio de Lucy, la inagotable y extraña sorpresa que les había producido a todos, por supuesto alimentó una de las primeras conversaciones de los enamorados; y el particular conocimiento que Elinor tenía de cada una de las partes hizo que, desde todos los puntos de vista, le pareciera una de las circunstancias más singulares e inconcebibles que hubieran llegado a sus oídos. Cómo era que se habían juntado, y qué atractivo podía haber influido en Robert para llevarlo a casarse con una muchacha de cuya belleza ella misma lo había escuchado hablar sin ninguna admiración; una muchacha que además estaba comprometida con su hermano y por quien ese hermano había sido alejado de la familia, era más de lo que podía comprender. Para su corazón era algo maravilloso; para su imaginación, hasta cómico; pero a su razón, a su juicio, le parecía un auténtico enigma.

La única explicación que encontró Edward era que, quizá, habiéndose conocido primero por azar, la vanidad de uno había sido tan bien trabajada por los halagos de la otra, que eso había llevado poco a poco a todo lo demás. Elinor recordaba lo comentado por Robert en Harley Street respecto de cuánto podría haber logrado él de haber intervenido a tiempo en los asuntos de su hermano. Se lo explicó a Edward.

—Eso es muy propio de Robert —fue su inmediato comentario—.

Y es lo que seguramente tenía en mente —agregó luego— al comienzo de su relación con Lucy. Y al comienzo quizá todo lo que también quería ella era lograr que interpusiera sus buenos oficios en mi favor. Después pueden haber surgido otros proyectos.

Durante cuánto tiempo esto había estado sucediendo entre ellos, él tampoco podía averiguarlo, pues en Oxford, donde había elegido quedarse desde su salida de Londres, no tenía forma de saber de ella sino por ella misma, y hasta el último momento sus cartas no fueron ni menos frecuentes ni menos afectuosas de lo que siempre habían sido. Ni la menor sospecha, entonces, lo preparó para lo que iba a acontecer; y cuando finalmente reventó la noticia en una carta de la misma Lucy, creía que durante algún tiempo se había quedado perplejo entre la maravilla, el horror y la alegría de tal liberación. Puso la carta en manos de Elinor:

«Estimado señor:

»Con la certeza de haber perdido hace tiempo su afecto, me he sentido en libertad de entregar el mío a otra persona, y no dudo de que con él seré tan feliz como solía pensar que lo sería con usted; pero rehúso aceptar la mano cuando el corazón pertenecía a otra. Sinceramente deseo sea feliz con su elección, y no será mi culpa si no somos siempre buenos amigos, como nuestro cercano parentesco hace ahora apropiado. Sin ninguna duda le puedo decir que no le guardo rencor alguno, y estoy segura de que será demasiado generoso para hacer nada que nos perjudique. Su hermano se ha ganado todo mi afecto, y como no podríamos vivir el uno sin el otro, acabamos de volver del altar y nos dirigimos ahora a Dawlish a pasar unas pocas semanas, lugar que su querido hermano tiene gran curiosidad por conocer, pero pensé molestarlo primero con estas pocas líneas, y para siempre quedaré,

»Su sincera amiga y hermana, que bien lo quiere,

Lucy Ferrars.»

He quemado todas sus cartas, y le devolveré su retrato a la primera oportunidad. Por favor destruya las páginas que le he enviado con mis pobres frases; pero el anillo con mi cabello, tendré el mayor gusto en dejárselo.

Elinor la leyó y la devolvió sin ningún comentario.

—No te preguntaré qué opinas de ella en cuanto a composición —dijo Edward—. Por nada del mundo habría querido, en otros tiempos, que tú vieras una de sus cartas. En una cuñada ya es bastante malo, ¡pero en una esposa! ¡Cómo me han hecho sonrojar algunas de sus páginas! Y creo poder decir que desde los primeros seis meses de nuestro descabellado... asunto, esta es la única carta que he recibido de ella en que el contenido compensó las faltas en el estilo.

—Como sea que hayan comenzado —dijo Elinor tras una pausa—, ciertamente están casados. Y tu madre se ha ganado un castigo muy justo. La independencia económica que otorgó a Robert por resentimiento contigo le ha permitido a él elegir a su antojo; y, de hecho, ha estado sobornando a un hijo con mil libras anuales para que termine haciendo lo mismo que la hizo desheredar al otro cuando lo intentó. Supongo que difícilmente le dolerá menos ver casada a Lucy con Robert que contigo.

—Le va a doler más, porque Robert fue siempre su mimado. Le dolerá más y, de acuerdo con el mismo principio, lo va a perdonar mucho más deprisa.

Edward no sabía cómo estaban las relaciones entre ellos en ese momento, pues no había hecho ningún intento por comunicarse con nadie de su familia. Había dejado Oxford a las veinticuatro horas de haber recibido la carta de Lucy, y teniendo en mente como único objetivo encontrar el camino más rápido a Barton, no había tenido tiempo para trazar ningún plan de vida con el que ese camino no estuviera íntimamente ligado. Nada podía hacer hasta estar seguro de cuál sería su destino con la señorita Dashwood; y es de suponer que por su rapidez en hacer frente a ese destino, a pesar de los celos con que alguna vez había pensado en el coronel Brandon, a pesar de la modestia con que evaluaba sus propios méritos y de la sinceridad con que se refería a sus dudas, en último término no esperaba una recepción demasiado negativa. Sin embargo, tenía que decir que sí la había temido, y lo hizo con muy hermosas palabras. Lo que podría decir sobre el tema un año después, queda a la imaginación de maridos y esposas.

Elinor no tenía duda alguna de que con el mensaje que había enviado a través de Thomas, Lucy ciertamente había querido engañar, rubricando su partida con un trazo de malicia contra él; y a Edward mismo, viendo ahora con toda claridad cómo era su carácter, no le costaba creerla capaz de la máxima malevolencia en una mezquindad caprichosa. Aunque hacía tiempo, incluso antes de su relación con Elinor, había comenzado a estar consciente de la ignorancia y falta de amplitud de algunas de sus opiniones, lo había atribuido a las carencias de su educación; y hasta la recepción de su última carta, siempre la había creído una muchacha bien dispuesta y de buen corazón, y muy apegada a él. Nada sino ese convencimiento podría haberle impedido terminar un compromiso que, incluso mucho antes de que su descubrimiento lo hiciera objeto del enojo de su madre, había sido para él una fuente continua de inquietud y arrepentimiento.

—Pensé que era mi deber —dijo—, aparte de mis sentimientos, darle la oportunidad de continuar o no el compromiso cuando mi madre me repudió y a las claras quedé sin un amigo en el mundo que me tendiera una mano. En una situación como esa, donde parecía no haber nada que pudiera tentar la avaricia o la vanidad de criatura viviente alguna, ¿cómo podía yo suponer, cuando ella insistió tan intensa y vivamente en compartir mi destino, cualquiera que fuese este, que sus motivos fueran distintos al afecto más desinteresado? E incluso ahora, no logro entender qué la llevó o qué ventaja pensó que le reportaría encadenarse a un hombre al cual no amaba en absoluto y cuya única posesión en el mundo eran mil libras. No podía haber previsto que el coronel Brandon me daría un beneficio.

—No, pero podía suponer que algo favorable podía sucederte; que, con el tiempo, tu propia familia podía ablandarse. Y en todo caso no perdía nada al continuar con el compromiso, pues, como lo dejó bien claro, no se sentía obligada por él ni en sus deseos ni en sus acciones. En todo caso se trataba de una relación seria y probablemente la hacía ganar en la consideración de sus amistades; y si nada mejor se presentaba, era mejor para ella casarse contigo que quedarse soltera.

Ciertamente, Edward se convenció de inmediato de que nada podía ser más normal que el comportamiento de Lucy, ni más patente que sus motivos.

Elinor le sacó en cara haber pasado tanto tiempo con ellas en Norland, donde debía haber estado consciente de su propia ligereza, con la dureza que siempre ponen las damas al reprender la imprudencia que las halaga.

—Te comportaste muy mal —le dijo—, pues, para no decir nada de mis propias convicciones, con ello llevaste a nuestros amigos a imaginar y esperar algo que, dada tu situación en ese momento, no podía ofrecerse.

Edward solo pudo presentar como excusa que no conocía su propio corazón y una equivocada fidelidad en la fuerza de su compromiso.

—Fui tan necio como para creer que, debido a que había dado mi palabra a otra persona, no había peligro en estar contigo, y que la conciencia de mi compromiso iba a resguardar mis sentimientos haciéndolos tan seguros y sagrados como mi honor. Te admiraba, pero me decía que era solo amistad; y hasta que comencé a compararte con Lucy, no me di cuenta de hasta dónde había llegado. Después de eso, supongo que no fue correcto permanecer tanto en Sussex, y los argumentos con los que ensayaba reconciliarme con la conveniencia de hacerlo no eran más adecuados que estos: es a mí a quien pongo en peligro; no le hago daño a nadie sino a mí mismo.

Elinor sonrió, meneando la cabeza.

Edward se alegró al saber que esperaban la visita del coronel Brandon en la casa, pues no solo deseaba conocerlo mejor, sino convencerlo de que ya no se disgustaba que le hubiera dado el beneficio de Delaford, "pues con los poco entusiastas agradecimientos que recibió de mi parte en esa ocasión", dijo, "puede seguir creyendo que todavía no le perdono habérmelo ofrecido".

Se hacía cruces ahora de no haber ido antes a conocer el lugar. Pero era tan escaso el interés que había puesto en todo el asunto, que todo lo que sabía de la casa, del jardín y las tierras beneficiales, de la extensión de la parroquia, las condiciones de la tierra y el importe de los diezmos, se lo debía a la propia Elinor, que había escuchado tantas veces al coronel Brandon y le había prestado tanta atención que ahora poseía un completo dominio sobre el tema.

Tras todo esto, tan solo faltaba una cosa no aclarada entre ellos, una dificultad por vencer. Los unía su mutuo amor y tenían la más cálida aprobación de sus auténticos amigos; el conocimiento íntimo que tenían el uno del otro era una base segura para su felicidad... y solo les faltaba con qué vivir. Edward tenía dos mil libras y Elinor mil, y sumado a ello el beneficio de Delaford, era todo lo que podían considerar como propio; pues a la señora Dashwood le era imposible adelantarles nada, y ninguno de los dos estaba tan enamorado como para pensar que trescientas cincuenta libras al año serían suficientes para abastecerlos de todas las necesidades de la vida.

Edward no desesperaba del todo de un cambio favorable hacia él en su madre, y en eso pensaba para lo que faltaba a sus ingresos. Pero Elinor no tenía la misma confianza; pues como Edward seguía sin poder casarse con la señorita Morton y, en su adulador lenguaje, la señora Ferrars se había referido a la unión con ella solo como un mal menor al de su elección de Lucy Steele, temía que la ofensa de Robert solo serviría para enriquecer a Fanny.

Cuatro días después de la llegada de Edward llegó el coronel Brandon, con lo que se completó la satisfacción de la señora Dashwood y pudo tener el honor, por primera vez desde que vivía en Barton, de tener más compañía de la que su casa podía acoger. Se permitió a Edward retener sus privilegios de primer visitante y, así, el coronel Brandon debía ir todas las noches a sus antiguos aposentos en la finca, desde los cuales volvía cada mañana lo bastante temprano para interrumpir el primer *tête-à-tête* de los enamorados después del desayuno.

Después de tres semanas de permanencia en Delaford, donde, al menos al atardecer, poco tenía que hacer excepto calcular la desproporción entre treinta y seis y dieciséis, el coronel Brandon llegó a Barton en un estado de ánimo tan decaído que, para alegrarse, requirió toda la mejoría en la apariencia de Marianne, toda la afabilidad de su recepción y todo el estímulo de las palabras de su madre. Entre tales amigos, sin embargo, y con tales halagos, pronto revivió. Todavía no le había llegado ningún rumor sobre el matrimonio de Lucy; no sabía nada de lo ocurrido y, por consiguiente, pasó las primeras horas de su visita escuchando y asombrándose. La señora Dashwood le explicó todo, dándole nuevos motivos para alegrarse por el servicio hecho al señor Ferrars, dado que a la postre había resultado en beneficio de Elinor.

Sería inútil decir que la magnífica opinión que los caballeros tenían uno del otro mejoró junto con aumentar su mutuo conocimiento, pues no podía ser de otra forma. La semejanza en sus principios y buen juicio, en disposición y manera de pensar, probablemente habría bastado para unirlos como amigos sin necesidad de ninguna otra cosa que los aproximara; pero el hecho de estar enamorados de dos hermanas, y dos hermanas que se querían, hizo inevitable e inmediata una estimación que en otras condiciones quizá debió haber esperado los efectos del tiempo y el juicio.

Las cartas provenientes de la ciudad, que unos días antes habrían estremecido cada nervio del cuerpo de Elinor, ahora llegaban para ser leídas con menos emoción que gusto.

La señora Jennings escribió para contarles toda la fantástica historia, para desahogar su honrada indignación contra la veleidosa muchacha que había dejado plantado a su novio y derramar compasión por el pobre Edward que, estaba segura, había adorado a aquella despreciable arribista y, según todos los informes, se encontraba ahora en Oxford con el corazón casi completamente destrozado. "A mi parecer", continuaba, "nunca se ha hecho nada de forma tan traidora, pues no hacía ni dos días que Lucy había venido a visitarme y se había quedado un par de horas conmigo. Nadie tuvo ninguna sospecha de lo que ocurría, ni siquiera Nancy que, ¡pobre criatura!, llegó llorando al día siguiente, terriblemente alarmada por miedo a la señora Ferrars y por no saber cómo llegar a Plymouth; pues Lucy, según parece, le pidió prestado todo su dinero antes de casarse, suponemos que para pavonearse, y la pobre Nancy no tenía ni siquiera siete chelines en total; así que me alegró mucho darle cinco guineas que le permitieran llegar a Exeter, donde piensa quedarse tres o cuatro semanas en casa de la señora Burguess con la esperanza, así le digo yo, de toparse otra vez con el reverendo. Y debo confesar que lo peor de todo es la mala voluntad de Lucy de no llevársela en su coche. ¡Pobre señor Edward! No puedo sacármelo de la cabeza, pero deben hacer que vaya a Barton y la señorita Marianne debe intentar consolarlo".

El tono del señor Dashwood era más solemne. La señora Ferrars era la más desdichada de las mujeres, la sensibilidad de la pobre Fanny había soportado agonías y él estaba maravillado y lleno de gratitud al ver que no habían sucumbido bajo tal golpe. La ofensa de Robert era imperdonable, pero la de Lucy era infinitamente peor. Nunca más iba a mencionarse el nombre de ninguno de los dos ante la señora Ferrars, e incluso si en el futuro se la pudiera convencer de perdonar a su hijo, jamás iba a reconocer a su esposa como hija ni admitirla en su presencia. Trataba racionalmente el secreto con que habían manejado todo el asunto entre ellos como una enorme agravante del crimen, pues si los demás hubieran sospechado algo podrían haber tomado las medidas necesarias para evitar el matrimonio; y apelaba a Elinor para que antes se uniera a sus lamentos por el no cumplimiento del compromiso entre Lucy y Edward, que servirse de ello para seguir sembrando la desgracia en la familia. Y continuaba de la siguiente forma:

«La señora Ferrars todavía no ha citado el nombre de Edward, lo que no nos asombra; pero lo que nos sorprende enormemente es no haber recibido ni una línea de él sobre lo sucedido. Quizá, sin embargo, ha guardado silencio por temor a agraviar y, por tanto, le escribiré unas líneas a Oxford insinuándole que su hermana y yo pensamos que una carta en que muestre el adecuado sometimiento, dirigida quizás a Fanny y enseñada por esta a su madre, no sería tomada a mal; pues todos conocemos la buena disposición del corazón de la señora Ferrars y que nada desea más que estar en buenos términos con sus hijos.»

Este párrafo tenía una cierta importancia para los planes y el proceder de Edward. Lo decidió a intentar una reconciliación, aunque no del mismo modo de la manera en que sugerían su cuñado y su hermana.

—¡El adecuado sometimiento! —manifestó—; ¿pretenden que le pida perdón a mi madre por la ingratitud de Robert con ella y la forma en que ofendió mi honor? No puedo mostrar ningún sometimiento. Lo ocurrido no me ha hecho más humilde ni más arrepentido. Me ha hecho muy feliz, pero eso no les importa. No sé de ningún gesto de obediencia que yo deba realizar.

—Bien puedes pedir que te perdonen —dijo Elinor—, porque has ofendido; y pensaría que ahora hasta podrías llegar a manifestar algún malestar por haber contraído el compromiso que enfureció a tu madre.

Edward estuvo de acuerdo en que sería posible.

—Y cuando te haya perdonado, quizá sea necesario alguna pequeña muestra de sumisión cuando informes a tu madre de un segundo compromiso casi tan imprudente a sus ojos como el primero.

Nada tuvo que objetar a esto Edward, pero todavía se resistía a la idea de una carta en que se mostrara claramente sumiso; y así, para hacerle más fácil la empresa, dado que manifestaba mucho mayor disposición a hacer concesiones de palabra que por escrito, decidió que en vez de escribirle a Fanny, debía ir a Londres y suplicarle personalmente que interpusiera sus buenos oficios en su favor.

—Y si ellos sí se comprometen —dijo Marianne, en su nueva personalidad benevolente en esforzarse por una reconciliación, tendré que pensar que ni tan solo John y Fanny están por completo desprovistos de méritos.

Después de los solo tres o cuatro días que duró la visita del coronel Brandon, los dos caballeros abandonaron Barton juntos. Se dirigirían de inmediato a Delaford, de manera que Edward pudiera conocer personalmente su futuro hogar y ayudar a su protector y amigo a decidir qué mejoras eran prudentes; y desde ahí, tras quedarse un par de noches, iba a seguir su viaje a Londres.

CAPÍTULO L

Después de la apropiada resistencia por parte de la señora Ferrars, una resistencia bastante enérgica y firme para salvarla del reproche en el que siempre parecía temerosa de incurrir, el de ser demasiado amable, Edward fue admitido en su presencia y elevado otra vez a la categoría de hijo.

En el último tiempo su familia había sido extremadamente fluctuante. Durante muchos años de su vida había tenido dos hijos; pero el crimen y aniquilamiento de Edward unas semanas atrás la habían privado de uno; el similar aniquilamiento de Robert la había dejado durante quince días sin ninguno; y ahora, con la resurrección de Edward, otra vez tenía uno.

Edward, sin embargo, a pesar de que nuevamente se le permitía vivir, no sintió segura la continuación de su existencia hasta haber revelado su actual compromiso; pues temía que el hacer pública tal circunstancia daría un nuevo giro a su estado y lo llevaría a la tumba con la misma velocidad que antes. Lo reveló entonces con recelosa cautela y fue escuchado con inesperada placidez. Al comienzo la señora Ferrars intentó razonar con él para disuadirlo de casarse con la señorita Dashwood, recurriendo a todos los argumentos a su alcance; le dijo que en la señorita Morton encontraría una mujer de más alto rango y mayor fortuna, y reforzó tal afirmación observando que la señorita Morton era hija de un noble y dueña de treinta mil libras, mientras la señorita Dashwood solo era la hija de un caballero particular, y no tenía más de tres mil; pero cuando descubrió que aunque Edward estaba perfectamente de acuerdo con lo certero de su exposición, no tenía ninguna intención de dejarse guiar por ella, juzgó más sabio, dada la experiencia del pasado, someterse... Y así, tras la displicente demora que le debía a su propia dignidad y que se le hacía necesaria para prevenir cualquier sospecha de benevolencia, promulgó su decreto de consentimiento al matrimonio de Edward y Elinor.

A continuación, fue necesario considerar qué debía hacer para mejorar sus rentas: y aquí se vio claramente que aunque Edward era ahora su único hijo, de ninguna manera era el primogénito; pues aunque Robert recibía infaliblemente mil libras al año, no se hizo la menor objeción a que Edward se ordenara por doscientas cincuenta como máximo; tampoco se prometió nada para el presente ni para el futuro más allá de las mismas diez mil libras que habían configurado la dote de Fanny.

Eso, sin embargo, era lo que Edward y Elinor ansiaban, y mucho más de lo que esperaban; y la señora Ferrars, con sus vanas excusas, parecía la única persona sorprendida de no dar más.

Así, al asegurárseles un ingreso adecuado para cubrir sus necesidades, después de que Edward tomó posesión del beneficio no les restaba nada por esperar sino que estuviera lista la casa, a la cual el coronel Brandon le estaba haciendo importantes reformas en su ansiedad por acomodar a Elinor; y tras aguardar algún tiempo que las completaran tras experimentar, como es lo habitual, las mil desilusiones y retrasos de la inexplicable lentitud de los trabajadores, Elinor, como siempre, quebrantó la firme promesa inicial de no casarse hasta que todo estuviera listo, y la ceremonia se celebró en la iglesia de Barton a comienzos de otoño.

Pasaron el primer mes después de su matrimonio en la casa solariega, desde donde podían supervisar los progresos en la rectoría y dirigir las cosas tal como las querían en el lugar mismo; podían elegir el empapelado, planificar dónde plantar grupos de arbustos y diseñar un recorrido hasta la casa. Las profecías de la señora Jennings, aunque algo embarulladas, se cumplieron en su mayor parte: pudo visitar a Edward y a su esposa en la parroquia para el día de san Miguel, y encontró en Elinor y su esposo, tal como lo pensaba, una de las parejas más felices del mundo. De hecho, ni a Edward ni a Elinor les quedaban deseos por cumplir, salvo el matrimonio del coronel Brandon y Marianne y pastos algo mejores para sus vacas.

Recibieron la visita de casi todos sus parientes y amigos en cuanto se instalaron. La señora Ferrars acudió a inspeccionar la felicidad que casi le avergonzaba haber autorizado, y hasta los Dashwood incurrieron en el gasto de un viaje desde Sussex para hacerles los cumplidos.

—No diré que estoy desilusionado, mi querida hermana —dijo John, mientras paseaban juntos una mañana ante las rejas de la casa de Delaford—; eso sería exagerar, puesto que tal como se ha desarrollado todo, en verdad has resultado una de las mujeres más afortunadas del mundo. Pero confieso que me daría gran placer poder llamar hermano al coronel Brandon. Sus bienes en este lugar, su propiedad, su casa, ¡todo tan admirable, tan en magníficas condiciones! ¡Y sus bosques! ¡En ninguna parte de Dorsetshire he visto madera tan buena como la guardada ahora en los cobertizos de Delaford! Y aunque quizá Marianne no sea exactamente la persona capaz de atraerlo, pienso que sería en general aconsejable que la invitaras muy seguido a quedarse contigo, pues como el coronel Brandon parece pasar mucho tiempo en casa... imposible decir lo que podría ocurrir... Cuando dos personas están mucho juntas y no ven mucho a nadie más... Y siempre estará en tus manos hacer resaltar su mejor lado, y todo eso; en fin, bien puedes ofrecerle una oportunidad... tú me entiendes.

Pero aunque la señora Ferrars sí vino a verlos y siempre los trató con un fingido afecto muy aparente, jamás recibieron el insulto de su verdadero favor y preferencias. Eso se lo habían ganado la insensatez de Robert y la astucia de su esposa, y lo habían conseguido antes de que hubieran transcurrido muchos meses. La egoísta sagacidad de Lucy, que al comienzo había arrastrado a Robert a tal lío, fue el principal instrumento para librarlo de él; pues apenas encontró la más pequeña oportunidad de ejercitarlas, su respetuosa humildad, sus asiduas atenciones e interminables cortesías reconciliaron a la señora Ferrars con la elección de su hijo y la reinstalaron totalmente en su favor.

Todo el proceder de Lucy en este negocio y la prosperidad con que se vio coronado, pueden así exhibirse como un muy estimulante ejemplo de lo que una intensa, incesante atención a los propios intereses, por más trabas que parezca tener el camino hacia ellos, podrá hacer para lograr todas las ventajas de la fortuna, sin sacrificar otra cosa que tiempo y honradez. La primera vez que Robert buscó verla y la visitó en Bartlett's Buildings, su única intención era la que su hermano le atribuyó. Solo quería convencerla de desistir del compromiso; y como el único obstáculo que imaginaba posible era el afecto de ambos, lógicamente esperaba que una o dos entrevistas bastarían para resolver el caso. En ese punto, sin embargo, y solo en ese, se equivocó; pues aunque Lucy después lo hizo confiar en que, a la larga, su elocuencia la convencería, siempre se necesitaba otra visita, otra conversación para conseguir tal convencimiento. Al separarse, siempre subsistían en la mente de ella algunas dudas, que solo podían aclararse con otra conversación de media hora con él. De esta forma se aseguraba una nueva visita, y el resto siguió su curso natural. En vez de hablar de Edward, poco a poco llegaron a hablar solo de Robert... un tema sobre el cual él siempre tenía más que decir que sobre el otro y en el cual ella pronto mostró un interés que casi se equiparaba al de él; y, en pocas palabras, rápidamente fue evidente para ambos que él había suplantado por completo a su hermano. Estaba orgulloso de su conquista, orgulloso de jugarle una mala pasada a Edward, y muy orgulloso de casarse en privado sin el consentimiento de su madre. Ya se sabe lo que siguió después. Pasaron algunos meses muy felices en Dawlish, pues ella tenía muchos parientes y viejos conocidos con quienes deseaba cortar, y él dibujó muchos planos para magníficas casas de campo. Y cuando desde allí volvieron a la ciudad, obtuvieron el perdón de la señora Ferrars con el sencillo expediente de pedírselo, camino adoptado a instancias de Lucy. En un principio, como es lógico, el perdón alcanzó únicamente a Robert; y Lucy, que no tenía ninguna obligación con su suegra y, por tanto, no la había ofendido en nada, permaneció unas pocas semanas más sin ser perdonada.

Sin embargo, la perseverancia en una conducta humilde, más mensajes donde asumía la culpa por la ofensa de Robert y gratitud por la dureza con que era tratada, le procuraron con el tiempo un orgulloso reconocimiento de su existencia que la abrumó por su condescendencia y que luego la condujo a pasos agigantados al más alto estado de afecto e influencia. Lucy se hizo tan necesaria a la señora Ferrars como Robert o Fanny; y mientras Edward nunca fue perdonado de todo corazón por haber pretendido alguna vez casarse con ella, y se referían a Elinor, aunque superior a Lucy en fortuna y nacimiento, como una intrusa, ella siempre fue considerada y abiertamente reconocida como una hija favorita. Se instalaron en Londres, recibieron un muy generoso apoyo de la señora Ferrars, estaban en los mejores términos imaginables con los Dashwood y, dejando de lado los celos y mala voluntad que siguieron subsistiendo entre Fanny y Lucy, en los que por supuesto sus esposos tomaban parte, junto con las frecuentes peleas hogareñas entre los mismos Robert y Lucy, nada podría superar la armonía en que vivieron todos juntos.

Lo que Edward había hecho para ver enajenados sus derechos de mayorazgo podría haber extrañado a muchos, de haberlo descubierto; y lo que Robert había hecho para ser el sucesor de ellos, los sorprendería incluso más. Fue, sin embargo, un arreglo justificado por sus consecuencias, si no por su causa; pues nunca hubo señal alguna en el estilo de vida de Robert ni en sus palabras que hiciera sospechar que lamentara la magnitud de su renta, ya sea por dejarle demasiado poco a su hermano o adjudicarle demasiado a él; y si se pudiera juzgar a Edward por el pronto cumplimiento de sus deberes en cada cosa, por un cada vez mayor apego a su esposa y a su hogar y por la constante alegría de su espíritu, se lo podría suponer no menos contento con su suerte que su hermano ni menos libre de desear ningún cambio en ella.

El matrimonio de Elinor solo la separó de su familia en esa mínima medida necesaria para que la casita de Barton no quedara abandonada por completo, pues su madre y hermanas pasaban más de la mitad del tiempo con ella. Las frecuentes visitas de la señora Dashwood a Delaford estaban motivadas tanto por el gusto como por la prudencia; pues su deseo de juntar a Marianne y al coronel Brandon era apenas menos acentuado, aunque algo más generoso, que el manifestado por John. Era ahora su causa preferida. Por preciada que le fuera la compañía de su hija, nada deseaba tanto como renunciar a ella en bien de su estimado amigo; y ver a Marianne instalada en la casa solariega era también el deseo de Edward y Elinor. Todos se compadecían de las penas del coronel y se sentían responsables por consolarlas; y Marianne, por consenso general, debía ser el lenitivo de todas ellas.

Con tal alianza en su contra; con el íntimo conocimiento de la bondad del coronel; con el convencimiento del enorme afecto que él le profesaba, que finalmente, aunque mucho después de haberse hecho evidente para todos los demás, se abrió paso en ella, ¿qué podía hacer?

Marianne Dashwood había nacido destinada a algo extraordinario. Nació para descubrir la falsedad de sus propias opiniones y para impugnar con su conducta sus máximas más queridas. Nació para vencer un afecto surgido a la edad de diecisiete años, y sin ningún sentimiento superior a un gran aprecio y una profunda amistad, ¡voluntariamente le entregó su mano a otro! Y ese otro era un hombre que había sufrido no menos que ella con ocasión de un antiguo cariño; a quien dos años antes había considerado demasiado viejo para el matrimonio, ¡y que todavía buscaba proteger su salud con una camiseta de franela!

Pero así ocurrieron las cosas. En vez de sacrificada a una pasión imposible, como alguna vez se había enorgullecido en imaginarse a sí misma; incluso en vez de quedarse para siempre junto a su madre con la soledad y el estudio como únicos amores, según después lo había decidido al hacerse más sosegado y sobrio su juicio, se encontró a los diecinueve años sometiéndose a nuevos vínculos, aceptando nuevos deberes, instalada en un nuevo hogar, esposa, ama de una casa y señora de una aldea.

El coronel Brandon era ahora tan feliz como todos quienes lo querían creían que merecía serlo; en Marianne encontraba el consuelo a todas sus penas pasadas; su afecto y su compañía le reanimaban el espíritu y devolvieron la alegría a su corazón; y que Marianne encontraba su propia felicidad en hacer la de él, era algo palpable para cada amigo que la veía y que a todos embelesaba. Marianne nunca pudo amar a medias; y con el tiempo le llegó a entregar todo su corazón a su esposo, como lo había hecho una vez con Willoughby.

Willoughby no pudo escuchar del matrimonio de Marianne sin sentir una lanzada de dolor; y pronto su castigo estuvo completo con el voluntario perdón de la señora Smith, la cual, al declarar que debía agradecer su clemencia al matrimonio con una mujer de carácter, le dio motivos para pensar que, si hubiera procedido honradamente con Marianne, podría haber sido al mismo tiempo feliz y rico. No debe ponerse en duda la sinceridad del arrepentimiento por su mal obrar, que le había traído consigo su propio castigo; ni tampoco que durante mucho tiempo pensó en el coronel Brandon con envidia y en Marianne con melancolía. Pero no hay que esperar que quedara por siempre desconsolado, que huyera de la sociedad o contrajera un temperamento cotidianamente taciturno, o que muriera con el corazón roto... porque nada de eso ocurrió. Vivió esforzándose, y a menudo divirtiéndose. ¡No siempre su esposa estaba de mal humor ni su hogar falto de comodidades! Y en sus criaderos de perros y caballos y en todo tipo de deportes encontró un grado no despreciable de felicidad hogareña.

Por Marianne, sin embargo —a pesar de la felonía de haber sobrevivido a su pérdida—, siempre mantuvo ese decidido afecto que lo hacía interesarse en todos sus asuntos y que lo llevó a transformarla en su secreta pauta de perfección femenina; y así, muchas beldades prometedoras terminaron desdeñadas por él después de algunos días, como sin punto de comparación con la señora Brandon.

La señora Dashwood tuvo la suficiente prudencia de permanecer en la cabaña, sin intentar un traslado a Delaford; y afortunadamente para *sir* John y la señora Jennings, en el instante en que se vieron privados de Marianne, Margaret había llegado a una edad muy apropiada para bailar y que ya podía permitir se le supusieran enamorados.

Entre Barton y Delaford había esa constante comunicación que surge naturalmente de un gran cariño familiar; y de los méritos y las alegrías de Elinor y Marianne, no hay que poner en último lugar el hecho de que, aunque hermanas y viviendo casi a la vista una de la otra, pudieron hacerlo sin disputas entre ellas ni producir tensiones entre sus cónyuges.

LA ABADÍA DE NORTHANGER

Capítulo I

Nadie que hubiera conocido a Catherine Morland en su niñez habría imaginado que el destino le reservaba un papel de heroína de novela. Ni su posición social ni el carácter de sus padres, ni tan solo la personalidad de la niña, favorecían tal suposición. El señor Morland era un hombre de vida ordenada, clérigo y dueño de una pequeña fortuna que, unida a los dos excelentes beneficios que en virtud de su profesión usufructuaba, le daban para vivir holgadamente. Su nombre era Richard; jamás pudo jactarse de ser bien parecido y no se mostró en su vida partidario de tener sujetas a sus hijas. La madre de Catherine era una mujer de buen sentido, carácter afable y una salud a toda prueba. Fruto del matrimonio nacieron, en primer lugar, tres hijos varones; después, Catherine, y lejos de fallecer la madre al advenimiento de esta, dejándola huérfana, como habría correspondido tratándose de la protagonista de una novela, la señora Morland siguió disfrutando de una salud excelente, lo que le permitió a su debido tiempo dar a luz seis hijos más.

Los Morland siempre fueron considerados una familia ejemplar, ninguno de sus miembros tenía defecto físico alguno; sin embargo, todos carecían del don de la belleza, en particular, y durante los primeros años de su vida, Catherine, además de ser excesivamente delgada, tenía el cutis macilento, el cabello estirado y facciones inexpresivas. Tampoco mostró la niña un desarrollo mental superlativo. Le gustaban más los juegos de chico que los de chica, prefiriendo el críquet no solo a las muñecas, sino a otras diversiones propias de la infancia, como cuidar un lirón o un canario y regar las flores. Catherine no mostró de pequeña afición por la horticultura, y si alguna vez se entretenía cogiendo flores, lo hacía por satisfacer su gusto a las travesuras, ya que solía coger precisamente aquellas que le estaba prohibido tocar. Esto en cuanto a las inclinaciones de Catherine; de sus habilidades solo puedo decir que jamás aprendió nada que no se le enseñara y que con frecuencia se mostró desaplicada y a veces torpe. A su madre le llevó tres meses de esfuerzo sin descanso el enseñarle a recitar la *Petición de un mendigo,* e incluso su hermana Sally lo aprendió antes que ella. Y no es que fuera corta de entendimiento —la fábula de *La liebre y sus amigos* se la aprendió con tanta rapidez como pudieran haberlo hecho otras niñas—, pero en lo que a estudios se refería, se empeñaba en seguir los impulsos de su capricho. Desde muy pequeña mostró afición a jugar con las teclas de una vieja espineta, y la señora Morland, creyendo ver en ello una prueba de afición musical, le puso maestro.

Catherine estudió la espineta durante un año, pero como en ese tiempo no se consiguió más que despertar en ella una aversión inconfundible por la música, su madre, deseosa siempre de evitar contrariedades a su hija, decidió despedir al maestro. Tampoco se caracterizó Catherine por sus dotes para el dibujo, lo cual era extraño, ya que siempre que encontraba un trozo de papel se entretenía en reproducir, a su manera, casas, árboles, gallinas y pollos. Su padre le enseñó todo lo que supo de aritmética; su madre, la caligrafía y algunas nociones de francés.

En dichos conocimientos demostró Catherine la misma falta de atención que en todo lo demás que sus padres desearon inculcarle. Sin embargo, y a pesar de su pereza, la niña no era mala ni tenía un carácter desagradecido; tampoco era empecinada ni amiga de reñir con sus hermanos, mostrándose en raras ocasiones despótica con los más pequeños. Por lo demás, hay que reconocer que era escandalosa y hasta, si cabe, un poco salvaje; odiaba el aseo excesivo y que se ejerciese cualquier control sobre ella, y amaba sobre todas las cosas patinar por la pendiente suave y cubierta de musgo que había por detrás de la casa.

Tal era Catherine Morland a los diez años de edad. Al cumplir los quince comenzó a mejorar exteriormente; se rizaba el cabello y suspiraba de anhelo aguardando el día en que se le permitiera asistir a los bailes. Se le embelleció el cutis, sus facciones se hicieron más finas, la expresión de sus ojos más viva y su figura adquirió mayor prestancia. Su inclinación al desorden se convirtió en afición a la frivolidad, y, lentamente, su descuido dio paso a la elegancia. Hasta tal punto se hizo evidente el cambio que en ella se operaba que en más de una ocasión sus padres se permitieron hacer observaciones acerca de la mejoría que en el porte y el aspecto exterior de su hija se advertía. "Catherine está mucho más guapa que antes", decían de vez en cuando, y estas palabras colmaban de alegría a la chica, pues para la mujer que hasta los quince años ha pasado por fea, el ser casi guapa es tanto como para la siempre bella ser profunda y sinceramente admirada.

La señora Morland era una madre intachable, y como tal deseaba que sus hijas fueran lo que debieran ser, pero estaba tan ocupada en dar a luz y criar y cuidar a sus hijos más pequeños, que el tiempo que podía dedicar a los mayores era más bien poco. Ello explica que Catherine, de cuya educación no se preocuparon seriamente sus padres, prefiriese a los catorce años jugar por el campo y montar a caballo antes que leer libros instructivos. En cambio, siempre tenía a mano aquellos que trataban única y exclusivamente de asuntos frívolos y cuyo objeto no era otro que servir de distracción. Felizmente para ella, a partir de los quince años empezó a aficionarse a lecturas serias, que, al tiempo que ilustraban su inteligencia, le procuraban citas literarias tan oportunas como útiles para quien estaba destinada a una vida aventurera.

De las obras de Pope aprendió a censurar a los que

"llevan puesto siempre el disfraz de la lástima".

De las de Gray, que

"Más de una flor nace y florece sin ser vista,
perfumando pródigamente el aire del desierto".

De las de Thompson, que

"...Es grato el deber de enseñar a brotar las ideas nuevas".

De las de Shakespeare adquirió prolija e interesante información, y entre otras cosas la de que

"Pequeñeces ligeras como el aire
son para el celoso confirmación plena,
pruebas tan irrefutables como las Sagradas Escrituras".

Y que

"El pobre insecto que pisamos
siente al morir un dolor tan profundo
como el que pueda experimentar un gigante".

Finalmente, se enteró de que la joven enamorada se asemeja a

"La imagen de la Paciencia que
desde un monumento sonríe al Sufrimiento".

La educación de Catherine se había perfeccionado, como se ve, de forma ostentosa. Y si bien jamás llegó a escribir un soneto ni a entusiasmar a un auditorio con una composición original, nunca dejó de leer los trabajos literarios y poéticos de sus amigas ni de aplaudir con entusiasmo y sin demostrar fatiga las pruebas del talento musical de sus íntimas. En lo que menos logró imponerse Catherine fue en el dibujo; ni tan solo consiguió aprender a manejar el lápiz, ni tan solo para plasmar en el papel el perfil de su amado. A ciencia cierta, en este terreno no alcanzó tanta perfección como su porvenir heroico-romántico exigía. Claro que, por el momento, y no teniendo amado a quien retratar, no se daba cuenta de que carecía de esa dote. Porque Catherine había cumplido diecisiete años sin que hombre alguno hubiera logrado despertar su corazón del letargo infantil ni inspirado una sola pasión, ni excitado la admiración más pasajera y moderada. Todo lo cual era muy extraño. Sin embargo, cualquier cosa, por incomprensible que nos parezca, tiene explicación si se indagan las causas que la originan, y la ausencia de amor en la vida de Catherine hasta los diecisiete años se comprenderá fácilmente si se considera que ninguna de las familias que conocía había traído al mundo un niño de origen desconocido; detalle importantísimo tratándose de la historia de una heroína. Tampoco vivía ningún aristócrata en la comarca, ni quiso la casualidad que el señor Morland fuese nombrado tutor de un huérfano, ni que el mayor hacendado de los alrededores tuviese hijos varones.

Sin embargo, cuando una joven nace para ser protagonista de una historia de amor no puede oponerse a su destino la perversidad acumulada de unas cuantas familias. En el momento oportuno siempre surge algo que impulsa al héroe indispensable a cruzarse en su camino, y en el caso de Catherine un tal señor Allen, dueño de la propiedad más valiosa de Fullerton, el pueblo a que pertenecía la familia Morland, fue el instrumento elegido para tan alto fin. A dicho caballero le habían sido rentadas las aguas de Bath, y su esposa, una dama muy fornida pero de carácter amable, comprendiendo sin duda que cuando una señorita de pueblo no tropieza con aventura alguna allí donde vive, debe salir a buscarlas en otro lugar, invitó a Catherine a que los acompañase. Accedieron gustosos a tal petición el señor y la señora Morland, y la vida para Catherine se trocó desde aquel momento en una esperanza bella y seductora.

Capítulo II

A lo explicado en las páginas anteriores respecto a las dotes personales y mentales de Catherine en el instante de lanzarse a los peligros que, como todo el mundo sabe, rodean a los balnearios, debe añadirse que la niña era cariñosa y alegre, que carecía de vanidad y afectación, que sus modales eran sencillos, su conversación agradable, su porte distinguido, y que todo ello compensaba la falta de los conocimientos que, al fin y al cabo, tampoco poseen otros cerebros femeninos a la edad de diecisiete años.

A medida que se acercaba la hora de partir rumbo a Bath, la señora Morland debería haberse mostrado profundamente afligida, debería haber presentido mil incidentes catastróficos y, con lágrimas en los ojos, pronunciar palabras de amonestación y consejo. Visiones de nobles cuya única finalidad en la vida fuera la de engañar a doncellas inocentes y huir con ellas a lugares misteriosos y desconocidos, deberían, asimismo, haber poblado su mente. Pero la señora Morland era tan sencilla, se hallaba tan lejos de sospechar cuáles podrían ser, cuáles eran, según aseguraban las novelas, la perfidia de que se mostraban capaces los aristócratas de su tiempo, y los peligros que acechaban a las jóvenes que por primera vez se lanzaban al mundo, sin preocuparse de ningún modo de la suerte que pudiera correr su hija, hasta el punto de limitar a dos las advertencias que al partir le dirigió, y que fueron las siguientes: que se protegiese la garganta al salir por las noches y que llevase apuntados en un cuadernito los gastos que realizara durante su ausencia.

Al llegar tales momentos, correspondía a Sally, o Sarah —¿qué señorita que se respete llega a los dieciséis años sin cambiar su nombre de pila?—, el lugar de confidente íntima de su hermana. Sin embargo, tampoco ella se mostró a la altura de las circunstancias, exigiendo a Catherine que le prometiese que escribiría con frecuencia transmitiendo cuantos detalles de su vida en Bath pudieran resultar de interés. La familia Morland mostró, en lo relativo a tan importante viaje, una compostura inexplicable y más en consonancia con los acontecimientos de un vivir cotidiano y monótono, y sentimientos plebeyos, que con las tiernas emociones que la primera separación de una heroína del seno del hogar suelen y deben inspirar. El señor Morland, por su parte, en lugar de entregar a su hija un billete de banco de cien libras esterlinas, advirtiéndole que contaba a partir de ese momento con un crédito ilimitado abierto a su nombre, confió a la joven e inexperta muchacha diez guineas y le prometió darle alguna cosita más si tenía necesidad perentoria de ello.

Con elementos tan poco favorables para la formación de una novela, emprendió Catherine su primer viaje. Este tuvo lugar sin ninguna traba; los viajeros no se vieron sorprendidos por salteadores ni tempestades; ni siquiera consiguieron encontrarse con el anhelado héroe. Lo único que por espacio de breves momentos logró interrumpir su tranquilidad fue la suposición de que la señora Allen había olvidado sus zapatillas en la posada, temor que, finalmente, resultó negativo.

Finalmente llegaron a Bath. Catherine no cabía en sí de gozo; dirigía a todos lados la mirada, deseosa de disfrutar de las bellezas que encontraban a su paso por los alrededores de la población y por las calles amplias y simétricas de esta. Había ido a Bath para ser feliz, y ya lo era.

A poco de llegar se hospedaron en una cómoda posada de Pulteney Street.

Antes de proseguir conviene tener al corriente a los lectores del modo de ser de la señora Allen, con el objeto de que aprecien hasta qué punto influyó en el transcurso de esta historia y si entrañará la conducta de dicha señora capacidad para labrar la desgracia de Catherine; en una palabra: si será capaz de interpretar el papel de villana de la novela, que es el que le correspondería, bien haciendo a su protegida víctima de un egoísmo y una envidia despiadados, bien con extraordinaria malicia interceptando sus cartas, difamándola o echándola de su casa.

La señora Allen pertenecía a la clase de mujeres cuyo trato nos obliga a cuestionarnos cómo se las arreglaron para encontrar a la persona dispuesta a contraer matrimonio con ellas. Para empezar diremos que carecía tanto de atractivo como de talento y trato personal. El señor Allen no tuvo más solidez en que fundar su elección que la que pudiera ofrecerle cierta distinción de porte, una frivolidad tranquila y un carácter bastante sosegado. Nadie, en cambio, más indicada que su esposa para presentar a una joven en sociedad, ya que a la buena señora le agradaba tanto salir y divertirse como a cualquier muchacha ansiosa de emociones. Su pasión era la ropa. Vestir bien era uno de los mayores placeres de la señora Allen, y tan trascendental que en aquella circunstancia hubo de emplearse tres o cuatro días en buscar lo más nuevo, lo más *chic*, lo que estuviera más en armonía con los últimos mandatos de la moda, antes de que la agradable y excelente esposa del señor Allen se mostrase dispuesta a presentarse ante el mundo distinguido de Bath. Catherine invirtió su tiempo y su dinero adquiriendo algunos adornos con que embellecer su vestimenta; y una vez que todo estuvo dispuesto, esperó con ansiedad la noche de su presentación en los salones del gran casino del balneario. Una vez llegada esta, un peluquero experto onduló el cabello de la muchacha, recogiéndoselo en artístico peinado. Tras vestirse poniendo exquisita atención en los detalles tanto la señora Allen como su doncella reconocieron que Catherine estaba sin duda seductora. Animada por tan autorizadas opiniones, la muchacha se despreocupó por completo, ya que le era suficiente la idea de pasar inadvertida, pues no se creía lo bastante hermosa para provocar admiración. La señora Allen invirtió tanto tiempo en vestirse que cuando al fin llegaron al baile los salones ya se encontraban llenos. Apenas pusieron pie en el edificio, el señor Allen desapareció en dirección a la sala de juego, dejando que las damas se las arreglasen como pudieran para conseguir asiento. Cuidando más de su traje que de su protegida, la señora Allen se abrió paso entre los caballeros, que, en denso grupo, obstruían el acceso al salón; y Catherine, temiendo quedar rezagada, pasó su brazo por el de su acompañante, asiéndola con tal fuerza que no lograron separarlas el ir y venir de las personas que pasaban por su lado. Una vez dentro del salón, sin embargo, las señoras se encontraron con que, lejos de resultarles más fácil el adelantar, aumentaban la bulla y las apreturas. A fuerza de empujar llegaron al rincón más alejado de la estancia. Allí no solo no consiguieron donde sentarse, sino ni siquiera ver las parejas que, con gran dificultad, bailaban en el centro. Al fin, y tras poner a prueba todo su ingenio, lograron colocarse en una especie de pasillo, detrás de la última fila de bancos, donde había menos cantidad de gente. Desde esa posición, la señorita Morland pudo disfrutar de la vista del salón y comprender cuán graves habían sido los riesgos que habían corrido para llegar allí. Era un baile ciertamente brillante, y por primera vez aquella noche Catherine tuvo la impresión de participar de una fiesta.

Le habría gustado bailar, pero por desgracia no habían encontrado hasta el momento ni una sola persona conocida. Contrariada a causa de ello, la señora Allen trató de manifestar su pesar por tan desafortunado contratiempo, repitiendo cada dos o tres minutos, y con su acostumbrado sosiego, las mismas palabras: "¡Cuánto me gustaría verte bailar, hija mía! ¡Cuánto me gustaría encontrarte una pareja...!".

Catherine agradeció los buenos deseos de su amiga dos y hasta tres veces, pero al fin se cansó ante la repetición de frases tan ineficaces y dejó hablar a la señora Allen sin molestarse en responder. Ninguna de las dos logró disfrutar por mucho tiempo del puesto que tan laboriosamente habían conquistado. Al cabo de unos minutos parecieron sentir simultáneamente el deseo de tomar un refresco, y la señora Allen y su protegida se vieron obligadas a seguir el movimiento iniciado en dirección al comedor. Catherine comenzaba a experimentar cierto desencanto; le molestaba enormemente el verse empujada y aprisionada por personas desconocidas, y ni siquiera le era posible aliviar el tedio de su cautiverio cambiando con sus compañeros la más insignificante palabra.

Cuando al fin llegaron al comedor, descubrieron contrariadas que no solo no podían formar parte de grupo alguno, sino que no había quien les sirviera.

El señor Allen no había vuelto a aparecer y, cansadas al fin de esperar y de buscar lugar más apropiado, se sentaron en el extremo de una gran mesa, en torno a la cual charlaban animadamente varias personas. Como ni la señora Allen ni Catherine las conocían, tuvieron que contentarse con cambiar impresiones entre sí, congratulándose la primera, apenas se hubieron acomodado, de haber logrado escapar a aquellas apreturas sin grave perjuicio de su elegante vestimenta.

—Habría sido una verdadera lástima que me hubieran rasgado el vestido, ¿no te parece? Es de una muselina muy fina, y te aseguro que no he visto en el salón ninguno más bonito que este.

—¡Qué desagradable es —exclamó Catherine con aire distraído— el no conocer a nadie aquí!

—Sí, hija mía; tienes razón, es muy desagradable —murmuró, con la serenidad de costumbre, la señora Allen.

—¿Qué podríamos hacer? Estos señores nos miran como si les molestara nuestra presencia en esta mesa. ¿Acaso nos consideran intrusas o algo así?

—Tienes razón, es muy desagradable. Me gustaría hallarme entre muchos conocidos.

—A mí con uno me bastaba; al menos tendríamos con quien hablar.

—Muy cierto, hija mía; con uno solo ya habríamos formado un grupo tan animado como el que más. Los Skinner vinieron aquí el año pasado. Ojalá se les hubiese ocurrido hacerlo también esta temporada.

—¿No sería mejor que nos marchásemos? Ni siquiera nos ofrecen de cenar.

—Es verdad; ¡qué cosa tan desagradable!; sin embargo, creo que lo mejor es quedarnos donde estamos; son tan molestas esas apreturas... Te agradecería que me dijeras si se me ha estropeado el peinado. Antes me dieron tal golpe en la cabeza que no me extrañaría que estuviese descompuesto.

—No, está muy bien. Pero, querida señora, ¿está usted segura de que no conoce a nadie? Entre tanta gente alguien habrá que no le sea completamente extraño.

—Te aseguro que no. ¡Ojalá estuviera aquí un buen número de amistades y pudiese procurarte una pareja de baile! Mira qué mujer tan extraña va por allí y qué traje lleva... Vaya una antigualla; fíjate qué corta tiene la espalda.

Al cabo de una larga espera un caballero desconocido les ofreció una taza de té.

Ambas agradecieron profundamente la atención, no ya por la infusión misma, sino porque ello les proporcionaba ocasión de cambiar algunas palabras con aquel a quien debieron tamaña amabilidad. Nadie volvió a dirigirles la palabra y, juntas siempre, vieron acabar el baile, hasta el instante en que el señor Allen se presentó a buscarlas.

—¿Qué tal, señorita Morland? —dijo este—. ¿Se ha divertido usted todo lo que esperaba?

—Mucho, sí, señor —contestó Catherine, disimulando un bostezo.

—Es una pena que no haya podido bailar —dijo la señora Allen—. Me habría gustado encontrarle una pareja. Precisamente acabo de decirle que si los Skinner hubieran estado aquí este año en lugar del pasado, o si los Parry se hubieran decidido a venir, como pensaban hacer, habría tenido con quien bailar. No ha podido ser, y lo siento.

—Otra noche quizá consigamos que lo pase mejor —dijo con tono consolador el señor Allen.

Apenas hubo finalizado el baile comenzó a irse la concurrencia, dejando lugar para que quienes quedaban pudieran moverse con mayor desenvoltura y para que nuestra heroína, cuyo papel durante la noche no había sido verdaderamente muy lucido, consiguiera ser vista y admirada. A medida que los minutos transcurrían y disminuía el número de asistentes, Catherine encontró nuevas ocasiones de exponer sus encantos. Al fin pudieron admirarla muchos jóvenes, para quienes antes su presencia había pasado inadvertida. A pesar de ello, ninguno entró en arrobamiento al contemplarla, ni se apresuró a interrogar acerca de su procedencia a persona alguna, ni calificó de divina su belleza, y eso que Catherine estaba bastante guapa, hasta el punto que si alguno de los presentes la hubiese conocido tres años antes habría quedado extasiado del cambio que se observaba en su rostro.

A pesar de no haber sido objeto de la frenética admiración que su condición de heroína requería, Catherine oyó decir a dos caballeros que la encontraban guapa, aquellas palabras produjeron tal convulsión en su ánimo que la hicieron modificar su opinión acerca de los placeres de aquella velada. Satisfecha con ellas su humilde vanidad, Catherine sintió por sus admiradores una gratitud más intensa que la que en heroínas de mayor carácter habrían provocado los más halagadores sonetos, y la muchacha, satisfecha de sí y del mundo en general, de la admiración y las atenciones con que finalmente era obsequiada, se mostró con todos de muy buen talante y excelente humor.

Capítulo III

De allí en adelante, cada día trajo consigo nuevas ocupaciones y deberes, tales como las visitas a las tiendas, el paseo por la población, la bajada al balneario, donde pasaban las dos amigas el rato mirando a todo el mundo, pero sin conversar con nadie. La señora Allen seguía insistiendo en la conveniencia de constituir un círculo de amistades, y lo mencionaba cada vez que se daba cuenta de cuán grandes eran las desventajas de no contar entre tanta gente con un solo conocido o amigo.

Pero cierto día en que visitaban un salón en el que acostumbraban a darse conciertos y bailes, quiso la fortuna favorecer a nuestra heroína presentándole, por mediación del maestro de ceremonias, cuya misión era buscar parejas de baile a las damas, a un apuesto joven llamado Tilney, de unos veinticinco años, estatura elevada, rostro amable, mirada inteligente y, en conjunto, extraordinariamente agradable. Sus modales eran los de un perfecto caballero, y Catherine no pudo por menos de congratularse de que la suerte le hubiera deparado tan gentil pareja. Cierto que mientras bailaban apenas les fue posible conversar, pero cuando más tarde se sentaron a tomar el té tuvo ocasión de convencerse de que aquel joven era tan encantador como su apariencia la había inducido a suponer. Tilney hablaba con soltura y entusiasmo de cuantos asuntos se le antojó tratar, que Catherine sintió un interés que no acertó a esconder, y eso que muchas veces no entendía una palabra de lo que decía. Después de charlar un rato acerca del ambiente que los rodeaba, Tilney dijo de repente:

—Le ruego que me perdone por no haberle preguntado cuánto tiempo lleva usted en Bath, si es la prima vez que visita el balneario y si ha estado usted en los salones de baile y en el teatro. Confieso mi negligencia y suplico que me ayude a reparar mi falta satisfaciendo mi curiosidad sobre ello. Si le parece la ayudaré formulando las preguntas por orden correlativo.

—No necesita molestarse, caballero.

—No es molestia, señorita —dijo él, y adoptando una expresión de exagerada seriedad, y bajando afectadamente la voz, preguntó—: ¿Cuánto tiempo lleva usted en Bath?

—Una semana, más o menos —contestó Catherine, tratando de hablar con la gravedad necesaria.

—¿De veras? —dijo él con tono que afectaba asombro.

—¿Por qué se sorprende, caballero?

—Es lógico que me lo pregunte, pero debe saber que la sorpresa no es una emoción fácil de disimular, sino tan razonable como cualquier otro sentimiento. Ahora le suplico que me diga si ha pasado usted alguna otra temporada en este balneario.

—No señor; ninguna.

—¿De veras? ¿Ha ido usted a otros salones de baile?

—Sí, señor; el lunes pasado.

—Y en el teatro, ¿ha estado usted?

—Sí, señor; el martes.

—¿Ha asistido a algún concierto?

—Sí, el del pasado miércoles.

—¿Le gusta Bath?

—Lo suficiente.

—Una pregunta más y después podemos seguir hablando como personas juiciosas.

Catherine apartó la vista; no sabía si echarse a reír o no.

—Ya veo cuán mala es la opinión que se ha formado usted de mí —manifestó el joven con seriedad—. Imagino lo que escribirá mañana en su diario.

—¿Mi diario?

—Sí. Me figuro que escribirá usted lo siguiente: "Viernes: estuve en un salón de baile, vistiendo mi traje de muselina azul y zapatos negros; provoqué bastante entusiasmo, pero me vi acosada por un hombre extraño, que insistió en bailar conmigo y en molestarme con sus tonterías".

—Creo que se equivoca.

—Aun así, ¿me permite que le diga qué debería escribir?

—Si lo quiere...

—Pues esto: "Bailé con un joven muy agradable, que me fue presentado por el señor King; sostuve con él una larga conversación, en el curso de la cual pude convencerme de que estaba tratando con un hombre de mucho talento. Me encantaría conocerlo más a fondo". Eso, señorita, es lo que quisiera que escribiera usted.

—Podría suceder, sin embargo, que no tuviese costumbre de escribir un diario.

—También podría suceder que en este momento no estuviese usted en el salón. Hay cosas acerca de las cuales no es posible dudar. ¿Cómo, si no escribiese un diario, iban después sus primas y amigas a conocer sus impresiones durante su paso por Bath? ¿Cómo, sin la ayuda de un diario, iba usted a llevar cuenta debida de las atenciones recibidas, ni a recordar el color de sus trajes y el estado de su cutis y su cabello en cada ocasión? No, mi querida amiga, no soy tan ignorante ni desconozco las costumbres de las señoritas de la sociedad tanto como usted, por lo visto, cree. La agradable costumbre de llevar un diario contribuye a la encantadora facilidad que para escribir muestran las señoras y por la que tan justa han sido celebradas. Todo el mundo reconoce que el arte de escribir cartas bellas es esencialmente femenino. Tal vez dicha facultad sea un don de la Naturaleza, pero opino que la práctica de llevar un diario ayuda a desarrollar este talento innato.

—Muchas veces he puesto en duda —dijo Catherine con aire meditabundo— que la mujer sepa escribir mejores cartas que el hombre. En mi opinión, no es en este terreno donde debemos buscar nuestra superioridad.

—Pues la experiencia me dice que el estilo epistolar de la mujer sería perfecto si no tuviera tres defectos.

—¿Cuáles?

—Falta de asunto, ausencia de puntuación y cierta ignorancia de las reglas gramaticales.

—De saberlo no me habría apresurado a renunciar al cumplido. Veo que no merecemos su buena opinión en este sentido.

—No me entiende usted; lo que niego es que, con regla general, pueda imponerse la superioridad de un sexo, y que ambos demuestran iguales cualidades para todo aquello que está basado en la elegancia y el buen gusto.

Al llegar a este punto, la señora Allen interrumpió la conversación.

—Querida Catherine —dijo—, te suplico que me quites el alfiler con que llevo prendida esta manga. Temo que haya sufrido un desperfecto, y lo lamentaré, pues se trata de uno de mis vestidos favoritos, a pesar de que la tela no me ha costado más que nueve chelines la vara.

—Precisamente en eso estimaba yo su corte —intervino el señor Tilney.

—¿Entiende usted de muselinas, caballero?

—Lo suficiente; elijo siempre mis corbatines, y hasta tal punto ha sido elogiado mi gusto, que en más de una ocasión mi hermana me ha confiado la elección de sus vestidos. Hace unos días le compré uno, y cuantas señoras lo han visto han declarado que el precio no podía ser más adecuado. Pagué la tela a cinco chelines la vara, y se trataba nada menos que de una muselina de la India...

La señora Allen se apresuró a elogiar aquel talento sin par.

—¡Qué pocos hombres hay —dijo— que entiendan de estas cosas! Mi marido no sabe distinguir un género de otro. Usted, caballero, debe de ser un gran consuelo y utilidad para su hermana.

—Así lo espero, señora.

—Y ¿podría decirme qué opinión le merece el traje que lleva la señorita Morland?

—El tejido tiene muy buen aspecto, pero no creo que quede bien después de lavado. Estas telas se deshilachan con facilidad.

—¡Qué cosas dice! —exclamó Catherine entre risas—. ¿Cómo puede usted ser tan... iba a decir "absurdo" ?

—Coincido con usted, caballero —dijo la señora Allen—, y así se lo hice saber a la señorita Morland cuando se decidió a adquirirlo.

—Como bien sabrá, señora, las muselinas poseen mil aplicaciones y son susceptibles de innumerables cambios. Seguramente señorita Morland, llegado el momento, aprovechará su traje haciéndose con él una pañoleta o una cofia. La muselina no tiene desperdicio; así se lo he oído decir a mi hermana muchas veces cuando se ha excedido en el coste de un traje o ha echado a perder algún trozo al cortarlo.

—¡Qué población tan encantadora es esta!, ¿verdad, caballero? Y cuántos establecimientos de modas se encuentran en ella. En el campo nos faltan tiendas, y eso que en la ciudad de Salisbury las hay excelentes; pero está tan lejos de nuestro pueblo... Trece kilómetros... Mi marido asegura que son catorce, pero yo estoy persuadida de que son trece, y... es suficiente; pues siempre que voy a dicha ciudad vuelvo a casa agotada. Aquí, en cambio, con salir a la puerta se encuentra todo cuanto pueda desearse.

El señor Tilney tuvo la cortesía de fingir interés en cuanto le decía la señora Allen, y esta, animada por su atención, le entretuvo hablando de muselinas hasta que se reanudó la danza. Catherine empezó a creer, al oírlos que al joven caballero le divertían tal vez en exceso las debilidades ajenas.

—¿En qué piensa usted? —le preguntó Tilney mientras se dirigía con ella hacia el salón de baile—. Espero que no sea en su pareja, pues a juzgar por los movimientos de cabeza que ha hecho usted, meditar en ello no debió de complacerla.

Catherine se acaloró y respondió con ingenuidad:

—No pensaba en nada.

—Sus palabras reflejan discreción y picardía; pero yo preferiría que me dijera francamente que prefiere no contestar a mi pregunta.

—Está bien, no quiero decirlo.

—Se lo agradezco; ahora estoy seguro de que llegaremos a conocernos, pues su respuesta me autoriza a bromear con usted acerca de este punto siempre que nos veamos, y nada como tomarse a risa esta clase de cosas para favorecer el desarrollo de la amistad.

Bailaron una vez más, y al terminar la fiesta se separaron con vivos deseos, al menos por parte de ella, de que aquel conocimiento mutuo continuara. No sabemos a ciencia cierta si mientras sorbía en la cama su acostumbrada taza de vino caliente con especias, Catherine pensaba en su pareja lo suficiente para soñar con él durante la noche; pero, de ocurrir así, es de esperar que el sueño fuera de breve duración, un ligero sopor a lo sumo; porque si es cierto, y así lo asegura un gran escritor, que ninguna señorita debe enamorarse de un hombre sin que este le haya declarado previamente su amor, tampoco debe estar bien el que una joven sueñe con un hombre antes de que este haya soñado con ella.

Por lo demás, hemos de añadir que el señor Allen, sin tener en cuenta, tal vez, las cualidades que como soñador o amador pudieran adornar al señor Tilney, hizo aquella misma noche indagaciones respecto al nuevo amigo de su joven protegida, mostrándose dispuesto a que tal amistad aumentara, una vez que hubo averiguado que el señor Tilney era ministro de la Iglesia anglicana y miembro de una distinguidísima familia.

Capítulo IV

Al día siguiente Catherine acudió al balneario más temprano que de costumbre. Estaba convencida de que en el curso de la mañana vería al señor Tilney, y dispuesta a obsequiarle con la mejor de sus sonrisas; pero no tuvo oportunidad de ello, pues el señor Tilney no se presentó. Seguramente no quedó en Bath otra persona que no frecuentase aquellos salones. La gente salía y entraba sin pausa; bajaban y subían por la escalinata cientos de hombres y mujeres por los que nadie tenía interés, a los que nadie deseaba ver; solo el señor Tilney había desaparecido.

—¡Qué delicioso sitio es Bath! —exclamó la señora Allen cuando, después de pasear por los salones hasta quedar agotadas, decidieron sentarse junto al reloj grande—. ¡Qué agradable sería contar con la compañía de un conocido!

La señora Allen había manifestado ese mismo deseo tantas veces, que no era de suponer que pensase seriamente en verlo colmado al cabo de los días. Sin embargo, todos sabemos, porque así se nos ha dicho, que "no hay que desesperar de lograr aquello que deseamos, pues la asiduidad, si es constante, consigue el fin que se propone", y la asiduidad constante con que la señora Allen había deseado día tras día encontrarse con alguna de sus amistades se vio al fin premiada, como era justo que sucediera.

Apenas llevaban ella y Catherine sentadas diez minutos cuando una señora de su misma edad, aproximadamente, que se hallaba allí cerca, después de fijarse en ella detenidamente le dirigió las siguientes palabras:

—Creo, señora... No sé si estoy en un error; hace tanto tiempo que no tengo el gusto de verla... Pero ¿acaso no es usted la señora Allen?

Tras recibir una respuesta afirmativa, la desconocida se presentó como la señora Thorpe, y al cabo de unos instantes logró la señora Allen reconocer en ella a una antigua compañera de colegio, a la que solo había visto una vez después de que ambas se casaran. El encuentro produjo en ellas una alegría extraordinaria, como era natural después que hacía quince años que ninguna sabía nada de la otra. Se dirigieron mutuos cumplidos acerca de la apariencia personal de cada una, y después de admirarse de lo rápidamente que había transcurrido el tiempo desde su último encuentro, de lo inesperado de su entrevista en Bath y de lo grato que resultaba el reanudar su antigua amistad, procedieron a interrogarse la una a la otra acerca de sus respectivas familias, hablando las dos a la vez y demostrando ambas mayor interés en prestar información que en recibirla. La señora Thorpe llevaba sobre la señora Allen la enorme ventaja de ser madre de familia numerosa, lo cual le permitía hacer una prolongada disertación acerca de la valía de sus hijos y de la hermosura de sus hijas, dar cuenta detallada de la estancia de John en la Universidad de Oxford, del porvenir que esperaba a Edward en casa del comerciante Taylor y de los peligros a que se hallaba expuesto William, que era marino, y felicitarse de que jamás hubiesen existido jóvenes más estimados y queridos por sus respectivos jefes que aquellos tres hijos suyos.

La señora Allen quedaba, claro está, muy detrás de su amiga en tales expansiones maternales, ya que, puesto que no tenía hijos, le era imposible despertar la envidia de su interlocutora refiriendo triunfos similares a los que tanto enorgullecían a esta; pero encontró consuelo a semejante desaire al observar que el encaje que adornaba la esclavina de su amiga era de calidad muy inferior a la suya.

—Aquí vienen mis hijitas queridas —dijo súbitamente la señora Thorpe señalando a tres guapas muchachas que, cogidas del brazo, se acercaban en dirección al grupo—. Tengo grandes deseos de presentárselas, y ellas tendrán también gran placer en conocerla. La mayor, y más alta, es Isabella. ¿Verdad que es hermosa? Tampoco las otras son feas; pero, a mi juicio, Isabella es la más bella de las tres.

Una vez presentadas a la señora Allen, las señoritas Thorpe, la señorita Morland, cuya presencia había pasado inadvertida hasta el momento, fue a su vez debidamente presentada. El nombre de la muchacha les sonó muy familiar a todas, y tras el cambio de cortesías propio en estos casos, Isabella declaró que Catherine y su hermano James se parecían mucho.

—Es cierto —exclamó la señora Thorpe, conviniendo acto seguido que la habrían tomado por hermana del señor Morland donde quiera que la hubieran visto.

Catherine se mostró asombrada, pero en cuanto las señoritas Thorpe iniciaron la historia de la amistad que las unía con su hermano, recordó que James, primogénito de la familia Morland, había trabado amistad poco tiempo antes con un compañero de universidad cuyo apellido era Thorpe, y que había pasado la última semana de sus vacaciones de Navidad en casa de la familia de este muchacho, que residía cerca de Londres.

Una vez que todo quedó perfectamente aclarado, las señoritas Thorpe manifestaron vivos deseos de trabar amistad con la hermana de aquel amigo suyo, etcétera, etcétera.

Catherine, por su parte, escuchó complacida las frases amables de sus nuevas conocidas, correspondiendo a ellas como pudo, y en prueba de amistad, Isabella la tomó del brazo y la invitó a dar una vuelta por el salón. La muchacha estaba contenta al ver cómo aumentaba el número de sus amistades en Bath, y tanto se interesó en lo que le decía la señorita Thorpe que casi se olvidó de su pareja de la víspera. La amistad es el mejor bálsamo para las heridas que produce en el alma un amor mal correspondido.

La conversación giró en torno a los tópicos temas de las jóvenes, como el vestido, los bailes, el chismorreo y las bromas. Claro que la señorita Thorpe, que era cuatro años mayor que Catherine y disponía, por lo tanto, de otros tantos de experiencia más que esta, aventajaba a su amiga en la discusión de los citados asuntos. Podía, por ejemplo, comparar los bailes de Bath con los de Tunbridge, las modas del balneario con las de Londres, y hasta rectificar el gusto de Catherine en lo que a vestimenta se refería, además de saber descubrir un coqueteo entre personas que aparentemente no hacían más que cambiar leves sonrisas.

Catherine celebró semejantes dotes de observación, y el respeto que sintió por su nueva amiga habría resultado excesivo si la llaneza de trato de Isabella y el placer que aquella amistad le inspiraban no hubieran hecho desaparecer del ánimo de la muchacha los sentimientos de indefinible temor que siempre provocaba en ella lo desconocido, inculcándole en su lugar una curiosa admiración. El creciente afecto que ambas se profesaron no podía, desde luego, quedar satisfecho con media docena de vueltas por los salones, y exigió, cuando llegó el instante de separarse de la señorita Thorpe, acompañase a Catherine hasta la puerta misma de su casa, donde se despidieron con un efusivo apretón de manos, no sin antes prometerse que se verían aquella noche en el teatro y asistirían a la iglesia a la mañana siguiente.

Tras esto, Catherine subió rápidamente por las escaleras y se dirigió hacia la ventana para contemplar el paso de la señorita Thorpe por la acera de enfrente, admirar su desenvoltura y su elegancia y alegrarse de que el destino le hubiese dado ocasión de trabar tan interesante amistad.

La señora Thorpe, viuda y dueña de una escasa fortuna, era mujer adorable y una madre indulgente. La mayor de sus hijas poseía una indiscutible hermosura, y las más pequeñas tampoco habían sido desfavorecidas por la naturaleza. Sirva esta somera exposición para evitar a mis lectores la necesidad de escuchar el minucioso relato que de sus aventuras y sufrimientos hiciera la señora Thorpe a la señora Allen; detalladamente consignado, llegaría a ocupar tres o cuatro capítulos sucesivos, dedicados, en su mayor parte, a considerar la maldad e ineficacia de la curia en general y a una repetición de conversaciones celebradas más de veinte años antes de la fecha en que tiene lugar nuestra historia.

CAPÍTULO V

Aunque se encontrara muy ocupada aquella noche en el teatro en corresponder cortésmente los saludos y sonrisas de la señora Thorpe, Catherine no se olvidó de recorrer con la vista una y otra vez la sala, en espera de descubrir al señor Tilney. Fue inútil. El señor Tilney tenía, al parecer, tan poca afición al teatro como al balneario. Más afortunada creyó ser al día siguiente al comprobar que era una mañana espléndida, pues cuando hacía buen tiempo los hogares quedaban vacíos y todo el mundo se lanzaba a la calle para congratularse recíprocamente por la excelencia de la temperatura. Tan pronto como hubieron terminado los oficios eclesiásticos, los Thorpe y los Allen se reunieron, y después de permanecer en los salones del balneario el tiempo suficiente para enterarse de que tanta aglomeración de gente resultaba oneroso y de que no había entre todas aquellas personas una sola distinguida —detalle que, según todos observaron, se repetía cada domingo—, se marcharon al Crescent donde el ambiente era más refinado. Allí, Catherine e Isabella, cogidas del brazo, gozaron de nuevo de las delicias de la amistad. Hablaron mucho y con auténtico placer; pero Catherine vio una vez más defraudadas sus esperanzas de encontrarse con su pareja. En los días que siguieron lo buscó sin éxito en las tertulias matutinas y las vespertinas, en las salas de baile y de concierto, en los bailes familiares y en los de etiqueta, entre la gente que iba andando, a caballo o en coche.

Ni tan solo aparecía inscrito su nombre en los libros de registro del balneario, la ansiedad de la muchacha crecía por momentos. Indudablemente, el señor Tilney debía de haberse marchado de Bath; sin embargo, la noche del baile nada dijo a Catherine que hiciera suponer a esta que su marcha estaba cercana.

Con todo ello aumentó la impresión de misterio tan necesaria en la vida de los héroes, lo que provocaba en la muchacha nuevos deseos de verlo. Por medio de la familia Thorpe no consiguió averiguar nada, pues solo llevaba dos días en Bath cuando ocurrió el feliz encuentro con la señora Allen. Catherine, sin embargo, habló del señor Tilney en más de una ocasión con su nueva amiga, y como Isabella siempre la animaba a seguir pensando en el joven, la impresión que, en el ánimo de la muchacha, este había producido, no menguaba ni por un instante. Ciertamente, Isabella se comportó segura de que Tilney debía de ser un hombre encantador, así como que su querida Catherine había provocado en él tal admiración que no tardarían en verlo aparecer de nuevo. La señora Thorpe encontraba muy oportuno que Tilney fuera ministro de la Iglesia, pues siempre había sido partidaria de tal profesión, y al decirlo, dejó escapar un profundo suspiro. Catherine hizo mal, quizá, en no averiguar las causas de la emoción que expresaba su amiga; pero Catherine no estaba lo bastante avezada en lides de amor ni en los deberes que requiere una firme amistad para conocer el modo de forzar la anhelada confesión.

La señora Allen, mientras tanto, disfrutaba muchísimo de su estancia en Bath. Al fin había encontrado una conocida, encarnada en la persona de una antigua amiga suya, a lo que debía sumarse la grata seguridad de que esta vestía con menos elegancia y lujo que ella.

Ya no se pasaba el día exclamando: "¡Cuánto desearía tener trato con alguien en Bath!", sino "¡Qué contenta estoy de haber encontrado en Bath a la señora Thorpe!", demostrando tanto o mayor afán por fomentar la amistad entre ambas familias que el que sentían Catherine e Isabella, hasta el punto de nunca quedar satisfecha cuando algún motivo le impedía pasar la mayor parte del día junto a la señora Thorpe, ocupada en lo que ella llamaba conversar con su amiga. En realidad, tales conversaciones no entrañaban cambio alguno de opinión acerca de uno o varios temas, sino que se limitaban a la acostumbrada relación de los méritos de sus hijos por parte de la señora Thorpe y a la descripción de sus vestidos por parte de la señora Allen.

El desarrollo de la amistad de Isabella y Catherine fue, por su parte, tan rápido como espontáneos habían sido sus inicios atravesando las dos muchachas por las diferentes y necesarias gradaciones de ternura con prisa tal que al poco tiempo no les quedaba prueba alguna de amistad mutua que darse. Se llamaban por su nombre de pila, paseaban cogidas del brazo, se cuidaban las colas de los vestidos en los bailes y cuando el tiempo no favorecía sus salidas se encerraban para leer juntas alguna novela. Novela, sí. ¿Por qué no decirlo? No pienso ser como esos escritores que censuran un hecho al que ellos mismos contribuyen con sus obras, uniéndose a sus enemigos para vituperar este género de literatura, cubriendo de sofoco a las heroínas que su propia imaginación fabrica y calificando de sosas e insípidas las páginas que sus protagonistas hojean, según ellos, sin placer. Si las heroínas no se respetan mutuamente, ¿cómo aguardar de otros el aprecio y la estima debidos? Por mi parte, no estoy dispuesta a restar a las mías lo uno ni lo otro. Dejemos a quienes publican en revistas criticar a su arbitrio un género que no dudan en calificar de irrelevante, y mantengámonos unidos los novelistas para defender lo mejor que podamos nuestros intereses.

Representamos a un grupo literario injusta y cruelmente despreciado, aun cuando es el que mayores placeres ha procurado a la Humanidad. Por soberbia, por ignorancia o por presiones de la moda, resulta que el número de nuestros detractores es casi igual al de nuestros lectores y mientras mil plumas se dedican a alabar el ejemplo y esfuerzo de los autores que no hicieron más que compendiar por enésima vez la historia de Inglaterra o coleccionar en una nueva edición algunas líneas de Milton, de Pope y de Prior, junto con un artículo del Spectator, y un capítulo de Sterne, la inmensa mayoría de los escritores procura denigrar la labor del novelista y quita importancia a obras que no adolecen de más defecto que el poner gracia, ingenio y buen gusto. A cada momento se oye decir: "Yo no soy aficionado a leer novelas"; bien: "Yo casi no leo novelas"; y a lo sumo: "Esta obra, para tratarse de una novela, no está del todo mal". Si preguntamos a una dama: "¿Qué lee usted?", y esta se llamase Cecilia, Camilla o Belinda, que para el caso es igual, se encuentra ocupada en la lectura de una obra novelesca, nos dirá subiéndosele los colores: "Nada... Una novela"; hasta sentirá cierta vergüenza de haber sido descubierta concentrada en una obra en la que, por medio de un refinado lenguaje y una inteligencia grandiosa, le es dado conocer la infinita variedad del carácter humano y las más felices situaciones de una mente avispada y despierta. Si, en cambio, esa misma dama estuviese en el momento de la pregunta, buscando distracción a su tedio en un ejemplar del Spectator, respondería con orgullo y se jactaría de estar leyendo una obra a la postre tan llena de embustes y de tópicos de escaso o ningún interés, concebidos, por añadidura en un lenguaje tan grosero que sorprende el que pudiera ser soportado y tolerado.

Capítulo VI

La conversación que seguidamente relatamos tuvo lugar en el balneario ocho o nueve días después de haberse conocido las dos amigas, y será suficiente para ofrecer una idea de la ternura de los sentimientos que unían a Isabella y a Catherine y de la delicadeza, la discreción, la originalidad de pensamiento y el gusto literario que caracterizaban y explicaban afecto tan notable.

El encuentro se había acordado de antemano, y como Isabella llegó al menos cinco minutos antes que su amiga, su primera reacción al ver a esta fue:

—Querida Catherine, ¿cómo llegas tan tarde? Llevo esperándote un siglo.

—¿De veras? Lo lamento de veras, pero creí que llegaba a tiempo. Confío en que no hayas tenido que aguardar mucho.

—Pues debo de llevar aquí media hora. No importa... Sentémonos y tratemos de pasarlo bien. Tengo mil cosas que contarte. Cuando me preparaba para salir temí por un instante que lloviese, y mis motivos tenía, ya que estaba muy nublado. ¿Sabes?, he visto un sombrero precioso en un escaparate de la calle Milsom. Es muy parecido al tuyo, solo que las cintas no son verdes, sino color *coquelicot*. Tuve que contenerme para no comprarlo... Querida, ¿qué has hecho esta mañana? ¿Continúas leyendo *Udolfo?*

—Eso es justamente lo que he estado haciendo, llegando al episodio del velo negro.

—¿De veras? ¡Qué delicia...! Por nada del mundo consentiría en decirte lo que se oculta detrás de ese velo, ¿no estás en ascuas por saberlo?

—¿Lo dudas acaso? Pero no, no me lo digas; no quisiera saberlo por nada del mundo. Estoy convencida de que se trata de un esqueleto, quizás el de Laurentina... Te aseguro que me encanta ese libro. Desearía pasarme la vida leyéndolo, y si no hubiera sido porque estabas aguardándome, por nada del mundo habría salido de casa esta mañana.

—¡Querida mía..., cuánto te lo agradezco! He pensado que cuando termines el *Udolfo* podríamos leer juntas *El italiano,* y para cuando terminemos con ese tengo preparada una lista de diez o doce títulos de parecido género.

—¿De verdad? ¡Cuánto me alegra! ¿Cuáles son?

—Te lo diré ahora mismo, pues llevo los títulos escritos en mi libreta: *El castillo de Wolfenbach, Clermont, Avisos misteriosos, El nigromante de la Selva Negra, La campana de la media noche, La huérfana del Rin* y *Misterios horribles.* Creo que con estos tenemos para un tiempo.

—Sí, sí... Ciertamente. Pero ¿estás segura de que todos ellos son de terror?

—Sin duda. Lo sé por una amiga mía que los ha leído. Se trata de la señorita Andrews, la criatura más agradable del mundo. Me gustaría que la conocieras. La encontrarías adorable. Se está haciendo una capa de punto que es una preciosidad. Yo la encuentro encantadora, y no entiendo cómo los hombres no sienten lo mismo. Yo se lo he dicho a muchos, y hasta he reñido con más de uno por su causa.

—¿Has reñido porque no la admiraban?

—Naturalmente. No hay nada en el mundo que no sea capaz de hacer por ayudar a las personas por quienes siento cariño. Te aseguro que no soy de las que quieren a medias. Mis sentimientos siempre son hondos y arraigados. Así, el invierno pasado pude decirle al capitán Hunt, en el transcurso de un baile, que por mucho que hiciera, yo no bailaría con él si antes no reconocía que la señorita Andrews era de una belleza angelical. Los hombres creen que nosotras las mujeres somos incapaces de sentir auténtica amistad las unas por las otras, y me he propuesto demostrarles lo contrario. Si, por ejemplo, oyese que alguien hablaba de ti en términos poco satisfactorios, saldría en tu defensa sin pensarlo dos veces; pero no es probable que algo semejante suceda, considerando que eres de esas mujeres que siempre encantan a los hombres...

—¡Ay, Isabella! ¿Cómo dices eso? —exclamó Catherine, ruborizada.

—Lo digo porque estoy convencida de ello; posees toda la viveza que a la señorita Andrews le falta; porque debo confesarte que es una muchacha muy sosa, la pobre. Vaya, se me olvidaba decirte que ayer, cuando acabábamos de separarnos, vi a un joven mirarte con tal insistencia que sin duda debía de estar enamorado de ti.

Catherine se ruborizó de nuevo y rechazó el cumplido.

—Es cierto, te lo juro —dijo Isabella—; lo que ocurre es que no aceptas el hecho de que provocas admiración, porque salvo un hombre cuyo nombre no pronunciaré... No, si no te lo echo en cara por ello —añadió con tono más formal—. Además, comprendo tus sentimientos. Cuando el corazón se entrega totalmente a una persona, es imposible caer bajo el hechizo de otros hombres; todo lo que no se relacione con el ser amado pierde interés, de modo que ya ves que te comprendo perfectamente.

—Pero no debieras hablarme en esta forma del señor Tilney, es posible que nunca vuelva a verlo.

—¡Qué cosas dices! Si lo creyeses así serías muy desgraciada.

—No tanto. Admito que me ha parecido un hombre de trato muy agradable, pero mientras esté en condiciones de leer el *Udolfo,* te aseguro que no hay nada en el mundo capaz de hacerme desgraciada. Ese velo terrible... Querida Isabella, estoy segura de que el esqueleto de Laurentina yace oculto tras de él.

—A mí lo que me extraña es que no lo hubieras leído antes. ¿Quizás tu madre se opone a que leas novelas?

—De ningún modo; precisamente está leyendo *Sir Charles Grandison;* pero en casa no tenemos muchas ocasiones de conocer obras nuevas.

—¿*Sir Charles Grandison*? Pero ¡si es una obra deplorable! Ahora recuerdo que la señorita Andrews no pudo terminar el primer tomo.

—Pues yo lo encontré bastante entretenido; claro que no tanto como el *Udolfo.*

—¿De veras? Yo creía que era soso... Pero hablemos de otra cosa.

¿Has pensado en el adorno que te pondrás en la cabeza esta noche? Ya sabes que los hombres se fijan mucho en esos detalles, y hasta los comentan.

—¿Y qué puede importarnos? —preguntó sin malicia Catherine.

—¿Importarnos? Nada, por supuesto. Yo tengo por norma no hacer caso de lo que puedan decir. Estoy convencida de que a los hombres se les debe hablar con desprecio y descaro, pues si no los obligamos a guardar las distancias debidas, se vuelven muy cargantes.

—¿Es posible? Pues te aseguro que no había caído en cuenta de que fueran así. Conmigo siempre se han mostrado muy corteses.

—Calla, por Dios; se dan unos aires... Son los seres más presuntuosos del mundo... Pero a propósito de ellos, jamás me has dicho, y eso que he estado a punto de preguntártelo muchas veces, qué clase de hombre te gusta más: el rubio o el moreno.

—Pues la verdad es que nunca he pensado en ello; ahora que me lo preguntas, te diré que prefiero a los que no son ni muy rubios ni muy morenos.

—Veo, Catherine, que no iba errada. La descripción que acabas de hacer responde a la que antes hiciste del señor Tilney: cutis moreno, ojos oscuros y pelo castaño. Mi gusto es distinto del tuyo; prefiero los ojos claros y el cutis muy moreno; pero te ruego que no traiciones esta confianza si algún día ves que alguno responde a tal descripción.

—¿Traicionarte? ¿Qué quieres decir?

—Nada, nada, no me preguntes más; me parece que ya he hablado de sobra. Variemos de tema.

Catherine, algo asombrada, obedeció, y después de breves minutos de silencio se dispuso a volver sobre lo que en ese instante más la interesaba en el mundo, el esqueleto de Laurentina, cuando, de súbito, su amiga la interrumpió manifestando:

—Por Dios, marchémonos de aquí. Hay dos jóvenes insoportables que no dejan de mirarme desde hace un rato. Veamos si en el registro aparece el nombre de algún recién llegado, pues no creo que se atrevan a seguirnos.

Se marcharon, pues, a examinar los libros de inscripción de bañistas, y mientras Isabella los leía con detenimiento, Catherine se encargó de la delicada tarea de vigilar a la pareja de inquietos admiradores.

—Vienen hacia aquí. ¿Será posible que sean tan molestos como para seguirnos? Avísame si ves que se dirigen hacia aquí; yo no pienso levantar la cabeza de este libro.

Tras breves momentos, Catherine pudo, con gran satisfacción por su parte, asegurar a su amiga que podía recobrar el perdido sosiego, pues los jóvenes en cuestión se habían esfumado.

—¿Hacia dónde han ido? —preguntó Isabella, volviendo rápidamente la cabeza—. Uno de ellos era muy apuesto.

—Se han dirigido hacia el cementerio.

—Al fin se han decidido a dejarnos en paz. ¿Te apetece ir a *Edgar's Buildings* a ver el sombrero que quiero comprarme?

Catherine se mostró de acuerdo con la propuesta, pero expresó su temor de que volvieran a encontrarse con los dos jóvenes.

—No te preocupes por eso. Si nos damos prisa podremos alcanzarlos y pasar de largo. Tengo muchísimas ganas de enseñarte ese sombrero.

—Si esperamos unos minutos no correremos el riesgo de cruzarnos con ellos.

—De ninguna manera; sería hacerles demasiado favor; ya te he dicho que no me gusta halagar tanto a los hombres. Si están tan consentidos es porque algunas mujeres los miman en demasía.

Catherine no encontró réplica alguna que oponer a aquellos argumentos, y para que la señorita Thorpe pudiera hacer alarde de su libertad y su afán de humillar al sexo opuesto, salieron rápidas en busca de los dos jóvenes.

Capítulo VII

Medio minuto más tarde llegaban las dos amigas al arco que hay enfrente del *Union Passage*, donde de pronto su andar se vio interrumpido. Todos los que conocen Bath saben que el cruce de la calle Cheap es muy denso debido a que se encuentra allí la principal posada de la población, además de desembocar en esta última calle las carreteras de Londres y de Oxford, y raro es el día en que las señoritas que la atraviesan en busca de pasteles, de compras o de novio no quedan largo rato detenidas en las aceras debido al tráfico constante de coches, carros o jinetes. Isabella había experimentado muchas veces los inconvenientes derivados de este problema, y muchas veces también se había lamentado de ello. La presente ocasión le proporcionó una nueva oportunidad de manifestar su disgusto, pues en el momento en que tenía a la vista a los dos admiradores, que cruzaban la calle sorteando el fango de las alcantarillas, se vio de repente detenida por un calesín que un cochero, por demás temerario, lanzaba contra los adoquines de la acera, con evidente peligro para sí, para el caballo y para los ocupantes del vehículo.

—¡Odio esos calesines! —exclamó—. Los odio con toda mi alma.

Pero aquel odio tan justificado fue de corta duración, ya que al mirar de nuevo, volvió a exclamar, esta vez llena de alegría:

—¡Cielos! El señor Morland y mi hermano.

—¡Cielos! James... —dijo casi al mismo tiempo Catherine.

Al ser observadas por los dos caballeros, estos refrenaron la marcha de los caballos con tal ímpetu que por poco lo tiran hacia atrás, saltando acto seguido del calesín, mientras el criado, que había bajado del pescante, se encargaba del vehículo.

Catherine, para quien aquel encuentro era totalmente inesperado, recibió con grandes muestras de cariño a su hermano, correspondiéndola él del mismo modo. Pero las ardientes miradas que la señorita Thorpe dirigía al joven pronto distrajeron la atención de este de sus fraternales deberes, obligándolo a fijarla en la atractiva joven con un pudor tal que, de ser Catherine tan experta en conocer los sentimientos ajenos como lo era en apreciar los suyos, habría advertido que su hermano encontraba a Isabella tan guapa o más de lo que ella misma creía.

John Thorpe, que hasta ese momento había estado ocupado en dar órdenes relativas al coche y los caballos, se unió poco después al grupo, y entonces fue Catherine objeto de los correspondientes elogios, mientras que Isabella hubo de contentarse con un parco saludo.

El señor Thorpe era de mediana estatura y bastante grueso, y a su aspecto vulgar añadía el ser de tan extraño proceder que no parecía sino temer que resultase demasiado guapo si no se vestía como un lacayo y demasiado fino si no trataba a la gente con la debida amabilidad. Sacó de repente el reloj y exclamó:

—¡Vaya por Dios! ¿Cuánto tiempo dirá usted, señorita Morland, que hemos tardado en llegar desde Tetbury?

—¿Qué distancia hay? —preguntó Catherine. Su hermano contestó que había treinta y siete kilómetros.

—¿Treinta y siete kilómetros? —dijo Thorpe—. Cuarenta, como mínimo. Morland intentó que rectificase, atendiendo para ello en las declaraciones irrefutables de las guías, de los dueños de posadas y de los postes del camino; pero su amigo se mantuvo firme en sus trece, asegurando que él tenía pruebas más irrefutables todavía.

—Yo sé que son cuarenta —afirmó— por el tiempo que hemos invertido en recorrerlas. Ahora es la una y media; salimos de las cocheras de Tetbury a las once en punto, y desafío a cualquiera a que consiga refrenar mi caballo de modo que marche a menos de dieciséis kilómetros por hora; calculen y verán si no son cuarenta kilómetros.

—Habrás perdido una hora —replicó Morland—. Te repito que cuando salimos de Tetbury solo eran las diez.

—¿Las diez? ¡Estás en un error! Precisamente me entretuve en contar las campanadas del reloj. Su hermano, señorita, querrá convencerme de lo contrario, pero no tienen ustedes más que fijarse en el caballo. ¿Acaso han visto ustedes en su vida prueba más incontestable? —El criado acababa de subir al calesín y había salido a toda velocidad—. ¿Tres horas y media para recorrer treinta y siete kilómetros? Miren ustedes a ese animal y díganme si lo creen posible...

—Pues ciertamente está cubierto de sudor.

—¿Cubierto de sudor? No se le había movido un pelo cuando llegamos a la iglesia de Walcot. Lo que digo es que se fijen ustedes en las patas delanteras, en los lomos, en la manera que tiene de moverse. Les aseguro que ese caballo no puede andar menos de dieciséis kilómetros por hora. Sería necesario atarle las patas, y aun así correría. ¿Qué le parece a usted el calesín, señorita Morland? ¿Verdad que es magnífico? Lo tengo hace menos de un mes. Lo mandó a construir un chico amigo mío y compañero de universidad, buena persona. Lo disfrutó unas semanas y no tuvo más salida que deshacerse de él. Dio la casualidad que por entonces andaba yo a la caza de un coche ligero, hasta le tenía echado el ojo a un cabriolé; pero al entrar en Oxford, y sobre el puente Magdalen precisamente me encontré a mi amigo, quien me dijo: "Oye, Thorpe ¿tú no querrías comprar un coche como este? A pesar de que es inmejorable, estoy harto y quiero deshacerme de él". "¡Maldición!", dije, "¿cuánto quieres?" ¿Y cuánto le parece a usted que me pidió, señorita Morland?

—La verdad, no lo sé...

—Como habrá usted visto, la suspensión es excelente por no hablar del cajón, los guardabarros, los faros, y las molduras, que son de plata. Pues me pidió cincuenta guineas; yo cerré el trato, le entregué el dinero y me hice con el calesín.

—Lo felicito —dijo Catherine— pero la verdad es que sé tan poco de estas cosas que me resulta imposible juzgar si se trata de un precio bajo o elevado.

—Ni lo uno ni lo otro, quizás hubiera podido comprarlo por menos, pero no me gusta regatear, y al pobre Freeman le hacía falta el dinero.

—Pues fue muy amable por su parte —dijo Catherine.

—¿Qué quiere usted? Siempre hay que ayudar a un amigo cuando se tiene oportunidad de poderlo hacer.

A continuación, los caballeros preguntaron a las muchachas hacia dónde se dirigían, y al contestar estas que a *Edgar's Buildings*, acordaron acompañarlas y de paso ofrecer sus respetos a la señora Thorpe. Isabella y James se adelantaron y tan satisfecha se encontraba ella, tanto afán ponía en resultar agradable para aquel hombre, a cuyos méritos, añadía el ser amigo de su hermano y hermano de su amiga; tan puros y libres de toda frivolidad eran sus sentimientos, que cuando al llegar a la calle Milsom vio de nuevo a los dos jóvenes del balneario, se guardó de atraer la atención y no volvió la cabeza en dirección a ellos más que tres veces. John Thorpe seguía a su hermana, escoltando al mismo tiempo a Catherine, a quien intentaba entretener nuevamente con el asunto del calesín.

—Mucha gente —dijo— calificaría la compra de negocio extraordinario, y, en efecto, de haberlo vendido al día siguiente habría obtenido diez guineas de ganancia. Jackson, otro compañero de universidad, me ofreció sesenta por él. Morland estaba delante cuando me realizó la propuesta.

—Sí —convino Morland, que había oído a su amigo—. Pero, si mal no recuerdo, ese precio incluía al caballo.

—¿El caballo? El caballo lo habría podido vender por cien. ¿A usted le agrada pasear a coche descubierto, señorita?

—Pocas veces he tenido ocasión de hacerlo, pero sí, me gusta mucho.

—Lo celebro, y le prometo sacarla todos los días en el mío.

—Gracias —dijo Catherine algo nerviosa, ya que no sabía si debía aceptar o no la invitación.

—Mañana mismo la llevaré a Lansdown Hill.

—Muchas gracias, pero... el caballo estará cansado; convendría dejarlo descansar...

—¿Descansar? Pero ¡si solo ha hecho treinta y siete kilómetros hoy! No hay nada que eche a perder tanto a un caballo como demasiado descanso. Durante mi permanencia en Bath pienso hacer trabajar al mío al menos cuatro horas diarias.

—¿De veras? —dijo Catherine con tono serio—. En ese caso correrá sesenta y cuatro kilómetros por día.

—Sesenta y cuatro u ochenta. ¿Qué más da? Y para empezar, me comprometo desde ahora a llevarla a usted a Lansdown mañana.

—¡Qué agradable proposición! —exclamó Isabella, volviéndose—. Te envidio, querida Catherine, porque... supongo, hermano, que no tendrás sitio más que para dos personas.

—En efecto. Además, no he venido a Bath con el objeto de pasear a mis hermanas. ¡Pues sí que iba a resultarme divertido! En cambio, Morland tendrá mucho gusto en acompañarte a donde quieras.

Tales palabras provocaron un intercambio de cumplidos entre James y la señorita Thorpe, del que Catherine no consiguió oír el final. La conversación de su acompañante por otra parte, se convirtió finalmente en comentarios breves y terminantes acerca del rostro y la figura de cuantas mujeres se cruzaban en su camino. Catherine después de escucharlo unos minutos sin atreverse a llevarle la contraria que para su mente femenina y timorata era opinión autorizadísima en materias de belleza, intentó girar la conversación hacia otros rumbos, formulando una pregunta relacionada con aquello que ocupaba por completo su imaginación.

—¿Ha leído usted *Udolfo,* señor Morland?

—¿*Udolfo?* ¡Por Dios, qué barbaridad! Nunca leo novelas; tengo otras cosas más importantes que hacer.

Catherine, humillada y confusa, iba a disculparse por sus gustos en lo que a literatura se refería, cuando el joven la interrumpió diciendo:

—Las novelas no son más que una sarta de sandeces. Desde la aparición de *Tom Jones* no he vuelto a encontrar nada que merezca la pena de ser leído. Solo *El monje,* lo demás me resulta totalmente insulso.

—Pues yo creo que si leyera usted *Udolfo* lo encontraría muy apasionante...

—Seguramente no. De leer algo, sería alguna obra de la señora Radcliffe, cuyos libros tienen cierta naturalidad, bastante atractivo.

—Pero ¡si *Udolfo* está escrito por la señora Radcliffe! —exclamó Catherine titubeando un poco por temor a ofender con sus palabras al joven.

—¡Es cierto! Sí, ahora lo recuerdo; tiene usted razón me había confundido con otra estúpida obra escrita por esa mujer que tanto dio que hablar en un momento, la misma que se casó después con un emigrante francés.

—Supongo que se referirá usted a *Camila.*

—Sí, ese es el título precisamente. ¡Qué idiotez! Un viejo jugando al columpio. Yo empecé el primer tomo, pero pronto comprendí que se trataba de una tontería absoluta, y lo dejé. No esperaba otra cosa, por supuesto. Desde el instante en que supe que la autora se había casado con un emigrante comprendí que jamás podría acabar su obra.

—Yo todavía no la he leído.

—Pues no ha perdido nada. Le aseguro que es el asunto más idiota que se pueda imaginar. Con decirle que no se trata más que de un viejo que juega al columpio y aprende el latín, está todo dicho.

Esta disertación sobre crítica literaria, acerca de cuya exactitud Catherine no podía opinar, les llevó hasta la puerta misma de la casa donde se hospedaba la señorita Thorpe, y los sentimientos "imparciales" del lector de *Camila* tuvieron que transformarse en los de un hijo cariñoso y respetuoso ante la señora Thorpe, que había bajado a recibirlos en cuanto los vio llegar.

—Hola, madre —dijo él, dándole al mismo tiempo un fuerte apretón de mano—. ¿Dónde has comprado ese sombrero tan estrambótico? Pareces una bruja con él. Pero, a otra cosa: aquí tienes a Morland, que ha venido a pasar un par de días con nosotros, conque ya puedes empezar a buscarnos dos buenas camas por aquí cerca.

A juzgar por la alegría que reflejaba el rostro de la señora Thorpe, tales palabras debieron de satisfacer en gran manera sus anhelos maternales. A continuación, el señor Thorpe pasó a cumplimentar a sus dos hermanas más pequeñas, mostrándoles el mismo cariño, interesándose por ellas y añadiendo después que las encontraba sumamente feas.

Estos modales desagradaron enormemente a Catherine, pero se trataba de un amigo de James y hermano de Isabella, y sus escrúpulos quedaron después más apaciguados ante el comentario de esta, quien, al encaminarse ambas a la sombrerería, le aseguró que John la encontraba seductora. Dicha afirmación fue corroborada por la actitud del propio John, quien le pidió que aceptase ir a un baile con él aquella misma noche. Si hubiera tenido más años y más orgullo, este hecho no habría provocado el mismo efecto, pero cuando en una persona se unen la juventud y la timidez es preciso que sea extraordinariamente centrada para resistir el cumplido de oírse llamar "la mujer más encantadora del mundo" y de verse solicitada para un baile muchas horas antes de este tener lugar. Consecuencia de ello fue que, al verse solos los hermanos Morland, cuando, después de haber acompañado un buen rato a la familia Thorpe, se marcharon a casa de la señora Allen, James preguntó a Catherine:

—Y bien, ¿qué opinas de mi amigo Thorpe?

Catherine, en lugar de contestar como habría hecho de no mediar una relación de amistad y cierto estado de fascinación, respondió sin pensárselo dos veces:

—Me complace mucho, parece muy cortés.

—Es un muchacho excelente —apuntó James—; tal vez hable demasiado, pero eso a las mujeres os gusta. Y el resto de la familia, ¿qué te ha parecido?

—Encantadores, sobre todo Isabella.

—Me alegra oírtelo decir, porque es precisamente la clase de mujer cuya compañía te conviene frecuentar. Tiene buen sentido y naturalidad. Hace mucho tiempo que deseaba que os conocierais, y ella, al parecer te aprecia mucho. Me ha hablado de ti en términos muy halagüeños, y esto, viniendo de una mujer como ella, debería enorgullecerte, querida Catherine —dijo James, apretando con cariño la mano de su hermana.

—Y me enorgullece —contestó Catherine—. Aprecio mucho a Isabella, y me alegro que a ti también te guste. Como jamás nos dijiste nada de la temporada que pasaste en casa de esa familia, no tuve modo de suponer que te habría producido tan excelente impresión.

—No te escribí porque pensaba verte aquí. Confío en que os veáis con frecuencia mientras dura vuestra estancia en Bath. Isabella es, como antes te dije, una mujer muy cortés, y también muy inteligente y juiciosa. Sus hermanos al parecer la aprecian mucho. En realidad, todos los que la conocen quedan encantados con ella, ¿no es cierto?

—Así es, el señor Allen dice que es la chica más atractiva que hay en Bath esta temporada.

—No me extraña tratándose del señor Allen, a quien considero una autoridad en materia de belleza femenina. Por lo demás, mi querida Catherine, me alegra comprobar que estás contenta en Bath, y no me extraña, teniendo por amiga y compañera a una chica como Isabella Thorpe; aparte que los Allen seguramente se muestran muy complacientes contigo.

—Sí, son muy cariñosos, y puedo asegurarte que nunca he sido tan feliz como ahora. Además, te agradezco enormemente que hayas venido desde tan lejos solo por verme.

James aceptó estas palabras de gratitud, no sin disculparse ante su conciencia, y dijo con tono cariñoso:

—Ciertamente, te quiero mucho, hermanita.

Siguieron después las lógicas preguntas acerca de la familia, además de varios asuntos íntimos, y así, hablando sin más que una breve digresión por parte de James para alabar la belleza de la señorita Thorpe, llegaron a la calle Pulteney, donde el joven fue recibido con gran afecto por el señor y la señora Allen. A continuación, aquel lo invitó formalmente a comer y la señora le pidió que adivinase el precio y apreciase la calidad de su nueva esclavina y del correspondiente manguito que llevaba puesto. Una invitación previa a comer en *Edgar's* impidió a James aceptar lo primero y lo obligó a marcharse sin cumplir casi con lo segundo, y tras especificarse de manera clara y concreta la hora en que debían reunirse ambas familias en el Salón Octogonal aquella noche, Catherine pudo dedicarse a seguir con ansiedad siempre en aumento las vicisitudes heroicas de *Udolfo*, interesándose de tal modo en su lectura que no lograban distraer su atención asuntos tan mundanos y materiales como el vestirse para comer y asistir al baile después, ni la preocupación de Allen, agobiada por el temor de que una modista negligente la dejase sin traje. De los sesenta minutos que componen una hora, Catherine no pudo dedicar más que uno al recuerdo de alegría que suponía el que la hubieran invitado a bailar.

Capítulo VIII

A pesar del interés absorbente de la lectura del *Udolfo* y de la falta de formalidad de la modista, el grupo de la calle Pulteney llegó al balneario con una puntualidad digna de encomio. Dos o tres minutos antes se había presentado en él la familia Thorpe, acompañada de James e Isabella; después de saludar a su amiga con su acostumbrada cortesía, y de admirar acto seguido el traje y el tocado de Catherine, tomó a esta del brazo y entró con ella en el salón de baile, bromeando y compensando con pellizcos en la mano y sonrisas la falta de recursos que caracterizaba su conversación.

Pocos minutos después de llegar todos al salón empezó el baile, y James, que, mucho antes de que Catherine se comprometiera con John, había solicitado de Isabella el honor de la primera pieza, pidió a la muchacha que le hiciera el honor de cumplir lo prometido; pero al comprobar la señorita Thorpe que John acababa de marcharse a la sala de juego en busca de un amigo, decidió aguardar a que volviera su hermano y sacase a bailar a su amiga del alma.

—Le aseguro —dijo a James— que estoy resuelta a no levantarme de aquí hasta que no salga a bailar su hermana; temo que de lo contrario permaneceremos separadas el resto de la noche.

Catherine aceptó con enorme gratitud la propuesta de su amiga, y por espacio de unos minutos permanecieron allí los tres, hasta que Isabella, después de cuchichear brevemente con James, se volvió hacia Catherine y, mientras se levantaba de su asiento, le dijo:

—Querida Catherine, tu hermano tiene tanta prisa por bailar que me veo obligada a abandonarte. No hay forma de convencerlo de que esperemos. Supongo que no te molestará el que te deje, ¿verdad? Además, estoy segura de que John no tardará en venir a buscarte.

Si bien a Catherine la idea de esperar no le gustó del todo, era demasiado transigente para oponerse a los deseos de su amiga, y en vista de que el baile se iniciaba, Isabella le oprimió cariñosamente el brazo y con un afectuoso "Adiós, querida", se fue a bailar. Como las dos hermanas de Isabella tenían también pareja, Catherine permaneció con la única compañía de las dos señoras mayores. No podía por menos de molestarle el que el señor Thorpe no se hubiera presentado a reclamar un baile solicitado con tanta antelación, y, aparte de esto, sufrió al verse privada de bailar y obligada por ello a representar idéntico papel que otras jóvenes que todavía no habían encontrado quien se dignara acercarse a ellas. Pero es destino de toda heroína el verse a veces despreciada por el mundo, sufrir toda clase de difamaciones y calumnias y aun así conservar el corazón puro y limpio de toda culpa. La fortaleza que se revela en esas circunstancias es justamente lo que la honra y ennoblece. En tan difíciles momentos, Catherine dio también prueba de su fortaleza de espíritu al no permitir que de sus labios surgiese la más mínima queja.

De tan humillante situación vino a salvarla diez minutos más tarde la inesperada visión del señor Tilney, el ingrato pasó muy cerca de ella; pero iba tan ocupado charlando con una elegante y bella mujer que se apoyaba en su brazo, que no reparó en Catherine ni pudo apreciar, por lo tanto, la sonrisa y el color que en el rostro de ella había provocado su inesperada presencia. Catherine lo encontró tan gentil como la primera vez que le habló, y supuso, desde luego, que aquella señora sería hermana suya, con lo que inconscientemente desaprovechó una nueva ocasión de mostrarse digna del nombre de heroína conservando su presencia de espíritu incluso en el difícil trance de ver al amado pendiente de las palabras de otra mujer. Ni siquiera se le ocurrió transformar su sentimiento por el señor Tilney en amor imposible creyéndolo casado. Dejándose guiar por su sencilla imaginación, dio por sentado que no debía de estar comprometido quien se había dirigido a ella en forma tan distinta de como solían hacerlo otros hombres casados que ella conocía. De estarlo, habría sacado a relucir alguna vez a su esposa, tal como había realizado respecto a su hermana. Tal convencimiento, desde luego, la indujo a creer que aquella dama no era otra que la señorita Tilney, evitándose con ello que, presa de gran nerviosismo y desempeñando fielmente su papel, se desplomara confusa sobre el amplio seno de la señora Allen, en lugar de permanecer, como hizo, erguida y en perfecto uso de sus facultades, sin dar más prueba de la emoción que la embargaba que un ligero rubor en las mejillas.

El señor Tilney y su pareja se acercaron lentamente, precedidos por una señora que resultó ser conocida de la señora Thorpe, y tras detenerse aquella a saludar a la madre de Isabella, la pareja hizo otro tanto, momento en que el señor Tilney saludó a Catherine con una amable sonrisa. La muchacha correspondió el gesto con extraordinario placer y entonces él, avanzando más todavía, habló con ella y con la señora Allen, quien le contestó muy amablemente.

—Me alegra verlo de nuevo en Bath; temíamos que hubiera abandonado definitivamente el balneario.

El joven agradeció aquel cumplido y le comunicó que se había "visto obligado" a ausentarse de Bath algunas horas después de haber tenido el placer de conocerlas.

—Estoy segura de que no lamentará el haber regresado, pues no hay mejor lugar que este, y no solo para gente joven, sino para todo el mundo. Cuando mi marido se queja de que prolongamos demasiado nuestra estancia aquí, le digo que hace mal en quejarse, pues en esta época del año el lugar donde vivimos es de lo mas aburrido, y, al fin y al cabo, supone una suerte mejor poder recobrar la salud en una población donde es posible distraerse tanto.

—Solo queda, señora, que la gratitud de verse aliviado haga que el señor Allen le tome gusto al balneario.

—Muchas gracias, caballero, y estoy segura de que así será. Figúrese que el invierno pasado un vecino nuestro, el doctor Skinner, estuvo aquí por padecer problemas de salud y regresó completamente restablecido y hasta con unos kilos de más.

—Pues imagino que su ejemplo debe servirles de ánimo.

—Sí, señor; pero el caso es que el doctor Skinner y su familia permanecieron aquí por espacio de tres meses, lo cual demuestra, como le digo yo a mi marido, que no debemos tener prisa en abandonar el lugar.

Tan grata conversación se vio interrumpida por la señora Thorpe, quien les rogó que dejasen sitio para que se sentasen junto a ellas la señora Hughes y la señorita Tilney, que habían manifestado deseos de incorporarse al grupo. Así hicieron, y al cabo de unos instantes de silencio el señor Tilney propuso a Catherine que bailaran.

La muchacha lamentó profundamente no poder aceptar tan grata invitación, y de haber reparado en el señor Thorpe, que en aquel preciso instante se acercaba a reclamar su baile, le habría parecido exagerado y mortificante el que su pareja se mostrase pesarosa por estar comprometida.

La indiferencia con que el señor Thorpe disculpó su ausencia y retraso aumentaron hasta tal punto el mal humor de Catherine, que esta ni siquiera fingió prestar atención a lo que aquel le contaba, y que estaba relacionado, principalmente, con los caballos y perros que poseía un amigo a quien acababa de ver y de un proyectado intercambio de cachorros; todo lo cual interesó tan poco a Catherine que no podía evitar dirigir una y otra vez la mirada hacia el lado del salón donde había quedado el señor Tilney.

De la amiga entrañable con quien tanto deseaba hablar del joven no había vuelto a saber nada; sin duda estaría bailando en un cuadro distinto. Catherine y su pareja se vieron obligados a entrar en uno compuesto por personas desconocidas, deduciendo la muchacha de tanta contrariedad que el hecho de tener un baile comprometido de antemano no siempre es motivo de mayor dignidad y placer. De tan sabias reflexiones vino a sacarla la señora Hughes, que, tocándola en el hombro y seguida muy de cerca por la señorita Tilney, le dijo:

—Perdone usted, señorita Morland, que me tome esta libertad, pero no conseguimos encontrar a la señorita Thorpe, y su madre me ha dicho que usted no tendría inconveniente en permitir que esta señorita bailase en el mismo cuadro que ustedes.

La señora Hughes no habría podido dirigir sus ruegos a persona alguna más dispuesta a complacerla. Las dos muchachas fueron presentadas, y en tanto la señorita Tilney expresaba su agradecimiento a Catherine, esta, con la delicadeza propia de todo corazón desprendido, procuraba restar importancia a su acción. La señora Hughes, libre ya de la obligación de ocuparse de su bella acompañante, regresó de nuevo al lado de las otras señoras.

La señorita Tilney poseía un rostro de facciones agradables y una bonita figura, y si bien carecía de la apabullante belleza de Isabella, resultaba, en cambio, más distinguida que esta. Sus modales eran refinados y su comportamiento ni excesivamente tímido ni afectadamente fresco, con lo cual resultaba alegre, bonita y seductora como para llamar la atención de cuantos hombres la miraban sin necesidad de hacer exaltadas demostraciones de contrariedad o de placer cada vez que se presentaba ocasión de manifestar cualquiera de estos sentimientos. Catherine, que se mostró altamente interesada en la joven por su parecido con el señor Tilney y el parentesco que la unía a este, trató de fomentar aquella amistad hablando con animación apenas encontraba algo que decir y la oportunidad de decirlo. Puesto que ambas circunstancias no se daban, hubieron de contentarse con una conversación trivial, limitada a mutuas preguntas acerca de su estancia en Bath, a dedicar frases elogiosas a los monumentos de la población y a la belleza de los alrededores y a indagar sobre los gustos pictóricos, musicales y ecuestres de ambas.

Apenas hubo terminado la pieza, Catherine sintió que alguien le oprimía el brazo; se volvió y comprobó que se trataba de la fiel Isabella, quien con gran alegría exclamó:

—¡Por fin te encuentro, querida Catherine! Hace hora y media que te busco. ¿Cómo se os ha ocurrido bailar en este cuadro sabiendo que yo estaba en el otro, no sabes cuánto deseaba encontrarme cerca de ti.

—Mi querida Isabella —repuso Catherine—, ¿cómo querías que me reuniese contigo si no sabía con certeza dónde estabas?

—Lo mismo le dije a tu hermano, pero no quiso hacerme caso. "Vaya usted a buscar al señor Morland», le pedí, y él no quiso complacerme. ¿No es cierto, señor Morland? Pero los hombres son tan negligentes... advierto que he estado riñéndolo todo el tiempo; ya sabes que en ciertos casos suelo prescindir de toda etiqueta.

—¿Ves a esa muchacha con la tiara de cuentas blancas? —musitó Catherine al oído de Isabella, en un aparte—. Es la hermana del señor Tilney.

—¿Qué dices? ¿Es posible? A ver, deja que la mire. ¡Qué chica tan atractiva! Jamás he visto una mujer tan bonita. Y su conquistador y todopoderoso hermano, ¿dónde está? ¿Ha venido al baile? Enséñamelo; me muero por conocerlo. Señor Morland, le prohíbo que escuche lo que hablamos; entre otras cosas, porque no se refiere a usted.

—Pero ¿a qué viene tanto secreto? ¿Qué sucede?

—Ya está. ¿Cómo era posible que no pretendiera usted enterarse? ¡Qué curiosos son los hombres! Y después tachan de curiosas a las mujeres... Ya le he dicho que lo que hablamos mi amiga y yo a usted no le concierne.

—¿Y cree acaso que semejante argumento puede satisfacerme?

—Es el colmo... Jamás he visto cosa igual. ¿Qué puede importarle a usted nuestra conversación? Además, como podría ocurrir que mencionásemos su nombre, será preferible que no escuche, no sea que oiga alguna cosa que le disguste.

Tanto duró aquella discusión banal que el asunto que la provocó quedó relegado al olvido, y aun cuando Catherine se alegró de ello, no pudo por menos de sorprenderse ante la falta de interés que por el señor Tilney mostró repentinamente Isabella. Cuando sonaron las primeras notas de un nuevo baile, James pretendió sacar a danzar de nuevo a su bella pareja, pero esta, resistiéndose, exclamó:

—De ninguna forma, señor Morland. ¡Qué cosas pretende! ¿Querrás creer, querida Catherine, que tu hermano se empeña en bailar otra vez conmigo? Y eso a pesar de haberle dicho que su deseo es contrario a lo que manda la costumbre. Si ambos no eligiéramos a otra pareja todo el mundo nos criticaría.

—Le aseguro —insistió James— que en esta clase de bailes y en salones públicos uno puede bailar con quien lo desee.

—¡Qué disparate! Es usted tozudo, de verdad. Cuando un hombre se empeña en una cosa no hay quien lo convenza de lo contrario. Catherine, ayúdame pedirá persuadir a tu hermano, te lo ruego. Haz el favor de decirle, que incluso a ti te sorprendería verme incurrir en semejante descortesía. ¿Verdad que te parecería mal?

—Pues lo cierto es que no; pero si para ti es un problema, puedes cambiar de pareja.

—Ya ha oído usted a su hermana —dijo Isabella dirigiéndose a James—. Imagino que habrá sido suficiente para convencerlo. ¿Que no? Está bien, pero medite sobre ello y piense que no será culpa mía si todas las viejas de Bath nos critican. Catherine, no me abandones, te lo ruego.

Y con estas palabras Isabella se marchó acompañada de James. Como poco antes John Thorpe había hecho lo mismo, Catherine, deseosa de ofrecer al señor Tilney ocasión de repetir la agradable petición que poco antes había dirigido, se encaminó hacia donde se hallaban la señora Allen y la señora Thorpe, con la esperanza de encontrar allí a su amigo, pero se llevó una desilusión.

—Hola, hijita —le dijo la señora Thorpe, que quería oír elogiar a su hijo—. ¿Te ha resultado agradable la compañía de John?

—Mucho, sí, señora.

—Lo celebro; es un muchacho encantador, ¿no te parece?

—¿Has visto al señor Tilney, hija mía? —intervino Allen.

—No... ¿Dónde está?

—Hasta hace un instante estaba aquí, pero dijo que se estaba cansado de mirar y que iba a bailar. Creí que había ido en tu busca.

—¿Dónde estará? —se preguntó en voz alta Catherine buscando por todas partes, hasta que al fin lo localizó acompañado de una hermosa muchacha.

—¡Ay!, ya tiene pareja —exclamó la señora Allen—. ¡Qué lástima que no te haya invitado a ti! —Hizo una pausa y añadió—. Es un chico encantador, ¿verdad?

—Sí que lo es, señora Allen —comentó la señora Thorpe.

—No lo digo porque sea su madre, pero en el mundo no existe muchacho más cortés y simpático.

Semejante afirmación habría dejado confusas a otras personas, pero no desconcertó a la señora Allen, quien, tras titubear por un momento, dijo después en voz baja a Catherine:

—Por lo visto ha creído que me refería a su hijo.

Catherine estaba desolada. Por retrasarse unos minutos había perdido la ocasión que desde hacía tanto tiempo esperaba. Su desengaño la impulsó a tratar con antipatía a John Thorpe cuando este, acercándose poco después, le dijo:

—Bueno, señorita Morland, espero que estará usted preparada para que bailemos juntos de nuevo.

—No, muchas gracias —contestó ella con tono brusco—. Se lo agradezco mucho, pero estoy cansada y por esta noche no pienso bailar más.

—Vaya... En ese caso nos pasearemos y nos reiremos de los demás. Cójase de mi brazo y le indicaré las personas más bromistas que hay aquí esta noche. ¿Sabe cuáles son? Se lo diré. Me refiero a mis hermanas más pequeñas y sus parejas. Hace media hora que me lo paso en grande observándolas.

La muchacha se excusó de nuevo y, al fin, logró que el señor Thorpe se marchara a bromear con sus hermanas. El resto de la velada fue para Catherine muy tediosa. El señor Tilney tuvo que ausentarse del grupo a la hora del té para acompañar a su pareja. La señorita Tilney no se separó de allí, pero no tuvo ocasión de cambiar con ella frase alguna. En cuanto a James e Isabella, se veían tan ocupados charlando, que esta no pudo dedicar a su amiga del alma más que una sonrisa, un apretón de mano y un "Querida Catherine".

CAPÍTULO IX

La desventura de Catherine pasó aquella noche por las siguientes fases: primero, descontento general con cuanto la rodeaba en el salón de baile; después, un aburrimiento insuperable; y, finalmente, un deseo categórico de marcharse a su casa. Al llegar a la calle Pulteney sintió hambre y, saciada esta, deseos de acostarse. Esto último supuso el fin de su tristeza, pues una vez en la cama consiguió dormirse, para despertar, tras nueve horas de sueño, completamente repuesta de cuerpo y de espíritu, animada, alegre y dispuesta a llevar a cabo los planes más ambiciosos. Su primer impulso fue proseguir su amistad con la señorita Tilney, y para lograrlo resolvió bajar aquella misma mañana al balneario, donde solían acudir todos los recién llegados, y como los salones de bañistas habían resultado un lugar sumamente favorable para establecer relaciones, pues invitaban a charlar y a pasar el rato agradablemente, así como a mantener charlas íntimas y animadas, supuso con razón que entre sus paredes tal vez consiguiera entablar una nueva e interesante amistad. Resuelto el plan de acción para aquella mañana, se sentó satisfecha a almorzar y a leer al mismo tiempo, decidida a no interrumpir su lectura hasta después de la una, sin que las observaciones de la señora Allen consiguieran molestarla ni distraerla en absoluto. La incapacidad mental de aquella excelente dama era tal, que, no pudiendo sostener una conversación por mucho tiempo, satisfacía sus ansias de hablar haciendo en voz alta comentarios acerca de cuanto ocurría en torno a ella, lo mismo en casa que en la calle, sirviéndole de pretexto cosas tan triviales como el paso de un coche o de un transeúnte conocido, la rotura de una aguja o una mancha hallada en su traje, sin preocuparse jamás de que la escuchasen ni, mucho menos, de que se molestaran en responder.

Al dar las doce y media, un ruido de coches que se detenían a la puerta de la casa llamó la atención de la señora Allen, que se asomó a la ventana, y apenas hubo avisado a Catherine de que se habían detenido dos vehículos, ocupados, el primero, por un lacayo, y el segundo por el señor Thorpe y su hermana Isabella, dicho joven, después de apearse con rapidez extraordinaria y de subir de dos en dos las escaleras, se presentó en la estancia diciendo:

—Ya estoy aquí, señorita Morland. ¿Hace mucho que aguarda? Nos ha sido imposible llegar antes pues el demonio de cochero ha tardado una eternidad en buscar un vehículo decente, y el que al fin ha encontrado no me extrañaría que al ocuparlo se hiciera pedazos. ¿Cómo está usted, señora Allen? Buen baile el de anoche, ¿eh? Vamos, señorita Morland, no perdamos tiempo, que los otros tienen gran prisa por salir. Por lo que vi quieren acabar de una vez con su vida y con el coche.

—Pero ¿qué está usted diciendo? —preguntó Catherine—. ¿Adónde quieren ustedes ir?

—¿Cómo que adónde queremos ir? ¿Se ha olvidado usted del paseo que proyectamos ayer? ¿No decidimos que hoy por la mañana saldríamos en coche? ¡Qué cabeza la suya! Vamos a Claverton Down.

—Sí; ahora recuerdo que hablamos de ello —convino Catherine

mirando a la señora Allen como para pedirle opinión—. Pero yo, la verdad, no los esperaba...

—¿Que no nos esperaba? Pues ¡sí que la hemos hecho! En cambio, si no hubiéramos venido, bien que nos lo habría tirado en cara, ¿no?

Las súplicas silenciosas que Catherine dirigía con la mirada a su amiga pasaban inadvertidas para esta. Dado que a la señora Allen jamás se le habría ocurrido transmitir una impresión por medio de una mirada, no era fácil que comprendiera el que otras personas empleasen para tal fin los ojos, de forma que Catherine, pensando que el placer de dar un paseo en coche compensaba la necesidad de demorar su encuentro con la señorita Tilney, y persuadida de que no podía estar mal visto el que ella pasease a solas con John Thorpe, ya que en las mismas circunstancias lo hacían James e Isabella, se decidió a hablar claro y solicitar a la señora Allen que la aconsejara.

—Bueno, señora, ¿qué le parece que haga? ¿Acepto o rechazo esta invitación?

—Haz lo que gustes, hija mía —contestó la señora con su acostumbrada y tranquila indiferencia.

Y Catherine, siguiendo sus consejos, salió de la habitación para cambiarse de ropa. Pocos minutos después, y mientras las dos personas que permanecían en la estancia se entretenían en elogiarla, la muchacha volvió a presentarse, y el señor Thorpe, después de haber oído de labios de la señora Allen grandes elogios del calesín y fervientes deseos de un feliz regreso, acompañó a la joven a la puerta de la calle.

—Querida mía —dijo Isabella, a quien Catherine se apresuró a saludar antes de subir al coche—. Has tardado tres horas en arreglarte. Temí que te hubieras indispuesto. ¡Qué baile fantástico, el de anoche! Tengo mil cosas que contarte, pero no nos entretengamos más, sube al coche, que estoy en ascuas por partir.

Catherine complació enseguida a su amiga, que en ese mismo momento le decía a su hermano James:

—¡Qué criatura tan encantadora! No sabes lo mucho que la aprecio.

—No se asustará usted, señorita —le dijo el señor Thorpe al ayudarla a subir— si a mi caballo le da por hacer cabriolas en el momento de iniciar el viaje. No puede decirse que sea un defecto, lo hace de puro juguetón, y siempre consigo que se comporte.

Catherine no encontró nada pacíficas las costumbres del animal, pero era demasiado joven para atreverse a demostrar que sentía temor, y subió al calesín sin pronunciar palabra, esperando que el caballo se dejaría dominar por el señor Thorpe, quien, después de comprobar que ella estaba perfectamente instalada, se sentó en el pescante, a su lado. Una vez allí, dio orden al lacayo que sujetaba la brida del caballo, de soltar a este, y, con gran sorpresa por parte de Catherine, el animal echó a andar con una mansedumbre digna de encomio. Ni una coz, ni una cabriola, nada de cuanto se le había anunciado, hasta tal punto era manso, que la chica se apresuró a festejar su placer por aquella conducta ejemplar. El señor Thorpe le explicó que ello obedecía solo a la maestría con que él lo guiaba y a la singular destreza con que manejaba las riendas y la fusta. Catherine no pudo sino asombrarse de que estando tan seguro de sí mismo, John le hubiera transmitido tan infundados motivos de alarma, pero ello no impidió el que se alegrara de hallarse en manos de tan experto cochero y teniendo en cuenta que a partir de ese instante el caballo no alteró su conducta ni mostró —y esto, considerando que por lo general era capaz de recorrer dieciséis kilómetros en una hora, resultaba verdaderamente sorprendente— impaciencia desmesurada por llegar a su destino, la muchacha decidió disfrutar con toda tranquilidad del aire tonificante que les ofrecía aquella dulce mañana de febrero.

El silencio que siguió al breve diálogo de los primeros instantes fue interrumpido por Thorpe, quien sin preámbulos dijo:

—El viejo Allen es rico como un judío, ¿no es cierto?

Al principio Catherine no comprendió, y Thorpe se apresuró a repetir la pregunta.

—Sí, hombre, el viejo Allen, ese con cuya esposa está usted viviendo, es rico, ¿verdad?

—¡Ah! ¿Se refiere usted al señor Allen? Sí, creo que es bastante acaudalado.

—¿Y no tiene hijos?

—No, ninguno.

—Buena cosa para los que aspiren a heredarle. Creo que es su padrino, ¿no es verdad?

—¿Padrino mío? No, señor.

—Bueno, pero usted pasa largas temporadas con ese matrimonio.

—Sí, eso sí es cierto...

—Pues eso es lo que yo quería decir. Parece una persona excelente, y sin duda se ha dado buena vida. ¿Cómo no iba a padecer de gota? ¿Sigue bebiéndose una botella de vino cada día?

—¿Una botella? No, señor. ¿Qué le hace pensar tal cosa? El señor Allen es un hombre extremadamente frugal. ¿Acaso piensa usted que anoche estaba bajo los efectos del alcohol?

—No, por cierto; ustedes las mujeres siempre creen que los hombres están bebidos. ¿Imagina que una botella es suficiente para hacernos perder el equilibrio? Lo decía porque si cada hombre bebiese una botella por día, ni gota más ni gota menos, no habría tantas enfermedades y todos gozaríamos más de la vida.

—¡Qué cosas tiene!

—Le aseguro que no solo miles de personas disfrutarían el doble que ahora, sino que sería la salvación del país; como que no se consume ni la centésima parte del vino que se debiera. En este clima de nieblas continuas es necesario algo que tonifique y alegre.

—Sin embargo, yo he oído decir que en la universidad se bebe más de la cuenta.

—¿En Oxford? En Oxford ya no se bebe. Aquí estoy yo para dar fe de ello. Apenas si hay estudiante que beba más de dos litros al día. Y sin ir más lejos, en la última reunión que di en mis habitaciones se comentó mucho que mis invitados no llegaran a beber ni tres litros por persona. Era la primera vez que ocurría semejante cosa y eso que las bebidas que ofrezco son excelentes, tal vez esa moderación se deba a que no hay en toda la universidad vinos más fuertes ni mejores, pero lo digo para demostrar que en Oxford no se bebe tanto como usted cree.

—Lo que realmente se concluye —replicó Catherine con enfado— es que todos ustedes beben más de lo conveniente. Confío en que al menos James siempre haya dado ejemplo de sobriedad.

Tal declaración provocó una contestación tan escandalosa como confusa, acompañada de exclamaciones que se parecían más de lo debido a juramentos, y que surtió más efecto que confirmar las sospechas de Catherine acerca de la conducta de los estudiantes, al tiempo que aumentó su fe en la austeridad comparativa del hermano.

Los pensamientos de Thorpe, que volvieron a encauzarse por los caminos trillados, obligaron a la muchacha a rechazar tales preocupaciones y contestar a las frases de elogio que el señor Thorpe prodigaba a su baile, a su coche, a la suspensión de este y a cuanto prodigiosa marcha que llevaban pudiera referirse. Catherine hizo todo lo posible por mostrarse interesada en cuanto manifestaba su interlocutor, a quien no había manera de interrumpir. El conocimiento que de aquellos temas poseía Thorpe, la velocidad con que se expresaba y la natural timidez de la muchacha impedían a esta el decir lo que ya no hubiese dicho y repetido hasta la saciedad su compañero. De forma, pues, que se limitó a subrayar frases de este y a convenir con él en que no podía encontrarse en toda Inglaterra coche más bonito, caballo más rápido ni mejor cochero que aquellos.

—¿Cree usted, señor Thorpe —osó preguntar Catherine una vez aclarada plenamente la cuestión—, que el calesín en que va mi hermano es fiable?

—¡Si es fiable! ¡En el nombre de Dios! Pero ¿usted ha visto alguna vez cosa más ridícula e insegura que esa? Hace dos años que deberían haberle cambiado las ruedas, y en cuanto a lo demás, creo en verdad que bastaría un empujón para que se partiese en pedazos. Es el coche más endiablado y destartalado que he visto jamás. Gracias a Dios que no vamos nosotros en él. No subiría a ese coche ni aunque me ofreciesen cincuenta libras esterlinas.

—¡Cielo santo! —exclamó Catherine, profundamente alarmada—. Es necesario regresar de inmediato. Si seguimos ocurrirá una desgracia. Se lo ruego, señor Thorpe, regresemos cuanto antes para advertir a mi hermano del peligro que corre en ese vehículo.

—¿Peligro? ¿Quién piensa en eso? Suponiendo que el coche se hiciera pedazos, ellos no sufrirían más que un revolcón, y con el barro que hay no se harían daño. ¡Al infierno las preocupaciones! Un vehículo en ese estado puede durar más de veinte años si se le trata con cierto mimo. Yo era capaz de hacer un viaje de ida y vuelta hasta York en ese coche, apostando lo que se quisiera a que no perdería un solo tornillo ni pasaría nada.

Catherine lo escuchó perpleja sin saber a cuál de las dos versiones aferrarse. La educación recibida no había preparado su espíritu para mantener charlas tan insulsas y huecas, ni para esa propensión a la mentira que tantos hombres poseen. Su familia estaba compuesta de personas sinceras y de sentido común, poco intencionadas, salvo algún que otro retruécano por parte del padre y la repetición ocasional de un proverbio por parte de la madre, a hacer reír con cuentos y con chistes, ni mucho menos a exagerar su propia importancia ni a contradecirse a cada instante. Reflexionó seriamente sobre el particular y estuvo tentada de exigir a Thorpe una explicación acerca del auténtico estado del coche. Sin embargo, la detuvo el presentimiento de que por tratarse de un hombre poco o nada acostumbrado a meditar sus palabras, no sabría exponer con claridad lo que en forma tan ambigua había expresado; esto, junto a la convicción de que seguramente no permitiría que su hermana y su amigo se vieran expuestos a un peligro, la hizo suponer que el calesín no estaba realmente en tan mal estado ni existía, en consecuencia, peligro inmediato. En cuanto al señor Thorpe, se diría que había relegado el asunto al más completo olvido, ya que de allí en adelante no volvió a hablar más que de sí mismo de cuanto le interesaba. Habló de los caballos que había comprado a precios increíbles y que después había vendido por sumas altísimas; de las carreras ecuestres, las que su agudo espíritu de discernimiento había adivinado siempre al vencedor; de las partidas de caza en que había cobrado más piezas —y eso sin tener un buen puesto— que todos sus compañeros juntos. Relató con todo pormenor cómo ciertos días su experiencia y su intuición de cazador, así como su pericia a la hora de dirigir las jaurías, habían compensado los errores cometido por hombres duchos en la materia, y cómo su incomparable destreza como jinete había arrastrado a la muerte a muchos que se habían empeñado en imitarlo.

Sin embargo, la falta de criterio propio de Catherine y su desconocimiento de los hombres en general, semejantes muestras de orgullo y presunción hicieron nacer en ella un inesperado sentimiento de antipatía hacia Thorpe. Le asustaba un poco la idea de que pudiera resultarle desagradable el hermano de su amiga Isabella, un hombre a quien su propio hermano James había ponderado muchas veces, pero el aburrimiento que su compañía le producía, y que aumentó en el transcurso de la tarde y hasta el instante de encontrarse de regreso en la casa de la calle Pulteney, la obligó a desconfiar de la imparcialidad de Isabella y a rechazar como erróneas las afirmaciones de James acerca del encanto personal y la fascinante conversación del señor Thorpe.

Una vez ante la puerta de la señora Allen, Isabella se lamentó de, dado lo avanzado de la hora, no poder acompañar hasta arriba a su amiga íntima.

—¡Son más de las tres! —exclamó.

Al parecer tal hecho se le antojaba imposible, increíble, incomprensible, y no bastaban para convencerla de su veracidad ni la evidencia de su propio reloj, ni del de su hermano, ni las declaraciones de los criados; nada, en fin, de cuanto se basaba en la realidad y la razón, hasta que Morland, sacando su reloj, confirmó como verídico el hecho, apaciguando con ello toda sospecha. Dudar de la palabra del señor Morland le habría parecido a Isabella tan imposible, increíble e incomprensible como antes la hora que los demás afirmaban que era. Después de aclarado este punto, le quedaba por manifestar que nunca dos horas y media habían transcurrido con la rapidez de aquellas, y le pidió a su amiga que así se lo confirmara. Ni por complacer a Isabella habría mentido Catherine. Felizmente, su amiga la sacó del apuro empezando a despedirse sin darle tiempo a contestar. Antes de marcharse definitivamente, Isabella declaró que sus pensamientos la habían tenido abstraída del mundo y de cuanto en él sucedía, y expresó con gran efusión el disgusto que le causaba separarse de su adorada Catherine sin antes pasar unos minutos en su compañía para contarle, como era su deseo, miles de cosas. Por último, con sonrisas de una exquisita tristeza y manifestaciones jocosas de pesadumbre, se despidió y siguió camino hacia su casa. La señora Allen, que acababa de llegar de un grato paseo, recibió a Catherine con las siguientes palabras: "¡Hola, hija mía! ¿estás de vuelta?", declaración cuya veracidad la muchacha no se molestó en confirmar.

—¿Te has divertido? —preguntó seguidamente la señora Allen—. ¿Te ha sentado bien tomar el aire?

—Sí, señora, muchas gracias; ha sido un día magnífico.

—Eso decía la señora Thorpe, quien por cierto se mostró encantada de que hubierais salido todos juntos.

—¿Ha estado usted con la señora Thorpe esta mañana?

—Sí; apenas te marchaste bajé al balneario y allí la encontré. Ella fue quien me dijo que no había encontrado ternera en el mercado esta mañana. Al parecer hay gran escasez.

—¿Ha visto usted a algún otro conocido?

—Sí, por cierto; al dar una vuelta por el Crescent, nos encontramos a la señora Hughes, acompañada del señor y la señorita Tilney.

—¿De veras? ¿Y hablaron ustedes con ellos?

—Ya lo creo, estuvimos paseando por lo menos media hora. Es gente muy cordial. La señorita Tilney llevaba un traje de muselina hermosísimo, y a juzgar por lo que he oído, deduzco que suele vestir con gran elegancia. La señora Hughes estuvo informándome largo y tendido de esa familia.

—¿Sí? ¿Y qué le dijo?

—Casi no hablamos de otra cosa, de modo que imagínate.

—¿Le preguntó usted de qué parte de Gloucester es originario?

—Sí, pero no recuerdo qué me respondió. Lo que es innegable es que se trata de gente muy respetable y acaudalada. La señora Tilney es una Drummond y fue compañera de colegio de la señora Hughes. Según parece, Drummond dotó a su hija de veinte mil libras y quinientas para el ajuar. La señora Hughes vio las ropas y afirma que eran extraordinarias.

—¿Y están aún en Bath el señor y la señora Tilney?

—Creo que sí, pero no lo sé a ciencia cierta; es decir, ahora que recuerdo, tengo idea de que ambos han fallecido. Por lo menos, la madre sé que murió, porque la señora Hughes me dijo que un magnífico collar de perlas que el señor Drummond le regaló a su hija pertenece ahora a la señorita Tilney, que lo heredó de su madre.

—¿Y no hay más hijos varones que el que nosotros conocemos, el que bailó conmigo la noche pasada?

—Creo que, en efecto, es el único hijo varón, pero no puedo estar segura. De todos modos, se trata de un chico muy distinguido, y, según la señora Hughes, será dueño de una bonita fortuna.

Catherine no preguntó nada más; ya había oído bastante para estar convencida de que la señora Allen no sabría contarle más detalles y para lamentar que aquel paseo infortunado la hubiera privado del placer de hablar con la señorita Tilney y con su hermano.

De haber previsto tan feliz coincidencia, no habría salido con los Thorpe; pero cuanto podía hacer ahora era lamentarse de su mala suerte, reflexionar acerca del placer perdido y convencerse cada vez más a sí misma de que el paseo había sido un fracaso y de que John Thorpe no era hombre de su estima.

CAPÍTULO X

Aquella noche se reunieron en el teatro las familias Allen, Thorpe y Morland. Isabella y Catherine ocuparon asientos cercanos, y la primera encontró, al fin, ocasión de comunicar a su amiga del alma los mil incidentes que en el tiempo que llevaban sin hablar habían ido acumulándose.

—Mi querida Catherine, al fin te encuentro —exclamó al entrar en el palco, sentándose acto seguido al lado de su amiga—. Señor Morland —dijo después al hermano de Catherine, que se había situado a su otro lado—, le advierto que no pienso dirigirle ni una palabra en toda la noche. Mi querida Catherine, ¿qué ha sido de ti en este tiempo? No necesito preguntarte cómo te encuentras, porque estás preciosa. Ese peinado te favorece mucho. Bien se ve que te has propuesto atraer todas las miradas, ¿verdad? A mi hermano ya lo tienes medio enamorado, y en cuanto al señor Tilney..., eso es cosa decidida (por modesta que seas no podrás dudar del cariño de un hombre que ha vuelto a Bath única y exclusivamente por verte). Estoy impaciente por conocerlo. Dice mi madre que es el joven más atractivo que ha visto nunca. ¿Sabes que se lo presentaron esta mañana? Por favor, ocúpate de que yo también lo conozca. ¿Sabes si ha venido al teatro? Por Dios, mira bien. Te aseguro que no veo el momento de que me lo presentes.

—No lo veo por ningún lado —dijo Catherine—. Seguramente no ha venido.

—¡Qué lástima! Presiento que no llegaré a conocerlo. Escucha, ¿qué opinas de mi traje? Yo lo encuentro muy elegante. Las mangas las he ideado yo. ¿Sabes que empiezo a cansarme de Bath? Esta misma mañana comentábamos con tu hermano que si bien resulta encantador pasar aquí unas semanas, por nada del mundo lo escogeríamos como lugar de residencia permanente. Resulta que el señor Morland y yo tenemos las mismas ideas sobre el género de vida que nos gusta hacer, y ambos preferimos, ante todo, la campestre. Es verdaderamente prodigioso cómo coincidimos en nuestros gustos. Con decirte que coincidimos en todo. Si nos hubieras oído hablar, seguramente se te habría ocurrido algún comentario burlón.

—De ninguna manera.

—Sí, sí, te conozco muy bien; mejor que tú misma. Habrías dicho que parecíamos nacidos el uno para otro, o cualquier otra tontería por el estilo, y no solo habrías hecho que se me subieran los colores, sino que me sintiese preocupada.

—Me juzgas injustamente. Jamás se me habría ocurrido semejante indiscreción. No lo habría ni tan solo pensado.

Isabella sonrió con expresión de incredulidad y durante el resto de la velada solo habló con James.

A la mañana siguiente Catherine continuaba firme en su deseo de ver a la señorita Tilney, y estuvo intranquila hasta que llegó el momento de marchar al balneario. Temía que surgiera un inconveniente imprevisible. Felizmente, no fue así, ni siquiera se presentó una visita inoportuna, y a la hora de costumbre se dirigió con el señor y la señora Allen al balneario, dispuesta a gozar con los pequeños incidentes y la conversación que allí ofrecían cotidianamente.

Una vez que hubo terminado de tomar su vaso de agua, el señor Allen no tardó en unirse a un grupo de caballeros aficionados a charlar de política y a discutir las noticias publicadas en los diarios, mientras las señoras se distraían paseando y tomando nota de los rostros nuevos que iban apareciendo y de los trajes y sombreros que lucían las mujeres que pasaban por su lado. El elemento femenino de la familia Thorpe, acompañado del joven Morland, no tardó en juntarse, y acto seguido Catherine pudo ocupar su sitio de costumbre, junto a su entrañable amiga. James, acompañante siempre fiel, se colocó al otro lado de la bella joven, y separándose los tres del grupo iniciaron el paseo. Catherine, sin embargo, no tardó en poner en duda las ventajas de una situación que la confinaba a la compañía de su hermano y su amiga, que, por otra parte, no le hacían ni caso. La joven pareja no dejaba de discutir acerca de cualquier asunto trivial o sentimental, pero en voz tan baja y acompañando sus comentarios de carcajadas tan aparatosas, que resultaba imposible seguir el hilo de la conversación aun cuando solicitaron repetidas veces la opinión de la muchacha, quien, por ignorar de qué hablaban, no podía responder nada sobre ello.

Por último, Catherine logró separarse de Isabella con la excusa de ir a saludar a la señorita Tilney, que en aquel momento entraba en el salón acompañada de la señora Hughes, y recordando la mala suerte del día anterior, se armó de valor y se apresuró a cambiar frases cariñosas con las recién llegadas. La señorita Tilney se mostró muy amable y cortés, y se dedicó a hablar con ella mientras las familias amigas estuvieron en el balneario. En ese tiempo cruzaron entre ambas las mismas frases que mil veces antes se habrían pronunciado bajo aquel mismo techo, pero en esta ocasión, y por tratarse de ellas, con una sinceridad y una sencillez nada usuales.

—¡Qué bien baila su hermano! —exclamó en cierto momento Catherine, con una ingenuidad que sorprendió y divirtió a su nueva amiga.

—¿Quién, Henry? —respondió la señorita Tilney—. Sí, baila muy bien.

—Sin duda la otra noche debió de parecerle algo extraño que yo le dijese que estaba comprometida, cuando en realidad no estaba tomando parte en el baile. Pero le había prometido la primera pieza al señor Thorpe.

La señorita Tilney asintió con una sonrisa.

—No tiene usted idea —prosiguió Catherine, tras un breve silencio— de lo mucho que me sorprendió el ver aquí a su hermano. Yo creía que se había marchado de Bath.

—Cuando Henry tuvo el gusto de verla a usted no tenía intención de estar aquí más que un par de días, el tiempo necesario para buscar habitaciones.

—No se me ocurrió que así fuera, y, claro, como dejamos de verlo, pensamos que se había marchado de una vez por todas. La señorita con quien bailó el lunes es la señorita Smith, ¿verdad?

—Sí, es una conocida de la señora Hughes.

—Sin duda se alegró mucho de poder bailar. ¿La encuentra usted atractiva?

—Regular.

—Y su hermano, ¿no viene a tomar las aguas?

—Alguna vez, pero hoy ha salido a caballo mi padre.

En ese instante se unió a las jóvenes la señora Hughes, que preguntó a la señorita Tilney si quería marcharse.

—Confío en que no pase mucho tiempo antes de que vuelva a verla —dijo Catherine—. ¿Piensa usted ir al cotillón mañana?

—Sí, supongo que sí...

—Lo celebro, porque nosotras también iremos.

Tras despedirse, ambas se separaron, por parte de la señorita Tilney con una impresión bastante acertada de los sentimientos que abrigaba Catherine, quien por su parte confiaba en no haberlos revelado.

Llegó a su casa completamente feliz. Aquella mañana sus deseos se habían visto cumplidos, y la noche siguiente, colmada de promesas, se le antojaba ya como un bien para el futuro. Desde aquel momento no tuvo más preocupación que el vestido y el peinado que luciría, en ocasión tan señalada. Esta actitud, por cierto, merece ser justificada. La indumentaria es siempre un distintivo de frivolidad, y muchas veces la excesiva solicitud que despierta destruye el fin que persigue. Catherine no lo ignoraba pocos meses antes, y con ocasión de las Navidades su tía abuela la había aconsejado sobre ello. No obstante, el miércoles por la noche tardó diez minutos en dormirse pensando si se decidiría por el traje de muselina moteada o el bordado, y de no haber mediado tan escaso tiempo, es de suponer que habría acabado por decidir que se compraría uno nuevo. Grave y común error del que, a falta de su tía abuela, la habría sacado alguna persona del sexo contrario: un hermano, por ejemplo. Solo un hombre es capaz de comprender la indiferencia que siente ante el modo de vestir de las mujeres. ¡Cuán mortificadas se verían muchas damas si de repente se percataran de lo poco que supone la indumentaria femenina, por costosa que sea, para el corazón del varón; si se dieran cuenta de la ignorancia de este acerca de los distintos tejidos, y la indiferencia que le merecen lo mismo la muselina moteada que la estampada o la transparente!

Todo lo que consigue la mujer al intentar lucir más elegante es satisfacer su propio ego, nunca aumentar la admiración de los hombres ni la buena disposición de otras mujeres. Para los primeros basta el orden y el buen gusto; en tanto que las segundas prefieren la pobreza de indumentaria y la falta de propiedad de la misma. Pero la tranquilidad de Catherine no se vio turbada por tales y tan profundas reflexiones.

Llegada la noche del jueves, se presentó en el salón con el ánimo embargado por sentimientos muy distintos de los que había experimentado el lunes anterior. En aquella ocasión el compromiso de bailar con el señor Thorpe le producía cierta exaltación; ahora, en cambio, todos sus esfuerzos se dirigían a evitar un encuentro con este. Temía verse una vez más comprometida para bailar, pues aun cuando trataba de convencerse de que el señor Tilney tal vez no se mostrase decidido a solicitarle por tercera vez que bailase con él, en realidad lo esperaba y soñaba con ello. No habrá seguramente joven alguna que no simpatice con mi heroína en las presentes circunstancias, pues pocas serán las que en alguna ocasión no se vieron en situación parecida a la suya. Todas las mujeres se han visto o han creído verse en peligro de ser perseguidas por un hombre cuando deseaban las atenciones de otro. Tan pronto como se hubieron unido a la familia Thorpe, Catherine empezó a sufrir. Si el señor Thorpe hacía ademán de acercársele, trataba de esconderse o se hacía la distraída, si él le hablaba, ella fingía no oírlo. Pero acabó el cotillón y empezó el baile, y la familia Tilney continuaba sin presentarse.

—No te preocupes, mi querida Catherine —la tranquilizaba en voz baja Isabella—, si bailo nuevamente con tu hermano. Sé que no es correcto, y así se lo he dicho, pero no logro convencerlo. Lo mejor será que tú y John bailéis en el mismo cuadro que nosotros, así pasaré inadvertida. No tardes, John acaba de marcharse, pero regresará pronto.

Catherine no tuvo tiempo ni ánimos para responder. Se marchó la pareja y ella, al ver que el señor Thorpe se encontraba próximo, y temerosa de verse obligada a bailar con él, fijó la mirada en el abanico que sostenía en las manos. De repente, precisamente cuando se reprochaba a sí misma la insensatez que suponía encontrar a la familia Tilney en medio de tanta gente, advirtió que el señor Tilney le hablaba, solicitando el honor de sacarla a bailar. Con los ojos brillando por la emoción, la muchacha accedió de inmediato al requerimiento de su amigo, y con el corazón palpitante lo acompañó al cuadro que se preparaba para la siguiente danza. No existía, o al menos eso creía ella, mayor felicidad que el haberse zafado, y por azar ciertamente, a las atenciones de John Thorpe y verse en cambio solicitada por el señor Tilney, quien, al parecer, había venido expresamente a buscarla.

Apenas se hubieron colocado en el lugar que entre los danzantes les correspondía, John Thorpe reclamó la atención de Catherine, colocándose detrás de ella.

—¿Qué significa esto, señorita Morland? Creí que iba usted a bailar conmigo.

—No sé qué le hizo creerlo, cuando ni siquiera me invitó.

—Pues ¡sí que es buena respuesta! Le pedí que bailase conmigo en el momento en que usted entraba en el salón, y cuando iba a repetírselo me encontré con que se había ido. Esto es una farsa vergonzosa. Vine al baile única y exclusivamente por disfrutar de su compañía, y hasta, si no recuerdo mal, la comprometí para este baile el lunes pasado. Sí, ahora recuerdo que hablamos de ello en el vestíbulo, mientras aguardaba usted que trajeran su abrigo. Después que yo les hubiese anunciado a todas mis amistades que iba a bailar con la chica más bonita del salón, se presenta usted a bailar con otro. Me ha puesto en evidencia y ahora seré la burla de todos.

—No lo creo, nadie me reconocerá con la descripción que ha hecho usted de mí.

—¿Cómo que no? Si no la conocieran merecerían que se los echase de aquí a patadas por memos. ¿Quién es ese chico con quien va a bailar?

Catherine satisfizo su curiosidad.

—¿Tilney? —repitió él—. No lo conozco... ¿Tiene buena figura? ¿Sabe usted si le gustaría comprar un caballo? Tengo un amigo, Sam Fletcher, que quiere vender un animal extraordinario, y solo pide por él cuarenta guineas. Estuve en un tris de comprarlo, porque tengo por máxima que siempre que se presente la ocasión de comprar un caballo bueno se debe aprovechar; pero este no me conviene porque no es de caza. Si lo fuera daba lo que piden y más. Ahora poseo tres, los mejores que pueda usted encontrar. Con decirle que no los vendería ni aunque me diesen por ellos ochocientas guineas... Fletcher y yo hemos decidido alquilar una casa en Leicestershire para la próxima temporada. No hay cosa más onerosa que salir de cacería cuando se vive en una posada.

Esta fue la última frase con que John Thorpe consiguió aburrir a Catherine, pues pocos instantes después se dejó seducir por la irresistible tentación de seguir a unas damas que pasaban cerca. Una vez que se hubo marchado, el señor Tilney se acercó a Catherine.

—Si ese caballero no se hubiera marchado —dijo— habría acabado por perder completamente la compostura. No puedo tolerar que se reclame de ese modo la atención de mi pareja. En el instante de decidirnos a bailar juntos contraemos la obligación de sernos mutuamente agradables por determinado espacio de tiempo, en el transcurso del cual debemos dedicarnos el uno al otro todas las amabilidades que seamos capaces de inventar. Si alguna persona de fuera llama la atención de uno de nosotros, perjudicará los derechos del otro. Para mí, el baile es equiparable al matrimonio. En ambos casos, la fidelidad y la complacencia son deberes fundamentales y los hombres que no quieren bailar o casarse no tiene por qué dirigirse a la esposa o a la pareja del vecino.

—Pues a mí me parece que son cosas muy diferentes.

—¿Qué? ¿Considera usted imposible el compararlas?

—Naturalmente. Los que se casan no pueden separarse jamás; hasta deben vivir juntos bajo un mismo techo. Los que bailan, en cambio, no tienen más deber que estar el uno frente al otro en un salón por espacio de media hora.

—Según esa definición, hay que reconocer que no existe gran parecido entre ambas instituciones, pero quizá consiga presentarle mi teoría bajo un aspecto más convincente. Imagino que no tendrá usted inconveniente en reconocer que tanto en el baile como en el matrimonio corresponde al hombre el derecho a elegir, y a la mujer solo el de negarse; que en ambos casos el hombre y la mujer contraen un compromiso para bien mutuo y que una vez hecho esto los contratantes se pertenecen hasta que no quede disuelto el contrato. Además, es deber de los dos procurar que por ningún motivo su compañero lamente el haber contraído dicha obligación, y que interesa por igual a ambos no distraer su imaginación con el recuerdo de perfecciones ajenas ni con la creencia de que habría sido mejor elegir a otra pareja. Supongo que estará usted conforme con todo esto.

—Tal y como usted lo expone, es cierto. Sin embargo, mantengo que ambas cosas son distintas y que yo jamás podría considerarlas iguales ni creer que trajeran consigo idénticos deberes.

—Claro que existe una diferencia fundamental. En el matrimonio, por ejemplo, se entiende que el marido debe sostener a su mujer, en tanto que esta tiene la obligación de cuidar y hacer grato el hogar. El hombre debe suministrar los alimentos; la mujer, las sonrisas; en cambio, en el baile los deberes están cambiados: es el hombre quien debe ser amable y complaciente, en tanto que la mujer provee el abanico y la esencia de lavanda. Evidentemente, tal era la diferencia que le impedía a usted establecer una comparación.

—No, no; le aseguro que nunca pensé en tal cosa.

—Pues entonces debo confesar que no la comprendo, por otra parte, opino que su insistencia en negar la semejanza de dichas relaciones es algo alarmante, pues en ella puede inferirse que sus nociones acerca de los deberes que implica el baile no son tan estrictas como puede desear su pareja. ¿Acaso, después de lo que me ha dicho no tengo motivos para temer que si al caballero que antes le habló se le ocurriese volver, o si otro cualquiera le dirigiese la palabra, se creería usted en el derecho de conversar con ellos el tiempo que se le antojara?

—El señor Thorpe es amigo de mi hermano, de forma que si me

hablara no tendría más remedio que responderle; pero en cuanto a los demás, no debe de haber en el salón más de tres hombres a quienes pueda decirse que conozco.

—¿Y esa es toda la seguridad que me brinda?

—Le aseguro que no tendría usted otra mejor. Si no conozco a nadie, con nadie podría hablar; aparte de que "no quiero" hacerlo.

—Ahora me ha ofrecido usted una seguridad que me da valor para continuar. Dígame, ¿encuentra usted bailar tan agradable como la primera vez que se lo pregunté?

—Sí, ya lo creo, o quizá todavía más.

—¿Más aún? Vaya con cuidado, no sea que se le olvide aburrirse en el momento que es de rigor hacerlo, es necesario sentir tedio del balneario a las seis semanas justas de haber llegado a él.

—Pues no creo que me ocurra eso ni aun prolongando seis meses más mi estancia aquí.

—Bath, comparado con Londres, ofrece poca variedad, al menos así lo manifiesta la gente todos los años. Personas de todas clases le asegurarán a usted, una y otra vez, Bath es un lugar encantador, pero que acaba por aburrir, lo que no impide que quienes lo aseguran vengan todos los inviernos, que prolonguen hasta diez las seis semanas de rigor y que se marchen, finalmente, por no poder pagar por más tiempo su permanencia aquí.

—Los demás dirán lo que quieran, es posible que quienes tienen por costumbre ir a Londres no encuentren grandes alicientes en Bath; pero para quien, como yo, vive en un pueblo, esto no puede por menos de parecer muy distraído. Aquí se disfruta de una variedad de diversiones y circunstancias que allí no se encuentran.

—¿Debo entender entonces que no le gusta la vida en el campo?

—Sí que me gusta; siempre he vivido en el campo y me he sentido a gusto en él; pero es indudable que la vida en un pueblo resulta más monótona que en un balneario. En casa todos los días parecen iguales.

—Sí, pero en el campo el tiempo se utiliza mejor que aquí.

—¿Lo cree usted?

—Sí. ¿Usted no?

—No pienso que haya gran diferencia.

—En Bath no se hace más que tratar de entretenerse.

—Eso mismo hago yo en casa, solo que allí no lo consigo. Por ejemplo: aquí, como en casa, salgo de paseo; con la diferencia que aquí me encuentro con las calles llenas de gente, y en el pueblo, si quiero hablar con alguien, no tengo más salida que visitar a la señora Allen.

Tal respuesta hizo reír al señor Tilney.

—¿No le queda más salida que visitar a la señora Allen? —repitió—. ¡Qué cuadro tan triste me está pintando y cuánta pobreza intelectual encierra! Menos mal que cuando se vea usted nuevamente en la misma situación tendrá algo de qué hablar, podrá recordar la temporada que pasó en Bath y todo lo que hizo aquí.

—¡Ya lo creo! De ahora en adelante no me faltarán cosas de qué hablar con la señora Allen y los demás. Realmente, creo que cuando regrese a casa no tendré otro tema de conversación; me gusta tanto esto... Si estuvieran aquí mi padre y mi madre y mis otros hermanos sería totalmente feliz. La llegada de James (mi hermano mayor) me ha llenado de alegría, y más aún después de saber que es íntimo amigo de la familia Thorpe, nuestros únicos conocidos aquí. ¿Cómo será posible que alguien se canse de Bath?

—Evidentemente, a quienes les ocurre tal cosa les falta la frescura de sentimientos que usted posee. Para las personas que frecuentan Bath, los padres y las madres, los hermanos y los amigos íntimos, han perdido todo interés. Además, no son capaces de gozar como usted de las representaciones teatrales y demás diversiones.

Las exigencias del baile pusieron fin momentáneamente a aquella conversación. Durante la danza, en ocasión de hallarse Catherine separada de su pareja, la muchacha se dio cuenta de que entre quienes se entretenían con contemplar el baile había un caballero que la miraba con insistencia. Se trataba de un hombre apuesto y de aire autoritario, para el que había pasado la juventud, pero no el vigor de la vida. Luego observó que, sin dejar de mirarla, se dirigía al señor Tilney, que estaba en ese instante a corta distancia de él, y con actitud de gran familiaridad le decía unas palabras al oído. Azorada por aquella forma de mirar, y temerosa de que la causa fuese algún defecto en su aspecto o su vestido, Catherine volvió la cabeza en otra dirección. Cuando, terminada la pieza, se aproximó de nuevo al señor Tilney, este le dijo:

—Veo que ha adivinado usted lo que acaba de preguntarme. Y ya que ese caballero conoce su nombre, me parece lógico que usted también conozca el suyo. Es el general Tilney, mi padre...

Catherine no supo contestar más que con una exclamación, que bastó, sin embargo, para revelar cuanto debía y convenía. Una exclamación que no solo expresaba atención a las palabras de su pareja, sino confianza absoluta en su confesión. Después, su mirada siguió con interés y admiración al general, que se alejaba abriéndose paso entre los bailarines.

¡Qué apuestos son todos los miembros de esta familia!, pensó para sí.

Al hablar en el transcurso de la noche con la señorita Tilney, a Catherine se le presentó una nueva ocasión de sentirse feliz. Desde su llegada a Bath no había paseado por el campo, y habiéndole hablado a la señorita Tilney, para quien eran familiares los alrededores de la ciudad, de la belleza de estos, la muchacha sintió el deseo de conocerlos. Sin embargo, expresó su temor de no encontrar quien se prestase a acompañarla, y entonces la señorita Tilney, secundada por su hermano, propuso que salieran juntos de paseo más adelante.

—¡Cuánto me gustaría! —exclamó Catherine—. Pero no lo dejemos para más adelante. ¿Por qué no salir mañana mismo?

Todos se mostraron conformes y decidieron realizar el paseo a la mañana siguiente, siempre y cuando —añadió la señorita Tilney— hiciese buen tiempo.

Los hermanos quedaron en pasar a buscar a Catherine por la casa de la calle Pulteney a las doce. Antes de separarse, le recordaron a su nueva amiga, la señorita Morland:

—A las doce... No lo olvide.

De su amiga Isabella, aquella cuya fidelidad y méritos venía apreciando hacía quince días, apenas si se acordó la muchacha en toda la noche, y aun cuando deseaba participarle sus felices nuevas, accedió con admirable sumisión al deseo del señor Allen de marcharse temprano, metiéndose en la silla de manos que debía conducirla hasta su casa con el corazón lleno de felicidad.

Capítulo XI

La mañana siguiente amaneció nublada y desapacible; el sol, tras algunos intentos por salir, desapareció detrás de las nubes, pero Catherine dedujo de ello un buen presagio. En aquella época del año las mañanas soleadas casi siempre se convertían en días lluviosos; en cambio, un amanecer nublado era, por lo general, pronóstico de un buen día. Solicitó al señor Allen que le confirmase sus teorías, pero puesto que este no conocía el clima de Bath ni tenía a mano un barómetro, se negó a aventurar pronóstico alguno dada la delicadeza del asunto. Catherine recurrió entonces a la señora Allen, quien fue más rotunda en su contestación.

—Si desaparecen las nubes y sale el sol —dijo—, es seguro que hará un buen día.

A las once, unas gotas de lluvia que salpicaron el cristal de la ventana preocuparon a la muchacha.

—¡Ay, creo que va a llover! —exclamó con desazón.

—Ya me lo figuraba yo —contestó la señora Allen.

—Me he quedado sin paseo —dijo Catherine—, a menos que escampe antes de las doce.

—Puede que sí, hija mía... Pero quedará todo tan enfangado...

—Eso no importa, a mí no me molesta el barro.

—Es verdad —dijo con tranquilidad su amiga— a ti no te molesta el barro.

—Llueve cada vez más —observó tras una pausa Catherine, junto a la ventana.

—Es cierto, y si sigue lloviendo las calles se pondrán hechas un asco.

—Ya he visto tres paraguas abiertos. ¡Cómo odio los paraguas!

—Sí, son muy incómodos. Yo prefiero coger una silla de manos.

—Yo estaba segura de que sería un día brillante...

—Eso prometía. Si continúa lloviendo bajará poca gente a tomar las aguas. Espero que si mi esposo decide salir se ponga el abrigo. Pero es muy capaz de no hacerlo. No soporta las prendas gruesas, y no lo comprendo, pues son tan acogedoras...

La lluvia seguía cayendo. Cada cinco minutos Catherine miraba al reloj, pensando que si en el transcurso de otros cinco no cesaba de llover sus ilusiones se verían frustradas. Dieron las doce y todavía llovía.

—No podrás salir, hija mía —dijo la señora Allen.

—No quiero perder las esperanzas, al menos hasta las doce y cuarto. Esta es precisamente la hora del día en que suele cambiar el tiempo, y ya parece que aclara un poco. ¿Las doce y veinte? Pues lo dejo. ¡Quién pudiera contar con un tiempo tan hermoso como el que se describe en *Udolfo,* o con el que hizo en Toscana y en el sur de Francia la noche en que murió el pobre Saint-Aubin...! ¡Qué deliciosa temperatura aquella!

A las doce y media, cuando el estado del tiempo ya no ocupaba por entero la atención de Catherine, comenzó súbitamente a aclarar. Un rayo de sol sorprendió a la muchacha, quien al comprobar que, en efecto, las nubes empezaban a escampar, volvió de inmediato a la ventana dispuesta a aplaudir tan feliz aparición. Diez minutos después podía darse por seguro que la tarde sería radiante, con lo cual quedó justificada la opinión de la señora Allen, quien no había dejado de sostener que tarde o temprano aclararía. Más difícil era adivinar si Catherine debía esperar a sus amigos o si la señorita Tilney consideraría que había llovido demasiado para aventurarse a realizar la excursión.

Como las calles estaban demasiado sucias, la señora Allen no se atrevió a acompañar a su marido al balneario, y apenas se hubo marchado este, Catherine, que lo siguió con la vista hasta que dobló la esquina, observó que llegaban dos coches, ocupados por las mismas personas cuya presencia en la casa tanto le había sorprendido dos días antes.

—¿Isabella, mi hermano y el señor Thorpe...? Deben de venir a buscarme. Pues no pienso acompañarlos, quiero estar aquí por si se presenta la señorita Tilney.

La señora Allen se mostró conforme con la decisión de la muchacha, pero John Thorpe no tardó en aparecer, precedido de grandes voces, pues desde la escalera empezó a decir a la señorita Morland que era necesario que se diera prisa.

—Póngase el sombrero rápido —decía, y al abrir la puerta añadió—. No hay tiempo que perder; vamos a Bristol. ¿Cómo está usted, señora Allen?

—¿A Bristol? Pero ¿no está eso muy lejos? Además, hoy no puedo acompañarles; estoy comprometida, espero a unos amigos de un momento a otro.

Las razones de Catherine fueron vehementemente contestadas por Thorpe, quien solicitó en su favor el apoyo de la señora Allen. Al cabo de pocos minutos Isabella y James lo secundaron.

—Querida Catherine —exclamó aquella—, ¿verdad que es un plan perfecto? El paseo será delicioso. La idea se nos ocurrió a tu hermano y a mí, mientras desayunábamos. Deberíamos haber salido hace dos horas, pero nos detuvo esa odiosa lluvia. Aun así, no importa que nos retrasemos, pues estas noches hay luna. Me entusiasma la idea de respirar aire puro y disfrutar un poco de tranquilidad. ¡Cuánto más agradable es esto que pasarse el día en un salón! Tenemos que llegar a Clifton a tiempo de comer, y después, si queda tiempo, seguir hasta Kingsweston.

—Dudo que podamos hacer todo eso —intervino Morland.

—Vamos, muchacho, no seas pájaro de mal agüero —exclamó Thorpe—. Podemos hacer eso y más. Llegaríamos a Kingsweston y al castillo de Blaize, y hasta donde se nos antojase, si no saliera ahora tu hermana con que no puede de acompañarnos.

—¿El castillo de Blaize? —preguntó Catherine—. ¿Y qué es eso?

—El castillo más hermoso que hay en Inglaterra. Vale la pena hacer los ochenta kilómetros solo por verlo...

—Pero ¿es un castillo auténtico? ¿Un castillo antiguo?

—El más antiguo de cuantos se conservan en el reino.

—Pero ¿igual a esos que describen los libros?

—Exactamente igual.

—¿De veras? ¿Y posee torres y galerías?

—Por docenas.

—¡Ah!, pues entonces sí me gustaría visitarlo; pero hoy no... hoy no puede ser.

—¿Que no puedes venir? ¿Por qué?

—No puedo ir... —Catherine inclinó la cabeza—, porque espero a la señorita Tilney y a su hermano para dar un paseo. Quedaron en recogerme a las doce, pero a causa de la lluvia no se presentaron. Ahora que el tiempo ha mejorado espero que no tardarán.

—Pues no creo que lo hagan —dijo Thorpe—. Los he visto en la calle Broad. ¿Él no suele conducir un faetón tirado por caballos color castaño?

—No lo sé...

—Pero yo sí. ¿Acaso no se refiere usted al joven con quien bailó anoche?

—Sí.

—Pues ese es el que he visto. Iba en dirección a la carretera de Lansdown, acompañado de una muchacha muy elegante.

—Pero ¿lo ha visto usted de veras?

—Se lo juro. Lo reconocí enseguida; y por cierto que guiaba unos animales fantásticos.

—Pues es muy extraño. Tal vez hayan creído que había demasiado barro para salir a pie.

—Y con razón, pues jamás he visto tanto. Le aseguro que le sería más fácil a usted volar que andar. Como ha llovido tanto durante el invierno, le llega a uno hasta los tobillos.

Isabella corroboró aquella opinión..

—Sí, querida Catherine; no te imaginas la cantidad de barro que hay. Vamos, es necesario que nos acompañes; ¿serías capaz de negarte?

—Me encantaría conocer el castillo, pero ¿podremos verlo todo? ¿Nos dejarán recorrer todas las estancias?

—Sí, sí; hasta el último rincón.

—Pero ¿y si el señor y la señorita Tilney solo hubieran salido a dar una vuelta, y una vez que los caminos estuviesen más secos vinieran a buscarme?

—En cuanto a eso, puede usted estar tranquila, porque precisamente oí que el señor Tilney le decía a un conocido que pasaba a caballo que pensaban ir hasta las rocas de Wick.

—En ese caso, iré con ustedes. ¿Le parece usted bien, señora Allen?

—Como desees, muchacha.

—Sí, señora, convénzala de que venga —dijeron todos al unísono. A la señora Allen no le era posible permanecer indiferente.

—¿Y si fueras, hija mía? —le propuso.

Dos minutos más tarde todos salían de la casa.

Al subir Catherine al coche se sintió asaltada por graves dudas. Si por una parte lamentaba la pérdida de una diversión segura, por otra tenía la esperanza de disfrutar de un sentimiento parecido en cuanto a la forma si no en cuanto al fondo. Comprendía, además, que los Tilney habían hecho mal faltando a su compromiso sin tan solo avisar. Únicamente había transcurrido una hora desde la indicada para el paseo, y a pesar de lo que se decía del barro, todo indicaba que habían salido sin ninguna dificultad. Le resultaba muy dolorosa la conducta de sus nuevos amigos; por el contrario, la idea de visitar un castillo semejante, según se afirmaba, al descrito en el *Udolfo,* casi compensaba el placer perdido.

Casi sin hablar, el grupo bajó por la calle Pulteney y Lauraplace, dedicado Thorpe a animar a su Catherine con palabras y alguna que otra exclamación, mientras la muchacha se entregaba a una meditación en la que alternaban temas tan variados como promesas incumplidas, faetón y colgaduras, el comportamiento de los Tilney y puertas secretas. Al pasar por delante de los edificios una pregunta de Thorpe distrajo a Catherine de sus pensamientos.

—¿Quién es esa señorita que la miró a usted tan insistentemente al pasar junto a nosotros?

—¿Quién? ¿Dónde?

—En la acera de la derecha.

Catherine volvió la cabeza a tiempo de ver a Tilney, que, apoyada en el brazo de su hermano, iba por la calle con paso lento. Ambos también la descubrieron.

—¡Pare! ¡Pare, señor Thorpe! —exclamó la muchacha con ansia—. Es la señorita Tilney. Se lo aseguro... ¿Por qué me dijo usted que se habían marchado de paseo? Pare de inmediato y déjeme saludarla.

Su ruego fue inútil. Sin hacer el menor caso de lo que oía, Thorpe fustigó el caballo, obligándolo a trotar deprisa. Los Tilney doblaron una esquina y momentos después el calesín rodaba por la plaza del mercado.

—¡Por favor, pare, señor Thorpe, se lo ruego! —insistió Catherine—. No puedo, no quiero seguir; es preciso que hable con la señorita Tilney...

Pero el señor Thorpe contestó con una carcajada, fustigó al caballo y siguió adelante. Catherine, a pesar de su indignación, y ante la evidencia de que era imposible bajar del coche, no tuvo más remedio que resignarse, sin escatimar, no obstante, reproches.

—¿Por qué me ha engañado usted, señor Thorpe? ¿Por qué aseguró que había visto a mis amigos por la carretera de Lansdown? Daría cuanto tengo en el mundo por que nada de esto hubiera ocurrido. ¿Qué dirán de mí? Les parecerá extraño y hasta de mala educación el que hayamos pasado de largo sin detenernos a saludarlos. No sabe usted lo disgustada que estoy... Ya no podré disfrutar del paseo. Preferiría mil veces bajarme y correr en su busca a seguir con usted. ¿Por qué me dijo que los había visto en un faetón?

Thorpe se defendió con habilidad. Declaró que jamás había visto dos hombres tan parecidos, y hasta se negó a reconocer que el joven que acababan de ver fuese Tilney.

El paseo, aun después de agotada la conversación, no podía resultar agradable. Catherine se mostró menos amable que en la última excursión, respondió con desconcertante laconismo a las observaciones de su compañero y no se preocupó de disimular su aburrimiento. Solo le quedaba el consuelo de visitar el castillo de Blaize, y con gusto habría prescindido de la alegría que aquellos viejos muros pudieran proporcionarle, del placer de recorrer los grandes salones, llenos de reliquias de un esplendor pasado, antes que verse privada del proyectado paseo con sus amigos o exponerse a que estos interpretaran mal su conducta.

Mientras iba sumida en tales pensamientos, el viaje se desarrollaba sin percance alguno. Se encontraban cerca de Kenysham cuando un aviso de Morland, que venía detrás de ellos, obligó a Thorpe a detener la marcha. Se acercaron los rezagados y Morland dijo a su amigo:

—Será mejor que regresemos, Thorpe. Tu hermana y yo opinamos que es demasiado tarde para seguir, figúrate que hemos tardado una hora justa en llegar desde Pulteney Street, hemos cubierto once kilómetros, y todavía nos quedan ocho. No es posible. Hemos salido demasiado tarde. Creo que haríamos bien en volver y dejar la excursión para otro día.

—A mí lo mismo me da —dijo Thorpe con bastante mal humor, y volviéndose hacia Catherine, añadió— si su hermano no guiara un caballo tan... maldito podríamos haber llegado a Clifton en una hora, pero por culpa de ese... maldito jaco. Morland es un tonto por no tener su propio caballo y su propio calesín.

—No es ningún tonto —replicó Catherine, enfadadísima—. Lo que ocurre es que no puede sufragar esos dispendios.

—¿Y por qué no puede?

—Porque no tiene bastante dinero.

—¿Y de quién es la culpa?

—De nadie, que yo sepa.

Thorpe, entonces, con la incoherencia y la agresividad propias de él, empezó a decir que la avaricia era un vicio asqueroso y que si la gente que tiene el riñón bien cubierto no sufragaba ciertos gastos, no sabía él cómo iba a poder hacerlo, y otras cosas que Catherine ni se esforzó siquiera en atender. Ante la imposibilidad de lograr el consuelo que a cambio de otra desilusión se prometía, la muchacha se mostró menos dispuesta a intentar ser amable con Thorpe, y durante el trayecto de vuelta no cruzaron más de veinte palabras.

Al llegar a la casa el lacayo informó a Catherine que una señora, acompañada de un caballero, había llegado a buscarla pocos minutos después de marcharse, que al enterarse de que había salido con el señor Thorpe habían preguntado si no había dejado algún recado para ellos, y al contestar él que nada podía decirles, se habían ido no sin antes entregarle sus tarjetas. Pensando en aquellas descorazonadoras noticias subió Catherine a su habitación. En lo alto de la escalera se encontró con el señor Allen, que al saber las causas que habían motivado su repentina vuelta, le dijo:

—Celebro que el señor Morland haya mostrado tan buen juicio. El plan no podía ser más absurdo y descabellado.

Pasaron la velada todos juntos en casa de los Thorpe. Catherine no disimulaba su preocupación y tristeza. Isabella, por el contrario, se mostraba muy satisfecha, se diría que el haber hecho una apuesta con Morland la compensaba de las diversiones que en la posada de Clifton habría podido encontrar. Habló también con insistencia de la satisfacción que sentía al faltar aquella noche a los salones del balneario.

—¡Qué lástima me inspiran los desgraciados que han ido al baile! —exclamó—. Y ¡cuánto celebro no encontrarme entre ellos! ¿Estarán muy concurridos los salones? El baile todavía no debe de haber empezado, pero por nada del mundo asistiría a él. ¡Es tan delicioso pasar una velada en familia! Además, no creo que resulte muy animado. Sé que los Mitchell no tenían intención de ir. Os aseguro que me inspiran verdadera lástima los que se han tomado la molestia de ir. En cambio, usted, señor Morland, está deseando hacerlo, ¿verdad? Sí, sí; estoy segura de ello, y le suplico que no se prive por nosotros. Nos arreglaríamos perfectamente sin su presencia, se lo aseguro. Los hombres se empeñan en creer que son indispensables, y están muy equivocados.

Catherine estuvo tentada de acusar a Isabella de falta de afecto y de consideración para con ella, pues, a juzgar por lo que se veía, su desconsuelo no le preocupa lo más mínimo.

—No estés tan aburrida, querida —le dijo al fin en voz baja—. Me parte el alma verte así, después de todo, los únicos responsables de lo ocurrido son los Tilney. ¿Por qué no fueron más puntuales? Es verdad que los caminos estaban cubiertos de barro, pero ¿qué importaba eso? A John y a mí excusa tan nimia no habría bastado para disuadirnos. Sabes que no me importa sufrir molestias cuando de complacer a una amiga se trata. Es mi forma de ser, y lo mismo le ocurre a John, que tiene sentimientos muy hondos. ¡Cielos, qué magníficas cartas tienes! Reyes, ¿eh? ¡Qué feliz me haces! Y es que yo soy así, prefiero mil veces que los tengas tú a ser yo la favorecida.

Es hora de que despidamos por breve tiempo a la heroína enviándola al lecho del insomnio, como le corresponde, a apoyar la cabeza sobre una almohada erizada de espinas y hecha un mar de llanto, y... ya puede tenerse por muy afortunada si, dada su condición, logra en los próximos tres meses conciliar el sueño tan solo una noche.

CAPÍTULO XII

—¿Cree usted, señora Allen —preguntó a la mañana siguiente Catherine—, que estaría bien que yo visitase hoy a la señorita Tilney? No podré estar tranquila mientras no le haya explicado lo sucedido.

—Después, puedes intentarlo, hija mía, pero creo que deberías ponerte un vestido blanco para visitarla. Es el color preferido de la señorita Tilney.

Catherine aceptó gustosa el consejo de su amiga y, debidamente vestida, se dirigió hacia el balneario hecha un manojo de nervios, pues aun cuando creía que los Tilney se hospedaban en la calle Milsom, no estaba segura de las señas, y las indicaciones siempre dudosas de la señora Allen aumentaban su confusión. Una vez informada de la dirección de sus amigos, partió rumbo a su destino con paso rápido y el corazón anhelante. Deseosa de explicar su conducta y obtener cuanto antes el perdón de sus amigos, pero haciéndose la distraída al pasar por el jardín de la iglesia, próximo al cual seguramente se encontraban en aquel instante su querida Isabella y la simpática familia de esta.

Llegó sin dificultad a la casa de la calle Milsom, miró el número, llamó a la puerta y preguntó por la señorita Tilney. El hombre que abrió dijo que no sabía si la señorita se encontraba en casa, pero que iría a comprobarlo. Catherine le dio entonces su tarjeta y le solicitó que anunciara su presencia. A los pocos minutos volvió el criado, con una mirada que no confirmaba sus palabras, la señorita Tilney había salido. Catherine se quedó desolada, pues tenía la certeza de que su nueva amiga no había querido recibirla, enfadada, sin duda, por el incidente del día anterior. Al pasar por delante de las ventanas del salón de la casa de los Tilney, miró, creyendo atisbar a alguien detrás de los cristales, pero no había nadie. Al final de la calle se volvió de nuevo y entonces vio a la señorita Tilney, no en la ventana, sino en la puerta misma de la casa. La acompañaba un caballero, que Catherine supuso debía de ser su padre, y juntos se dirigieron hacia *Edgar's Buildings*. Profundamente humillada, la muchacha siguió su camino. Lamentaba el haberse expuesto a semejante desaire, pero el recuerdo de su ignorancia de las leyes sociales la obligó a recapacitar. Al fin y al cabo ella no sabía cómo estaría clasificada su conducta en el código de política mundana, cuán imperdonable resultaría su acción ni a qué penas la expondría esta, tan deprimida se sentía, que hasta pensó en no ir al teatro aquella noche, pero desechó rápidamente esa idea en primer lugar, porque no tenía una excusa seria que disculpara su ausencia, y en segundo porque se presentaba una obra que sentía deseos de ver. De manera, que todos fueron al teatro, como de costumbre, al entrar Catherine advirtió que no asistía a la función ningún miembro de la familia Tilney. Estaba claro, contaba esta, entre sus muchas perfecciones, la de poder prescindir de una diversión que —según testimonio de Isabella— mal podía satisfacer a quien tenía costumbre de admirar las magníficas representaciones de los teatros de Londres.

La obra no disgustó a Catherine, quien siguió con tanto interés los cuatro primeros actos que nadie había adivinado cuán preocupada estaba. Al iniciar el quinto acto, sin embargo, la aparición de Henry y de su padre en el palco de enfrente provocó de nuevo en su ánimo ideas desatinadas. Ya no lograba distraerla cuanto ocurría en el escenario, ni conseguían su risa los chistes de la obra. La mitad, por lo menos, de sus miradas se dirigían al otro palco, y durante dos escenas consecutivas no apartó los ojos de Henry, que no se dignó a dar muestras de que hubiera reparado en ella. No parecía indiferente para el teatro quien de manera tan insistente fijaba su atención en el escenario. Al fin, el joven volvió la mirada hacia Catherine y la saludó, pero ¡qué saludo!, sin una sonrisa, apartando la vista rápidamente... La ansiedad de Catherine fue en aumento. De buena gana habría pasado al palco donde se encontraba Henry para solicitar una explicación. Se vio dominada por sentimientos más humanos que heroicos. Lejos de molestarle aquella condena injusta de su conducta, en vez de sentir rencor hacia el hombre que de manera tan arbitraria e infundada dudaba de ella, en lugar de exigirle una explicación y hacerle comprender su equivocación, bien evitando el hablarle, bien coqueteando con otro, Catherine aceptó el peso de la culpa o la apariencia de esta y no deseó sino que llegara la ocasión de disculparse.

Terminó la obra, cayó el telón y Henry Tilney desapareció de su asiento. El general permaneció, sin embargo, en el palco, y la muchacha se preguntó si aquel tendría intención de pasar a saludarla.

Así fue, efectivamente; algunos momentos después vieron al señor Tilney abrirse paso entre la gente en dirección a ellas. Saludó primero con gran ceremonia a la señora Allen, y la muchacha, sin poder contenerse, exclamó:

—¡Ah, señor Tilney! Estaba deseando hablar con usted para pedirle que me perdonase por mi conducta. ¿Qué habrá pensado usted de mí? Pero no fue mía la culpa, ¿verdad, señora Allen? ¿Verdad que me dijeron que el señor Tilney y su hermana habían salido en un faetón? ¿Qué otra cosa podía yo hacer? Pero le aseguro que habría preferido salir con ustedes. ¿Verdad que sí, señora Allen?

—Ten cuidado, hija mía, que me arrugas el traje —contestó la señora Allen. Felizmente, las excusas de Catherine, aun privadas de la confirmación de su amiga, lograron cierto impacto. Henry esbozó una sonrisa amable y con un tono que solo conservaba cierta fingida reserva, respondió:

—Nosotros agradecimos mucho sus deseos de que lo pasáramos bien. Así por lo menos interpretamos el interés con que volvió la cabeza para mirarnos.

—Está usted equivocado. Lejos de desearles un feliz paseo, lo que hice fue rogar al señor Thorpe que detuviera el coche. Se lo supliqué apenas me di cuenta de que eran ustedes. ¿Verdad, señora, que...? Cierto que usted no estaba con nosotros; pero así lo hice, se lo aseguro, si el señor Thorpe hubiese accedido a mis deseos, me habría bajado rápidamente del calesín para correr en busca de ustedes.

No creo que exista en el mundo ningún hombre capaz de mostrarse insensible a tal afirmación. Henry Tilney no desaprovechó la ocasión. Con una sonrisa más cariñosa todavía, dijo cuanto era preciso para explicar el sentimiento que el aparente olvido de Catherine había producido en su hermana y la fe y la confianza que a él le merecían las explicaciones. Pero la muchacha no quedó satisfecha.

—No diga usted que su hermana no está molesta —exclamó— , porque me consta que lo está. De otro modo no se habría negado a recibirme esta mañana. La vi salir de la casa un instante después de haber estado yo. Me dolió muchísimo, aunque no me molestó; pero, tal vez no sepa usted que fui a verlos esta mañana.

—Yo no estaba en casa, pero Eleanor me refirió lo ocurrido y me expresó sus grandes deseos de verla para disculpar su aparente informalidad. Quizá yo logre hacerlo por ella. Fue mi padre quien, deseoso de salir a dar una vuelta, y contando con poco tiempo para ello, dio la orden de que no se dejase pasar a nadie. Eso es todo, se lo aseguro. Mi hermana estaba preocupadísima, y, como le digo, desea ofrecerle sus disculpas.

Aun cuando aquellas palabras sosegaron algo a Catherine, esta todavía experimentaba una inquietud que trató de disipar con una ingenua pregunta que sorprendió al señor Tilney:

—¿Por qué es usted menos generoso que su hermana? Si tanta confianza mostró ella en mí, suponiendo, desde luego, que se trataba de un mal entendido, ¿por qué usted se incomodó?

—¿Incomodarme yo?

—Sí, sí; cuando entró usted en el palco, todo su semblante revelaba disgusto.

—¿Disgusto? ¿Acaso tengo derecho a disgustarme con usted?

—Pues, a juzgar por la expresión de su rostro, todos hubieran pensado lo mismo.

Henry contestó rogándole que le dejara sitio a su lado, donde permaneció un rato charlando y mostrándose tan agradable, que el mero anuncio de que debía marcharse provocó en Catherine un sentimiento de tristeza. Antes de separarse, sin embargo, convinieron en realizar cuanto antes el proyectado paseo, y más allá de la pena que sentía por tener que separarse de su amigo, Catherine se consideró aquella noche la criatura más feliz del planeta. Mientras ambos hablaban observó con gran sorpresa que John Thorpe, que era por lo general el hombre más inquieto del mundo, hablaba detenidamente con el general Tilney, y su sorpresa aumentó al observar que ella era el objeto de la atención y la conversación de los dos caballeros. ¿Qué estaría tramando? Temió que tal vez al general le disgustase su aspecto. Además, interpretaba como una prueba de antipatía el que dicho señor hubiera preferido negarle la entrada en su casa antes que postergar él su paseo.

—¿Dónde ha conocido el señor Thorpe a su padre, el general? —preguntó con ansiedad al señor Tilney señalando a los dos hombres.

Henry no lo sabía, pero agregó que su padre, como todos los militares, tenía infinidad de relaciones.

Una vez que hubo terminado el espectáculo, Thorpe se acercó y se ofreció a acompañar a las señoras, hizo objeto de grandes atenciones a Catherine y, mientras aguardaban en el vestíbulo la llegada de los coches, se anticipó a la pregunta que el corazón y los labios de Catherine deseaban formular, diciendo:

—¿Me ha visto hablando con el general Tilney? Es un viejo simpatiquísimo, fuerte, activo; parece más joven que su hijo. Lo estimo en gran manera. Nunca he visto alguien más bueno y noble.

—Pero ¿de qué lo conoce usted?

—¿Que de qué lo conozco? Son pocas las personas de Bath con quien yo no me trate. Lo conocí en Bedford, volví a encontrarlo aquí, en el salón de billar. Por cierto que, a pesar de ser uno de nuestros mejores jugadores de billar y del miedo que en un principio me inspiraba su juego, gané la partida que disfrutamos. Jugábamos a cinco por cuatro en contra de mí, y si no llego a hacer la carambola más limpia que jamás he conseguido (dándole a su bola, como comprenderá, pero es imposible explicarlo sin una mesa), no gano. Se trata de una persona extraordinaria, y muy rico. Me gustaría que me invitase a comer pues debe de tener un cocinero excelente. Y ahora que me acuerdo, ¿de qué le parece que hemos estado hablando? Pues de usted, sí, de usted, y el general dice que usted es la mujer más bella que hay en Bath.

—¡Qué tontería! ¿A qué viene ahora eso?

—¿Sabe usted qué le respondí? —dijo él, y añadió voz baja—. Le dije: tiene usted razón, mi general.

Al llegar a ese punto, Catherine, a quien agradaba menos la admiración de Thorpe que la del general Tilney, se dio prisa por seguir al señor Allen.

Thorpe, a pesar de los reiterados pedidos de la muchacha para que se retirara, no la abandonó hasta que estuvo instalada en el coche, prodigándole mientras tanto las más delicadas atenciones.

A Catherine le resultaba enormemente grato que el general, lejos de sentir antipatía por ella, la admirase tan amablemente, y con infinita complacencia pensó que por lo visto todos los miembros de la familia Tilney estaban de acuerdo con respecto a ella. La velada había resultado muchísimo mejor de lo esperado.

Capítulo XIII

Conocidos son del lector los hechos ocurridos el lunes, martes, miércoles, jueves, viernes y sábado de aquella trascendental semana. Uno por uno hemos ido analizando los temores, sufrimientos y alegrías experimentados por Catherine en el transcurso de aquellos magníficos días, no faltándonos para completar este más que descubrir los hechos que tuvieron lugar el domingo.

La tarde de dicho día, y mientras paseaban todos por Crescent, surgió de nuevo el tema de la excursión a Clifton, suspendida una vez, como mencionamos. Ya en una charla previa Isabella y James habían decidido que el paseo se llevase a cabo al día siguiente por la mañana, muy temprano, para regresar a una hora prudente. El domingo por la tarde, en que, como hemos dicho, las familias se hallaban reunidas, Isabella y James expusieron sus planes a John, quien los aprobó. Solo faltaba la conformidad de Catherine, alejada en aquellos instantes del grupo por haberse detenido a saludar a la señorita Tilney. Grande fue la sorpresa de todos cuando al regresar la muchacha y conocer la noticia, lejos de recibirla con alegría anunció con expresión grave su propósito de declinar la invitación, ya que se había comprometido con la señorita Tilney.

Inútilmente protestaron los Thorpe insistiendo en que era necesario ir a Clifton el día señalado y asegurando que no estaban dispuestos a prescindir de ella. Catherine se mostró apenada, pero ni por un instante dispuesta a ceder.

—No insistas, Isabella —dijo—. Le he dado mi palabra a la señorita Tilney y por lo tanto no puedo acompañaros.

Volvieron los otros a la carga armados con los mismos argumentos y negándose a aceptar su negativa.

—Pues dile a la señorita Tilney —insistieron— que tenías un compromiso previo y puede que posponga el paseo para el martes, por ejemplo.

—No es fácil, ni deseo hacerlo. Además, ese compromiso previo no existe.

Isabella continuó suplicando, rogando, instando a su amiga de la manera más cariñosa, utilizando para ello las palabras más amables. ¿Cómo era posible que su queridísima, su dulcísima amiga, se negara a complacer a quien tanto la quería? Ella sabía que su adorada Catherine, dueña de un corazón bondadoso y de un carácter encantador, no sabría negarse al deseo de quienes tanto la querían. Pero todo fue en vano. Persuadida de que su actitud era correcta, Catherine no se dejaba convencer. Isabella cambió entonces de táctica. Reprochó a la muchacha el que prefiriese a la señorita Tilney, a la que, evidentemente, y a pesar de conocerla hacía tan poco tiempo, profesaba mayor cariño que a sus otras amistades. Finalmente, la acusó de indiferencia y frialdad para con ella.

—No puedo evitar sentir celos cuando compruebo que me abandonas por unos extraños. ¡A mí, que tanto te quiero! Ya sabes que una vez que entrego mi cariño a una persona no hay poder humano que logre hacérmela olvidar. Soy así; tengo sentimientos más profundos que nadie, y tan arraigados que ponen en peligro la tranquilidad de mi espíritu. No imaginas cuánto me hace sufrir ver mi amistad desdeñada en favor de unos forasteros, que eso, y no otra cosa, son los Tilney.

A Catherine el reproche le pareció tan inmerecido como cruel. ¿Era justo que una amiga sacara a relucir de ese modo sus sentimientos y secretos más íntimos? Isabella se estaba comportando de forma egoísta y poco generosa; por lo visto, nada le preocupaba más que su propia satisfacción. Tales pensamientos no la impulsaron, sin embargo, a hablar, y mientras ella permanecía en silencio, Isabella, llevándose el pañuelo a los ojos, hacía ademán de enjugarse las lágrimas, hasta que Morland, conmovido por aquellas muestras de pesar, dijo a su hermana:

—Vamos, Catherine, creo que debes ceder. El gusto de complacer a tu amiga bien vale un pequeño sacrificio. Opino que harás mal en negarte a nuestros deseos.

Era la primera vez que John se oponía a su proceder, y, debido a esto, Catherine propuso un arreglo. Si ellos demoraban su plan hasta el martes, lo cual podía hacerse fácilmente, ya que solo de ellos dependía, ella los acompañaría y todos quedarían satisfechos. Pero sus amigos se negaron en redondo a alterar sus planes, alegando, en defensa de su proyecto, que para entonces Thorpe tal vez se hubiese marchado. Catherine contestó que en ese caso lo lamentaría mucho, pero que no tenía nada mejor que sugerir. Siguió a sus palabras un breve silencio, interrumpido al fin por Isabella, quien, con voz que denotaba un resentimiento profundo, dijo:

—Bueno, pues no hay que pensar más en ello. Si Catherine no puede acompañarnos, yo tampoco iré. No quiero ser la única mujer en la excursión. Por nada del mundo pienso exponerme a faltar con ello a las convenciones sociales.

—Es necesario que vengas, Catherine —exclamó James.

—Pero ¿por qué no va una de tus hermanas con el señor Thorpe? Estoy segura que cualquiera de ellas aceptaría con agrado la invitación.

—Gracias —dijo Thorpe—. Pero yo no he venido a Bath para pasear a mis hermanitas y que la gente me tome por un memo. Nada, si usted se niega, pues yo también, ¡qué diablos! si voy, es por llevarla a usted.

—Esa galantería no me causa el más leve placer —replicó Catherine, pero Thorpe se había alejado tan rápidamente que no la oyó.

Siguieron paseando juntos los tres y la situación se hizo cada vez más tirante para la pobre muchacha. Tan pronto se negaban sus acompañantes a dirigirle la palabra como se empeñaban en abrumarla con súplicas y reproches, e incluso cuando Isabella la llevaba, como siempre, cogida del brazo, era evidente que entre ellas no reinaba la paz. Catherine se sentía unas veces agobiada, otras enternecida, siempre preocupada y al mismo tiempo firme en su determinación.

—No sabía que fueras tan tozuda, Catherine —dijo James—. Antes no costaba tanto trabajo convencerte. Siempre fuiste la más dulce y cariñosa de todos nosotros.

—Pues ahora no creo serlo menos —respondió la muchacha, afectada—: es verdad que no puedo complaceros, pero mi conciencia me advierte que hago lo justo.

—No parece —replicó Isabella en voz baja— que la lucha que sostienes con tus sentimientos sea muy exacerbada.

Catherine se sintió embargada por un profundo pesar, retiró el brazo, e Isabella no ofreció resistencia. Transcurrieron así diez minutos, al cabo de los cuales vieron llegar a Thorpe con expresión más animada.

—Ya lo he arreglado —dijo—. Podemos hacer nuestra excursión mañana sin el más leve remordimiento de conciencia. He hablado con la señorita Tilney y le he presentado toda clase de excusas.

—No es posible... —exclamó Catherine.

—Le aseguro que sí. Acabo de dejarla. Le he explicado que iba en nombre de usted a decirle que, puesto que se había comprometido previamente a ir con nosotros a Clifton mañana, no podía tener el gusto de salir a pasear con ella hasta el martes. Respondió que no había inconveniente y que para ella era lo mismo un día que otro. De forma que quedan allanadas las dificultades. Ha sido una buena idea, ¿No es así?

Isabella sonrió y James recobró su buen humor.

—¡Una idea magnífica! —exclamó la primera—. Ahora, mi adorada Catherine, olvidemos nuestro enfado. Te perdono, y no hay que pensar más que en pasarlo muy bien.

—Esto no puede ser —dijo Catherine—. No puedo permitirlo. Iré a ver a la señorita Tilney y le explicaré...

Isabella, al oírla, retuvo una de sus manos; Thorpe, la otra, y los tres empezaron a reñirla. El propio James se mostró molesto. Después que todo hubiese sido arreglado y de que la propia señorita Tilney hubiera dicho que lo mismo daba pasear el martes, era ridículo, continuar oponiéndose.

—No me importa —insistió Catherine—. El señor Thorpe no tenía derecho a inventar semejante disculpa. Si a mí me hubiera parecido bien demorar mi paseo con la señorita Tilney, se lo hubiera dicho personalmente. Esto es una grosería que no perdonaré nunca. Además, ¿quién me asegura que el señor Thorpe no se ha equivocado una vez más? Por su causa el viernes pasado quedé mal ante los Tilney. Señor Thorpe, tenga la bondad de soltarme, y tú también, Isabella.

Thorpe insistió en que sería inútil tratar de alcanzar a los Tilney, pues giraban en la calle Brock cuando él les habló, y quizá ya habrían llegado a su casa.

—Los seguiré —dijo Catherine—; estén donde estén, hablaré con ellos. Es inútil que intentéis frenarme; si con razonamientos no habéis conseguido obligarme a lo que no creo que debo hacer, con engaños lo conseguiréis todavía menos.

Catherine logró soltarse de Isabella y de Thorpe y se alejó veloz. El segundo pretendió seguirla, pero James lo detuvo.

—Déjala, déjala que vaya. Se lo ha propuesto, y es más tozuda que un... —Thorpe no quiso terminar la frase, que no encerraba una galantería en efecto.

Catherine, presa de intenso nerviosismo, se marchó a toda prisa. Temía verse perseguida, pero no por ello pensaba desistir de su empeño. Al andar reflexionaba en cuanto había ocurrido. Le resultaba doloroso contrariar a sus amigos, y muy particularmente a su hermano, pero no se arrepentía de su conducta. Aparte del placer que pudiese suponer para ella el paseo en cuestión, consideraba una muestra tanto de grosería como de incorrección el faltar por segunda vez a un compromiso retractándose de una promesa hecha cinco minutos antes. Ella no se había opuesto al deseo de los otros solo por egoísmo, pues la excursión que le ofrecían y la seguridad de visitar el castillo de Blaize eran por demás atractivos, pero si les contrariaba era, sobre todo, porque deseaba contentar a los Tilney y quería quedar bien con ellos. Tales razonamientos no eran suficientes, sin embargo, para devolverle la tranquilidad perdida. Era evidente que sus ansias no quedarían satisfechas hasta que no le explicase la situación a la señorita Tilney, y una vez hubo cruzado Crescent aceleró todavía más el paso, hasta que por fin se halló en el extremo alto de la calle Milsom. Tanta prisa se había dado que, a pesar de la ventaja que los Tilney le llevaban, estos entraban precisamente en su casa cuando los vio. Antes de que el criado cerrase la puerta, la muchacha estaba delante de ella y con el pretexto de que necesitaba hablar con la señorita Tilney, entró en la casa. Precediendo al criado subió por las escaleras, abrió una puerta y penetró en un salón en el que se hallaba el general Tilney acompañado de sus hijos. La explicación ofrecida por Catherine, y que, dado su estado de agitación, resultó bastante incomprensible, fue como sigue:

—He venido corriendo... Ha sido una equivocación. Le dije, desde luego, que no iría con ellos y estoy aquí para explicárselo a ustedes. Poco me importaba lo que pudieran pensar de mí, y no iba a dejarme detener por el criado.

El asunto, si no completamente aclarado por las frases de Catherine, dejó, por lo menos, de ser un enigma gracias a las mutuas explicaciones que a continuación siguieron. En efecto, Thorpe había dado el recado, y la señorita Tilney no tuvo inconvenientes en reconocer que la supuesta incorrección de Catherine la había sorprendido mucho. Lo que no logró saber la muchacha, aun cuando dirigió sus explicaciones a ambos hermanos por igual, fue que aquella aparente informalidad suya había impresionado al señor Tilney en la misma medida que a su hermana. Pero por amargas que fuesen las reflexiones expresadas por uno y otro antes de la llegada de Catherine, la presencia de esta y sus aclaraciones limaron todas las asperezas y afianzaron grandemente la nueva amistad.

Una vez resuelta aquella cuestión, la señorita Tilney presentó a Catherine a su padre, quien la recibió con tal afabilidad y cortesía que la muchacha no pudo por menos de recordar las palabras de Thorpe y pensar en su veleidoso amigo. El general extremó sus atenciones al punto de reprochar al criado el haber sido negligente en sus deberes obligando a Catherine a abrir por sí misma la puerta. Claro que al hacerlo ignoraba que la muchacha no había dado al pobre hombre la oportunidad de anunciarla. La intervención de la señorita Morland y el modo por demás generoso en que salió en defensa de William evitaron que este perdiera, con la estimación de sus amos, su puesto de trabajo.

Después de permanecer con los Tilney un cuarto de hora, Catherine se levantó para marcharse, pero el general la sorprendió con el ruego, expuesto en nombre de su hija, de que les hiciera el honor de pasar el resto del día con ellos. Catherine se mostró enormemente agradecida, pero manifestó que, muy a su pesar, se veía obligada a declinar tan amable invitación, pues el señor y la señora Allen la esperaban a comer. El general reconoció que los señores Allen tenían más derecho que ellos a disfrutar de su encantadora presencia, pero aguardaban que en otra oportunidad, y previa autorización de tan excelentes amigos, tuviera el placer de ver en su casa a la muchacha.

Catherine le aseguró que el señor y la señora Allen tendrían tanto gusto en complacerlo como ella misma. El general la acompañó después hasta la puerta principal, colmándola mientras tanto de frases de encomio. Hizo especial hincapié en la gracia de su andar, asegurando que igualaba a la cadencia y el ritmo de su baile. Finalmente se despidió, después de obsequiarla con uno de los saludos más ceremoniosos que Catherine había presenciado jamás.

Encantada la muchacha por el resultado de su entrevista, se dirigió nuevamente hacia la calle Pulteney, procurando andar con la gracia que le atribuía el general y de la que ella no se había apercibido hasta ese instante. Llegó a la casa sin encontrarse con ninguna de las personas que tan insolentes se habían mostrado aquella mañana, pero no bien vio asegurado su triunfo sobre estas, empezó a dudar de que su proceder hubiese sido acertado. Pensó que un sacrificio es siempre un acto de nobleza y que, accediendo a los deseos de su hermano y de su amiga, se habría evitado el enfado del primero, molestar a la segunda y destrozar, quizá, la felicidad de los dos. Para tranquilizar su conciencia y cerciorarse de la corrección de su conducta solicitó consejo al señor Allen, a quien refirió punto por punto el plan que para el día siguiente habían proyectado su hermano y el señor y la señorita Thorpe.

—¿Y piensas acompañarlos? —preguntó el señor Allen.

—No, señor; me negué porque momentos antes le había prometido a la señorita Tilney que saldría con ella. ¿Cree usted que obré mal?

—Al contrario, celebro que lo hayas evitado. A mí no me parece bien eso de que jóvenes de distinto sexo se presenten solos en coches descubiertos o en posadas y otros lugares públicos. Más todavía: me extraña que la señora Thorpe haya dado su consentimiento. No creo que a tus padres les agradara que hicieras esas cosas. —Después, dirigiéndose a su mujer, añadió— ¿No opinas como yo? ¿No te parece mal esta clase de diversiones?

—Sí, sí, no me agradan nada. El calesín es un medio de transporte muy incómodo. Además, no hay traje que se conserve limpio con ellos. Se mancha una lo mismo al subir y al bajar, y el viento descompone el peinado. Sí, no me convencen los coches descubiertos.

—Ya lo sabemos; pero no es eso precisamente lo que se discute. ¿A ti no te parece extraño el que una señorita se pasee en calesín con un joven a quien no lo une relación alguna de parentesco?

—Sí, por supuesto; a mí no me complacen estas cosas.

—Entonces, querida señora, ¿por qué no me lo advirtió antes? —preguntó Catherine—. Si yo hubiera creído que estaba mal pasear en coche con el señor Thorpe no lo habría hecho. Imaginaba que usted no me permitiría hacer nada que no estuviese bien.

—Y no lo habría permitido, hija mía. Ya se lo dije a tu madre antes de venir hacia aquí. Pero tampoco hay que ser muy severos. Tu propia madre dice que los jóvenes siempre se salen con la suya. Recordarás que cuando llegamos aquí te advertí que hacías mal en comprarte aquella muselina floreada; sin embargo, no me hiciste caso. A los jóvenes no se os puede contrariar siempre.

—Es que ahora se trataba de algo más serio, y no creo que hubiera sido difícil dar mi brazo a torcer.

—Bueno, hasta aquí, lo ocurrido es trivial —dijo el señor Allen—, pero sí considero mi deber aconsejarte que en el futuro no salgas con el señor Thorpe.

—Eso precisamente iba yo a decirle —intervino su esposa.

Catherine, una vez tranquilizada por lo que a ella le interesaba, empezó a preocuparse por Isabella, apresurándose a preguntar al señor Allen si creía que debería escribir una carta a su amiga señalándole los inconvenientes que entrañaban aquellas excursiones, de los que seguramente ella no tenía idea y a los que posiblemente volviera al exponerse si, como pensaba, llevaba a cabo el proyectado paseo al día siguiente. El señor Allen la disuadió de ello.

—Más vale que lo dejes correr, hija mía —le aconsejó— Isabella tiene edad suficiente para conocer esas cosas, y además, está aquí su madre para hacérselo saber. No cabe duda que la señora Thorpe es excesivamente tolerante; sin embargo, creo que no deberías intervenir en tan espinoso asunto. Si Isabella y tu hermano están empeñados en salir juntos, lo harán, y al tratar de evitarlo no conseguirás más que su animadversión.

Catherine obedeció, lamentando, por una parte, que Isabella hiciera lo que no estaba bien visto, y satisfecha, por otra, de estar haciendo lo correcto, evitando así el peligro de tan grave falta.

Se alegraba de no tomar parte en la expedición hasta Clifton, porque así evitaba tanto el que los Tilney la juzgaran mal por faltar a su promesa, como el incurrir en una indiscreción social. Estaba claro que ir a Clifton habría sido, al tiempo que una descortesía, algo incorrecto.

CAPÍTULO XIV

La mañana siguiente amaneció hermosa, y Catherine temió ser nuevamente objeto de un ataque por parte de sus adversarios. A pesar del valor que la infundía contar con el apoyo del señor Allen, temía verse enzarzada otra vez en una lucha en la que resultaba dolorosa hasta la misma victoria. De modo, pues, que grande fue su regocijo cuando comprobó que nadie intentaba convencerla de nuevo. Los Tilney llegaron a buscarla a la hora convenida, y como quiera que ninguna dificultad, ningún incidente imprevisto ni llamada impertinente malogró sus planes, nuestra heroína consiguió cumplir sus compromisos, aun cuando los había contraído con el héroe en persona, desmintiendo con ello la proverbial infortuna de las protagonistas novelescas.

Se decidió que el paseo se hiciera en dirección a Beechen Cliff, hermosa colina cuya espléndida vegetación se contempla desde Bath.

—Esto me recuerda el sur de Francia —dijo Catherine.

—¿Ha estado usted en el extranjero? —le preguntó Henry, un poco sorprendido.

—No, pero he leído, y esto se parece al país que recorrieron Emily y su padre en *Los misterios de Udolfo.* Supongo que usted no debe leer novelas...

—¿Por qué no?

—Porque no es un género que suela agradar a las personas inteligentes. Los caballeros, sobre todo, gustan de lecturas más profundas.

—Pues considero que aquella persona, caballero o señora, que no sabe apreciar el valor de una buena novela es completamente necia. He leído todas las obras de la señora Radcliffe, y muchas de ellas me han proporcionado verdadero placer. Cuando empecé *Los misterios de Udolfo* no pude dejar el libro hasta terminarlo. Recuerdo que lo leí en dos días, y con los pelos erizados todo el tiempo.

—Sí —intervino la señorita Tilney—, y recuerdo que después que me prometieras que me leerías ese libro en voz alta, me ausenté para escribir una carta y al volver me encontré con que habías desaparecido con él, de modo que no me quedó más remedio para saber el desenlace que aguardar a que acabaras de leerlo.

—Gracias, Eleanor, por dar fe de lo que digo. Ya ve usted, señorita

Morland, cuán injustas son esas cábalas. Mi interés por continuar con la lectura del *Udolfo* fue tan enorme que no me permitió esperar a que mi hermana estuviese de vuelta y me indujo a faltar a mi promesa negándome a entregar un libro que, como usted habrá podido apreciar, no era mío. Todo esto es, sin embargo, un motivo de orgullo, ya que, por lo visto, no hace sino aumentar la estima que usted pueda tenerme.

—Me alegro de ello, entre otras razones porque me evita el tener que avergonzarme de leerlo yo también; pero, la verdad, siempre creí que los jóvenes tenían por costumbre despreciar las novelas.

—Entonces no me explico por qué las leen tanto como puedan hacerlo las señoras.

—De mí puedo dar fe que he leído cientos de ellas. No crea que me supera en el conocimiento de Julias y Eloísas. Si entráramos a fondo en el tema y comenzáramos una investigación acerca de lo que uno y otro hemos leído, seguramente quedaba usted tan a la zaga como... ¿qué le diría yo?, como dejó Emily al pobre Velancourt cuando marchó a Italia con su tía. Considere que le llevo muchos años de ventaja; yo ya estudiaba en Oxford cuando usted, apenas una niñita dócil y buena, empezaba a hacer labores en su casa.

—Temo que en lo de buena se equivoca usted, pero hablando en serio, ¿cree de veras que *Udolfo* es el libro más atractivo del mundo?

—¿El más atractivo? Eso depende de la encuadernación.

—Henry —intervino la señorita Tilney—, eres un bobo. No le haga usted caso, señorita Morland, por lo visto mi hermano pretende hacer con usted lo que conmigo. Siempre que hablo tiene algún comentario que hacer sobre las palabras que utilizo. Por lo visto no le ha gustado el uso que ha hecho usted de la palabra "atractivo", y si no se apresura a emplear otra corremos el peligro de vernos envueltas en citas de Johnson y de Blair todo el paseo.

—Le aseguro —dijo Catherine— que lo hice sin pensar; pero si el libro es atractivo, ¿por qué no he de decirlo?

—Tiene usted razón —contestó Henry— también el día es atrayente, y el paseo atrae, y ustedes son dos chicas atractivas. Se trata, en fin, de una palabra muy atractiva que puede aplicarse a todo. Originalmente se la utilizó para expresar que una cosa era agraciada de cierta proporción y belleza, pero hoy lo puede ser como término único de alabanza.

—Siendo así, no deberíamos utilizarla más que refiriéndonos a ti, que eres más atractivo que sabio —dijo Eleanor—. Vamos, señorita Morland, dejémoslo meditar acerca de nuestras faltas de léxico y dediquémonos a enaltecer a *Udolfo* en la forma que más nos plazca. Se trata, sin duda, de un libro interesantísimo y de un género de literatura que, por lo visto, es muy de su agrado.

—Si he de ser sincera, le diré que lo prefiero a todos los demás.

—¿De veras?

—Sí. También me gustan la poesía, las obras dramáticas y, en ocasiones, las narraciones de viajes, pero, en cambio, no siento interés alguno por las obras esencialmente históricas. ¿Y usted?

—Pues yo encuentro muy interesante todo lo relacionado con la historia.

—Quisiera poder decir lo mismo; pero si alguna vez leo obras históricas es por necesidad. No encuentro en ellas nada de interés, y acaba por aburrirme la relación de los eternos disgustos entre los papas y los reyes, las guerras y las epidemias y otros males de que están llenas sus páginas. Los caballeros me resultan casi siempre estúpidos, y de las damas casi no se hace mención alguna. Ciertamente: me hastía todo ello, al tiempo que me extraña, porque en la historia debe de haber muchas cosas que son pura invención. Los dichos de los héroes y sus hazañas no deben de ser ciertos, sino imaginados, y lo que me interesa precisamente en otros libros es lo fantástico.

—Por lo visto —dijo la señorita Tilney—, los historiadores no son afortunados en sus descripciones. Muestran imaginación, pero no logran despertar interés; claro que eso en lo que a usted se refiere, porque a mí la historia me interesa extraordinariamente. Acepto lo real con lo falso cuando el conjunto es hermoso. Si los hechos fundamentales son ciertos, y para comprobarlos están otras obras históricas, creo que bien pueden merecernos el mismo crédito que lo que ocurre en nuestros tiempos y sabemos por referencia de otras personas o por propia mano. En cuanto a esas pequeñas cosas que hermosean el relato, deben ser consideradas como meros elementos de belleza, y nada más. Cuando un párrafo está bien escrito es un placer leerlo, sea de quien sea y proceda de donde proceda, quizá con mayor placer siendo su verdadero autor el señor Hume o el doctor Robertson y no Caractus, Agrícola o Alfredo el Grande.

—Veo que, en verdad, le gusta a usted la historia... —dijo Catherine—. Lo mismo le ocurre al señor Allen y a mi padre. A dos de mis hermanos tampoco les disgusta. Es extraño que entre la poca gente que integra mi círculo de conocidos tenga este género tantos adictos. En el futuro no volverán a inspirarme lástima los historiadores. Antes me preocupaba mucho la idea de que esos escritores se vieran obligados a llenar tomos y más tomos de asuntos que no interesaban a nadie y que a mi juicio no servían más que para hacer sufrir a los niños, y aun cuando comprendía que tales obras eran necesarias, me extrañaba que hubiera quien tuviese valor para escribirlas.

—Nadie que en los países civilizados conozca la naturaleza humana —intervino Henry— puede negar que, en efecto, esos libros constituyen una tortura para los niños; sin embargo, debemos reconocer que nuestros historiadores tienen otro fin en la vida, y que tanto los métodos que utilizan como el estilo que adoptan los autoriza a atormentar también a las personas mayores. Observará usted que empleo la palabra "atormentar" en el sentido de "instruir", que es a ciencia cierta el que usted pretende darle, suponiendo que puedan ser admitidos como sinónimos.

—Por lo visto cree usted que hago mal en calificar de tormento lo que es instrucción, pero si estuviese usted tan acostumbrado como yo a ver luchar a los niños, primero para aprender a deletrear, y más tarde a escribir, si supiera usted lo torpes que son a veces y lo cansada que está mi pobre madre después de pasarse la mañana enseñándoles, reconocería que hay ocasiones en que las palabras "atormentar" e "instruir" pueden parecemos de significado similar.

—Es muy probable; pero los historiadores no son responsables de las dificultades que rodean a la enseñanza de las primeras letras, y usted, que por lo que veo no es amiga ni defensora de una intensa aplicación, reconocerá, sin embargo, que merece la pena verse atormentado durante dos o tres años a cambio de poder leer el tiempo de vida que nos resta. Considere que, si nadie supiera leer, la señora Radcliffe habría escrito inútilmente o a lo mejor no habría escrito nada.

Catherine asintió, y a continuación se hizo un elogio entusiasta de dicha autora. Así, los Tilney hallaron muy pronto otro motivo de conversación en el que la muchacha se vio privada de tomar parte.

Los hermanos contemplaban el paisaje con el interés de quienes están acostumbrados a dibujar, discutiendo acerca del atractivo pictórico de aquellos parajes, dando a cada paso nuevas pruebas de su gusto artístico. Catherine no podía tomar parte en la conversación pues, además de no saber dibujar ni pintar, carecía de aficiones en este sentido y, aun cuando escuchaba con atención lo que decían sus amigos, las frases que estos utilizaban le resultaban poco menos que incomprensibles. Lo poco que entendió solo le sirvió para sentirse más confusa, pues contradecía por completo sus ideas acerca del asunto, demostrando, por ejemplo, que las mejores vistas no se conseguían desde lo alto de una montaña y que un cielo despejado no era prueba de un día hermoso. Catherine se avergonzó sin causa de su ignorancia, pues no hay nada como esta para que las personas se atraigan mutuamente. El estar bien informado nos impide alimentar la vanidad ajena, lo cual el buen sentido aconseja evitar. La mujer, sobre todo si tiene la desgracia de poseer algunos conocimientos, hará bien en ocultarlos siempre que le sea posible. Una autora y hermana mía en las letras ha descrito de manera prodigiosa las ventajas que tiene para la mujer el ser hermosa y tonta a un tiempo, de modo, pues, que solo resta añadir, en disculpa de los hombres, que si para la mayoría de estos la imbecilidad femenina constituye un encanto añadido, hay algunos tan bien informados y razonables de por sí que no desean para la mujer nada mejor que la ignorancia. Catherine, sin embargo, desconocía su valor, ignoraba que una joven hermosa, dueña de un corazón afectuoso y de una mente hueca, se halla en las mejores condiciones posibles, a no ser que las circunstancias le sean contrarias, para atraer a un joven de talento. En la ocasión que nos ocupa, la muchacha confesó y lamentó su falta de conocimientos, y declaró que de buen grado daría cuanto poseía en el mundo por saber dibujar, lo cual le valió una conferencia acerca del arte, tan clara y terminante, que al poco tiempo encontraba bello todo cuanto Henry consideraba admirable, escuchándolo tan atentamente que él quedó prendado del excelente gusto y el talento natural de aquella muchacha, y convencido de que él había contribuido a su desarrollo. Le habló de primeros y segundos planos, de perspectiva, de sombra y de luz, y su discípula aprovechó tan bien la lección, que para cuando llegaron a lo alto del monte, Catherine, apoyando la opinión de su maestro, rechazó la totalidad de la ciudad de Bath como indigna de formar parte de un hermoso paisaje. Encantado con aquellos progresos, pero temeroso de cansarla con un exceso de erudición, Henry trató de cambiar de tema, y así pasó a hablar de árboles en general, de bosques, de terrenos improductivos, de los patrimonios reales, de los gobiernos, y, por último, de política, hasta llegar al punto suspensivo de un completo silencio. La pausa que siguió a aquella disquisición sobre el estado de la nación, fue interrumpida por Catherine, quien, con tono solemne y un tanto asustada, exclamó:

—He oído decir que en Londres ocurrirá dentro de poco algo muy terrible.

—¿Es cierto? ¿De qué clase? —preguntó algo inquieta la señorita Tilney, a quien iba dirigido el comentario.

—No lo sé, ni tampoco el nombre del autor. Lo único que me han dicho es que jamás se habrá visto nada tan horrendo.

—¡Santo cielo...! Y ¿quién se lo ha dicho?

—Una íntima amiga mía lo sabe por una carta que ayer mismo recibió de Londres. Creo que se trata de algo espantoso. Supongo que habrá asesinatos y otras calamidades por el estilo.

—Habla usted con una tranquilidad pasmosa. Espero que esté exagerando y que el gobierno se apresure a adoptar las medidas necesarias para impedir que nada de eso suceda.

—El gobierno... —dijo Henry conteniendo la risa—, ni quiere ni se atreve a intervenir en esos asuntos. Los asesinatos se llevarán a cabo y al gobierno le tendrá totalmente sin cuidado.

Su hermana y Catherine lo miraron perplejas, y él, sonriendo abiertamente, añadió:

—Bien, creo que lo mejor será que me explique, así daré pruebas de la honradez de mi espíritu y de la clarividencia de mi mente. No tengo paciencia con esos hombres que se prestan a rebajarse al nivel de la comprensión femenina. Creo que la mujer no tiene agudeza, vigor ni sano juicio; que carece de percepción, discernimiento, pasión, genio y fantasía.

—No le haga caso, señorita Morland, y póngame al corriente de esos terribles alborotos.

—¿Alborotos? ¿Qué disturbios?

—Mi querida Eleanor, los alborotos están en tu propio cerebro. Aquí no hay más que una confusión terrible. La señorita Morland se refería sencillamente a una publicación nueva que está en vísperas de salir a la luz y que consta de tres tomos de doscientas setenta y seis páginas cada uno, cuya cubierta adornará un dibujo representando dos tumbas y una linterna. ¿Comprendes ahora? En cuanto a usted, señorita Morland, se habrá dado cuenta que mi poco perspicaz hermana no ha entendido la brillante explicación que usted le hizo, y en lugar de suponer, como habría hecho una criatura racional, que los horrores a que usted se refería estaban relacionados con una biblioteca circulante, los atribuyó a alborotos políticos, y de inmediato imaginó las calles de Londres invadidas por las turbas, miles de hombres aprestándose a la lucha, el Banco Nacional en poder de los rebeldes; la Torre, amenazada; un destacamento de los Dragones (esperanza y apoyo de nuestra nación), llamado con rapidez, y el valiente capitán Frederick Tilney a la cabeza de sus hombres. Ve también que en el momento del ataque dicho oficial cae de su caballo malherido por un ladrillo que le han arrojado desde un balcón. Perdónela; los temores que engendró su cariño de hermana aumentaron el suyo innato, pues le aseguro que no suele mostrarse tan boba como ahora.

Catherine se puso muy seria.

—Bueno, Henry —dijo la señorita Tilney—, ya que has conseguido que nosotras nos entendamos, trata de que la señorita Morland te comprenda a ti; de lo contrario, creerá que eres el mayor grosero que existe, no solo para con tu hermana, sino para con las mujeres en general. Debes tener en cuenta que esta señorita no está acostumbrada a tus salidas de tono.

—Estaré encantado de hacer que se acostumbre a mi manera de ser.

—Sin duda, pero antes conviene que busques una solución para ahora mismo.

—Y ¿qué debo hacer?

—No hace falta que te lo sugiera. Discúlpate y asegúrale que tienes el más alto concepto de la inteligencia femenina.

—Señorita Morland —dijo Henry—, tengo un concepto elevadísimo de la inteligencia de todas las mujeres del mundo, y en particular de aquellas con quienes casualmente hablo.

—Eso no basta. Sé más formal.

—Señorita Morland, nadie estima la inteligencia de la mujer tanto como yo. Hasta tal punto llega, en mi opinión, la prodigalidad de la naturaleza para con ellas en este terreno, que no necesitan usar más que la mitad de los dones que han recibido de parte de ella.

—No hay manera de obligarlo a ser más formal, señorita Morland —lo interrumpió la señorita Tilney—. Por lo visto está decidido a no hablar en serio, pero le aseguro que, a pesar de cuanto ha dicho, es incapaz de pensar injustamente de la mujer en general, ni mucho menos de decir nada que pudiera torturarme.

A Catherine no le costó trabajo creer que Henry era, en efecto, incapaz de hacer y pensar nada que fuese indigno. ¿Qué importaba que sus maneras aparentaran lo que su pensamiento no admitía? Aparte de que la muchacha estaba dispuesta a admirar tanto aquello que le agradaba como lo que no lograba comprender. Así pues, el paseo fue delicioso, y el final de este igualmente encantador. Ambos hermanos acompañaron a Catherine a su casa, y una vez allí, la señorita Tilney solicitó respetuosamente de la señora Allen permiso para que Catherine les concediese el honor de comer con ellos al día siguiente. La señora Allen no opuso ningún reparo, y en cuanto a la muchacha, si algún esfuerzo hubo de hacer, fue por disimular la alegría que esta invitación producía en ella. La mañana había transcurrido de forma tan agradable y divertida que quedó borrado de su mente el recuerdo de otros afectos. En todo el paseo no se acordó de Isabella ni de James. Una vez que los

Tilney se hubieron marchado, Catherine quiso dedicar a aquellos un poco de atención, pero con escaso éxito, pues la señora Allen, que no sabía nada de ellos, no pudo informarla al respecto. Al cabo de un rato, sin embargo, y en ocasión de salir Catherine en busca de una cinta, de la que tenía necesidad urgente, se topó en la calle Bondcon la segunda de las hermanas Thorpe, quien se dirigía a *Edgar's Buildings* entre dos chicas preciosas, íntimas amigas suyas desde aquella mañana. Por dicha señorita supo que había tenido lugar la expedición de Clifton.

—Salieron esta mañana a las ocho —le informó—. Y debo admitir que no los envidio. Creo que hicimos bien en no acompañarlos. No concibo nada más aburrido que ir a Clifton en esta época del año en que está desértico. Belle ocupaba un coche con su hermano, la señorita Morland, y John otro con María.

Catherine expresó su satisfacción de que el asunto se hubiera arreglado a gusto de todos.

—Sí —contestó Anne—. María estaba decidida a ir. Creía que se trataba de algo muy divertido. No admiro su gusto, y por mi parte estaba dispuesta a negarme a acompañarlos, incluso cuando todos se hubieran empeñado en convencerme de lo contrario.

Catherine no quedó muy convencida de la veracidad de aquellas declaraciones y no pudo por menos que manifestar:

—Pues a mí me parece una lástima que no fuera usted también y que no haya disfrutado con los demás...

—Gracias; pero le aseguro que ese viaje me tenía sin cuidado. Es más, no quería ir por nada del mundo. A ello precisamente me refería con Sofía y Emily cuando la encontramos.

A pesar de tales afirmaciones, Catherine no se rectificó, y celebró que Anne contara con dos amigas como Emily y Sofía, en quienes descargar sus penas y desengaños; y sin más, despidiéndose de las tres, volvió a su casa, satisfecha de que el paseo no se hubiese suspendido por su negativa a ir, y esperando que hubiera resultado suficientemente entretenido para que James e Isabella, olvidando su oposición, la perdonaran generosamente y no le guardaran el menor rencor.

Capítulo XV

Al siguiente día, una carta de la señorita Thorpe, respirando ternura y paz, y requiriendo la presencia de su amiga para un asunto de importancia urgente, hizo que Catherine marchara muy de mañana a la casa de su entrañable amiga. Los dos retoños de la familia Thorpe se encontraban en el salón, y tras salir Anne en busca de Isabella, aprovechó esta ausencia Catherine para preguntar a María detalles sobre la excursión del día anterior. María no deseaba hablar de otra cosa, y la señorita Morland no tardó en saber que esta jamás había participado en excursión más interesante. El elogio del viaje del día anterior ocupó los primeros cinco minutos de aquella charla, siendo dedicados otros cinco en informar a Catherine de que los excursionistas se habían dirigido, en primer lugar, al hotel York, donde habían tomado un plato de apetitosa sopa y encargado la comida, para dirigirse después al balneario donde habían probado las aguas e invertido algunas monedas en pequeños recuerdos, tras lo cual fueron a la pastelería en busca de helados. Después siguieron camino hacia el hotel, donde comieron rápidamente para volver antes de que se hiciera de noche, lo cual no consiguieron, ya que se retrasaron y, además, les falló la luna. Había llovido bastante, por lo que el caballo que guiaba el señor Morland estaba tan fatigado que había resultado dificilísimo obligarlo a andar.

Catherine escuchó el relato con sincera alegría y satisfacción. Al parecer, no se había pensado siquiera en visitar el castillo de Blaize, único aliciente que para ella habría tenido la excursión.

María puso fin a sus palabras con una tierna efusión para con su hermana Anne, quien, según ella, se había molestado muchísimo al verse excluida de la partida.

—No me lo perdonará jamás —dijo—; de eso puedo estar segura; pero no hubo modo de evitarlo. John quiso que fuera yo y se negó en redondo a llevarla a ella, porque dice que tiene los tobillos demasiado gruesos. Ya sé que no recobrará su buen humor en lo que resta del mes, pero estoy decidida a no perder la serenidad.

En aquel momento entró Isabella en la habitación, y con tal expresión de alegría y paso tan decidido, que captó por completo la atención de su amiga. María fue invitada sin protocolo alguno a abandonar el salón, y no bien se hubo marchado, la señorita Thorpe, abrazando a Catherine, exclamó:

—Sí, mi querida Catherine, es cierto. No te engañó tu percepción. ¡Qué ojos tan picaros...! Todo lo ven...

Una mirada de profundo asombro fue la única réplica que pudo ofrecer Catherine.

—Mi querida, mi dulce amiga —continuó la otra—. Serénate, te lo ruego; yo estoy muy nerviosa, como podrás suponer, pero es preciso tener juicio. Sentémonos aquí y charlemos. ¿De modo que lo supusiste en cuanto recibiste mi carta? ¡Ah, pícara! Querida Catherine, tú, que eres la única persona que conoce a fondo mis sentimientos, puedes juzgar cuan feliz me siento. Tu hermano es el más encantador de los hombres, y yo solo deseo llegar a ser digna de él, pero ¿qué dirán tus padres? Cielos, cuando pienso en ello siento un temor que...

Catherine, que en un principio no acertaba a comprender de qué se trataba, cayó repentinamente en la cuenta, y, subiéndosele los colores a causa de la emoción, exclamó:

—Cielos, mi querida Isabella, ¿significa que te has enamorado de James? Tal suposición, sin embargo, no abarcaba todos los hechos. Poco a poco su amiga le fue dando a entender que durante el paseo del día anterior aquel afecto que se la acusaba de haber sorprendido en sus miradas y gestos había provocado la confesión de un recíproco amor. El corazón de la señorita Thorpe pertenecía totalmente a James. Catherine nunca había escuchado una revelación que la emocionase tanto. ¿Novios su hermano y su amiga? Dada su inexperiencia, aquel hecho se le antojaba de una importancia capital. Le resultó imposible expresar la intensidad de su emoción, pero la sinceridad de esta contentó a su amiga. Ambas se felicitaron recíprocamente por el nuevo y fraternal parentesco que habría de unirlas, acompañando los deseos de felicidad con cálidos abrazos y con lágrimas de alborozo.

El regocijo de Catherine, siendo muy grande, no era comparable al de Isabella, cuyas expresiones de ternura resultaban hasta cierto punto avasalladoras.

—Serás para mí más que mis propias hermanas, Catherine —dijo la feliz muchacha—. Presiento que voy a querer a la familia de mi querido Morland más que a la mía.

Catherine no se creía capaz de alcanzar tan alto grado de amistad.

—Tu parecido con tu querido hermano hizo que me sintiese atraída por ti desde el primer momento —prosiguió Isabella—. Pero así me ocurre siempre. El primer impulso, la primera impresión, son sin duda determinantes. El primer día que Morland fue a casa, las Navidades pasadas, le entregué mi corazón nada más verlo. Recuerdo que yo llevaba puesto un vestido amarillo y el cabello recogido en dos trenzas, y cuando entré en el salón y John me lo presentó, pensé que jamás había visto a un hombre más agraciado ni más de mi gusto.

Al oír aquello, Catherine no pudo por menos de reconocer la virtud y poder soberano del amor, pues aun cuando admiraba a su hermano y lo quería mucho, nunca lo había tenido por bien parecido.

—Recuerdo también que aquella noche tomó con nosotros el té la señorita Andrews, que lucía un vestido de tafetán, y estaba tan hermosa que no pude conciliar el sueño en toda la noche, tal era mi temor de que tu hermano se hubiese enamorado de ella. ¡Ay, Catherine querida! ¡Cuántas noches de insomnio y desvelo he sufrido a causa de tu hermano...! ¡Así me he quedado de delgada! Pero no quiero apenarte con la relación de mis sufrimientos ni de mis preocupaciones, de los que imagino que ya te habrás dado cuenta. Yo manifestaba sin querer mi preferencia a cada instante; declaraba por ejemplo que consideraba admirables a los hombres de carrera eclesiástica, y de ese modo creía darte ocasión de averiguar un secreto que, por otra parte, sabía que guardarías contra viento y marea.

Catherine reconoció para sí que, en efecto, le habría sido imposible divulgar aquel secreto, pero no se atrevió a discutir el asunto ni a contradecir a su amiga, más que nada porque le avergonzaba su propia inexperiencia. Pensó que al fin y al cabo era preferible pasar a los ojos de Isabella por mujer de extraordinaria perspicacia y bondad. Acto seguido, Catherine se enteró de que su hermano preparaba con toda urgencia un viaje a Fullerton con el objeto de informar de sus planes a sus padres y obtener el consentimiento de estos para la boda. Esto producía cierto nerviosismo en el ánimo de Isabella. Catherine trató de convencerla de lo que ella misma estaba firmemente persuadida; a saber: que sus padres no se opondrían a la voluntad y los deseos de su hijo.

—No es posible encontrar padres más condescendientes ni que deseen tanto la felicidad de sus hijos —dijo— yo no tengo la menor duda de que James logrará su consentimiento apenas lo demande.

—Eso mismo asegura él —observó Isabella—. Sin embargo, tengo miedo. Mi fortuna es tan exigua, que estoy segura de que no se avendrán a que se case conmigo un hombre que habría podido elegir a quien hubiese querido.

Catherine tuvo que reconocer de nuevo que la fuerza del amor era incontestable.

—Te aseguro, Isabella, que eres demasiado modesta y que la cantidad de tu fortuna no influirá para nada.

—Para ti, que eres tan generosa de corazón, claro que no —la interrumpió Isabella—. Pero no todo el mundo es tan desprendido. Por lo que a mí respecta, solo quisiera ser dueña de millones para elegir, como ahora hago, a tu hermano para esposo.

Esta interesante declaración, valorada tanto por su significado como por la novedad de la idea que la inspiraba, agradó mucho a Catherine, quien recordó al respecto la actitud de algunas heroínas de novelas. Pensó también que jamás había visto a su amiga tan hermosa como en el instante de pronunciar aquellas bellas palabras.

—Estoy segura de que no se negarán a dar su consentimiento —repitió la muchacha una y otra vez—, y convencida de que te encontrarán encantadora.

—Por lo que a mí concierne —repuso Isabella—, solo sé decirte que es suficiente la renta más insignificante del mundo. Cuando se quiere de verdad, la pobreza misma es bienestar. Rechazo todo lo que sea elegancia y pretencioso. Por nada del mundo quisiera vivir en Londres; prefiero, en cambio, una casita en un pueblo retirado... Las hay muy bellas cerca de Richmond...

—¿Richmond? —exclamó Catherine—. ¿No sería mejor que os instalarais cerca de nosotros, en algún lugar cercano a Fullerton?

—En verdad, nada me entristecería tanto como estar lejos de vosotros, sobre todo de ti. Pero esto es hablar a tontas y a locas; no deseo planear nada mientras no conozcamos la respuesta de tus padres. Morland dice que si escribe esta noche a Salisbury, mañana mismo podrá estar al corriente. Mañana... Sé que me faltará valor para abrir la carta. ¡Ah, tantas emociones acabarán por causarme la muerte!

A esta declaración siguió una pausa, y cuando Isabella volvió a hablar fue para tratar del traje de novia.

Puso fin a aquella disquisición la presencia del joven y ardiente enamorado, que deseaba despedirse antes de partir para Wiltshire. Catherine habría querido felicitar a su hermano, pero no supo expresar su satisfacción más que con la mirada, e incluso así fue esta tan elocuente que no tuvo dificultad alguna en comprender sus sentimientos, impaciente por asegurar la pronta realización de su felicidad, el señor Morland trató de acelerar la despedida, y lo habría conseguido antes si no lo hubiera retenido con sus recomendaciones la hermosa enamorada, cuyas ansias por verlo partir la obligaron a llamarlo dos veces con el objeto de aconsejarle que se apresurara.

—No, Morland, no; es necesario que te marches. Considera lo lejos que tienes que ir. No quiero que te demores. No pierdas más tiempo, por favor. Vamos, vete de una vez...

Las dos amigas, más unidas que nunca por aquellas circunstancias, pasaron reunidas el resto del día haciendo, como buenas hermanas, planes para el futuro. Participaron de la conversación la señora Thorpe y su hijo, quienes al parecer solo esperaban el consentimiento del señor Morland para considerar como el acontecimiento más feliz del mundo el noviazgo de su hija y hermano. Sus miradas significativas y sus frases misteriosas colmaron la curiosidad de las dos hermanas más pequeñas, excluidas, por el momento, de aquellos conciliábulos. Tan extraña reserva, cuya finalidad Catherine no atinaba a comprender, habría herido los bondadosos sentimientos de esta y la habría impulsado a dar una explicación de los hechos a Anne y a María, si estas no se hubieran apresurado a tranquilizar su conciencia tomando el misterio tan a broma y haciendo tal alarde de sagacidad, que al fin sospechó que debían de estar más al corriente de lo que parecía. La velada transcurrió en medio de la misma ingeniosa lucha, procurando los unos mantener su actitud de profundo misterio y aparentando las otras saber más de la cuenta.

A la mañana siguiente Catherine hubo de acudir nuevamente a casa de su amiga y ayudarla a distraerse durante las horas que aún faltaban para la llegada del correo. Sin duda se trataba de una ayuda bien necesaria, pues a medida que se acercaba el instante decisivo, Isabella se mostraba cada vez más nerviosa e incluso abatida, hasta tal punto de que para cuando llegó la ansiada carta se hallaba en un estado de verdadera postración y desconsuelo. Felizmente para todos, la lectura de la misiva disipó cualquier duda.

"No he tenido la menor dificultad —decía el amado en las tres primeras líneas— en obtener el consentimiento de mis bondadosos padres, quienes me han prometido que harán cuanto esté a su alcance para lograr mi felicidad".

Una expresión de suprema alegría inundó el rostro de Isabella, la preocupación que embargaba su ánimo desapareció, sus expresiones de júbilo casi superaron los límites de lo normal y, sin titubear, se declaró la mujer más afortunada del mundo.

La señora Thorpe, con los ojos arrasados en lágrimas, abrazó a su hija, a su hijo, a Catherine, y de buena gana habría seguido abrazando a todos los habitantes de Bath. Su maternal corazón estaba repleto de ternura y, ávida de manifestar su alegría, la mujer se dirigió sin cesar a su "querido John" y a su "querida María", proclamando la estima que su hija mayor le merecía el hecho de llamarla "su querida, querida Isabella". Tampoco quedó atrás de sus demostraciones de júbilo John, quien manifestó que su buen amigo el señor Morland era uno de los mejores hombres que podían encontrarse, entre otras frases de alabanza.

La carta portadora de aquella sublime felicidad era breve: se limitaba a anunciar el éxito conseguido y dejaba para una próxima ocasión el relato pormenorizado de los hechos. Pero fue suficiente para devolver la tranquilidad a la novia feliz, ya que la promesa de Morland era lo bastante formal para asegurar su dicha. Al honor del muchacho quedaba confiada la tramitación de cuanto a medios de vida se refería, pues al espíritu generoso y desinteresado de Isabella no le estaba permitido descender a cuestiones de interés, tales como si las rentas del nuevo matrimonio debían asegurarse mediante un traspaso de tierras o un capital acumulado. Era suficiente con saber que contaba con lo necesario para establecerse decentemente, en cuanto al resto, su imaginación bastaría para proveer de dicha y prosperidad. ¡Cómo la envidiarían todas sus amistades de Fullerton y sus antiguos conocidos de la calle Pulteney cuando la vieran, como ya se veía ella en sueños, con un coche a su disposición, un nuevo apellido en sus tarjetas y una espectacular colección de sortijas en los dedos!

Después de que la carta fuese leída, John, que solo esperaba la llegada de esta para marchar a Londres, se dispuso a hacerlo.

—Señorita Morland —dijo a Catherine al hallarla sola en el salón— vengo a despedirme de usted.

La muchacha le deseó un feliz viaje, pero él, aparentando no oírla, se dirigió hacia la ventana tarareando y completamente abstraído.

—Me parece que se retrasará usted —dijo Catherine. Thorpe no contestó, después, volviéndose de súbito, exclamó:

—Bonito proyecto este de la boda. ¿A usted qué le parece? ¿Verdad que es una idea que no está del todo mal?

—A mí me parece muy bien.

—¿De veras? Bueno, por lo menos es usted sincera y partidaria del matrimonio. Ya conoce lo que dice el refrán: "Una boda trae otra". ¿Asistirá usted a la de mi hermana?

—Sí; le he prometido a Isabella que estaría con ella ese día, si nada me lo obstaculiza, ciertamente.

—Entonces ya lo sabe usted... —Thorpe parecía inquieto y nervioso—. Si lo desea podemos demostrar la verdad de ese refrán.

—Me parece que no lo veo posible. Pero... le repito que le deseo un feliz viaje, y me marcho, porque estoy invitada a comer en casa de la señorita Tilney y es tarde.

—No tengo prisa. ¿Quién sabe cuándo volveremos a vernos? Por más que pienso estar de vuelta dentro de quince días, y... ¡qué largos me van a parecer!

—Entonces, ¿por qué se ausenta usted durante tanto tiempo? —preguntó Catherine, en vista de que él aguardaba que dijese algo.

—Mil gracias; se ha mostrado usted amable y bondadosa, y lo tendré en cuenta. Ciertamente, no hay mujer en el mundo tan bondadosa como usted. Su bondad no es solo... bondad sino todas las virtudes juntas... Jamás he conocido a nadie como usted, se lo aseguro.

—¡Qué cosas dice! Hay muchas como yo, y mejores todavía. Buenos días...

—Pero óigame antes, señorita Morland. ¿Me permite que vaya a Fullerton a ofrecerle mis respetos?

—¿Y por qué no? Mis padres estarán encantados de verlo.

—Y usted..., señorita, ¿lamentará verme?

—De ninguna manera. Son pocas las personas a quienes no me agrada ver. Además, la vida en el campo resulta más entretenida cuando se tienen visitas.

—Eso mismo pienso yo. Me basta con que me dejen estar allí donde me encuentre a gusto, en compañía de aquellos a quienes aprecio. ¡Y al infierno lo demás...! Celebro infinitamente que usted piense igual que yo, aun cuando ya me figuraba que sus gustos y los míos eran muy semejantes.

—Tal vez, pero yo no me había dado cuenta de ello. Sin embargo, debo advertirle que en ocasiones no sé qué me agrada o desagrada.

—A mí me sucede lo mismo —dijo él—, pero es porque no suelo preocuparme de cosas que no me importan. Lo único que quiero es casarme con una chica que me agrade y vivir con ella en una casa cómoda. El que tenga mayor o menor fortuna no me interesa. Yo dispongo de una renta segura y no me hace falta que mi mujer sea rica.

—Yo opino como usted. Con que uno de los dos cuente con medios de subsistencia, es suficiente. Casarse por dinero me parece un acto ruin y pecaminoso. Ahora, si me perdona, tengo que dejarlo. Nos alegrará mucho verlo a usted por Fullerton cuando tenga oportunidad de ir por allí.

Tras pronunciar aquellas palabras, Catherine se marchó. No había poder humano ni frase amable capaz de retenerla, pues la esperaba un interesante almuerzo y ardía en deseos de comunicar las noticias referidas a su hermano y a Isabella. Menos todavía podía distraerla de su cita en casa de los Tilney la conversación de un hombre como Thorpe, quien, sin embargo, quedó convencido de que su supuesta declaración de amor había sido todo un éxito.

La emoción que la nueva del noviazgo había producido en Catherine le hizo creer que el señor y la señora Allen, quedarían igualmente sorprendidos, y se llevó una gran desilusión al comprobar que estos buenos amigos se limitaban a decir que venían esperándolo desde la llegada de James a Bath, y que deseaban la mayor de las felicidades a la enamorada pareja. El señor Allen dedicó además un breve comentario a la belleza de la novia, y su mujer otro a su buena suerte, y eso fue todo. Desilusionada Catherine ante tamaña insensibilidad, la consoló un tanto la agitación que en el ánimo de la señora Allen produjo la noticia de la marcha de James para Fullerton, no por la causa que motivaba su viaje, sino porque le habría gustado ver al muchacho antes de su partida y rogarle que saludara al señor y la señora Morland de su parte e hiciera presente a los Skinner su recuerdo y simpatía.

Capítulo XVI

Catherine tenía tantas esperanzas depositadas en su visita a los Tilney, que tuvo una desilusión no solo lógica, sino inevitable. A pesar de que el general la recibió muy cortésmente, de que Eleanor se mostró sumamente atenta con ella, de que Henry estuvo en casa todo el tiempo que ella permaneció en esta y en el transcurso de aquellas horas no se presentó ningún extraño, la muchacha no pudo por menos de reconocer, al volver a la calle Pulteney, que no había disfrutado todo lo que había pensado. Su amistad con la señorita Tilney, lejos de acrecentarse, parecía haberse enfriado. En cuanto a la conversación de Henry, este se mostró menos cordial que otras veces. Hasta tal punto esto fue así, que a pesar de la amabilidad del general y sus frases galantes, la muchacha celebró marcharse de la casa. Lo ocurrido era, en verdad, muy extraño. Al general Tilney, hombre encantador por su trato y digno padre de Henry, no cabía atribuir la evidente tristeza de los hermanos y la falta de ánimo de Catherine. Quiso atribuir la muchacha lo primero a la casualidad, y lo segundo a su propia estupidez, pero conocedora Isabella de todos los detalles de aquella visita, interpretó lo ocurrido de forma muy distinta.

—Es orgullo —dijo—. Nada más que orgullo y soberbia. Ya me parecía a mí que esa familia se daba muchos aires, y ahora no me cabe la menor duda. Jamás he visto conducta más insolente que la de la señorita Tilney para contigo. ¿A quién se le ocurre dejar de hacer los honores debidos a un invitado? ¿Dónde se ha visto tratar a este con superioridad y no dirigirle casi la palabra?

—No, Isabella, no me has comprendido; la señorita Tilney no se ha comportado tan mal como supones, ni me ha tratado con aires de superioridad, ni ha cesado de atenderme.

—No trates de defenderla. ¿Y el hermano...? ¡Después de fingir tanto afecto hacia ti...! La verdad es que no acaba una de comprender a la gente. ¿Dices que casi no te miró?

—No he dicho eso, pero admito que no estaba tan animado como en otras ocasiones.

—¡Qué villanía! Para mí no existe nada más despreciable que la inconstancia. Te suplico, querida Catherine, que no vuelvas a pensar en un hombre tan indigno de tu estima.

—¿Indigno? Pero ¡si creo que ni tan solo piensa en mí!

—Eso es precisamente lo que estoy señalando, que no piensa en ti. ¡Qué volubilidad! ¡Cuán diferente de tu hermano y el mío! Porque creo con toda seguridad que John tiene un corazón muy constante.

—En cuanto al general Tilney, dudo que nadie pudiera comportarse con mayor delicadeza y finura. Al parecer, no deseaba más que distraerme y hacer que me sintiese cómoda.

—Del general no opino. Ni siquiera considero que sea orgulloso. Parece todo un caballero. John lo tiene en gran aprecio, y ya sabes que John...

—Bueno, ya veremos cómo se comportan esta noche en el baile.

—¿Quieres que vaya?

—¿No pensabas ir? Creí que estaba decidido que iríamos todos juntos.

—Claro que sí; si tú lo quieres, iré, pero no pretendas que me muestre satisfecha. Mi corazón se halla a más de sesenta y cuatro kilómetros de distancia. Tampoco exijas de mí que baile. Sé que Charles Hodges me perseguirá a muerte para que lo haga, pero ya sabré librarme. Apuesto cualquier cosa a que sospecha el motivo que me lo impide, y eso es precisamente lo que quiero evitar. Procuraré no darle ocasión al comentario.

La opinión que Isabella se había formado de los Tilney no influyó en el ánimo de Catherine, quien estaba persuadida de que Henry y su hermana habían estado, si no alegres, atentos para con ella, y que el orgullo no anidaba en su corazón. Aquella noche vio recompensada su confianza. Eleanor la saludó con igual amabilidad y Henry la colmó de atenciones, tal como hiciera otras veces. La señorita Tilney trató de colocarse a su lado y Henry la invitó a bailar.

Tras haber oído el día anterior, en la casa de la calle Milsom, que el general Tilney aguardaba de un momento a otro la llegada de su primogénito, capitán del ejército, Catherine supuso, y con razón, que un joven muy distinguido a quien no había visto antes, y que acompañaba a Eleanor, era la persona en cuestión. Lo contempló con ingenua admiración; hasta pensó que habría tal vez quien le considerase más apuesto que su hermano, si bien para su gusto no era así. El capitán parecía más orgulloso y menos simpático que Henry, además de ser sus modales muy inferiores a los de este, declarándose incluso ante la señorita Morland enemigo del baile, y hasta el punto de burlarse de quienes, como su hermano, lo encontraban un pasatiempo.

Tras estas declaraciones, es fácil suponer que el efecto que el capitán produjo en nuestra heroína no era de naturaleza peligrosa ni anuncio de futura belicosidad entre los hermanos. Como tampoco era creíble que en el futuro se convirtiera en instigador de los villanos a cuyo cargo debería estar el rapto en silla de posta de la incauta y tímida doncella, epílogo inevitable de toda novela digna de encomio. Catherine, ajena a cuanto el destino pudiera fraguar para ella, gozó en gran manera con la conversación de Henry, a quien encontraba cada vez más irresistible.

Al finalizar el primer baile el capitán se aproximó a ellos y, con gran disgusto de Catherine, se llevó a su hermano. Ambos se marcharon hablando en voz baja, y cuando en un principio la muchacha no se alarmó ni supuso que el capitán trataba de separarlos para siempre, comunicando a su hermano alguna perniciosa sospecha, no dejó de preocuparle profundamente aquella súbita desaparición de su pareja. Su intranquilidad duró cinco minutos, pero a ella le pareció que había pasado un cuarto de hora cuando los hermanos regresaron y Henry le preguntó si creía que la señorita Thorpe tendría inconveniente en bailar con el capitán. Catherine respondió sin titubear que Isabella no pensaba bailar con nadie. Al enterarse de tan cruel decisión, el capitán se alejó a toda prisa de allí.

—A su hermano no puede importarle —dijo ella— porque antes le oí decir que odiaba el baile. Lo que ha ocurrido, sin duda, es que ha visto a Isabella sentada y ha supuesto que era por falta de pareja; pero se ha equivocado, porque ella me aseguró que nada en el mundo la obligaría a bailar.

Henry sonrió y dijo:

—¡Qué fácil debe de ser para usted el comprender las causas que rigen los actos de los demás!

—¿Por qué?

—Porque usted jamás se pregunta qué habrá influido en una persona para que haga determinada cosa ni qué pudo inducirla a hacer tal otra. Sentimientos, edad, situación y costumbres aparte, usted se limita a preguntarse a sí misma qué haría en tales circunstancias, qué la induciría a obrar de tal o cual manera...

—No lo entiendo.

—¿No? Entonces hablamos idiomas muy distintos porque yo la entiendo a usted perfectamente.

—¿A quién? ¿A mí? Es posible. Aunque a veces tengo la impresión de no ser lo bastante clara.

—¡Bravo! Excelente manera de criticar el lenguaje moderno.

—Sin embargo, pienso que debería usted explicarse.

—¿Lo piensa usted de veras? ¿Lo desea de corazón? Por lo visto no se ha dado cuenta de las consecuencias que pudieran derivarse de tal explicación. Es casi seguro que usted se sentirá intimidada y los dos tendremos un serio disgusto.

—Le aseguro que no ocurrirá ni lo uno ni lo otro. Yo, por lo menos, no lo temo.

—Pues entonces le diré que su empeño en atribuir a buenos sentimientos de mi hermano su deseo de bailar con la señorita Thorpe me ha convencido de que nadie en el mundo tiene mejores sentimientos que usted.

Catherine se ruborizó y lo negó. Sin embargo, había en las palabras de Henry algo que compensaba el aturdimiento de la muchacha, y ese algo llegó a preocuparla de tal modo que no pudo hablar con él ni prestar atención a lo que decía, hasta que la voz de Isabella, sacándola de su meditación, la obligó a levantar la cabeza, para descubrir que su amiga se disponía tranquilamente a bailar con el antes desairado capitán.

La señorita Thorpe, que por el momento no sabía cómo explicar aquella conducta tan extraña como inesperada, se limitó a encogerse de hombros y esbozar una sonrisa, pero a Catherine no la convenció tal explicación, y así se lo hizo notar a su pareja.

—No entiendo cómo ha podido hacer esto —dijo—. Isabella estaba decidida a no bailar.

—¿Acaso jamás la ha visto cambiar de opinión?

—¡Ah! Pero... ¿y su hermano? ¿Cómo ha podido pensar en invitarla después de lo que le dijo usted de parte mía?

—¡Eso no me sorprende! Usted podrá ordenar que me asombre de la conducta de su amiga y yo estar dispuesto a complacerla, pero en lo que a mi hermano se refiere, debo reconocer que se ha comportado tal y como yo esperaba. Todos estamos persuadidos de la belleza de la señorita Thorpe; en cuanto a la firmeza de su carácter, sin embargo, solo usted puede contestar.

—Se burla usted de mí, pero le aseguro que Isabella suele ser muy empecinada.

—Es lo máximo que puede decirse de una persona, porque el que es empecinado siempre suele degenerar en terco. El cambiar de opinión a tiempo es prueba de sensatez, y sin que esto sea alabar a mi hermano, creo que la señorita Thorpe ha elegido la mejor ocasión posible para demostrar la flexibilidad de su criterio.

Hasta después de terminar el baile no encontraron las dos amigas ocasión de cambiar impresiones.

—No me extraña tu sorpresa —le dijo Isabella a Catherine tomándola del brazo—. Te aseguro que estoy rendida. ¡Qué hombre más pesado! Y el caso es que hasta resultaría divertido si una no tuviese otras cosas en qué pensar. Te aseguro que habría dado lo que no tengo por que no me agobiase.

—¿Por qué no se lo dijiste?

—Porque habría llamado la atención sobre mí, y ya sabes lo mucho que me disgusta. Me negué cortésmente cuanto pude, pero él insistió con tanta obstinación en que bailase. Le rogué que me excusara, que buscase otra pareja, pero no hubo manera. Hasta aseguró que después de haber pensado en mí le resultaba imposible bailar con cualquier otra, y no porque tuviese deseos de bailar, sino porque quería... estar conmigo. ¿Has oído majadería semejante? Yo le respondí que no podía haber elegido peor manera de convencerme, que nada me molesta más que las frases de cumplido, y al fin me convencí de que no tendría un instante de sosiego hasta que no accediera a su petición. Temí, además, que la señora Hughes, que nos había presentado, tomase a mal mi desaire, y que tu hermano, pobrecito mío, se preocupara al saber que había pasado la noche entera sentada en un rincón. ¡Cuánto me alegro que haya terminado el baile! Tanta memez agobia, y después, como es tan elegante, todo el mundo nos miraba.

—Sí; realmente es muy distinguido.

—¿Distinguido? Quizá lo crean algunas. Pero no es mi tipo. No me gustan los hombres tan rubicundos ni de ojos tan oscuros. Sin embargo, no se puede decir que sea feo. ¡Lástima que se lo crea! Varias veces he tenido que llamarle la atención en la forma que suelo hacerlo cuando de tales casos se trata.

En su siguiente encuentro las amigas tuvieron asuntos más interesantes de los que discutir. Había llegado la segunda carta de James Morland, en la que este explicaba detalladamente cuáles eran las intenciones de su padre para con el joven matrimonio. El señor Morland destinaba a su hijo un curato, del cual él era el beneficiario, que reportaba unas cuatrocientas libras al año, y del que James podía tomar posesión apenas contara con la edad necesaria y le aseguraba una herencia de igual valor para el día en que faltaran sus padres. En la carta, James se mostraba altamente agradecido, y advertía que, si bien retrasar la boda dos o tres años resultaba algo enojoso, tener que hacerlo no le sorprendía ni mortificaba.

Catherine, cuyos conocimientos acerca de las rentas de que disfrutaba su padre eran bastante mediocres, y que en todo solía dejarse guiar por la opinión de su hermano, también se mostró satisfecha de la solución dada al asunto y felicitó de todo corazón a Isabella.

—Sí, está muy bien, muy bien —dijo Isabella con expresión grave.

—El señor Morland ha sido muy generoso —dijo la señora Thorpe mirando con ansiedad a su hija—. Ojalá yo estuviera en condiciones de hacer otro tanto. No se puede, exigir más, y seguramente que con el tiempo os ayudará más todavía, pues parece una persona muy bondadosa. Cuatrocientas libras tal vez sea poco para empezar, pero tus necesidades, mi querida Isabella, son mínimas; tú misma no te das cuenta de lo modesta que eres.

—Y no deseo tener más por lo que a mí se refiere, pero encuentro insoportable la mera idea de perjudicar a mi querido Morland obligándolo a limitarse a una renta que casi no cubrirá nuestros gastos elementales. Por mí ya lo he dicho, no me preocupa; sabes muy bien que no acostumbro a pensar en mí misma.

—Lo sé, hija de mi alma, lo sé, y el afecto que todos te profesan es el premio que merece tu abnegación. Jamás ha habido niña más estimada y querida que tú, y no dudo que una vez que el señor Morland te conozca... no preocupemos a nuestra querida Catherine hablando de estas cosas. El señor Morland se ha mostrado extraordinariamente generoso. Todos me habían asegurado que era una persona excelente, y no tenemos, hija mía, razón para pensar que se negaría a daros mayor renta si contara con una fortuna mayor. Estoy convencida de que se trata de un hombre bueno y generoso.

—Sabes que mi opinión acerca del señor Morland es extraordinaria, pero todos tenemos nuestras debilidades, y a todos agrada hacer de lo suyo lo que les place.

Catherine no pudo por menos de lamentar aquellas insinuaciones.

—Estoy convencida —dijo— de que mi padre cumplirá con su palabra de hacer cuanto pueda en esta situación.

—Eso no lo duda nadie, querida Catherine replicó Isabella, que había caído en la cuenta del disgusto de su amiga. Además, me conoces bastante para saber que yo me contentaría con una renta inferior a la que se me ofrece. No me apura la falta de dinero, lo sabes. Odio la riqueza, y si a cambio de no gastar arriba de cincuenta libras al año nos permitiera celebrar nuestra boda ahora mismo, me consideraría totalmente feliz. ¡Ah, mi amiga querida!, tú, y únicamente tú, eres capaz de comprenderme... Lo único terrible para mí, lo único que me desconsuela, es pensar que han de transcurrir dos años y medio para que tu hermano pueda entrar en posesión de ese curato.

—Sí, hija mía —intervino la señora Thorpe—, te comprendemos perfectamente. No sabes disimular, y es natural que lamentes esa circunstancia. Tu noble justa contrariedad hará que aumente la estima que te profesan cuantos se honran con su amistad.

Las causas que provocaron el disgusto de Catherine fueron esfumándose poco a poco. La muchacha trató de convencerse de que el retraso de su boda era el único motivo del mal humor y la tristeza de Isabella, y cuando en un siguiente encuentro volvió a hallarla tan contenta y amable como siempre, procuró olvidar sus anteriores sospechas. Pocos días después James volvió a Bath, donde fue recibido con halagadoras muestras de interés y cariño.

Capítulo XVII

Los Allen llevaban seis semanas en Bath, y, con gran pesar por parte de Catherine, empezaban a preguntarse si no convendría dar por terminada su estancia en el balneario. La muchacha no lograba imaginar mayor catástrofe que una interrupción de su amistad con los Tilney. Así, mientras el asunto de la marcha quedaba pendiente, creyó en grave peligro su felicidad, que sin embargo quedó a salvo cuando los Allen decidieron prorrogar la temporada quince días más. Y no es que a Catherine le preocupase lo que pudiera resolverse en ese tiempo; le bastaba con saber que todavía podría disfrutar de vez en cuando de la presencia y la conversación de Henry Tilney. De vez en cuando, y desde que las relaciones de James le habían revelado la finalidad que puede tener un amor, había llegado al extremo de deleitarse con la idea de cierta secreta esperanza, pero, en definitiva, se contentaba con ver al muchacho unos días más, por pocos que fuesen. Asegurada su felicidad durante dicho tiempo, no le interesaba lo que más tarde pudiese acontecer. La mañana del día en que el señor y la señora Allen decidieron posponer la marcha hizo una visita a la señorita Tilney para comunicarle la grata nueva, pero estaba escrito que en esta ocasión su paciencia sería puesta a prueba. Apenas hubo acabado de manifestar la satisfacción que le producía aquella decisión del señor Allen, se enteró, con enorme sorpresa, de que la familia Tilney pensaba marcharse al finalizar la semana. ¡Qué disgusto se llevó! La incertidumbre que antes había sufrido no era nada comparada con el presente desencanto. El rostro de Catherine palideció, y con voz de sincera preocupación repitió las palabras de la señorita Tilney:

—¿Al terminar esta semana?

—Sí. Rara vez hemos conseguido que mi padre consintiera en tomar las aguas lo que a mi juicio es el tiempo necesario. Por si esto no fuera suficiente, resulta que un amigo a quien esperaba encontrar aquí ha suspendido su viaje, y como se encuentra bastante bien de salud, está impaciente por regresar a casa.

—¡Cuánto lo siento! —exclamó Catherine, entristecida—. De haberlo sabido antes...

—Yo deseaba —prosiguió, un tanto nerviosa, la señorita Tilney— rogarle que fuera tan amable y me proporcionara el inmenso placer de...

La entrada del general puso fin a una solicitud que Catherine creía estaba relacionada con un natural deseo de comunicarse con ella por carta. Después de saludarla con su amabilidad de siempre, el señor Tilney se volvió hacia su hija y dijo:

—¿Puedo felicitarte, mi querida Eleanor, por haber convencido a tu guapa amiga?

—Estaba a punto de pedírselo cuando tú entraste.

—Prosigue entonces con tu solicitud. —Se volvió hacia Catherine y añadió—: Mi hija, la señorita Morland, ha estado alimentando una ilusión demasiado pretenciosa quizá. Es posible que le haya dicho a usted que nos marchamos de Bath el próximo sábado por la noche. Mi administrador me ha informado por carta que mi presencia en casa es necesaria, y como mis amigos, el marqués de Longtown y el general Courtenay, no pueden encontrarse conmigo aquí como habíamos proyectado, he decidido marcharme del balneario. Puedo asegurarle que, si usted se decidiera a complacernos, saldríamos de Bath sin experimentar el menor pesar, y es por ello que le ruego que nos acompañe a Gloucestershire. Casi me avergüenza proponérselo, y estoy convencido de que si alguien me oyese interpretaría mis palabras como una presunción de la que únicamente su amabilidad conseguiría absolverme. Su modestia es tan grande... Pero ¿qué digo?, no quiero ofenderla con mis elogios. Si aceptase usted honrarnos con su visita nos consideraremos muy afortunados. Verdad es que no podemos ofrecerle nada comparable con las diversiones de este balneario, ni tentarla con ofrecimientos de un vivir espléndido; nuestras costumbres, como habrá apreciado, son extremadamente sobrias; sin embargo, haríamos cuanto estuviese en nuestra mano para que su estancia en la abadía de Northanger le resultara lo más agradable posible.

¡La abadía de Northanger! Tan emocionantes palabras llenaron de alegría a Catherine. Su emoción era tal que a duras penas logró expresar su agradecimiento. ¡Recibir una invitación tan agradable! ¡Verse solicitada con tanta insistencia! La propuesta del general significaba el sosiego, la satisfacción, la alegría del presente y la esperanza del porvenir. Con entusiasmo desbordante y advirtiendo, por supuesto, que antes de dar una respuesta definitiva debería pedir permiso a sus padres, Catherine aceptó encantada participar en aquel maravilloso plan.

—Escribiré enseguida a casa —dijo—, y si mis padres no se oponen, como imagino que no...

El general se mostró tan esperanzado como ella, sobre todo después de haber visto al señor y la señora Allen, de cuya casa regresaba en aquel instante, y de haber obtenido su consentimiento.

—Ya que estos amables señores consienten en separarse de usted —observó—, creo que tenemos derecho a esperar que el resto del mundo se muestre también resignado.

La señorita Tilney secundó con gran dulzura la invitación de su padre, y solo quedaba, pues, aguardar a que llegase la autorización procedente de Fullerton.

Los acontecimientos de aquella mañana habían hecho pasar a Catherine por todas las gradaciones de la incertidumbre, la certeza y la desilusión; pero desde aquel instante reinó en su alma la alegría, y con el corazón desbocado ante el mero recuerdo de Henry se dirigió a toda prisa hacia su casa para escribir a sus padres solicitando de ellos el necesario permiso. No tenía motivos para temer una respuesta negativa. El señor y la señora Morland no podían dudar de la excelencia de una amistad formada bajo los auspicios del señor y la señora Allen, y a vuelta de correo recibió, en efecto, autorización para aceptar la invitación de la familia Tilney y pasar con ellos una temporada en el condado de Gloucestershire. Aun cuando esperaba una contestación satisfactoria, la aceptación de sus padres la colmó de gozo y la convenció de que no había en el mundo persona más afortunada que ella. En efecto, todo parecía cooperar a su felicidad. A la bondad del señor y la señora Allen debía, en primer lugar, su dicha, y por lo demás estaba claro que todos sus sentimientos suscitaban una correspondencia tan favorable como satisfactoria.

El afecto que Isabella sentía hacia ella se fortalecería todavía más con el proyectado enlace. Los Tilney, a quienes tanto empeño tenía en agradar, le manifestaban una simpatía que colmaba todas sus esperanzas. Al cabo de pocos días sería huésped de honor en casa de dichos amigos, conviviendo por espacio de algunas semanas con la persona cuya presencia más feliz la hacía, y bajo el techo, nada menos, de una vieja abadía. No había en el mundo cosa que, después de Henry Tilney, le inspirara mayor interés que los edificios vetustos; de hecho, las dos pasiones se fundían ahora en una sola, ya que sus sueños de amor iban unidos a palacios, castillos y abadías. Durante semanas había experimentado ardientes deseos de ver y explorar murallas y torreones, pero jamás se habría atrevido a pensar que la suerte la llevaría a permanecer en tales lugares en apenas unas horas. ¿Quién hubiese creído que, habiendo en Northanger tantas casas, parques, hoteles y fincas y una sola abadía, le cupiese la suerte de habitar esta última?

Solo le restaba esperar que conservaría en ella la influencia de alguna leyenda tradicional o el recuerdo de alguna monja víctima de un destino trágico y fatal.

Le parecía inconcebible que sus amigos concedieran tan poca importancia a la posesión de aquel maravilloso hogar; sin duda, esto se debía a la fuerza de la costumbre, pues era evidente que el honor heredado no producía en ellos un orgullo diferente.

Catherine hacía a la señorita Tilney numerosas preguntas acerca del edificio que pronto conocería, pero sus pensamientos se agolpaban tan rápido que, satisfecha su curiosidad, seguía sin enterarse de que en tiempos de la Reforma la abadía de Northanger había sido un convento que, al ser disuelta la comunidad, había caído en manos de un antepasado de los Tilney; que una parte de la antigua construcción servía de vivienda a sus actuales dueños y otra se encontraba en estado ruinoso, y, por último, que el edificio estaba enclavado en un valle y rodeado de bosques de robles que le protegían de los vientos del norte y del este.

Catherine se sentía tan feliz que apenas reparó de que llevaba varios días sin ver a su amiga Isabella más que unos pocos minutos cada vez. Pensaba en ello una mañana mientras paseaba con la señora Allen por el balneario sin saber de qué hablar, y apenas hubo formulado mentalmente el deseo de encontrarse con su amiga, esta apareció y le propuso sentarse en un banco próximo para charlar.

—Este es mi banco favorito —le explicó Isabella, situándose de manera tal que dominaba la entrada del establecimiento—. ¡Está tan apartado!

Catherine, al observar la reiteración con que su amiga dirigía miradas a dichas puertas, y recordando que en más de una ocasión Isabella había elogiado su perspicacia, quiso aprovechar la ocasión que se le presentaba para dar muestras de esta y, con aire alegre y picaresco manifestó:

—No te preocupes, Isabella. James no tardará en llegar.

—Vamos, querida Catherine —replicó su amiga—, ¿crees que soy tan necia como para insistir en tenerlo a mi lado a todas horas? Sería absurdo que no pudiésemos separarnos ni por un momento, y pretenderlo, el mayor de los ridículos. Pero cambiemos de tema; sé que vas a pasar una temporada en la abadía de Northanger. ¡No sabes cuánto me alegro por ti! Tengo entendido que es una de las residencias más hermosas de Inglaterra, y confío en que me la describirás minuciosamente.

—Trataré de complacerte, desde luego. Pero ¿qué miras? ¿A quién esperas? ¿Van a venir tus hermanas?

—No espero a nadie; pero en algo he de fijar los ojos, y tú conoces de sobra la costumbre que tengo de contemplar precisamente lo que menos me interesa cuando mis pensamientos se hallan lejos de aquello que me rodea. No debe de existir en el mundo persona más distraída que yo. Según Tilney, a las personas inteligentes siempre nos sucede lo mismo.

—Pero yo creí que tenías algo muy especial que contarme.

—¡Lo olvidaba! Ahí tienes la prueba de lo que acabo de decirte. Vaya cabeza la mía... Acabo de recibir una carta de John; ya puedes imaginarte lo que me dice en ella.

—No, no me lo imagino.

—Querida Catherine, no te hagas la inocente. ¿De qué quieres que me hable sino de ti? ¿Acaso ignoras que te ama con locura?

—¿A mí?

—Debes ser menos modesta y más sincera, Catherine... Por mi parte, no estoy dispuesta a andar con circunloquios. El niño más inocente se habría dado cuenta de las pretensiones de mi hermano, y media hora antes de marcharse de Bath tú lo animaste, según me aseguraba que siguiera cortejándote. Dice que te declaró su amor a medias y que lo escuchaste con suma complacencia; me ruega que interceda ante ti en su favor, diciéndote, en su nombre, toda clase de gentilezas. Como ves, es inútil que finjas tanta candidez.

Catherine procuró negar, con la mayor seriedad, cuanto acababa de decir su amiga; declaró que no tenía ni idea de que John estuviera enamorado de ella y negó que aceptase tal situación, siquiera de manera explícita.

—En cuanto a las atenciones que, según tú, me dedicó tu hermano, repito que no me apercibí de ellas, pues si mal no recuerdo se limitaron a una invitación a bailar el día de su llegada, y creo que debes de haberte equivocado en eso de que John me declaró su amor. Si lo hubiera hecho, ¿cómo es posible que no me hubiese enterado? No hubo entre nosotros conversación alguna que pudiese interpretarse en ese sentido. Y en cuanto a la media hora antes de marcharse... ¿ves cómo se trata de un error? Ni siquiera lo vi el día que abandonó Bath.

—Me parece, Catherine, que quien se equivoca eres tú. ¿No recuerdas que pasaste la mañana en casa? Precisamente fue el día que recibimos el consentimiento de tu padre, y, si mal no recuerdo, antes de marcharte permaneciste sola con John en el salón.

—¿Es posible? En fin, si tú lo dices... Pero te aseguro que no lo recuerdo. Tengo, sí, cierta idea de haber estado en tu casa y de haberlo visto, pero de haberme quedado sola con él... De todas maneras, no merece la pena que discutamos por ello, ya que mi actitud te habrá convencido de que ni pretendo, ni espero, ni se me ha ocurrido nunca inspirar en John tales sentimientos. Lamento el que esté convencido de lo contrario, pero la culpa no es mía. Te ruego se lo digas así cuanto antes y le pidas perdón en mi nombre. No sé cómo expresar... Lo que deseo es que le expliques cómo han sido en realidad las cosas, y que lo hagas de la forma más adecuada. No quisiera hablar irrespetuosamente de un hermano tuyo, Isabella, pero sabes perfectamente a quien yo elegiría.

Isabella permaneció en silencio.

—Te ruego, querida amiga —prosiguió Catherine—, que no te incomodes conmigo. No creo que tu hermano me ame muy profundamente, y ya sabes que entre tú y yo existe ya un cariño de hermanas.

—Sí, sí —dijo Isabella acalorada—. Pero hay más de un camino para llegar a serlo. Perdona, no sé ni lo que digo. Lo importante aquí, querida Catherine, es tu decisión de rechazar al pobre John, ¿no es verdad?

—Lo que no puedo es corresponder a su cariño ni, por lo tanto, animarlo a que continúe cortejándome.

—En ese caso no deseo incordiarte más. John me suplicó que te hablase de ello y por eso lo he hecho; pero confieso que en cuanto leí la carta comprendí que se trataba de un asunto absurdo, inoportuno e improcedente, porque, ¿de qué ibais a vivir si hubierais decidido contraer matrimonio? Claro que los dos tenéis alguna cosita, pero hoy en día no se mantiene una familia con poco dinero, y, digan lo que digan los novelistas, nadie se las compone sin lo mínimamente necesario. Me sorprende que John haya pensado en ello; sin duda no ha recibido mi última carta.

—Así que me absuelves de toda intención de perjudicarlo, ¿verdad? ¿Estás convencida de que yo no he pretendido engañar a tu hermano ni he sospechado hasta este instante sus sentimientos?

—En cuanto a eso —dijo Isabella entre risas—, no pretendo analizar tus pensamientos ni tus intenciones. Al fin y a la postre, tú eres la única que puede saberlo. Cierto que, a veces, de un coqueteo inocente se derivan consecuencias que más tarde no nos conviene seguir, pero imaginarás que no es mi intención juzgarte con dureza. Esas cosas nacen de la juventud, y hay que pasarlas por alto. Lo que se quiere un día se rechaza al siguiente; cambian las circunstancias, y con ellas la opinión.

—Pero ¡si yo no he variado de opinión respecto a tu hermano! ¡Si siempre he pensado igual! Te refieres a cambios que no han tenido lugar.

—Mi querida Catherine —continuó Isabella, sin escuchar siquiera a su amiga—, no pretendo obligarte a que establezcas una relación afectiva sin antes estar segura de lo que haces. No estaría justificado el que yo tratara de que sacrificases tu felicidad por complacer a mi hermano, eso sin mencionar que John quizá sería más feliz con otra mujer. Los jóvenes casi nunca saben lo que quieren, y en especial, son muy dados a cambiar de parecer y de gusto. Al fin y al cabo, ¿por qué ha de preocuparme más la felicidad de un hermano que la de una amiga? Tú, que me conoces, sabes que llevo mi concepto de la amistad más lejos que la generalidad de la gente; pero en todo caso, querida Catherine, sé juiciosa y no precipites los acontecimientos. Si así haces, créeme, llegará el día en que te arrepentirás. Tilney dice que en cuestiones de amor la gente suele engañarse fácilmente, y creo que tiene razón. Mira, ahí llega el capitán precisamente. Pero no te preocupes, lo más seguro es que pase sin vernos.

Catherine levantó la vista y a poca distancia vio, en efecto, al hermano de Henry. Isabella fijó la mirada en él con tan tenaz insistencia que continuó por llamar su atención. El capitán se acercó a ella y de inmediato se sentó a su lado. Las primeras palabras que dirigió a Isabella sorprendieron a Catherine, quien, aun cuando él hablaba en voz baja, logró escuchar lo siguiente:

—Como siempre vigilada, ¿eh? Cuando no es por delegación, lo es personalmente...

—¡Qué tontería! —replicó Isabella, también a media voz—. ¿Por qué insinúa tales cosas? Si yo tuviera confianza en usted..., con lo independiente que soy de espíritu..

—Me conformaría con que lo fuese de corazón.

—¿De corazón? ¿Acaso a ustedes los hombres les importan esas menudencias? Ni tan solo creo que tengan...

—Puede que no tengamos corazón, pero tenemos ojos, y estos nos bastan para hacernos sufrir.

—¿De veras? Lo lamento, y lamento también que yo resulte tan poco grata para los suyos. Si le parece, miraré hacia otro lado. —Se volvió y añadió—: ¿Está usted satisfecho? Supongo que de este modo sus ojos ya no se atormentarán.

—Jamás tanto como ahora, que disfrutan de la visión de ese perfil encantador. Sufren por exceso y escasez a un tiempo.

Aquella conversación anonadó a Catherine, quien, consternada ante la tranquilidad de Isabella y celosa de la dignidad de su hermano, se levantó y, con la excusa de que deseaba buscar al señor Allen, propuso a su amiga que la acompañase. Isabella no se mostró dispuesta a seguir sus pasos. Estaba cansada y, según decía, le molestaba exhibirse paseando por la sala. Además, si se marchaba de allí corría el riesgo de no ver a sus hermanas. De modo, pues, que lo mejor era que su adorada Catherine disculpase tal pereza y volviera a ocupar su asiento. Catherine, sin embargo, sabía mantenerse firme cuando el caso lo requería, y al acercarse en ese momento a ellas la señora Allen para proponer a la muchacha que regresaran a la casa, se apresuró a salir del salón, dejando solos al capitán y a Isabella. Se sentía profundamente preocupada. Estaba claro que el capitán se iba enamorando de Isabella y que esta lo animaba por todos los medios a su alcance. Al mismo tiempo, dudaba de que la joven, cuyo cariño por James estaba por demás demostrado, actuara de aquel modo con la intención de hacer daño, ya que había dado pruebas más que suficientes de su sinceridad y de la pureza de sus intenciones. Sin embargo, Isabella había hablado y se había comportado de una forma muy distinta de la acostumbrada en ella. Catherine habría preferido que su futura cuñada se mostrara menos interesada, que no se hubiese alegrado tan a las claras de ver llegar al capitán. Era extraño que no advirtiese la intensa admiración que inspiraba en este.

Catherine sintió deseos de hacérselo entender, para que así evitase el disgusto que aquella conducta, un tanto frívola, pudiera acarrear a sus dos admiradores. El cariño de John Thorpe hacia ella no podía, en modo alguno, compensar la pena que le causaba la informalidad de Isabella. Ella, por supuesto, se hallaba tan lejos de creer en aquel nuevo afecto como de alimentarlo. Por lo demás, las aseveraciones del joven respecto a su propia declaración de amor y a la supuesta complacencia de Catherine convencieron nuevamente a esta de que el error de aquel era por demás flagrante. Tampoco halagaba su vanidad la afirmación de Isabella sobre el particular, y le sorprendía más que nada el que James hubiera creído que merecía la pena figurarse que estaba prendado de ella. En cuanto a las atenciones de que, según Isabella, había sido objeto por parte de John, Catherine no recordaba una siquiera. Finalmente, decidió que las palabras de su amiga debían ser fruto de un momento de precipitación, y que por el momento más valía no preocuparse del asunto.

Capítulo XIX

Pasaron algunos días, y Catherine, si bien no deseaba sospechar de su amiga, la vigiló tan atentamente que al fin se convenció de que Isabella había cambiado totalmente. Al observarla en su casa o en la del señor y la señora Allen, rodeada de sus amigos más íntimos, tal cambio pasaba prácticamente inadvertido, limitándose a cierta lánguida indiferencia o a distracciones que, en honor a la verdad, no hacían sino aumentar su atractivo y despertar un interés todavía más profundo en ella. Sin embargo, cuando se presentaba en público y compartía casi por igual sus atenciones y sonrisas entre James y el capitán, el cambio que en ella se operaba resultaba más claro. Catherine no acertaba a comprender la conducta de su amiga ni qué fin perseguía con ella. Tal vez Isabella no se diera cuenta del sufrimiento que su actitud provocaba en uno de aquellos dos hombres; pero Catherine, que lo advertía claramente, no podía por menos de condenar tal falta de reflexión y decoro. James se mostraba profundamente preocupado, y si ello no causaba el menor pesar a la mujer de quien estaba enamorado, a su hermana, en cambio, le producía temor y una angustia intensa. Tampoco dejaba de lamentar Catherine la anómala situación del capitán, pues si bien este, por su manera de ser, no le resultaba simpático, bastaba el apellido que llevaba para asegurarle su respeto, y sufría por anticipado pensando en la desilusión que comportaría al pobre muchacho. A pesar de la conversación que Catherine había oído en el balneario, la actitud del capitán resultaba tan incompatible con un pleno conocimiento del asunto, que parecía natural que ignorase que Isabella y James estaban prometidos. Estaba claro que aquel consideraba a Morland, sencillamente, como un rival cuya fuerza, si algo más sospechaba, aumentaba su propio miedo. Catherine habría deseado hacer a su amiga una advertencia amistosa y recordarle los deberes propios de su situación, pero ni la ocasión le fue favorable, ni la señorita Thorpe pareció comprender las alusiones e indirectas que sobre el particular le lanzara su amiga. En tal estado de ánimo, a la muchacha le servía de consuelo el recuerdo de la inminente marcha de la familia Tilney hacia Gloucestershire. La ausencia del capitán Tilney restauraría la paz en todos los corazones, menos en el suyo. Pero por lo visto el capitán no tenía la menor intención de dejar el campo libre a su rival, ni pensaba recluirse en Northanger ni abandonar Bath. Cuando Catherine supo esto decidió hablar con Henry Tilney del asunto que tanto le desazonaba. Así lo hizo, en efecto, exponiéndole al mismo tiempo el pesar que le causaba la preferencia del capitán por la señorita Thorpe y su deseo de que Henry hiciera saber a su hermano que Isabella se había comprometido a contraer matrimonio con James.

—Mi hermano lo sabe —contestó lacónicamente Henry.

—¿Que lo sabe? ¿E incluso así insiste en su propósito?

Henry no respondió y trató de cambiar de tema, pero Catherine no se acobardó.

—¿Por qué no lo convence usted de que se marche? Mientras más tiempo se quede, peor será. Le ruego que le diga a su hermano que se vaya, por su bien y por el de todos. La ausencia le devolverá la tranquilidad; en cambio, si permanece aquí será cada vez más desgraciado.

Henry se limitó a sonreír y a decir:

—No creo que mi hermano pretenda tal cosa.

—Entonces le dirá usted que se marche, ¿no es cierto?

—No está en mi poder el convencerlo, y perdóneme si le digo que ni tan solo puedo intentarlo. Ya le he dicho que la señorita Thorpe está prometida, pero él insiste, y creo que tiene derecho a hacerlo.

—No es posible —exclamó Catherine—. No es posible que mantenga su conducta sabiendo el sufrimiento que causa a mi hermano. James no me ha dicho nada, pero estoy segura de que padece mucho.

—¿Y está usted completamente segura de que mi hermano es culpable de ello?

—Totalmente.

—Veamos. ¿Qué es lo que causa ese padecimiento, las atenciones de mi hermano para con la señorita Thorpe o el agrado con que ella las acepta?

—¿Acaso no es lo mismo?

—No. Y creo que el señor Morland opinaría que existe una gran diferencia. A ningún hombre le molesta que la mujer amada despierte admiración en otros hombres; pero la mujer sí puede convertir esa admiración en una tortura.

Catherine se sonrojó por su amiga y dijo:

—La conducta de Isabella no es correcta, pero no creo que su intención sea la de hacer padecer a mi hermano, de quien está profundamente enamorada desde que se conocieron. Puso tal obstinación en relacionarse con él que apunto estuvo de contraer unas fiebres mientras aguardaba a que sus padres dieran su consentimiento. Usted lo sabe.

—Comprendo, comprendo; está enamorada de James, pero quiere coquetear con Frederick.

—No, coquetear, no... La mujer que está enamorada de un hombre no puede coquetear con otro.

—Lo que sucederá es que ni podrá querer ni coquetear con tanto desparpajo como si se dedicara a ambas cosas por separado. Empiece usted por admitir que será necesario que sus dos enamorados cedan algo.

Después de una breve pausa, Catherine dijo:

—Entonces su opinión es que Isabella no está muy enamorada de mi hermano.

—No puedo emitir ningún juicio con respecto a esa señorita.

—Pero ¿qué pretende su hermano el capitán? Si sabe que ella ya está comprometida, ¿qué quiere lograr?

—Es usted un poco preguntona.

—Pues solo pregunto aquello que necesito saber.

—Lo que hace falta es que yo pueda responder a sus preguntas.

—Creo que puede, porque, ¿quién más que usted conoce a fondo el corazón de su hermano?

—Le aseguro que en esta ocasión solo me es posible adivinar algo de lo que pretende eso que llama usted corazón.

—¿Y es?

—Es... Pero ya que de adivinar se trata, adivinémoslo todo. Es triste dejarse guiar por meras hipótesis. El asunto es el siguiente: mi hermano es un chico muy animoso y quizás un poco atolondrado. Conoce a la señorita Thorpe desde hace una semana y desde ese tiempo sabe que está en relaciones.

—Bien —dijo Catherine después de reflexionar por un instante—. En ese caso, tal vez logre usted deducir de todo ello cuáles son las intenciones de su hermano; yo confieso que sigo sin comprenderlas. Por otra parte, ¿qué piensa su padre de todo este asunto? ¿No muestra deseos de que el capitán se marche? Si su padre se lo ordenase, tendría que hacerlo.

—Querida señorita Morland, ¿no le parece que la preocupación que siente por su hermano la lleva demasiado lejos? ¿No estará usted en un error? ¿Cree usted que el propio James agradecería, tanto para sí como para la señorita Thorpe, el empeño que pone usted en demostrar que el afecto de su prometida o, por lo menos, su buena conducta, depende de la ausencia del capitán Tilney? ¿Acaso no lo ama Isabella más que cuando no tiene quien la distraiga? ¿Acaso no sabe serle fiel si su corazón se ve requerido de amor por otro hombre? Ni el señor Morland puede pensar tal cosa ni querría que usted lo pensara. Yo no puedo decirle que no se preocupe, porque ya lo está, pero sí le aconsejo que piense en esto lo menos posible. Usted no puede dudar del amor que se profesan su hermano y su amiga, de manera que no tiene derecho a creer que existen entre ellos desacuerdos ni celos fundados. Usted jamás comprendería el modo en que ellos se entienden. Saben hasta dónde pueden llegar y seguramente no se molestarán el uno al otro más de lo que ambos consideren lícito. —Al observar que ella seguía pensativa, Henry añadió—: Aun cuando Frederick no se marche de Bath el mismo día que nosotros, por fuerza su estancia no podrá prolongarse demasiado; quizás unos días solamente, pues su licencia a punto está de expirar y no le quedará más remedio que regresar a su regimiento. Y en ese caso, ¿qué cree usted que quedará de su amistad con Isabella? Durante quince días en el cuartel se beberá a la salud de Isabella Thorpe, y esta y James se reirán a costa del pobre Tilney durante un mes.

Catherine no pudo resistirse por más tiempo a las tentativas de consuelo que le ofrecía Henry, cuyas últimas palabras fueron un bálsamo para su preocupación. Al fin y al cabo, ella tenía menos experiencia que él, de modo que, tras acusarse de haber exagerado la cuestión, se hizo el firme propósito de no volver a tomar tan seriamente aquel asunto.

Esta resolución se vio refrendada por la actitud de Isabella cuando ambas amigas se encontraron para despedirse. La familia Thorpe se reunió en la calle Pulteney la víspera de la marcha de Catherine, y los novios se mostraron tan satisfechos que esta no pudo por menos de serenarse. James hizo gala de un excelente humor e Isabella se mostró encantadoramente amable y sosegada. Al parecer, no sentía más deseo que el de convencer de su afecto y ternura a su querida amiga, cosa perfectamente comprensible, y si bien encontró ocasión de contradecir rotundamente a su prometido, negándose después a darle la mano, Catherine, que no había olvidado los consejos de Henry, lo atribuyó a que su afecto era tan intenso como discreto.

Por lo demás, fácilmente se podrá imaginar cuáles serían las promesas, los abrazos y las lágrimas que entre ambas amigas se cruzaron al llegar el instante de la despedida.

Capítulo XX

El señor y la señora Allen lamentaron el verse privados de la compañía de Catherine, cuyo excelente humor y su alegría hacían de ella una compañera insustituible, y cuya promoción no había hecho sino acrecentar el goce del matrimonio. Pero conocedores de la felicidad que proporcionaba a la muchacha la invitación que le hiciera la señorita Tilney, procuraron no lamentar excesivamente su ausencia. Por lo demás, tampoco tenían tiempo de echarla de menos, ya que habían decidido que en una semana se marcharían del balneario. El señor Allen acompañó a Catherine ala calle Milsom, donde había de almorzar, y no la dejó hasta verla sentada entre sus nuevos amigos. A Catherine le parecía tan increíble el encontrarse en medio de aquella familia, tenía tanto miedo a pasar por alto alguna regla de cortesía, que por espacio de unos minutos sintió deseos de volver a la casa de la calle Pulteney.

La amabilidad de la señorita Tilney y las sonrisas de Henry ayudaron a disipar aquellos temores. Sin embargo, no recobró por entero el sosiego, ni lograron los cumplidos y atenciones del general devolverle su acostumbrada serenidad. Bien al contrario, se le antojó que de estar menos atendida se habría encontrado más a su gusto. El empeño que ponía el general en hacerla sentir cómoda, los incesantes requerimientos de este para que comiera, y el temor que manifestó de que tal vez lo que allí hubiera no fuera de su gusto —Catherine jamás había visto una mesa más abundantemente provista—, le impedían olvidar por un momento siquiera su calidad de huésped. Se sentía inmerecedora de aquellas muestras de cariño y no sabía cómo corresponder a ellas. Contribuyó a inquietarla aún más la impaciencia que provocó en el general la tardanza de su hijo mayor, y más tarde, al presentarse este, la pereza de que daba muestras, pues acababa de levantarse.

La severidad con que el general reaccionó ante este hecho le pareció tan desproporcionada, que aumentó su confusión el saber que ella era causa y motivo principal de semejante amonestación, pues la demora de Frederick fue considerada por su padre como una falta de respeto inadmisible hacia la invitada. Tal suposición colocaba a la muchacha en una situación sumamente desagradable, y a pesar de la poca simpatía que sentía hacia el capitán, no pudo evitar compadecerse de él.

Frederick escuchó a su padre en silencio, sin intentar siquiera defenderse, lo cual confirmó los temores de Catherine de que el motivo de aquella tardanza era una noche de insomnio provocada por Isabella. Nunca antes se había encontrado ella en compañía del capitán, y por un instante deseó aprovechar la ocasión para formarse una opinión de su carácter y su modo de ser, pero mientras el general permaneció en la estancia, Frederick no despegó los labios, y tan impresionado estaba, por lo visto, que en toda la mañana solo se dirigió a Eleanor para decirle en voz baja:

—Qué feliz voy a estar cuando os hayáis ido todos.

La lógica conmoción ocasionada por la marcha resultaba grandemente desagradable en aquella casa. Ocurrieron varios pequeños percances: bajaban todavía los baúles cuando dieron las diez, y el general había mandado que para esa hora los coches ya debían estar abandonando la calle Milsom. El abrigo del buen señor fue a parar por equivocación al coche en que este viajaría con su hijo. El asiento central de la silla de posta no había sido extendido, a pesar de que eran tres las personas que debían ocuparla, y el vehículo se hallaba tan cargado de paquetes que no había en él lugar para instalar cómodamente a la señorita Morland. Tal disgusto se llevó el general por este motivo, que el bolso de Catherine, junto con otros objetos, casi sale disparado rumbo al centro de la calle. A pesar de este retraso, llegó el momento de cerrar la portezuela del coche, dentro del cual quedaron las tres mujeres. Emprendieron el viaje los cuatro hermosos caballos que tiraban de la silla de posta con la parsimonia y sobriedad que corresponde a animales de su categoría al iniciar un trayecto de más de cuarenta y ocho kilómetros, que era la distancia que separaba a Bath de Northanger y sería salvada en dos etapas. Desde el instante en que abandonaron la casa, Catherine comenzó a recuperar su acostumbrado buen talante. En compañía de la señorita Tilney se hallaba siempre a gusto, y esto, unido a que los parajes por los que iban eran nuevos para ella, a que pronto conocería la abadía, y a que la seguía un coche ocupado por Henry, le permitieron abandonar Bath sin experimentar el menor sentimiento de pena. Ni tan solo llegó a contar los mojones que marcaban las distancias. Se detuvieron en la posada Petty France, donde lo único que se podía hacer era comer sin hambre y pasearse sin tener qué ver. Se aburrió de tal manera la muchacha, que perdió para ella toda importancia el hecho de que viajaba en un elegante carruaje con postillones de librea, tirado por magníficos caballos. Si las personas que formaban la partida hubieran sido de trato agradable y ameno, aquella espera no habría resultado molesta, pero el general Tilney, aun cuando era un hombre encantador, actuaba, por lo visto, de freno sobre sus hijos, hasta el punto de que en su presencia nadie se atrevía a hablar. El tono de ira e impaciencia con que hablaba a sus sirvientes atemorizaron a Catherine, a quien aquellas dos horas de descanso se le convirtieron en cuatro. Finalmente se ordenó reemprender la marcha, y Catherine se vio gratamente sorprendida cuando el general le propuso que hiciera el resto del trayecto en el lugar que él ocupaba en el coche de su hijo. Dio como excusa que con un día tan hermoso convenía que contemplara bien el paisaje.

El recuerdo de lo que acerca de la compañía de jóvenes en coches abiertos opinara en cierta ocasión el señor Allen hizo que a Catherine se le subieran los colores y a punto estuviera de declinar la oferta, pero tras reflexionar que debía someterse a los deseos del general Tilney ya que este jamás propondría nada que fuese improcedente, aceptó, y pocos minutos más tarde la feliz muchacha se vio instalada junto a Henry. Enseguida se convenció de que no podía haber en el mundo vehículo más agradable y bonito que aquel, superior en todo a la magnífica silla de posta, cuya pesadez había sido causa de que se detuvieran en la posada. Los caballos del coche habrían recorrido en poco tiempo el camino que faltaba si el general no hubiera ordenado que la silla fuese adelante. Claro que aquella extraordinaria rapidez no se debía solo a los caballos. Contribuía también a ello, y de modo notable, la forma de guiar de Henry, quien no necesitaba azuzar con la voz a los animales, ni echar maldiciones, ni hacer alarde de su habilidad como otro caballero cuyas dotes como cochero la muchacha conocía muy bien. Además, a Henry le sentaba muy bien el sombrero, así como el resto del traje adecuado para las circunstancias.

Después de haber bailado con él, viajar a su lado en aquel coche era la mayor felicidad del mundo. Eso sin contar las alabanzas que le dirigía sin cesar. Henry no sabía cómo agradecer el que la muchacha se hubiera decidido a otorgarles el placer de una visita a la abadía, y así se lo dijo en nombre de Eleanor. Por lo visto, lo considera como una prueba de sincera amistad, y en explicación de tan exagerada generosidad, añadió que la situación de su hermana era bastante desagradable, ya que no solo carecía de la compañía de amigas, sino de persona alguna con quien hablar cuando, como muy frecuentemente ocurría, la ausencia de su padre la obligaba a una total soledad.

—Pero ¿cómo puede ser eso? ¿Acaso usted no se queda con ella?

—Yo no vivo en Northanger, sino en Woodston, a treinta y dos kilómetros de distancia de la abadía, y en ella paso largas temporadas.

—¡Cuánto debe de lamentarlo!

—Sí..., siento dejar a Eleanor.

—No solo por eso; aparte del cariño que por ella sienta, tendrá usted apego a la abadía. Después de haber vivido en un lugar tan magnífico, hacerlo en un curato común y corriente debe de ser poco agradable.

—Por lo visto, se ha formado usted una idea muy placentera de la abadía —manifestó Henry con una sonrisa.

—Es cierto. Pero ¿acaso no se trata de uno de esos lugares maravillosos que nos describen los libros?

—En ese caso, deberá usted prepararse para soportar los horrores que, según las novelas, suelen rodear a esta clase de edificios. ¿Tiene usted un corazón fuerte, y nervios capaces de resistir el temor que suelen producir las puertas secretas, los tapices ocultadores...?

—Creo que sí; de todos modos, seremos muchos en la casa, por lo que no creo que haya motivo para sentir temor. Además, no se trata de un lugar que, tras permanecer largo tiempo abandonado, fuera ocupado súbitamente por una familia, como ha ocurrido a veces.

—Eso, es cierto. No nos veremos obligados a cruzarnos con almas en pena. Pero imagínese que por la noche está usted paseando, lo cual no tiene nada de especial y su lámpara está a punto de apagarse, regresará a su habitación. Al pasar por la primera cámara, sin embargo, atraerá su atención un arcón antiguo, de ébano y oro, cuya presencia antes no había observado. Impulsada por un irresistible presentimiento se acercará usted, lo abrirá y examinará, sin descubrir, por el momento, nada de importancia, a excepción de un puñado de diamantes. Al fin dará con un muelle secreto, que le revelará un departamento interior, en el que hallará un rollo de papel que contendrá varias hojas manuscritas. Con él en la mano, regresará a su habitación, y apenas habrá acabado de descifrar las palabras ("¡Oh tú, sea quien fueres, en cuyas manos acierten a caer las memorias de la desgraciada Matilda...!") cuando su lámpara se apagará de golpe, sumiéndola en la más completa oscuridad.

—Cállese usted... pero, no, siga; ¿y después?

A Henry le hizo tanta gracia el interés que su historia había despertado en la muchacha, que no pudo seguir. Dada la actitud de Catherine le resultaba imposible asumir el tono solemne que requería el caso, y se le rogó que tratase de imaginar el contenido de las memorias de Matilda. Catherine, un poco avergonzada de su pasión, trató de asegurarle a su amigo que había seguido con atención su relato, pero sin suponer por un instante que tales cosas fueran a pasarle.

—Además —dijo—, estoy segura de que la señorita Tilney no me hará dormir en semejante habitación. No tengo miedo, puede estar seguro.

A medida que se acercaba el final del viaje, y con él la dicha de contemplar la abadía, la impaciencia de Catherine, que la conversación de Henry había entretenido, aumentó considerablemente. Tras cada recodo del camino esperaba encontrarse, entre árboles milenarios, ante una enorme construcción de piedra con ventanales góticos iluminados por los rayos del sol poniente. Pero como quiera que la vieja abadía estaba enclavada en terreno muy bajo, resultó que llegaron a las verjas de la propiedad sin haber visto tan solo una chimenea.

Catherine no pudo por menos de sorprenderse de la entrada que poseía la propiedad. Eso de pasar entre las puertas de una moderna cancela y recorrer sin dificultad alguna la gran avenida cubierta de arena se le antojó muy extraño y fuera de lugar. Sin embargo, no tuvo tiempo para detenerse en semejantes elucubraciones. Un chaparrón de improviso le impidió observar los alrededores y la obligó a preocuparse de la suerte de su sombrero de paja nuevo. Pronto se encontró con que llegaba al abrigo que ofrecían los muros de la abadía; allí, Henry la ayudó a bajar del coche, y en el vestíbulo la recibieron su amiga y el general, de manera que no tuvo ocasión de alimentar el más leve temor relativo al futuro ni experimentar el influjo misterioso que hechos y escenas del pasado pudieran haber legado al antiguo edificio. La brisa, en lugar de hacer llegar hasta ella ecos de la voz de un agonizante, se había entretenido cubriéndola de gotas de lluvia. Tuvo que sacudirse el abrigo antes de pasar a un salón contiguo y darse cuenta del lugar donde se encontraba.

¿Era una abadía? Sí, no cabía duda, a pesar de que nada de cuanto la rodeaba contribuía a alimentar tal suposición. El mobiliario de la estancia era moderno y de gusto extremado. La chimenea, que debería haber estado adornada con tallas antiguas, era de mármol, y sobre ella descansaban piezas de porcelana inglesa. Las ventanas, que, según le había dicho el general, conservaban su forma gótica, también la desilusionaron. Si bien eran de forma ojival, el cristal era tan claro, tan nuevo, dejaba entrar tanta luz, que su visión no podía por menos de desencantar a quien, como Catherine, esperaba encontrarse con unas aberturas diminutas con vidrios empañados por el polvo y las telarañas.

El general advirtió la preocupación de la muchacha, y empezó por ello a disculpar lo pequeño de la habitación y lo sencillo de los muebles, alegando que estaba destinada al uso diario, y asegurándole que las otras habitaciones eran más dignas de admirar. Empezaba a describir la ornamentación dorada de una de ellas, cuando, al echar un vistazo al reloj, se detuvo para exclamar, asombrado, que eran las cinco menos veinte. Aquellas palabras surtieron un efecto inmediato. La señorita Tilney condujo a Catherine a sus aposentos y se apresuró tanto a hacerlo que no dejó lugar a dudas de que en la abadía debía imperar la puntualidad más rígida.

Las dos amigas pasaron de nuevo por el espacioso vestíbulo, ascendieron por la ancha escalera de roble, que después de varios trechos, interrumpidos por otros tantos descansos, las condujo hacia una gran galería a los lados de la cual había varias puertas y ventanas. Catherine supuso que estas últimas debían de dar a un gran patio central. Eleanor la hizo entrar entonces en una habitación cercana y, sin preguntarle siquiera si la encontraba de su agrado, la dejó, con el ruego de que no se entretuviera en cambiarse de ropa.

CAPÍTULO XXI

Catherine advirtió de inmediato que aquella habitación era totalmente distinta de la que Henry le había descrito. No era de un tamaño exagerado y no contenía tapices ni terciopelos. Las paredes estaban empapeladas; el suelo, cubierto con una alfombra; las ventanas eran tan hermosas y estaban tan limpias como las de la sala de abajo. Los muebles, sin ser completamente modernos, eran confortables y de buen gusto, y el aspecto general resultaba alegre y cómodo. Una vez satisfecha su curiosidad sobre este punto, Catherine decidió que no se entretendría en hacer un examen más pormenorizado por miedo a disgustar al general con su tardanza. Se quitó a toda prisa el traje de viaje, y se disponía a deshacer un paquete de ropas que había traído consigo, cuando descubrió súbitamente un arcón enorme colocado en el ángulo de la habitación formado por la chimenea. La vista de aquel mueble la estremeció, y, olvidándose de cuanto la rodeaba, lo contempló inmóvil y dijo en voz baja para sí:

—Qué extraño es esto. Yo no esperaba encontrar un arcón en esta habitación. ¿Qué contendrá? ¿Para qué lo habrán colocado ahí, medio oculto, como si pretendieran que pasase inadvertido? Debo examinarlo, pero... a la luz del día. Si espero hasta la noche mi bujía podría apagarse y entonces...

Avanzó y examinó el cofre más de cerca. Era de cedro, con incrustaciones de otra madera más oscura y sostenido sobre unos pedestales artísticamente tallados. La cerradura era de plata deslustrada por los años. En los extremos se observaban restos de asas del mismo metal, rotas, quizá, por un manejo excesivamente violento. En el centro de la tapa había una cifra misteriosa, también de plata. Catherine se inclinó para examinarla más de cerca, pero no logró descubrir su significado ni saber si la última letra era una T. Pero ¿cómo en aquella casa iban a tener muebles adornados con iniciales que no correspondían al apellido de la familia? Y en caso de ser esto cierto, ¿por qué misteriosa sucesión de hechos había llegado a poder de esta?

Catherine se sintió dominada por un irrefrenable sentimiento de curiosidad. Con manos temblorosas asió la cerradura para satisfacer su deseo de ver el contenido del cofre. Con gran dificultad, pues se resistía a su esfuerzo, logró levantar un poco la tapadera, pero en ese instante la sorprendió una llamada a la puerta. Asustada, dejó caer la tapa. La persona inoportuna era la doncella de la señorita Tilney, a quien esta enviaba para saber si podía ser útil a la señorita Morland. Catherine la despidió de inmediato, pero la presencia de la criada la había hecho volver a la realidad, y, desechando sus deseos de seguir explorando el misterioso arcón, comenzó a vestirse sin tardanza. A pesar de sus buenas intenciones, no lo hizo todo lo rápido que hubiera sido de desear, debido a que no acertaba a apartar la mirada ni los pensamientos del objeto de su curiosidad; y aun cuando no se atrevió a perder más tiempo en examinarlo, le faltó fuerza de voluntad para alejarse de él. Al cabo de unos instantes, sin embargo, pensó que bien podía permitirse hacer un nuevo y desesperado intento, tras el cual, si invisibles y sobrenaturales cerraduras no la retenían, la tapa quedaría finalmente abierta. Animada por este pensamiento, intentó una vez más abrir el cofre, y sus esperanzas no se vieron defraudadas. Ante los ojos sorprendidos de la muchacha quedó al descubierto una colcha de tela blanca, cuidadosamente doblada, que ocupaba todo un lado del grandioso cofre.

Catherine estaba contemplándola, cuando se presentó la señorita Tilney, preocupada por la tardanza de su amiga. A la vergüenza que suponía el haber alimentado una absurda suposición, Catherine hubo de añadir la de verse sorprendida en semejante acto de indiscreción.

—Es un arcón curioso, ¿verdad? —preguntó Eleanor, mientras la muchacha, tras cerrarlo a toda prisa, se dirigía hacia el espejo—. No sabemos cuántas generaciones lleva aquí. Ignoramos por qué fue colocado en esta habitación, de la que no he querido que lo saquen por si algún día lo necesitamos para guardar sombreros y capas. Pero en ese rincón no molesta a nadie.

Tan azorada estaba Catherine y tan ocupada en abrocharse el cinturón del traje mientras ideaba alguna excusa, que no pudo contestar a su amiga. La señorita Tilney volvió a insistir con amabilidad en lo tardío de la hora, y medio minuto más tarde las dos bajaban corriendo por las escaleras, presas de un temor no del todo infundado, pues al llegar al salón encontraron al general, quien, reloj en mano, aguardaba el instante de que entrasen para hacer sonar la campanilla y dar a continuación la orden de que la comida fuese servida "ya". El énfasis con que pronunció esta palabra hizo temblar a Catherine e inspiró en ella un sentimiento de profunda compasión por los hijos del irascible señor y de odio hacia todos los cofres antiguos del mundo. Poco a poco fue recobrando su compostura el general, y al fin hasta riñó a su hija por haber metido tantas prisas a su bella amiga, que había llegado a la mesa sin aliento. Al fin y al cabo, no era necesario apresurarse tanto. Aquellas palabras, sin embargo, no consolaron a Catherine de haber provocado la reprimenda que había sufrido Eleanor ni la falta de sentido que la había impulsado a perder tan estúpidamente el tiempo. Sin embargo, una vez que se hubieron sentado todos a la mesa, las sonrisas del general y el apetito de este devolvieron la tranquilidad a la muchacha. El comedor era una habitación espaciosa, amueblada con un gusto y un lujo que los ojos inexpertos de Catherine casi no lograban apreciar. A pesar de ello, absorbieron su atención tanto las dimensiones de la estancia como el número de sirvientes que en ella había, y lo expresó con tono de admiración. El general, profundamente satisfecho, admitió que, en efecto, era una habitación bastante grande, y después reconoció que, aun cuando tales cuestiones no le interesaban tanto como a la mayoría de la gente, consideraba que un comedor espacioso era algo necesario en la vida, añadiendo a continuación que ella quizás estaría acostumbrada a mejor y más lujosas estancias en casa del señor Allen.

—Pues no —respondió Catherine con tono sereno—. El comedor

del señor Allen debe de ser la mitad de este. —Hizo una pausa y agregó—: La verdad es que jamás he visto uno más grande, se lo aseguro.

Sus palabras produjeron un efecto excelente en el ánimo del general, que se apresuró a declarar que usaba aquellas habitaciones porque habría sido una tontería tenerlas cerradas, pero que a su juicio resultaban más cómodas las estancias algo más pequeñas, como las de la casa del señor Allen.

La velada transcurrió sin incidentes negativos y el ambiente se animaba cada vez que por algún motivo el general abandonaba el comedor. La presencia del dueño de la casa bastaba para que Catherine recordase las fatigas del viaje, pero incluso así predominaba en su espíritu un sentimiento de intensa felicidad que no lograba oscurecer el recuerdo de Bath y sus amigos.

La noche presagiaba tormenta. El viento, que durante la tarde había ido adquiriendo mayor fuerza, soplaba con violencia. Además, llovía a raudales. Al cruzar Catherine el vestíbulo quedó aterrada ante la furia con que la tempestad azotaba el viejo edificio, y por primera vez desde su llegada experimentó la sensación de hallarse entre los muros de una vieja abadía. Sí, aquellos eran los sonidos característicos; poco a poco fueron trayendo a su memoria el recuerdo de ciertas terribles escenas que al amparo de parecidas tempestades se habían desarrollado en otros lugares similares. Se alegró de que su presencia en tan histórica morada se diese en circunstancias que no entrañaban peligro. Por suerte, ella no tenía nada que temer de asesinos nocturnos ni de galanes bebidos.

Henry, por supuesto, prosiguió con aquella historia inverosímil y absurda. En una casa amueblada y cuidada con tanto esmero no era fácil encontrar algo que explorar o que temer. De manera que la joven podía retirarse a descansar con la misma tranquilidad que si estuviese en su propia casa.

Catherine se dirigió a su dormitorio, en el que entró con ánimo sereno, sobre todo porque el de la señorita Tilney se encontraba a tan solo un par de pasos. La visión de unos leños que ardían en la chimenea ayudó también a reconfortar su espíritu.

—¡Cuánto más grato es —dijo en voz alta para sí— encontrarse el fuego encendido que verse obligada a esperar muerta de frío, como a tantas chicas les ha ocurrido, a que venga a ocuparse de ello alguna anciana y compasiva sirvienta! Me encanta que Northanger sea tal como es. Si llega a parecerse a otras abadías, en una noche como esta habría necesitado hacer acopio de todo mi valor. Por suerte, nada tengo que temer.

Después contempló la habitación con esmero. Las cortinas se movieron levemente. Sin duda las agitaba el viento que se colaba por las rendijas. Deseosa de descubrir de que así era, Catherine se adelantó tarareando una canción. Miró detrás del cortinaje y no descubrió nada que pudiera asustarla. Colocó una mano sobre el postigo y comprobó la violencia del viento. Al volverse, después de finalizada su inspección, su mirada tropezó con el arcón. Desechando todo pensamiento que la indujese al temor, se dispuso a dormir.

Emplearé en ello todo el tiempo preciso, se dijo. No quiero darme prisa; me da igual ser la última persona que permanece levantada en la casa... Además, no echaré más leña a la chimenea, no sea que lo interpreten: como que quiero tener luz después de meterme en la cama.

El fuego se apagó pronto, y Catherine, después de invertir cerca de una hora en sus preparativos, se dispuso a acostarse. Al mirar alrededor por última vez le llamó la atención una especie de arcón de tono muy oscuro y forma vetusta en el que no había reparado antes, acudieron en tropel a su mente las palabras de Henry, su descripción del arcón de ébano, cuya presencia no había de advertir en un principio, y aun cuando ello no tenía nada de particular ni podía significar cosa alguna de importancia, no dejaba de ser una coincidencia bastante curiosa. Cogió su bujía y examinó aquella caja minuciosamente. No estaba hecha de ébano, ni tenía incrustaciones de oro, pero era casi negra y despedía reflejos dorados. Catherine descubrió que la cerradura tenía puesta la llave, y sintió deseos de abrirla, no tanto por creer que hallaría algo de interés como por hacer coincidir todo aquello con las palabras de Henry. Estaba convencida de que no conseguiría dormir hasta que averiguase qué contenía, y al fin, tras dejar con cuidado la bujía sobre una silla, cogió con mano temblorosa la llave e intentó hacerla girar. La cerradura se resistió. Buscó entonces por otro lado y encontró un cerrojo que consiguió descorrer con facilidad. Tampoco así logró abrir las tapas. Se detuvo por un instante, maravillada. El viento rugía dentro de la chimenea y la lluvia azotaba con fuerza los cristales de la habitación. Todo cooperaba para hacer más extraño su hallazgo y más terrible su situación. Era inútil que pensara en acostarse, pues le resultaría imposible conciliar el sueño sin antes descubrir el misterio de aquel arcón que se encontraba tan próximo a su lecho. Intentó una vez más hacer girar la llave, y después de una última tentativa, las tapas cedieron de pronto. Catherine experimentó la satisfacción que produce todo triunfo, y después de abrir por completo las dos tapas, la segunda de las cuales estaba sujeta por pestillos no menos misteriosos que la cerradura, descubrió entonces una hilera doble de pequeños cajones colocada entre otro de mayor tamaño, y en el centro una puerta diminuta y herméticamente cerrada, tras la cual se ocultaba, quizá, un hueco tan importante como misterioso.

Catherine sintió que se le aceleraba el pulso, pero la serenidad no la abandonó ni por un momento. Encendidas las mejillas y fija la mirada, sacó uno de los cajones. Estaba vacío. Con menos temor y más curiosidad abrió otro, después otro más, y así todos, encontrándolos también vacíos. Buena conocedora, por sus lecturas, del arte de ocultar un tesoro, pensó de inmediato en la posibilidad de que los cajones tuvieran un doble fondo, y volvió a examinarlos con cuidado. Todo fue inútil. No le quedaba por registrar más que el hueco del centro, y aun cuando no podía estar desanimada puesto que ni por un segundo creyó que tal vez encontrase algo en el arcón, decidió que sería absurdo no seguir intentándolo. Tardó bastante en abrir la portezuela que cerraba el hueco, pero al fin lo logró. Esta vez no fue inútilmente. Al instante descubrió, en lo más profundo de aquel hueco, un rollo de papel que, sin duda, alguien había procurado ocultar. Es imposible describir los sentimientos que embargaron de pronto a Catherine; baste decir que se puso blanca como el papel y las piernas empezaron a temblarle.

Cogió con ademán nervioso el precioso manuscrito —pues tal era, según comprobó enseguida—, y al tiempo que se percataba de la extraordinaria semejanza de aquella situación con la que describía Henry, decidió no descansar sin antes haber examinado minuciosamente el contenido del misterioso rollo.

La poca luz que despedía su bujía la alarmó; sin embargo, comprobó que por el momento no había peligro de que se extinguiera. Era probable incluso que todavía durase varias horas, y con el objeto de obtener una luz más clara y facilitar así la lectura de una caligrafía que, por lo antigua, bien podía resultar casi ilegible, intentó revivir la vela. Por desgracia, al hacerlo la apagó sin querer. Catherine quedó paralizada de terror. La oscuridad era total. La habitación quedó sumida en la más siniestra negrura. Una fuerte sacudida del viento aumentó el pánico de Catherine, haciéndola estremecer de pies a cabeza. En la pausa que siguió, sus oídos sintieron el rumor de pasos que se alejaban y el ruido de una puerta al cerrarse. No era posible resistir por más tiempo aquella tensión. Brotó a chorros el sudor de la frente de la muchacha; sus manos dejaron caer el manuscrito; a tientas buscó la cama, se metió en ella y trató de evocar, siquiera someramente, el desarrollo de aquellos acontecimientos, no sin antes taparse la cabeza con la manta. Estaba convencida de que después de lo ocurrido no lograría conciliar el sueño. ¿Cómo hacerlo cuando aún era presa de un extraño nerviosismo y una curiosidad irrefrenable? Además, la tempestad crecía. Catherine jamás había temido a los elementos de la naturaleza, pero en esa ocasión parecía que el viento, en su ulular, traía un mensaje terrible y misterioso. ¿Cómo explicarse la presencia de un manuscrito hallado en forma tan extraordinaria, y que, además, coincidía de modo tan prodigioso con la descripción hecha por Henry unas horas antes? ¿Qué podría contener aquel rollo de papel? ¿A qué se refería? ¿Cómo habría permanecido oculto tanto tiempo? Y ¡cuán extraño resultaba que fuese ella la llamada a descubrirlo! Hasta que no estuviese al corriente de su contenido no podría recuperar el sosiego. Estaba decidida a examinarlo a la luz del alba. ¡Lástima que todavía tuviese que esperar tantas horas! Catherine se estremeció de impaciencia, dio vueltas en el lecho y envidió a todos los que aquella noche podían dormir plácidamente. Continuó rugiendo el vendaval, y a sus oídos atentos llegaron sonidos más espantosos que los que este producía. Hasta las colgaduras de su cama parecían moverse. También se le antojó a la muchacha que alguien sacudía el pomo de su puerta como si intentase entrar. De la galería llegaban tétricos susurros, y más de una vez se le heló la sangre en las venas al percibir una voz doliente y lejana. Pasaron las horas, una tras otra, y la pobre Catherine oyó los relojes de la casa dar las tres antes de que la tormenta amainase y ella consiguiera el anhelado descanso.

CAPÍTULO XXII

El ruido que a la mañana siguiente hizo la doncella al abrir los postigos fue lo primero que obligó a Catherine a volver a la realidad. Abrió los ojos, sorprendida de haber podido cerrarlos después de lo ocurrido la noche anterior, y comprobó con satisfacción que la tormenta había cesado y que en su habitación todo respiraba sosiego y normalidad.

Con el sentido recobró la facultad de pensar, y acto seguido volvió a su mente el recuerdo del manuscrito, aguzando de tal modo su curiosidad, que en cuanto la doncella se hubo marchado, Catherine saltó de la cama y recogió a toda prisa las hojas que se habían desprendido del rollo de papel al caer este al suelo; después volvió a acostarse, deseosa de disfrutar cómodamente de la lectura de aquellas misteriosas cuartillas. Observó con satisfacción que el manuscrito que tenía entre las manos no era tan extenso como los que solían describirse en las novelas, pues el rollo estaba compuesto de unos cuantos pliegos más pequeños de lo que había creído primero.

Con curiosidad aumentada leyó la primera hoja, y se estremeció al caer en la cuenta de lo que en ella había. ¿Sería posible? ¿No le engañaban los sentidos? Aquel papel únicamente contenía un inventario de ropas de casa escrito en caracteres toscos, pero modernos. Si de su vista podía fiarse, aquello no era más que la factura de una lavandería. Cogió otra hoja, y en ella encontró una relación prácticamente idéntica de prendas íntimas. Las hojas tercera, cuarta y quinta dieron igual resultado. En cada una de ellas se hacía una relación de camisas, medias, corbatines y chalecos. En otras dos estaban apuntados los gastos de escaso interés: cartas, polvos para el cabello y pasta blanca para limpiar. En una hoja grande, con la que estaban envueltas las demás, se leía: "Por poner una cataplasma a la yegua alazana...", se trataba de la factura de un veterinario. Tal era la colección de papeles —abandonados, como era de pensar, por alguna criada negligente— que tanta alarma había despertado en el ánimo de Catherine, privándola del sueño durante horas. La muchacha, como es lógico, se sintió profundamente decepcionada. ¿Acaso había sido incapaz de aprender algo más de su anterior aventura con el cofre? Este, colocado a poca distancia de la cama, se le antojó de pronto un insulto, una acusación. Comprendió cuan absurdas habían sido aquellas fantásticas hipótesis suyas. ¿Cómo era posible que un manuscrito escrito hacía varias generaciones permaneciera oculto en una habitación tan moderna como aquella, y que fuera ella la única persona llamada a abrir un arcón cuya llave estaba a disposición de cualquiera? ¿Cómo se había dejado engañar de aquella manera? Dios no quisiera que llegase a oídos de Henry Tilney la noticia de su insensata aventura. Sin embargo, él también era responsable, al menos en parte, de lo sucedido. Si el arcón no hubiese sido parecido al que Henry se había referido en su relato, ella no hubiese sentido tanta curiosidad. Catherine se consoló con estas reflexiones, y a continuación, deseosa de perder de vista las pruebas de su delirio —aquellos detestables y odiosos papeles que habían caído esparcidos sobre su cama—, se levantó, dobló las hojas cuidadosamente, como las había encontrado, volvió a colocarlas en el arcón, pensando, mientras lo hacía, que nunca más volvería a mirarlos, para que no le hicieran recordar cuán boba había sido.

Lo que Catherine no atinaba a comprender, y el hecho no dejaba de ser bastante extraño, era el trabajo extraordinario que le había costado abrir una cerradura que después funcionaba con la mayor facilidad.

Pensó por un instante que aquel hecho debía de entrañar algún misterio, hasta que cayó en la cuenta de que tal vez ella, en su turbación, hubiese hecho girar la llave en sentido contrario. Avergonzada, abandonó tan pronto como pudo la habitación que tan desagradables recuerdos despertaba en ella y se dirigió a toda prisa hacia la sala, donde, según le había advertido la noche anterior la señorita Tilney, solía reunirse para desayunar toda la familia. En ella se encontró con Henry, cuyas picarescas alusiones al expresar su deseo de que la tempestad no la hubiese molestado, y sus referencias al carácter y antigüedad del edificio, hicieron que se sintiera profundamente preocupada. No quería en modo alguno que nadie sospechase siquiera sus miedos; pero como por naturaleza era incapaz de mentir, confesó que el rugir del viento la había mantenido despierta durante algunas horas.

—Y, sin embargo —añadió, para cambiar de tema—, hace una mañana radiante. Las tempestades, como el insomnio, no tienen importancia una vez que pasan. ¡Qué hermosos jacintos! Es una flor que me gusta desde hace muy poco...

—¿Y cómo ha aprendido a gustar de ella, por casualidad o por convencimiento?

—Me enseñó su hermana. ¿Cómo? No lo sé. La señora Allen procuró durante años inculcarme la afición por esos bulbos, y no lo consiguió. Las flores siempre me han sido indiferentes, pero el otro día, cuando las vi en la calle Milsom, varié de opinión.

—¿Y ahora le gustan? Pues tanto mejor; así tendrá un nuevo motivo de satisfacción. Además, está muy bien que a las mujeres les gusten las flores, porque no existe mejor aliciente para salir a tomar el aire y hacer un poco de ejercicio. Y aun cuando el cuidado de los jacintos es bastante sencillo, ¿quién sabe si, una vez dominada por el amor hacia las flores, llegará usted a interesarse por las rosas?

—Pero ¡si a mí no me hacen falta pretextos para salir! Cuando hace buen tiempo, paso largos ratos fuera de la casa. Mi madre con frecuencia me reprocha el que me ausente durante tantas horas.

—De todas formas, me satisface el que haya usted aprendido a apasionarse por los jacintos. Es muy importante adquirir el hábito del afecto, y en toda joven la facilidad de aprender es una grata virtud. ¿Tiene mi hermana buena disposición para la enseñanza?

La entrada del general, cuyos cumplidos demostraban que estaba de buen humor, evitó que Catherine tuviese que contestar a Henry, si bien la alusión que acerca de la clara predilección de los dos jóvenes por madrugar, hizo poco después el padre del muchacho, volvió a preocuparle.

Catherine no pudo por menos de expresar su admiración por la elegante vajilla, elegida, según parecía, por el general, quien se mostró contento de que la aprobase y declaró que, en efecto, no estaba del todo mal, y que la había adquirido con la intención de proteger la industria de su país. Por lo demás, y dado su indulgente paladar, opinaba que idéntico aroma y sabor tenía el té vertido de una tetera de loza de Staffordshire como de una bella porcelana de Dresde o de Sévres.

Aquella vajilla ya era vieja; la había comprado hacía dos años, y desde entonces la producción nacional había mejorado mucho. Hacía poco había visto en la capital algunas muestras tan logradas que, de no ser un hombre desprovisto de todo orgullo, se habría visto forzado a adquirirlas. Esperaba, sin embargo, que pronto tuviese ocasión de comprar un nuevo servicio, destinado a otra persona... Catherine fue, quizá, la única de los allí reunidos que no comprendió el significado de aquellas palabras.

Poco después del desayuno, Henry salió rumbo a Woodston, donde sus negocios le retendrían tres o cuatro días. Se reunió en el vestíbulo la familia para verle montar a caballo, y al regresar al comedor Catherine se dirigió hacia la ventana con el objeto de conseguir una última visión de su amigo.

—Esta es una dura prueba para su hermano —dijo el general a Eleanor—. ¡Qué triste se le va a antojar hoy Woodston!

—¿Es hermosa la casa que tiene allí? —preguntó Catherine.

—¿Qué dirías tú, Eleanor? Anda, díselo ya que vosotras las mujeres conocéis mejor el gusto femenino, no solo respecto a casas, sino también en lo que a hombres se refiere. Creo que, hablando de modo imparcial, Woodston está magníficamente emplazada, pues mira hacia el sureste. La propiedad posee también una huerta, cuyos muros mandé construir yo hace diez años. Es una prebenda de familia, señorita Morland, y como los terrenos contiguos me pertenecen he tenido buen cuidado de aprovecharla debidamente. Incluso suponiendo que Henry no contara más que con ese curato para vivir, no estaría nada mal. Tal vez parezca extraño que, no teniendo yo más que dos hijos menores por quienes mirar, me haya empeñado en que el chico siguiese una carrera, y es cierto que hay instantes en que todos quisiéramos verlo libre de las preocupaciones propias de su profesión; pero aun cuando usted quizá no acepte mi punto de vista, creo, señorita Morland, y su padre será también de mi opinión, que todo hombre debe trabajar en alguna cosa. El dinero en sí no tiene importancia ni finalidad algunas; lo importante es emplear honradamente el tiempo. El mismo Frederick, mi hijo mayor, heredero de una de las propiedades más importantes de la comarca, ha seguido una carrera.

El efecto imponente de aquellas palabras influyó extraordinariamente en el ánimo de Catherine, que guardó silencio.

La noche anterior se había hablado de enseñarle a la señorita Morland la abadía, y esa misma mañana el general se brindó a hacerlo. Catherine, aun cuando hubiera preferido la compañía de Eleanor, no pudo por menos de aceptar una proposición que en cualquier circunstancia resultaría muy interesante. Llevaba dieciocho horas en la abadía y no había logrado ver más que un pequeño número de habitaciones. Cerró la caja de labores, que acababa de sacar, con cierta precipitación, y se mostró dispuesta a seguir al general cuando este lo dispusiese.

—Y una vez que hayamos recorrido la casa —le dijo el anciano con tono amable—, tendré mucho gusto en enseñarle el jardín y los plantíos.

Catherine le agradeció tanta deferencia con una reverencia cariñosa.

—Tal vez prefiera usted ver estos primero —añadió el general—. Hace buen tiempo y la época del año nos garantiza que seguirá así. ¿Qué prefiere, entonces? Estoy a sus órdenes. ¿Qué crees que sería más del gusto de tu hermosa amiga, Eleanor? Pero..., sí, me parece que lo he adivinado. Leo en los ojos de la señorita Morland un deseo, bien juicioso por cierto, de aprovechar el tiempo. ¿Cómo podría ser de otro modo? La abadía siempre está en disposición de ser visitada. No así el jardín. Obedezco sus órdenes sin tardanza. Corro en busca de mi sombrero y en un instante estaré listo para acompañarlas.

El general salió de la estancia y Catherine, con expresión de profunda preocupación, empezó a manifestar sus deseos de evitar al general una salida quizá contraria a sus deseos, y a la que le impulsaba única y exclusivamente el afán de complacerla. Pero la señorita Tilney, algo aturdida, la detuvo.

—Creo —dijo— que será mejor aprovechar una mañana tan hermosa y no preocuparnos por mi padre. Él tiene por costumbre pasear a estas horas todos los días.

Catherine no sabía cómo interpretar estas palabras. ¿Por qué motivo se mostraba tan confusa la señorita Tilney? ¿Habría algún inconveniente por parte del general en acompañarla a ver la abadía? La propuesta había partido de él. ¿No era extraño que tuviera por costumbre salir a aquellas horas? Ni el padre de Catherine ni el señor Allen acostumbraban a pasear tan temprano. Realmente, la situación resultaba un poco embarazosa. Ella estaba impaciente por conocer la casa; en cambio, los jardines no le inspiraban gran curiosidad. ¡Si al menos hubiese estado con ellas Henry! Sola no sabría apreciar la belleza del lugar. Tales fueron sus pensamientos, que se cuidó de no expresar, antes de salir, silenciosa y descontenta, a ponerse la capa.

Le llamaron mucho la atención las grandes dimensiones de la abadía vista desde fuera. El enorme edificio comprendía un gran patio central, y dos de sus alas, ricamente adornadas al estilo gótico, se proyectaban hacia afuera, invitando a todos a admirarlas. Un grupo de árboles añosos y frondosas plantas ocultaban el resto de la casa. Los espesos montes que protegían la parte trasera del edificio se elevaban hermosos incluso en aquella época en que la naturaleza suele mostrarse desnuda de ropaje. Catherine jamás había visto nada comparable a aquello, y le causó tal impresión que, sin poder contenerse, prorrumpió en exclamaciones de admiración y asombro. El general la escuchó contento, como si hasta aquel momento no hubiera descubierto toda la belleza de Northanger.

Se imponía a continuación visitar la huerta, y a ella se dirigieron cruzando el parque.

La extensión de aquellos terrenos dejó perpleja a Catherine. Resultaba más del doble de lo que medían juntas las del señor Allen y su padre, incluyendo el huerto y el terreno que circundaba la iglesia. Los muros que circundaban la abadía no tenían fin en longitud y en número. Amparado por ellos había una cantidad incontable de invernaderos, y en el recinto formado por ellos trabajaban hombres suficientes para formar una parroquia. El general se sintió halagado por las miradas de asombro de Catherine, quien a través de ellas expresaba la profunda admiración que le suscitaban aquellos jardines sin igual. El general declaró entonces que aun cuando él no sentía ambición ni preocupación por tal circunstancia, debía reconocer que su propiedad no poseía rival en el reino.

—Si de algo me enorgullezco —agregó—, es de poseer un hermoso jardín. Aun cuando no soy exigente en lo que a comidas se refiere, me gusta tener buena fruta y aun cuando yo no hubiera encontrado en ello un placer especial, el deseo de halagar a mis hijos y mis vecinos habría sido suficiente para que lo ambicionase. Admito que un jardín como este da lugar a innumerables disgustos, pues a pesar de todo el esmero que se ponga en cultivarlo, no siempre se consiguen los frutos deseados. El señor Allen tropezará, sin duda alguna, con los mismos inconvenientes.

—No, señor; nada de eso. El señor Allen no siente interés alguno en su jardín y rara vez lo visita.

El general, con una sonrisa de modesto orgullo, declaró que él preferiría hacer lo mismo, ya que no conseguía entrar en el suyo sin experimentar un disgusto, pues sus aspiraciones jamás se veían satisfechas.

—¿Cómo son los invernaderos del señor Allen? —preguntó el general.

—Solo tiene uno, y pequeño. En él, la señora Allen guarda las plantas durante el invierno; para caldearlo utilizan de vez en cuando una estufa.

—¡Qué hombre tan feliz! —exclamó el general.

Después de acompañar a Catherine a cada uno de los varios departamentos y de hacerla admirar todos los pozos hasta quedar la muchacha agotada de tanto ver y admirar, dejó el anciano que su hija y la amiga de esta aprovecharan la proximidad de un postigo para dar por terminada su visita a los invernaderos, y, con el pretexto de examinar unas reformas hechas recientemente en la casa del té, propuso visitarla, siempre que la señorita Morland no estuviera fatigada.

—Pero ¿por dónde vas, Eleanor? ¿Por qué escoges ese camino tan frío y húmedo? La señorita Morland se va a mojar. Lo mejor es que nos dirijamos hacia el parque.

—Este es mi camino favorito —dijo Eleanor—, pero es cierto que tal vez esté húmedo.

El camino en cuestión atravesaba, dando rodeos, una espesa plantación de pinos escoceses, y Catherine, atraída por el aspecto misterioso y umbrío de aquel escenario, no pudo, a pesar de la desaprobación mostrada por el general, evitar el dar unos pasos en la dirección que deseaba. El señor Tilney, se dio cuenta del deseo de la muchacha, y después de requerirle nuevamente, pero en vano, que no expusiera su salud, se abstuvo cortésmente de oponerse a su voluntad, excusándose, sin embargo, de acompañarlas.

—El sol aún no es lo bastante fuerte para mí —dijo—. Elegiré otro camino y después volveremos a encontrarnos.

El general se marchó y Catherine quedó asombrada al darse cuenta del alivio que proporcionaba a su ánimo aquella breve separación. La sorpresa y compensación experimentadas eran, felizmente, inferiores a la satisfacción que el hecho le producía, y, animada y contenta, empezó a hablar a su amiga de la grata tristeza que le inspiraba aquel lugar.

—Sí, yo siento lo mismo —dijo la señorita Tilney, y dejó escapar un suspiro—. A mi madre le encantaba pasear por este lugar.

Era la primera vez que Catherine oía que se mencionase a la señora Tilney, y su rostro reflejó el interés que el recuerdo de aquella mujer provocaba en su alma. Atenta y silenciosa aguardó a que su amiga reanudase la conversación.

—Yo la acompañaba con frecuencia en sus paseos —prosiguió Eleanor— pero entonces este lugar no me gustaba tanto como ahora. Más bien puede decirse que me sorprendía que fuese el rincón preferido de mi madre. Hoy es su recuerdo lo que me estimula a tenerle tal arraigo.

Catherine pensó que el mismo sentimiento debería despertar en el general, y sin embargo este se había negado a pasear por allí.

Al cabo de unos segundos, en vista de que la señorita Tilney continuaba callada, dijo:

—Su muerte debió ser una pena espantosa para usted.

—Una pena terrible, que el paso de los años solo consigue aumentar —contestó en voz baja su amiga—. Yo no contaba más que trece años cuando ocurrió; y si bien sentí su pérdida, la edad que tenía no me permitió darme cuenta de lo que ello significaba.

Eleanor se detuvo. Un momento después añadió con gran firmeza:

—Como usted sabe, no tengo hermanas, y aun cuando Henry y Frederick son muy cariñosos conmigo, y el primero, felizmente, pasa largas temporadas aquí en la abadía, es inevitable que, a veces, tanta soledad me resulte insoportable.

—Es natural que eche usted de menos a su hermano.

—Una madre nunca me dejaría sola; una madre habría sido una amiga constante; su influencia habría tenido una fuerza superior a todo cuanto me rodea.

—Imagino que debía de ser una mujer subyugadora. ¿Hay algún retrato suyo en la abadía? ¿Por qué mostraba tanta predilección por este lugar? ¿Era de temperamento triste, quizás? —preguntó Catherine atropellándose.

La primera pregunta recibió una contestación afirmativa; las otras, en cambio, no obtuvieron respuesta, pero ello no sirvió más que para aumentar el interés que la difunta señora inspiraba en Catherine. Desde entonces, esta supuso que la esposa del general habría debido de ser muy desgraciada en su matrimonio. El señor Tilney no parecía que se hubiera comportado como un marido cariñoso. El que no sintiese afecto alguno por el lugar predilecto de su esposa indicaba desamor hacia ella. Además, a pesar de su atrayente aspecto, había en su rostro señales de que su conducta para con su mujer no había sido la adecuada.

—Supongo —dijo Catherine subiéndosele los colores ante su propia sagacidad— que el retrato de su madre estará en las habitaciones del general.

—No. Pintaron uno con intención de colocarlo en el salón, pero mi padre no quedó satisfecho con el trabajo, y por espacio de algún tiempo estuvo guardado. Después de la muerte de mi madre, yo deseé conservarlo y lo mandé colocar en mi dormitorio, donde tendré el gusto de enseñárselo. El parecido está bastante conseguido.

Catherine quiso ver en aquellas palabras otra prueba de despego por parte del general. Tener en tan poca estima un retrato de su difunta esposa demostraba que no la quería ni había sido bueno con ella. La muchacha ya no trató de ocultar ante sí misma los sentimientos que la actitud del señor Tilney habían provocado siempre en su espíritu, y que las atenciones de aquel no habían conseguido disipar. Lo que antes no había sido sino antipatía y miedo se convirtió en profunda aversión. Sí, aversión. Le resultaba odiosa su crueldad para con aquella mujer encantadora. Muchas veces había encontrado en sus libros caracteres iguales a aquel; caracteres que el señor Allen tachaba de exagerados y cuya realidad quedaba demostrada en aquel ejemplo irrefutable.

Acababa de resolver este punto cuando el final del camino las condujo nuevamente a la presencia del señor Tilney, por lo que la muchacha, a pesar de su indignación, se vio obligada a pasear junto a él, a escucharlo y hasta a corresponder a sus sonrisas. Sin embargo, como a partir de aquel instante no pudo hallar placer en los objetos que la rodeaban, empezó a caminar con tal lentitud que, apercibido de ello el general, y preocupado por su salud —actitud que parecía un reproche a los sentimientos que hacia él experimentaba Catherine—, se empeñó en que ambas jóvenes regresaran a la casa, con la promesa de seguirlas un cuarto de hora después.

Así que se separaron nuevamente, no sin que antes Eleanor recibiera de su padre la orden de no mostrar a su amiga la abadía hasta que él no estuviese de regreso.

Catherine no pudo por menos de sorprenderse ante el empeño que ponía el señor Tilney en demorar el placer que con tanto anhelo esperaba.

CAPÍTULO XXIII

Pasó una hora antes de que el general volviese a la casa, tiempo que Catherine empleó en consideraciones poco halagüeñas para el señor Tilney. La muchacha había decidido que aquellas ausencias prolongadas, aquellos paseos solitarios, revelaban una conciencia intranquila, dominada por el remordimiento. Al fin apareció el dueño de la abadía; fueran o no tenebrosos sus anteriores pensamientos, lo cierto es que al aproximarse a las jóvenes consiguió esbozar una sonrisa. La señorita Tilney, que comprendía, al menos en parte, la curiosidad que sentía su amiga por conocer la casa, no tardó en sacar a relucir nuevamente este asunto, y su padre, que contra lo que temía y expresaba Catherine, no tenía excusa que oponer a tal deseo, se mostró dispuesto a complacerlas, no sin antes ordenar que a su vuelta les fuese servido un refresco.

Se pusieron todos en marcha, asumiendo el general un aire de importancia y una expresión de solemnidad que no podían por menos de llamar la atención y afirmar las dudas de una tan suspicaz y asidua lectora de novelas como Catherine. Atravesó el señor Tilney, seguido de las dos amigas, el vestíbulo, primero, y después el salón de diario, para llegar por la antecámara a una habitación realmente magnífica, tanto por su tamaño como por la calidad de los muebles que alojaba.

Se trataba del salón principal, que la familia solo utilizaba cuando recibía visitas de la mayor importancia. Catherine, cuyos ojos casi no acertaban a distinguir la calidad y el color del raso con que estaban tapizados los muebles, manifestó su admiración y confesó que aquello era "hermoso, encantador". Pero las alabanzas de verdadero valor y significación surgieron de los labios del propio general. En aquel instante la muchacha no podía apreciar el coste y la elegancia de muebles que debían de remontarse al siglo XV, por lo menos. Una vez que el general hubo satisfecho su deseo de examinar uno por uno todos los objetos que había en la habitación, pasaron a la biblioteca, una estancia de parecida magnificencia que la anterior, en la que habían sido reunidos volúmenes cuya posesión bien podría envanecer al hombre de carácter más humilde. Catherine escuchó, admiró y se sorprendió tanto o más que en las ocasiones precedentes. Recogió las enseñanzas que pudo de aquel verdadero depósito de sabiduría, recorriendo con la vista los títulos de los volúmenes, y se mostró dispuesta a continuar su visita; pero las habitaciones no podían sucederse a la medida de su deseo. A pesar de ser muy grande la abadía, resultaba que ya lo conocía prácticamente todo. Cuando se enteró de que la cocina y las seis o siete habitaciones que acababa de ver comprendían tres lados del patio central, creyó que trataban de engañarla y que habían evitado mostrarle otras estancias, quizá secretas. Se consoló en parte cuando supo que para regresar a las habitaciones que usaba la familia era preciso atravesar otras que aún no había visto, las cuales se comunicaban, por medio de pasillos, con el otro extremo del patio.

Se mostró muy interesada también al oír que el trozo de galería que cruzaron antes de llegar al salón de billar y a las habitaciones particulares del general, que se comunicaban entre sí, fue en un tiempo claustro del convento, y que en ella se conservaban todavía restos de las celdas ocupadas en tiempos por los frailes. La última habitación que atravesaron era la pieza destinada a Henry, y en ella encontraron ropas, libros y arreos de caza que pertenecían a aquel.

A pesar de que la muchacha ya conocía el comedor, el general se empeñó en demostrar con medidas exactas la extraordinaria longitud de los muros. Después pasaron todos a la cocina, que comunicaba con la estancia anterior, y que resultó ser una auténtica cocina de convento, de paredes macizas, ennegrecidas por el humo de siglos, provista de los necesarios adelantos modernos.

El genio reformador del general se había preocupado de instalar cuanto pudiera facilitar la labor de las cocineras. Si en algo había fallado la inventiva de otros, él consiguió suplir con la suya toda escasez, logrando, a fuerza de cuidar los detalles, un conjunto armónico.

El dinero invertido en aquel rincón del edificio habría bastado para que en otros tiempos se le hubiera calificado de generoso bienhechor del convento. En los muros de la cocina acababa la parte antigua de la abadía, pues la otra ala del cuadrángulo había sido derruida, por hallarse en estado ruinoso, por el padre del general, y este había vuelto a levantarlo.

Todo cuanto de vetusto contenía la abadía acababa allí. Lo demás no solo era moderno, sino que revelaba serlo; y como quiera que había sido destinada solo a dependencias y cocheras, no se había creído necesario mantener en ella la uniformidad arquitectónica que ofrecía el resto. Catherine habría insultado con gusto a quien había hecho desaparecer el trozo que sin duda había sido de mayor belleza y carácter, para lograr condiciones más favorables desde el punto de vista de la economía doméstica, y habría prescindido, si el general se lo hubiese permitido, de visitar lugares tan poco interesantes. Pero el señor Tilney estaba tan orgulloso de la disposición y el orden de sus dependencias, y convencido hasta tal punto de que a una joven de la mentalidad de la señorita Morland no podía por menos de agradarle el que se facilitara la labor de personas de inferior posición, que no hubo forma de evitar una visita a aquellas dependencias. Catherine se mostró francamente admirada del número de instalaciones que en ellas había y de su necesidad. Lo que en Fullerton se consideraba despensa y fregadero, era allí una serie de estancias, armoniosamente distribuidas y de gran confort. Tanto como la cantidad de habitaciones, le llamó la atención el número de criados que iba sumando. Por dondequiera que pasaban topaban con una doncella o con algún lacayo que huía para no ser visto sin librea. ¿Y aquello era una abadía? ¡Cuán lejos estaba aquel lujo de modernidad doméstica de cuanto había leído acerca de las abadías y castillos ancestrales, en los que, aun siendo mayores que Northanger, nunca se sabía que hubiera más de dos criadas para hacer la limpieza! La señora Allen siempre se había asombrado de que dos pares de manos fuesen capaces de tanto trabajo, y cuando Catherine comprobó lo que en Northanger se tenía por servicio indispensable, empezó a sentir el mismo asombro.

Regresaron al vestíbulo con el objeto de subir por la escalera principal y admirar la belleza de la madera, ricamente tallada, que la adornaba. Cuando llegaron a lo alto, se encaminaron en la dirección opuesta a la galería donde se encontraba el dormitorio de Catherine, para entrar poco después en una habitación que servía para los mismos fines pero cuyo tamaño era el doble de aquella. A continuación le enseñaron tres grandes alcobas con sus correspondientes tocadores, todos ellos adornados de cuanto el dinero y el buen gusto pueden proveer.

Los muebles, adquiridos cinco años antes, eran de suma elegancia, pero carecían del carácter antiguo que Catherine tanto admiraba. Cuando examinaban la última pieza, y a tiempo de enumerar los distinguidos personajes que en distintas épocas habían ocupado aquellas estancias, el general, volviéndose hacia Catherine, declaró con una sonrisa que deseaba fervientemente que sus "amigos los Fullerton" fuesen los primeros en hacer uso de ellas. La muchacha agradeció aquel súbito cumplido y lamentó no poder sentir estima y consideración por un hombre que tan bien dispuesto se mostraba para con ella y toda su familia. Al final de la galería había unas puertas de doble hoja que la señorita Tilney, adelantándose, abrió y traspuso, con la evidente intención de hacer lo mismo con la primera puerta que había a mano izquierda de la segunda galería, pero en ese momento el general la llamó con tono imperativo y, según interpretó Catherine, con bastante mal humor, y le preguntó adonde iba y si creía que todavía quedaba allí algo por examinar.

—La señorita Morland —añadió— ya ha visto cuanto vale la pena ver, y me parece que es hora de que ofrezcas a tu amiga un refresco, después de obligarla a tan prolongado y duro ejercicio.

La señorita Tilney se volvió enseguida y las puertas se cerraron ante la desilusionada Catherine, que tuvo tiempo de vislumbrar un pasillo estrecho, varias puertas y algo que se le antojó una escalera de caracol, todo lo cual despertó nuevamente su curiosidad, induciéndola a pensar, mientras regresaba por la galería, que habría preferido conocer aquella parte misteriosa de la casa antes que las habitaciones elegantes que con tanto por menor le habían enseñado. Por otra parte, el empeño que ponía el general en impedir que las visitase no hacía sino avivar todavía más su interés. Catherine pensó que decididamente allí debía de haber algo que se trataba de esconder. Si bien admitía que su imaginación la había engañado antes, en esta ocasión estaba segura de que no se equivocaba. Una frase de la señorita Tilney dirigida a su padre cuando bajaban por las escaleras le ofreció la clave de lo que aquel "algo" podría ser:

—Pensaba enseñarle la habitación en que murió mi madre...

Aquellas palabras bastaron para que Catherine hiciera toda clase de elucubraciones. No tenía nada de particular que el general huyese de la visión de los objetos que sin duda contenía aquella habitación, en la cual, seguramente, no habría vuelto a entrar desde que en ella su esposa se liberó por fin de todo sufrimiento y sumió la conciencia de él en el más espantoso de los remordimientos.

Al encontrarse otra vez a solas con Eleanor, Catherine trató de exponer su deseo de conocer no solo aquella habitación, sino el ala de la casa donde se encontraba. Su amiga le prometió que intentaría complacerla tan pronto como se presentara la ocasión, y la muchacha creyó entender por aquellas palabras que era necesario aguardar a que el general se ausentara por unas horas.

—Supongo que la conservarán tal y como ella la tenía —dijo Catherine.

—Sí, exactamente igual.

—¿Cuánto tiempo hace que murió su madre?

—Nueve años.

Catherine sabía que nueve años no era poco tiempo, comparado con lo que por lo general se tardaba en arreglar la habitación ocupada por una esposa traicionada y difunta.

—Imagino que estaría usted con ella hasta el final.

—No —dijo la señorita Tilney, y soltó un lamento—. Desgraciadamente, me encontraba lejos de casa. Su enfermedad fue súbita y de corta duración, y antes de que yo llegase todo había terminado.

Catherine se quedó de piedra ante lo que sugerían aquellas palabras. ¿Sería posible que el padre de Henry...?

Y, sin embargo, ¿cuántos ejemplos no había para justificar las más espantosas sospechas? Cuando aquella noche volvió a ver al general, cuando lo contempló mientras ella y Eleanor hacían labor, pasearse pausadamente por espacio de una hora, pensativa la mirada y fruncido el ceño, la muchacha no pudo por menos de reconocer que sus sospechas no eran desatinadas. Aquella actitud era digna de un Montoni. Revelaba la tétrica influencia del remordimiento en un espíritu no del todo indiferente al evocar escenas que suscitaban una dolorosa culpabilidad. ¡Desgraciado señor...! La angustia que en el ánimo de la muchacha producían aquellas ideas la obligó a levantar los ojos con tal insistencia hacia el general, que acabó por llamar la atención de la señorita Tilney.

—Mi padre —le dijo esta en voz baja— acostumbra a pasear así por la habitación. Su silencio no tiene nada de singular.

Tanto peor, pensó Catherine.

Aquel ejercicio tan inusual, unido a la extraña afición de pasear por las mañanas, revelaban algo tan anormal como inquietante.

Después de una velada cuya monotonía y aparente duración pusieron de relieve la importancia y significación de la presencia de Henry, Catherine celebró verse relevada de su puesto de observación por una mirada que el general lanzó a su hija cuando creía que nadie lo veía, y que llevó a Eleanor a tirar con prontitud del cordón de la campanilla. Acudió poco después el mayordomo; pero al pretender encender la bujía de su amo, este se lo impidió, diciendo que no pensaba retirarse todavía.

—Tengo unos textos que leer antes de acostarme —manifestó dirigiéndose a Catherine— y quizá muchas horas después de que usted se haya entregado al sueño yo siga ocupado en los asuntos de la nación. Mientras mis ojos trabajan para el bien de mi prójimo, los suyos se preparan, descansando, para emprender nuevas conquistas.

Pero ni la referencia a los textos ni el magnífico cumplido de que la hizo objeto lograron convencer a Catherine de que era el trabajo lo que prolongaba la vigilia del general aquella noche. No era creíble que un estúpido panfleto lo obligara a velar después de que todos en la casa se hubieran acostado. Sin duda existía otro motivo más serio... Quizá la obligación de hacer algo que no podía llevarse a cabo más que cuando la familia dormía para que nadie se enterara. De pronto, Catherine concibió la idea de que la señora Tilney todavía vivía. Sí, vivía, y por motivos desconocidos la mantenían encerrada. Sin duda, las manos crueles de su marido debían de llevarle cada noche el sustento necesario para prolongar su existencia. A pesar de lo espantoso de aquella suposición, a la muchacha se le antojaba más aceptable que la de una muerte súbita. Por lo menos admitía la esperanza y la posibilidad de una liberación. Aquella repentina y supuesta enfermedad en ausencia de los hijos de la infortunada mujer quizá hubiese dado alas al cautiverio de esta. En cuanto a la causa y el origen, quedaban por averiguar. Tal vez el motivo fuesen los celos, o un sentimiento de premeditada crueldad.

Mientras al desvestirse Catherine reflexionaba en estas ideas, se le ocurrió de pronto que tal vez aquella misma mañana hubiese pasado junto al lugar en que se hallaba recluida la pobre señora. Quizá por un instante se encontró a corta distancia de la celda donde languidecía secuestrada. ¿Qué otro lugar de la abadía podía ser más adecuado que aquel para llevar a cabo tan espantoso proyecto? Recordó las misteriosas puertas que había visto en el pasillo; el general no había querido explicar su finalidad. ¿Quién sabía adónde llevaban? Se le ocurrió también, en apoyo de la posibilidad de semejante suposición, que la galería donde estaban situadas las habitaciones de la desgraciada señora Tilney debía de estar —si la memoria de Catherine no andaba descaminada— encima precisamente de las viejas celdas, y si la escalera que había junto a dichas habitaciones se comunicaba de algún modo secreto con las celdas, era evidente que esto habría favorecido los pérfidos planes de aquel hombre sin escrúpulos. Por aquella misma escalera tal vez hubiese sido conducida la víctima en un estado de premeditada inconsciencia.

Catherine se asustaba en ocasiones de su propia osadía, en tanto que otras deseaba estar equivocada en sus suposiciones; pero las apariencias favorecían de tal manera sus elucubraciones, que le era imposible desecharlas por absurdas y sin fundamentos.

Como quiera que el ala donde suponía que estaba encerrada la señora Tilney se hallaba enfrente mismo de la galería, junto a su propia habitación, pensó que si ella extremaba su vigilancia quizá consiguiese ver por entre las rendijas de las ventanas algún rayo de luz de la lámpara que seguramente llevaría el general cuando visitara a su esposa en su prisión. Animada por tal idea, Catherine salió por dos veces de su cuarto y se asomó a la ventana de la galería. No vio nada. Las ventanas permanecían sin luz. Evidentemente todavía era temprano. Varios sonidos apagados le hicieron suponer que la servidumbre todavía permanecía levantada. Pensó que hasta la medianoche sería inútil asomarse, pero en cuanto diera esa hora y todo estuviera en silencio, ella, si la extrema oscuridad no le causaba temor, ocuparía nuevamente aquel puesto de observación. Sin embargo, cuando en el reloj sonó la medianoche, Catherine llevaba media hora dormida...

Capítulo XXIV

Al día siguiente no se presentó la ocasión de realizar la proyectada visita a aquellas misteriosas habitaciones. Era domingo, y las horas que dejaban libres los oficios religiosos fueron utilizadas, a requerimiento del general, bien para pasear y hacer ejercicio fuera de la casa, bien para comer fiambres dentro de ella. Sin embargo, la profunda curiosidad que Catherine sentía, su valor no llegaba al extremo de inspeccionar tan tétricos lugares después de comer, a la luz tenue del atardecer, ni a los más potentes, pero también más traicioneros, rayos de una lámpara. Aquel día no hubo, pues, detalle alguno de interés que señalar, aparte de la contemplación del elegante monumento elevado en la iglesia parroquial a la memoria de la señora Tilney, situado precisamente enfrente del banco que la familia ocupaba durante los oficios. Catherine no podía apartar la mirada de la lápida en que había sido grabado un extenso y laudatorio epitafio en honor de la desventurada mujer. La lectura de las virtudes atribuidas a la difunta por el esposo, que, de una forma u otra, había contribuido a su destrucción, afectó a la muchacha hasta el punto de hacerla llorar copiosamente.

Tal vez no debiera parecer extraño que el general, después de erigir aquel monumento, encontrase natural tenerlo ante sí continuamente, pero Catherine encontró sencillamente sorprendente que el padre de su amiga tuviera la osadía de mantener su actitud autoritaria, su acostumbrada altivez, frente a tal recuerdo. Cierto que podían aducirse, en explicación de este hecho, muchos casos de seres endurecidos por la perversidad. Catherine recordaba haber leído sobre más de una docena de criminales que habían perseverado en la maldad y habían pasado, de crimen en crimen, asesinando a quien les placía, sin sentir el más mínimo remordimiento, hasta que una muerte violenta o una reclusión religiosa ponía fin a su demencial y desenfrenada carrera. Por lo demás, la visión del monumento no podía, en modo alguno, disipar las dudas que sobre la pretendida muerte de la señora Tilney sustentaba. Como tampoco habría podido afectarla el que se la hubiese hecho bajar al mausoleo familiar donde se suponía que descansaban los restos de la muerta. Catherine había leído demasiado para no estar enterada de la facilidad con que una figura de cera puede ser introducida en un féretro y la simulación de realidad que puede ofrecer un entierro aparente.

La mañana siguiente se presentó más prometedora. El paseo matutino del general, tan inoportuno desde cierto punto de vista, favorecía, sin embargo, los planes de Catherine, quien una vez que se hubo asegurado de la ausencia del dueño de la casa, propuso a la señorita Tilney la realización de su proyectada visita al resto del edificio. Eleanor se mostró dispuesta a complacerla, y tras recordarle su amiga que además le había hecho otro ofrecimiento, se dispuso a enseñarle, en primer lugar, el retrato de su madre que guardaba en la alcoba. El cuadro representaba a una mujer bellísima, de rostro sereno y pensativo, y justificó en parte la curiosidad y la expectación de Catherine. Esta, sin embargo, se sintió algo defraudada, pues había dado por seguro que las facciones y el aspecto general de la difunta serían iguales a los de Henry o a los de Eleanor. Todos los retratos que había leído en las novelas señalaban un notable parecido entre las madres y los hijos.

Una vez hecho el retrato, el mismo rostro seguía repitiéndose de generación en generación. En este, en cambio, no había posibilidad de encontrar semejanza alguna con el resto de la familia. A pesar de ello, Catherine contempló el cuadro con profunda emoción y no se habría marchado de allí de no atraerle otro interés más apasionante que aquel.

La agitación que experimentó al entrar en la galería fue demasiado grande para que pudiese expresarse con naturalidad. De manera, pues, que se contentó con mirar fijamente a su amiga. El rostro de Eleanor revelaba tristeza y entereza a la vez, lo cual demostraba que estaba acostumbrada a contemplar los tristes objetos en cuya busca iban. Una vez más traspuso la señorita Tilney la puerta fatal, una vez más asieron sus manos aquel impresionante tirador. Catherine, conteniendo la respiración, se volvió para cerrar la puerta, cuando por el extremo opuesto de la galería vio aparecer la temida figura del general. Casi al mismo tiempo resonó en la galería la voz autoritaria de este: "Eleanor". Fue la primera señal que la hija tenía de la súbita presencia de su padre, y el terror de Catherine creció. El primer impulso instintivo de esta fue ocultarse, pero era absurdo suponer que el anciano no la había visto. Así, cuando su amiga, lanzándole una mirada de disculpa, se apresuró a ir al encuentro de su padre, Catherine echó a correr hacia su cuarto, y una vez en él se preguntó si llegaría a encontrar el valor suficiente para salir de allí. Presa de una terrible angustia, permaneció encerrada cerca de una hora. Pensó con profunda compasión en su amiga, segura de que de un momento a otro recibiría un conminatorio aviso del general obligándola a comparecer ante él. El aviso no llegó, sin embargo, y al cabo de la hora, tras advertir que un coche se aproximaba a la casa, resolvió bajar y presentarse ante el señor Tilney, al amparo de quienquiera que hubiese llegado. El saloncito donde habían almorzado estaba lleno de gente, y el general se apresuró a presentar a Catherine a sus amistades como amiga de su hija, disimulando de modo tan perfecto su supuesto enfado, que la muchacha se sintió libre por el momento de todo peligro. Eleanor, con una presencia de espíritu que revelaba lo mucho que le preocupaba el buen nombre de su padre, aprovechó la primera ocasión para disculpar la interrupción de que habían sido objeto, diciéndole:

—Mi padre requirió mi presencia porque deseaba que escribiese una carta.

Catherine ansiaba con todas sus fuerzas que su presencia en la galería hubiese pasado inadvertida para el general, o que este quisiera, por algún oculto motivo, que ella lo creyera. Con la confianza puesta en ello, encontró valor para permanecer en la habitación después de que las visitas se hubiesen marchado, y no sucedió nada que la hiciera arrepentirse de ello. Pensando en los acontecimientos de aquella mañana, decidió hacer el próximo intento de reconocimiento y observación sin compañía. Sería mejor, en todos los sentidos, que Eleanor no supiese nada del asunto. No sería noble de una buena amiga exponer a la hija del general al peligro de una segunda sorpresa u obligarla a visitar una estancia que le producía un profundo dolor. La furia del señor Tilney no podía, al fin y al cabo, afectarla a ella de la misma forma que a la señorita Tilney. Pensó, además, que sería más prudente y más cómodo llevar a cabo su inspección sin testigos, ya que le resultaba imposible explicarle a Eleanor cuáles eran las sospechas que abrigaba. La señorita Tilney ignoraba, por lo visto, la existencia de estas, y Catherine no podía buscar delante de ella las pruebas de la culpabilidad del general, que si hasta entonces habían permanecido ocultas, no tardarían en ser reveladas. Quizá tales pruebas condenatorias consistieran en fragmentos de un diario, último confidente de las impresiones de la desgraciada víctima.

Catherine ya conocía el camino que conducía a las habitaciones de la señora Tilney, y como quiera que deseaba visitarlas antes de que Henry regresase al día siguiente, no había tiempo que perder. El sol brillaba magnífico. Ella se sentía henchida de valor; bastaría con que se retirase, con la excusa de cambiarse de ropa, media hora antes que de costumbre.

Así lo hizo, y al fin se encontró sola en la galería antes de que hubieran terminado de dar la hora los relojes de la casa. No había tiempo que perder. Rápidamente, sin hacer ruido ni detenerse para mirar o respirar siquiera, se encontró ante la puerta que buscaba. La cerradura cedió sin hacer, por suerte, ningún sonido alarmante. De puntillas entró en la habitación, pero pasaron algunos minutos antes de que lograra proseguir su examen. Algo la obligó a detenerse, fija la mirada. Contempló un aposento grande, una hermosa cama, cuidadosamente dispuesta, una estufa de baño brillante, armarios de caoba y sillas hermosamente pintadas sobre las que caían los rayos del sol poniente, que se filtraba por las dos ventanas. Catherine había supuesto que al entrar en aquel lugar experimentaría una intensa emoción, y así era, en efecto. La sorpresa primero, después la duda, embargaron su espíritu. A estas sensaciones siguió una punzada de sentido común que provocó en su ánimo un amargo sentimiento de vergüenza. No se había equivocado respecto a la situación de aquella estancia, pero se había equivocado de medio a medio en lo que de él había supuesto y las palabras de la señorita Tilney la habían conducido a imaginar... Aquella habitación, a la que había atribuido una fecha de construcción tan remota y un significado tan nefasto, era un dormitorio moderno y pertenecía al ala del edificio que el padre del general había ordenado reedificar. Dentro había dos puertas, las cuales, sin duda, conducían al tocador y al cuarto de vestir, pero Catherine no sintió deseos de abrirlas. ¿Acaso guardaban el velo que por última vez había llevado la señora Tilney, el libro cuyas páginas había leído antes de que llegase el final, mudos testigos de lo que nadie se atrevía a revelar?

No, ciertamente. Fueran cuales fueren sus crímenes, el general era demasiado listo para permitirse el menor descuido que pudiera delatarlo. Catherine estaba cansada de explorar y todo cuanto deseaba era encontrarse a salvo en su habitación y ocultar a los ojos del mundo que había cometido un error. A punto estaba de retirarse con la misma cautela con que había entrado, cuando un ruido de pasos la obligó a detenerse, temblando. Pensó que sería sumamente desagradable dejarse sorprender por alguien, aunque fuese un criado, en aquel lugar, y si ese alguien era el general —que solía aparecer en los momentos más inoportunos— mucho peor. Aguzó el oído; el ruido había cesado, y Catherine abandonó a toda prisa la habitación cerrando la puerta tras de sí. En aquel instante oyó que en el piso de abajo se abría una puerta y que alguien subía a toda prisa por las escaleras. Se sintió sin fuerzas para escapar. Con un sentimiento de temor incontrolable fijó la vista en la escalera, y pocos minuto después apareció en ella Henry.

—¡Señor Tilney! —exclamó ella con tono de sorpresa. Él la miró de idéntica forma.

—¡Por Dios Santo! —prosiguió Catherine, sin atender a lo que su amigo deseaba explicarle—. ¿Cómo ha llegado usted hasta aquí? ¿Por qué ha subido por esas escaleras?

—¿Que por qué he subido por esas escaleras? —replicó Henry, cada vez más turbado—. Pues porque es el camino más corto para llegar a mi habitación desde las cocheras. Además, ¿por qué no podía hacerlo?

Catherine se serenó y, subiéndosele los colores, no supo qué contestar. Henry la miraba fijamente, a la espera de encontrar en el rostro de la muchacha la explicación que sus labios no sabían formular. Catherine se dirigió hacia la galería.

—Y... ¿me permite que le pregunté qué hacía usted aquí? —continuó Henry—. Tan extraño es elegir este pasillo para ir desde el comedor a sus habitaciones como pueda serlo subir por esa escalera para pasar desde la cuadra a mis aposentos.

—Vengo —confesó Catherine bajando los ojos— de echar un vistazo al dormitorio de su madre.

—¡El dormitorio de mi madre! Pero ¿hay algo excepcional que ver en él?

—No, nada. Yo creí que usted no volvía hasta mañana...

—Cuando me marché así lo pensaba, pero hace tres horas me encontré con que no tenía nada que me detuviera. Está usted lívida. Mucho me temo que mi aparición la ha asustado. Sin duda usted no sabía... que esto comunicaba con las dependencias.

—No, no lo sabía. Ha elegido un día hermoso para volver.

—Sí, mucho; pero ¿cómo la deja Eleanor recorrer sola las habitaciones de la casa?

—No, no, ella me la mostró el sábado pasado; nos restaba visitar esas habitaciones, pero... el padre de usted estaba con nosotras.

—¿Y se opuso? —preguntó Henry mirándola fijamente, y sin abrigar respuesta, añadió—: ¿Ha examinado usted todas las habitaciones de ese pasillo?

—No... Solo pretendía ver... Pero... debe de ser muy tarde, ¿verdad? Es preciso que vaya a vestirme.

—No son más que las cuatro y cuarto —dijo él enseñando su reloj—, y no está usted en Bath. Aquí no necesita prepararse para ir al teatro o al casino. En Northanger puede usted arreglarse en media hora.

Catherine no podía negar que así era, y hubo de resignarse a frenar su marcha, aun cuando el miedo a que Henry insistiera en sus preguntas despertó por primera vez en su alma deseos de separarse de su lado. Juntos echaron a andar por la galería.

—¿Ha recibido usted alguna carta de Bath desde mi partida? —inquirió el joven.

—No, y la verdad es que me sorprende. ¡Isabella me prometió fielmente que lo haría sin tardanza!

—¿Que se lo prometió fielmente? ¿Y qué entiende usted por una promesa fiel? Confieso que no lo entiendo. He oído hablar de un hecho realizado con fidelidad, pero ¿una promesa? ¿Fidelidad en el prometer? De todos modos no merece la pena que lo averigüemos, ya que tal promesa no ha hecho más que desilusionarla a usted y entristecerla. ¿Le ha gustado la habitación de mi madre? Amplia y alegre, y el tocador bien dispuesto. Para mi gusto, es el mejor aposento de la casa, y me sorprende un poco el que Eleanor no lo aproveche para su uso. Supongo que ella la enviaría a usted a que lo viera.

—No...

—¿Ha venido usted por iniciativa propia, entonces?

Catherine no contestó, y después de un breve silencio, durante el cual Henry la observó atentamente, él prosiguió:

—Como en esas habitaciones no hay nada capaz de despertar su curiosidad, supongo que la visita ha obedecido a un sentimiento de respeto provocado por el carácter de mi madre, y que, relatado por Eleanor, seguramente honrará a su memoria. No creo que el mundo haya conocido nunca una mujer más virtuosa, pero no siempre la virtud logra despertar tan profundo interés como el que al parecer ha despertado en usted. Los méritos sencillos y puramente familiares de una persona a la que jamás se ha visto no suelen crear ternura tan ferviente y venerable como la que con toda seguridad la ha animado a usted a hacer lo que ha hecho. Es bien patente que Eleanor le ha hablado a usted mucho de... ella.

—Sí, mucho. Es decir..., mucho no, pero lo que dijo me resultó sumamente interesante. Su muerte súbita —estas palabras fueron pronunciadas muy lentamente y con titubeos—, la ausencia de usted..., de todos en aquellos momentos. El hecho de que su padre, según creí deducir, no la amaba mucho...

—Y de tales circunstancias —respondió él mirándola a los ojos— usted ha inferido que tal vez hubiese existido alguna... negligencia.

Catherine sacudió instintivamente la cabeza.

—O quizás algo más imperdonable todavía.

La muchacha levantó los ojos hacia Henry y lo miró como nunca había mirado a nadie.

—La enfermedad de mi madre —continuó él— fue, en efecto, súbita. El mal que provocó su fin, una fiebre biliosa motivada por una causa orgánica, hacía tiempo que había hecho mella en ella. Al tercer día, y enseguida que se la pudo convencer de la necesidad de ponerse en manos de un médico, fue asistida por uno de primera fila, digno de nuestra confianza. Al darse cuenta este de la gravedad de mi madre, llamó a consulta para el día siguiente a otros dos doctores, y los tres estuvieron atendiéndola sin separarse de su lado por espacio de veinticuatro horas. A los cinco días de declararse el mal, falleció. Durante el progreso de la enfermedad, Frederick y yo, que estábamos en la casa, la vimos repetidas veces y fuimos testigos de la solicitud y atención de que fue objeto por parte de quienes la rodeaban y estimaban y de las comodidades que su posición social le permitía. La pobre Eleanor no estaba, y tan lejos se encontraba que no tuvo tiempo de ver a su madre más que en el ataúd.

—Pero ¿y su padre? —preguntó Catherine—. ¿Se mostró afligido?

—Durante un tiempo, mucho. Se ha equivocado usted al pensar que no amaba a mi madre. Le profesaba todo el cariño de que era capaz su corazón... No todos, bien lo sabe usted, tenemos la misma ternura de sentimientos, y no he de negar que durante su vida ella tuvo mucho que sufrir y soportar, pero, incluso cuando el carácter de mi padre fue en muchas ocasiones causa de sufrimiento para ella, nunca la ofendió ni molestó a sabiendas. La admiraba con sinceridad, y si bien es cierto que el dolor que le produjo su muerte no fue continuo, tampoco puede negarse que ese dolor existiera.

—Lo celebro —dijo Catherine—. Habría sido terrible que...

—Pero por lo que infiero, usted había supuesto algo tan extraño y espantoso que apenas si encuentro palabras para expresarlo... Querida señorita Morland, considere la naturaleza de las sospechas que ha estado abrigando... ¿Sobre qué hechos se basan? Piense en qué país y en qué tiempo vivimos. Tenga presente que somos ingleses y cristianos. Recapacite acerca de lo que ocurre en torno a nosotros. ¿Es acaso la educación que recibimos una preparación para cometer salvajadas? ¿Lo permiten nuestras leyes? ¿Podrían ser perpetradas y no descubrirse en un país como este, en el que es tan general el intercambio social y literario, en el que todos estamos rodeados por espías voluntarios y donde los periódicos sacan todos los acontecimientos a la luz? Querida señorita Morland, ¿qué ideas ha estado usted fraguando?

Habían llegado al final de la galería, y Catherine, hecha un lío y con los ojos llenos de lágrimas, echó a correr hacia su habitación.

Capítulo XXV

Las ilusiones románticas de Catherine quedaron volatilizadas después de aquel incidente. Las breves palabras de Henry le habían abierto los ojos, haciéndole comprender lo absurdo de sus suposiciones. Se sentía profundamente humillada. Lloró amargamente. No solo había perdido su propia estima, sino la de Henry. Su locura, que ahora la catalogaba de criminal, había quedado al descubierto. Su amigo con seguridad la despreciaría. ¿Acaso podría perdonar la libertad que en su imaginación se había tomado con el buen nombre de su padre? ¿Olvidaría alguna vez su curiosidad enfermiza y sus temores? Sintió un odio inexplicable contra sí misma. Henry le había mostrado, o al menos así le había parecido a ella, cierto afecto antes de lo ocurrido aquella nefasta mañana, pero ahora ya... Catherine se dedicó por espacio de media hora a atormentarse de todas las formas posibles, y a las cinco bajó, con el corazón destrozado, al comedor, donde casi no logró contestar a las preguntas que acerca de su salud le formuló Eleanor. Henry se presentó al poco rato, y la única diferencia que la muchacha observó en su conducta fue que se mostró más pródigo en atenciones para con ella. Jamás se había encontrado tan necesitada de afecto, y por suerte Henry se había dado cuenta de ello.

Transcurrió la velada sin que aquella tranquilizadora amabilidad disminuyera en absoluto, y al fin Catherine consiguió disfrutar de cierta moderada felicidad. Por supuesto, no podía olvidar lo pasado, pero comenzó a sentir esperanzas de que, puesto que aparte de Henry nadie se había enterado de lo ocurrido, él tal vez se decidiera a proseguir con sus muestras de amistad y cariño.

Sus pensamientos se hallaban embargados por el recuerdo de lo que a impulsos de un infundado temor había sentido y pensado. Quizá cuando consiguiera serenarse su espíritu, comprendiese que todo ello era resultado de una ilusión creada por ella misma y fomentada por circunstancias en sí sin importancia pero cuya imaginación, predispuesta al miedo, había engrandecido. Su mente había utilizado cuanto la rodeaba para infundir las sensaciones de temor que deseaba experimentar incluso antes de entrar en la abadía.

¿Acaso ella misma no se había preparado una sensacional entrada en Northanger? Mucho antes de salir de Bath se había dejado dominar por su afición a lo romántico, a lo inverosímil. En una palabra, todo lo sucedido podía atribuirse a la influencia que en su espíritu habían ejercido ciertas lecturas románticas, de las que tanto gustaba. Por encantadores que fueran los libros de la señora Radcliffe y las obras de sus imitadores, justo era reconocer que en ellos no se encontraban caracteres, tanto de hombres como de mujeres, como los que abundaban en las regiones del centro de Inglaterra. Tal vez fueran fiel reflejo de la vida en los Alpes y los Pirineos, con todos sus vicios y su misterio; quizá revelaran exactamente los horrores que, según en tales obras se demostraba, fructificaban en Italia, en Suiza y en el sur de Francia. Catherine no se atrevía a dudar de la veracidad de la autora más allá de lo que a su propio país indicaba, y si la hubieran apurado, ni siquiera habría salvado a las regiones más apartadas de este. Pero en el centro de Inglaterra no cabía suponer que, dadas las costumbres del país y de la época, no estuviera garantizada la vida de una esposa aunque su marido no la amase. Allí no se toleraba el asesinato, ni los criados eran esclavos, ni podía uno obtener de un boticario cualquiera el veneno suficiente para matar a alguien, ni tan solo daban facilidades para conseguir una sencilla adormidera como el ruibarbo. En los Alpes y los Pirineos quizá no existieran caracteres que fuesen el fruto de la mezcla de tendencias. Los que no se conservaban puros como los mismísimos ángeles, tal vez pudiesen desarrollar inclinaciones auténticamente infernales. Pero en Inglaterra no ocurría nada de eso. Entre los ingleses, o por lo menos así lo creía Catherine, se observaba una combinación, a veces bastante desigual, de bien y de mal. Apoyándose en tales convicciones, se dijo que no la sorprendería si al cabo de un tiempo el carácter de Henry y Eleanor Tilney daban muestras de alguna imperfección, y así acabó por persuadirse de que no debía preocuparle el haber adivinado algunos defectos en la personalidad del general, pues si bien quedaba libre de las injuriosas sospechas que ella siempre se avergonzaría de haber abrigado hacia él, no era un hombre que, estudiado con detenimiento, pudiera considerarse ejemplo de caballerosa cortesía.

Una vez tranquila en lo que a estos puntos se refería, y firmemente resuelta a juzgar y obrar de allí en adelante con juicio y prudencia, Catherine pudo perdonarse a sí misma por sus pasadas faltas y dedicarse a ser totalmente feliz. Por otra parte, la mano indulgente del tiempo la ayudó sobremanera, llevándola gradualmente a nuevas evoluciones en el transcurso de otro día. La actitud de Henry fue en extremo beneficiosa, pues con generosidad y nobleza sorprendentes se abstuvo de mencionar cuanto había sucedido, y mucho antes de lo que ella hubiera supuesto posible, recuperó una tranquilidad absoluta que le permitió gozar nuevamente de la grata conversación de su amigo. Bien pronto las preocupaciones de la vida diaria sustituyeron a las ansias de aventura. Aumentaron también sus deseos de tener noticias de Isabella. Se sintió impaciente por saber qué ocurría en Bath, si los salones estaban concurridos y, sobre todo, si seguían las relaciones de la señorita Thorpe con su hermano. Catherine no tenía otro medio de información que la propia Isabella, pues James le había advertido que no le escribiría hasta regresar a Oxford, y la señora Allen le había ofrecido hacerlo después de volver a Fullerton. Isabella, en cambio, había prometido repetidas veces escribirle, y su amiga era tan meticulosa, por lo general, en cumplir con sus promesas, que aquel silencio no podía por menos de resultar extraño. Por espacio de nueve mañanas consecutivas Catherine se asombró ante la repetición de un desengaño que cada día parecía más grave. A la décima mañana, y en el instante de entrar en el comedor, lo primero que observó fue una carta que Henry se dio prisa a entregarle. Ella le dio las gracias con tanta alegría y gratitud como si hubiese sido él quien la hubiera escrito.

—Es de James —dijo Catherine mientras la abría. La carta venía de Oxford y su contenido era el siguiente:

«Querida Catherine:

»Aun cuando solo Dios sabe el trabajo que en estos días me cuesta escribir, creo que es mi deber advertirte que entre la señorita Thorpe y yo todo ha finalizado. Ayer me separé de ella, salí de Bath y estoy decidido a no volver a verla más. No quiero entrar en detalles, que solo servirían para causarte pena. Antes de que pase mucho tiempo sabrás, por otros, a quién puedes responsabilizar de lo ocurrido, de cuanto me ocurre, y no dudo que entonces comprenderás que tu hermano no ha sido culpable de otro delito que el de creer que su amor era correspondido. Gracias al cielo, me he desengañado a tiempo. Pero el golpe es terrible. Después de haber conseguido el consentimiento de mi padre... Pero no quiero hablar más de ello. Esa mujer ha labrado mi desdicha... No me prives de tus noticias, mi querida Catherine. Mi "única»"amiga en cuyo cariño solamente puedo confiar ya. Espero que tu estancia en Northanger habrá terminado antes de que el capitán Tilney notifique oficialmente sus relaciones, pues tu situación ahí sería entonces muy desagradable. El pobre Thorpe está en Londres. Temo verlo. Sufrirá mucho a causa de lo ocurrido. Le he escrito, así como a mi padre. Lo que más me duele es la doblez, la falsedad de que ella ha dado pruebas hasta el último instante. Me aseguró que me quería y se rio de mis dudas. Siento vergüenza de

haber sido tan débil, pero eran tantas las razones que me inclinaban a creer que me quería... Hoy mismo no acierto a comprender, por qué hizo lo que hizo. Para asegurar el cariño de Tilney no era preciso jugar con el mío. Nos separamos al fin por mutuo acuerdo. Ojalá nunca la hubiese conocido. Para mí, jamás habrá otra mujer como ella. Cuídate y desconfía, mi querida Catherine, de quien pretenda jugar con tu corazón.

Tuyo siempre...»

La muchacha no llevaba leídas más de tres líneas de aquella carta cuando su rostro lívido y las exclamaciones de asombro y pesar que dejó escapar revelaron a quienes la acompañaban que estaba tomando conocimiento de alguna noticia desagradable. Henry, que no apartaba los ojos de ella, advirtió que el final de la lectura le producía una impresión todavía más deprimente. La aparición del general, sin embargo, impidió al joven demostrar su preocupación. Todos se disponían, pues, a almorzar, pero a Catherine le resultaba completamente imposible tomar nada. Tenía los ojos hechos un mar de llanto. Tan pronto dejaba la carta sobre su falda como la escondía en su bolsillo. Ciertamente, no se daba cuenta de lo que hacía. Por suerte, el general estaba tan ocupado tomando su cacao y leyendo el periódico que no tenía tiempo de observarla; pero para los dos hermanos no podía pasar inadvertida aquella intensa zozobra. Tan pronto como Catherine se atrevió a levantarse de la mesa, corrió hacia su alcoba, pero las doncellas estaban arreglándola, por lo que no tuvo más remedio que bajar de nuevo. Entró, buscando soledad, en el salón y halló en él a Henry y Eleanor, que se habían refugiado allí para charlar a solas de ella precisamente. Al verlos, Catherine retrocedió, excusándose, pero los dos hermanos la obligaron con tierna insistencia a que volviera y se retiraron, después de que Eleanor le expresara su deseo de ayudarla y consolarla.

Tras entregarse plenamente por espacio de media hora a reflexionar sobre los motivos de su aflicción, Catherine se sintió lo bastante animada para ver nuevamente a sus amigos. No sabía si confiarles los motivos de su preocupación, y decidió, al fin, que si le hacían alguna pregunta les dejaría entrever, por medio de una leve indirecta, lo sucedido, pero nada más. Exponer la conducta de una amiga como Isabella a personas cuyo hermano había mediado en el espinoso asunto, se le antojó por demás desagradable. Pensó que tal vez fuera más sensato soslayar toda explicación. Henry y Eleanor estaban solos en el comedor cuando Catherine entró, y los dos la observaron con atención mientras se sentaba a la mesa. Después de un breve silencio, Eleanor preguntó:

—Espero que no haya recibido malas noticias de Fullerton. ¿Algún miembro de su familia está enfermo?

—No —contestó Catherine, y dejó escapar un ay lastimero—. Todos están bien. La carta me la ha enviado mi hermano desde Oxford.

Por espacio de unos minutos nadie pronunció palabra. Después la muchacha, con voz velada por la emoción, añadió:

—Creo que en mi vida volveré a desear recibir más cartas.

—Lo lamento —dijo Henry al tiempo que cerraba el libro que acababa de abrir—. Si yo hubiese sospechado que esa carta podía contener alguna noticia desagradable para usted no se la habría entregado de tan buen talante.

—Contenía algo peor de lo que usted y todos podrían imaginar. El pobre James es muy desgraciado. Pronto conocerán ustedes la causa.

—De todos modos, será un consuelo para él saber que tiene una hermana tan bondadosa y que se preocupa tanto por él —dijo Henry.

—Debo hacerles una petición —solicitó poco después Catherine, evidentemente azorada—. Les ruego que me avisen si su hermano piensa venir, para que yo pueda irme antes de su llegada.

—¿Se refiere usted a Frederick?

—Sí... Sentiría profundamente tener que marcharme, pero ha ocurrido algo que me imposibilitaría permanecer siquiera un momento bajo el mismo techo que el capitán Tilney.

Eleanor, cada vez más perpleja, suspendió su labor para mirar a su amiga; en cambio, Henry empezó desde aquel momento a sospechar la verdad, y de sus labios escaparon unas palabras entre las que se destacó el nombre de la señorita Thorpe.

—¡Qué listo es usted! —exclamó Catherine—. ¿Será posible que haya adivinado...? Y, sin embargo, cuando hablamos de ello en Bath estaba usted muy lejos de pensar que esto terminaría tal y como lo ha hecho. Ahora me explico por qué Isabella no me escribía. Ha rechazado a mi hermano y piensa casarse con el capitán. ¿Será posible tanta falsedad, tanta inconstancia y tan inexplicable maldad?

—Espero que, por lo que a Frederick respecta, no sean exactas las noticias que usted ha recibido. Sentiría que hubiera sido responsable del desengaño que sufre el señor Morland. Por lo demás, no creo probable que llegue a contraer matrimonio con la señorita Thorpe. En este punto, por lo menos, no debe usted de estar bien informada. Lamento lo ocurrido por el señor Morland; siento que una persona tan próxima a usted tenga que pasar por semejante trance, pero lo que más me sorprendería en este negocio es que Frederick se casara con esa señorita.

—Pues, a pesar de todo, es cierto. Lea usted la carta de James y lo comprobará. Pero, no, espere... —Catherine se sonrojó al recordar lo que su hermano le decía en la última línea de su carta.

—Si no le molesta, lo mejor sería que usted misma nos leyese los párrafos que se refieren a mi hermano.

—No, no; léala usted —insistió Catherine, cuyos pensamientos estaban cada vez más claros y se sonrojaba solo de pensar que momentos antes lo había hecho—. Es que James quiere aconsejarme...

Henry cogió la misiva con gesto de satisfacción y, después de leerla atentamente, se la devolvió, diciendo:

—Tiene usted razón. Y créame que me apena. Claro que Frederick no será el primer hombre que muestre al elegir esposa menos sentido común de lo que su familia desearía. Por mi parte, no envidio su situación, tanto en calidad de hijo como de marido.

La señorita Tilney, a instancias de Catherine, leyó después la carta y, tras expresar la preocupación y la sorpresa que su lectura le producían, se dispuso a interrogar a su familia acerca de la fortuna y las relaciones de familia de la señorita Thorpe.

—Su madre es bastante buena persona —respondió Catherine.

—¿Cuál es la profesión de su padre?

—Según creo, era abogado. Viven en Pulteney.

—¿Se trata de una familia rica?

—Pienso que no. Isabella, por lo menos, no tiene nada; pero eso, tratándose de una familia como la de ustedes, no tiene importancia. ¡El general es tan generoso...! El otro día me aseguraba que por lo único que apreciaba el dinero era porque con él podía conseguir la felicidad de sus hijos.

Los hermanos se miraron por un momento.

—Pero ¿cree usted que sería asegurar la felicidad de Frederick permitir que contrajese matrimonio con esa chica? —preguntó a continuación Eleanor.

—Por lo que vemos, se trata de una mujer sin moral. De otro modo, no se habría comportado como lo ha hecho. ¡Qué extraña obsesión la de Frederick! ¡Comprometerse con una chica que quebranta un compromiso adquirido voluntariamente con otro hombre! ¿Verdad que es inconcebible, Henry? ¡Frederick, que siempre se mostró tan experto en asuntos de amor! ¿Acaso creía que no había en el mundo mujer más digna de su afecto?

—Realmente, las circunstancias que envuelven este percance no le hacen gran favor y contrastan con ciertas declaraciones suyas. Confieso que no lo entiendo. Por otra parte, tengo la suficiente confianza en la prudencia de la señorita Thorpe para considerarla capaz de poner fin a sus relaciones con un caballero sin antes haberse asegurado el cariño de otro. Me parece que Frederick no tiene escapatoria. No hay salvación posible para él. Y tú, Eleanor, prepárate a recibir a una cuñada de tu gusto. Una cuñada sincera, cándida, inocente, de afectos profundos y a la par sencillos, libre de pretensiones y de disimulo.

—¿Crees que sería de mi agrado una cuñada tal y como me la describes? —repuso Eleanor con una sonrisa.

—Quizá con la familia de ustedes no se comporte como con la nuestra —dijo Catherine—. Quizás casándose con el hombre de su gusto sepa ser constante.

—Precisamente es lo que temo —observó Henry—. Preveo que en el caso de mi hermano será de una constancia que solo las atenciones de un barón o de otro noble cualquiera podrían llevarlas al traste. En bien de Frederick estoy tentado de comprar el periódico de Bath y ver si hay algún posible rival entre los recién llegados.

—¿Cree usted entonces que ella se deja llevar de la ambición?

—Hay indicios de que así es —contestó ella—. No puedo olvidar, por ejemplo, que Isabella no supo disimular su contrariedad cuando se enteró de lo que mi padre estaba dispuesto a hacer por ella y por mi hermano. Por lo visto, esperaba mucho más. Nunca me he llevado un desengaño tan grande con persona alguna.

—Entre la infinita variedad de hombres y mujeres que ha conocido usted y ha tenido ocasión de estudiar, ¿no es así?

—El desengaño que he sufrido y la pérdida de esta amistad son muy dolorosos para mí. En cuanto al pobre James, me temo que jamás consiga sobreponerse del todo.

—Ciertamente, su hermano es digno de nuestra compasión, pero no debemos olvidarnos de que usted sufre tanto como él. Sin duda cree que al perder la amistad de Isabella pierde también la mitad de su propio ser; siente en su corazón un vacío que nada podrá llenar. La sociedad debe de antojársele extremadamente insulsa. Imagino que por nada del mundo iría usted a un baile en estos momentos. Desconfía de volver a encontrar una amiga con la que hablar sin tapujos y cuyo aprecio y consejos pudieran, en un momento dado, servirle de apoyo. Siente usted todo esto, ¿no es así?

—No —respondió Catherine tras una breve reflexión—. No siento nada de eso. ¿Cree usted que debería sentirlo? A decir verdad, aun cuando me apena la idea de que ya no podré sentir cariño por Isabella, ni saber de ella, ni volver, quizá, a verla, no estoy tan afligida como creía.

—Ahora, y en toda ocasión, siente usted aquello que más favorece al carácter humano. Tales sentimientos deberían ser analizados a fin de conocerlos mejor.

Catherine encontró tanto consuelo en esta conversación, que no pudo lamentar el haberse dejado arrastrar, sin saber cómo, a hablar de las circunstancias que habían provocado su tristeza.

Capítulo XXVI

Desde aquel momento los tres amigos volvieron a hablar con frecuencia del mismo asunto, y Catherine pudo observar, no sin cierta sorpresa, que en la opinión de los dos hermanos la falta de posición y de fortuna de Isabella dificultaría, sin duda alguna, que la boda del capitán tuviera lugar. Este hecho la obligó a reflexionar, no sin cierta alarma, acerca de su propia situación, puesto que ambos hermanos consideraban que la modesta posición de la señorita Thorpe sería, independientemente de otras consideraciones de carácter moral, motivo de oposición por parte del general. Al fin y al cabo, ella era tan insignificante y se hallaba tan desprovista de fortuna como Isabella, y si el heredero de la casa Tilney no contaba con bastantes bienes para contraer matrimonio con una mujer sin dote, ¿cómo esperar que su hermano menor pudiera hacerlo? Las penosas reflexiones que en el ánimo de Catherine provocaron aquellos pensamientos desaparecían cuando recordaba la evidente inclinación, que desde el primer instante el general había mostrado hacia ella. La animaba también el recuerdo de sus generosas manifestaciones cada vez que se referían a asuntos de dinero, y finalmente llegó a creer que tal vez los hijos estuvieran equivocados. Sin embargo, parecían tan firmemente persuadidos de que el capitán no tendría valor para solicitar personalmente el consentimiento de su padre, que acabaron por convencer a Catherine de que Frederick jamás había estado tan lejos de presentarse en Northanger como en aquellos instantes, y que en consecuencia no era necesario que ella se fuera. Al mismo tiempo, y puesto que no había motivo para suponer que el capitán Tilney, al hablar con su padre de la posible boda presentara a Isabella tal y como en realidad era, la muchacha pensó que sería conveniente que Henry le anticipase al general una idea exacta del modo de ser de la novia, de forma que este pudiera formarse una opinión imparcial y fundar su oposición en motivos que no fueran la desigualdad de posición social de los jóvenes. Catherine así se lo propuso a Henry, quien no aplaudió tanto la idea como habría sido de esperar.

—No —dijo—. Mi padre no necesita que se le ayude a tomar decisiones, y no conviene prevenirle contra un acto de locura sobre el cual Frederick es el único que debe dar explicaciones.

—Pero no lo dirá todo.

—Con la cuarta parte será suficiente.

Pasaron uno o dos días sin noticias del capitán Tilney. Sus hermanos no sabían la causa. A veces pensaban que aquel silencio era resultado natural de las supuestas relaciones; otras, les parecía incompatible con la existencia de las mismas. El general, por su parte, aun mostrándose cada mañana más molesto por el hecho de que su hijo no escribiese, no estaba realmente preocupado ni expresaba otro deseo que el de que Catherine disfrutara de su estancia en Northanger. Repetidas veces manifestó su temor de que el tedio de aquella vida acabara por aburrir a la muchacha. Se lamentó de que no se encontrarán allí sus vecinas, las Fraser; habló de dar una comida, y hasta llegó a calcular el número de gente joven y aficionada al baile que habría en la localidad.

Pero era tan mala la época del año, sin caza, sin vecinos... Al fin, decidió sorprender a su hijo y le anunció que en la primera ocasión en que este se encontrara en Woodston se presentarían todos a verlo y a comer en su compañía. Henry contestó que se sentiría muy honrado y contento, y Catherine se mostró entusiasmada.

—¿Y cuándo crees que podré tener el gusto de recibiros, papá? Debo estar en Woodston el lunes, para asistir a una junta parroquial, y permaneceré allí dos o tres días.

—Bien, bien... Ya procuraremos verte uno de esos días. No hay necesidad de fijar fecha, ni es preciso que te molestes en hacer preparativos. Nos contentaremos con lo que tengas en la casa. Estoy seguro de que Eleanor y su amiga sabrán disculpar las deficiencias propias en una mesa de soltero. Veamos... El lunes estarás muy ocupado; mejor será no ir ese día. El martes soy yo quien tiene asuntos que resolver. Por la mañana vendrá el inspector de Brockham, y no puedo dejar de asistir al club, porque todos saben que hemos vuelto y mi ausencia podría interpretarse mal y causar verdadero enfado. Yo, la señorita Morland, tengo por costumbre no dar plantón a nadie, siempre que esté en mi mano. En esta ocasión se trata de un grupo de excelentes amigos a quienes regalo un gamo de Northanger dos veces al año, y como con ellos cuando las circunstancias me lo permiten. El martes, pues, no es posible ir a Woodston, pero el miércoles tal vez... Llegaremos temprano, así podrá usted echar un vistazo a todo. El viaje dura poco menos de tres horas, dos horas y cuarenta y cinco minutos, para ser exacto, de modo que habrá que partir a las diez en punto. Quedamos, pues, en que el miércoles, sobre la una menos cuarto, nos tendrás allí.

La idea de asistir a un baile no habría entusiasmado tanto a Catherine como aquella rápida excursión. Tenía grandes deseos de conocer Woodston, y su corazón palpitaba de contento cuando, una hora más tarde, Henry, vestido ya para marcharse, entró en la habitación donde se encontraban las dos amigas.

—Vengo con ánimo moralizador, señoritas —dijo—. Quiero demostrarles que todo placer tiene un precio y que muchas veces los compramos en condiciones desventajosas, entregando una moneda de positiva felicidad a cambio de una letra que no siempre es aceptada más tarde. Prueba de ello es lo que me ocurre para conseguir la satisfacción, por demás problemática, de verlas el miércoles próximo en Woodston, y digo problemática porque el tiempo, o cualquier otra circunstancia, podría dar al traste con nuestros planes. Por lo demás, me veo en la tesitura a marchar de aquí dos días antes de lo que pensaba.

—¿Marchar? —preguntó Catherine con tono de desilusión—. ¿Por qué?

—¿Que por qué? ¿Cómo puede usted hacerme semejante pregunta? Pues porque no tengo tiempo que perder en volver loca a mi vieja ama de llaves para que les prepare a ustedes una comida digna de quienes han de disfrutarla.

—Pero ¿habla usted en serio?

—En serio y entristecido, porque, la verdad, preferiría permanecer aquí.

—¿Y por qué se preocupa usted, después de lo que dijo el general? ¿Acaso no le manifestó claramente que no se molestara, que nos arreglaríamos con lo que hubiera en la casa?

Henry se limitó a sonreír.

—Por lo que a mí y a su hermana respecta —prosiguió Catherine—, creo totalmente innecesario que se vaya. Usted lo sabe muy bien. En cuanto al general, ¿acaso no le dijo que no era preciso que se tomase molestias? Y aun cuando no lo hubiera dicho, creo que quien como él puede tener a su disposición una mesa tan excelente en toda época del año, no sentirá comer medianamente en esta ocasión.

—¡Ojalá sus razonamientos bastaran para convencerme! ¡Adiós! Como mañana es domingo no regresaré hasta después de verlas en Woodston.

Salió Henry, y como a Catherine le resultaba más fácil dudar de su propio criterio que del de él, pronto quedó convencida, a pesar de lo desagradable que le resultaba el que se hubiese marchado, de que el muchacho obraba con criterio. Sin embargo, no pudo apartar de su mente la inexplicable conducta del general. Sin más ayuda que su propia observación, había descubierto que el padre de sus amigos era muy exigente en cuanto a sus comidas se refería, pero lo que no acertaba a comprender era el empeño que ponía en decir una cosa y sentir lo contrario. ¿Cómo era posible entender a quien se comportaba de ese modo? Ciertamente, Henry era el único capaz de adivinar los motivos que impulsaban a su padre a obrar de aquella forma.

Todas las reflexiones la conducían al mismo triste convencimiento. Desde el sábado hasta el miércoles tendrían que arreglarse sin ver a Henry, y eso no era lo peor, sino que la carta del capitán Tilney podía llegar durante su ausencia. Además, cabía la posibilidad de que el miércoles hiciera mal tiempo. Tanto el pasado como el presente y el porvenir se le antojaron igualmente funestos a la muchacha. Su hermano era desgraciado; ella padecía por la pérdida de la amistad de Isabella, y Eleanor por la ausencia de Henry. Necesitaba de algo que la distrajera. Sentía aburrimiento del bosque, del jardín, del plantío y del orden perfecto que en ellos reinaba. La misma abadía no le producía ya más efecto que una casa cualquiera. La única emoción que podía provocar en ella cuanto la rodeaba era el recuerdo, doloroso por cierto, de las quiméricas suposiciones que la habían llevado a comportarse de manera tan vergonzosa. ¡Qué revolución se había operado en sus gustos! Con lo mucho que había deseado vivir en una abadía, y ahora encontraba mayor placer en la idea de habitar una rectoría confortable como la de Fullerton, solo que mejor aún. Fullerton adolecía de ciertos defectos que seguramente no tendría Woodston. Si al menos el miércoles llegara pronto... Y llegó a su debida hora y con un tiempo radiante. Catherine era totalmente feliz.

A las diez en punto, y en un coche tirado por cuatro caballos, salieron de la abadía, y, después de un agradable paseo de veinte millas aproximadamente, llegaron a Woodston, un pueblo grande, populoso y bastante bien emplazado. Catherine no se atrevía a expresar su admiración por aquel lugar delante del general, que no cesaba de disculpar lo vulgar del paisaje y la pequeñez del pueblo. La muchacha, en cambio, pensaba que era el lugar más hermoso que había visto en su vida. Con profundo placer observó las casas y las tiendas por delante de las que pasaban. Al otro extremo del pueblo, y un poco alejada de este, se encontraba la rectoría, un edificio sólido y de construcción moderna cuya importancia aumentaba un segmento semicircular de avenida separada del camino por un portillo de madera pintado de verde. En la puerta de la casa encontraron a Henry, acompañado de un cachorro de Terranova y dos o tres terriers, compañeros de su soledad y tan dispuestos como su amo a darles la bienvenida.

La imaginación de Catherine se hallaba demasiado ocupada al entrar en la casa para poder expresar sus sentimientos con palabras, hasta tal punto que no reparó en el aspecto de la habitación en que se hallaban hasta que el general no le pidió su opinión sobre ella. Entonces sí bastó una sola mirada para convencerla de que nunca había visto estancia alguna tan confortable como aquella. Sin embargo, no se atrevió a expresarse con total franqueza, y la frialdad de su respuesta descolocó al padre de Henry.

—Ya sabemos que no es una gran casa —dijo—. No admite comparación con Fullerton ni con Northanger. Al fin y al cabo, debemos valorarla como lo que es: una rectoría pequeña, pero aceptable y habitable. No es inferior a la mayor parte de estas viviendas. ¿Qué digo inferior? Creo que habrá pocas rectorías rurales que sean mejores. Ciertamente, podrían introducirse mejoras. No pretendo sugerir otra cosa. Más todavía, estaría dispuesto a realizar cualquier obra que fuera razonable; por ejemplo, colocar una ventana, y eso que no hay cosa que deteste más que una ventana colocada, como si dijéramos, sin ton ni son...

Catherine no había seguido con suficiente atención el discurso del general para comprender su significado, ni sentirse aludida por él, y como quiera que Henry se apresuró a introducir nuevos temas de conversación, y su criado entró al poco tiempo con una bandeja de refrescos, acabó el general por recobrar su habitual complacencia antes de que la muchacha perdiera la serenidad por completo.

La estancia sujeta a discusión era de un tamaño bastante grande; bien dispuesta y perfectamente amueblada, hacía las veces de comedor. Al abandonarla para dar un paseo por el jardín tuvieron que pasar primero por una habitación utilizada por el amo de la casa, en la que aquel día reinaba, por casualidad, un orden perfecto, y después por otra que en su día haría las veces de salón, y con cuyo aspecto, a pesar de no estar amueblada todavía, a Catherine le pareció adecuado para satisfacer al propio general. Era una estancia de admirables proporciones, cuyas ventanas bajaban hasta el mismo suelo y permitían disfrutar de la hermosa vista de unos campos floridos. Con la sencillez que la caracterizaba, la muchacha preguntó:

—¿Por qué no arregla usted esta habitación, señor Tilney? ¡Qué lástima que no esté amueblada! Es la habitación más bonita que he visto jamás... La más bonita del mundo.

—Yo espero —dijo el general con una sonrisa de satisfacción— que pronto estará arreglada. Solo esperamos ponerla bajo la acertada dirección de una dama.

—Si yo viviese en esta casa, esta sería mi habitación preferida. Miren qué preciosa casita se ve allá entre aquellos árboles. Parecen... Sí, son manzanos... ¡Qué belleza!

—¿De veras le agrada? —le preguntó el general—. No se hable más. —Se volvió hacia su hijo y agregó—: Henry, darás a Robinson la orden de que esa casa quede tal como está.

Aquella muestra de amabilidad sorprendió de nuevo a Catherine, que calló. Inútilmente le rogó el general que expusiera su opinión en lo referente al papel y los cortinajes que convenían a aquella habitación. No le fue posible conseguir una sola palabra. Contribuyeron, por fin, a restablecer la tranquilidad de ánimo de la muchacha, disipando el recuerdo de las embarazosas preguntas de su viejo amigo, la fresca brisa que corría en el jardín y la vista de un rincón de este, sobre el cual había comenzado a actuar hacía año y medio el genio organizador de Henry. Catherine pensó que nunca había visto lugar de recreo más bello que aquel, alrededor de un prado desnudo de árboles.

Un corto paseo por el campo y a través del pueblo, seguido de una visita a las cocheras para examinar las obras que estaban llevándose a cabo en ellas, y un rato de alegre expansión y jugueteo con los cachorros, que casi no podían sostenerse todavía sobre las patas, entretuvieron el tiempo hasta las cuatro de la tarde. Catherine se asombró al saber la hora. A las cuatro debían comer, y a las seis, emprender el regreso. Nunca había visto transcurrir un día más velozmente...

Ya sentados a la mesa, la muchacha observó, sorprendida, que la inesperada abundancia de platos no provocaba comentario alguno por parte del general. Lejos de ser así, el buen señor no dejaba de mirar hacia los trincheros, como en espera de encontrar alguna fuente de fiambres. Sus hijos, por el contrario, advirtieron que el padre comía con más apetito del acostumbrado en mesas que no fueran la suya, sorprendiéndoles también, y en mayor grado, la escasa importancia que concedió al hecho de quedar convertida la manteca, por imperdonable descuido de la servidumbre, en un líquido repugnante y aceitoso. A las seis en punto, y una vez que hubo terminado el general su café, subieron de nuevo al coche.

Los halagos y comentarios risueños con que en el transcurso de aquel día se vio obsequiada Catherine la convencieron de cuáles eran las pretensiones del general. Si hubiera podido tener la misma seguridad en cuanto a los deseos de Henry, habría abandonado Woodston sin dudar de que le esperaba un futuro risueño y feliz.

Capítulo XXVII

A la mañana siguiente el cartero trajo para Catherine una inesperada misiva de Isabella, que rezaba así:

«Bath. Abril.

»Mi queridísima Catherine:

»Con la mayor alegría recibí tus dos cariñosas cartas, y me disculpo por no haberlas contestado antes. Estoy realmente avergonzada de mi pereza a la hora de escribir, pero la vida en esta despreciable población no deja tiempo para nada. Desde que te marchaste, casi todos los días he tenido en la mano la pluma para comunicarte mis noticias, pero alguna ocupación de poco interés impidió siempre que cumpliera mi propósito. Te ruego que me escribas nuevamente y que dirijas tu carta a mi casa. Gracias a Dios, mañana marcharemos de este odioso lugar. Desde tu partida no he disfrutado nada en él; cuantas personas me interesaban, ya no están aquí. Creo, sin embargo, que si te viera no sentiría ciertas ausencias. Ya sabes que eres la amiga que más aprecio.

»Estoy bastante preocupada por lo que a tu hermano se refiere; figúrate que desde que se fue a Oxford no he tenido noticias suyas, y ello me hace temer que se haya levantado entre nosotros algún malentendido. Tal vez tu intervención pueda solucionar este asunto. James es el único hombre a quien he querido, y necesito que lo convenzas de ello. Las modas primaverales han llegado ya, y los nuevos sombreros me parecen espantosamente ridículos. No quisiera hablarte de la familia de la que ahora eres huésped porque me resisto a incurrir en una falta de generosidad o hacerte pensar mal de personas a quienes estimas. Solo deseo advertirte que son muy pocos los amigos de quienes podemos fiarnos y que los hombres suelen

variar de opinión de un día para el siguiente. Tengo la satisfacción de manifestarte que cierto joven, por el que siento el más profundo desprecio, ha tenido la feliz ocurrencia de marchar de Bath.

»Por mis palabras adivinarás que me refiero al capitán Tilney, quien, como recordarás, se mostraba dispuesto, al irte tú, a seguirme e importunarme con sus desvelos.

»Su insistencia creció con el tiempo, hasta el punto que se convirtió en mi sombra. Otras chicas tal vez se hubieran dejado engañar, pero yo conozco la volubilidad del sexo. El capitán se fue hace dos días para unirse a su regimiento y espero no verlo nunca más. Nunca he conocido hombre tan pretencioso como él, y desagradable por añadidura. Los dos últimos días de su estancia en Bath no se apartó ni por un instante del lado de Charlotte Davis. Y yo, lamentando tal demostración de mal gusto, no le hice caso alguno. La última vez que le encontré fue en la calle y me vi obligada a refugiarme en una tienda para evitar que me hablase. No quise mirarlo siquiera. Después lo vi entrar en el balneario, pero por nada del mundo me habrían obligado seguirlo. ¡Qué distinto de tu hermano! Te suplico me des noticias de este. Su conducta me tiene realmente preocupada. ¡Se mostró tan cambiado cuando nos separamos! Algo que ignoro, quizá una leve dolencia, quizá un catarro, lo tenía como entristecido. Yo le escribiría si no hubiera extraviado sus señas y si, como antes te decía, no temiese que hubiera interpretado equivocadamente mi conducta. Te ruego que le expliques todo lo ocurrido de manera que le satisfaga, y si incluso después de hacerlo abriga alguna duda, unas líneas suyas o una visita a la calle Pulteney, la próxima vez que se encuentre en la población, bastarán, imagino, para convencerlo. Hace mucho que no voy a los salones ni al teatro, salvo anoche, que me asomé, por breves instantes, con la familia Hodge, obligada por las burlas de estos amigos y por el temor de que mi retraimiento se interpretara como una concesión a la ausencia de Tilney. Nos sentamos junto a los Mitchell, que se mostraron muy sorprendidos de verme.

»No me extraña su malevolencia, y hubo un tiempo en que les costaba trabajo saludarme. Ahora extreman las expresiones de su amistad, pero no soy tan tonta como para dejarme engatusar. Además de tener, como sabes, bastante amor propio, Anne Mitchell llevaba un turbante parecido al que estrené para el concierto, pero no logró el mismo éxito que yo. Para que un tocado como ese siente bien, hace falta un rostro como el mío; por lo menos así me lo aseguró Tilney, quien añadió que yo era objeto de todas las miradas. Cierto que sus

palabras no pueden influir en modo alguno en mi ánimo. Ahora visto siempre de color violeta. Sé que estoy horrible, pero es el color predilecto de tu hermano, y lo demás poco importa. No te demores, mi querida y dulce Catherine, en escribirnos a él y a mí, que soy, ahora y siempre...»

Ni a persona tan confiada como Catherine era capaz de engañar tamaña sarta de palabras insulsas. Las contradicciones y falsedades que de la carta se desprendían fueron advertidas por la muchacha, que se sintió avergonzada, no solo por lo que a Isabella concernía, sino por aquel que hubiera podido enamorarse de ella. Encontraba tan asquerosas sus frases de afecto como inadmisibles sus disculpas e impertinentes sus pretensiones. ¿Escribirle a James? Jamás. Por ella, Isabella nunca volvería a tener noticias de su hermano.

Al regresar Henry a Woodston, Catherine le hizo saber, así como a la señorita Tilney, que el capitán había escapado al peligro que se cernía sobre él, y tras felicitarlos por ello, pasó a leerles, presa de profunda indignación, algunos pasajes de la carta. Una vez que hubo terminado la lectura, exclamó:

—Para mí, Isabella y la amistad que nos unía son agua pasada. Debe de creer que soy imbécil, pues de lo contrario no se habría atrevido a escribirme estas cosas; pero no lo siento, ya que me ha servido para conocer más a fondo su carácter. Ahora veo claramente cuáles eran sus intenciones. Es una coqueta incorregible, pero su estratagema no le ha servido conmigo. Estoy segura de que nunca ha sentido auténtico cariño por James ni por mí, y lo único que deploro es haberla tratado.

—Dentro de poco le parecerá imposible el haberla conocido —dijo Henry.

—Solo hay una cosa que no acabo de entender. Ahora veo que Isabella alimentó desde sus comienzos ciertas pretensiones respecto al capitán, pero... ¿y este? ¿Qué motivos pudieron impulsarlo a cortejarla con tal obstinación y a llevarla a romper sus relaciones con mi hermano si pensaba desistir de su objetivo?

—No es difícil suponer cuáles fueron los motivos que indujeron a mi hermano a obrar como lo hizo. Frederick es tanto o más engreído que la señorita Thorpe, y si no ha sufrido hasta ahora serios disgustos es gracias a su entereza de carácter. De todas formas, ya que los efectos de su conducta no lo justifican ante sus ojos, más vale que no tratemos de averiguar las causas que la provocaron.

—Entonces ¿no cree usted que sintió afecto por Isabella?

—Estoy convencido de que ni por un instante pensó en ella seriamente.

—¿Lo hizo movido solo por un deseo de molestar, de perjudicar?

Henry asintió lentamente.

—Pues entonces confieso que su conducta me resulta doblemente repugnante —dijo Catherine—. Sí; a pesar de que con ella resultamos favorecidos todos, no puedo disculparlo. Menos mal que el daño que ha causado no es irreparable. Pero supongamos que Isabella hubiera sido capaz de sentir auténtico amor por él, supongamos que se hallara verdaderamente interesada...

—Es que suponer a Isabella capaz de sentir afectos profundos es suponer que se trata de una criatura distinta a la que en realidad es, en cuyo caso su conducta habría merecido mayor premio.

—Es natural que usted defienda a su hermano.

—Si usted hiciera lo propio con el suyo no le preocuparía el desengaño que pueda sufrir la señorita Thorpe. Lo que sucede es que tiene usted la mente obstruida por un sentimiento innato de justicia y de integridad que impide que la dominen los naturales impulsos de su cariño fraternal y un lógico deseo de venganza.

Tales cumplidos acabaron de disipar los amargos pensamientos que albergaban el ánimo de Catherine. Le resultaba difícil culpar a Frederick mientras Henry se mostraba tan cortés con ella, y decidió no contestar la carta de Isabella ni volver a pensar en su contenido.

Capítulo XXVIII

Pocos días más tarde, el general se vio obligado a ir a Londres. Su ausencia duraría una semana aproximadamente, pero a pesar de ello salió de Northanger lamentándose de que una perentoria necesidad lo privase de la grata compañía de la señorita Morland y recomendando a sus hijos que procuraran por todos los medios cuidarla y distraerla. La marcha del señor Tilney hizo pensar por primera vez a Catherine que en ciertas ocasiones una pérdida puede resultar una ganancia. Desde el instante en que quedaron solos los tres amigos se consideraron felices; podían entretenerse en lo que prefiriesen, reír sin tapujos, comer con tranquilidad y en absoluta confianza, pasear por donde y cuando les apeteciese. En pocas palabras: podían disponer libremente de su tiempo, sus placeres y hasta de sus fatigas y cansancio. Tales hechos hicieron ver a la muchacha cuán absorbente y completa era la influencia que sobre todos ellos ejercía el general y lo mucho que les convenía quedar libres de ella por un tiempo.

Tanta confianza y bienestar la llevaron a sentir cada día mayor afecto por aquel lugar y por las personas que convivían con ella, hasta el punto de que le hubiera parecido perfectamente dichoso cada minuto de cada uno de los días que transcurrían veloces si el temor de verse obligada a alejarse en breve plazo de Northanger no hubiesen disminuido algo su felicidad. Desgraciadamente, iba a cumplirse la cuarta semana de su estancia en aquella casa. Antes de que regresara el general habría transcurrido ya, y prolongar por más tiempo la estancia podía interpretarse como un abuso de confianza. La idea era dolorosa, ciertamente, y para librarse cuanto antes de tal desazón, Catherine resolvió hablar de ello con Eleanor, proponiendo la marcha, y deduciendo después de la actitud y contestación de su amiga la decisión que convenía tomar. Convencida de que si lo demoraba mucho tiempo le resultaría más difícil tratar la cuestión, aprovechó la primera ocasión que tuvo de hablar a solas con Eleanor para plantear el problema, anunciando su decisión de volver a su casa. Eleanor se mostró sorprendida e inquieta; respondió que había esperado que la visita se prolongara mucho más; hasta se había permitido creer —sin duda porque tal era su deseo— que la estancia de Catherine en Northanger habría de ser muy larga, y añadió que si el señor y la señora Morland supieran el placer que a todos proporcionaba la presencia de la muchacha en aquella casa, seguramente tendrían la generosidad de permitirle que alargarse la estancia.

Catherine se apresuró a rectificar:

—No es eso. Si yo me encuentro bien, mis padres no tienen prisa alguna...

—Entonces, si me permites insistir —dijo Eleanor, tuteándola—, ¿por qué quieres irte?

—Porque ya llevo mucho tiempo en esta casa, y...

—¡Ah! Entonces, si es que los días se te hacen muy largos, no insistiré.

—No es eso... No es eso... Sabes que encantada me quedaría otro mes.

En aquel mismo momento quedó decidido que no se marcharía, y, al desaparecer uno de los motivos del malestar de Catherine, se alivió considerablemente el peso de su otra preocupación. La bondad y la solicitud mostradas por Eleanor al suplicarle que permaneciera más tiempo entre ellos, y la satisfacción que mostró Henry al saber que había resuelto no marchar, sirvieron para que Catherine supiese lo mucho que la apreciaban. Ello contribuyó a borrar de su ánimo todo pesar que no fuera esa leve y perenne inquietud que todos los humanos procuramos sostener y alimentar como elemento indispensable de nuestra existencia. Catherine llegó a creer en ocasiones que Henry la quería, y en todo momento que la hermana y el padre del joven verían con gusto el que formase parte de la familia. Tales suposiciones terminaron por convertir sus otras inquietudes en pequeñas e insignificantes molestias del espíritu.

A Henry no le fue posible obedecer las instrucciones de su padre, permaneciendo en Northanger y atendiendo a las señoras todo el tiempo que duró la ausencia del general, pues un compromiso adquirido anteriormente lo obligó a marchar a Woodston el sábado y permanecer allí un par de noches. El viaje del muchacho en aquella ocasión no tuvo, sin embargo, tanta importancia como la vez anterior. Menguó, sí, la alegría de las muchachas, pero no destrozó su sosiego, y tan a gusto se hallaban ambas ocupadas en las mismas labores y disfrutando de los encantos de una amistad que se hacía cada vez más íntima, que la noche de la marcha de Henry no abandonaron el comedor hasta después de dar las once, hora impensable de acostarse dadas las costumbres que se observaban en la abadía. Acababan de llegar al pie de la escalera cuando, a juzgar por lo que permitían oír los sólidos muros del edificio, advirtieron que un coche se detenía a la puerta, y, acto seguido, el sonido de la campanilla confirmó sus sospechas. Una vez repuestas de la primera sorpresa, a Eleanor se le ocurrió que debía tratarse de su hermano mayor, que solía presentarse sin anunciarse, y segura de que así era, salió a recibirlo, en tanto Catherine seguía en dirección a su cuarto, resignándose a la idea de reanudar su relación con el capitán Tilney y pensando que, por desagradable que fuera la impresión que la conducta de este le había producido, las circunstancias en que lo vería harían menos traumático aquel encuentro. Era de esperar que el capitán no nombrara a la señorita Thorpe, cosa muy probable dado que debía de sentirse avergonzado del papel que en todo aquel asunto había representado. Después de todo, y mientras se evitara hablar de lo ocurrido en Bath, ella debía mostrarse cortés con él.

Pasó bastante tiempo en estas prédicas. Por lo visto, Eleanor estaba tan embelesada de ver a su hermano y de cambiar impresiones con él que había transcurrido cerca de media hora desde su llegada a la casa y la joven no llevaba señales de subir en busca de su amiga.

En aquel instante, Catherine, creyendo oír ruido de pasos en la galería, se detuvo a escuchar; pero todo se hallaba en silencio. Apenas hubo acabado de convencerse de que se trataba de un error, un sonido próximo a su puerta la sobresaltó. Pareció que alguien llamaba, y un instante más tarde un movimiento del pomo demostró que alguna mano se apoyaba en este. Catherine tembló ante la idea de que alguien intentase entrar en su habitación, pero decidida a no dejarse llevar una vez más por las alarmantes suposiciones de su exaltada imaginación, se adelantó y abrió la puerta. Eleanor, y solo Eleanor, se hallaba detrás de esta. Catherine, sin embargo, disfrutó muy breves momentos de la tranquilidad que la visión de su amiga le produjo. Eleanor estaba lívida y sus modales revelaban una profunda agitación. A pesar de su evidente intención de entrar en el dormitorio, parecía que le costase esfuerzo moverse y, una vez dentro, explicarse. Catherine creyó que tal actitud obedecía a una preocupación originada por el capitán Tilney, trató de expresar sin palabras su interés, obligando a su amiga a sentarse, frotándole las sienes con agua de lavanda y manifestándole tierna atención.

—Mi querida Catherine, tú no puedes..., no debes... —balbuceó Eleanor. Tras una breve pausa, añadió—: Yo estoy bien, y tu bondad me parte el corazón... No puedo soportarla... Me veo obligada a desempeñar una misión...

—¿Una misión?

—¿Cómo haré para decírtelo? ¿Cómo haré...?

Una idea terrible asaltó a Catherine, que volviéndose hacia su amiga, exclamó:

—¿Es acaso un recado de Woodston?

—No, no se trata de eso —repuso Eleanor, mirando con ternura a su amiga—. El recado que debo darte no procede de Woodston, sino de aquí mismo. Es mi padre en persona quien me lo ha transmitido.

Eleanor entornó los ojos. El inesperado regreso del general bastaba para deprimir a Catherine, y por espacio de unos segundos no creyó que le quedaba algo peor que oír.

—Eres demasiado bondadosa para que el papel que me veo forzada a representar te haga pensar mal de mí —prosiguió Eleanor—. No sabes lo mucho que me pesa cumplir con lo que se me ha pedido. Después de que, con tanta alegría y agradecimiento por mi parte, hubiésemos convenido que te quedarías entre nosotros muchas semanas más, me veo en la necesidad de manifestarte que no nos es posible aceptar tal prueba de afecto y que la felicidad que tu compañía nos proporcionaba se ve trocada en... pero no, mis palabras no bastarían a explicar... Mi querida Catherine, es preciso separarnos. Mi padre ha recordado un compromiso que nos obliga a todos a partir de aquí el lunes próximo. Vamos a pasar quince días en la casa de lord Longtown, cerca de Hertford. Las disculpas y las explicaciones resultan igualmente inútiles. Por mi parte, no me atrevo a ofrecerte ni lo uno ni lo otro.

—Mi querida Eleanor —dijo Catherine tratando de disimular sus sentimientos—. No te sientas tan entristecida, te lo ruego. Un compromiso previo deshace todos los que posteriormente se contraen. Lamento mucho tener que marcharme de forma tan súbita, pero te aseguro que vuestra decisión no me incomoda. Volveré a visitarte en otra ocasión, o quizá tú podrías pasar una temporada en mi casa. ¿Quieres venir a Fullerton cuando regreséis de casa de ese señor?

—Me será imposible, Catherine.

—Bien, cuando puedas entonces.

Eleanor no replicó, y la muchacha, dominada por otros sentimientos, añadió:

—¿El lunes? ¡Tan pronto! Bien, seguramente tendré tiempo para despedirme, pues podemos salir todos juntos; por mí no te preocupes, Eleanor, me conviene perfectamente salir el lunes. No importa que mis padres no lo sepan. El general permitirá, a buen seguro, que un criado me acompañe la mitad del trayecto, hasta cerca de Salisbury; una vez allí, estoy a catorce kilómetros de casa.

—¡Ay, Catherine!, si así se hubiera dispuesto mi situación sería menos onerosa. Brindándote tan elementales atenciones no habríamos hecho más que corresponder a tu cariño. Pero... ¿Cómo decirte que está decidido que salgas de aquí mañana mismo, sin darte siquiera ocasión de elegir la hora de partida? Mañana a las siete vendrá a recogerte un coche, y ninguno de nuestros criados te acompañara.

Catherine, atónita y sobresaltada, no encontró palabras para contestar.

—Al principio me resistí a creerlo —prosiguió su amiga—. Te aseguro que por profundos que sean el disgusto y el resentimiento que puedas experimentar en estos momentos no superarán a los que yo... Pero, no, no puedo expresar lo que siento. ¡Si al menos estuviese en condiciones de sugerir algo que mitigara...! ¡Dios mío!, ¿qué dirán tus padres? ¡Echarte así de la casa, sin ofrecerte las consideraciones a que obliga la más elemental amabilidad! ¡Y esto después de haberte separado de tus buenos amigos los Allen, de haberte traído tan lejos de tu casa! ¡Querida Catherine! Al ser portadora de semejante noticia me siento cómplice de la ofensa que esta entraña; sin embargo, espero que sepas perdonarme, tú, que has permanecido en nuestra casa el tiempo suficiente para darte cuenta de que yo gozo de fina autoridad puramente nominal y que no tengo influencia alguna.

—¿Acaso he enojado en algo al general? —preguntó Catherine con voz trémula.

—Por desgracia para mis sentimientos de hija, todo cuanto puedo decirte es que no has dado motivo alguno que justifique esta decisión. En efecto, nunca he visto a mi padre más apenado. Su carácter es difícil de por sí, pero algo ha debido de ocurrir para que se haya enfadado tanto. Algún desengaño, algún disgusto al que quizá ha concedido demasiada importancia, pero ajenos completamente a ti. ¿Cómo es posible que te trate así?

A duras penas, y solo por tranquilizar a su amiga, Catherine consiguió decir:

—Lo único que puedo asegurarte es que siento mucho haber enojado al señor Tilney. Nada más lejos de mi ánimo y mi deseo... Pero no te preocupes, querida Eleanor. Los compromisos deben respetarse siempre. Lo único que lamento es no haber tenido tiempo para avisar a mis padres. Pero ahora eso no importa.

—Aguardo de corazón, que este hecho no tenga trascendencia por lo que a tu seguridad durante el viaje se refiere; pero en cuanto a lo demás... ¡En lo que afecta a tu comodidad, a las apariencias, a tu familia, al mundo, importa y mucho! Si tus amigos los Allen se encontraran todavía en Bath te sería relativamente fácil reunirte con ellos. Bastarían unas cuantas horas. Pero un trayecto de ciento trece kilómetros en silla de posta y sola, a tu edad...

—El viaje no es nada; te suplico que no pienses en ello. Y ya que hemos de separarnos, lo mismo da unas horas más que menos. Estaré dispuesta a las siete. Ten la bondad de decir que me llamen a tiempo.

Eleanor comprendió que su amiga deseaba encontrarse a solas, y pensando que era mejor para ambas evitar que se alargara tan penosa entrevista, salió de la habitación, diciendo:

—Mañana por la mañana nos veremos.

En efecto, Catherine necesitaba desahogarse. Su orgullo natural y el cariño que sentía hacia Eleanor la habían obligado a reprimir el llanto en presencia de esta, pero en cuanto se encontró a solas se echó a llorar desconsoladamente. ¡Arrojada de la casa y de aquella forma, sin una causa que justificara ni una disculpa que atenuase la mala educación, más aún, la insolencia que suponía semejante medida! ¡Y Henry ausente, sin poder despedirse de ella! Aquel hecho dejaba en suspenso por tiempo indefinido todas sus esperanzas respecto a él. Y todo por el capricho de un hombre tan correcto, tan bien educado en apariencia y hasta entonces tan agradable como el general Tilney... La decisión de este resultaba tan inexplicable como ofensiva. La alarmaban y preocupaban por igual las causas y las consecuencias que de aquel acto pudieran inferirse. La forma en que se la obligaba a partir era de una villanía sin igual. Se la expulsaba literalmente, sin permitirle siquiera decidir la hora y la manera de hacer el viaje, eligiendo entre todos los días probables el más próximo y la hora más cercana, como si se tratara de obligarla a marchar antes de que el general estuviera levantado, para evitar a este la molestia de una despedida. ¿Qué podía haber en todo aquello más que un decidido propósito de agraviarla? Era indudable que, por alguna causa, había ofendido o disgustado al general. Eleanor había hecho lo posible por evitarle tan penosa suposición, pero Catherine se resistía a creer que un contratiempo cualquiera pudiera provocar tal explosión de desaire, ni mucho menos dirigir esta contra un persona completamente ajena al disgusto.

Lentamente transcurrió la noche, sin que la muchacha lograra conciliar el sueño. Una vez más fue escenario de su nerviosismo y desazón aquella alcoba en que recién llegada la habían atormentado los locos desvaríos de su imaginación. Y, sin embargo, ¡cuán distinto era el origen de su presente zozobra! ¡Cuán tristemente superior al otro en realidad y en sustancia! Su preocupación de aquella noche se basaba en un hecho, sus temores en una probabilidad, y tan obsesionada se hallaba considerando el triste desenlace de su estancia en la abadía que la soledad en que se encontraba no logró inspirarle el menor miedo. Ni la oscuridad de su aposento, ni la antigüedad del edificio, ni el fuerte viento que reinaba y producía repentinos y siniestros ruidos en la casa ocasionaron a Catherine, desvelada y absorta, el menor atisbo de curiosidad ni de temor.

Poco después de las seis, Eleanor entró en la habitación, con ganas por atender a su amiga y por asistirla en lo que fuera posible, pero se encontró con que Catherine estaba casi vestida y su equipaje preparado. Al ver a Eleanor, a la muchacha se le ocurrió que tal vez fuese portadora de algún mensaje conciliador por parte del general ¿Qué más natural que, una vez pasado el primer impulso de indignación, se hubiera arrepentido de su incorrecto proceder? Faltaba, sin embargo, que después de lo sucedido ella consintiera en admitir excusa alguna.

Desgraciadamente, no vio puestas a prueba su dignidad y su clemencia. Eleanor no era portadora de ningún mensaje. Poco hablaron las amigas al encontrarse otra vez. Después, sintiendo que era más prudente guardar silencio, se contentaron, mientras estuvieron en la habitación, con intercambiar unas cortas frases. Catherine no tardó en acabar de vestirse, y Eleanor, con menos traza que buen deseo, se ocupó de llenar y cerrar el baúl. Una vez que todo estuvo listo, salieron de la estancia, no sin que antes Catherine, permaneciendo un poco rezagada, lanzara una mirada de despedida sobre cada uno de los objetos que la habitación contenía, siguiendo después a su amiga al comedor, donde había sido preparado el desayuno. La muchacha hizo esfuerzos por comer algo, no solo para evitar el que le insistieran, sino por animar a su amiga; pero como no tenía apetito, no logró más que engullir unos pocos bocados. El contraste de aquel desayuno con el del día anterior aumentaba su tristeza y su inapetencia. Hacía veinticuatro horas tan solo que se habían reunido todos en aquella habitación para desayunar, y, entonces habían sido muy distintas las circunstancias. ¡Con qué tranquilo interés, con qué felicidad, había contemplado entonces el presente, sin que le preocupara del porvenir más que el temor de separarse de Henry por unos días! Feliz, felicísimo desayuno aquel en que Henry, sentado a su lado, la había atendido con dedicación. Aquellas reflexiones no se vieron interrumpidas por palabra alguna de su amiga, tan ensimismada en sus pensamientos como ella misma, hasta que el anuncio del coche las obligó a despertar a la realidad. Al ver el vehículo, a Catherine se le subieron los colores, como si se diera más exacta cuenta de la grosería con que se la trataba, y ello amortiguaba todo sentir que no fuese resentimiento por tal ofensa. Al fin, Eleanor se vio obligada a hablar.

—Escríbeme, querida Catherine —exclamó—. Envíame noticias tuyas lo antes posible. No tendré un momento de tranquilidad hasta que no sepa que te hallas sana y salva en tu casa. Te suplico que me escribas siquiera una carta. No me niegues la satisfacción de saber que has llegado a Fullerton y has encontrado bien a tu familia. Con eso me contentaré. Dirígeme la carta a nombre de Alice y a casa de lord Longtown.

—¡No puede ser, Eleanor! Si no te autorizan a recibir carta mía, mejor será que no te escriba, no temas nada. Sé que llegaré a casa bien.

—Tus palabras no me extrañan y no quiero importunarte. Confía en lo que sientes en tu corazón mientras te halles lejos de mí.

Estas palabras, acompañadas de una expresión de dolor, acabaron en un instante con la soberbia de Catherine, que dijo a su amiga:

—¡Sí, Eleanor, te escribiré!

A la señorita Tilney todavía le quedaba otra pena que solucionar. Se le había ocurrido que debido a la larga ausencia de su casa, a Catherine tal vez se le habría acabado el dinero y, por lo tanto, no contaría con lo suficiente para sufragar los inevitables gastos del viaje. Al comunicar con tacto exquisito a su amiga sus temores, seguidos de cariñosos ofrecimientos, con lo que la muchacha, que no se había preocupado entonces de tan importante asunto, confirmó que no llevaba bastante dinero para llegar a su casa. Tanto asustó a ambas la idea de las penalidades que por tal motivo hubiera podido padecer que apenas volvieron a hablarse durante el tiempo que aún permanecieron juntas. No tardaron en advertirles que aguardaba el coche, y Catherine, tras ponerse de pie, sustituyó con un prolongado y cariñoso abrazo las palabras de despedida. Al llegar al vestíbulo, sin embargo, no quiso abandonar la casa sin hacer mención de una persona cuyo nombre ninguna de las dos se había atrevido a pronunciar hasta entonces. Se detuvo por un momento y con labios temblorosos dedicó un cariñoso recuerdo al amigo ausente. Aquel intento dio al traste con el freno puesto hasta entonces a sus sentimientos. Ocultando como pudo el rostro en su pañuelo, cruzó rápidamente el vestíbulo y subió al coche, que un instante más tarde se alejaba rápidamente de la abadía.

Capítulo XXIX

Catherine estaba demasiado triste para sentir temor. El viaje en sí no encerraba dificultades para ella, y lo emprendió sin darse cuenta de la soledad en que se veía forzada a recorrer tan largo trayecto. Echándose sobre los cojines del coche, prorrumpió en sentidas lágrimas, y no levantó la cabeza hasta después de que el coche hubiese recorrido varios kilómetros.

El trecho más elevado del prado había desaparecido casi de la vista cuando la muchacha volvió la mirada en dirección a Northanger. Como quiera que aquella carretera era la misma que diez días antes había recorrido alegre y confiada al ir y volver de Woodston, sufrió terriblemente al reconocer los objetos que en estado de ánimo tan diferente había contemplado entonces. Cada kilómetro que la aproximaba a Woodston aumentaba su sufrir, y cuando, a ocho kilómetros de distancia de dicho pueblo doblaron un recodo del camino, pensó en Henry, tan cerca de ella en aquellos momentos y tan inconsciente de lo que sucedía, lo cual no hizo sino incrementar su tristeza y su desconsuelo.

El día que había pasado en Woodston había sido uno de los más felices de su vida. Allí el general se había expresado en términos tales que Catherine había acabado por convencerse de que deseaba que contrajese matrimonio con su hijo. Diez días hacía desde que las atenciones del padre de Henry la habían alegrado aunque la hubiesen llenado de confusión. Y ahora, sin saber por qué, se la vejaba profundamente. ¿Qué había hecho o qué había dejado de hacer para sufrir los efectos de un cambio tan radical? La única culpa de que podía acusársela era de tal índole que resultaba del todo imposible que el interesado se hubiese dado cuenta. Únicamente Henry y su propia conciencia conocían las vanas y terribles sospechas que contra el general ella había alimentado, y ninguno de los dos podía haber revelado el secreto. Estaba convencida de que Henry era incapaz de traicionarla a propósito. Cierto era que si por alguna extraña casualidad, el señor Tilney se hubiese enterado de la verdad, si hubieran llegado a su conocimiento las figuraciones sin fundamento y las injuriosas suposiciones que la muchacha había abrigado, la indignación manifestada por aquel habría estado justificada.

Era lógico y comprensible que se expulsara de la casa a quien había calificado de asesino a su dueño, pero esta disculpa de la conducta del señor Tilney resultaba tan insoportable para Catherine, que prefirió creer que el general no sabía nada.

Por grande que fuese su preocupación acerca de este asunto, no era, sin embargo, la que, por el instante, más embargaba su espíritu. Otro pensamiento, otro pesar más íntimo la embargaba cada vez más. ¿Qué pensaría, sentiría y haría Henry al llegar a Northanger al día siguiente y enterarse de su partida? Esta pregunta, sobreponiéndose a todo lo demás, la perseguía sin cesar, ya irritando, ya suavizando su sentir, sugiriéndole unas veces temor de que el joven se resignara sin resistencia a lo ocurrido y otras dulce confianza en su pesar y su resentimiento. Al general seguramente no le hablaría de ello, pero a Eleanor, ¿qué le diría a Eleanor de ella?

En ese constante ir y venir de dudas e interrogantes acerca de un asunto del que su mente casi no lograba desprenderse por el momento, transcurrieron las horas. El viaje resultaba menos cansado de lo que había temido. La misma apremiante intranquilidad de sus pensamientos que le había impedido, una vez pasado el pueblo de Woodston, fijarse en lo que la rodeaba, sirvió para evitar que se diera cuenta del progreso que hacían. La preservó también de sentir aburrimiento la preocupación que le inspiraba aquella vuelta tan súbita; mermaba el placer que debería haber sentido ante la idea de regresar, después de tan larga ausencia, junto a los seres que más quería. Pero ¿qué podría decir que no resultara humillante para ella y doloroso para su familia, que no aumentase su pesar y no provocara el resentimiento de los suyos, incluyendo en un mismo reproche a culpables y a inocentes? Nunca sabría dar justo relieve a los méritos de Eleanor y de Henry. Sus sentimientos para con ambos eran demasiado hondos para expresarlos fácilmente, y sería tan injusto como triste que su familia guardase rencor a los hermanos por algo de lo que solo el general era culpable.

Tales sentimientos la impulsaban a temer, en lugar de desear, la vista de la torre de la iglesia que le indicaría que se encontraba a treinta y dos kilómetros de su casa.

Al salir de Northanger sabía que la primera parada era Salisbury, pero como desconocía el trayecto, se vio obligada a preguntar a los postillones los nombres de cuantos lugares dejaban atrás.

Por suerte, fue un viaje sin problemas. Su juventud, su generosidad y amabilidad le procuraron tantas atenciones como pudiera necesitar una viajera de su condición, y como quiera que no se perdió más tiempo que el preciso para cambiar de tiro, once horas después de haber emprendido el viaje entraba Catherine sana y salva por las puertas de su casa.

Cuando una heroína de novela regresa, al finalizar una jornada, a su pueblo natal, rodeada de la aureola de una reputación recuperada, de la dignidad de un título de condesa, seguida de una larga comitiva de nobles parientes, cada uno de los cuales ocupa su respectivo faetón, y acompañada de tres doncellas que la siguen en una silla de posta, puede la pluma del narrador detenerse con placer en la descripción de tan feliz acontecimiento. Un final tan esplendoroso confiere honor y mérito a todos los interesados, incluido el narrador. Pero mi asunto es muy distinto. Mi heroína regresa al hogar humillada y solitaria, y el desánimo que esto provoca en mí me impide extenderme en una descripción detallada de su vuelta. No hay ilusión ni sentimiento que resistan la visión de una heroína dentro de una silla de posta de alquiler. A toda prisa, pues, haré que Catherine entre en el pueblo, pase entre los grupos de curiosos domingueros y descienda del modesto vehículo que hasta su puerta la conducía.

Pero ni la tristeza con que la muchacha se acercaba a su hogar, ni la humillación que experimenta la biógrafa al contarlo, frenaron que los seres queridos a cuyos brazos se dirigía aquella, sintieran verdadera alegría.

Como quiera que la vista de una silla de posta era cosa singular en

Fullerton, acudió toda la familia a las ventanas de la casa para presenciar el paso de la que Catherine ocupaba, alegrándose todos los rostros al ver que el vehículo se detenía ante la cancela. Aparte de los dos últimos vástagos de la familia Morland, un niño y una niña, de seis y cuatro años respectivamente, que creían hallar un nuevo hermano o hermana en cuantos coches veían, todos sintieron intensa alegría ante la inesperada detención del vehículo. Felices se consideraron los ojos que primero vieron a Catherine. Feliz la voz que anunció la noticia a los demás.

El padre y la madre de la muchacha, sus hermanos, Sarah, George y Harriet, echaron a correr hacia la puerta para recibir a la viajera, con tan afectuosa ansiedad que ello bastó para despertar los más nobles sentimientos de Catherine, que experimentó gracias a los abrazos de unos y de otros tranquilidad y consuelo. Ante tantas muestras de cariño se sentía casi feliz, y hasta se olvidó por un momento de sus preocupaciones. Por otra parte, su familia, encantada de verla, no mostró en un principio mucha curiosidad por conocer la causa de su súbita vuelta, hasta el punto de que se hallaban todos sentados en torno a la mesa, dispuesta a toda prisa por la señora Morland para servir un refrigerio a la pobre viajera, cuyo aire de agotamiento había llamado su atención, antes de que Catherine se viera bombardeada por preguntas que demandaban una pronta y clara contestación.

De mala gana y con grandes vacilaciones ofreció lo que por pura educación hacia sus oyentes podría denominarse una explicación, pero de la que, en realidad, no era posible desentrañar los motivos exactos de su presencia en el hogar.

No padecía la familia de Catherine esa exagerada forma de susceptibilidad que lleva a algunas personas a considerarse ofendidas por el más leve desaire, olvido o reparo; sin embargo, cuando tras atar no muchos cabos quedó plenamente claro el motivo del regreso de Catherine, todos convinieron en que se trataba de un desaire imposible de justificar o perdonar, al menos por el momento.

No dejaban de comprender el señor y la señora Morland, sin detenerse a un minucioso análisis de los peligros que rodeaban un viaje de tal índole, que las condiciones en que se había verificado el regreso de su hija habrían podido acarrear a esta serios trastornos, y que al obligarla a salir de aquella manera de su casa, el general Tilney había faltado a los deberes que impone la hospitalidad, y que su conducta era más sorpresiva en quien, como él, conocía los deberes de un caballero. En cuanto a las causas que pudieron motivar su conducta y convertir en mala voluntad la exagerada estima que por la muchacha sentía, los padres de esta no acertaban a dar con ellas, y después de reflexionar por unos instantes convinieron que aquello era muy extraño y que el general debía de ser un hombre muy complicado, dando así por satisfechas su indignación y su asombro.

En cuanto a Sarah, continuó saboreando las mieles de aquel incomprensible misterio hasta que, harta de sus comentarios, le dijo su madre:

—Hija mía, te preocupas sin necesidad. Esto obedece a causas que no merece la pena tratar de descubrir, créeme.

—Yo me explico —respondió la niña— que el general, una vez que se acordó del compromiso contraído, deseara que Catherine se marchara, pero ¿por qué no proceder con amabilidad?

—Yo lo lamento por sus amigos —dijo la señora Morland—. Para ellos sí ha debido ser un contratiempo. En cuanto a lo demás, con que Catherine haya llegado a casa sin novedad, me doy por pagada. Por fortuna, nuestro bienestar no depende del señor Tilney...

Catherine suspiró y su filosófica madre siguió:

—Celebro no haber sabido antes la forma en que estabas realizando el viaje, pero ya que este ha concluido felizmente, no creo que el daño que se nos ha hecho sea tan notorio. Conviene que de vez en cuando los jóvenes se vean obligados a pensar por sí mismos y a obrar con libertad. Tú, mi querida Catherine, que siempre has sido una criatura distraída, te habrás visto en figurillas para atender a lo que implica un viaje de esta índole, con tanto cambio de tiro y tanto ir y venir de unos y de otros. ¡Conque no te hayas dejado algo olvidado en el maletero...!

Catherine hubiera querido demostrar su conformidad con aquellas esperanzas maternales e interesarse en su enmienda, pero se sentía muy deprimida, y todo cuanto deseaba era encontrarse a solas, cumplió con gusto el deseo manifestado por su madre de que se retirase a descansar lo antes posible. Los padres de Catherine, que no atribuían el semblante y la agitación de su hija más que a la humillación sufrida y al cansancio del viaje, se separaron de ella seguros de que el sueño sería un alivio para sus males, y aun cuando al día siguiente la muchacha no daba muestras de encontrarse mejor, siguieron sin sospechar la existencia de un daño más profundo. Ni por casualidad pensaron en achacarlo a asuntos del corazón, y esto, tratándose de los padres de una joven de diecisiete años, recién llegada de su primera ausencia del hogar, no deja de ser bastante raro.

Tan pronto como hubo terminado de desayunar, Catherine se dispuso a cumplir la promesa que había hecho a la señorita Tilney, cuya confianza en los efectos que el tiempo y la distancia habían de operar en el ánimo de su amiga estaba plenamente justificada. En efecto: Catherine ya se hallaba dispuesta, no solo a reprocharse la frialdad con que se había separado de Eleanor, sino a creer que no había apreciado suficiente los méritos y la bondad de esta, ni sentido la debida compasión por lo que debido a ella había tenido que sufrir. La intensidad de sus sentimientos no sirvió, sin embargo, para estimular su pluma. Nunca en su vida había encontrado tan difícil escribir un carta como entonces. Ciertamente, no era nada fácil imaginar siquiera una misiva que hiciera justicia a su situación y a lo que sentía, que expresara gratitud, pero no pesar servil, que fuera prudente sin ser fría, y sincera sin mostrar resentimiento. Una carta, en fin, cuya lectura no apenase a Eleanor y de la que no necesitara avergonzarse ella si por casualidad caía en manos de Henry. Después de reflexionar largamente, decidió ser muy concisa; era el único modo de no incurrir en falta alguna. Tras meter en un sobre el dinero que Eleanor le había facilitado, lo dirigió a su amiga acompañado de una lacónica nota en la que expresaba todo su agradecimiento y le deseaba lo mejor.

—Pues de verdad que ha sido esta una extraña amistad —dijo la señora Morland una vez que su hija hubo terminado la carta—. Apenas empezada y ya interrumpida. Siento que haya sido así, porque, según me informó la señora Allen, se trataba de personas muy agradables. Tampoco has tenido suerte con tu amiga Isabella. ¡Pobre James! Pero, en fin, hay que vivir para aprender. Es de esperar que las amistades que consigas en el futuro resulten más merecedoras de confianza que estas.

Catherine, ruborizada, contestó:

—Nadie posee mayor derecho a mi confianza que Eleanor.

—En ese caso, hija mía, más tarde o más temprano volveréis a encontraros, y hasta entonces no te preocupes. Es casi seguro que en el curso de los próximos diez años el azar querrá unir de nuevo vuestros destinos, y entonces, ¡cuán grato os será reanudar vuestra confianza!

No tuvieron gran éxito, a decir verdad, los esfuerzos de la señora Morland para consolar a su hija. La idea de no volver a ver a Eleanor y Henry Tilney hasta después de transcurridos diez años solo consiguió inculcar en la muchacha un temor todavía mayor. ¡Podían ocurrir tantas cosas en ese tiempo! Ella jamás olvidaría a Henry, ni podría dejar de quererle con la misma ternura que entonces sentía; pero él... La olvidaría quizá, y en ese caso, encontrarse de nuevo... A la muchacha se le inundaron los ojos de lágrimas al imaginarse una tan triste renovación de su amistad, y al observar la señora Morland que sus buenos propósitos no producían el efecto requerido, propuso, como nuevo medio de distracción, una visita a casa de la señora Allen.

Las viviendas de ambas familias distaban solo medio kilómetro la una de la otra, y en el trayecto la madre de Catherine manifestó su opinión acerca del desengaño amoroso sufrido por su hijo James.

—Lo hemos sentido por él —dijo—, pero, por lo demás, no nos duele el que hayan terminado esas relaciones. Al fin y al cabo, no podía satisfacernos ver a nuestro hijo comprometido a casarse con una chica totalmente desconocida, sin fortuna alguna, acerca de cuyo carácter nos hemos visto obligados a formar un concepto bien pobre. La ruptura le parecerá a James muy traumática en un principio, pero con el tiempo se le pasará, y el desengaño que le ha producido esta primera elección lo llevará a ser más juicioso a partir de ahora.

Tan sucinta cuenta del asunto favoreció a Catherine, pues de tal modo se había apoderado de su mente la consideración del cambio operado en ella desde la última vez que había recorrido aquel camino, que una frase más de su madre habría bastado para turbar su aparente compostura, impidiéndole contestar acertadamente a las observaciones de la buena señora. No habían transcurrido todavía tres meses desde que la última vez, animada por las más risueñas esperanzas, había recorrido aquel camino. Su corazón se hallaba entonces inundado de alegría, despreocupado e independiente, ansioso de saborear placeres todavía desconocidos y libre de toda culpa. Así era ella antes, pero ahora... estaba totalmente cambiada.

Catherine fue recibida por los Allen con la bondad que su inesperado regreso, unida al sincero afecto que le profesaban, podía desear. Grande fue la sorpresa manifestada por estos buenos amigos al verla, y más grande su disgusto al enterarse de la forma en que había sido tratada. Y eso que la señora Morland no exageró los hechos ni trató, como hubieran procurado otros, de despertar la indignación del matrimonio contra la familia Tilney.

—Catherine nos sorprendió ayer por la tarde —dijo—. Hizo el viaje en silla de posta y completamente sola. Además, hasta el sábado por la noche no supo que debía salir de Northanger. El general Tilney, movido por no sabemos qué extraño impulso, se cansó de repente de tenerla allí y la echó, poco menos, de la casa. Su conducta ha sido bastante desconsiderada, y no podemos por menos de creer que debe de tratarse de un hombre bastante complicado. Por otra parte, celebramos tener a Catherine una vez más entre nosotros y estamos satisfechos de ver que no es un criatura tímida e incapaz de obrar por sí sola, sino que sabe, cuando llega la ocasión, resolver las dificultades que se presentan.

El señor Allen se expresó acerca del asunto con la indignación que el caso y su buena amistad exigían, y su esposa, que estuvo de acuerdo con sus juiciosos, no titubeó en utilizarlos por su cuenta. El asombro del marido, sus conjeturas y explicaciones eran repetidas por la mujer, quien se limitó a añadir una observación, "realmente, no tengo paciencia con el general", con la que llenaba las pausas intermedias. Aun después de salir de la habitación el señor Allen, repitió ella por dos veces la frase "no tengo paciencia con el general", sin que pareciese, por cierto, más indignada que antes. Todavía pronunció la frase un par de veces, antes de decir de súbito:

—¿Sabes que antes de salir de Bath conseguí que me zurcieran aquel rasgón que sufrió mi encaje de Mechlin? El remiendo está hecho de manera tan primorosa que apenas si se advierte. Cualquier día de estos te lo enseñaré. Bath es, después de todo, un lugar muy agradable. Te aseguro, Catherine, que sentí marcharme. La estancia allí de la señora Thorpe fue muy conveniente para todos. ¿Verdad, Catherine? Recordarás que al principio tú y yo estábamos compungidas.

—Sí; pero no duró mucho tiempo nuestra soledad —contestó la muchacha, animada por el recuerdo de lo que por vez primera había dado vida y valor espiritual a su existencia.

—Es cierto. Y desde el momento en que encontramos a la señora Thorpe puede decirse que no nos faltó nada. Oye, querida, ¿no encuentras que estos guantes de seda son de excelente calidad? Recordarás que me los puse por primera vez el día que fuimos al balneario, y desde entonces casi no me los he sacado. ¿Recuerdas aquella noche?

—¿Que si la recuerdo? Totalmente...

—Fue muy agradable, ¿verdad? El señor Tilney tomó con nosotras el té, y ya entonces comprendí que su amistad sería muy ventajosa para nosotras. ¡Era un hombre tan simpático! Tengo idea de que bailaste con él, pero no estoy completamente segura. Lo que sí recuerdo es que aquella noche yo llevaba mi traje favorito.

Catherine se sintió incapaz de responder, y después de iniciarse otros temas, la señora Allen volvió a insistir:

—Realmente, no tengo paciencia con el general. Un hombre que parecía tan agradable... No creo, señora Morland, que en todo el mundo pueda encontrarse un hombre más educado. Las habitaciones que ocupaban fueron alquiladas al día siguiente de que se marchase con su familia. Claro, no podía ser de otro modo tratándose de la calle Milsom.

Camino nuevamente de la casa, la señora Morland trató nuevamente de animar a su hija diciéndole la bendición que suponía tener unos amigos tan cabales y bien intencionados como los Allen, tras lo cual añadió que la descortesía y la negligencia manifestadas por unos meros conocidos como los Tilney no deberían preocupar a quien, como ella, conservaba el afecto de sus amistades de tantos años. Tales manifestaciones se basaban, sin duda, en el sentido común, pero como quiera que existen momentos y situaciones en que el sentido común tiene poco ascendiente sobre la razón humana, los sentimientos de Catherine fueron rechazando una a una todas las consideraciones expuestas por su madre. La felicidad de la muchacha dependía de la actitud que de allí en adelante adoptaran sus nuevas amistades, y en tanto la señora Morland procuraba confirmar sus teorías con justos y bien fundados argumentos, Catherine, dando rienda suelta a su imaginación, imaginaba a Henry ya de regreso a Northanger, enterado de la ausencia de su amiga y, quizá, emprendiendo con el resto de la familia el viaje a Hertford.

CAPÍTULO XXX

Catherine era de gustos sedentarios, e incluso cuando nunca había sido muy hacendosa, su madre no podía por menos de reconocer que estos defectos se habían agravado muchísimo durante la ausencia. Desde su regreso la muchacha no acertaba a estarse quieta un solo instante ni a ocuparse de quehacer alguno por más de diez minutos. Recorría el jardín y la huerta una y otra vez, como si el movimiento fuese la única manifestación de su estado de ánimo, hasta el punto de preferir pasear por la casa a permanecer tranquila en la sala. Este cambio se hacía más evidente todavía en lo que a su carácter se refería. Su intranquilidad y su pereza podían interpretarse como una manifestación caricaturizada de su propio ser; pero aquel silencio, aquella depresión, constituían el reverso de lo que antes había sido. Por espacio de dos días, la señora Morland no hizo comentario alguno sobre ello, pero al observar que tres noches sucesivas de descanso no lograban devolver a Catherine su habitual alegría, ni aumentar su actividad, ni despertar su gusto por las labores de la aguja, se vio obligada a amonestarla tenuemente, diciendo:

—Mucho me temo, querida hija, que corres peligro de convertirte en una señora elegante. No sé cuándo vería el pobre Richard terminadas sus corbatas si no contara con más amigas que tú. Piensas demasiado en Bath, y debes tener en cuenta que hay un tiempo para cada cosa. Los bailes y las diversiones tienen el suyo, y lo mismo el trabajo. Has disfrutado una buena temporada de lo primero y es hora de que trates de ocuparte en algo provechoso.

Catherine buscó enseguida su labor, asegurando, con aire lloroso, que no pensaba en Bath.

—Entonces estás preocupada por la conducta del general Tilney, y haces mal, porque es muy posible que jamás vuelvas a verlo. No debemos angustiarnos por semejantes menudencias. —A continuación de un breve silencio, añadió—: Yo espero, mi querida Catherine, que las grandezas de Northanger no te habrán convertido en una persona desagradecida con tu vida. Todos debemos procurar estar satisfechos allí donde nos encontremos, y más todavía en nuestro propio hogar, que es donde más tiempo estamos obligados a permanecer. No me gustó oírte hablar con tanto entusiasmo mientras desayunábamos del pan francés que os daban en Northanger.

—Pero ¡si para mí el pan es una nimiedad! Lo mismo me da comer una cosa que otra.

—En uno de los libros que tengo arriba hay un estudio muy interesante acerca del tema. En él se habla precisamente de esos seres a quienes amistades de posición económica más elevada que la suya incapacitaron para adaptarse a sus circunstancias familiares. Se titula *El espejo,* si mal no recuerdo. Lo buscaré para que lo leas. Seguramente encontrarás en él consejos positivos.

Catherine no respondió y, deseosa de enmendar su reciente conducta, se aplicó a la labor; pero a los pocos minutos recayó, sin darse ella misma cuenta, en el mismo estado de ánimo que deseaba combatir. Sintió pereza y languidez, y la irritación que su cansancio le producía la obligó a dar más vueltas en la silla que puntadas en su trabajo. Se apercibió de ello la señora Morland, y convencida de que las miradas abstraídas y la expresión de descontento de su hija obedecían al estado de ánimo a que antes aludiera, salió con rapidez de la habitación en busca del libro con que se proponía combatir tan terrible mal. Transcurrieron varios minutos antes de que lograra encontrar lo que deseaba, y habiéndola detenido otros acontecimientos familiares, resultó que hasta pasado un buen cuarto de hora no le fue posible bajar de nuevo, armada, eso sí, de la obra que tan prácticos resultados debía conseguir. Habiéndola privado sus quehaceres en el piso superior de oír ruido alguno fuera de sus habitaciones, ignoraba que durante su ausencia había llegado a la casa una visita, y al entrar en el salón se encontró cara a cara con un joven completamente desconocido. El recién llegado se levantó educadamente de su asiento, mientras Catherine, turbada, le presentaba a su madre:

—Señor Tilney...

Henry, con el rubor propio de un carácter sensible, comenzó por disculpar su presencia y reconociendo que, después de lo ocurrido, no tenía derecho a esperar un cordial recibimiento en Fullerton, excusando su intrusión con el deseo de saber si la señorita Morland había tenido un viaje feliz. El joven no se dirigía, por fortuna, a un corazón vengativo. La señora Morland, lejos de culpar a Henry y a su hermana de la descortesía del general, sentía por ellos una marcada atracción, y subyugada por la respetuosa conducta del muchacho, contestó a su saludo con natural y sincera benevolencia, agradeciendo el interés que mostraba por su hija, asegurándole que su casa siempre estaba abierta para los amigos de sus hijos y suplicándole que no se refiriera para nada al pasado. Henry se apresuró a obedecer dicha súplica, pues aun cuando la inesperada bondad de la madre de Catherine lo relevaba de toda preocupación en este sentido, por el momento no encontraba palabras adecuadas con que expresarse. Silencioso, ocupó nuevamente su asiento y se limitó a responder con amabilidad a las observaciones de la señora Morland acerca del tiempo y el estado de los caminos.

Mientras tanto, la inquieta, angustiada y, con todo, feliz Catherine, los contemplaba muda de satisfacción, revelando con la animación de su rostro que aquella visita era suficiente por sí sola para devolverle su perdido sosiego. Contenta y satisfecha de aquel cambio, la señora Morland dejó para otra ocasión el primer tomo de *El espejo,* destinado para la curación de su hija.

Deseosa después de recabar el auxilio del señor Morland, no solo para alentar, sino para dar conversación a Henry, cuya turbación comprendía y lamentaba, la madre de Catherine envió a uno de los niños en busca de su marido. Por desgracia, este se encontraba fuera de casa, y la excelente señora se encontró, después de un cuarto de hora, con que no se le ocurría nada que decir al visitante. Tras unos minutos de silencio, Henry, volviéndose hacia Catherine por primera vez desde que entrara la señora Morland en el salón, preguntó con vivo interés si el señor y la señora Allen se hallaban de vuelta en Fullerton, y tras lograr desentrañar de las frases entrecortadas de la muchacha la respuesta afirmativa, que una palabra habría bastado para expresar, se mostró decidido a presentar a dichos señores sus saludos. Después, un poco turbado, rogó a Catherine le indicase el camino de la casa.

—Desde esta ventana puede usted descubrirla, caballero —intervino Sarah, que no recibió más contestación que un ceremonioso saludo por parte del joven y una señal de amonestación por parte de su madre.

La señora Morland, creyendo probable que tras la intención de saludar a tan magníficos vecinos se ocultara un deseo de explicar a Catherine la conducta de su padre —explicación que Henry habría encontrado más fácil ofrecer a solas a la muchacha—, trataba de arreglar las cosas de forma que su hija pudiera acompañar al joven. Así fue, ciertamente. Apenas iniciado el paseo quedó demostrado que la señora Morland había acertado con los motivos que animaban a Henry a tener una entrevista a solas con su amiga. No solo necesitaba disculpar la conducta de su padre, sino la suya propia, acertadamente hizo esto último de forma que para cuando llegaron a la propiedad de los Allen, Catherine hubiera recibido una consoladora y agradable justificación. Henry hizo que se sintiese segura de la sinceridad de su amor y solicitó la entrega del corazón que ya le pertenecía por completo; cosa que por otra parte, no ignoraba el muchacho, hasta el punto de que incluso sintiendo por Catherine un afecto profundo, complaciéndole las excelencias de su carácter y deleitándole su compañía, preciso es confesar que su cariño hacia ella partía en primer lugar, de un sentimiento de generosidad. En otras palabras: que la certeza de la parcialidad que por él mostraba la muchacha fue lo primero que motivó el interés de Henry. Es esta una circunstancia poco normal y algo denigrante para una heroína, y si en la vida real puede considerarse como extraño tal conducta, estaré en condiciones de atribuirme los honores de la invención.

Una corta visita a la señora Allen, en la que Henry se expresó con una absoluta falta de sentido, y Catherine, entregada a la consideración de su indescriptible felicidad, apenas despegó los labios, permitió a la joven pareja reanudar al poco tiempo su estática conversación a solas. Antes de que este terminara supo con certeza la muchacha hasta qué punto estaba sancionada la declaración de Henry por la autoridad paterna del general. Le explicó él cómo a su vuelta de Woodston, dos días antes, se había encontrado con su padre en un lugar cercano a la abadía, y cómo este le había informado de la marcha de la señorita Morland, advirtiéndole al mismo tiempo que le prohibía volver a pensar en ella.

Este era el único permiso, a cuyo amparo solicitaba el honor de su mano. Catherine no pudo por menos de alegrarse de que el joven, afianzando antes su situación mediante una solemne y comprometеdora promesa, le hubiera evitado la necesidad de rechazar su amor al enterarse de la oposición del general. A medida que Henry iba adornando de prolijos detalles su narración y explicando las causas que habían motivado la conducta de su padre, los sentimientos de pesar de la muchacha fueron convirtiéndose en triunfal reparación. El general no encontraba nada de qué acusarla, ni imputación que hacerle. Su ira se fundaba tan solo en haber sido ella objeto inconsciente de un engaño que su orgullo le impedía perdonar y que habría debido avergonzarse de sentir. El pecado de Catherine consistía en ser menos rica de lo que el general había pensado. Impulsado por una equivocada apreciación de los derechos y bienes de la muchacha, el padre de Henry había perseguido la amistad de esta en Bath, solicitando su presencia en Northanger y decidido que, con el tiempo, llegara a ser su hija política. Al descubrir su error, no halló medio mejor de exteriorizar su resentimiento y su desdén que expulsarla de su casa.

John Thorpe había sido causa directa del engaño sufrido por el señor Tilney. Al comprobar una noche en el teatro de Bath que su hijo dedicaba una atención preferente a la señorita Morland, había preguntado a Thorpe si conocía a la muchacha. John, encantado de hablar con un hombre de tanto postín, se había mostrado muy charlatán, y como quiera que se hallaba en espera de que Morland formalizara sus relaciones con Isabella, y estaba, además, resuelto a casarse con la propia Catherine, se dejó arrastrar por el orgullo propio de él e hizo de la familia Morland una descripción tan exagerada como falsa. Aseguró que los padres de la muchacha poseían una fortuna superior a la que su propia avaricia le animaba a creer y anhelar. La vanidad del joven era tal, que no admitía una relación directa o indirecta con persona alguna que no gozara de prestigio y categoría social, atribuyéndole ambas cosas cuando así convenía a su interés y a su amistad. La posición de Morland, por ejemplo, exagerada en un principio por su amigo, iba haciéndose más clara a medida que se afianzaba su situación como novio de Isabella. Con duplicar, en obsequio de tan solemne momento, la fortuna que poseía el señor Morland, triplicar la suya propia, dejar entrever la seguridad de una herencia procedente de un pariente rico y desterrar del mundo de la realidad a la mitad de los pequeños Morland, logró convencer al general de que la familia de John gozaba de una posición apetecible. Adornó el caso de Catherine —objeto de la curiosidad del señor Tilney y de sus propias y especuladoras aspiraciones— de detalles más gratos aún, asegurando que a la dote de diez o quince mil libras que debía recibir de su padre podía añadirse la propiedad del señor y la señora Allen. La amistad que dichos señores manifestaban hacia la muchacha le había sugerido la idea de una probable herencia, y ello bastó para que se refiriera a Catherine como presunta heredera de la propiedad de Fullerton.

El general, que ni por un momento dudó de la autenticidad de aquellos informes, había obrado de acuerdo con ellos. El interés que por la familia Morland manifestaba Thorpe, y que aumentaba la inminente unión matrimonial de Isabella, y sus propias intenciones respecto de Catherine —circunstancias de las que hablaba con igual seguridad y franqueza—, le parecieron al general garantía fiable de las manifestaciones hechas por John, a las que pudo añadir otras pruebas concluyentes, tales como la falta de hijos y la indudable posición de los Allen, y el cariño e interés que por la señorita Morland estos ofrecían. De lo último pudo comprobarlo por sí solo el señor Tilney una vez entablada relación de amistad con los Allen, y su resolución no se hizo esperar. Tras adivinar por la expresión de su hijo la simpatía que a este inspiraba la señorita Morland, y animado por los informes del señor Thorpe, decidió casi a la vez hacer lo posible para desbaratar las jactanciosas pretensiones de John y destruir sus esperanzas. Por supuesto, los hijos del general permanecían tan ajenos a la trama que este fraguaba como la propia Catherine. Henry y Eleanor, que no veían en la muchacha nada capaz de despertar el interés de su padre, se asombraron ante la precipitación, constancia y extensión de las atenciones que este le dirigía, y si bien ciertas indirectas con que acompañó la orden dada a su hijo de asegurarse el cariño de la chica hicieron comprender a Henry que el anciano deseaba que se realizara aquella boda, no conoció los motivos que lo habían espoleado a precipitar los acontecimientos hasta después de su entrevista con su padre en Northanger. El señor Tilney se había enterado de la falsedad de sus suposiciones por la misma persona que le había proporcionado los primeros datos, John Thorpe, a quien encontró en la capital, y que, influido por sentimientos contrarios a los que le animaban en Bath, furioso por la indiferencia de Catherine y, más todavía, por el fracaso de sus gestiones para reconciliar a Morland y a Isabella; convencido de que dicho problema no se solucionaría nunca, y desdeñando una amistad que para nada le servía ya, se había apresurado a contradecir cuanto había manifestado al general respecto de la familia Morland, reconociendo que se había equivocado en lo que a las circunstancias y carácter de esta se refería. Hizo creer al padre de Henry que James lo había engañado en cuanto a la auténtica posición de que disfrutaba su padre, y cuya falsedad demostraban unas transacciones realizadas en las últimas semanas. Solo así se explicaba el que, después de haberse mostrado dispuesto a favorecer una unión entre ambas familias con los más generosos ofrecimientos, el señor Morland se hubiera visto obligado, formalizadas ya las relaciones, a confesar que no le era posible ofrecer a los jóvenes novios el más insignificante apoyo y protección. El narrador astuto adornó su relato con nuevas revelaciones, asegurando que se trataba de una familia muy necesitada, el número de cuyos hijos pasaba de lo usual y corriente; que no disfrutaba del respeto y consideración del vecindario y, al fin, que, como había podido comprobar de propia mano, llevaba un tren de vida que no justificaban los medios económicos con que contaba, por lo que procuraba mejorar su situación relacionándose con personas pudientes. En definitiva, le dijo que se trataba de gente irresponsable, pendenciera e intransigente.

El general, con el miedo en el cuerpo, le había pedido entonces informes de la vida y el carácter de los Allen, y también a propósito de este matrimonio modificó Thorpe su primera declaración. El señor y la señora Allen conocían demasiado a los Morland por haber sido vecinos durante largo tiempo. Por lo demás, Thorpe aseguró que conocía al joven destinado a heredar los bienes de los supuestos protectores de Catherine. No fue necesario nada más. Furioso con todos menos consigo mismo, el señor Tilney había regresado al día siguiente a la abadía para poner en práctica el plan que ya relatamos.

Dejo a la sagacidad de mis lectores el adivinar lo que de todo esto pudo referir Henry a Catherine aquella tarde y el determinar los detalles que respecto a este asunto le fueron comunicados por su padre, los que dedujo por intuición propia y los que reveló James más tarde en una carta. Yo los he reunido en una sola narración para mayor comodidad de mis lectores; estos, si lo desean, podrán después separarlos como deseen. Bástenos por el momento saber que Catherine quedó convencida de que al sospechar al general capaz de haber asesinado o secuestrado a su mujer no había interpretado erróneamente su carácter ni exagerado su crueldad.

Henry, por otra parte, sufrió al revelar estas cosas de su padre tanto como al descubrirlas. Se avergonzaba de tener que exponer semejantes villanías. Además, la conversación sostenida en Northanger con el general había sido extremadamente dura. Tanto o más que la grosería de que había sido víctima Catherine y las pretensiones interesadas de su padre le indignaba el papel que se le guardaba. Henry no trató de disimular su enfado, y el general, acostumbrado a imponer su voluntad a toda la familia, se molestó ante una oposición que, además, estaba afianzada en la razón y en los dictados de la conciencia. Su ira en tales circunstancias disgustaba, sin amedrentar, a Henry, a quien un profundo sentido de la justicia reafirmó en su propósito. El joven se consideraba comprometido con la señorita Morland, no solo por los lazos del afecto, sino por los mandatos del honor, y, convencido de que le pertenecía el corazón que en un principio se le había ordenado conquistar, se mostró decidido a guardar fidelidad a Catherine y a cumplir con ella como debía, sin que lograra hacerle desistir de su proyecto ni influir en sus resoluciones la retractación de un consentimiento tácito ni los decretos de una injustificable cólera.

Henry después se había negado totalmente a acompañar a su padre a Hertfordshire, tras lo cual anunció su decisión de ofrecer su porvenir a la muchacha. La actitud de su hijo había puesto más furioso todavía al general, que se separó de ambos sin más explicación.

Henry, presa de la agitación que es de suponer, había regresado a Woodston, para desde allí tomar, a la tarde siguiente, la dirección de Fullerton.

Capítulo XXXI

Cuando el señor y la señora Morland supieron que Henry solicitaba la mano de Catherine se llevaron una gran sorpresa. Ninguno de los dos había sospechado la existencia de tales amores, pero como, al fin y al cabo, nada podía parecerles más normal que el que su hija inspirase tal sentimiento, no tardaron en considerar el hecho con la feliz complacencia del caso y no opusieron el menor pero. Los distinguidos modales del joven y su buen sentido eran recomendación de sobra, para ellos, y como nada malo sabían de él, no se creían en la obligación de suponer que no fuera una buena persona. Por lo demás, opinaban que no era necesario verificar el carácter de quien suplía con su buena voluntad la falta de experiencia.

—Catherine será un ama de casa algo inexperta y alocada —observó la señora Morland, consolándose después al recordar que no hay mejor maestro que la práctica.

No existía, en suma, más que un obstáculo, sin cuya resolución, sin embargo, no estaban dispuestos a autorizar aquellas relaciones. Eran personas de carácter comedido, pero de principios inalterables, y mientras el padre de Henry siguiera prohibiendo taxativamente los amores de su hijo, ellos no podían dar su conformidad ni su consentimiento.

No eran lo bastante exigentes para pretender que el general se adelantara a solicitar aquella alianza, ni siquiera que de corazón la desease, pero sí consideraban necesario una autorización convencional, que una vez conseguida, con sencillez, se vería en el acto apoyada por su sincera aprobación. El "consentimiento" era lo único que pretendían, ya que en cuanto a "dinero", ni lo exigían, ni lo deseaban. La carta matrimonial de sus padres aseguraba, al fin y al cabo, el porvenir de Henry, y la fortuna que por el momento disfrutaba bastaba para procurar a Catherine la independencia y la comodidad necesarias. Ciertamente, aquella boda era por demás ventajosa para la muchacha.

La decisión del señor y la señora Morland no podía sorprender a los enamorados. Lo lamentaban, pero no podían oponerse a ello, y se separaron con la esperanza de que, al cabo de poco tiempo, se operara en el ánimo del general un cambio que les permitiera gozar plenamente de su privilegiado amor. Henry se reintegró a lo que ya consideraba como su único hogar, dispuesto a ocuparse en el embellecimiento de la casa que algún día esperaba ofrecer a su amada, en tanto que Catherine se dedicaba a suspirar su ausencia. No es cosa que nos importe averiguar si los sufrimientos de aquella separación se vieron amortiguados por una correspondencia clandestina. Tampoco pretendieron saberlo el señor y la señora Morland, a cuya bondad se debió que no les fuese exigida a los novios promesa alguna en ese sentido y que siempre que Catherine recibía alguna carta se hicieran los distraídos.

Tampoco es de suponer que la inquietud, lógica dado tal estado de cosas, que sufrieron por entonces Henry, Catherine y cuantas personas los querían, se hiciese extensiva a mis lectores; en todo caso, la delatora brevedad de las páginas que restan es prueba de que nos acercamos a un feliz y risueño final. Solo resta conocer la manera en que se desarrolló esta historia y se llegó a la celebración de la boda, y cuáles fueron las circunstancias que al fin influyeron sobre el ánimo del general. El primer hecho que favoreció el feliz desenlace de esta novela fue el matrimonio de Eleanor con un hombre de fortuna y sólida posición. Dicho acto, que se efectuó en el transcurso del verano, provocó en el general un estado permanente de buen talante, que su hija aprovechó para conseguir de él, no solo que perdonase a Henry, sino que lo autorizase a, según palabras de su propio padre, "hacer el imbécil" si así lo deseaba.

El hecho de casarse Eleanor y de verse apartada por un matrimonio de los males que a su permanencia en Northanger acompañaban satisfará a todos los conocidos y amigos de tan atractiva joven. A mí me produjo sincera alegría. No conozco a persona alguna más merecedora de felicidad ni mejor preparada a ello debido a su largo padecer, que la señorita Tilney, cuya preferencia por su prometido no era de fecha reciente. Los separó por largo tiempo la modesta posición del enamorado, pero tras heredar este, de súbito, título y fortuna, quedaron allanadas las dificultades que a la dicha de ambos obstaculizaba.

Ni en los días en que más aprovechó su compañía, su abnegación y su paciencia, quiso tanto a su hija el general como en el instante en que por primera vez pudo saludarla por su nuevo título. El marido de Eleanor era, por todos los conceptos, digno del cariño de la joven, pues independientemente de su nobleza, su fortuna y su afecto, gozaba de la simpatía de todos aquellos que lo conocían. Era, según criterio general, "el chico más agradable del mundo", y no necesito extenderme más, porque seguramente no habrá lectora que al leer esto no haya evocado la imagen del "chico más agradable del mundo". En lo que a este en particular se refiere, solo añadiré —y sé perfectamente que las reglas de la composición prohíben la introducción de caracteres que no tienen relación con la fábula— que el caballero en cuestión fue el mismo cuyo negligente criado olvidó ciertas facturas tras una prolongada estancia en Northanger, y que fueron, con el tiempo, la causa de que mi heroína se viera lanzada a una de sus más arriesgadas aventuras.

Sirvió de apoyo a la petición, que a favor de su hermano realizaron los vizcondes al general, una nueva rectificación del estado económico del señor y la señora Morland.

Esta sirvió para demostrar que tan equivocado había estado el señor Tilney al considerar cuantiosa la fortuna de la familia de Catherine como al creerla después completamente nula. Pese a lo dicho por Thorpe, los Morland no andaban tan escasos de bienes que no les fuera posible dotar a su hija con tres mil libras esterlinas. Tan satisfactoria resolución de sus recientes temores contribuyó a dulcificar el cambio de opinión experimentado por el general, a quien, además, le produjo un efecto extraordinario la noticia de que la propiedad de Fullerton, que era exclusivamente del señor Allen, se hallaba abierta a toda clase de avariciosa especulación.

Reconfortado por todo esto, el general, poco después de la boda de Eleanor, se decidió a recibir a Henry nuevamente en Northanger y a enviarle después a casa de su prometida con un mensaje de autorización a la boda. El consentimiento iba dirigido al señor Morland en unas cuartillas llenas de frases amables y sin gracia. Poco tiempo después se celebró la ceremonia que en ellas se autorizaba. Se unieron en matrimonio Henry y Catherine, sonaron las campanas y todos los presentes manifestaron su alegría. Si se considera que todo esto ocurría antes de cumplirse doce meses desde el día en que por vez primera se conocieron los cónyuges, hay que poner de relieve que, a pesar de los retrasos que hubo de sufrir la boda a causa de la cruel conducta del general, esta no perjudicó mucho a los novios. Al fin y al cabo, no es cosa tan terrible empezar a ser completamente feliz a la edad de veintiséis y dieciocho años, respectivamente, y puesto que estoy convencida de que la tiranía del general, lejos de dañar aquella felicidad, la promovió, permitiendo que Henry y Catherine consiguieran un más perfecto conocimiento mutuo al mismo tiempo que un mayor desarrollo del cariño que los unía, dejo al criterio de quien por ello se interese, decidir si la tendencia de esta obra es recomendar la tiranía paterna o recompensar la desobediencia filial.

Índice

Sentido y Sensibilidad

La Abadía de Northanger